CHRISTIAN V. DITFURTH, geboren 1953, ist Historiker und lebt als freier Autor in Berlin. Neben Sachbüchern und Thrillern hat er Kriminalromane um den Historiker Josef Maria Stachelmann veröffentlicht. Zuletzt erschien bei Penguin der Thriller »Zwei Sekunden«, der zweite Fall für Kommissar de Bodt.

Außerdem von Christian v. Ditfurth lieferbar:

Das Dornröschen-Projekt
Tod in Kreuzberg
Ein Mörder kehrt heim
Heldenfabrik – Eugen de Bodts erster Fall
Zwei Sekunden – Eugen de Bodts zweiter Fall
Schattenmänner – Eugen de Bodts vierter Fall
Böse Schatten – Stachelmann ermittelt wieder

Christian v. Ditfurth

Giftflut

Thriller

 PENGUIN VERLAG

Sollte diese Publikation Links auf Webseiten Dritter enthalten,
so übernehmen wir für deren Inhalte keine Haftung,
da wir uns diese nicht zu eigen machen, sondern lediglich auf
deren Stand zum Zeitpunkt der Erstveröffentlichung verweisen.

Penguin Random House Verlagsgruppe FSC® N001967

2. Auflage
Copyright © der deutschsprachigen Ausgabe 2017 by
carl's books, München,
in der Penguin Random House Verlagsgruppe GmbH,
Neumarkter Straße 28, 81673 München
Umschlag: www.buerosued.de
nach einem Entwurf von semper smile, München
Umschlagmotiv: © Getty Images/PPAMPicture;
© Shutterstock/Boris Mrdja
Satz: Uhl + Massopust, Aalen
Druck und Bindung: GGP Media GmbH, Pößneck
Printed in Germany
ISBN 978-3-328-10331-8

www.penguin-verlag.de

Für Chantal

I'm God.
Edson Mitchell

Prolog

Hundertfünfundfünfzig Meter. Er blickte hinunter. Auf der Taunusanlage staute sich der Verkehr. Wie jeden Morgen. Ein milder Wind. Die Sonne blendete. Es war viel zu warm für diesen Wintermorgen. Er dachte an Odette. Wie sie sich verabschiedet hatten. Wie jeden Werktag. Einen flüchtigen Kuss. »Mach's gut!« – »Du auch!« Sie würde später an die Uni gehen. Sie hatte vor zwei Jahren beschlossen, noch einmal zu studieren. Die beiden Kinder, Ronald und Margit, waren aus dem Haus. Sie Sinologin in Boston, offenbar glücklich verheiratet mit ihrem Professor. Obwohl man so was nie wirklich wusste. Er Investmentbanker in London. Neue Freundin, auch Bankerin. Ehrgeizig, sympathisch. Nein, er konnte sich nicht beschweren. Er hatte viel richtig gemacht.

Die Sonne spiegelte sich in den Glastürmen. Unten strömten seine Mitarbeiter in das Gebäude. Ein neuer Tag.

Sein letzter. Gestern Nachmittag hatte er den Bericht der Börsenaufsicht gelesen. Nichts. Aber er wusste, dass Andeutungen genügten, um die Hunde auf die Spur zu setzen. Sie würden schnüffeln, bis sie etwas gefunden hatten. Angermann würde als Erster umfallen. Feilschen. Freiheit gegen Wahrheit. Koste es, was es wolle. Er würde es genauso machen, wäre er an seiner Stelle. Er hatte Angermann alle Wege freigeräumt. Wissen, Kontakte, Tricks. Was nicht in den Lehrbüchern stand. Was niemand auf Tagungen sagte. Was nur die Profis wussten. Das Einverständnis unter Eingeweihten. Jetzt würde Angermann alles gegen ihn kehren. Alles, was er ihm beigebracht hatte. Weil er sein kleines Leben retten wollte. Mit der blassen Freundin und dem Hund aus dem Tierheim, dessen Bild tatsächlich auf seinem Schreibtisch stand.

Zeit für eine Bilanz. Für ihn sprach, dass er alles versucht hatte. Alles. Um sein Haus zu retten. Die Institution. Die Existenz. Er hatte alles auf eine Karte gesetzt. Den Matrjoschka-Plan. So komplex, dass niemand die Zusammenhänge würde entwirren können. Niemand. Hatte er gedacht. Alles hatte dafür gesprochen.

Die Kolonne von Polizeifahrzeugen schloss den Kreis um die Doppeltürme.

Er hatte sich geirrt. Dieser Typ in Berlin hatte die Puppen ausgepackt. Eine nach der anderen. Wie er es gemacht hatte, wusste er nicht. Es war auch egal. Zählte nicht mehr. Es zählte das Ergebnis. Wie immer.

Er hatte gelernt, Niederlagen zu akzeptieren. Konsequenzen zu ziehen. Von seinen Gefühlen abzusehen. Von Angst. Von Verzweiflung. Von Hoffnung. Eins und eins sind zwei. Basta.

Er zog das Jackett aus. Legte es auf den Boden. Öffnete die Schnürsenkel. Entledigte sich seiner Schuhe. Stellte sich an den Rand. Und sprang.

Hundertfünfundfünfzig Meter.

1.

War ja klar. Wenn sonst schon alles schiefging, tropfte aus dem Wasserhahn nur Brühe. Das Wasser in der Filterkanne war braun. Er leerte sie in der Spüle. Den Filter warf er in den Müll. Schraubte am Hahn. Der ploppte zweimal trocken, dann kam nichts mehr. De Bodt rieb den Finger am Auslaufsieb. Braune Schmiere. Fluchte, nahm das Telefon und wählte die Nummer der Hausverwaltung. Natürlich war besetzt.

Er klingelte an der Wohnung gegenüber. *Benec* stand auf dem Schild. Handgeschrieben. Es öffnete eine Frau. Er hatte sie noch nie gesehen. Um die dreißig. Kurze Haare. Ein bisschen Salinger in Schwarz. Sie blickte ihn an. Im Hintergrund *rbb-Inforadio*.

»Das Wasser?«, fragte sie.

Er nickte. »Ich hab versucht, die Hausverwaltung …«

»Ich auch. Besetzt. Wahrscheinlich haben die keine Lust. Wie meistens.«

»Hoffentlich dauert das nicht ewig.«

»Ich hätte noch einen Tee«, sagte die Frau.

Wasserausfall in Kreuzberg, Treptow, Neukölln und Friedrichshain seit heute früh seit sieben Uhr fünfunddreißig. Die Ursachen sind noch nicht bekannt. Wir halten Sie auf dem Laufenden… Eine Frauenstimme im Radio.

»Na, das kann ja was werden«, sagte sie und öffnete die Tür ein Stück weiter. In ihren Augen reizte ihn etwas.

»Ich muss ins Büro«, sagte er. »Aber bald einmal …«

Sie lächelte. »Gewiss. Welchen Tee trinken Sie am liebsten?«

Sein Handy klingelte. Yussuf war dran. »Zwei Leichen in Friedrichshagen. Ein Ehepaar. Sieht nach Doppelmord aus. Ich habe einen Wagen geschickt.«

»Grünen«, sagte er.

2.

Er unten, auf dem Rücken. Sie auf dem Bauch, auf ihm. In der Bade-
wanne. Er starrte de Bodt an, über den Kopf seiner Frau hinweg.
Das Wasser ließ die Pupillen verschwimmen. Eine Haarsträhne der
Frau schwamm über seinem Mund. Schlaffe, faltige Haut. Bleich.

De Bodt rieb seine Hände und knetete die Kälte heraus.

»So was hab ich noch nie gesehen«, sagte die Zander. »Erinnert
irgendwie an Leichen in der Spree.«

»Ist aber ... intensiver. Die Wirkung. Eine Inszenierung«, sagte
de Bodt. »Eine Inszenierung hat immer eine Absicht. Was wollen
uns die Täter sagen? Oder der.«

»Keine Ahnung. Verraten kann ich Ihnen aber schon, dass beide
ertrunken sind. Die liegen mindestens zwei Tage im Wasser. Ob
in der Wanne, das wird sich zeigen. Das Kauderwelsch schicke ich
heute Abend, spätestens morgen Mittag. Wasser in der Lunge. Oder
kein Wasser in der Lunge. Ich tippe auf Variante eins. Bisher habe
ich keine Spuren äußerer Einwirkung gefunden. Sagt aber nichts.«
Sie war heute Morgen trockener als ein Brötchen von vorgestern.

»Leichen auf nüchternen Magen ...«, sagte er.

Als Erstes roch er sie. Sie streifte ihn am Ellbogen und stellte sich
neben ihn. Ein kurzer Seitenblick, dann betrachtete Salinger die
Leichen in der Wanne.

»So eine Scheiße«, sagte Yussuf. Er hatte sich auf der anderen
Seite neben de Bodt gestellt.

»Wer hat sie gefunden?«, fragte de Bodt.

»Die Putzfrau«, sagte Yussuf.

»Was wissen wir über die Opfer?«, fragte de Bodt.

Yussuf blickte auf sein Smartphone. »Ehepaar Wolter. Sie ist
Hausfrau. Er technischer Leiter im Wasserwerk Friedrichshagen.
Das größte Wasserwerk der Berliner Wasserbetriebe, ist ein Lan-
desunternehmen.«

»Nach dem neoliberalen Wahnanfall«, sagte Salinger. »RWE und
Veolia hatten Anteile. Aber das war vor deiner Zeit.«

»Sonst was?«, fragte de Bodt.

»Die Kollegen gehen in der Nachbarschaft rum. Niemandem ist was aufgefallen. Bisher. Die Wolters sind zurückhaltend gewesen. Höflich. Unauffällig. In der Garage steht ein Golf. Sie war meist mit dem Rad unterwegs.«

»Ganz normale Leute«, sagte Salinger. Es klang, als wollte sie sagen: Endlich ein gewöhnlicher Mord. Kein Spektakel. Keine Bürgerkriegsarmeen, die alles niederknallten.

De Bodt nickte. »Ganz normale Leute. Nur ist das kein normaler Mord.« Er mühte sich, das Würgen im Hals zu unterdrücken. Kalter Schweiß auf dem Rücken. Die Stirn klebte.

Sie zuckte die Achseln.

»Nehmt das Haus auseinander. Uhlenhorst schon da?«

»Keine Ahnung«, sagte Yussuf.

»Macht mal Platz«, sagte Uhlenhorst. »Scheißverkehr. Und die Straßen perfekt für Kati Witt.«

3.

»Haut alle ab«, sagte Uhlenhorst. »Es sei denn, Frau Dr. Zander ...«

Die winkte ab und ging.

Vor der Tür blies ein scharfer Wind de Bodt Graupel ins Gesicht. Wie Schrotkörner. Der Leichenwagen rutschte beim Bremsen.

»Fehlt noch die Quietschente«, sagte Yussuf.

Beamte unterwegs von Haustür zu Haustür: *Ist Ihnen etwas aufgefallen? Wie waren die Wolters als Nachbarn? Hatten sie Besuch? Irgendein Auto, Handwerker, Lieferant vor zwei oder drei Tagen, der länger blieb? Fremde in der Straße?*

Salinger stellte sich zu ihnen. Sie blies in ihre Hände, steckte sie in die Manteltasche.

»Ich habe ein blödes Gefühl«, sagte de Bodt. Der Schweiß ließ ihn frieren.

»Der Chef vom Wasserwerk ertränkt in der eigenen Badewanne«, sagte Yussuf.

»Und seine Frau.« Salinger wippte auf dem Schnee.

Jetzt schwebten Flocken. Wenige, groß. Plötzlich war es windstill.

»Angehörige?«, fragte de Bodt.

»Eine Tochter, wohnt in Potsdam«, erwiderte Yussuf.

4.

Wie die Eltern. Kleinbürgerlich. Natalie Dreher. Nur das Brillengestell schillerte, rot. In der Wohnung ein Querschnitt aus der Möbelhauswerbung für Leute, die es heimelig mochten. Van Goghs *Selbstporträt vor Staffelei* über einem Elektrokamin. Vom Dreisitzersofa Blick in den Garten. Tannen, schneebedeckt. Marmorfigürchen am Terrassenrand, Schneehüte.

Sie weinte. »Mein Mann...«, sagte sie.

»Arbeitet wo?«, fragte Salinger.

Dreher schniefte, fingerte. Salinger reichte ihr ein Papiertaschentuch.

»In der Senatsverwaltung.«

De Bodt blickte zum Fenster hinaus. Der Boden weiß, der Himmel grau.

»Wir hatten uns gestritten«, sagte sie.

»Worüber?«, fragte Yussuf. Tief versunken im Sessel.

De Bodt schüttelte den Kopf. Nur eine Andeutung.

Yussuf verstand es trotzdem. Lass sie reden. Lass ihr die Zeit.

»Weiß ich schon gar nicht mehr.« Schluchzen. »Sie hatten was an meinem Mann auszusetzen. Immer.« Starrte Yussuf an. »Immer.«

Salinger faltete die Hände, drückte sie, legte sie auf die Knie.

Drehers Augen folgten der Bewegung.

Ein Handy vibrierte. Weit weg.

»Dass er nicht Karriere machen wollte... wie mein Vater.« Blickte nach draußen. »Für mich. Damit es uns gut ging.«

Yussuf betrachtete den Bildschirm seines Handys.

»Hatten Ihre Eltern Streit mit jemandem? Gab es Drohungen?«, fragte de Bodt.

Sie blickte ihn überrascht an. Schüttelte den Kopf. »Bestimmt nicht.«

»Was macht Sie so sicher?«, fragte Salinger.

»Mein Vater war im Beruf... zielstrebig. Aber privat... bloß nicht anecken. Nicht auffallen. Er war sehr auf seinen Ruf aus.«

De Bodt setzte sich neben Salinger. Neigte sich zu Dreher. »Ihre Eltern haben nie etwas angedeutet? Anfeindungen?«

»Nein, nie. Vielleicht waren es Einbrecher.« Es klang fast so, als würde der Gedanke sie erleichtern.

»Es fehlt nichts«, sagte Salinger. »Soweit wir das überblicken. Aber wir müssen Sie bitten, uns bald in das Haus zu begleiten. Vielleicht morgen?«

Dreher nickte wie abwesend. »Ertrunken?«

»Ertränkt, vermutlich«, erwiderte de Bodt leise.

5.

»Was zu lesen«, hatte Uhlenhorst gesagt, als er frühmorgens auftauchte. »Haben wir im Schreibtischschubfach gefunden.«

Er legte einen Stapel Papier auf de Bodts Schreibtisch, eingehüllt in eine Plastiktüte. »Fingerabdrücke sind gesichert. Stammen vermutlich von Wolters.«

Yussuf saß auf dem Stuhl seines Chefs. Er öffnete den Beutel. Blätterte. »Briefe.« Las, blätterte. Hielt ein Blatt hoch. »Durchschlagpapier, ich glaub's nicht.«

De Bodt stellte sich neben Yussuf.

Teils Ausdrucke, mit blauem Kuli unterschrieben:

Beste Grüße,
Paul

Teils Kohlepapierkopien, mit Schreibmaschine. De Bodt erinnerte sich an die fransigen Buchstaben.

»Ein Korinthenkacker«, sagte Yussuf.

»Ein altmodischer Korinthenkacker.« De Bodt nahm den Stapel und setzte sich auf den Stuhl neben dem Eingang.

Nach ein paar Minuten Lektüre fügte er hinzu: »Ein böser Korinthenkacker. Passt zu dem, was Frau Dreher erzählt.«

Die hatte sie zur Tür begleitet, das Taschentuch in der Hand. De Bodt hatte ein komisches Gefühl gehabt, als sie Zehlendorf verlassen hatten, das Einfamilienhaus-Paradies. Rosen, Venusfiguren, Gartenhäuschen, Volkswagen, Audi, Benz. Den Schnee der Bürgersteige zu Hügeln am Straßenrand gehäuft.

De Bodt stellte sich Wolter vor. Verkniffen. Zu klein geraten, humorfrei, rechthaberisch. Sorgte sich um Wohlergehen und Ruf seiner Tochter. Bot Hilfe an. Bei der Hausfinanzierung, beim Knüpfen von Kontakten in der Senatsverwaltung, bei der Urlaubsplanung.

Ich helfe doch gern. Nur ist es enttäuschend, wenn Du meine Hilfe zu Deinem Schaden ausschlägst.

Das erinnerte ihn an seinen Vater, den Gelehrten, Ehrenbürger Hamburgs. Erdrückende Hilfsbereitschaft. *Ich will doch nur das Beste für dich.* Dünkel hieß der Mief des Großbürgertums. Wolter war Heinrich de Bodt im Kleinformat.

Wolter wusste alles. Riet, welchen Rasen sein Schwiegersohn säen sollte, welches Urlaubsziel bei welchem Reisebüro, welches Auto. *Nur wenn man es kauft, gehört es einem.* De Bodt fand keinen Brief an die Tochter. Offenbar erzählte die Tochter ihren Eltern viel. Und der Schwiegervater mischte sich ein.

»In der Badewanne ertränkt. Beide«, sagte die Zander. Sie stand unschlüssig in der Tür. »Liebesbriefe?«

»Eher Prosa als Minnesang«, erwiderte de Bodt.

»Ich beneide Sie.«

»Freut mich.«

»Wie ertränkt? Vorher gefesselt? Sonstige Spuren?«

»In meinem wie immer lückenlosen Bericht werden Sie morgen, spätestens übermorgen lesen, dass beide kaum Spuren äußerer Einwirkung aufweisen. Nein, nicht gefesselt.«

»Aber freiwillig werden sie nicht…«, sagte de Bodt. »Oder Doppelselbstmord. Gibt's ja.«

»Vielleicht doch freiwillig«, sagte die Zander. »Kann aber sein, dass Uhlenhorst noch was findet. Die KT funktioniert ja wieder.«

De Bodt saß eine Weile mit geschlossenen Augen, nachdem die Zander mit einem »Tja« gegangen war. Die Zander hatte recht. Uhlenhorst lief wieder im Normaltakt, nachdem de Bodt seine Kinder und seine Ex gerettet hatte.

»Sie müssen nacheinander in die Badewanne gestiegen sein«, sagte Yussuf ins Schweigen.

»Das geht doch gar nicht.« Salinger legte die Hände ums Genick.

»Warum nicht?«

»Versuch's dir vorzustellen.«

De Bodt las gründlich, was er überflogen hatte. Die Antwortbriefe waren knappe Ausdrucke. Dreher dankte immer wieder. Aber zwischen den Zeilen las de Bodt den Überdruss. Dann gab er Salinger den Stapel. Die brauchte nicht lang und reichte ihn Yussuf.

»Genug gelesen?«, fragte de Bodt.

Yussuf nickte.

»Reicht fürs Erste«, sagte Salinger. »Wenn Dreher es war, plädiere ich auf Notwehr.«

»Dreher traute sich nicht, dem Alten Kontra zu geben«, sagte Yussuf.

»Da hat sich Frust in ihm angestaut«, sagte Salinger.

»Tolles Mordmotiv«, erwiderte de Bodt.

»Kann doch sein«, widersprach Yussuf. »Wolter nervt und nervt. Irgendwann reicht es dem Schwiegersohn. Mir wäre schon früher der Kragen geplatzt.«

»Dreher gehört zu den Typen, die sich nicht wehren. Und dann schlägt er plötzlich zu. Der berühmte Tropfen… Und vielleicht hat ihm die Holde in den Ohren gelegen. Der Schwiegervater macht

Druck, die Frau nervt.« Salingers Zeigefinger malte einen Kreis in die Luft.

Yussuf nickte. »Kennt man doch. Jeden Abend nach der Arbeit zetert die Frau Gemahlin. Immer das Gleiche. Was ihr der Schwiegervater ins Ohr gesetzt hat. Bis es reicht.«

Salinger blickte de Bodt in die Augen.

»Gibt es. Aber es war keine Affekttat«, sagte de Bodt. »Ihr habt gehört, was die Zander gesagt hat. Um zwei Menschen in einer Badewanne zu ertränken...«

»Ist ja gut. Das muss man vorbereiten.« Yussuf winkte ab. »Kein Affekt...«

»Vielleicht doch der merkwürdigste Suizid aller Zeiten?«, fragte Salinger.

6.

Simon Dreher wollte lieber ins LKA kommen. Zweimal Polizei vorm Haus, das sah nicht gut aus in Zehlendorf.

Er saß verschwitzt vor de Bodts Schreibtisch. Yussuf ihm gegenüber. Als der ihm den Briefstapel zeigte, nickte Dreher.

»Der Schwiegervater...«

»War ein Ekel«, sagte Dreher. »Hat sich in alles eingemischt.«

»Ihre Frau hat...«

»Pausenlos. Sie hat pausenlos mit ihrer Mutter telefoniert. Und wir mussten jedes Wochenende...«

»Das würde mich nerven«, sagte Salinger. Sie saß hinter ihrem Schreibtisch und tat so, als hätte sie ihn gerade erst bemerkt.

Er blickte sie an. Nickte. Sah hilflos aus.

»Und Sie haben sich gefragt, warum Sie sich darauf eingelassen haben.« Yussuf trommelte mit de Bodts Lieblingskuli auf dessen Schreibtisch. Eingraviert war *Veni vidi vici*. Irgendwann hatte er auf dem Schreibtisch gelegen. Salinger hatte gelacht, als Yussuf ihn ihr zeigte. »Hat ihm bestimmt diese Kollegin aus Hamburg geschenkt. Die Einzige, die ihn dort mochte.«

Dreher wandte seinen Blick zu Yussuf.

De Bodt blickte zum Fenster hinaus, als ginge ihn die Vernehmung nichts an. Er wirkte unwillig. Salinger musterte ihren Chef und wusste, warum. Sie hatten Dreher nicht ausreden lassen. De Bodt sagte lieber wenig. Oft ließ er Zeugen oder Beschuldigte Fragen beantworten, die er noch gar nicht gestellt hatte. Salinger tippte sich auf die Lippen, als Yussuf sie anblickte. Er hob die Hände, ließ sie sinken. Ist ja gut.

»Haben Sie sich mit Ihrem Schwiegervater gestritten?«, fragte Salinger.

Dreher blickte sie an. »Nein.« Überlegte. »Nein«, wiederholte er und schwieg.

»Ihr Schwiegervater ist Ihnen auf die Nerven gegangen, aber gestritten haben Sie sich nicht?«

»Warum?«, erwiderte Dreher.

Schweigen. De Bodt kramte in seiner Jacketttasche, fand ein Taschentuch und schnäuzte sich.

»Ich streite mich nicht. Ich finde das ... sinnlos.«

»Bis Ihnen der Kragen platzt«, sagte Yussuf.

Verständnisloser Blick. »Mir platzt der Kragen nicht.«

»Das staut sich doch in einem an. Immer wieder nervt der Schwiegervater. Irgendwann reicht es, oder?« Yussuf unterbrach das Getrommel einen Augenblick, blickte Dreher ins Gesicht und trommelte weiter.

Dreher betrachtete den Stift in Yussufs Hand.

»Was soll sich da anstauen?«

»Wut? Enttäuschung? Hat Ihre Frau dem Schwiegervater recht gegeben?«

»Mal ja, mal nein.« Schüttelte den Kopf. »Der Mensch ist kein Luftballon.«

De Bodt lächelte. »Danke, Herr Dreher.«

7.

Was für eine Scheißstadt! Sogar ohne das Touristengewimmel im Sommer. Pampe auf dem Gehweg. Irgendwas zwischen Schnee und Regen aus dem schwarzen Himmel. Schon schmutzig, bevor es auf die Straße matschte. Ein Verkehr, der einen zum Kriechgang verdammte. Ein Gewimmel hektischer Menschen, gegenüber dem ein Ameisenhaufen als Kurpark durchging. Und ein neuer Fall, auf den er so viel Lust hatte wie auf trocken Brot und leere Flaschen. Er hatte überhaupt keine Lust mehr auf Fälle.

Aber es half nichts.

Das Haus war gegen die Straße mit einer Mauer geschützt. Darauf Stacheldraht, zwei Kameras. Das Hoftor aus Stahl. Es stand offen. Vor dem Absperrband Gaffer. Handyfotos. Lebranc schnippte die Zigarette in den Rinnstein. Vierter Stock, natürlich kein Lift. Im dritten öffnete sich eine Tür und klackte gleich wieder ins Schloss. Ein paar Stufen höher stand eine alte Frau. Abgetragener Mantel, in Hausschuhen. Sie stierte ihn an. Vor der Wohnung in der vierten Etage wachte ein Polizist. Er legte die Hand an den Mützenschirm. Die Tür war angelehnt. Lebranc ging hinein. Der Flur war verstopft mit Kollegen.

»Wer hier nichts zu tun hat, verschwindet. Sofort!«, schnauzte er. Kollegen quetschten sich an ihm vorbei. Er rückte keinen Millimeter zur Seite.

»Wer zuerst hier war, wartet vor der Tür.«

Er betrat das Badezimmer.

Flanier stand am Fuß der Badewanne und tippte auf seinem Tablet. Dann beugte sich der hagere Rechtsmediziner über die Wanne. Lebranc kannte ihn, hatte aber seinen Namen vergessen. Überhaupt vergaß er in letzter Zeit viel. Stress. Er atmete schwer, die Treppen. Lebranc lehnte sich an die Wand, es klirrte auf dem Boden. Splitter einer Puderdose, die er mit dem Mantel vom Waschbecken gewischt hatte. Der Doktor blickte ihn an. »Guten Abend«, murmelte er.

Lebranc hasste Wasserleichen. Lieber Blut. Lieber Verstümmelungen. Sie fischten Tote aus der Seine. Selbstmörder, Besoffene,

Zugefixte. Er hasste die Farblosigkeit der Gesichter. Die Engerling-haut. Am schlimmsten war es, wenn die Körper aufgequollen waren.

Die beiden Körper lagen dafür nicht lang genug in der Wanne. Er unten, auf dem Rücken. Sie auf dem Bauch über ihm. Sein Toupet hatte sich am Wannenrand verklebt. Rötlich. Ihre Haare waren offen. Grau. Schwammen auf dem Wasser.

Lebranc ging vor die Wohnungstür. Der Flic hatte Bauchansatz und Doppelkinn. Er schien auf etwas zu kauen. »Sie waren als Erster am Tatort.«

Der Untersuchungsrichter Carlo schnaufte die letzten Stiegen hoch. Lebranc wies mit dem Daumen zur Wohnung. »Guten Abend, Bruno«, sagte er, ohne den Mann anzublicken.

Der Richter wischte sich mit dem Mantelärmel die Stirn trocken, hustete, nickte und betrat die Wohnung.

»Also«, sagte Lebranc.

»Die Concierge ... hat uns angerufen, Herr Kommissar.«

»Wann?«

Der Polizist blickte auf den Notizblock. »Um 21 Uhr 48.«

»Wo ist die Concierge?«

Der Beamte reckte den Hals, um ins Treppenhaus zu blicken. »Sie steht da.« Zeigte hinunter.

Lebranc stieg die Treppe hinab.

Die Alte im Mantel. Hausschuhe aus grauem Filz. Sie blickte zu ihm auf. Ängstlich. Zupfte an einer Haarsträhne. Weiß. »Sie haben die Leichen gefunden?«

Sie nickte. »Ich hatte die Meuniers seit Donnerstag nicht mehr gesehen. Sie waren aber nicht verreist. Das hätte ich gewusst, wegen der Post und der Pflanzen.«

»Sie haben sich Sorgen gemacht.«

»Ja, Herr Kommissar.«

»Sie hatten einen guten Kontakt mit dem Ehepaar Meunier.«

»Ich habe mit allen Nachbarn einen guten Kontakt. Ich bin die Concierge, Madame Tribeau.«

»Natürlich. Sie haben einen Wohnungsschlüssel?«

Sie blickte ihn erstaunt an. »Ich bin die Concierge«, wiederholte sie.

»Und wenn ein Mieter…«

»Es sind Eigentümer. Alle.«

»Und wenn die Herrschaften« – sie nickte – »verreist waren, haben Sie sich um die Wohnung gekümmert…«

»Und die Blumen, die Tiere…«

Vor Lebrancs innerem Auge vervollständigte sich das Bild einer Concierge, die gern fremde Wohnungen betrat, um ihre Nachbarn zu bespitzeln.

»Und wenn Sie einen Bewohner eine Weile nicht gesehen haben, haben Sie das Appartement aufgesucht…«

Sie nickte. »Sie ahnen ja nicht, was im Haushalt alles passieren kann.«

»Und weil die Meuniers seit Donnerstag nicht aufgetaucht sind…«

»Genau.«

»Sie haben Schlüssel zu allen Wohnungen…«

»Natürlich.« Ihre Brauen hoben sich. »Ich bin die Concierge.«

»Sie wohnen auch hier und haben ein… Büro…«

»Unten, neben der Pforte. Aber ein Büro brauche ich nicht.«

Lebranc hatte das Zimmer durchs Fenster von außen gesehen. Der Fernseher färbte es in Kunstlicht. »Und Sie sind immer so lang auf?«

»Das ist mein Wohnzimmer.«

»Dürfte ich es mir ansehen?«

Tribeau machte kehrt und stieg die Treppe hinab.

Alles sauber, alles verschlissen. Falscher Orientteppich. Ein Nierentisch, zwei Sessel. An der Wand ein gezeichnetes Porträt, das Joséphine de Beauharnais zeigen sollte, Napoleons erste Frau. Eine Kommode vor der Lilientapete. Mit der Concierge vergilbt. Nur der Fernseher war modern. »Hat mein Sohn mir geschenkt. Er arbeitet bei der FNAC«, sagte sie. Sie beobachtete ihn genau. »Nehmen Sie Platz. Darf ich Ihnen etwas anbieten?«

»Danke, nein.«

Er trat ans Fenster und entdeckte jetzt erst die Luke. »Praktisch«, sagte er.

»Da kann ich meinen Nachbarn die Pakete geben, ohne die Tür

zu öffnen. Hat mein Sohn eingebaut. Wissen Sie, er ist sehr … praktisch.«

Lebranc nickte. Er massierte mit Daumen und Zeigefinger seine Bartstoppeln, die er schon eine Woche nicht mehr gestutzt hatte.

»Man braucht einen Zifferncode …?«

Sie ging zur Kommode, öffnete ein Schubfach und stellte eine Blechschachtel auf den Tisch. Öffnete sie. Riss vorsichtig das Plastik auf. »Bedienen Sie sich.«

Lebranc griff in die Schachtel.

»Mein Sohn mag die. Sind echte Galets aus Quimper.«

Lebranc biss ein Stück ab und überlegte. Wie waren die Täter in die Wohnung gekommen? Es waren mindestens zwei. Nicht, dass er es hätte beweisen können. Aber zwei Menschen in einer Badewanne ertränken, für einen ist das schwer. Nicht unmöglich.

»Sie waren Donnerstagabend hier?«

»Ich bin jeden Abend hier. Gucke die Nachrichten auf *France 2*, dann noch einen Film oder eine Show, danach gehe ich ins Bett. So gegen elf Uhr. Jeden Abend.«

»Hören Sie es, wenn die Hoftür sich öffnet?«

»Ich höre und sehe es. Außerdem geht dann draußen das Licht an. Dieses … Gerät hat mein Sohn eingebaut.«

Lebranc nickte bedächtig. »Ihr Sohn kennt auch den Torcode …«

»Natürlich.«

»Wenn jemand nach elf Uhr den Hof betritt, das merken Sie nicht?«

Sie schüttelte den Kopf. »Nein, ich habe einen guten Schlaf. Und das Schlafzimmer« – sie wies zur Tür neben der Kommode gegenüber dem Fenster – »geht zur anderen Seite raus.«

Der Keks schmeckte buttrig. Brösel landeten in Lebrancs Kehle. Er begann zu husten. Die Concierge erhob sich, verschwand im Flur und kehrte mit einem Glas Wasser zurück. »Trinken Sie.«

Er trank. Hustete Brösel ins Taschentuch und wischte sich den Mund ab. Als er wieder bei Atem war, deutete er auf ein Stahlkästchen an der Wand: »Die Wohnungsschlüssel?«

Sie nickte.

»Für alle Wohnungen im Haus?« Er steckte sich eine Zigarette an.

Sie verließ den Raum, kehrte mit einem Aschenbecher zurück und nickte.

»Und der Schlüssel für den Schlüsselschrank steckt immer ...«

Sie blickte ihn an und schwieg.

»Der Schrank ist also nie abgeschlossen?«

»Ich hab den Schlüssel mal verlegt. Gerade als Herr Ayrault ihn haben wollte, weil seine Frau ... das war ... furchtbar.«

»Wer in Ihre Wohnung gelangt, hat Zugriff auf die Schlüssel.«

Große Augen, verschämtes Nicken. »Aber es gibt ja den Code am Tor. Hier hat noch nie jemand eingebrochen.«

»Wie oft wird der Code geändert?«

»Jeden Monat. Das ist meine Aufgabe.«

»Und Sie informieren die Mieter ... Bewohner?«

»Ich lege ihnen eine Nachricht in den Briefkasten, eine Woche vor der Änderung.«

»Und wie ändern Sie den Türcode?«

Sie erhob sich und hängte Joséphine ab. Eine kleine Stahltür, in die Wand eingelassen. Sie nahm einen Schlüssel aus der oberen Kommodenschublade und öffnete die Tür. Nummerntasten, darunter Funktionstasten. *Input, Delete, Save, Exit.*

»Wie ändern Sie den Code?«

Sie blickte ihn an. »Das macht mein Sohn. Wissen Sie, er ist sehr praktisch.«

8.

»Vielen Dank«, sagte Salinger. Verzog das Gesicht.

»Ich habe uns Zeit gespart«, erwiderte de Bodt.

»Weißt du mehr als wir? Wir hätten den Dreher in die Mangel nehmen müssen. Der hat ein Motiv.«

»Ich fürchte, wir finden bei diesen Opfern einen Haufen Leute mit Motiv.«

Die Tür öffnete sich, Krüger stellte sich in den Rahmen. »Na, Fall schon gelöst?« Er musterte Salinger.

»Ohne deine Mitwirkung ist das eigentlich unmöglich, Herr Hauptkommissar Krüger«, sagte sie.

»Hab ich's mir doch gedacht.« Krüger grinste. »Also, wenn ich helfen kann …«

»Tempus fugit«, sagte Yussuf, ohne aufzublicken.

Salinger lachte leise.

Krüger schüttelte den Kopf, starrte Salinger noch einmal auf die Brüste, als wollte er das Bild mitnehmen, und schloss die Tür.

»Fängst du jetzt auch mit dem Scheiß an?«, fragte Salinger.

Yussuf schüttelte den Kopf. »So wie unser Chef mühe ich mich, das Niveau in diesem Laden ein klein wenig zu heben. Man kann nicht nur über Fußball reden. Oder das Wetter.«

»Wenn ich mich recht entsinne, bist du der Einzige hier, der über so was redet.« Sie deutete auf den Hertha-Wimpel auf seinem Schreibtisch.

»Krüger hat sich aber flott berappelt«, sagte Yussuf. »Ich hatte gehofft, er gibt sich die … verdiente Frühpensionierung.«

»Wie kämen wir ohne Krüger aus«, erwiderte Salinger. »Die Polizeiarbeit läge brach. Die Verbrecher würden ein Freudenfest nach dem anderen feiern.«

De Bodt saß auf dem Stuhl neben der Tür und war im Geist woanders. Sein Handy klingelte. Er zog es heraus, blickte auf den Bildschirm und steckte das Telefon wieder ein. »Wir fahren zu den Wasserwerken. Yussuf, du fasst alles zusammen, was wir über die Wolters wissen. Die Kollegen werden ihre Berichte geschrieben haben. Über die Nachbarn und so weiter, du weißt schon.«

»Ich weiß schon. Haut bloß ab.«

»Er war … korrekt«, sagte sie. Sie saß im Vorzimmer und sah ernst aus. Nicht traurig.

»Und persönlich? War es auszuhalten mit ihm?«, fragte Salinger.

Die Sekretärin zog ein Papiertaschentuch aus der Schreibtischschublade und tupfte sich die Stirn. »Freundlich war er nicht. Unfreundlich war er auch nicht.«

»Sie mochten ihn also nicht«, sagte Salinger.

»Ich mochte ihn nicht besonders, das stimmt. Es gab hier wohl niemanden, der ihn sympathisch fand.«

»Hat er Mitarbeiter gedemütigt?«, fragte Salinger.

Sie wiegte den Kopf. »Nicht direkt.«

»Sie waren sein Stellvertreter als Leiter des Wasserwerks«, sagte Salinger.

Er im Pullunder. Hinter dem Schreibtisch. Blickte sie aus dicken Gläsern an. Fuhr sich durch die schütteren Haare.

»Die Frage ist nicht schwer zu beantworten«, sagte Salinger.

De Bodt schüttelte den Kopf, kaum wahrnehmbar. Ein Hauch von Rosa in ihrem Gesicht. Sie verstand. Immer der gleiche Fehler. Sie ärgerte sich über sich selbst. Schluckte den Ärger hinunter und konzentrierte sich auf den Mann vor ihr. Dessen Stirnglatze begann zu glänzen.

Er nickte. »Ja, es ist schrecklich.«

Salinger setzte an, etwas zu sagen, schwieg aber.

De Bodt stellte sich ans Fenster. Es zeigte auf den Hof. Lieferwagen, die Privatautos von Angestellten, drei Männer standen zusammen und rauchten. Dunkle Wolken zogen heran. Er horchte ins Schweigen. Ein Summen, vermutlich vom Lüfter des PC unter dem Schreibtisch. Aus dem Gang Schleifgeräusche. Weitab ein Telefon.

»Schrecklich«, wiederholte der Mann und faltete seine Hände über dem Bauch. Er betrachtete den Monitor, als der einschlief. Schnaufte. »Man soll das ja nicht sagen. Aber Herr Wolter war unausstehlich.« Er blickte Salinger ängstlich an.

Nach einer Weile fügte er hinzu: »Aber deswegen bringt man einen nicht um. Bestimmt nicht.« Die Daumen klopften aneinander. Er wischte über die Tischplatte. »Er war … gnadenlos.« Blickte die Schreibunterlage an, dann Salinger. Sein Blick wanderte zu de Bodt. Aber der zeigte ihm den Rücken. Schien den Schnee zu bestaunen. Große Flocken segelten zu Boden.

»Er war ein Pedant«, sagte der Stellvertreter. »Ein furchtbarer Pedant. Niemand konnte es ihm recht machen. Nein, nein …« Er lehnte sich zurück, stützte die Hände auf die Tischkante. »Er hat nicht rumgeschrien, wie das Idioten tun. Er ist nicht ausgerastet. Aber er hat die Leute fertiggemacht.«

»Und gegenüber Vorgesetzten, wie war er da?«, fragte Salinger. »Unterwürfig?«

»Keineswegs. Er war gefürchtet. Verstrickte die Leute in endlose Debatten. Beharrte auf seinem Standpunkt.«

»Er war stur.«

»Der sturste Mensch, den ich kenne.«

»Aber er hat Karriere gemacht.«

»An seiner Qualifikation gab es keine Zweifel. Ich kenne keinen Menschen, der mehr über Wasser und Wassertechnik wusste. Seine Diplome, Zeugnisse, fachlichen Beurteilungen waren überragend.« Betrübnis im Gesicht. »Menschliche Werte zählen ja eher weniger.«

»Können Sie sich vorstellen, dass ihn jemand aus dem Werk so gehasst hat…«

»Warum sollte man ihn umbringen… Sie meinen doch nicht mich? Weil ich ihm als Leiter nachgefolgt wäre? Ach, du lieber Himmel… ich bin zufrieden… ich hoffe, sie holen einen Nachfolger woanders her. Die Verantwortung… wissen Sie, Wasser… stellen Sie sich vor, jemand würde das Wasser abdrehen.«

»Wie gestern früh?«, fragte de Bodt, ohne sich umzudrehen.

»Wie gestern früh.«

»Woran lag es?« De Bodt lehnte sich mit dem Rücken ans Fensterbrett, blickte ihn an.

»Irgendein Idiot… irgendwer hat im Schaltraum die Hähne zugedreht. Wie das passiert ist, müssen die noch klären. Also die Chefs…«

»Und wenn das zusammenhängt, der Vorfall im Wasserwerk und der Mord an Wolter?«

Der Stellvertreter zuckte die Achseln. »Wie gesagt…«

»Natürlich. Sie müssen das noch klären.«

»Wenn man das Wasser abdrehen will, braucht man…«

»Einen Schlüssel und einen Zugangscode«, sagte der Stellvertreter.

»Wer hat die?«, fragte Salinger.

»Wolter natürlich. Ich habe auch…« Er wurde bleich.

25

»Zeigen Sie Ihren Schlüssel«, sagte Salinger.

Er zog ein Schlüsselbund hervor. »Der mit der roten Kappe.«

De Bodt nahm den Schlüssel. »Den kann man nicht nachmachen«, sagte er. »Wo bewahren Sie Ihren Zugangscode auf?«

Der Stellvertreter tippte sich an die Schläfe.

»Keine Notiz, wirklich nicht?«

Stirn in Falten. »Auf einem Zettel, versteckt in Zahlen. Nur ich weiß, welche Ziffern es sind.«

»Würde ich auch so machen«, sagte de Bodt. Er fotografierte den Schlüssel mit dem Handy.

»Dürfen Sie das?«

»Ich frage unsere Kollegen von der Spurensicherung, ob sie bei Wolter so einen Schlüssel gefunden haben.«

Der Stellvertreter nickte. »Wenn das so ein Irrer ist… ich möchte Polizeischutz.«

9.

Auf der Rückfahrt ins Präsidium fiel lang kein Wort. De Bodt überlegte, wie es gewesen wäre, hätte er mit Salinger geschlafen. Nachdem sie das letzte Mal im *Nest* gewesen waren. Sie hatte es gewollt, er wusste es. Er auch. Aber es ging nicht. Vor ihrer Wohnungstür hatte er sie flüchtig geküsst, hatte sich umgedreht und war gegangen. Hatte ihre Blicke im Rücken gespürt. Gewusst, dass sie in der Nacht mehr weinen als schlafen würde. Ihm war jedenfalls zum Heulen gewesen.

Am Tag darauf war sie bleich gewesen, gerötete Augen. Aber sie hatte kein Wort darüber verloren. Bis jetzt nicht. Oberflächlich betrachtet verhielt sie sich wie immer. Manchmal verschlossen, manchmal witzelte sie mit Yussuf. De Bodt begegnete sie freundlich, aber da war etwas zerbrochen. Doch ihn kostete sie so viel Schlaf wie zuvor. Es gab Stunden des Nachts, in denen er sich zuredete. Versuch es doch einfach. Du scheiterst ohnehin. Sie werden dich rausschmeißen, früher oder später. Du legst es immer wieder darauf an. Du provozierst den Kriminalrat, den Polizeipräsidenten mit deiner Arroganz. Die sehnen sich nach dem Tag, an dem du einen Fehler machst. Sie mussten deine Erfolge ertragen. Derzeit konnten sie ihn schlecht rausschmeißen. In den Medien hatten sie sich gepriesen, als er die Attentatserie aufgeklärt hatte. Aber sie kannten die Wahrheit. Dass er sie alle blamiert hatte. Es war nicht das erste Mal gewesen. Umso heftiger die Verbitterung. Der Kriminalrat Dr. Werner Tilly – »ja, wie der aus dem Dreißigjährigen Krieg« – grüßte nur noch knapp, betrat de Bodts Büro nicht mehr, sah ihn auf Zusammenkünften kaum an. Redete nur das Notwendigste. Der Polizeipräsident übersah ihn. Er bereute längst, de Bodt von Hamburg nach Berlin gelobt zu haben. Nur Krüger hatte die Niederlage weggesteckt. Oder Salinger zog ihn mehr an, als de Bodt ihn abstieß.

All das war de Bodt egal.

Sie bremste vor einer Ampel hinter einem Toyota Prius.

»Wenn da niemand das Wasser abgestellt hätte, sähe die Sache ziemlich einfach aus«, sagte Salinger, ohne ihn anzusehen. »Fehlt jetzt noch ein hübsches Zitat. Vielleicht Hegel?«

»Weil der Mensch den Schein aber, der ihn unaufhörlich zwackt und äfft, niemals völlig loswerden kann.«

»Aha.«

»Kant.«

»Mal was anderes.«

Er lächelte sie an. »Vielleicht hat das eine mit dem anderen nichts zu tun. Der Wasserausfall und der Mord.«

»Unwahrscheinlich … gut, gut, der Schein …«

Die Ampel schaltete, sie fuhr los.

De Bodts Handy klingelte. Yussuf.

»Sie haben Wolters Schaltraumschlüssel nicht gefunden«, wiederholte de Bodt für Salinger. »Weder im Büro noch bei ihm zu Hause.«

10.

Unruhige Augen hinter den Brillengläsern. Der Sohn der Concierge saß dem Kommissar gegenüber. Wollte lieber ins Kommissariat kommen. »Macht sich nicht so gut, wenn die Polizei im Laden auftaucht.«

Vor dem Kommissar lag der Bericht der Rechtsmedizin. Ertrunken, in der Badewanne. Vermutlich Donnerstagnacht. Das stimmte mit den Beobachtungen der Concierge überein.

Als deren Sohn sich gerade gesetzt hatte, öffnete sich die Tür. Der Untersuchungsrichter erschien, in seinem Schlepptau ein junger Mann. Fein gekleidet, moderner Haarschnitt. Der Untersuchungsrichter setzte sich neben den Sohn, während der junge Mann nur einen Schritt in den Raum tat.

»Guten Tag, ich bin… Floire…« Beide Daumen in den Gürtel gesteckt. »Jean-Antoine Floire, Ihr neuer Assistent.«

Lebranc beäugte ihn knapp und begrüßte den Untersuchungsrichter mit einem Nicken. Der grinste. Lebranc wusste, was dahintersteckte. Sie würden in den Büros Wetten darauf abschließen, wie lange der Neue bei Lebranc durchhielt. Der letzte Assistent hatte ein knappes halbes Jahr geschafft und war dann nach Lille geflüchtet. Die Kollegen erzählten sich Geschichten, aber natürlich waren die übertrieben. Fand Lebranc, dem das Getratsche nicht entging. Er wusste längst, dass seine Sekretärin die Urheberin vieler Gerüchte war. Bestimmt hatte sie den Neuen schon gewarnt.

»Herr Tribeau, Sie helfen Ihrer Mutter, sie ist Concierge?«

»Wo ich kann. Ist doch selbstverständlich.« Er putzte sich mit einem Stofftaschentuch die Nase.

»Sie programmieren auch den Eingangscode.«

Tribeau nickte. »Das ist zu kompliziert…«

Lebranc musterte den Aktendeckel. Blickte auf. Betrachtete Tribeau. Schlug die Akte auf und blätterte. »Wir haben Fingerabdrücke gefunden.«

»Wo? Meine?«

»In der Wohnung des Ehepaars Meunier.«

»Klar. Ich habe denen mal den Wannenabfluss entstopft.«

»Sie sind Klempner?«

»Nein. Aber ich habe keine zwei linken Hände. Wenn ich Ihnen mal was richten soll...«

»Mein Wohnungstürschloss klemmt«, sagte Floire.

Tribeau blickte sich um. Floire saß halb auf einer Aktenkommode, die Hand in der Hosentasche.

»Gehen Sie mal Kaffee holen«, sagte Lebranc. »Und lassen Sie sich viel Zeit. Nicht im Automat. Gegenüber gibt es eine Brasserie. Mir bringen Sie einen doppelten Espresso, dem Herrn Untersuchungsrichter einen Cappuccino. Und Sie, Herr Tribeau?«

Der schüttelte den Kopf. »Danke, danke!«

Floire lächelte und verließ den Raum.

Lebranc blickte Tribeau an. »Sie hatten Zugang zum Haus.«

Verblüffung in den Augen. »Ich kannte den Code.«

»Hatten Sie Wohnungsschlüssel?«

»Von meiner Mutter. Und den Schlüssel vom Keller.«

»Sonst keinen?«

»Ich verstehe Ihre Fragen nicht. Sie glauben doch nicht etwa...?«

»Was ich glaube, ist egal. Wir müssen jeden befragen, der Zugang zur Wohnung hatte. Und Sie haben immerhin Fingerabdrücke im Badezimmer hinterlassen. An der Badewanne.«

»Hab ich doch erklärt.« Tribeau schnäuzte sich wieder. Faltete das Taschentuch, wischte sich die Stirn.

Lebranc zog einen Ordner von der Schreibtischecke auf die Akte der Rechtsmedizin. Öffnete den Deckel. Las. Blickte Tribeau eine Weile an.

Die Tür wurde aufgestoßen, Floire trat ein, den Blick auf dem Handy.

Lebranc blickte ihn an. »Sie wollten...«

»Ich sollte. Kommt gleich.«

Lebranc überlegte, wie er ihm unter Einhaltung der Dienstvorschriften in den Arsch treten könnte. Entschied aber, dass ein Doppelmord erst mal wichtiger war. Gelegenheiten finden sich. Er blätterte in der Akte der Kriminaltechnik, als sähe er sie zum ersten Mal.

»Sie sind der Einzige, der Zugang zu den Wohnungsschlüsseln und dem Code hatte. Außer Ihrer Mutter.«

Klopfen an der Tür. Laut. Herein kam ein junger Mann mit einem Tablett. Pappbecher mit Deckel. Dazu Tüten mit Zucker. Auf dem T-Shirt stand *Fuck off.*

»Ich hab auch Süßstoff dazulegen lassen. Sie sind eingeladen. Betrachten Sie es als meinen Einstand«, sagte Floire mit dem freundlichsten Lächeln im viel zu jungen Gesicht.

Die Sekretärin öffnete die Zwischentür zum Vorzimmer, ohne vom Stuhl aufzustehen. Betrachtete die Szene, schüttelte den Kopf und schloss die Tür.

Lebranc saß starr und sagte kein Wort.

Der Untersuchungsrichter lächelte. »Stellen Sie die Becher auf den Tisch.« Er zeigte zum Besprechungstisch. Der Mann tat es. Auf der Rückseite des T-Shirts stand *Piss off the cops.* Der Mann hob den Daumen und verließ den Raum.

Lebranc hätte es nicht erstaunt, der Typ hätte den Mittelfinger gewählt. Gut, Floire, wenn du es so spielen willst.

»Wer hatte noch Zugang zum Code?«

»Niemand ... soviel ich weiß.«

Lebranc ärgerte sich. Das hatte er die Mutter nicht gefragt. »Keine Verwandten, Freunde?«

»Ihre Schwester Thérèse, sie treffen sich manchmal. Sie wohnt in einem Altenheim im 10. Arrondissement.«

Lebranc wechselte einen Blick mit dem Untersuchungsrichter. Der holte den Espresso für den Kommissar und den Cappuccino für sich. Floire hatte sich schon bedient. Natürlich trank das Bürschchen einen Macchiato aus einem Glasbecher. Diese Milchbrühe, welche die Italiener für ihre Kinder erfunden haben.

»Haben Sie Kontakt zu Verwandten?«, fragte Floire.

Lebranc erschoss ihn mit einem Blick. Sah den Blutfleck sich weiten auf der Weste des Dreiteilers. Sie saßen perfekt, Dreiteiler und Herzschuss.

Tribeaus Augen flatterten. Er wandte den Blick zu Floire. »Ja, einen Bruder, Jean, und eine Schwester, Amélie.«

»Und wo wohnt Ihr Bruder?«, fragte Floire.

»In Meudon.«

»Ist ja nicht so weit. Und was ist er von Beruf?«

»Er arbeitet bei Monsieur Minute.«

»Das ist diese Kette, die man in Supermärkten findet. Ich kenn die von meinem Super U.« Plauderton.

»Genau.« Tribeau nickte.

»Er ist Fachmann für Stempel, Schuhe auch?«

»Genau.«

»Und Schlüssel.«

»Unbedingt.«

»Wann hat er Ihre Mutter zum letzten Mal besucht?«

»Weiß ich nicht.«

»Weil Sie sich mit Ihrem Bruder nicht so gut verstehen?«

Tribeau wandte den Blick zu Lebranc. Massierte sich das Genick. Wandte sich wieder ab. »Leider.«

»Und Ihre Mutter sagt es Ihnen nicht, wenn er sie besucht.«

Er nickte.

»Sie verhindert, dass Sie Ihren Bruder bei ihr treffen.«

»Ich besuche meine Mutter nur, wenn Sie mich darum ... bittet.«

»Und Ihre Schwester?«

»Wohnt in Deutschland, hat da geheiratet. In Hannover.«

»Ich habe Sie doch nach Verwandten gefragt, und Sie haben nur Ihre Tante genannt«, giftete Lebranc.

»Sie hatten nach Freunden gefragt.«

Lebranc blickte ihn streng an. »Herr Tribeau, wenn Sie nicht die Wahrheit sagen, haben Sie ein Problem.«

»Ich sag die Wahrheit.« Ein Jammerton in der Stimme.

»Ich weiß«, sagte Floire freundlich. »Sie haben sich mit Ihren Geschwistern zerstritten ...«

»Mit meinem Bruder. Nur mit dem.«

»Warum?«

»Als mein Vater starb ...«

»Geld?«

Tribeau nickte.

»Ihr Bruder könnte Schlüssel nachmachen?«

»Natürlich.«

Lebranc beschloss, Floire den Kopf abzureißen. Am besten noch am Abend. Spätestens morgen. Er schlug noch einmal den Bericht der Kriminaltechnik auf. Das Wohnungsschloss unbeschädigt. Nur die Kratzer, die mit der Zeit entstanden, wenn Leute das Schloss nicht gleich trafen. Der Türrahmen, die Tür, nichts zeugte von einem Einbruch. Die Fenster waren von innen geschlossen.

»Wer ist denn Ihr bester Freund?«, fragte Lebranc und kam sich gleich blöd vor. »Lassen wir das. Gehen Sie nach Haus, Herr Tribeau.«

»Der Herr Kommissar sucht zwei Leute, mindestens zwei, weil einer kaum zwei Leute in einer Badewanne ertränken kann. Außer er ist Superman, aber der ertränkt ja keine Leute«, sagte Floire.

Tribeau blickte den Boden an, dann die Decke, schaute irgendwohin. »Was …?«, fragte er, stellte die Frage aber nicht.

Carlo blickte sich lächelnd um, was Lebranc erst recht auf die Palme brachte. Er schob die beiden Ordner zur Seite, erhob sich. »Gehen Sie«, sagte er zu Tribeau. Und verließ das Büro. Ging zur Toilette, pinkelte, wusch sich die Hände. Eine Weile starrte er sein Spiegelbild an. Sah die Falten, die grauen Haare, die sich unter die schwarzen Stoppeln mischten. Er wurde alt, seine Nerven verrotteten noch schneller. Er wusste es, aber das Wissen half ihm nichts. Es war demütigend. Er ließ sich schon von einem Bengel aus dem Konzept bringen. Häufte Fehler auf Fehler.

Wusch sich die Hände, strich sich durch die Haare, trocknete die Hände und kehrte zurück. Floire und Carlo unterhielten sich über St. Germain, dieses von einem Scheich ausgehaltene Kickerbordell.

Lebranc hatte sich noch nicht hinter seinen Schreibtisch gesetzt, als Carlo sagte: »Ich wollte nur mal hören, wie der Stand der Dinge ist.«

»Ich verfluche Napoleon, er hat Frankreich verhasst gemacht, konnte den Hals nicht vollkriegen vom Gemetzel, hat den Krieg auch noch verloren. Und das Schlimmste, er hat …«

»… den Untersuchungsrichter erfunden«, fiel Carlo ein.

»Der nur dem lieben Gott verantwortlich ist«, sagte Lebranc.

Immerhin hielt Floire die Klappe. Als hätte er gewusst, dass jedes weitere Wort seinen Tod nur beschleunigte.

»Hast du die Berichte bekommen?«

Carlo nickte.

»Mehr weiß ich auch nicht.«

»Er war Chef des Wasserwerks in Saint-Cloud.«

11.

Uhlenhorst stand am großen Tisch im KT-Büro. Seine Augen hetzten über die Tischplatte. An der Decke Strahler. Sie beleuchteten in Plastiktüten verpackte Teile. Nummeriert. Nur eine kleine gelbe Tube lag tüten- und nummernlos am Tischrand.

»Habt ihr was?«, fragte de Bodt.

Salinger stellte sich neben ihn.

»Wenn ihr so was meint wie Fingerabdrücke, Haare, DNS-Spuren…« Er warf Luft weg. Uhlenhorst beäugte die beiden. Er hatte was mitgekriegt. Vor einiger Zeit. Hatte erlebt, wie Salinger um das Leben ihres Chefs kämpfte. Das eigene riskierte. Man musste schon blind, taub sein und blöd dazu, um das nicht zu verstehen.

Uhlenhorst deutete auf die Tube. »Ist die wichtigste Spur, schätze ich.«

Salinger blickte ihn neugierig an. Am liebsten hätte sie ihn nach Exfrau und Töchtern gefragt, aber vermutlich wollte Uhlenhorst den Irrsinn schnell vergessen. Nicht dran rühren. »Das ist Klebstoff.«

»Genau«, sagte Uhlenhorst, ohne den Blick von der Tube zu wenden. »Der schönste Name für das Zeug ist *Atomkleber*. Wenn du den an die Finger kriegst, hast du ein Problem. Den kriegst du nur mit der Haut ab.«

»Ja, und?«

Uhlenhorst deutete auf einen kleinen Beutel neben der Tube. Nummer 14. »Reste von Atomkleber. Wir haben den Wannenabfluss nur mit Gerät aufgekriegt. Und den Stöpsel zerstören müssen. War mit dem Zeug verklebt.«

»Deswegen hat die Wanne tagelang dicht gehalten.«

»Deswegen«, sagte Uhlenhorst.

»Das heißt, die Täter haben zuerst den Stöpsel verklebt. Dann haben sie vermutlich Herrn Wolter gezwungen, sich in die Wanne zu legen. Danach Frau Wolter. Um schließlich Wasser einlaufen zu lassen.«

»Und wie haben sie die Wolters gezwungen, unter Wasser zu bleiben? Wir haben keine Spuren von Gewalt gefunden.«

»Vielleicht findet die Zander noch was«, sagte de Bodt.

»Was?«, fragte Salinger.

»Ein Betäubungsmittel. Midazolam oder so was.«

»Midazolam«, sagte die Zander. Sie hatte Espresso zubereitet. Es war wie eine religiöse Zeremonie. Die Tässchen vorgewärmt auf dem Gerät. Sie bewunderte die Maschine, während sie brummte und zischte. Als wäre sie neu. Wischte am Ende die Düsen mit Mikrofasertuch ab.

Salinger warf einen Blick auf de Bodt. Dann nippte sie an ihrem Espresso und hörte der Zander zu.

»Wenn man jemandem dieses Zeug gibt, als Tablette oder Injektion, dann macht der jeden Mist mit. Hängt nur von der Dosis ab. Ich habe in der Armbeuge Einstiche gefunden. Wer es gemacht hat, traf die Vene übrigens im ersten Versuch. Bei ihr war das nicht einfach. Da hätte auch ich so meine Schwierigkeiten gehabt. Aber vielleicht hatte der Mörder einfach nur Glück.«

»Wie haben wir uns die Tat vorzustellen?«, fragte de Bodt.

»Meiner Meinung nach so: Der oder die Täter haben den Wannenabfluss abgedichtet...«

»Bestätigt Uhlenhorst«, sagte de Bodt.

»Schön, dass der wieder auf den Beinen ist. Ich habe ja gefürchtet, der kommt nicht zurück aus der Psychiatrie. Also, Badewanne... dann haben sie den Mann gezwungen, sich in die Wanne zu legen. Vorher haben sie vielleicht etwas warmes Wasser eingefüllt. Es folgte die Injektion.«

»Also erst ins Wasser, dann Spritze?«, fragte Salinger.

»Beschwören würde ich es nicht. Aber das Zeug wirkt extrem schnell, wenn es injiziert wird.«

»Und er hat sich nicht gewehrt gegen die Spritze?«, fragte Salinger.

»Wohl nicht körperlich«, erwiderte die Zander.

»Vielleicht haben sie seine Frau bedroht«, sagte de Bodt.

»Vermutlich.«

»Vielleicht war es doch nur einer«, sagte de Bodt.

»Vielleicht.« Die Zander schniefte und leerte ihre Tasse. »Aber das ist riskant. Auch wenn es keine Kampfsportler sind, allein zwei Leute zu kontrollieren … na ja …«

»Gut«, sagte de Bodt. Er zähmte seine Ungeduld. »Sie haben Wolter gezwungen, in die Wanne zu steigen. Und weil die Täter nette Menschen sind, haben sie vorher warmes Wasser eingefüllt, sodass er es angenehm hatte …«

»Er konnte sich einbilden, dass die Typen pervers waren, Spielchen machen wollten. Was man sich so einbildet, wenn man in der Scheiße steckt und keine Wahl hat«, sagte Salinger. »Und sie haben seiner Frau eine Waffe an den Kopf gehalten …«

»Irgend so etwas«, erwiderte die Zander. »Das Problem ist, dass wir außer den Einstichen keine Spuren haben. Es gibt Druckspuren, aber nur dort, wo sich die Körper berührt haben. Hätte ein Täter am Arm fest zugedrückt, wir würden was finden. Nein, die haben die Opfer behandelt wie chinesisches Porzellan.«

»Was heißt, Wolter hat sich in die Wanne gelegt, einer der Täter hat ihm die Spritze gesetzt, der andere hat die Frau bedroht, ohne sie hart anzufassen«, sagte Salinger.

»So in etwa.« Die Zander nickte.

»Dann haben die noch mehr Wasser eingelassen, und die Frau musste in die Wanne. Ich vermute, die haben sie vorher gezwungen, eine Dormicum-Pille zu schlucken. Mit dem Zeug kann man die Leute in eine Art Hypnoseschlaf versetzen. Und dann die Spritze …«

»Dormicum?«, fragte Salinger.

»So heißt das Präparat, der Wirkstoff ist Midazolam.« Sie winkte ab. »Noch einen?«

Beide schüttelten den Kopf. Die Zander zögerte, schnaufte und sagte: »Schließlich haben sie die Wanne mit Wasser gefüllt. Ich vermute, sie haben den Kopf der Frau unter Wasser gehalten. Ihr Widerstand dürfte nicht heftig gewesen sein. Sie war so gut wie bewusstlos.«

»Druckspuren am Hinterkopf?«, fragte Salinger.

»Die Haare polstern es ab. Und wie ich unsere Freunde kenne, trugen sie weiche Handschuhe oder haben ein Frotteetuch benutzt, um zu drücken.« Die Zander schniefte noch mal. »Dieser Fall ist absurd. Viel Spaß damit.« Sie blickte sehnsüchtig auf ihre Kaffeemaschine. »Vielleicht doch ...«

»Warum macht einer so was?«, fragte Salinger.

12.

Eine Schlosserwerkstatt in einem baufälligen Schuppen. Teerpappe auf dem Dach, Efeu an der Klinkermauer. Der Schuppen lehnte sich an ein Haus mit fleckiger Fassade und moosbewachsenem Schieferdach. Als würde er umfallen ohne Stütze. Marcel Tribeau war kleiner als sein Bruder. Sehnig. Nervöse Augen misstrauten dem Kommissar.

»Warum laden wir den nicht vor. Hätte uns den Weg nach Meudon erspart«, hatte Floire gefragt. Das Kaff lag an der Pariser Peripherie. Durchgangsstraße, Bäcker, Metzger, gefühlte zehn Immobilienagenturen und zwanzig Banken. Schmale Bürgersteige. Autos parkten am Straßenrand.

»Ich will mir anschauen, wie der Mann lebt«, hatte Lebranc erwidert. Das war die halbe Wahrheit. Die andere Hälfte: Ich will raus aus dem Bullenbetrieb. Dauernd steckte jemand seine Nase ins Büro. Das Telefon klingelte pausenlos. Der Pressesprecher des Präsidiums rief alle Stunde an, weil die Journalisten Lunte gerochen hatten. *Der Badewannenmord*. Mal was anderes. Dazu: Polizei ratlos. Und weil *Le Figaro* und die anderen Scheißblätter sich auf den Fall stürzten wie Fliegen auf Mist, genauso das Radio, die privaten TV-Sender und auch *France 2*. Der Innenminister wurde nervös.

Floire steuerte den Peugeot 508 lässig.

»Was verrät die Methode über die Täter?«, fragte Lebranc.

Floire trat aufs Gas und überholte einen Lieferwagen. »Er hat eine Botschaft hinterlassen.«

»Aha.«

»Ich frage mich nur, welche.«

»Die haben den Chef des Wasserwerks in Saint-Cloud in der eigenen Badewanne ertränkt. Scheint was mit Wasser zu tun zu haben. Könnte aber auch Zufall sein. Das ist Spekulation. Wichtiger: Wie sind die in die Wohnung gekommen?«

»Die hatten den Code«, sagte Floire.

»Was Sie so alles wissen.«

»Wie sonst?«

»Was geschieht, wenn eine Concierge einen neuen Code eingibt und dann einen Herzinfarkt kriegt?«

»Dann hoffen wir zuerst, dass sie überlebt.«

Lebranc musterte ihn. Wollte der Typ ihn verarschen? Oder war er doch blöd? »Nein, sie stirbt gleich. Stellen Sie sich mal vor, Sie sind hier der Chef. Fällt Ihnen dazu was ein?«

»Ich bin aber nicht der Chef.«

»Wenn Sie so weitermachen, werden Sie's auch nie.«

»Ach, wenn ich weiter von Ihnen lerne ... also, ich bin immer optimistisch.«

»Dann will ich Ihnen mal helfen: Wenn die Concierge tot umfällt, dann kommen die lieben Leute nicht mehr in ihr Haus und in ihre Wohnungen. Irgendein Schlaumeier, und das wären dann nicht Sie, käme auf die Idee, sich an die Firma zu wenden, die das Schließsystem eingebaut hat. Weil die bestimmt einen Notfallcode oder so was haben.«

»Stimmt«, sagte Floire und nickte beifällig. Als hätte der Kommissar eine verzwickte Prüfungsfrage beantwortet.

»Haben Sie sich da schon kundig gemacht?«

»Sie sind Fachmann für Schlösser, Schlüssel ...«, sagte Lebranc.

Marcel Tribeau blickte ihn an. »Ich arbeite bei Monsieur Minute«, erwiderte er endlich.

»Sie haben die Frage des Kommissars nicht beantwortet«, schnauzte Floire.

»Sie haben zu viele Schwarz-Weiß-Krimis im Fernsehen gesehen, mit Lino Ventura und Jean Gabin«, sagte Lebranc zu Floire. »Gehen Sie mal spazieren und entspannen Sie sich.«

Floire schien nicht überrascht, zuckte die Achseln, lächelte und schloss die Holztür von außen.

»Wir haben auch immer Probleme mit dem Nachwuchs«, sagte Tribeau. »Die jungen Leute haben nur Flausen im Kopf, wissen alles besser ...«

»Wir kriegen den schon hin«, erwiderte Lebranc. »Sie wissen, warum wir hier sind.«

»Und ich habe eine Vorstrafe«, sagte Tribeau. »Hat Ihnen mein Bruder auch schon gesagt, jede Wette.«

Lebranc schüttelte den Kopf. »Ich habe nicht in den Akten gegraben. Wegen was?«

»Jugendsünde. Einbruch bei einem Juwelier.«

»Mit einem falschen Schlüssel?«

»Mit einer Spielzeugpistole.«

»Ist so einfacher.«

»Wie man's nimmt.«

»Und warum wurden Sie gefasst?«

»Der Kumpel hat's dem falschen Hehler angeboten.«

»Man kann sich auf niemanden verlassen.«

»Hat mich fast drei Jahre gekostet.«

Floire kehrte zurück, kaute auf irgendetwas herum.

Lebranc musterte ihn, aber er wandte sich an Tribeau. »Ihr Bruder hat Ihrer Mutter geholfen, den Türcode zu ändern.«

Tribeau steckte die Hände in die Taschen seines Blaumanns. »Kann sein.«

»Ihre Mutter oder Ihr Bruder haben sich nie an Sie gewandt wegen eines Problems mit der Torsicherung?«, fragte Floire.

»Raus«, sagte Lebranc. Äußerlich ruhig.

Floire hob die Hände, als wollte er kapitulieren. Er blickte den Kommissar fragend an und trat ab, als der nichts weiter sagte.

Tribeau grinste flüchtig. »Nein, haben sie nicht.«

»Aber Sie hatten Zugang zum Schlüsselschrank und zur Tor-sicherung, wenn Sie Ihre Mutter besucht haben.«

»In letzter Zeit haben wir uns irgendwo getroffen. Ich wollte nicht zu ihr.«

»Warum nicht?«

»Ich habe sie getroffen, wenn ich geschäftlich in Paris war. Ware abholen oder so. Dann habe ich sie in ein Restaurant eingeladen.«

»Seit wann haben Sie ihre Wohnung nicht mehr betreten?«

»Zwei Jahre, mindestens. Eher drei.«

»Sie wollten Ihren Bruder nicht treffen.«

»Auf den hab ich keine Lust.«

»Sie wüssten, wie man in das Haus kommt ...«

»Wo meine Mutter arbeitet?«

Lebranc nickte.

»Ohne Code und ohne zu klingeln?« Als der Kommissar wieder nickte: »Nein, wüsste ich nicht.«

13.

»Wenn wir das zusammenfassen, haben wir nichts«, sagte Salinger.

»Außer unserer Fantasie«, sagte de Bodt.

»Und das von dir? Fantasie statt Fakten?« Salinger lachte, er-stickte die Gemütsregung aber gleich wieder.

»Nein«, erwiderte de Bodt, »mir geht's um ›die Erhebung der Vernunft mit den Flügeln der Fantasie‹.«

»Sag ich auch immer«, erklärte Yussuf, während er sein Handy befummelte. »Wer hat mir den Spruch geklaut? Vielleicht kann ich den verklagen.«

»Mr. Hume, der ist aber schon eine Weile tot«, sagte de Bodt.

»Mist, muss ich weiter in Blut und Hirnmasse waten.«

Salinger zeigte ihm die Faust. »Was sagt uns denn die Fantasie?«

»Dass wir nachdenken sollten, warum ein Ehepaar auf diese Weise in einer Badewanne ertränkt wird ...«

»Wegen des Schlüssels für den Schalterraum«, erwiderte Yussuf.

»Denk nach«, sagte de Bodt. Er saß auf dem Stuhl neben dem Eingang und schien die Decke zu inspizieren.

»Finde ich ziemlich nervig«, sagte Yussuf.

»Wir wissen, dass jemand im Schalterraum den großen Wasserhahn zugedreht hat«, sagte Salinger. »Wir wissen, dass Wolters Schlüssel fehlt. Daraus schließen wir, dass die Täter ihn von Wolter haben. So viele Schlüssel gibt's nicht…«

»Sieben«, sagte Yussuf.

»Das wissen wir bereits«, erwiderte Salinger.

»Ist ja gut.«

»Wir wissen aber nicht, warum die Täter die Wolters nicht einfach umgebracht haben, sondern…«

»Ich weiß, ich weiß. Es ist eine Botschaft.«

»Sehr gut. Du machst Fortschritte.«

Yussuf rümpfte die Nase.

»Wir wissen aber nicht, was für eine Botschaft das ist und an wen sie sich richtet.«

»Das überlassen wir unserer… nein, der Fantasie unseres Chefs.«

De Bodt erhob sich, nahm seine Aktentasche vom Schreibtisch und ging. »Tschüss!« Die Tür schloss sich. Salinger und Yussuf blickten sich an, dann arbeiteten sie weiter.

Zu Hause setzte er sich aufs kleine Sofa, das er billiger gekriegt hatte. Mängelware. Auf dem Tisch lagen Briefe. Sie stammten vom Familiengericht Hamburg. Scheidungstermin. Dazu Briefe von Elviras Anwalt, der angeblich ihr gemeinsamer Rechtsbeistand war. Einvernehmliche Scheidung nach einem Trennungsjahr. Er überflog die Briefe, faltete sie zusammen und legte sie unter den Tisch. Blätterte in den Zeitungen, die sich in den letzten Tagen stapelten. Die Schlagzeilen und Berichte machten ihn müde. Hoffnungslos. Der Pöbel bestimmte die Schlagzeilen. Aber die Wirtschaft wuchs. Ein trübsinniger Aufschwung.

Er ging in die winzige Küche. Sie bestand aus einer Küchenzeile. Das Buchenholzfurnier war vergilbt, der schwarz-weiße Kachelboden mit Flecken gesprenkelt. Neben der Spüle ein Billigküchenherd aus Emaille, die einmal weiß gewesen war. Vier Kochplatten, angerostet. Links der Spüle der Kühlschrank, dessen Motor nur noch ächzte und ungefähr die Hälfte von Berlins Strom fraß. Aber de Bodt besaß einen Vorrat von Grüntee, einen Wasserfilter und eine Teekanne. In der wartete der dritte Aufguss vom Frühstück.

Mit der Teekanne und einer Tasse kehrte er zurück ins Wohnzimmer. Immerhin ahnte er jetzt, was ihn so verstimmte. Da foppte ihn jemand, als wüsste er genau, was de Bodt hasste. Warum ertränkten diese Scheißkerle ein Spießerpärchen, um ein Rätsel zu stellen? Warum sagten sie nicht, was sie wollten? Geld, den Rücktritt des Sparkassenpräsidenten, zehn Minuten Sendezeit auf *RTL 2*. Oder war es ein Witz, über den nur Perverse lachen konnten? Obwohl es keinen Beweis gab, die Täter hatten das Wasser abgestellt. Er begriff es immer noch nicht. Warum dann die Mordinszenierung, wenn sie nur den Schlüssel wollten? Sie waren nachts oder am frühen Morgen ins Wasserwerk eingedrungen und hatten das Wasser abgedreht. Niemand hatte sie gesehen. Warum das Wasser abdrehen, wenn in der Mordinszenierung eine Botschaft steckte? Wenn überhaupt, welche Botschaft?

Er nippte am Tee. Sie sagten nicht, was sie wollten. Sie hatten ein Zeichen gesetzt, dessen Sinn niemand erkannte. Auch die Journalisten hatten gerätselt oder sich gleich jede Auslegung erspart.

Vielleicht genügte den Tätern das Zeichen nicht. Vielleicht bestand das Zeichen auch aus mehreren Taten. Hatte es in letzter Zeit einen Fall gegeben, der zum Badewannenmord passte? Nein, ein Mann in Marzahn hatte im Suff seine Frau erschlagen. Ein Dealer aus Somalia starb bei einer Messerstecherei in Kreuzberg. Und das Zufallsopfer einer Schießerei zwischen libanesischen Banden hatte genauso wenig zu tun mit einem Zeichen. Wenn es in der Vergangenheit nichts gab, würden womöglich weitere Taten folgen. In seinem Kopf setzte sich der Gedanke fest, dass die Botschaft aus mehreren Akten bestehen würde. Wie ein Theaterstück. Und erst am Ende würde sich alles auflösen. Wenn es so sein sollte, würde es weitere Opfer geben.

Er saß und trank seinen Tee. Dachte an Salinger. Verdrängte die Finsternis, in die seine Seele tauchen wollte. Schob die Briefe mit dem Fuß ein Stück weiter unter den Tisch. Dachte an Salinger, die so wenig mit ihm klarkam wie er mit ihr. Hätte am liebsten eine Flasche Wodka weggekippt, um zu vergessen. Versuchte seine Töchter zu vermissen. Blickte er in die Zukunft, sah er ein schwarzes Loch. Und wenn er es doch mit ihr versuchte?

Er ging früh zu Bett. Sein Schlafzimmer war winzig. Neben dem Bett so viel Platz, dass er gerade hineinsteigen konnte. Am Fußende streifte die Tür fast das Gestell. Am Kopfende ein kleines Fenster, davor ein verschlissenes Rollo. Er las in einem Roman. Wusste aber nicht, warum er das Buch nicht weglegte. Oder ein anderes las. Nach einer guten Stunde hatte er genug. Er löschte das Licht.

Wir hätten noch mal ins Wasserwerk gehen müssen, dachte er. Ein Fehler.

In diesem Augenblick hörte er einen dumpfen Schlag. Weitab, wie ein Echo. Kurz darauf wackelte der Boden. Wie bei einem Erdbeben.

14.

»Wenn wir im Büro sind, arbeiten Sie die Akte durch. Wir suchen Leute, die Zugang zum Haus haben oder hatten. Sie laden alle Mieter ins Präsidium. Morgen früh finden Sie als Erstes die Firma, welche die Sicherheitsanlage eingebaut hat.«

Floire hielt seinen Blick auf der Straße. Sie hatten auf der Rückfahrt bis jetzt kein Wort gewechselt. Lebranc hatte keine Lust, den Idioten zu belehren. Verschwendete Zeit. Manche kamen als Idioten zur Welt und waren zeitlebens stolz, Idioten zu bleiben. Floire war ein Sprössling dieser Gattung.

»Klar, Chef.«

Lebranc blickte ihn nicht einmal an.

Gewerbegebiete, Bistros, Bars, Tankstellen. Die Fassaden heruntergekommen. Dazwischen Betonbauten neueren Datums. Supermärkte. Ödnis. Abwechslung brachten nur die Wälder am Rand.

Sie hatten zwei Leichen, eine Mordinszenierung und einen Ausfall der Wasserversorgung im 16. Arrondissement. Wenn auch nur kurz. Das war ihnen erst später gemeldet worden. Zählte man eins und eins zusammen, gab es ebenso viele Erklärungsmöglichkeiten. Bisher. Entweder die Täter hatten eine Rechnung mit den Meuniers offen. Oder es war der Auftakt von Serienmorden. Eine dritte Möglichkeit hielt er für ausgeschlossen. Dass die Täter Wahnsinnige waren, Perverse oder was auch immer. Dafür war die Tat zu gut geplant und ausgeführt worden.

Nur das Motiv. Was, verdammt, wollten diese Arschlöcher? Was für einen Sinn hatte dieses Verbrechen? Mord war immer sinnvoll. Aus der Sicht des Täters. Um Rache zu üben, Eifersucht abzureagieren, um zu strafen. Eine Mordinszenierung ohne Sinn? Nein, dachte Lebranc.

»Was ist das Motiv? Da müssen wir ansetzen«, sagte Floire.

»Sie setzen gar nichts an. Sondern mich zu Hause ab, bevor Sie ins Büro zurückkehren. Bis dahin halten Sie die Klappe.«

Der Verkehr wurde dicht. Sie unterquerten den Boulevard Périphérique. Lebranc hasste den Dauerstau auf den Umgehungsstraßen von Paris. Die Autobahnen waren mit Blech vollgestopfte Betonmonster. Bis in alle Ewigkeit.

Sie quälten sich ins Zentrum.

An der Métrostation Porte de Versailles sagte Lebranc: »Halten Sie mal an.«

Floire warf ihm einen Blick zu und bremste in der zweiten Reihe. Sofort begann das Gehupe.

»Sie nehmen die Métro«, sagte Lebranc.

15.

Als er die erste Sirene hörte, lief de Bodt los. Er hatte es nicht weit. Musste nur den Einsatzwagen folgen. Er sah den Schein der Blinklichter von Polizeiautos und Ambulanzwagen schon von Weitem. Stolperte auf einer festgetretenen Schneeinsel. Vom Himmel fiel dickflockig Nachschub. Als er die Schlesische Straße querte, ahnte er, was geschehen war. Er atmete schwer, schwitzte. Wischte sich Schneewasser von der Stirn. Fror. Die Oberbaumstraße war gesperrt. Ein Hubschrauber flappte, der Lichtkegel schwenkte über die Brücke. Weißes Licht. Der Schnee wurde dichter.

Am Absperrband kramte er seinen Dienstausweis hervor und hielt ihn dem Beamten hin. Der warf einen flüchtigen Blick drauf und hob das Band. Nach ein paar Metern erstarrte de Bodt.

Die Oberbaumbrücke war in die Spree gestürzt. Mitsamt einem U-Bahn-Zug, Autos, Radfahrern und Fußgängern. Die schmutzig-gelben Wagen der U1 lagen verkantet über- und nebeneinander. Dazwischen Autowracks. De Bodt erkannte das Dach eines Taxis, die Leuchte brannte. Unter Wasser im Scheinwerferlicht ein roter Škoda, darauf ein Fahrrad. Beton- und Steinbrocken. Er hörte Leute schreien. Irgendwo knarzte ein Funkgerät. Boote der Wasserpolizei suchten nach Überlebenden.

»Um Himmels willen«, sagte sie und legte ihre Hand auf seinen Unterarm. Sie war nass von Schweiß und Schnee. Die Haare verklebt. In den Augen spiegelte sich die Orgie aus Scheinwerfern und Alarmlichtern. Und Angst.

Salinger lehnte sich an ihn. Er nahm sie in den Arm. Sie starrten ins Inferno.

Wie in einer anderen Welt.

De Bodt erkannte den Wagen der Einsatzleitung. Der Polizeipräsident gestikulierte. Drei Männer hörten ihm zu, sagten etwas, woraufhin der Präsident die Arme hob. Seine Hände malten einen Halbkreis in den Himmel. Im Gesicht Leere.

Der Präsident runzelte die Stirn, als er de Bodt und Salinger erkannte. Fragte aber nicht, sondern berichtete stakkatoartig: »Die haben die Brücke weggesprengt, als die U-Bahn drüberfuhr. Unter Wasser. Sprengstoff an den Pfeilern. Tote. Die U-Bahn war voll. Partytouristen, Richtung Warschauer Straße.«

De Bodt tat ein paar Schritte zur Abrisskante. Beamte auf einem Boot der Wasserpolizei zogen eine Frau aus dem Wasser. Jeans, Turnschuhe. Zwei weitere Boote ließen ihre Scheinwerfer über die Wasseroberfläche streifen. Der Hubschrauber übertönte alle Geräusche außer den Sirenen der Ambulanzen, die heran- oder fortrasten. Auf der Friedrichshainer Seite prügelten Polizisten eine Gasse in die Gaffermenge. Betrunkene, Bekiffte. Sie hielten das für eine Party.

De Bodt stand lang und beobachtete. Salinger hatte sich wieder eingehängt. Hinter ihnen ließ der Präsident seine Hände sprechen. Irgendwer brüllte irgendwas in ein Megafon. De Bodt verstand nur »Innensenator«. Klar, der hatte hier gefehlt.

De Bodt sah Uhlenhorst. Der stieg aus einem Boot und kletterte eine Strickleiter hoch. Als er de Bodt sah, stutzte er. Dann schüttelte er den Kopf. »Furchtbar. Fast alle tot. Ertrunken, zerquetscht...«

»Spuren?«

Kopfschütteln. »Bisher nichts Brauchbares.« Uhlenhorst stellte sich neben de Bodt und Salinger. Sie betrachteten das Trümmerfeld in der Spree.

»Unterwassersprengstoff. Vermutlich Hexanitrodiphenylamin, besser bekannt als Dipikrylamin, noch besser bekannt als Schießwolle 36. Haben die Nazis in Torpedos gepackt. Das Zeug gibt's nicht bei Obi. Die Täter haben die Pfeiler am Grund präpariert.«

»Profis also.«

Uhlenhorst nickte. »Sie haben auch die Stärke der Ladungen richtig berechnet. Und sie zum selben Zeitpunkt gezündet. Der Brücke wurden die Füße weggezogen. Dass die U-Bahn getroffen wurde, war wohl Absicht.«

»Funkzünder? Hatten wir schon mal...«

Wieder nickte Uhlenhorst. »Wird so sein.«

»Es wird ewig dauern, bis sie alle Opfer geborgen haben«, sagte Salinger. »Die U-Bahn-Wagen, Autos... Brückenteile.«

De Bodt erkannte im Scheinwerferlicht des Helikopters einen fast unversehrten Brückenturm zwischen zwei U-Bahn-Wagen. Roter Klinker. »Wir fahren ins Büro.«

16.

Lebranc hielt beim Traiteur an der Ecke. Lachs in Sahnesoße mit Lauch. Nahm beim Boulanger nebenan ein Baguette mit und einen Schokoladen-Eclair fürs Dessert. Zu Hause öffnete er eine Flasche Bordeaux. Er hatte eine Kiste von diesem Château gekauft, als es die im E. Leclerc im Sonderangebot gab. Eine Flasche am Abend, nach dem Essen. Mindestens. Er schob den Lachs in die Mikrowelle, schnitt das Baguette, legte die Scheiben in einen Korb. Stellte einen Teller neben die Spüle, brachte Besteck, Wasser und seine Serviette ins Wohnzimmer. Aus der Vitrine neben der Tür zum Schlafzimmer holte er ein Wasserglas und ein Weinglas für später. Er hatte sechs davon bei einem Antiquar erstanden. Genauer gesagt, hatte ihn seine Schwester bei einem ihrer Besuche zum Kauf überredet, als sie an einem Samstag im Quartier Latin bummelten wie Touristen. Seine Schwester war die einzige Frau, für die er sich interessierte. Cathérine arbeitete als Sozialarbeiterin in Saint-Denis und war glücklich verheiratet. Sex hatte er längst abgeschrieben und vermisste ihn nicht. Seine Libido war nie stark gewesen. Er genoss es, tun zu können, was er wollte. Wenn der Dienst ihm die Zeit ließ, ging er gern ins Theater oder ins Kino. Danach noch eine Kleinigkeit essen und ein Glas Wein. Oder zwei.

An Abenden wie diesem aber setzte er sich vors Fernsehgerät. Das Essen wurde gerade rechtzeitig warm für die Nachrichten auf *France 2*. Sonst hätte er auf den privaten Nachrichtenkanal *BMFTV* geschaltet.

Der Lachs schmeckte. Dazu trank er ein Glas Leitungswasser. Er dachte an Floire, ärgerte sich. Sah einen Banalbericht über einen Hafen in der Bretagne und ärgerte sich noch mehr. Zappte. Landete bei *iTELE*. Ein Moderator, der die eine Hälfte seines Lebens beim Friseur und die andere in der Maske verbrachte. In der Laufschrift die Aktienkurse der Pariser Börse. Dann: *Explosionen am Pont National...*

17.

Die Klimaanlage lief auf Hochtouren. Aber es reichte nicht für weniger als 25 Grad. Pavlinsky lächelte. Zwei Mails lagen auf seinem Tisch. Sie meldeten einen vollen Erfolg. Seine Leute hatten die Seinebrücke in dem Augenblick erwischt, als ein TGV darüberrollte.

Präzisionsarbeit. Er tupfte sich Schweiß von der Stirn. Die Anspannung war gewaltig gewesen.

Es klopfte. Pavlinsky blickte auf den Monitor. Sah das Kamerabild. Drückte den Öffner. Sein Gast war pünktlich.

»Ganz schön weitab«, sagte der.

Sie kannten sich noch nicht lang. Aber Pavlinsky hatte seinen Schnüffler auf die Fährte gesetzt. Der Schnüffler hatte Oberon beschattet. Natürlich war das nicht sein wirklicher Name. Aber er war wohl sauber. Sauber war vor allem Oberons Geld. Genauer gesagt, das Geld der Leute, die er vertrat. Der Schnüffler hatte eine Wanze in Oberons Hotelzimmer versteckt. Die Wanze hatte zwei Telefonate belauscht. Pavlinsky hatte sie ein paarmal angehört. Offenbar sprach Oberon mit seinen Chefs, den Geldgebern. Berichtete, dass er Pavlinsky gecheckt habe. Das sei natürlich nicht dessen wirklicher Name. Aber Pavlinsky schien in Ordnung. Seine Referenzen waren erstklassig. Robert, dieses Genie, hatte sich für ihn verbürgt. Normalerweise hätten sie das Unternehmen mit Bob durchgezogen. Aber der saß in einem Berliner Gefängnis. Sie wollten ihn rausholen. Aber Bob fand den Plan zu riskant. Forderte einen anderen. Man hatte nur einen Versuch, danach würden die Wärter aufpassen wie die Teufel. Und der Gefangene wurde in einen anderen Knast verlegt. Isolationshaft, abgeschnitten von der Umwelt. Kein Handy mehr, kein Internet. Die waren verboten, aber ein Profi wie Bob fand Wege. Nur nicht in Isolationshaft. Er wollte die erste Gelegenheit nutzen, um auszubrechen. Bob war ungeduldig. Aber nicht leichtsinnig.

Oberon bat um ein Glas Wasser. »Elende Hitze.« Er nahm das Glas in seine prankenartigen schwarzen Hände, deren Innenfläche fast weiß war. Blickte Pavlinsky an durch dicke Brillengläser. Perlen auf der Stirn, Glatze.

»Ich habe es schon erfahren. Natürlich. Anschläge, gleichzeitig in Berlin und Paris. Die Oberbaumbrücke und der Pont National. Exzellente Arbeit.« Er sprach ein weiches Englisch. Nicht amerikanisch.

Pavlinsky schenkte sich auch ein Glas ein. Wasser mit Eiswürfeln. »Ich hatte es Ihnen versprochen. Gute Arbeit für gutes Geld.«

Oberon nickte und blickte hinaus. Ein Gewerbegebiet. Riesig, schmutzig, dunstig.

Sie standen nebeneinander. Oberon überragte Pavlinsky um eine Kopflänge. Ein Riese mit sanfter Stimme. Pavlinsky fühlte sich gut mit ihm. Er besaß Menschenkenntnis. Unerlässlich, wenn man überleben wollte in seinem Fach. Pavlinsky hielt Oberon für einen hochintelligenten Mann mit strategischem Genie. Ein Mann seines Kalibers. Er ließ sich nicht täuschen von Oberons langsamer Sprechweise, von seinem Zögern, das Nachdenken zeigen sollte. In Wahrheit war der Mann blitzschnell im Kopf. Er kannte seine Befugnisse und schöpfte sie aus.

»Wir warten ein wenig. Und dann sehen wir weiter.« Oberon stellte das Glas auf Pavlinskys Schreibtisch ab. Winkte kurz, wandte sich schwerfällig ab und ging. Er war nicht gekommen, um mit Pavlinsky zu sprechen. Er wollte ihm in die Augen sehen. Es gab Leute, die entdeckten dort etwas.

18.

»In Paris hat es auch eine Brücke erwischt«, sagte Yussuf. Er hatte schon an de Bodts Schreibtisch gesessen, als der und Salinger zurückkehrten.

De Bodt setzte sich auf die Schreibtischplatte. »Frag dort nach, ob die auch einen Badewannenmord haben. Oder was Ähnliches. Was mit Wasser ...«

»Haben Sie. Ein Ehepaar, genauso arrangiert wie die Wolters. Er war Leiter eines Wasserwerks in Paris. Saint-Cloud. Ich habe vorhin mit einem Kollegen telefoniert, der hieß Flor oder so.«

»Dieser Flor oder so leitet die Ermittlungen?«

»Keine Ahnung. Die haben mich zu dem durchgestellt ...«

»Seit wann sprichst du Französisch?«, fragte Salinger.

»Immer hackst du auf mir rum.«

Dann schwiegen sie lange.

»Infrastruktur, Wasser, in beiden Fällen«, sagte de Bodt.

»Terroristische Stammkundschaft?«, fragte Salinger.

»Die Oberbaumbrücke wurde mit hohem technischem Aufwand gesprengt. Das spricht dagegen. Die haben Taucher eingesetzt. Spezialisten für Unterwassersprengungen. Offenbar zweimal, wie es aussieht.« Er schüttelte den Kopf. »Das waren die nicht.«

»Es sei denn, die hätten Profis für so was rekrutiert. Geld ...«, sagte Salinger.

»Gewiss, möglich. Aber ich wette, die Geheimdienste haben noch nie was davon gehört.«

Yussuf winkte ab. »Fang mit denen gar nicht erst an. Das hatten wir schon.«

Wieder Schweigen.

»Wir brauchen die Botschaft«, sagte de Bodt. »Ist dem Kollegen in Paris dazu was eingefallen?«

Yussuf schüttelte den Kopf.

Die Sekretärin erschien. Auch sie war früher gekommen. »Der Chef ruft zur Sitzung.« Sagte Engel. Erstaunlich, dass der Kriminalrat sie am Telefon erwischt hatte. Wahrscheinlich glotzten die Lieblingstratschtanten Engels. Live vom Anschlagsort.

Der Sitzungsraum war halb gefüllt. Die meisten Kollegen lagen im Bett oder saßen vor dem Fernseher. Draußen schneite es in der Dämmerung.

Tilly war blass. Er mühte sich, souverän zu erscheinen. Aber in seinen Augen las de Bodt Angst. Vielleicht war er auch nur übermüdet und gestresst von tausend Telefonaten mitten in der Nacht. Als alle saßen, schlug die Tür auf. Der Polizeipräsident. Er setzte sich neben Tilly ans Kopfende.

»Sie wissen, was passiert ist«, sagte der Präsident. »Die Oberbaumbrücke wurde samt der U1 weggesprengt. In Frankreich wurde eine Seinebrücke in die Luft gejagt, mitsamt einem Zug. Viele Opfer. Auch Autos und Radfahrer.«

»Ich habe gerade mit dem Generalbundesanwalt gesprochen«, sagte Tilly. »Er zieht das Verfahren an sich, das BKA ermittelt. Wir helfen, wo wir können.« Er blickte in die Runde. Seine Augen blieben einen Moment an de Bodt hängen.

»Ich würde ja gern wissen, was in seinem Kopf vorgeht«, flüsterte Salinger.

Yussuf saß auf de Bodts anderer Seite und tippte auf dem Tablet, das er sich gerade zugelegt hatte. »Auf meine Kosten«, wie er nölte.

»Was ist mit dem Badewannenmord?«, fragte Salinger.

Tilly blickte sie an. »Was soll damit sein?«

De Bodt legte die Hand kurz auf ihren Arm. Krüger verzog das Gesicht. Natürlich hatte er sich gegenüber von Salinger an den Konferenztisch gesetzt. Wenn neben ihr schon kein Platz war.

»Ich ziehe die Frage zurück... ist zu früh für mich.«

Irgendwoher kicherte es.

Tilly stutzte. »Das ist Ihr Fall... glauben Sie etwa...?« Er schüttelte den Kopf.

Krüger grinste.

De Bodt war weit weg.

Yussuf schob das Tablet vor ihn. *Badewannenmord in Paris* lautete die französische Schlagzeile.

De Bodt schaltete das Tablet aus.

Yussuf blickte ihn an, dann lächelte er.

Krüger verfolgte es mit geröteten Augen.

Salinger flüsterte: »Was ist?«

»Später«, sagte de Bodt.

Der Präsident versprach – vermutlich sich selbst –, dass die Berliner Polizei alles tun werde, um den Generalbundesanwalt und das BKA zu unterstützen. »Wir sind nunmehr Dienstleister der Bundesbehörden«, sagte er. Er neigte zum Pathos. »Der Innensenator hat mir alle Hilfe zugesichert.«

Yussuf lachte auf und presste die Hand vor den Mund.

»Sie scheinen anderer Meinung zu sein, Herr... Kollege«, sagte der Präsident. Begleitet von Tillys wütendem Blick.

»Yussuf mein Name, Ali Yussuf, migrantischer Herkunft, wie man so sagt, im LKA auch als *Türkenbengel* bekannt. Ich habe natürlich nicht über Sie gelacht. Also, das würde ich mir nie herausnehmen. Und die Lage ist ernst, wirklich. Es ist einfach zu früh, da krieg ich manchmal... so Anfälle... bei den Türken gibt's das. Hat wohl mit dem angeborenen Mangel an Intelligenz zu tun.«

Der Präsident musterte Yussuf einige Augenblicke. Seine Augen zeigten Wut. Aber sein Hirn beschloss, dieses Labyrinth nicht zu betreten.

»Sie werden uns den Badewannenfall morgen wegnehmen, spätestens«, sagte Salinger. Zurück im Büro. Yussuf rührte in seinem Espresso. Die anderen hatten keinen gewollt. Was ihn ein wenig gekränkt hatte. Sie wussten doch, wie gern er den Kaffeeautomaten bediente. Er fand, der war sogar besser als der von der Zander. Technisch jedenfalls.

De Bodt hob den Telefonhörer ab.

19.

Floire saß am Schreibtisch, als Lebranc ins Büro stürmte und den nassen Mantel in die Ecke warf. Er war am Pont National gewesen. Hatte die Trümmer gesehen, Tote, Verletzte. Hatte das Schreien gehört, das Megafon des Einsatzleiters, die Sirenen. Der Feuerwehr. Der Wasserschutzpolizei. Sah die beiden Hubschrauber, von denen einer über dem Berg aus Mauerresten, Blech, Leichen, Rettungsringen und Rettungsbooten in der Luft stand. Der andere suchte die Umgebung ab. Die Helikopterscheinwerfer durchdrangen die Nebelschwaden. Als es zu regnen begann, hatte Lebranc genug gesehen und gehört.

»Ich habe es auf dem Bildschirm«, sagte Floire. Nach einer Weile: »Unfassbar!«

»Unsinn, wenn jemand das begreifen muss, dann wir. Und zwar flott.«

»Da hat ein Typ angerufen. Aus Berlin ...«

»Was wollte der?«

»In Berlin ist auch eine Brücke ... und die haben auch einen Badewannenmord.«

»Mein Gott ... die Nummer!«

Floire legte ihm einen Zettel auf den Schreibtisch.

»Sie hatten angerufen. Guten Abend, Lebranc, *commissaire division-naire*, Paris.«

»Hauptkommissar de Bodt, Landeskriminalamt Berlin. Guten Abend, Herr Kollege. Wir haben eine Brückensprengung und einen Badewannenmord wie Sie.«

»Ja, unglaublich«, sagte Lebranc.

»Hier hat der Bund übernommen, morgen wird der Generalbundesanwalt Schröder auch den Badewannenmord an sich ziehen. Dann werden sich unser Bundeskriminalamt und Europol darum kümmern.«

»Sieht nach Terrorismus aus«, sagte Lebranc.

»Ich finde, dass der Badewannenmord aus der Reihe fällt. Terroristen ertränken keine alten Leute in einer Badewanne. Und sie drehen nicht für eine halbe Stunde das Wasser ab. Sie sprengen den Laden in die Luft. Dass sie das können, haben sie ja nun gezeigt. Wenn es dieselben Täter waren.«

»Es handelt sich um eine größere Gruppe. Sie haben Taucher und Sprengstoffexperten. Sie haben Unterwassersprengstoff. Sie schaffen es, Taucher unbemerkt zum Tatort zu bringen. Sie verschwinden spurlos.«

»Ich sehe es genauso, Herr Lebranc.«

»Darf ich Ihnen ein Kompliment aussprechen für Ihr ausgezeichnetes Französisch?«

»Danke, ich darf es zurückgeben für Ihre Analyse.«

»Was machen wir nun, Herr de Bodt?«, fragte Lebranc, nachdem sie sich über weitere Übereinstimmungen bei den Verbrechen ausgetauscht hatten.

»Wir warten ab«, sagte de Bodt.

20.

Er musste nur zwanzig Minuten warten. Wieder Konferenz, diesmal im Präsidium in Tempelhof. Sie nahmen Uhlenhorst mit, der gerade im Büro aufgetaucht war. Als sie im Sitzungssaal im Präsidium saßen, erschien Tilly mit Krüger und Mitarbeitern im Schlepptau. Kleine Krügers. Die Mitarbeiter übernahmen den Habitus des Chefs. De Bodt überlegte kurz, ob sich das bei Salinger und Yussuf auch feststellen ließ. Bei Yussuf ein wenig, vielleicht. Bei Salinger nicht. Eher im Gegenteil, wenn es das gab.

Die Tür öffnete sich wieder. Es erschien der Innensenator mit zwei Assistenten.

De Bodt blickte auf die Uhr. Jetzt dauerte der Mist eine Stunde länger. Der Innensenator hörte sich gern reden. Liebte es, die Ermittlungsprofis über Polizeiarbeit aufzuklären. Doch der Polizeipräsident und viele Kollegen schätzten ihn. Schließlich deckte er jeden Unfug, den Polizisten anstellten. Disziplinarverfahren gegen Polizeibeamte endeten meist im Nirwana. Man musste schon im Altenheim herumgeballert haben, bevor es Ärger gab. Erst wurden gründliche Ermittlungen angekündigt, ohne Ansehen der Person. Dann quoll eine Nebelwolke aus dem Präsidium. Und irgendwann wurde eingestellt. Leise. Wenn sich schon kaum jemand mehr erinnern konnte.

Sie saßen in der dritten Reihe. Yussuf recherchierte im Internet. Salinger beugte sich zu de Bodt. »Die wollen uns in eine Sonderkommission stecken. Wetten?«

»Sieht so aus«, flüsterte de Bodt.

»Klinken putzen für die BKA-Fuzzis.«

»So schlimm wird es schon nicht werden.« Er grinste. Auf der Fahrt hatte er darüber nachgedacht. Eine Horrorvorstellung, im BKA-Getriebe zu arbeiten. Natürlich hatte es sein Ruf bis Wiesbaden geschafft. Kein Wunder, nachdem er die Kollegen vorgeführt hatte. Seine Chefs nahmen ihm seine Solo-Ermittlungen übel. Er hatte die Hierarchie unterlaufen, Dienstanweisungen nicht befolgt. Und Erfolg gehabt. Das war das Schlimmste. Aber sie hatten ihn eingeladen. Vielleicht hatte sogar wieder ein Politiker darauf bestanden, dass er einbezogen wurde. Vor allem aber hatten sie Angst vor Journalisten.

Der Innensenator setzte sich neben den Präsidenten. Tilly auf die andere Seite. Der Kriminalrat ließ seinen Blick über die Reihen schweifen. Blieb an de Bodt hängen. Der Blick wanderte weiter.

De Bodt war klar, sie hatten über ihn geredet. *Gäbe schlechte Presse, wir würden diesen Aufschneider dahin schicken, wo der Pfeffer wächst. Aber wir könnten ihn aufs Nebengleis schieben.* Sie wollten den Triumph diesmal selbst haben. Er erinnerte sich an die letzte Pressekonferenz. Da hatten Präsident, Kriminalrat und er auf dem Podium gesessen. Der Präsident hatte die Polizei gepriesen. Der Kriminalrat hatte säuerlich erklärt, dass der Fall durch die gute Teamarbeit in der Taskforce gelöst worden sei. BKA, Verfassungsschutz, Landespolizei, BND hätten vorbildlich zusammengearbeitet. Und behauptet, Kommissar de Bodt habe *in Abstimmung mit und unter dem Schutz des BKA eine Undercover-Mission auftragsgemäß durchgeführt.* De Bodt hatte sich jede Bemerkung verkniffen. Nur schmallippig den Sachverhalt dargestellt, das meiste ausgelassen. Aber die Journalisten waren nicht blöd. In den Medien berichteten sie, wie die Ermittlungen offenbar wirklich gelaufen waren.

Nun auf ein Neues.

Der Innensenator begann zu reden. Als er geendet hatte, wussten die Zuhörer auch nicht mehr. Sie waren die Appelle satt. Zeitverschwendung. Der Senator hatte als Oppositionspolitiker rechtsfreie Räume beklagt. Die er der Regierung anlastete. Seit er im Amt war, hatten sich besagte Räume ausgeweitet. Um seinen Ruf zu retten, schoben die Polizisten Überstunden. Massenhaft Einsätze. Nur um zu zeigen, dass die Polizei sich kümmerte.

Der Präsident erklärte, er werde eine Sonderkommission zusammenstellen. Leiter sei Dr. Harms vom Bundeskriminalamt, der leider auf der Autobahn stecken geblieben sei.

Gemurmel. *Das fängt ja gut an.*

Der Polizeipräsident hatte mit Harms telefoniert. Die Sonderkommission werde ihr Büro in Tempelhof einrichten. Die technischen Vorbereitungen seien so gut wie abgeschlossen. Von Berliner Seite werde Tilly als Stellvertreter eingesetzt. In Harms Abwesenheit leite er die Kommission.

»Sie, Herr de Bodt, werden im LKA den sogenannten Badewannenmord bearbeiten.«

Getuschel im Raum.

»Dieser Fall steht am Beginn dieser Serie. Wir brauchen da einen besonders befähigten Kollegen.« Der Polizeipräsident blickte de Bodt an. Tilly bestaunte die Rückwand.

De Bodt erwiderte den Blick.

»Die stellen uns kalt«, murmelte Salinger.

»Ich hab's geahnt«, murmelte Yussuf.

De Bodt verzog keine Miene.

21.

»Ich hab gewusst, dass es klappt.«

»Ist ja gut. Ich sag es nie wieder.«

Immer wieder hatte Nadine ihm vorgeworfen, er kenne seinen Computer besser als sie. Am Ende war das kein Witz mehr. Jan hatte die Reißleine gezogen. Im letzten Augenblick begriffen. Und einen Tauchurlaub gebucht. Drei Wochen, die erste war fast vorbei. Sie hatten getaucht, gegessen, getrunken, Sex gehabt. Ihr schien es, dass er sie neu für sich entdeckte. Dabei kannten sie sich schon mehr als zwei Jahre. Für beide die längste Beziehung. Obwohl sie es ihm gegenüber nie zugab, bewunderte sie seine IT-Kenntnisse. Er hatte vor einem halben Jahr einen Job in einer Hamburger Firma gefunden. Sie warteten Firmen-Netzwerke. Jan war auch ein guter Programmierer. Er strickte den Kunden Patches, und die waren begeistert. Also war auch der Chef begeistert. Urlaub gleich nach Ende der Probezeit, ungewöhnlich. Aber der Chef erkannte Talente sofort. Die musste man fordern, aber auch ein wenig verwöhnen. Dem Chef gefiel auch, dass Jan keiner dieser partysüchtigen Jungspunde war. Er kam nie mit roten Augen zur Arbeit. Er war eher still, aber neugierig. Ging den Fehlern auf den Grund.

Zum Ausgleich machte er Karate. Und spielte Ego-Shooter. *Call of Duty.* Wenn er Zeit hatte. Aber dann mit Hingabe. Die Macht über Leben und Tod berührte etwas in ihm. Auch wenn sie nur virtuell war. Bevor er nachts einschlief, träumte er sich in eine Ruinenstadt voller Finsterlinge. Er das M16 in der Hand. Am Gürtel Granaten und das Kampfmesser. Im Rucksack Proviant und Munition. Er hatte ein Talent für diese Spiele. War schnell und kalt. Und schoss gut.

Jetzt Südsee. Blick ins Unendliche. Von der kleinen Terrasse Sicht auf glasklares Wasser. Fische. Ihr Aquarium. Nur Schnorchel und Flossen, und sie waren in einer anderen Welt. Ein paar Minuten zu Fuß die Tauchstation, wo sie Flaschen und Blei leihen konnten. Besser ging es nicht. Wirklich nicht.

22.

Die Tür wurde aufgestoßen. »Bonjour.«

Die Augen richteten sich auf einen Mann, an dem nichts auffiel außer einem mächtigen Schnauzer. Mit Verzögerung folgte ihm eine unsichtbare Nikotinwolke. Braune Zähne, braune Zeige- und Mittelfinger, als er die Handschuhe auszog. Kurze Haare, viele grau. Kleiner als de Bodt.

»Commissaire divisionaire Lebranc, Paris.«

De Bodt erhob sich hinter seinem Schreibtisch, trat auf den Besucher zu und reichte ihm die Hand. Er stellte ihm seine Mitarbeiter vor.

»Sie sind gewiss überrascht«, sagte Lebranc. Schnoddriges Französisch. Ein schiefes Lächeln im Gesicht.

»Nehmen Sie Platz!«

Er öffnete die Tür zum Vorzimmer. »Frau Engel, könnten Sie bitte Kaffee« – wechselte den Blick zu Lebranc, und als der nickte – »besorgen, aber bitte nicht aus dem Automaten im Gang.«

Engel erschoss ihn mit einem Blick, legte den Telefonhörer auf. »Ich melde mich gleich wieder.«

Yussuf warf einen wehmütigen Blick auf seine Kaffeemaschine, deren Gedröhn offenbar unerwünscht war. Oder wollte der Chef die Engel ärgern, und Yussuf war der Kollateralschaden?

»Ich habe Urlaub«, sagte Lebranc. »Und war noch nie in Berlin.« Er lächelte wieder. Als wäre es ihm peinlich.

»Ich freue mich, dass Sie hier sind. Obwohl Sie Urlaub haben …«

Lebranc grinste. Als wäre er bei einem Streich erwischt worden.

»Der Badewannenfall ...«

»Bei uns hat eine Sonderkommission übernommen«, sagte Lebranc. »Staatsnotstand, schon wieder. Oder immer noch. Zu viel Geheimdienst.«

De Bodt lachte. »Hier ist es ähnlich. Ich soll den Badewannenmord aufklären.«

Als Lebranc ungläubig blickte: »Die tun so, als könnte man unabhängig vom Brückenanschlag ermitteln.«

Lebranc nickte. »Die haben Sie abgeschoben. Warum?«

»Das erzähl ich Ihnen beim Abendessen. Sie gehen doch mit mir ...«

Lebranc nickte. »Aber selbstverständlich, Herr Kollege.« Als hätte er nur darauf gewartet.

»Bei mir um die Ecke gibt es ein nettes Restaurant, das *Nest*.«

Lebranc saß schon an einem Tisch in der Ecke, als de Bodt auftauchte. Vor ihm stand ein großes Glas Bier. Er las in der *Libération*.

Sie begrüßten sich, schon erschien die bezopfte Bedienung. De Bodt bestellte einen Salat und einen grünen Tee. Lebranc ein zweites Bier und die Entenbrust.

»Nette Ecke«, sagte Lebranc.

»Sie wurden auch ... abgeschoben?«

Kopfschütteln. »Nein, ich will nicht. Sie kennen das doch. Sonderkommission. Wichtigtuer. Ich weiß nicht, wie das bei Ihnen ist. Bei uns wimmelt es vor Geheimdienstleuten. Alles weltbewegend. Mindestens.«

De Bodt grinste.

»Ich hab den Chef gebeten, mich da rauszulassen.«

»Das geht so einfach?«

»Bei meinem Chef schon ... ich weiß was, das ich nicht wissen sollte ...« Er beugte sich vor. »Hab ich nie gesagt. Sie verstehen?«

»Klar. Und was machen Sie jetzt?«

»Erst mal Urlaub ... aber wenn ich ... helfen ...«

De Bodt lachte. »Sie wollen bei uns ein Praktikum machen.«

»Besser hätte ich es nicht sagen können. Müssen wir irgendwas Offizielles klären?«

De Bodt winkte ab. »Sie helfen uns beim Badewannenmord.«

23.

»Sie haben es mitgekriegt«, sagte Pavlinsky. Sie saßen im Park auf einer Bank. Wie White-Collar-Typen in der Mittagspause. Betrachteten die Jogger, denen die Wahnsinnshitze nichts anzuhaben schien. Leute lagen auf der Wiese, lasen, dösten. Hunde. Auf einer Parkbanklehne schräg gegenüber saßen vier junge Männer und tuschelten.

»Ungewissheit macht am meisten Angst«, sagte Oberon. »Ihr Plan geht auf.«

»Natürlich«, sagte Pavlinsky. »Das Geld Ihrer Chefs ist gut investiert.«

»Sie haben nie nach ihnen gefragt.«

»Sie hätten es mir nicht verraten.«

Oberon lächelte. Saß entspannt und lächelte. Dazu hatte er auch Grund. Er hatte am Morgen mit dem Chef der Chefs telefoniert. Der war zufrieden und hatte Oberon eine Überweisung angekündigt. Sechsstellig. Die geizten nicht. Er hatte Pavlinsky bereits eine Millionenrate aufs Konto überwiesen. Zug um Zug.

Ein Honigesser zwitscherte auf der Akazie, die ihnen Schatten gab.

24.

Er war hingerissen von ihren Augen, ihrem Mund. Sie war sein Glück. Er hatte sie in der U-Bahn angesprochen, hatte den Touristen gespielt, nach dem Jungfernstieg gefragt, sie in ein Blödsinnsgespräch verwickelt. Bis sie aus dem Lachen nicht mehr herauskam. Es war schnell gegangen. Und bald waren sie zusammengezogen.

Sie jobbte an der Uni. Physik. Wollte promovieren, Professorin werden. Obwohl es als unmöglich bis idiotisch galt. Aber sie war zäh. Stur, wenn ihr etwas wichtig war. Wie dieser Urlaub.

Jan hatte den Computer in der Tasche gelassen. Sie hatten Besseres zu tun. Fand sie. Sie wusste, dass sie bald wieder von der Erinnerung zehren würde. Während er bei Kunden die Bugs von Systemadmins aufspürte, die sich für oberschlau hielten. So sehr sie die einsamen Nächte nervten, sie war stolz auf ihn. Der Vorgänger war ein Hänger gewesen. Hatte nichts auf die Reihe gekriegt. Brauchte immer noch Mutti zur Lebensberatung. Sie erinnerte sich oft daran, immer mit dem Nachsatz: Bist selbst schuld.

Jan saß am Tisch und blickte hinaus aufs Meer. Es war spiegelglatt.

»Zu Hause schneit's«, sagte er.

»Woher weißt du das?«

Er blickte zur Neoprentasche.

»Gibt's hier etwa Internet?«

»Ja. In gewisser Hinsicht. Und jemand hat in Berlin eine Brücke gesprengt. In Paris auch.«

25.

»Wenn ihr was findet, liefert ihr es bei mir ab«, sagte Krüger. Er saß mit einem Viertel seines Hinterns auf Salingers Schreibtisch. De Bodt hatte sich auf den Stuhl neben der Tür gesetzt. Lebranc war spät erschienen und hatte sich hinter Yussufs Schreibtisch gehockt. Der saß auf de Bodts Schreibtischstuhl, wie meistens.

»Wie kommst du darauf, dass wir was finden?«, fragte Salinger.

»Nun sei mal nicht so bescheiden.«

»Natürlich arbeiten wir gern dem Superbullen zu. Du hast ja in letzter Zeit eine Heldentat an die andere gereiht.«

Krüger stierte sie an, warf einen misstrauischen Blick auf Lebranc, machte kehrt und verließ das Büro.

Lebranc lächelte.

»Komm mal mit«, sagte Salinger. Sie verließ das Büro.

De Bodt folgte ihr nach draußen.

Sie lehnte neben dem Fenster gegenüber der Bürotür an der Wand. Er stemmte die Hände aufs Fensterbrett und blickte hinaus auf die Straße.

»Mir geht das auf den Keks.«

»Was?«

»Ich verstehe kein Wort, Yussuf kaum etwas. Schön, dass du dich mit dem Monsieur unterhalten kannst.«

Er nickte. »Stimmt. Ich werde übersetzen. Falls ich es vergesse, erinnere mich dran.«

Sie blickte ihn eine Sekunde zu lang an.

»Mit seiner Hilfe kriegen wir vielleicht doch Zugriff auf den Fall. Verstehst du das nicht?«

»Wie, wenn ihr nur Französisch redet?« Sie klang sauer.

Er verstand, es ging nicht nur um die Sprache. Sie fühlte sich zurückgesetzt. War bisher seine wichtigste Partnerin gewesen. An seine Alleingänge hatte sie sich fast gewöhnt. Fast. Sie war die Nummer zwei im Team. Wegen ihres Dienstrangs, besonders wegen ihrer Fähigkeiten. Sie war seine Vertraute. Und mehr. Yussuf akzeptierte die Hierarchie, auch wenn er gern motzte.

»Tut mir leid«, sagte de Bodt.

»Das reicht nicht.«

Sein Team drohte zu platzen. De Bodt krampfte die Hände zu Fäusten. Warum hatte er das nicht begriffen? Er hatte sich überrumpeln lassen. Plötzlich war er da gewesen, der Monsieur. Freundlich, wie selbstverständlich. Und de Bodt hatte sich gefreut. Unverhoffte Verstärkung aus Paris. Er mochte Lebranc. Der dachte eigenständig, gab nichts auf Vorgesetzte. Auch wenn er sein Mitarbeiter nicht sein wollte. Lebranc verachtete schnell. Das hatte de Bodt an ihrem Abend im *Nest* verstanden. Er verachtete seinen Chef, die Kollegen, seinen neuen Mitarbeiter, diesen Floire. Lebranc verachtete so ziemlich alles und jeden. De Bodt hatte auf dem Heimweg durch den Schnee am Görlitzer Park über sich nachgedacht. Verachtete er auch alles und jeden? Er war zum Schluss gekommen, dass er dazu neigte. Wie jeder, der besser war. Er hielt sich nicht für besser. Er war es. Er war ein besserer Polizist als die Kollegen im LKA. Man musste sich nur Krüger ansehen. Oder Tilly.

»Ich versuch es. Lebranc ist ein Glücksfall.«

»Du willst also nicht nur den Badewannenmord ...«

»Wie soll ich den aufklären, ohne im Brückenanschlag zu ermitteln?«

»Ich hab den Kriminalrat so verstanden: Du musst natürlich zur Soko gehören. Offiziell. Aber lass uns bloß in Ruhe.«

»Wir werden sie in Ruhe lassen.«

»Wir?«

Er schwieg. Sie grübelte und sagte nichts.

»Lebranc fliegt morgen zurück nach Paris. Er versorgt uns mit den Ermittlungsergebnissen der französischen Kollegen.«

Als sie nicht antwortete: »Möchtest du den Fall nicht lösen? Es ist unserer. Wir waren als Erste am Tatort.«

»Ich weiß nicht. Ich habe keine Lust mehr auf den Irrsinn.«

Nicht schwer zu begreifen, was sie meinte. Beim letzten Fall hatte de Bodt sein Leben aufs Spiel gesetzt. Ein anderes Mal hatte er sie retten müssen.

»Du bist auf dem Egotrip«, sagte sie.

»Da war ich schon immer.«

26.

Sie wachte auf. Fühlte dem Sex nach. Warm. Weich. Blinzelte. Sah ihn am Computer. Er tippte.

»Was machst du da?«

»Nicht wichtig. Mir fiel nur was ein. Schlaf weiter.«

Sie schloss die Augen. Gut, du hast dir einen Nerd angelacht. Genauer gesagt, hat er dich angelacht. Aber sonst war er okay. Ein guter Mann. Jeder Mann hatte seine Meise. Auto. Stereoanlage. Smartphone. Fahrrad. Motorrad. Sport. Sie beschloss, dass ein PC-Nerd das geringere Übel war. Soll er doch. Lächelte und schlief wieder ein.

Sie schlief endlich ein. Gleich war er da. Der Traum. Fetzen. Polizisten in Uniform. Schreiend, lachend, grinsend. Hohn las sie in den Gesichtern. Arroganz, abstoßende Selbstsicherheit. Und sie hatte Angst. Immerzu Angst. Wachte auf, fror. Hatte gleich wieder das Bild im Kopf. Badewanne. Die alten Leute. Wusste noch, wie sie sich wunderte. Das Badezimmer musste schon zu Queen Victorias Zeiten so ausgesehen haben. Seitdem kein Spritzer Farbe. Dass einem so was einfällt, wenn alte Leute tot in einer Badewanne lagen. Dass sie nicht aufschrie vor Wut und Verzweiflung. Nein, ihr fiel auf, dass das Badezimmer renoviert werden müsste. Verdrängung. Sich an etwas Normalem festklammern. Um das Absurde zu vergessen. Zwei alte Menschen in der Badewanne. Wer ertränkte ein Paar in der Badewanne? Sie hatte auf ihm gelegen.

Sie wachte auf. Fahles Licht drang durch den Vorhang. Verkehrsrauschen. Irgendwo ein Rettungswagen. Nacht in der Großstadt. Wenn die Ratten aus den Kanälen krochen.

Die Zeiten, in denen sie Nachtschichten schieben musste, waren vorbei. Meistens schaffte sie es pünktlich nach Hause.

Als sie gerade wieder einschlief, klingelte das Telefon. Sie tastete nach dem Apparat, nahm den Hörer ab.

»Rush?«

»Jemand hat die London Bridge… gesprengt, Superintendent.«

»Ach, Sie?«

Bob saß auf einem Schemel. Ein anderer stand auf der anderen Tischseite. Beide im Boden verschraubt. Salinger lehnte sich an die Wand neben der Stahltür.

Bob nickte ihr zu.

»Werden Sie vernünftig behandelt?«, fragte de Bodt.

»Die Sorge treibt Sie bestimmt nicht her.«

De Bodt lächelte. »Sie sitzen ja nicht das erste Mal im Knast.«

Bob lächelte. Natürlich keine Antwort. Bob war der klügste Verbrecher, den de Bodt kannte. Nach der letzten Begegnung war er überzeugt, dass Bob ihm eine Chance gegeben hatte. Vielleicht nicht mit Absicht.

»Sie kommen wegen der Brücken? Und der Badewannen?«

De Bodt nickte.

»Ich weiß nichts. Und wenn ...« Er lächelte.

»Ihnen ist es scheißegal.«

»Ja. Warum auch nicht?«

»Dass Unschuldige draufgehen?«, fragte Salinger scharf.

Bob lachte. »Immer noch so impulsiv.« Er genoss die Vernehmung als Abwechslung vom Knastalltag.

Salinger schwieg.

»Wenn Sie helfen, könnte ich was für Sie arrangieren«, sagte de Bodt. »Fehlt Ihnen was?«

»Die Freiheit.«

»Sehr originell.«

»Bin nur ehrlich.«

»Wir könnten dafür sorgen, dass Sie ein paar Jahre früher rauskommen.«

»Das kann vielleicht der Justizminister.«

»Wenn ich es sage, kann ich es.«

Bob blickte ihn eine Weile an. Er nickte. »Wer die Leute sind, weiß ich nicht. Warum sie es machen, weiß ich auch nicht.«

»Aber Sie wissen, wen wir fragen können.«

Bobs Hand klopfte auf den Tisch. Rhythmus in Zeitlupe. »Vielleicht. Müsste nachdenken. Aber Sie kriegen von mir keine Namen ...«

»Einverstanden. Wenn Ihr Hinweis was bringt ...«

»Nein, nein, so nicht. Ich gebe Ihnen einen Hinweis. Wenn Sie's vermasseln, geht das nicht zu meinen Lasten.«

»Ich rede mit dem Staatsanwalt. Der wird nicht begeistert sein. Wird dauern, bis ich den dazu kriege. Ist doch ein bisschen lau, was Sie liefern wollen.«

Bob hob die Hände.

Vor dem Gefängnistor in Tegel blieb Salinger stehen. »Das bringt doch nichts. Der verarscht uns. Er verrät nichts.«

»Wie kommst du darauf? Er hat mir gesagt, was ich wissen wollte.«

29.

Floire saß in Akten vergraben. Er las und tippte mit einer Hand auf der Tastatur.

»Herr Kommissar, in London …«

»Ich weiß.« Ein Ton, der das Gespräch erschlug.

Nach der Landung in Roissy jagten sich die Schlagzeilen. Die Spekulationen. Das fing am Gepäckförderband an. Und setzte sich im Terminal fort. Auf allen Monitoren Bilder der London Bridge. Trümmer. Die Opferzahl erhöhte sich.

Diesmal kein Zug, nur Passanten und Autos. Aber die Täter hatten sich den richtigen Zeitpunkt ausgesucht. Als der Verkehr sich zurückstaute. Zwei Touristenbusse hatte es in die Themse gerissen. Die Fernsehbilder zeigten ein aus dem Wasser ragendes Heck, das langsam versank. Viele Fußgänger waren in den Trümmern erschlagen worden.

»Sagen Sie den Kollegen in London, dass sie nach einem Badewannenmord suchen sollen. Vielleicht haben die den Tatort noch nicht entdeckt. Vermutlich der Chef eines Wasserwerks und seine Frau.«

»Hab ich schon«, sagte Floire.

»Und was haben die geantwortet?«

»Dass sie sich für den Hinweis bedanken.«

»Aufschlussreich.«

»Brexit.« Ein Blick, dann versank Floire wieder in seinem Papierberg.

Lebranc stellte sich hinter ihn. Floire durchsuchte Akten einer Firma namens *Sécurité partout.* Die hatten die Sicherheitstechnik im Haus installiert.

»Haben wir einen anderen Vorgang, in dem die Firma auftaucht?«
Große Augen. »Wie meinen … ach so, das muss ich noch nach-
sehen.«

»Sie ersaufen in Papier und sehen das Ufer nicht.«

Wieder große Augen. »Diese Kramerei führt vielleicht alle zehn
Jahre zu einem Zufallstreffer. Sie müssen vorher wissen, welche
Möglichkeiten in dem Fall stecken. Und gleichzeitig bereit sein, sich
überraschen zu lassen. Sie finden in Ihren Akten kaum etwas, wenn
Sie nicht die richtigen Fragen stellen. Zum Beispiel: Hat es weitere
Verbrechen in Häusern gegeben, die diese Firma gesichert hat?« Er
ging zu seinem Schreibtisch. Setzte sich. »Hat man Ihnen auf der
Polizeischule gar nichts beigebracht?«

Floire sah ihn an. Sagte nichts. Blick auf den Monitor, dann zum
Chef. »Ich mach das für die Sonderkommission …« Fast hätte er den
Kopf eingezogen.

»Die haben Sie also abgezogen, ohne mich zu fragen?« Hätten
sie ihn gefragt, er hätte Floire verschenkt. Mit dem schönen Gefühl, dass der dann andere nervte. Irgendein ungnädiges Schicksal
hatte ihn dazu verflucht, dass die ihm die Versager unter den Neuen
schickten. Floire mühte sich redlich, seine Vorgänger an Untaug-
lichkeit noch zu übertreffen.

»Sie waren in Urlaub.«

Lebranc starrte auf die Tischplatte. Sein Ärger verglühte. Er bootete den PC. Betrachtete die Tatortfotos. Die beiden in der Badewanne. Ließ sich den Bericht der Rechtsmedizin anzeigen. In der
Badewanne ertränkt. Keine Spuren von Gewalteinwirkung.

Die Täter mochten glauben, dass sie damit einmal durchkamen.
Aber nicht zweimal mit derselben Methode. Dreimal schon gar nicht.
Wir kriegen sie. Keine Frage, in London würden sie eine Badewanne
mit Leichen finden. Eigentlich könnte man den Kollegen schon die
rechtsmedizinischen Gutachten aus Berlin und Paris schicken.

Er legte die Füße auf den Schreibtisch, lehnte sich zurück, verschränkte die Hände im Nacken und schloss die Augen. Nach einer
Weile sagte er: »Wer hat die Möglichkeit, an drei verschiedenen Or-
ten binnen kurzer Zeit komplizierte Operationen durchzuführen?
Und dies in Staaten, in denen alles und jedes überwacht wird?«

»Terroristen«, sagte Floire.

»Halten Sie den Mund. Ich habe Sie nichts gefragt.«

30.

»Jetzt haben die auch in London eine Brücke gesprengt. Und es sind Leute in der Badewanne ertränkt worden ... irre.«

Sie war gerade vom kleinen Markt zurückgekommen. Früchte, Fisch. Sie setzte die Tasche in der Küchenecke ab. »Was sagst du?«

Er wiederholte es.

»Um Himmels willen! Terroristen.«

»Es gibt sonst keine Informationen. Niemand hat sich zu irgendwas bekannt. Niemand hat irgendjemanden beschuldigt.«

Sie stellte sich hinter ihn, küsste ihn auf den Kopf. »Du stinkst.«

»Quatsch!« Er zog sie auf seinen Schoß.

Sie verdrehte den Kopf, um auf den Bildschirm zu blicken. Er zog das Bikinioberteil nach unten und nahm einen Nippel in den Mund.

»Nicht jetzt.« Ihre Hand schob seinen Mund weg. Sie stand auf, ohne den Blick vom Monitor trennen zu können. »Warum gerade Berlin, Paris und London?«

»Die Hauptstädte der drei wichtigsten Länder Europas«, sagte er. »Das wäre eine Erklärung.«

Er klickte sich zu Facebook.

»Das dauert ja ewig«, sagte sie.

»Der Access Point ist weit entfernt.« Er deutete auf einen kräftigen Draht, der in einem Loch im Monitor steckte.

»Was ist denn das?«

»Ein Kleiderbügel«, sagte er.

Sie lachte. »Du hast den Rechner angebohrt!«

»Ein kleines Loch. Das Ding ist sowieso Steinzeit.«

»Ich hätte mich nie mit einem Nerd einlassen sollen.« Sie lachte und setzte sich wieder auf seinen Schoß. »Wo hatten wir aufgehört?«

»Du hattest aufgehört.«

Als sie erschöpft nebeneinander auf dem Bett lagen, sagte Nadine: »Wir sollten hierbleiben. Zu Hause tobt der Terror.«

31.

Sie blickte ihn von der Seite an. Nicht freundlich. Sie hasste seine Entrücktheit. Wenn er sich für nichts interessierte außer für die Regungen seiner Hirnzellen. Sie hasste nicht minder ihre Ungeduld. Lass ihn doch erst nachdenken.

Sie bremste an einer Ampel. Aber die stand nicht auf Rot, sondern ein Golf war auf einen Transporter aufgefahren. Polizisten auf der Straße. Ein Abschleppwagen begann den Golf auf die Ladefläche zu ziehen. Hupen setzte ein.

»Es waren keine Terroristen«, sagte er.

»Terrorakte ohne Terroristen?«

»Besser könnte ich es nicht sagen.«

»Und das Gelaber mit unserem Freund Bob hat dir das verraten.«

»Ja.«

»Wenn du das einer Normalsterblichen …«

»Du hast dich über Bob geärgert und deswegen abgeschaltet. Du hasst ihn. Man muss die Leute reden lassen. Man findet immer irgendwas. Bob langweilt sich im Knast, und die Aussicht auf eine Strafverkürzung hat ihn … sagen wir mal, angeregt.«

Sie blickte ihn säuerlich an. »Danke für die Belehrung.«

»Ist nicht so gemeint. Auch wenn du es so verstehen willst.«

»Ist gut. Also, Bob kennt die Täter?«

»Weiß ich nicht, aber jedenfalls kennt er die Handschrift. Er weiß, dass die bekannten Terrorgruppen nicht so arbeiten. Die sind froh, wenn sie möglichst viele Leute abschlachten können. Die kriegen eine Operation dieser Preislage nicht hin. Vielleicht kennt Bob jemanden, der etwas weiß über die Täter. Die Sache spielt in seiner Szene, das ist klar.«

»Und nächste Woche besuchen wir ihn wieder und fragen, ob ihm was eingefallen ist.«

»Wie kommst du darauf? Wir warten, bis er uns bittet, ihn zu besuchen.«

Sie grinste.

32.

»Dein neuer bester Freund«, sagte Yussuf, den Telefonhörer in der Hand.

»Herr Kollege«, sagte de Bodt. »Ich freue mich, von Ihnen zu hören.«

Salinger setzte sich an ihren Schreibtisch und Kopfhörer auf ihre Ohren.

»Herr de Bodt, ich will nicht klagen, aber meine Lage ist noch mieser als Ihre.«

»Schön, dass es Ihnen gut geht.«

Lebranc stutzte. Und lachte. »Also, mich haben sie hier aussortiert. Nicht mal den Badewannenmord haben sie mir gelassen. Das wird jetzt eine große Geschichte, zusammen mit Europol. Und die Briten sind dabei. Irgendwie. Und die jungen Leute, Sie wissen, was ich meine. Sogar meinen neuen Assistenten haben die mir abgeluchst. Auch wenn mich dieser Verlust nicht wirklich schmerzt.«

Aber beleidigt war er, weil der Assi mitmachen durfte. Das hörte de Bodt schon. »Haben Sie Zugang zu den Ermittlungsakten?«

Wieder ein Stutzen. Dann lachte Lebranc kurz auf. »Sie wollen unbedingt den Badewannenmord aufklären.«

»Ich bin Kriminalpolizist, Herr Kollege.«

»Ich habe verstanden.« Er klang fast vergnügt.

»Hast du die Nachbarschaftsbefragung ausgewertet?«

Yussuf blickte de Bodt an. »Natürlich.«

»Irgendwas Auffälliges?«

»Nein.«

»Wir wissen, dass jemand in das Haus eingedrungen ist und sich eine Weile darin aufgehalten hat. Dann haben die Täter das Haus verlassen. Es waren vermutlich zwei. Und niemand hat die gesehen?«

»Glaub ich nicht«, sagte Salinger.

»Aber die Kollegen haben alles abgeklappert.«

»Wir haben es mit Tätern zu tun, die unsere Routinen kennen. Du musst dich nur als Müllmann verkleiden, und niemand erinnert sich an dich.«

»Oder als Postbote«, sagte Salinger.

»Zum Postboten haben die Leute oft eine persönliche Beziehung. Aber Kurierfahrer, Taxi, Handwerker ...«

»Ich tippe auf Müllmänner«, sagte Yussuf.

»Die kommen ins Haus rein, ohne aufzufallen. Aber wieder raus nach einer Stunde? Ohne dass der Müllwagen wartet?« De Bodt kratzte sich an der Stirn. »Stell dir vor, auf der gegenüberliegenden Seite lehnt Oma auf dem Fensterbrett und guckt raus. Der fällt so was sofort auf. Die Täter mussten damit rechnen, gesehen zu werden. Und trotzdem unsichtbar bleiben.«

Yussuf hatte am PC gearbeitet. »Müllmänner«, sagte er. »An dem Tag war dort Müllabfuhr.«

»Aber wie sind sie raus?«, fragte Salinger. »Das klappt doch nie.«

»Also keine Müllmänner«, maulte Yussuf.

»Sie sind als Müllmänner rein und als Handwerker raus. Oder haben den Hinterausgang benutzt«, sagte de Bodt.

Salinger nickte.

»Ach, du lieber Himmel!« Yussuf drehte seinen Monitor um und den Ton an. Pressekonferenz mit Polizeipräsident, Kriminalrat, Generalbundesanwalt und dem Präsidenten des BKA im *rbb*-Fernsehen. De Bodt und seine Mitarbeiter hörten viele Fragen und kaum Antworten.

»Warum machen die 'ne PK, wenn sie nichts wissen?«, flüsterte Yussuf.

»Wahrscheinlich Befehl von oben«, sagte Salinger.

In der Tür stand auf einmal Krüger. »Sieht mau aus.« Als niemand antwortete: »Aber ihr Genies habt den Fall bestimmt schon so gut wie gelöst.«

»Wir stehen auf dem Schlauch«, erwiderte Salinger.

Krüger ließ den Blick schweifen, schüttelte den Kopf und ging.

Yussuf wollte die Übertragung gerade ausschalten, als er die Frage eines Journalisten hörte: »Und der Hauptkommissar de Bodt, der macht mit bei den Ermittlungen? Das ist doch Ihr bester Mann.«

Man konnte fast spüren, wie es Tilly schüttelte. »Der Hauptkommissar de Bodt arbeitet an einer besonders sensiblen Aufgabe im Rahmen der Ermittlungen ...«

»Er ist also Mitglied der Soko?«

»Selbstverständlich.«

33.

Als sie aufwachte, sah sie ihn am PC sitzen. Sie lächelte. Der Kleiderbügel. Auf so was musste man erst mal kommen. Er hatte das Gesicht verzogen, als er vor dem Abflug festgestellt hatte, dass es keine Internetverbindung geben würde. Er war sogar eine Weile schlecht gelaunt gewesen. Wie ein Raucher, dem man die Fluppen klaute. Aber er war ein Typ, der immer eine Lösung fand.

Sie streckte sich, dann gähnte sie einmal laut. Aber er schien es nicht zu hören. Sie verließ das Bett und stellte sich hinter ihn. Zerzauste seine Haare. Auf dem Bildschirm eine weiße Seite mit zwei Eingabefeldern. *Account* und *Password*.

»Was ist das?«

»Eine HTTPS-Seite, SSL-verschlüsselt.«

SSL-Verschlüsselung kannte sie von ihrem Mailprogramm. »Da kommst du nie ran.«

»Vielleicht, vielleicht nicht.«

»Was soll's auch?«

»Ist keine Arbeit. Macht der SSL-Scanner. Toby hilft mir von Hamburg aus.«

»Na klar, Toby Supernerd. Aber das ist doch verboten, Jungs. Hast du den Scanner in der Firma schwarzkopiert?«

Er legte den Kopf ins Genick und blickte sie an. »Jetzt spiel nicht die Spießertochter.« Er grinste.

»Die Spießertochter vernichtet jetzt ein paar Mangos und trinkt zehn Tassen Kaffee. Bei uns Spießern nennt man das Frühstück.« Sie gab ihm einen Klaps auf den Hinterkopf. »Dass ich mich mit einem Kriminellen eingelassen habe! Der größte Fehler meines Lebens! Ich werde mich nachher ertränken.«

34.

»Nur in einem Befragungsprotokoll ist die Rede von der Müllabfuhr«, sagte Yussuf.

»Typisch«, sagte Salinger. »Nicht mal die Kollegen achten darauf.«

»Und das beiläufig.« Er blätterte die Bildschirmseite durch. »Und eine Klempnerfirma. Ein Passat Kombi, dunkelblau. Firmenaufschrift.«

»Welche?«, fragte Salinger.

Er hob die Arme.

»Scheiße.«

»Von wann bis wann?«

»Später Nachmittag.«

»Weiß man, wo der Wagen geparkt hat?«

»Auf dem Bürgersteig gegenüber vom Haus der Wolters.«

»Das sind sie«, sagte Salinger. »Nix Müllabfuhr.«

De Bodt nickte. »Ist wahrscheinlich so. Dann mal los.«

»Aber die Polizei war doch schon da.« Hinter Frau Karcher kläffte ein Hund. Sie betrachtete die Dienstausweise eingehend, als könnte sie falsche von echten unterscheiden. »Man kann nie vorsichtig genug sein.« Sie ließ sie dann doch ein.

»Stimmt«, sagte Salinger, als sie im Wohnzimmer standen.

Karcher musterte Yussuf.

De Bodt schaute aus dem Fenster auf der Rückseite in den Garten. »Sie pflegen das alles selbst?«

»Das hat früher mein Mann gemacht, aber der ist voriges Jahr gestorben. Muss er wenigstens diese … Verbrechen nicht mehr miterleben. Wo leben wir? Leute, die einfach Brücken sprengen.«

»Tut mir sehr leid, dass Ihr Mann gestorben ist.«

Sie blickte ihn an, als glaubte sie es nicht. Dann lächelte sie. »Danke, Herr Kommissar … hab ich Sie schon mal im Fernsehen gesehen?«

»Das ist möglich. Es gibt manchmal Pressekonferenzen …«

»Nein, auch in der Zeitung …« Ihr Blick fiel auf Salinger. »Und Sie auch.« Sie ließ ihre Augen zwischen de Bodt und Salinger schweifen. Dann rümpfte sie einen Augenblick die Nase, strich den Rock glatt, richtete eine Haarsträhne. »Womit kann ich der Polizei helfen?«

Vor gut zwei Jahren hatte das Blatt mit den großen roten Buchstaben de Bodt und Salinger ein Verhältnis angedichtet. Das war nur eine Kleinigkeit in der Schmutzkampagne gewesen. Aber in Karchers Hirn war es hängen geblieben. Bei den Kollegen sowieso.

»Sie haben den Wagen der Klempnerfirma gesehen, gegenüber?«, fragte Yussuf.

»Ja. Der stand da eine ganze Weile.«

»Woran haben Sie erkannt, dass es eine Klempnerfirma war?«

»Auf dem Auto war ein Wasserhahn.«

»In welcher Farbe?«

»Weiß.«

»Auf welchem Untergrund?«

»Blau, dunkelblau.«

»Können Sie sich an den Namen der Firma erinnern?«

Sie überlegte und schüttelte den Kopf.

»Adresse?«

»Berlin. *Ihre Klempner in Köpenick* oder so.«

»Köpenick?«

»Da bin ich sicher.«

»Haben Sie die Klempner gesehen?«

Sie schüttelte den Kopf. »Nur … ein bisschen.«

De Bodt stellte sich an das Fenster, von wo er das Haus der Wolters sehen konnte.

»Sie haben dort gestanden, wo der Herr Hauptkommissar jetzt steht?«, fragte Salinger.

Sie nickte. »Übers Autodach hinweg, da hab ich einen gesehen. Trug eine Amimütze.«

»War er groß, klein?«

»Weiß ich nicht.«

»Haben Sie das Gesicht gesehen?«

»Nein. Ich hab ihn von hinten gesehen.«

»Lange Haare, kurze Haare?«

»Schwarz ... oder dunkelbraun. Kurz geschnitten.«

»Nichts Auffälliges? Welche Farbe hatte die Mütze? Stand irgendwas darauf?«

»Dunkelblau ...«

»Wie das Auto?«

»Wie das Auto.« Sie blickte Yussuf neugierig an.

»Und stand was auf der Mütze?«

Sie schüttelte den Kopf. Fasste sich an die Unterlippe. »Ein weißes ... Dreieck. Ach, weiß nicht.«

»Wo?«

»Na, hinten auf der Amimütze.«

»Grundfläche unten, gleichschenklig?«

Sie starrte ihn an, die Augen zusammengekniffen.

»Wie sah es denn aus, das Dreieck?«

Wieder ein Blick. »Na, wie ein Dreieck halt aussieht.«

»Groß? Klein?«

Sie starrte ihn verärgert an. Zuckte die Achseln.

»Füllte das Dreieck die Mützenrückseite aus?«

Sie überlegte. »Zur Hälfte.«

»Beim Auto sind Sie sicher?«, fragte Salinger.

»Mein Alfons ... wir haben früher einen Passat gehabt.«

»Sehr gut«, sagte Salinger. »An das Kennzeichen können Sie sich erinnern?«

»B-HA ... Sie meinen das vom Klempner?«

»Genau.«

»Nein. Das konnte ich von hier nicht sehen. Der Wagen stand seitlich ...«

De Bodt nickte. »War eine Telefonnummer auf dem Auto?«

Sie nickte. Und schüttelte den Kopf. »Ich weiß nicht mehr ...«

»Ist an diesem Tag noch jemand ins Haus gegangen oder aus dem Haus gekommen?«

Sie überlegte. »Der Briefträger hat geklingelt. Etwas abgegeben und eine Unterschrift geholt. Dann kam die Müllabfuhr, aber das war viel später. Die sind nicht ins Haus ... obwohl, das hab ich nicht gesehen ... der Laster stand vor dem Haus ...«

»Der Müllwagen?«

Sie nickte. »Der Müllwagen. Und dann hab ich nur noch das Klempnerauto gesehen, den ... Passat.«

»Wie lang ist der geblieben?«

»Ich weiß nicht ... eine Stunde, vielleicht zwei.«

»Noch eine Frage: War der Passat sauber?«

Karcher blickte ihn fragend an. »Ich glaub schon.«

»Hat er geglänzt?«

Sie nickte. »Ja.«

»Kein Fleck, keine Schramme?«

Sie nickte. »Ja.« Nach einem Augenblick. »Der war neu. Obwohl ... so einen hatten wir auch. Und der war acht Jahre alt, nein, neun.«

Auf der Rückfahrt fragte de Bodt: »Stand der Klempner im Ermittlungsprotokoll?«

»Nein«, sagte Yussuf. »Die Kollegen geben sich gern mit den ersten Auskünften zufrieden.«

»Den Leuten fällt mit zeitlichem Abstand oft mehr ein«, sagte de Bodt.

»Suchen wir also einen dunkelblauen Passat Kombi«, sagte Salinger.

»Der schon nicht mehr dunkelblau ist und vor der Tat jede mögliche Farbe trug, nur nicht Dunkelblau.«

35

Auf Kanal 8 lief eine behämmerte Show, und Lebranc ließ sich voll-
laufen. Rauchte eine Zigarre dazu. Damit ihm schlecht wurde. Damit der körperliche Zustand sich dem geistigen annäherte. Wenn
er endlich kotzen konnte, würde er auch den Ärger auskotzen. Die
Demütigung. Soweit die Theorie. Das Problem: Er kotzte nicht.
Eine Flasche Roter vertrug sich mit der Zigarre. Jedenfalls an diesem Abend. Floire, dieser Pisser, war aus Lebrancs Büro wegbe-
fördert worden. Zu den wichtigsten Bullen des Landes. Gut, dazu
hatte Floire nichts beigetragen, schon gar nicht durch Leistung.
Offenbar hatte er Beziehungen. Irgendein Onkel war Staatssekretär
im Innenministerium. Kannte die Bürgermeisterin. So was in der
Art. Noch ein Problem: Der Scheißkerl saß weiter in seinem Büro.
Wenn er nicht grade an Sitzungen teilnahm. Und hundert Leute
kennenlernte, die ihm bei der Karriere helfen konnten. Bei diesen
Sitzungen saß alles zusammen, was Rang und Namen hatte. Auch
Leute aus den Renseignements généraux. Geheimdienstbeziehun-
gen, das half wirklich. In fünf Jahren war Monsieur Floire Lebrancs
Chef. Bisher hatte er sich diese Assistreber vom Hals gehalten. Nach
ein paar Wochen waren sie weinend zu Mami gelaufen, hatten um
Versetzung ersucht. Die er großzügig befürwortet hatte. Waren in
die Provinz geflohen. Wo sie Hütchenspieler jagten. Junkies, die in
Apotheken einstiegen.

»Haben Sie Zugang zu den Ermittlungsakten?« Er hatte de Bodts
Frage nicht vergessen. Lebranc lächelte vor sich hin. Er hatte Floire
im Büro. Und Floire wusste, was in der Ermittlungskommission los
war. Der deutsche Kollege gefiel ihm. Ein bisschen abgehoben vielleicht. Aber er ließ sich nichts sagen von seinen Chefs. Die fürchteten ihn. Und wahrscheinlich hassten sie ihn.

Er goss sich ein. Ein Rinnsal. Stand auf, holte in der Küche eine
neue Flasche. Trug sie ins Wohnzimmer. Entkorkte sie. Verfluchte
das Korkstück, das in die Flasche fiel. Goss sich ein, fischte den
Korkkrümel aus dem Glas. Trank.

Irgendwer hatte irgendwas gewonnen. Er schaltete um auf Nachrichten. An erster Stelle der Pont National. Nachtbilder. Dramatische Lichter. Kamerablitze. Rettungswesten. Hubschrauber. Er kannte den Film schon. Sie nudelten ihn seit dem Anschlag wieder und wieder ab.

Dann der Badewannenmord. In Paris, Berlin. Ah, das war neu: In London hatten sie endlich auch ein ertränktes Paar in der Badewanne gefunden. Mr. Steinway war Leiter eines Londoner Wasserwerks gewesen. Darauf hatte de Bodt bei ihrem Essen in Berlin wetten wollen.

Floire hatte am Abend geschimpft über die britischen Kollegen. Brexit-Spinner. Hielten sich für Superbullen. Sherlock Holmes, Scotland Yard. Die anderen könnten den Göttern in London gern zuarbeiten. Darauf hatten die Kollegen auf dem Kontinent nur gewartet. Dass die Inselbullen sie zum Hilfspersonal machten.

Lebranc nahm die erloschene Zigarre aus dem Aschenbecher und zündete sie an. Er schaltete das Fernsehgerät aus. Lehnte sich zurück, die Füße auf dem Tisch. Sog an der Zigarre. Und wusste, dass er de Bodts Einladung annehmen würde. Niemand schob ihn ungestraft weg. Dieser Kollege in Berlin war klug, er hatte gute Mitarbeiter. Wenn sie zusammenarbeiteten, dann würden sie die Parvenüs vorführen. »Jawohl!«, sagte er auf Deutsch.

Was hatten Badewannen mit Brücken zu tun? Wasser. Sonst nichts. Also ging es um Wasser, oder? Wasser war der Grundstoff allen Lebens. Lebewesen bestanden großteils aus Wasser. Er betrachtete die Flasche und lachte. Sein Wassergehalt heute war rekordverdächtig.

Warum hatten die Täter in drei Großstädten erst ein Ehepaar in der Badewanne ertränkt und dann Brücken hochgejagt?

Sie hatten jedenfalls gezeigt, dass sie was draufhatten. Sie waren Profis. Ihnen war alles zuzutrauen. Wenn das nur ein Vorspiel sein sollte, war die Drohung klar. Nur, eine Drohung bezweckte etwas. Man drohte, um etwas zu erreichen. Um etwas zu verhindern. Niemand wandte so viel auf nur des Effekts wegen. Was wollten diese Leute?

Ob sie es den Regierungen mitgeteilt hatten? Vielleicht lief ein geheimer Deal. Lebranc folgte dem Gedanken und fand ihn überzeugend. Die Gangster zeigten ihre Muskeln und kündigten schlimmere Taten an, wenn die Regierungen nicht spurten. Warum nicht woanders? Warum in Berlin, Paris, London? Weil es die drei wichtigsten Hauptstädte Europas waren. Es war also etwas Politisches. Nur was? Ein hoher Einsatz forderte einen hohen Preis. Was konnten sie wollen?

Erreicht hatten sie schon etwas: Die Menschen hatten das Lachen verloren. Viele waren gereizt. Viele versteckten sich in ihren Wohnungen. Damit das Böse sie nicht packte.

36.

Yussuf verzog das Gesicht. Die De-Bodt-Masche. Es nervte. Jedes Mal. Noch mal von vorn, Adam und Eva. Wenigstens musste er nicht mehr erklären, warum er als Muslim Adam und Eva kannte. Die Leute waren zu blöd.

»Wir haben drei Badewannenmorde, drei gesprengte Brücken. Die bisherige Opferzahl in Berlin zweihundertsechsundfünfzig Tote, es könnten mehr werden. Mehr als siebzig Schwerverletzte. In Paris einhundertzwölf Tote, die Zahl der Verletzten kenne ich nicht«, sagte Salinger. »In London dürfte die Opferzahl dazwischenliegen.«

Sie schwiegen. Yussuf trampelte auf dem Boden und folterte sein Smartphone. Salinger pfiff lautlos vor sich hin. De Bodt stand am Fenster und blickte hinaus in den Schnee.

»Die Täter haben alles getan, damit wir begreifen, dass die Verbrechen zusammenhängen«, sagte Yussuf. »Das ist eine Botschaft.«

»Aber Sie haben uns nicht verraten, was sie wollen«, sagte Salinger.

»Wenn wir ihnen nicht zuvorkommen, werden sie weitere Anschläge verüben«, sagte de Bodt. »Sie errichten Anschlag für Anschlag ein Schreckensszenario. Die Unsicherheit erzeugt Angst.« Er tippte sich an die Stirn: »Die Menschen werden jenes Ding verfolgen, vor dem sie am meisten Angst haben.«

»Aha«, sagte Yussuf. »Hegel, Kant, Fichte…«

»Leonardo da Vinci«, murmelte de Bodt. »Was ist, wenn die Attentate dazu dienen, unser Verhalten zu ändern? Unsicherheit, die Menschen haben Angst vor der Unsicherheit. Die Anschläge schüren sie. Die Leuten wollen Sicherheit. Sie fordern es von der Politik, von uns.«

Salinger schüttelte den Kopf. »Also eine Politsekte? Die so lange bombt und mordet, bis sie sich als Retter der Menschheit aufspielen kann?«

»Warum nicht?«, sagte Yussuf. »Leonardo hat vielleicht recht.«

»Das ist doch abgepfiffen. Glaubt man nicht mal in einem Film.«

De Bodt nickte. »Das ist wirklich abwegig.«

»Warum bringst du es dann auf?«, fragte Salinger.

»Weil wir im Gegensatz zu den anderen über alles nachdenken müssen. Die Zeit haben wir diesmal.« Er überlegte, dann: »Weil es euch ja so gefällt: ›Die verhängnisvolle Neigung der Menschen, über etwas, was nicht mehr zweifelhaft ist, nicht länger nachzudenken, ist die Ursache der Hälfte aller Irrtümer.‹« Er grinste. »Passt doch. John Stuart Mill, damit Ali nicht wieder umsonst rät.«

Der blickte ihn eine Weile an, dann nickte er. »Mill hat das für den Krüger geschrieben.«

Prompt marschierte der ein, stellte sich wie der Statthalter einer Besatzungsmacht in die Mitte des Büros und posaunte: »Wir brauchen alles, was ihr über die Badewanne in Friedrichshagen habt.«

»Wir haben Klempner anzubieten, die keine sind. Einen dunkelblauen Passat, der nicht mehr dunkelblau ist. Und ein weißes Dreieck auf der Rückseite einer Basecap, die längst abgefackelt wurde.«

Krüger blickte Salinger an, in die Augen, auf die Brüste, in die Augen. »Ist das alles?«

»Ich finde das viel«, sagte Salinger. »Aber ihr seid den Tätern bestimmt schon auf der Spur.«

Krüger verschwand. Salinger tippte sich an die Stirn.

»Welches Motiv?«, fragte Yussuf. »Möglichkeit eins: Panik erzeugen, um die Macht zu ergreifen. Nennen wir das mal die Science-Fiction-Hypothese.«

De Bodt lächelte. »Was heute nach Science-Fiction klingt…«

»Ist ja recht.« Yussuf tippte. »Schon notiert.«

»Wasser«, sagte de Bodt.

»Hatten wir das nicht schon? Gut, gut, ich sag nichts mehr.« Yussuf tippte. »Okay, ein paar Inseln saufen ab. Es gibt Überschwemmungen allerorten.«

»Das ist eine Katastrophe und gar nicht lustig«, sagte Salinger. »Wenn Völkern alles unterm Arsch weggeschwemmt wird ...« Blickte de Bodt an, hob die Hände. »Was würde geschehen, wenn Leute dafür sorgten, dass Deutschland ausgelöscht würde?«

»Nato«, sagte Yussuf. »Krieg.«

»Wir haben keinen Beweis für diese Wassertheorie«, sagte Salinger.

»Wir haben gar keinen Beweis«, erwiderte Yussuf. »Drei Hauptstädte in Europa. Wenn die Badewanne nicht wäre, könnte man auch von einem Anschlag auf den Verkehr sprechen.«

»Doch Islamisten? Irgendeine neue Gruppe, die den anderen zeigt, was 'ne Harke ist?«

Yussuf zuckte die Achseln. »Die Sache ist völlig verfahren.«

»Wasser«, sagte de Bodt. »Irgendwas mit Wasser. Sie haben ja auch das Wasser abgestellt. Kurz nur. Wie gesagt, die übliche Kundschaft hätte gleich das Wasserwerk in die Luft gejagt. Oder Plutonium ins Trinkwasser gekippt.«

»Ganz Europa hat Terroristendaueralarm. Und doch sprengt da irgendwer einfach die Brücken weg«, sagte Salinger.

»Wir kommen so nicht weiter«, sagte de Bodt leise.

»Du hast doch mit Adam und Eva angefangen«, maulte Yussuf. »Wir wissen ja nicht mal, ob es die überhaupt gab.«

»Danke für die Belehrung.«

»Haben wir irgendeinen Kontakt zu britischen Kollegen?«

»Wenn nicht du, wer sonst?«, fragte Salinger.

»Was die Briten haben, erfahren wir, wenn wir Europol anzapfen können. Ich frag mal den Kollegen in Paris.« De Bodt griff zum Telefonhörer.

37

»Kannst du mir mal verraten, was du da hackst?«, fragte sie. Sie saßen auf einem Handtuch am Strand vor ihrem Bungalow. Die Taucherbrillen und Flossen lagen im Sand. Die Sonne verdampfte das Wasser und hinterließ Salzflecken. Sie konnten zusehen.

»Zu Hause schneit's immer noch«, sagte Jan.

»Ätsch!« Sie lachte. »Weich nicht aus.«

»Den Access Point.«

Sie blickte sich um. Weitere Bungalows, ein Palmenwäldchen, hinter dem der Verwaltungsbau lag. Auf dem Dach eine Fantasieflagge. »Der steht im Blockhaus«, sagte sie.

»Vermutlich.«

»Und was hast du davon?«

»Training fürs Hirn.«

»Das ist die Seite, die du mit Toby knackst?«

Er nickte.

»Ich verstehe. Das ist nicht irgendeine Nerdseite. Das ist der Access Point der Ferienanlage. Für Touristen aber gesperrt.« Sie sagte es mehr zu sich selbst. »Und wenn die das merken?«

»Niemals.«

»Was macht dich da so sicher?«

»Glaubst du, die haben einen Geheimdienst?«

»Vielleicht nur so einen Verrückten wie dich.«

»So viele gibt's davon nicht.«

»Weiß man's?«

»Und wenn?«

»Dann landest du im Knast. Die lassen die Leute hier in Massenzellen vermodern.«

Gleich zu Beginn ihres Aufenthalts waren sie mit Hans ins Reden gekommen. Dem Tauchlehrer. Der war ein ehemaliger Bulle. Hans hatte wilde Geschichten erzählt. Nach dem dritten Cuba libre.

»Du musst nicht alles glauben, was Hans erzählt.«

»Das war schon ziemlich genau.«

»Der hat eine lebhafte Fantasie.«

»Lass es«, sagte sie. »Lass den Access Point in Ruhe. Wir sind in Ferien. Da kann ich Angst nicht brauchen.«

In der Nacht wachte er auf. Das Meer rauschte, sonst kein Geräusch. Nadine lag auf der Seite, den Rücken ihm zugekehrt. Er hatte wieder diesen Scheißtraum gehabt. Der zurückkehren würde. Nach zwei Wochen, nach einem Vierteljahr, nach einem Jahr. Den er nie loswürde.

38.

Pavlinsky lächelte. Eine Flasche Wasser in der Hand. Sie gingen am Flussufer spazieren. Oberon trug eine Ledertasche am Riemen über der Schulter und eine Basecap gegen die Hitze.

»Irgendwann wird die Erde brennen«, sagte er. »Jedenfalls auf unserer Hälfte.«

»Wir bezahlen. Dafür«, sagte Oberon. Er zeigte auf die Silhouette der Stadt. Die Wolkenkratzer des Finanzzentrums glänzten im wolkenlosen Himmel. Postkartenwetter, Postkartenblick.

Pavlinsky nickte. Er hatte seinen Partner vom ersten Augenblick an sympathisch gefunden. Bildete sich was ein auf seine Menschenkenntnis. »Was wollen unsere Auftraggeber? Die Frage ist nicht sehr professionell. Auf den ersten Blick. Auf den zweiten Blick aber interessiert es mich und meine Leute, wessen Geschäfte wir betreiben.«

Oberon lachte. »Und Sie wissen nicht, wie es weitergeht.« Er blieb im Schatten eines Baums stehen. Erinnerte sich, wie er zu diesem Geschäft kam. Mit Leuten, die offenbar unbegrenzt Geld hatten. Die einem Plan folgten, wie er größer kaum sein konnte.

Pavlinsky stellte sich vor ihn. Er musste den Kopf ins Genick legen. »Mir kommt das Unternehmen vor wie 9/11, nur professioneller.«

Oberon nickte. »Würde ich die Auftraggeber kennen, ich verriete sie nicht. Aber ich kenne sie nicht. Offen gesagt, ich habe keine Ahnung, wessen Spiel wir spielen. Ich weiß genauso wenig, warum wir dieses Spiel spielen. Ich weiß nur ... wir sind Geschäftsleute, Pavlinsky.«

Der nickte. »Besondere Geschäftsleute. Geschäftsleute ohne Namen.«

Der lachte. »Was interessieren mich Namen?«

Pavlinsky betrachtete den Partner. Er strahlte Ruhe aus, Überlegenheit. Obwohl er nichts wusste. Pavlinsky glaubte ihm. Oberon ging gelassen mit seiner Ahnungslosigkeit um. Sie gehörte zum Geschäft.

»Das Problem ist nur, dass wir wohl draufgehen«, sagte Pavlinsky.

Oberon überlegte. »Wann immer diese Operation endet, sie werden uns ausschalten. Sie wollen vielleicht das Geld zurückholen.«

»Vor allem wollen sie jeden ausschalten, der etwas verraten könnte.«

»Wir wissen aber nichts.« Oberon blickte Pavlinsky an, mit hochgezogenen Brauen, auf denen sich Schweißperlen stauten.

»Die wissen, dass wir mehr wissen wollen. Je länger die Operation dauert. Dass wir uns Gedanken machen. Dass wir damit rechnen, ausgeschaltet zu werden. Das liegt auf der Hand.« Pavlinsky blickte Oberon in die Augen.

Sie schwiegen eine Weile.

»Also, auch wenn es Sie erstaunen dürfte, ich würde gern noch ein bisschen leben.«

Pavlinsky lachte. »Aber bevor wir das vertiefen, sage ich Ihnen, wie es weitergeht.«

39.

Es war ein Elend, dass er etwas erbitten musste. Von Floire, der Niete. Der aber nicht dumm genug war, um die Lage nicht zu peilen. Der Kopf dröhnte noch. Am Morgen war ihm übel gewesen. Rotwein und Zigarre rumorten im Magen. Aber er fand, ein Tag zum Kotzen konnte nicht besser beginnen. Floire hatte ihn gemustert und ein

Grinsen nicht unterdrücken wollen. Lebranc roch so was. Der Bursche war ein Versager, nur nicht im Bürokrieg. Da war er Minenleger.

»Sie haben den Fall hoffentlich bald gelöst. Dann arbeiten Sie wieder für mich.« Er begann mit Artilleriebeschuss.

Floire sah nicht erstaunt aus. »Natürlich, Herr Kommissar.« Er blickte nicht mal auf. Kramte weiter in seinen Akten herum.

»Was bearbeiten Sie gerade?«

»Den Badewannenmord.«

»Gibt's was Neues?«

Floire beäugte ihn, dann: »Nein.«

»Niemand hat die Täter gesehen?«

»Niemand.«

»Dann war es vielleicht doch einer der Söhne?« Eine Einladung, sich belehren zu lassen.

»Nein. Sie haben Alibis, ziemlich gute. Sie haben auch kein Motiv. Sie kannten das Ehepaar kaum.«

»Hm.« Lebranc spielte den Nachdenklichen.

»Darf ich was fragen, Herr Kommissar?«

»Immer zu.«

»Warum hat man Sie nicht in die Kommission geholt?«

»Weil ich zu altmodisch bin. Und dann gibt es einige, die haben … ein bisschen Angst vor Fragen.«

Floire blickte ihn an. In seinen Augen stand Unverständnis.

»Sie bearbeiten also den Badewannenmord allein?«, fragte Lebranc.

»Im Augenblick … die Brücke.«

Lebranc nickte. »Natürlich. Das gleiche Spiel gab's ja in London.«

Floire schlug den Deckel der Akte zu und zog die nächste vom Stapel. »Ja, genauso wie in Berlin. Badewanne und Brücke.«

»Haben die Londoner Kollegen irgendwas Erhellendes?«

»Herr Kommissar, ich weiß nicht, ob ich das …«

»Sie dürfen. Es bleibt unter uns. Wir arbeiten doch zusammen.« Lebranc fand es dick aufgetragen. Fürchtete, Floire würde den Braten riechen. Aber wenn, ließ der sich nichts anmerken. Aus Naivität, aus Berechnung, keine Ahnung. In Lebranc wuchs der Verdacht, dass Floire ihn vorführte. Den Dummen spielte.

»In der letzten Sitzung war einer von Scotland Yard zugeschaltet. Er hatte nicht viel. Hat vorgeschlagen zu untersuchen, warum gerade diese Brücken hochgejagt wurden.«

»Darauf wären wir nie gekommen«, sagte Lebranc.

»Ziemlich arrogant, der Typ. Der will uns zeigen, wie toll die britischen Kollegen arbeiten.«

»So sind sie. Brexit, welch Glück.«

»Hm«, sagte Floire.

»Wär doch ein Ding, Sie würden dem Fall den entscheidenden Dreh geben.«

Floire blickte Lebranc an. Nickte. Nur eine Andeutung.

»Wenn ich Ihnen helfe …«

»Das würden Sie tun?«

»Wollen Sie, dass die Schnösel uns vorführen? Napoleon hätte diese Scheißinsel besetzen sollen.«

40.

Als er die Treppe hochstieg, wartete sie schon.

»Guten Abend, Herr de Bodt. Haben Sie vielleicht jetzt Zeit auf einen Tee?« Sie strahlte ihn an. Ihre Augen fluoreszierten. Sie hatte sich dezent geschminkt.

»Gern«, sagte de Bodt. »Haben Sie grünen Tee?«

»Ich habe es nicht vergessen.«

Sie führte ihn in ihr kleines Wohnzimmer. Ihre Wohnung hatte den gleichen Schnitt wie de Bodts. Nur war ihr Wohnzimmer aufgeräumt und liebevoll eingerichtet.

»Alles vom Sperrmüll«, sagte sie und ging in die Küche.

»Ich darf mitkommen?« Er begleitete sie.

In der Küche der Billigherd vom Vermieter. Dazu eine Unterzeile, die mehr als eine Küche oder mehrere Mieter gesehen hatte. Alles sauber. Es lag eine Atmosphäre im Raum. Wie Lavendel. Eine klare, freundliche Luft. De Bodt lächelte in sich hinein. Was sollte das sein? Eine klare, freundliche Luft? Er fühlte sich wohl, das war es.

Sie bewegte sich geschickt und leicht.

»Sie sind Polizist«, sagte sie. Entschuldigend: »In der Zeitung oder im Fernsehen... der Anschlag auf die Kanzlerin und den Präsidenten... Sie sind ein mutiger Mann.«

Sie war die Erste, die das in der Berichterstattung verstanden haben wollte.

»Was machen Sie, wenn Sie keinen grünen Tee zubereiten?«

Sie wandte sich ihm zu, die Hand an der Kanne. »Dritter Aufguss genügt? Die Sorte haben Sie schon erkannt? Ich hoffe, sie ist richtig.«

»Es ist alles richtig.« So fühlte er sich in diesem Augenblick. Dachte an Salinger und fühlte sich nicht richtig.

Ihre Augen, grün, ein Schimmer darin. Sie strahlten ihn an.

»Was machen Sie, wenn Sie keinen grünen Tee zubereiten?«

»Sie sind aber hartnäckig. Ich arbeite für die EU, ziemlich langweilig. Rechtsgutachten und solches Zeug.«

»Sie sind also Juristin.«

»Messerscharf kombiniert«, sagte sie.

»Wo haben Sie studiert?«

»Berlin, London, Harvard.«

Er nickte. Mancher Leute Charakter konnte nicht mithalten mit beeindruckenden Studiengängen. Er mochte diese Streber nicht. Ich, ich, ich. Große Welt, kleiner Geist. Sie war nicht so. Sie lebte nicht so. Sie hatte nichts von dem Habitus des Weltläufigen, das sich so flott als provinziell entpuppte. Sie beeindruckte durch ihr Verhalten. Selbstbewusst und bescheiden. Und er fand sie verdammt attraktiv.

»Wo ist Ihre Arbeitsstelle?«

»Am Pariser Platz, Herr Kommissar.« Sie lachte ihn an.

»Klinge ich wie ein Polizist?«

»Nur weil ich es weiß.« Wieder dieses Lachen. »Sind Sie mit diesen Anschlägen befasst?«

»Eigentlich nicht. Ein bisschen...«

»Geht das bei der Polizei, ein bisschen?«

Er wiegte den Kopf.

»Kommen Sie, wir setzen uns ins Wohnzimmer.« Sie stellte Teekanne und Tassen auf ein Tablett und trug es hinüber.

Er setzte sich auf einen Sessel, der gut zu einem Nierentisch gepasst hätte. Auf das antike Tischchen passte gerade das Tablett. Sie setzte sich ihm schräg gegenüber auf den Zweisitzer aus beigefarbenem Leder. Goss ein.

Draußen fielen Schneeflocken wie an Bindfäden.

Sie zündete eine Kerze an. »Kekse, ich glaub, ich hab noch ein paar...« Sie wollte sich erheben. Er winkte ab. Sie blieb sitzen.

Schweigen.

»Wie steht es denn um den Brückenfall ... die Fälle?«

Er nippte am Tee. Als wäre er eigens für ihn gemacht. »Ich befasse mich nur mit dem...«

»Badewannenmord, ein alberner Name. Die Fälle gehören offenbar zusammen«, sagte sie. »In der *Berliner Zeitung* habe ich gerade vorhin...«

»Natürlich gehören diese Fälle zusammen. Alle, in Paris und London, in Berlin. Es ist eine Organisation, die einem Plan folgt, den nur sie kennt.«

»Schrecklich«, sagte sie. »Aber Sie werden den Fall aufklären.« Ein Blick. »Wie die letzten, die angeblich unlösbar waren.«

»Sie lesen zu viel Zeitung.«

»Ich gestehe, Herr Kommissar, dass ich während der Arbeitszeit Zeitung gelesen habe. Und begriffen habe, dass die meisten Journalisten gar nicht verstanden haben, dass ohne Sie die Fälle heute noch nicht aufgeklärt wären.«

De Bodt hatte sich schon gefragt, warum die *Berliner Zeitung* mehr wusste als andere Medien. Vielleicht steckte Uhlenhorst denen was, um dem Kriminalrat ins Gesäß zu treten. Er würde den Kollegen nicht fragen. Er verstand es, aber er fand es falsch. Auf Uhlenhorst konnte er zählen. De Bodt hatte alles riskiert, um Uhlenhorsts Kinder rauszuhauen.

»Glauben Sie den Zeitungen nicht.«

»Lügenpresse?«

Er lachte. »Nein, so meine ich es nicht. Aber die neigen dazu, die Dinge zu personalisieren. Sie suchen Helden, und wo sie keine finden, schaffen sie die.«

»Klar, gewiss.« Sie lachte, um sich zu widersprechen.

»Ich habe Sie vorher hier noch nicht gesehen. Seit wann wohnen Sie im Haus?« Er fragte es mehr, um sie abzulenken.

Sie blickte ihn freundlich an. »Seit vier Wochen, so ungefähr.«

»Und schon perfekt eingerichtet.« An der Wand hing ein Druck, einfach gerahmt. »Modigliani, *Landschaft*, 1919. Wunderschön. Eines seiner besten, finde ich.«

»Mein Lieblingsbild. Modigliani, auch die Aktbilder. Ich wusste gar nicht ... pardon.«

»Dass Bullen Bilder mögen.« Er lachte. »Im Allgemeinen mag das stimmen.«

»Sie sind was Besonderes.«

»Jeder ist was Besonderes. Nur mancher gefällt einem nicht.« Er zuckte innerlich. Ob Sie ihn missverstand? Wollte er missverstanden werden?

»Das kann ich von Ihnen nicht sagen.«

Im Hals schnürte es. »Ich muss jetzt schlafen«, sagte er und stand auf.

»Ach, gerade wollte ich fragen ... ich hab was hier ... ich kann ziemlich gut kochen.«

De Bodt hob die Hände. »Vielen Dank, aber ich muss noch ein bisschen Akten wälzen. Und schlafen.« Eine innere Stimme sagte: Bleib!

»Ein anderes Mal? Versprochen?«

»Versprochen.«

41.

»Na, also«, sagte Jan und klatschte.

Sie lag auf dem Bambussofa, las einen Krimi und grinste ihn an. »Jetzt kannst du ja endlich richtig Urlaub machen. Mit Hackermachotrophäe.«

»Witzig«, sagte er. »Halt, was ist das?«

»Was ist los?«

»Dieses Ding ...«

»Der Access Point?«

»Der AP hängt an... nein, der AP ist einem anderen AP vorgeschaltet... so sieht das jedenfalls aus.« Er tippte Befehle in die Konsole. »So was hab ich noch nicht... da hängt ein Teil dran, das könnte von einem Konzern stammen. Oder vom Militär. Schon die Zugangsseite... von wegen Benutzerdaten und Passwörter. Das sind vier Felder, unbezeichnet.«

»Reicht es dir nicht, dass du den AP gehackt hast?«

Er drehte sich mit dem Stuhl um. Genoss den Anblick. Sie lächelte ihn an. »Wenn es nach dir ginge, lebten die Menschen noch auf Bäumen«, sagte er.

»Meinetwegen«, erwiderte sie. »Solange es da keine PCs gibt. Und keine Bekloppten, die von den Dingern nicht lassen können.« Sie legte das Buch weg, stellte sich hinter ihn. Betrachtete das Monitorbild. Nahm seine Ohren und zog ihn aufs Bett.

»Au, das tut weh!«

»Ich dachte, so einem Machoarsch gefällt das.«

Was sie dann tat, gefiel ihm besser.

Er wachte auf. Klatschnass. Fror im Luftzug. Dieser elende Traum. Wie er der Katze den Kopf zerschlug. Mit dem Spaten. Sie hatte ihn angefaucht, als er sie streicheln wollte. Er erschrak und nahm den Spaten. Wie er die Maus zertrat, die schon halb tot war. Wie er den Hund am Kanal ins Wasser stieß, als Jan unbeobachtet war.

Starrte den Kadaver an. Und schlug noch einmal. Erst später begriff er das Gefühl, das in ihm gewartet hatte. Es hatte ihm gefallen. Es war eine Erlösung. Da war er zwölf gewesen. Seitdem lauerte die Angst in ihm. Dass ihn jemand erkannte. Sein Wesen. Und dass es nicht bei Tieren blieb.

42.

»Was sagt Monsieur le commissaire?« Yussuf linste über den Monitor zu de Bodt. Der saß neben der Tür. Im Kopf Benec' Augen. Ihr Lächeln. Am Morgen hatte er über ihren Vornamen gerätselt. Er hätte doch fragen sollen. Hatte er nicht, um den Abstand zu wahren. Er spürte die Versuchung. De Bodt würde Salinger für immer verlieren, ließe er sich mit einer anderen Frau ein. Aber er konnte nichts mit Salinger anfangen. Der erste Schritt in den Untergang. Brauchte jemand eine Definition von »Dilemma«?

Er hatte endlich die Vorladung vom Familiengericht in Hamburg gelesen. Scheidungstermin. Elvira würde auftauchen. Er hatte sie ewig nicht mehr gesehen. Der Anwalt würde auftauchen aus einer Kanzlei an der Alster, natürlich vom Vater ausgesucht und bezahlt. Sie hatten sich auf einen Anwalt geeinigt. Aber das war in Wahrheit Elviras Anwalt. Und Heinrichs. Der Vater hatte sich auf ihre Seite geschlagen. De Bodt enttäuschte es nicht. Er hatte nichts anderes erwartet. Er war der treulose Sohn. Hatte eine akademische Karriere ausgeschlagen und war Bulle geworden. So was wie Kloputzer in den Augen des Vaters. Dafür hatte der Vater Elvira faktisch adoptiert. Nahm sie mit auf Urlaub. De Bodt hätte nie bestritten, dass Elvira im Bikini umwerfend aussah. Er wusste, dass der Vater gern ein Auge auf schöne junge Frauen warf. Ästhetik alter Männer.

»Ach, wir haben uns darauf geeinigt, abends zu telefonieren. Er zapft über einen … Mittelsmann die Pariser Sonderkommission an und versorgt uns mit Informationen.«

»Und die Briten?«

»Weiß ich nicht. Lebranc sagt, die Briten seien Schnösel. Sie wollten den Fall allein lösen. Schon deshalb, weil die Franzosen und Deutschen keine Ahnung hätten. Sie haben die Ermittlungsarbeit erfunden. Scotland Yard. Und der britische Außenminister soll tatsächlich gesagt haben, dass er keine Lust habe, die Ermittlungsakten in den Zeitungen zu lesen. Was passieren würde, wenn man sich mit den Amateuren vom Festland einlasse.«

Salinger lachte. »Sollte es möglich sein, dass es einen Franzosen gibt, der die Engländer nicht mag?«

»Niemals«, sagte Yussuf. »Zwischen Frankreichs und Englands Küche passt kein Lorbeerblatt. Erst kommt das Fressen, dann die Moral.«

»Ali hat was gelesen. Super!«

Yussufs Hand formte eine Pistole. Er erschoss Salinger und pustete den Rauch weg.

Salinger fasste sich mit schmerzverzerrtem Gesicht an die Brust, sank halb vom Stuhl.

»Die angeblichen Klempner sind nicht von Friedrichshagen nach Paris und London gefahren. Das waren andere. Es reichen auch nicht zwei Leute, um eine Brücke in die Luft zu jagen. Immerhin wissen wir, dass es zwei waren, welche die Wolters umgebracht haben.«

»Wie viele Leute braucht man, um eine Brücke zu sprengen?«, fragte Yussuf.

Die Tür öffnete sich. Uhlenhorst. Blass, gerötete Augen, wirre Haare.

»Dich hätten wir fast gerufen«, sagte Salinger. »Setz dich.«

Uhlenhorst setzte sich vor de Bodts Schreibtisch. Blickte de Bodt an. »Mann, bin ich kaputt.«

De Bodt fühlte sich erleichtert. Also keine Katastrophe. »Die machen mich fertig.« Er wischte demonstrativ mit dem Ärmel über die Stirn. »Und die Leute fahren wie die Irren. Als würde jeden Augenblick eine Bombe unter ihren Ärschen hochgehen. Panik, echt...«

»Wie haben die die Sprengladungen gezündet?«

»Zeitzünder, elektronisch.«

»Warum nicht per Funk?«

»Vielleicht fanden die das zuverlässiger. Sie haben jeweils zwei Zeitzünder parallel geschaltet. Falls einer ausfällt. Jedenfalls schließen wir das aus dem Schrott, den die Taucher aus der Spree fischen.«

»War das mit der U1 also Zufall? Oder haben die sich auf den BVG-Fahrplan verlassen? Wäre leichtsinnig gewesen.«

Uhlenhorst zuckte die Achseln.

»Wie viele Leute waren es?«

»Woher... also zwei Taucher Minimum. Wenn sie's vom Ufer aus gemacht haben, dürfte ihnen jemand geholfen haben, das Zeug ins Wasser zu schleppen...«

»Du meinst, drei genügen?«, fragte Yussuf.

»Theoretisch. Ich fände das zu riskant. Dreimal ins Wasser, eher nicht. Das ist richtig Arbeit, das Zeug an den Brückenpfeilern zu befestigen. Die haben die Füße weggesprengt. Knapp über dem Fundament.«

»Wie tief ist die Spree an der Stelle?«

»Lichte Höhe ist vier Meter irgendwas.«

»Was für ein Sprengstoff?«

»Schießwolle. Mal was anderes.«

»Das muss gedämmt werden?«

»Und wie! Ohne Dämmung erreichst du nichts. Und das wiegt.«

»Mit was haben die gedämmt?«

»Die haben einen Stahlmantel um den Pfeiler gelegt.«

»Schwerstarbeit«, sagte Salinger.

»Mehr als das.«

»Das schaffen keine drei Leute.«

»Wenn man den Stahlmantel in Teilen anbringt, könnte es klappen. Allerdings dauert das, und du brauchst Supertaucher, die gleichzeitig Schwerathleten sein müssen.«

»Nicht realistisch«, murmelte Yussuf. »Die haben das in der Nacht geschafft, in einer Nacht?«

»Das vermute ich. War riskant genug.«

»War also ein großes Unternehmen«, sagte Yussuf. »Die sind nahe der Brücke zum Wasser gefahren. Mit einem Transporter, Lkw. Dort haben sechs, sieben Mann das Zeug ausgeladen. Dann haben sie die vier mittleren Pfeiler einen nach dem anderen präpariert und sind abgehauen. Die mussten ein paar Stunden arbeiten.«

»Vier bis fünf etwa, haben wir geschätzt.« Visierte über den Daumen Yussuf an. »Wenn es so viele waren, wie du sagst.«

»Unter Wasser braucht man Licht, erst recht nachts«, sagte Salinger. »Niemand hat was gesehen?«

»Frag Krüger, der verwaltet die Zeugenvernehmungen.«

»Das überfordert ihn hoffentlich nicht.« Yussuf grinste.

»Kann man nicht wissen. Er hat jedenfalls zu tun. Und die Chefs hacken auf ihm rum. Es kann ja nicht an ihnen liegen, dass wir nicht vorankommen.«

»Habt ihr was von Europol?«

»Die Täter sind offenbar in Paris und London nach dem gleichen Verfahren vorgegangen.«

»Sie haben nirgendwo ein Boot benutzt?«

»Vermutlich nicht. Vermutlich.«

»Motive?«

»Die Kollegen glauben nicht, dass eine Forderung kommt. Die halten das für Terror. Die Täter glauben, sie könnten den Westen schädigen, jedenfalls Westeuropa oder die EU oder wen auch immer.«

»Kein Terrorist kann den Westen zerstören. Sie können Menschen töten und Brücken sprengen. Ich kann das Geschwätz nicht mehr hören. Fehlen noch die westlichen Werte, die wir gegen den Terror verteidigen müssen. Wir müssen unsere Werte gegen die eigenen Leute verteidigen, nicht gegen Terroristen.« De Bodt klopfte sich aufs Knie. »Ich wollte das Gespräch nicht stören. Sorry.«

43.

»Keine Bekennerbotschaft, höchstens geheim. In den Nachrichten war nichts zu hören.«

Floire schüttelte den Kopf.

»Bisher hat der IS oder Al-Qaida immer Heldengesänge angestimmt auf die tapferen Märtyrer, die zu den zweiundsiebzig Jungfrauen himmelgefahren sind.«

Wieder Kopfschütteln.

Ob der auch was sagen konnte? Bisher hatte sich Lebranc immer gewünscht, dass Floire die Klappe hielt. Jetzt galt aber das Gegenteil.

»Keine Vermutungen über das Motiv?«

»Nur die üblichen.«

Er konnte doch sprechen. Lebranc überlegte, was den Schwätzer zum Schweiger gemacht hätte. Hilfreich zu wissen, sollten die ihm Floire wieder an die Backe kleben. Den Schlüssel zum Sprechapparat des Idioten in seiner Hand!

»Es gehört zum Plan, dass wir nicht wissen, um was es geht«, sagte Lebranc. War doch sonnenklar, wie ihm gerade aufgefallen war.

Floire blickte ihn an und nickte. »Interessanter Gedanke. Die kalkulieren uns ein in ihren Plan. Was wir tun, gehört dazu. Wenn es so sein sollte, Respekt.«

»Sonst könnten die doch sagen: Her mit dem Geld. Oder erfüllt unsere Forderungen eins, zwei, drei.«

Floire spielte mit einem Bleistift. Offenbar gefiel ihm der Gedanke. Geeignet, in der Sonderkommission zu brillieren.

»Unsicherheit ist der beste Angstmacher, verstehen Sie?«

Floire verstand.

»Und wenn der Staat versagt, was könnte dem Zweck des Terrors besser dienen?«

»Weil die Polizei versagt«, murmelte Floire. »Die terroristische Operation allein, um den Staat ... die Staaten Europas ...«

»Lächerlich zu machen«, sagte Lebranc. »Lächerlichkeit ist eine Waffe, Floire, eine tödliche Waffe.«

»Heute Morgen habe ich im *Figaro* eine Karikatur gesehen, die europäischen Staatschefs mit aufgerissenen Augen und Mündern vor einem Monstrum. Der Feind ist stärker als wir. Er ist unbesiegbar.« Floire hing dem Gedanken nach.

»Wem nutzt es?«, fragte Lebranc.

44.

»Die wollen den Staat, die Polizei, die Regierung lächerlich machen«, sagte de Bodt. »Warum?« Er beantwortete die Frage selbst: »Die Terroristen wollen den Westen vernichten. Das wäre eine Methode. Ihm die Glaubwürdigkeit nehmen. Zu beweisen, dass der Rechtsstaat die Bürger nicht schützen kann.«

Schweigen.

Yussuf hörte auf zu tippen. »Das haben wir schon mal geglaubt. Du weißt, was rausgekommen ist.« Blickte seinen Chef skeptisch an.

De Bodt nickte. »Zweimal der gleiche Denkfehler. Wäre peinlich. Aber wir können es nicht ausschließen, nur weil es peinlich werden könnte.«

Salinger räusperte sich nach einer Weile. »Das heißt, es gibt weitere Anschläge. Also, wenn die alte neue These stimmt.«

»Tja.« De Bodt ging zum Fenster, blickte hinaus und sagte: »Was Besseres fällt mir nicht ein. Wäre gern origineller.«

»Immerhin mal ein Ansatz«, sagte Yussuf.

»Was heißt, wir helfen den Terroristen durch unser Gestrampel«, sagte Salinger.

»Das Polizeispektakel in den Medien, die Talkshows, die Berichte, Kommentare gehören zur Angriffsstrategie. Vor allem, dass die Medienfritzen es nicht lassen können, den Leuten das Mikro vors Maul zu halten. Die stecken sich gegenseitig an mit ihrer Angst.«

»Man kann es nicht mehr ertragen, das jedenfalls stimmt«, sagte Salinger. »Ich lass die Glotze seit Tagen aus.«

»Das wäre ziemlich genial, wenn die das eingebaut hätten«, sagte Yussuf. »Wenn es stimmt. Dann machen wir die Drecksarbeit für die Verbrecher. Wer sich das ausgedacht hat …«

»Wenn es das Motiv sein sollte, wer könnten die Täter sein?«, fragte de Bodt. »Die üblichen Verdächtigen schließe ich aus. Die sind unter Druck, werden bombardiert, gejagt. Das ist auch viel zu professionell. Wer sind sie?«

45.

»Wenn die uns vorführen wollen, warum?«, fragte Floire. Trommelte mit dem Bleistift auf dem Knie.

»Überlegen wir also, wer unsere Feinde sein wollen. Oder sein müssen.« Lebranc warf einen Blick auf das Stiftgetrommel. Normalerweise hätte er gesagt: Lassen Sie die Zappelei. Aber es war nichts mehr normal. Nichts.

»Die Chinesen, die Russen, arabische Despoten, obwohl wir denen alle Wünsche erfüllen.«

»Warum in die Ferne schweifen. Der Front National …«

Floire überlegte. Dann nickte er endlich. »Aber den gibt es nur bei uns.«

»Und wenn die Rechten eine ... sagen wir mal, Internationale gegründet haben. Insgeheim. Im Untergrund. Um in den wichtigsten europäischen Ländern an die Macht zu kommen? Dem neuen Präsidenten in den USA wäre es vielleicht recht. Ob das eine Operation der CIA ist? Fanatikern traue ich alles zu. Die haben früher schon geputscht, wenn es ihnen beliebte. Im Iran, in Lateinamerika. Argentinien, Chile und so weiter.« Lebranc warf Floire einen Blick zu. In dem mochte der lesen: Mach was draus.

»Ich weiß nicht.« Das Trommeln erstarb, dann setzte es wieder ein. »Überhaupt, ich will nicht wissen, wie viele Kollegen in der Sonderkommission den FN wählen.«

»Ich würde das gern wissen. Ist Ihnen nicht aufgefallen, dass der FN so richtig auftrumpft seit den Anschlägen?«

Floire legte den Bleistift auf den Schreibtisch, rieb die Handflächen an den Hosenbeinen ab, fuhr sich durch die Haare. »Wenn man es so sieht ...« Überzeugt klang er nicht.

»Cui bono?«, fragte Lebranc.

46.

»Cui prodest scelus, is fecit«, sagte de Bodt.

»Wurde echt Zeit ...«

»Wem das Verbrechen nützt, der hat es begangen.«

»Wem nutzt es?«, fragte Salinger.

»Ich mag meine Schwiegermutter nicht. Sie wird von einem Auto überfahren. Also bin ich der Fahrer«, sagte Yussuf.

Salinger grinste.

De Bodt hob den Daumen: »Cum hoc ergo propter hoc ... sollte jemand hier kein Latein können: ›Mit diesem, daher deswegen.‹«

»Es wäre ja auch zu leicht, immer vom Nutznießer der Tat auf den Täter schließen zu können«, sagte Yussuf.

»Das Problem ist nur, dass man Verschwörungen nicht mit Verschwörungstheorien aufklären kann.« De Bodt lehnte sich an die Fensterbank und blickte Yussuf an. Nickte ihm zu. Der strahlte.

»Schluss mit dem Geschwätz«, sagte Salinger. »Wer profitiert?«

»Vielleicht haben die Saudis zum großen Schlag ausgeholt?«, fragte Yussuf.

»Würde sie einen Haufen Kohle kosten.« Salingers Zeigefinger strich gegen den Daumen.

»Vielleicht steht am Ende der perversen Rechnung trotzdem ein Plus. Ein politisches Plus.«

»Machen wir eine Liste«, sagte de Bodt.

»Feind Nummer eins: Russland«, sagte Yussuf.

»Wär fast zu leicht«, erwiderte Salinger.

»Aber die hätten die Leute und Mittel für so eine Operation. Den Westen attackieren, ohne dass man den Angreifer kennt. Krim 2.0 gewissermaßen.«

»Was wäre das Ziel?«, fragte Salinger.

»Das Baltikum und der Ruhm. Den Westen schwächen, dann grüne Männchen im Baltikum. Revanche für die Sanktionen. Wiedererweckung der großen Sowjetunion. Was weiß ich? Heiß ich Putin?«

»Dessen abgedrehte Fantasie hast du aber, Mackertum eingeschlossen. Wie wär's mit Erdoğan. Der glaubt ja, er hätte ein Hühnchen mit uns zu rupfen.«

»Aber nicht mit den Briten«, sagte Yussuf.

»Die Chinesen?«

»Die würden doch zuerst die Amis attackieren. Die sind zu klug, um sich überall Feinde zu machen. Und die EU war doch ziemlich brav. Man gibt brav Vorderpfote, während die Geheimpolizei die Leute einsperrt und foltert.«

»Irgendwelche Multis?«

Salinger machte große Augen.

»Ist ja gut. Und wenn zu dem Plan auch gehört, dass wir die Falschen für Täter halten und uns mit denen anlegen. Wir machen nicht nur die Arbeit für die Terris, wie unser Vordenker so treffend gesagt hat. Wir bringen uns auch noch und erst recht in Teufels Küche, weil wir die Falschen verdächtigen. Im Zweifelsfall schicken die Briten gleich mal ein paar Drohnen los.«

»Du liest zu viele Spionageromane.«

»Eigentlich nie. Nur, zuletzt, da hab ich's mal versucht. *Das Mos-*

kau-Spiel, von einem Schreiberling, den ich nicht kannte. Hab's nach zwanzig Seiten weggelegt.«

»Er liest doch!«, sagte Salinger und klatschte Beifall.

»Und wenn es Faschos sind? Ganze und halbe?«, fragte Yussuf.

»Du meinst, diese Dumpfbacken von der AfD und ihre Freunde in Europa?«

»Na ja, wenn dieser Präsident in Amerika die gute alte CIA-Tradition belebt?«

47.

Sie hatten sich zum Essen verabredet. Bei einem Italiener, klein, ein bisschen versteckt an einem Tisch hinter dem Aquarium. Oberon trank Wasser, Pavlinsky einen Pinot Grigio. Vorspeisenteller mit Meeresfrüchten, ein bisschen Pasta, dann den Fisch des Tages. Schwertfisch vom Grill. Mit Rosmarin, Thymian, Knoblauch.

»Wir verdienen einen Haufen Geld mit denen«, sagte Oberon. »Sie zahlen sofort. Einen besseren Kunden gibt's nicht.«

»Wie sind die auf Sie gekommen?«, fragte Pavlinsky.

»Keine Ahnung.«

»Man kennt Sie als ... Vermittler ...«

»So etwa, nehme ich an. Sie brauchten jemanden, der diskret ist. Sie wollten nicht selbst agieren.«

Pavlinsky nickte. »Sie werden uns trotzdem umbringen.«

»Gewiss. Wenn wir nichts dagegen tun.«

»Abtauchen. Ich hätte da alle Mittel. Auch für Sie. Neue Identität, mit echten Papieren.«

»Haben wir die nicht schon?«

Pavlinsky lachte. »Sie müssten sich wieder an einen Namen gewöhnen. So alt sind Sie noch nicht.«

Oberon verzog keine Miene. »Mit diesem Kaliber hatte ich noch nie zu tun. Ich werde das beschissene Gefühl nicht los, dass die uns überall finden. Dass die mehr haben als alle Mittel.«

Pavlinsky wartete, bis der Kellner kleine Teller mit hausgemachten Ravioli in Safransoße abgestellt hatte. Er trank einen Schluck, schmeckte den Wein und nickte mit gespitzten Lippen. »Sie wollen nicht mit einer Pistole unterm Kopfkissen schlafen und sich auf der Straße dauernd umdrehen.«

»Ist nicht gemütlich.«

Pavlinsky beugte sich ein paar Zentimeter vor. »Mir geht das seit Beginn durch den Kopf. Zunächst hab ich geglaubt, es ist Panik. Die haben andere Sorgen ... Und dann habe ich gehofft, dass es Panik ist. Bis ich wusste, dass es Vernunft ist, davon auszugehen.«

»Deren Hauptsorge ist, nicht erwischt zu werden. Kein Risiko ...«

Pavlinsky wischte sich den Mund ab. »Genau das hat mich beschäftigt. Wir sind ein Risiko? Wieso? Wir wissen doch nichts. Wissen Sie mehr?«

»Ich habe Kontoeingänge, Sie auch.«

»Sie meinen, ein Geheimdienst, die NSA, die könnten ...«

»Damit was anfangen.«

Pavlinsky massierte sich das Kinn. »Gewiss. Sie haben auch ... Korrespondenz.«

»Mails, nur Mails.«

»Gefährlich genug, auch wenn die verschlüsselt sind.«

»Jeder Bulle, jeder Geheimdienst jagt uns. Und unsere Auftraggeber. Die haben den Vorteil, dass die Verbindung zu uns ... dünn ist.«

»Schwach. Aber vorhanden. Zu Ihnen, Oberon.«

»Und auch zu Ihnen, Pavlinsky.«

Pavlinsky kannte diese Augenblicke, in denen die Hoffnung sich als Vernunft verkleidete. Warum sollten die dich umbringen? Was könntest du über die verraten? Keine Namen. Keine Spuren. Nicht mal das Motiv. Nichts. Und doch können sie dich nicht am Leben lassen. Sagte die Vernunft, wenn sie nackt war.

48

Sie gingen am Landwehrkanal.

»Wohin gehen wir? Hast du ausgerechnet jetzt Zeit für einen Spaziergang im Morast?« Über Nacht war Regen gefallen, hatte die Straßen erst in Eisfallen verwandelt, dann in Matschwüsten. Salinger umrundete eine riesige Pfütze. »Wer freiwillig hier rumlatscht, ist verrückt.«

Er lachte leise. »Wir treffen gleich jemanden. Der beobachtet uns vorher. Wo ist man derzeit ungestörter als hier?«

»Ach so, wir wandeln durch die Wassermassen, damit wir *beobachtet* werden können.«

Er grinste sie an.

»Das macht dir Spaß?«

»Was?«

»Mister Rätsel zu spielen.«

»Klar.«

Nach ein paar Minuten wechselte de Bodt die Straßenseite.

Er hatte nicht viel mit dem Mann gesprochen, den sie treffen würden.

»Ich wollte nur hören, ob es Ihnen gut geht. Und noch mal danken.«

»Kein Grund. Bei Ihnen ist ja ganz schön was los.«

»Kann man so sagen. Sie hatten doch versprochen, Sie wollten Urlaub in Berlin machen.«

Stutzen. *»Stimmt. Das passt gut, ich wollte sowieso ein paar Tage freinehmen.«*

Salinger folgte de Bodt. Der fasste sie an der Schulter und steuerte sie in ein kleines Restaurant. »Ich weiß aber nicht, ob mir Rinderleber mit Zwiebeln pläsiert.«

»Es wird gegessen, was auf den Tisch kommt.«

Als er den Gastraum betrat, stutzte de Bodt. Er hatte Merkow erwartet, nicht seine Begleitung. Sie saßen nebeneinander.

Merkow erhob sich und begrüßte zuerst Salinger, dann de Bodt. »Anja Katt. Sie war an unserem letzten … Abenteuer beteiligt. Aber Sie haben sie noch nicht kennengelernt, fürchte ich.«

Irgendwas klingelte in de Bodts Kopf, als er der schlanken Frau die Hand gab. Ihr Händedruck war fest. Klar, Kollegin von Merkow. Und seine Geliebte. Das lag in der Luft.

»Ihr erster Aufenthalt in Berlin?«, fragte de Bodt Anja Katt.

»Kann man so sagen.« Sie lächelte. Ein kühler Blick.

»Ich nehme an, Sie wollen nicht über den letzten Krieg plaudern«, sagte Merkow.

»Ich erzähle Ihnen lieber, wie die Dinge stehen. Eine Brücke weniger und viele Tote mehr seit Ihrem letzten Besuch.«

Merkow blickte de Bodt ernst an. Salinger übersah er. »Wir fürchten Anschläge auch in Moskau. Ich verrate kein Geheimnis, dass mich meine Chefs deshalb gern nach Berlin fliegen ließen. Natürlich gibt es Regierungskontakte. Aber es kann nicht schaden, mit Ihnen zu sprechen.«

Sie bestellten den Erbseneintopf, den die Karte empfahl. Dazu Wasser.

»Ich hoffe, Ihre Vorgesetzten wussten Ihren Einsatz zu würdigen«, sagte de Bodt.

Merkow nickte. Er erinnerte sich des Ordens und noch lieber der Prämie. Der Beförderung. Am meisten schätzte er die Gunst des Präsidenten. Sie schützte ihn vor den Vorgesetzten. Wäre die Aktion schiefgegangen, dann säße er im Gefängnis, im Lager. Mindestens hätten sie ihn rausgeworfen. Befehlsverweigerung, Fahnenflucht, Terrorismus, irgendwas hätten sie aus dem Hut gezaubert. Merkow hatte sich nie Illusionen gemacht über das System, dem er diente. In der Sowjetzeit und danach. Aber er war Russe, und ein Russe stand zum Vaterland, wenn es hart auf hart kam. Eigentlich kam es immer hart auf hart.

Am Nebentisch saßen vier Männer. Sie stritten sich, wie man die Schweine bestrafen sollte, die die Brücken gesprengt hatten. »Lange foltern, dann lebend in Stücke schneiden. Die sollen auch was davon haben«, dröhnte einer. Ein zweiter klopfte Beifall auf den Tisch. Sie lachten. Dieses Lachen, wenn die Angst regiert.

Anja Katt aß wenig. Sie legte den Löffel auf den Tellerrand und hörte zu. Ihre Augen verharrten bei dem, der sprach.

De Bodt zweifelte nicht. Diese Frau hatte mitgemacht bei der letzten blutigen Geheimoperation der Russen in Berlin. Natürlich hatten sie versucht, den Anschlag auf ihren Präsidenten aufzuklären.

»Ihrer Regierung trauen hier manche solche Operationen zu«, sagte de Bodt.

»Danke für Ihre Direktheit. Ich weiß nichts von dieser Operation …«

»Wenn Sie's wüssten, dürften Sie es nicht verraten«, sagte Salinger trocken.

»Sie haben recht. Insofern fehlt mir die Möglichkeit, Ihnen glaubwürdig zu erklären, dass wir es nicht waren.«

»Wir waren es nicht, was soll das geschwollene Gerede?«, sagte Anja Katt. Sie strahlte eine merkwürdige Attraktivität aus. Nicht schön, und doch zog sie die Blicke an. In ihrer Haltung, in ihren Augen, in ihrer Stimme lag etwas Geheimnisvolles. De Bodt hätte gern gewusst, was er hinter dem Stahlpanzer fände.

»Ich glaube es auch nicht«, sagte de Bodt. Er hatte keine Anhaltspunkte dafür oder dagegen. Nur traute er dem russischen Präsidenten einiges zu. Auch Terroraktionen. Aber warum schwadronieren?

»Ich erinnere mich an die Aktion Ihrer Spezialkräfte in Baku. Frauen, Kinder, Männer, alle abgeschlachtet.« Salinger blickte lächelnd in die Runde. Als hätte sie übers Wetter gemeckert.

»Manchmal überziehen Sicherheitskräfte. Es hat nicht nur die Falschen getroffen.« Merkow lächelte.

»Was mich interessiert …«, setzte de Bodt an.

»Kommen wir also zur Sache«, sagte Anja Katt.

»Mich interessiert, was Ihre Dienste über die Anschläge wissen«, sagte de Bodt. »Wer kommt infrage? Als Auftraggeber? Wer leitet die Operation?«

»Einen, der dafür infrage käme, haben Sie eingesperrt. Weiß der nichts?«, fragte Merkow.

»Noch nichts. Robert Wedenstein kennt weder Täter noch Auftraggeber. Behauptet er. Aber er weiß womöglich, in welchen Kreisen wir suchen sollten.«

»Wird er reden?«

»Unser Freund Bob wird sich bald melden.«

Salinger warf ihm einen Seitenblick zu.

»Gut«, sagte Merkow. »Obwohl ich von ihm nichts Konkretes erwarte. Wenn er Sie nicht sowieso an der Nase herumführt. Halten Sie mich auf dem Laufenden?«

De Bodt nickte. »Über das Verfahren reden wir nachher.«

Diesmal fiel Salingers Seitenblick nicht skeptisch aus, sondern misstrauisch. »In welchen Kreisen sollten wir denn suchen, Ihrer Meinung nach?« Ein Blick erst auf Anja Katt, dann auf Merkow.

»Ich würde nach den Leuten suchen, welche die Operation ausführen«, sagte Anja Katt.

Merkow nickte. Sie hatten es durchgekaut. »Die Motive sind unüberschaubar. Wie die Zahl möglicher Auftraggeber. Von einem monströsen Erpresser bis zu einem Milliardär, der Wagner-Oper spielt.«

De Bodt lachte.

»Oder einem Präsidenten, der zu viel *Star Wars* geguckt hat«, sagte Salinger.

»Unserer mag solche Filme nicht«, erwiderte Merkow. »Ich tippe auf Geheimdienst, Spezialeinheit. Wenn Sie die Staaten durchgehen, die solche Kräfte in ausreichender Stärke haben, haben Sie den Kreis der Verdächtigen.«

»Russland, USA, China. Großbritannien, Frankreich, wenn wir unterstellen, dass eine Regierung verrückt geworden ist.« Salinger blickte die beiden Russen an. Ihr Lächeln war tiefgefroren.

»Die Saudis«, sagte Merkow ungerührt. »Man denkt, das sei eine monolithische Monarchie. Aber das Spektrum reicht von ultrafrommen Konservativen bis zu hyperfrommen Terroristen. Die Saudis wären in der Lage, eine solche Operation zu stemmen. Und sie hätten Motive. Die Ungläubigen besiegen, bevor das Öl ausgeht und in der Wüste alles zusammenkracht.«

»Damit schießen die sich doch selbst ins Knie«, sagte Salinger. Sie gab sich wenig Mühe, ihre Abneigung zu verbergen.

Merkow schien es nicht zu beeindrucken. Er betrachtete sie einen Augenblick. »Wir machen immer den gleichen Fehler. Wir beurteilen andere nach unserer Logik. Die verbietet, dass man sich selbst wirtschaftlich schadet. Die Saudis schwimmen trotz der Ölpreiskrise immer noch in Dollars. Ihre Reserven sind größer als unsere. Und doch gibt es dort Leute, die würden das ganze Geld am liebsten nehmen, um die Erde von den Ungläubigen zu säubern.« Er hob die Hand. »Ich rede zu lang, Entschuldigung. Unsere Nachrichtendienste befassen sich – wie Ihre natürlich auch – schon länger mit diesen Gefahren. Wir wissen trotzdem nicht, welche Fraktion gerade die Politik bestimmt. Der König versucht zu lavieren, auch wenn er nach außen den Hardliner gibt.«

»Man weiß nie, wie Staaten reagieren, denen der Untergang droht. Schon wie die auf das Fracking der Amerikaner reagiert haben. Ölpreis runter, um die Frackingindustrie zu zerstören. Sogar wenn es an die eigenen Reserven geht. Nach innen haben sie die Zügel längst angezogen.«

»Kopf ab, Peitsche los«, sagte Salinger.

Merkow lächelte.

Salinger blickte ihn bitter an.

»Ich nehme an, Ihr Bundesnachrichtendienst hat Sie schon unterrichtet. Über die Gefahren, die aus der Ecke kommen.«

De Bodt hob die Brauen und beide Hände.

Merkow lächelte. »Sie sitzen also wieder am ... wie sagt man? Am Katzentisch?«

»Es hat keinen Sinn, nach dem Motiv zu suchen, bevor wir weitere Hinweise haben«, sagte de Bodt. »Bisher würde ich sagen, es geht ums Wasser. Da gäbe es verschiedene Varianten: Vergiftung, Wassermangel, Überschwemmung durch Meeresspiegelanstieg. Die letzten beiden Varianten schließen sich aus, sind aber gleich wahrscheinlich.«

»Darüber haben wir in Moskau auch nachgedacht. Wenn Staaten, die von Absaufen oder Austrocknung bedroht sind, zusammenlegen. Um sich die Fachkräfte leisten zu können, die man für solche Operationen braucht. Ihr zerstört unsere Heimat, also zerstören wir eure. Operation Flut ...«

»Giftflut«, sagte Salinger. »Das Gift des Hasses.«

»Das würde passen. Die führen uns buchstäblich mit Gewalt zum Motiv. Angefangen mit den Leichen in der Badewanne. Die Chefs von Wasserwerken ...« De Bodt hob den Zeigefinger. »Aber vielleicht ist es ein Ablenkungsmanöver. Mir scheint es fast zu offensichtlich zu sein.« Ließ den Zeigefinger kreisen. »Außer die wollen wirklich, dass wir das Motiv begreifen.«

Merkow nickte. »Also suchen Sie, wer die Operationen ausführt. Um über die an die Drahtzieher heranzukommen. Die Motivraterei bringt nicht viel.«

»Eine Großmacht wie Russland hat viele Verbindungen, Informanten, starke Nachrichtendienste. Ihre Botschaften haben ihre Fühler ausgestreckt.«

»Natürlich«, sagte Merkow. »Aber die Amerikaner sind uns da weit voraus. Die NSA kennt vielleicht die Kommunikation der Verbrecher.«

»Die verraten uns nicht alles. Die misstrauen uns.«

»Aber wenn es darum geht, Terroristen auf die Spur zu kommen?«

»Vielleicht planen sie eine eigene Operation. Ohne uns. Würde mich nicht wundern. Über die andere Möglichkeit sage ich nichts. Das liegt auf der Hand.«

Merkow lächelte.

49.

Es gab Übleres, als auf einer Strandliege unterm Sonnenschirm zu dösen. Ein Lemonsoda mit Eis. Und einem Schuss Gin. Blick aufs Meer mit Schaumkronen auf den Wellen. Weitab sprangen Delfine aus dem Wasser. Eine Segeljacht zog vorbei. Keine Wolke, nirgendwo. Sie hatte ihr Rückenteil hochgestellt. Das Buch auf die Knie gelegt. Er lag und schien zu schlafen. »Tja, wer nachts das Mysterium jagt, muss tags schlafen. Man sieht sich, und man sieht sich auch nicht. Und das gleichzeitig.«

Er öffnete ein Auge, legte eine Hand auf ihren Oberschenkel.

Sie wischte die Hand weg. »Schlaf, mein Prinz der Dunkelheit. Ich such mir inzwischen den Inselkönig.«

»Gut, wir gehen tauchen ... nachher.«

»Willst du im Korallenriff pennen?«

»Du bist fies.«

»Klar. War's denn schön?«

»Der sogenannte Access Point ist eher ein Proxy...«

»Faszinierend.« Sie gähnte.

»Hinter dem verbirgt sich ein... Monster. Ein IT-Monster.«

»Woher weißt du das? Seite gehackt?«

»Nein, aber wer seinen Server so absichert, hat was zu verbergen.«

»Vielleicht so was Exotisches wie den Staatshaushalt dieser Insel? Die schwarzen Konten des Präsidenten? Den Geheimcode der Marine, die bestimmt aus zwei brandgefährlichen Paddelbooten besteht? Die Patente einer Forschungseinrichtung?«

»Getarnt hinter einem Proxy, der so tut, als wäre er ein AP einer Feriensiedlung?«

Sie schloss die Augen. »Nee, natürlich nicht. Also was? Militär... Ach, die verstecken sich auch nicht in einer Feriensiedlung... Geheimdienst... gibt's hier so was? Die haben bestimmt nur zwei korrupte Inselbullen.«

»Ist dir noch nicht aufgefallen, dass eine Security-Firma den Verwaltungstrakt bewacht?«

»Ja... doch. Die halten sich aber ziemlich zurück.«

»Bloß nicht auffallen. Aber seit wann wird eine Ferienanlage so bewacht?«

»Vielleicht seit Terris Jagd auf Touris machen. Wie in Tunesien. Und diese Arschlöcher gibt's hier in der Gegend auch.«

Er nickte. Stellte die Rückenlehne höher. »Okay.« Nippte an seinem Glas. »Bäh, ist schon warm.«

»Selbst schuld.«

»Trotzdem stinkt die Sache.«

»Was geht dich das an?«

»Was den Menschen von der Kuh unterscheidet, ist die Neugier. Sonst willst du doch auch immer alles wissen.«

»Danke für den Vergleich. Und wenn die weiß nicht wer merken, dass du in ihren Eingeweiden wühlst?«

»Das merken die nicht. Also, die haben sich mit ihrem Server auf einer Insel verkrochen. Hier irgendwo, tippe ich. Die rechnen nicht damit, dass ein Tourist sie hacken will. Selbst wenn, müssten sie erst mal die Spur finden. Nämlich bei sich selbst. Ich sitze in ihrem AP.«

»Du bist wirklich ein schlauer Kerl. Aber manchmal finde ich dich bescheuert. Die finden was Fremdes in ihrem Scheiß-AP. Und dann denken die gar nicht daran, dass der Eindringling ihr WLAN angezapft hat? Ich bin kein IT-Genie, aber selbst ich käme drauf.« Sie trank ihr Glas in einem Zug aus und ging ins Wasser.

50.

»Warum fragen Sie nicht Ruoff, der kennt die Szene doch so gut?« Bob lächelte.

»Der ist raus«, sagte Salinger. »Wenn ich mich recht entsinne, wollten Sie mit uns reden. Ist das alles, was Sie wissen? Dass wir zu Ruoff gehen sollen?«

De Bodt lächelte in sich hinein. Ruoff, der Exsöldner, der eine Kneipe in Moabit betrieb. Wo sich seinesgleichen herumtrieb. Er hatte in einem anderen Fall geholfen. Ein wenig.

Als von Bob nichts kam, sagte er: »Wir können auch wieder gehen. Ich finde andere Gesprächspartner unterhaltsamer.«

»Ich will alle Ihre Ermittlungsunterlagen. Danach kann ich Ihnen was sagen. Ich kenne die Handschriften meiner Kollegen.«

»Sie bekommen gar nichts«, sagte de Bodt.

»Weil ich den Kollegen was stecken könnte?«

»Ja«, sagte de Bodt. »Wenn wir Ihnen die Unterlagen gäben, könnten wir das kaum geheim halten. Der Generalbundesanwalt, das BKA … Und Sie wollen überleben, nehme ich an. Ihre Kollegen wären nicht erfreut …«

»Wenn Sie mich früher rausließen, wären die sowieso misstrauisch. Wäre ich auch.«

»Und wenn wir Ihnen einen Ausbruch de luxe besorgten?«

Bob blickte ihn an, sagte kein Wort. Nach einer Weile: »Wie wollen Sie das hinkriegen, ohne dass es auffliegt?«

»Wenn Sie mitspielen, kriege ich das hin.«

»Na, das ist eine geniale Idee«, sagte Salinger. Sie saßen im *Café Eliza* am Ecktisch. Kerzen. »Geht ja richtig los«, hatte Salinger gesagt, als sie das Café betreten hatten.

»Du organisierst einen Ausbruch für einen Massenmörder«, sagte Salinger. »So einen Quatsch hab ich schon lang nicht mehr gehört.«

Er zuckte die Achseln. »Mit Nullachtfünfzehn-Methoden werden wir den Fall nicht lösen.«

»Dann lass ihn doch die Soko lösen!«

»Es ist unser Fall. Meiner jedenfalls.«

»Klar, was du hast, lässt du nicht los.«

»Wir haben die Badewannenleichen gesehen. Du hasst Bob sosehr, dass ...«

»Das ist doch Quatsch. Ich will nicht, dass der frei herumläuft.«

»Das will ich auch nicht.«

Sie blickte ihn an und schüttelte den Kopf. »Du weißt schon, was du willst?«

Sie blickte auf die Tischplatte.

»Was Wedenstein angeht, schon.«

»Von mir aus soll er in der Zelle verrotten.«

»Du hasst ihn, weil er dich in seiner Gewalt hatte«, sagte er.

»Dich auch«, erwiderte sie.

»Ich seh das professionell. Vermutlich hat er mir die Chance gegeben abzuhauen. Wie gesagt.«

»Glaub ich nicht. Er setzt sich doch nicht freiwillig in den Knast.«

»Nicht so, aber es war die Situation, die er geschaffen hat. Einer wie Bob erwägt jederzeit, welche Risiken in welcher Lage stecken. Er wusste, dass ich eine kleine Chance hatte. Glaubte aber nicht, dass es klappen würde. Traute es mir nicht zu. Er hat mich unterschätzt. Deshalb sitzt er im Knast.«

»Das soll ich jetzt verstehen?«

Der grüne Tee kam. Anne, die Chefin, lächelte de Bodt an. Salinger verfolgte es mit Falten an den Lippenenden.

»Ist das vorbei?«, fragte Anne. Als de Bodt die Achseln zuckte, stellte sie sich hinter den Tresen. Er sah, wie sie den Kopf schüttelte. Langsam, kaum sichtbar. Wie Menschen, die verzweifelt sind.

»Wer kann uns sonst verraten, welche Gestalten Menschen in Badewannen ertränken und Brücken in die Luft sprengen?«

»Dein Freund Merkow weiß angeblich auch nichts«, sagte sie.

»Bist du auf den auch sauer?«

»Du hast schon vergessen, dass solche Leute gern mal einen Haufen Menschen erschießen.«

»Merkow eher nicht.«

»Dir scheint das alles ziemlich egal zu sein.«

»Keineswegs. Nur hab ich nichts davon, wenn ich Möglichkeiten ausschlage.«

»Und diese Katt. Eiskalt.«

»Gott sei Dank! Stell dir vor, die hätte die ganze Zeit rumgezetert!« Er lachte sie an.

»So wie ich, willst du sagen?«

51.

»Pass auf, Axel!« Die Stimme gellte übers Heck. Der Junge hörte sie nicht. Zu sehr faszinierte ihn das Schauspiel im Wasser. Quallenriesenknäuel. Von den Schiffsschrauben zu Püree gemahlen. Er hielt Superman fest. So fest, dass es in der Hand schmerzte.

Die *Tondern* war voll. Auf dem Unterdeck parkte der ICE nach Kopenhagen, daneben Lastwagen, teilweise mit Anhängern, Busse. Auf dem Deck darüber Autos Stoßstange an Stoßstange. Weihnachten in Kopenhagen. Nordsee-Winterurlauber. Ostsee.

Axel mochte sich gar nicht trennen von dem Gemetzel. Obwohl er zitterte vor Kälte. Der Wind trieb sie durch alle Nähte. Seine Augen tränten. Er wischte sie mit dem Handschuh trocken. Ein letzter Blick zum Heckwirbel. Zur Matschspur. Axel war zufrieden. Das geschah denen recht. Im Vorjahr hatte ihn eine Qualle in der Ostsee verbrannt. Die Schmerzen würde er so schnell nicht vergessen.

Er zockelte zur Tür. Seine Mutter wartete dort, eingepackt in einen Mantel und eine Strickmütze. Fäustlinge. Rucksack. Im letzten Jahr hatte ihn der Vater geholt. Der war ausgezogen. Hatte eine

Neue. Axel hasste die Neue. Seitdem sah er den Vater selten. Und der lief nun in komischen Klamotten rum. Die Neue war jünger. Fuhr einen Porsche, geile Karre. Immerhin. Die Mutter nannte nie den Namen der Neuen. Jasmin. Zuletzt hatte sich Mamas Laune aber gebessert. Sie telefonierte viel am Abend. Als er einmal den Hörer abgenommen hatte, meldete sich ein Calvin. Kollege von Mama im Büro. Klang cool.

Nachts wachte Axel manchmal auf. Hatte Angst. Dass er ins Kinderheim müsste. Dass Papa nicht mehr kam. Mit der Neuen nach Amerika zog. Dort war er mit Jasmin in Urlaub gewesen. Von Papa hatte Axel nur Superman.

»Komm, wir trinken einen Kakao«, sagte Mama.

Sie hatte schon schlechtere Ideen gehabt. Zuletzt zum Beispiel, als sie auf dem Vegantrip war. Glücklicherweise dauerten die *Anfälle* nicht lang. So hatte Papa sie genannt. Es hatte einen Jogginganfall gegeben, einen Schwimmanfall, mindestens drei Diätanfälle, einen Saunaanfall, einen Yogaanfall, einen Bioanfall. Bei Letzterem hatte es lang gedauert, bis er wieder eine Cola trinken durfte. Für jeden Anfall hatte Mama Gründe, gegen die keiner was sagen konnte. Richtiger als richtig.

Kakao, das war ein akzeptables Angebot. Obwohl Mama auf der Fahrt gestöhnt hatte. Von einem Rattenfraß gesprochen hatte, der sie auf dem Schiff erwartete. Axel war es egal, Hauptsache, sie hatten Pommes und Ketchup. Und wenn er vorher einen Kakao trinken sollte, na gut. Es würde wieder Gemecker geben, weil man Pommes nicht nach dem Kakao isst, sondern, wenn schon, dann davor. Aber er würde so lange quengeln, bis sie nachgab. In den Ferien war es leichter.

Sie fanden einen Platz an einem Tisch im Selbstbedienungsrestaurant. Die drei Tische nebenan belegte ein Paar mit Baby. Sie juchzte, wenn der Säugling brabbelte. Wenn nicht, blickte sie besorgt in den Korb, den sie auf einen Tisch gestellt hatte. Der Vater steckte sein Handy weg. Er hatte ein Bier vor sich stehen, sie trank Tee. Er las in der *Bild*. WANN FOLGT DER NÄCHSTE ANSCHLAG?

Axel wartete, bis Mama mit dem Tablett kam. Sie hatte sich ein Wasser geholt. Sie stellte ihm den Kakao auf den Tisch. Er beschloss, erst mal brav zu trinken, bevor er mit den Pommes anfing. Steckte Superman in die Jackentasche. Setzte den Becher an.

Als es einen Schlag gab. Der Becher knallte auf den Tisch. Der Kakao ergoss sich über seiner Hose. Er schrie. Vor Schreck und weil es heiß war. Viel zu heiß.

52.

»Wir grillen ihn noch ein wenig. Er ist innen noch rot«, sagte Salinger.

»Also hat unser Freund Bob nur heiße Luft geblasen«, sagte Yussuf.

»Lauwarme.« Sie seufzte demonstrativ. »Aber unser Meister hält große Stücke auf den Schlächter.«

De Bodt saß auf seinem Stuhl neben der Tür und war weg. Was wusste Bob wirklich? Vielleicht spielte der nur mit ihnen, weil ihm langweilig war. Lebenslänglich ist kein Unterhaltungsprogramm für Berufskiller. Allerdings, Wedenstein wollte raus. Und wusste, dass er was liefern musste. Keinen Firlefanz. Bob kannte Leute, die solche Operationen stemmten. Oder Leute, die Leute kannten. So viele Experten gab es nicht. Wenn man sich auf die Besten konzentrierte. Sie hatten eine Ausbildung bei Spezialkräften bekommen. Sie hatten gefährliche Aufträge ausgeführt. In Afghanistan, im Irak, in Syrien, in Somalia. Es waren Kampftaucher dabei. Sprengstoffexperten. Es waren vielleicht zwanzig Leute, zählte man die Logistiker dazu. Zwanzig Leute, die abgetaucht waren aus ihrer Umgebung. Die sich in Deutschland, Frankreich, England versteckten.

»Ach, du Scheiße!«, rief Yussuf. Starrte auf sein Handy. »Eine Fähre, Fehmarn nach Rødby, gesunken. Wenige Überlebende. Explosion.«

De Bodt riss die Vorzimmertür auf und Engel den Telefonhörer vom Ohr. Knallte ihn auf die Gabel. »Rufen Sie Lebranc an, sofort!«

Salinger hatte ihn noch nie schnauzen gehört. Wenn's nach ihr ginge, hätte man Engel längst rausschmeißen sollen. Sollte sie ihre

Dauertelefonate mit Mutter und Tante doch zu Hause führen. Kein Kollege rief mehr im Vorzimmer an. Immer gleich die Durchwahl. Wegen jedem Kleinkram.

»Ali, ruf Krüger an. Die sollen den Fährverkehr zwischen England und Frankreich sofort stoppen.«

»Was?«

»Mach es!«

Salinger saß mit gerunzelter Stirn.

»Krüger will mit dir reden.«

De Bodt nahm Yussufs Telefon. »Haben Sie nicht verstanden? Fährverkehr einstellen, sonst gibt es die nächste Katastrophe.«

»Haben Sie was getrunken?«

»Sie haben nichts gehört von dem Fährunglück vor Rødby?«

»Schrecklich.«

»Es hat eine Explosion gegeben. Ich nehme an, die Täter haben einen Lastwagen mit einer Sprengladung auf die Fähre gefahren.«

»Woher wollen Sie das wissen?«

»Haben Sie schon mal was von Logik gehört? Ein Flugzeug passt nicht in den Plan. Aber ein Schiff. Wasser! Es geht um Wasser. Jetzt los!«

Engel stand in der Tür, den Hörer an der langgezogenen Schnur.

»Krüger, sagen Sie den Kollegen in Paris und London, dass sie den Fährverkehr wenigstens verschärft kontrollieren müssen. Jeden Wagen durchsuchen.«

De Bodt legte auf, schnappte sich den Hörer. Den ihm Engel mit verzerrtem Gesicht reichte. Als litte sie unter Zahnschmerzen.

»Lebranc, haben Sie von dem Fährunglück ...«

»Natürlich ... glauben Sie etwa ... mein Gott.«

»Es wäre leichtsinnig, nicht davon auszugehen. Wieder Wasser. Man kann so Hunderte von Menschen auf einen Schlag umbringen. Ich habe unsere Sonderkommission aufgefordert ... die soll Ihnen, also Ihren Chefs, vorschlagen, den Fährverkehr im Kanal einzustellen.«

»Um Himmels willen, den Fährverkehr?«

»Wenigstens Calais–Dover!«

»Das beruht jetzt nicht nur auf einer Ahnung von Ihnen?«

»Das erkläre ich Ihnen später. Bearbeiten Sie Ihre Chefs. Versuchen Sie es!«

»Ohne Argumente habe ich keine Chance.«

»Den Tätern geht es um Wasser. Badewanne, Brücke, Fähre. Konstruktionen, die mit Wasser zu tun haben.«

»Ja, aber ...«

»Sie mussten wieder zuschlagen, das ist ihr Plan. Sonst wäre alle Anstrengung umsonst. Verstehen Sie das nicht?«

»Ja. Nein ... ich weiß nicht.«

»Ihre Botschaft steckt in den Taten. Sie werden sie uns Stück um Stück zustellen. Oder soll ich sagen, Anschlag um Anschlag?«

53.

Sie saßen nebeneinander auf dem Ledersofa. Der Fernseher lief. Fährunglück in der Ostsee. Rettungsboote, Hubschrauber. Nur wenige Passagiere gerettet. Pavlinsky hielt die Kaffeetasse in der Hand, etwas vorgebeugt. Als wollte er die Leichen zählen. »Denksport, dritte Aufgabe«, murmelte er.

Im Tod wie verknotet ein Junge und eine Frau im Wasser, neben einem Rettungsring und einer Boje. Rot und gelb. »Was ist das?«, fragte Oberon. Deutete auf einen Gegenstand, der nahe dem Kopf des Jungen schwamm.

Pavlinsky stellte sich dicht vor den Bildschirm. Lachte. »Eine Spielfigur. Superman. Schwimmen kann er immerhin.«

Oberon lehnte sich zurück, das Bein übergeschlagen. »In den Berichten reden sie schon von der Explosion«, sagte Oberon. Er war vor einer Stunde in Pavlinskys Büro aufgetaucht. Als wäre er zufällig in der Gegend gewesen. »Die werden es nicht begreifen.«

»Läuft alles nach Plan«, sagte Pavlinsky. »Ich würde den Plan nur gern kennen.«

Oberon lachte. »Unsere Auftraggeber werden uns bald sagen, wie es weitergeht. Aber Phase drei hat gerade erst begonnen. Es fehlt noch was.«

Pavlinsky nickte. »So schnell reagieren die nicht. Und … sie müssten draufkommen.«

»Wann ist es soweit?«

»In drei Stunden und sechzehn Minuten.«

54.

Lebranc starrte auf seine Notizen. Nur er konnte das Gekritzel entziffern. Er hatte überall herumtelefoniert. Floire war wie vom Erdboden verschluckt. Endlich wählte er die Nummer des Polizeipräfekten. Der war einmal sein Chef gewesen. Man schätzte sich. Auch wenn ihm Polianski zu karrieregeil war, zu politisch, zu rechts. Der mochte Hummer lieber als Fischsuppe. In jeder Hinsicht. Aber Polianski war fair gewesen. Jedenfalls zu ihm.

»Der Herr Präfekt ist nicht in seinem Büro«, sagte die Vorzimmerdame.

»Schaffen Sie ihn ans Telefon, wenn Ihnen Ihr Leben lieb ist!«, schnauzte Lebranc.

»Ich bitte Sie!«

»Ich bitte Sie nicht. Ich fordere Sie auf, mich mit dem Präfekten zu verbinden. Suchen Sie schon mal die Website vom Arbeitsamt.«

Es knackte. Eine lange Pause. »Was ist denn los, Lebranc? Ich sitze gerade in einer …«

»Wir müssen den Fährverkehr im Kanal stoppen. Und die Briten auch.«

»Sind Sie wahnsinnig? Warum? Wie sollte ich das machen?«

»Wenigstens jedes Schiff millimetergenau durchsuchen.«

»Wie kommen Sie darauf?«

»Die Dänenfähre …«

»Ein Anschlag auf eine Kanalfähre? Wie kommen Sie darauf?«

»Die *Tondern* haben Terroristen versenkt. Sagt ein deutscher Kollege. Badewannen, Brücken, Fähren. Und mein deutscher Kollege sagt, dass es nicht dabei bleibt. Sie haben Deutschland schon getroffen. Jetzt wollen sie England und uns treffen. Sagt der Kollege.«

»Ich verstehe nicht recht, der deutsche Kollege, gehört der zur Sonderkommission in Berlin?«

»Nein ... ja ... er ermittelt im Badewannenfall.«

»Also ist der Mitglied der ...«

»Er ermittelt selbstständig ... ziemlich selbstständig.«

»Und Sie erzählen mir, dass dieser Kollege eine ... Eingebung hatte. Wir wissen noch nicht einmal, ob das Fährunglück ein Terroranschlag war.«

»Die Explosion ...«

»Sie wissen doch selbst, was alles explodieren kann.«

»Aber der Kollege ...«

»Sie meinen, ich soll eine Kontinentalsperre gegen England verhängen, weil dieser Kollege Vorstellungen hat.«

55.

Sie warf seinen Neopren-Shorty auf den Tisch. Ein Bein blieb an der Kleiderbügelantenne hängen und riss sie ab.

»Pass doch auf!« Er blickte sie erschrocken an.

»Wir wollen jetzt schnorcheln«, sagte sie. »Wir haben nämlich einen Tauchurlaub gebucht, keine IT-Überstunden.«

Er hob die Brauen, kaute auf Luft. Dann erhob er sich. »Gut«, sagte er lustlos. Klappte den Computer zu. Nahm den Kleiderbügel, legte ihn auf den Tisch. Zog das T-Shirt aus und den Shorty an. Sie reichte ihm Brille und Flossen. Der Bleigurt hing am Haken neben der Tür.

Er verzog die Miene und trottete hinaus in die Hitze, den Gurt in der Hand. Es waren nur ein paar Schritte zum Strand. Sie legten die Bleigurte um und gingen ins Wasser. Als dies bis zur Brust reichte, schlüpften sie in die Flossen. Spülten die Brillen, setzten sie auf und steckten den Schnorchel in den Mund.

Das Riff war nicht weit. Riffbarsche begleiteten sie. Er erkannte Seesterne auf dem Grund. Sie schwammen schnell hinaus. Wollten sich übers Riff legen, wo es unter ihnen wimmelte. Farbenfroh, wie es das sonst nirgendwo gab. Seine schlechte Laune verschwand. Die

Welt der Korallen, Fische, Seesterne, Muscheln war überwältigend. Das Wasser war klar wie Glas. Vielleicht würde er wieder eine versteinerte Vase finden. Er tauchte gern ab und stöberte im Sand, bis er Luft brauchte. Sie hatten schon ein größeres Riff besucht, aber das erreichten sie nur mit Flaschen. Hans, der Tauchlehrer, hatte ihnen gezeigt, wo das Riff abzusterben begann. Das Wasser sei zu warm. In ein paar Jahren sei das Riff nur noch ein verknöcherter Buckel auf dem Grund. Hans wollte aber sowieso bald aus der Taucherei aussteigen. Reibereien mit den Behörden. Wenn er die Polizisten nicht schmierte, hätte er bald eine Geschichte am Hals, die ihn sogar ins Gefängnis bringen könnte. Nein, er gehe zurück nach Europa. Oder nach Florida. Nur sei sein Englisch erbärmlich. Jedenfalls, die Inselchen, die würden sowieso bald absaufen. Was aus den Leuten hier würde, keiner wisse es. Dann hatte er abgewinkt und war zur nächsten Tauchgruppe gegangen.

Seither achtete Jan auf die Todeszeichen. Tauchte ab, um nachzusehen. Würde Fotos ins Netz stellen, sobald er zu Hause war. Dafür reichte die Bandbreite der Kleiderbügel-WLAN-Verbindung nicht.

Nadine war flott vorangeschwommen. Er sah sie im Wasser liegen. Sie wandte den Kopf zu ihm und zeigte auf etwas unten. Sein Blick folgte der Richtung, er erkannte aber nichts. Sie zeigte immer wieder. Dann sah er einen Taucher. Sein Neoprenanzug war sandfarben mit Tarnflecken. Auf dem Rücken eine Doppelflasche. Er blickte in ihre Richtung, hob die Hand. Jan winkte zurück. Bis er erkannte, dass die Hand des Tauchers eine Harpune umfasste. Jan sah den Pfeil auf sich zurasen.

56.

Sie hatten sich hinter Yussufs Schreibtisch gestellt. De Bodt hatte gerade das Büro verlassen wollen, als Yussuf geflucht hatte.

Gelbe Punkte im Wasser. Die Bilder aus dem Hubschrauber waren verwackelt. Schwimmwesten im Ärmelkanal. Das Schiff kieloben.

»Die *Toulon*, von Calais nach Dover, binnen weniger Minuten gesunken. Vorher Explosionen, vielleicht zwei. Vermutlich bis zu tausend Tote. Sie konnten nicht mal Rettungsboote absetzen.« Yussuf flüsterte, während er auf dem Handy tippte.

Der Kommentator im Fernsehen sprach vom zweiten Fährunglück binnen zwei Tagen. Er nannte es einen Fluch. Vermutlich weil er nicht wusste, was er sagen sollte. Und weil er fix und fertig war.

»Das hätte man verhindern können«, sagte Salinger. »Oder glaubt hier jemand an einen Zufall?«

»Es ist scheißegal, was hier jemand glaubt.« Sagte Yussuf.

De Bodt starrte auf den Bildschirm. Sah die Bemühungen, die Überlebenden im Wellengang an Bord der Rettungsschiffe zu nehmen, die aus Dover herangerast waren. Wenigstens das schien zu klappen. Die französische Seerettung hatte es weiter, aber auch sie würde bald helfen. Wer auf dem Schiff geblieben war, war verloren.

»Die hat Krüger auf dem Gewissen«, sagte Salinger.

De Bodt legte ihr die Hand auf die Schulter. »Nein. Das bringt nichts. Wir müssen den nächsten Schlag abfangen.«

»Aber du hast sie doch gewarnt«, sagte sie mit leiser Stimme. Er knetete ihre Schulter sanft. »Du hättest mir das auch nicht geglaubt, würdest du mich nicht kennen.«

Sie blickte ihn an. Wässrige Augen. Bleich.

Yussuf saß vor ihnen am Schreibtisch und verfolgte die Berichterstattung. Er fluchte vor sich hin. »Diese Schweine, diese verfluchten Schweine!«

Plötzlich stand Krüger im Raum. »Sie sollen zum Kriminalrat kommen. Sofort!«

57.

Seine Beine schlugen, als wäre er aufgezogen gewesen. Die Arme schnellten durchs Wasser. Er starrte auf den Pfeil. Der raste nach oben. Plötzlich steckte er in Nadine. Sie krümmte sich. Als hätte sie einen Boxhieb in den Bauch bekommen. Dann drehte sie sich auf den Rücken. Der Pfeil ragte heraus. Ein rotes Rinnsal löste sich ins Wasser. Jan packte sie unter den Armen und schwamm zum Strand. Er paddelte mit den Flossen. Schneller, schneller. Er spürte, wie sie erschlaffte. Er zerrte sie auf den Strand. Tote Augen starrten ihn an. Er schlug ihr auf die Wangen. Suchte den Puls. Sie lag da, die Flossen umspielt von den Schaumkronen. Sie lag da und war tot. Sie lag da und hatte den Pfeil im Bauch.

58.

Tilly. Wie der im Dreißigjährigen Krieg. Aber dieser Tilly war im Terror. Der hatte nach ihm gegriffen und nicht mehr losgelassen. Er bat de Bodt, sich zu setzen. De Bodt saß ihm auf der anderen Seite des Schreibtischs gegenüber. Hätte den Kriminalrat fast bedauert. Wüsste er nicht, mit wem er es zu tun hatte. Tilly hätte ihn längst geschasst. Wenn er dafür eine überzeugende Begründung ausgraben könnte. Oder de Bodt einen Bock schießen würde. In beiden Fällen Fehlanzeige. Tilly lauerte. Nur jetzt nicht. So groß war die Not.

De Bodt schwieg. Er wusste, was Tilly wollte. Aber das sollte der aussprechen.

»Gibt es weitere Anschläge?«, fragte Tilly leise. »Wo?«

»Ich weiß es nicht. Aber folgt man der Logik, wird es weitere Anschläge geben.«

»Warum?

»Bis wir begriffen haben.«

»Was?«

»Ich weiß es nicht.«

»Aber Sie haben gewusst, dass es einen Anschlag auf die Calais-Fähre geben würde.«

»Ich fand es logisch.«

Tilly blickte ihn aus müden Augen an. Unendlich müden Augen. Angst darin.

»Sie haben nicht gezögert, die Sonderkommission zu alarmieren.«

»Natürlich nicht.« Nein, er würde Tilly die Sache nicht leicht machen.

»Wie ich hörte, wurden auch die Franzosen informiert... über Ihre... Vermutung.«

De Bodt ließ seine Augen über die Regalwand hinter dem Kriminalrat schweifen. Ordner. Strafprozessordnung samt Kommentar. Sonstige juristische Fachliteratur. Kriminalistik.

»Sie können doch nicht erwarten, dass wir Großbritannien vom Kontinent abschneiden, nur weil Sie... *Ahnungen* haben... gerade jetzt nicht... Sie wissen... Brexit.« Blickte de Bodt an, den Kopf zurückgelegt.

De Bodt beobachtete die Verrenkungen des Kriminalrats. War klar, was der wollte.

»Wir müssen das unter dem Deckel halten... gut, Sie hatten Glück beim Raten... aber wenn das in den Medien landet... *Polizei lässt Fähre sinken*... Sie kennen das doch.« Ein Blick aus schmalen Augen. »Die Leute verlören jedes Vertrauen in uns. Es gibt schon genug, die dem Staat alles zutrauen. Am Ende haben wir das mit Absicht gemacht. Die Weiterungen wären nicht auszudenken...« Lauern in den Augen.

»Ich habe eine Schlussfolgerung gezogen, Sie konnten ihr nicht folgen, die Fähre ist gesunken.« De Bodt sagte es gleichmütig.

»Aber das war doch völlig unwahrscheinlich!«, brach es aus ihm heraus. Panik. De Bodt ahnte den Hass, der der Panik folgen würde.

»Eine hypothetische Behauptung wird immer nur dann wahr sein, wenn die Schlussfolgerung richtig ist«, sagte de Bodt.

Tilly hob die Augen. Musterte de Bodt. »Interessant.« Verachtung in der Stimme. Und Angst.

»Hobbes«, sagte de Bodt. Fand es jetzt sadistisch. Aber Tilly hätte Derberes verdient.

Tilly kaute, schob das Knie vor, seine Hände wischten über die Tischplatte. Er betrachtete die Fingerspitzen, zog ein Taschentuch hervor und putzte sich die Nase. »Sie wissen, interne Vorgänge müssen intern bleiben. Das verlangen der gesunde Menschenverstand, die Kollegialität und die Dienstvorschriften.« Er schnaufte leise. »Bei Verletzungen schaltet sich die Innere ein.«

»Ich kenne die Vorschriften«, sagte de Bodt. »Die Innere leider nicht.«

Tilly blickte ihn an. In seinem Gesicht stand Unverständnis.

»Ich wurde verschiedentlich... Gegenstand von Durchstechereien. Das ist Ihnen bekannt. Die Innenrevision hat sich bisher nicht gemeldet. Wenn Sie meine Zeugenaussage brauchen, ich stehe zur Verfügung...«

Tilly schluckte, räusperte sich. »Ich denke da... zukunftsgewandt. Wir haben diesen Fall, alles andere kommt später. Das verstehen Sie doch?«

De Bodt regte keine Miene.

»Wenn ich also etwas von Ihren... *Ahnungen* in der Presse lese...«

»Meine Ahnungen sind Vermutungen, die auf logischer Ableitung beruhen. Ich gehe davon aus, dass die Täter einem Plan folgen. Ich versuche von dem Plan auf die Absichten zu schließen. Das zum einen. Zum anderen will ich festhalten, dass viele Kollegen von meiner Intervention erfahren haben, angefangen bei Krüger und anderen in der Soko. Sie sollten beim Abdichten besser dort anfangen.«

Jetzt war es an Tilly, zu schweigen. Als er die Botschaft verdaut hatte: »Sie wollen einen Plan erkannt haben. Was ist dieser Plan? Was wollen diese Monster?«

»Sie suchen den Dialog. Vielleicht.«

59.

Wie im Nebel. Tran. Er saß in seiner Bude in Eimsbüttel. Schlafzimmer, Wohnzimmer, das besser als IT-Bastelraum beschrieben wäre. In einer WG. Starrte auf das Foto. Nadine an der Alster. Unscharf, doch er sah ihr Lachen. Sie hatte gern gelacht. Er konnte nicht mehr weinen. Am Flughafen in Fuhlsbüttel hatten Nadines Eltern den Sarg in Empfang genommen. Ihn hatten sie behandelt wie einen Aussätzigen. Als wäre er schuld an dem Mord.

Das unterstellten zuerst auch die beiden Inselbullen. Sie sprachen ein seltsames Englisch. Endlich begriffen sie, dass er nicht mal eine

Harpune hatte. Geschweige denn, dass er eine Waffe mit ins Wasser genommen hätte. Zum Glück hatte sich eine Zeugin gemeldet. Die hatte das Paar am Strand gesehen, wie es ins Wasser ging. Sie hatte nach dem Mordanschlag versucht zu helfen. Hatte einen Krankenwagen gerufen und die Polizei.

Jan hatte bald begriffen, dass die Inselbullen der Fall nicht mehr interessierte. Ihm konnten sie den Mord nicht anhängen. Einen Verdächtigen gab es nicht. Als Jan andeutete, dass der Anschlag vielleicht ihm gegolten habe. Er habe das WLAN der Ferienverwaltung gehackt. Möglicherweise sei er jemandem zu nahe gekommen. Geheimdienst, Mafia, so was. Da hatten die Bullen genickt. So konnte man auch abwinken. Sie waren nicht mehr aufgetaucht. Und dann hatten Nadines Eltern jemanden geschickt, der sich als Vertreter der Familie vorstellte. Der Typ trug einen dunklen Dreiteiler, ohne einen Schweißtropfen abzusondern.

Im Nachbarzimmer dröhnte die Anlage. Die Neue in der WG, in seiner Abwesenheit gecastet. Die beiden Mitbewohner hatten offenbar mehr aufs Äußere geachtet als auf die Geräuschkompatibilität.

Er versuchte das Gefühl zu unterdrücken. Aber er war schuld. Er hatte gehackt, und nun war sie tot. Einen anderen Grund konnte er sich nicht vorstellen, auch wenn er es gern getan hätte. Die Schuld. Wie sollte er sie ertragen? Wie konnte er jemals wieder froh sein?

Toby hatte sich gemeldet. Aber sie hatten nicht viel geredet. Nein, er solle nicht vorbeikommen. Nein, er könne auch sonst nicht helfen.

Jan saß im schwarzen Loch, kein Lichtstrahl würde sich hineinverirren. Er hatte Nadine auf dem Gewissen. Nein, widersprach er sich. Der Typ, der mit der Harpune geschossen hatte. Der Typ war ihr Mörder. Aber ohne seine Hackerei würde sie noch leben.

Die deutschen Bullen hatten ihn nach dem Schützen befragt. Neoprenanzug, sandfarben, Taucherbrille. Ein Mann, kräftig. Gesicht eher rund, vielleicht. Haare? Keine Ahnung, waren unter der Kappe verborgen. Dann sagte der eine Bulle noch, dass die Inselpolizei sich offenbar nicht anstrenge. Tauchunfall. Die Touristen nicht verschrecken. *Harpunenmörder*, so eine Schlagzeile wäre schlimmer als der Weiße Hai. Die deutsche Polizei, auch Europol könnten nicht viel machen, wenn die Behörden vor Ort nicht funktionierten.

Wie es aussah, würde das Schwein davonkommen.

Der ältere Polizist hatte Mitleid mit ihm. Versuchte ihm einzureden, dass er nicht schuld sei. Sammelte die URL der Site ein, die Jan zu hacken versucht hatte. Hörte sich dessen Behauptung an, dass es um kriminelle Machenschaften gehe. Aber in seinem Gesicht las Jan, dass er ihn trösten wollte. Sie hatten keine Beweise, nicht mal Indizien außer einer dubiosen Website. Die war bestimmt längst gelöscht. Ersetzt durch eine andere im virtuellen Nirwana. Er hatte die erste zufällig gefunden. Zweimal klappte so was nicht.

Im Nebenzimmer rumste Rap.

60.

Als er den Schlüssel in der Wohnungstür umdrehte, öffnete sich die andere Tür. Benec lächelte ihn an. »Lang im Büro gewesen?«

Sie trug enge Jeans und ein T-Shirt mit V-Ausschnitt.

Mit der Hand am Schlüssel wandte er sich um. Nickte, betrachtete sie.

»Ich könnte Ihnen was zu essen anbieten. Und grünen Tee.«

Als er zögerte: »Ich habe mich auf ein chinesisches Rezept gestürzt. Ich wollte es immer schon ausprobieren. Und heute hat mich die EU früher nach Hause geschickt. Also zum Asiaten. Bei Fisch-Schmidt gab's dann noch Langustinen. Die stehen zwar nicht im Rezept, aber die passen zu allem außer Grießbrei.«

Er lachte.

Sie ging zurück in ihre Wohnung. Ließ die Tür offen.

In der Küche roch es nach Ingwer, Koriander, Kreuzkümmel, Knoblauch.

Sie goss Wasser aus dem Filter in den Wasserkocher. Er stand in der Tür. Seine Augen folgten ihren Bewegungen. Sie blitzte ihn aus grünen Augen an. Er wäre gern lang so stehen geblieben, um sie zu beobachten. Wie sie Tee in eine Kanne gab, vorsichtig, einen Löffel brauchte sie nicht. Jeder Handgriff saß. Sie erinnerte ihn an eine Tänzerin. Anmut, das traf es. Anmut.

Hühnchen, das so schmeckte, wie es roch. Dazu Reis. Stäbchen.

Trotzdem war es in der Küche blitzsauber. Aber nicht sonderlich ordentlich. Kochbücher auf der Arbeitsplatte. Eine Kerze steckte schief in einem Ständer auf dem Küchenschrank.

»Haben Sie die Gangster schon?« Sie hielt die Hand vor den Mund. »Tut mir leid, dumme Frage. Sie sähen nicht so abgespannt aus, wenn ...« Wieder die Hand vor dem Mund. »Ich rede nur Unsinn heute.« Sie stellte den Ellbogen auf die Tischkante, stützte das Kinn in die Handwurzel und blickte ihn an. »Diese Fährenunglücke, schrecklich. Im Fernsehen haben sie gesagt, dass alle diese Verbrechen wohl zusammenhängen. Badewanne, Brücke, Fähre.«

»Wasser«, sagte de Bodt. »Das ist der Zusammenhang. Wahrscheinlich.«

»Vielleicht protestieren die Terroristen. Dagegen, dass die Heimat vieler Menschen verschwindet. Einfach verschwindet. Ohne dass die Opfer etwas dafür könnten. Und wir sind dran schuld. Stellen Sie sich vor, Deutschland ginge unter. Oder die USA. Wäre das kein Kriegsgrund?«

»Gewiss. Aber selbst die Opfer sind anästhesiert ...«

Sie lachte. »Lustiges Wort ... anästhesiert.«

»Ja ...« Er lachte mit. Es tat ihm gut. »Wenn man sich vorstellt, aus welchen Gründen sonst manchmal Krieg geführt wird. Wegen eines Fußballspiels. Wegen Halluzinationen eines Präsidenten. Um Wahlen zu gewinnen. Aber wir kommen nicht drauf, dass die Auslöschung der Heimat ...«

»Die Menschen nehmen Entwicklungen anders wahr, wenn sie langsam ablaufen. Auch wenn sie noch so brutal sind. Wie die Vernichtung der Existenz ganzer Staaten. Die Inseln in der Südsee, die es als Erste trifft, das sind Mitglieder der UNO wie wir.«

»Haben Sie Philosophie studiert?«

»Jura, sagte ich das nicht?« Sie blickte ihn an. »Das Essen wird kalt. Jetzt hab ich mich so angestrengt ... nehmen Sie doch noch mal.«

»Spricht man bei Ihnen über solche Fragen? Also, da wo Sie arbeiten?«

Sie legte nach, weniger für sich. Schenkte beiden grünen Tee ein.

»Natürlich, aber das ist das übliche Gerede am Arbeitsplatz. Wir

Juristen interpretieren von morgens bis abends Verträge, die die EU abschließt. Stinklangweilig.«

De Bodt hatte keinen Hunger mehr. Aber es schmeckte. Er hatte seit Tagen nichts Vernünftiges gegessen. Es war besser, sich hier verwöhnen zu lassen, als sich über Elvira zu ärgern. Oder sich zu nerven, weil er ein schlechter Vater war. Der sich eingestand, dass es ihm egal war, ob die Scheidung die beiden Töchter beschädigte. Natürlich behauptete Elvira, dass die Töchter unter dem Rabenvater litten.

»Jetzt sind Sie aber weit weg.«

»Entschuldigung.«

»Nein, nein. Ich sitze gern mit Ihnen hier. Endlich ein Opfer für meine Kochexperimente. Ich habe da noch einiges aufgeschrieben. Huhn auf provenzalische Art etwa.«

»Über Ihre These haben wir im LKA auch gesprochen. Ich finde es nicht abwegig. Ein paar Inselstaaten schmeißen zusammen und bezahlen eine Terrortruppe. Zumal die Islamisten auch dort vorankommen. Und auf den Malediven regiert eine Gangsterbande.«

»Im Urlaubsparadies.«

Er nickte. »Kontrastprogramm. Gegen Islamisten spricht die Durchführung. Die machen es sich einfacher. Möglichst viele Leute umbringen, da muss man vorher niemanden in einer Badewanne ertränken.«

»Und eine neue Sekte …« Sie winkte ab. Lächelte. »Sie haben bestimmt recht.« Sie legte ihre Hand auf seine. »Nachtisch habe ich auch noch.«

»Schrecklich.«

61.

Lebranc beobachtete, wie Floire aufblühte. Vor seinen Augen. Der Assistent telefonierte pausenlos. War bestens gelaunt. Flötete mit den Kolleginnen. Und die flöteten zurück. Lebranc hatte am Abend wieder zu viel getrunken. War nicht seine Art. Höchstens am Wochenende ein Glas zu viel. Nicht werktags. Aber sie hatten ihn kaltgestellt. Was geschähe, wenn er Floire tatsächlich half, die Täter zu ermitteln? Er hatte es versprochen. Er arbeitete dafür. Weniger schrecklich als die Demütigung. Aber schlimm genug. Floire in der Sonderkommission und er draußen.

Als Floire zur Soko-Konferenz verschwand, rief Lebranc in Berlin an.

»Haben Sie was für mich?«

»Spekulationen, sonst nichts«, sagte de Bodt. »Wie sieht die Motivforschung bei Ihnen aus?«

»Mau bis nicht vorhanden. Terroristen, was immer das heißt heutzutage. Warum machen die das?«

»Sie reden mit uns. Wir verstehen sie bloß nicht. Glaube ich. Ist ein Ansatz.«

62.

»Du bist irre«, sagte Toby. Er hatte es endlich geschafft, Jan aus der WG zu locken. Sie saßen im *Jolly Jumper* am Schulterblatt. Auf der Bühne zupften zwei Spargel auf Gitarren, nannten das Blues. Die Kellnerin hatte Jan erkannt. Tagsüber war sie eine von Nadines Kommilitoninnen gewesen. Auf die fällige Frage hatte Jan nur gesagt: »Weiß ich nicht.«

»Schon vorbei… Entschuldigung… tut mir leid«, stotterte sie. Und zog ab.

»Sorry«, sagte Toby. »Ich wusste nicht…«

»Lass stecken.« Er hatte es Toby noch nicht erzählt. Es nicht geschafft. Jetzt tat er es.

»Deswegen willst du also zurück auf diese Scheißinsel?«

»Hast du einen besseren Vorschlag?«

»Nein. Aber deine Idee ist beschissen. Du willst einen Mörder jagen, den du nicht kennst. Der wird aber dich erkennen. Und dann? Mir fallen da ein paar Todesarten ein. Und keine ist wirklich lustig.« Er trank einen großen Schluck aus dem Bierglas, das die Kellnerin gerade abgestellt hatte.

»Die Inselbullen kümmern sich schon nicht mehr drum. Wenn die sich je ...« Er hob sein Glas und nickte Toby zu.

»Okay«, sagte der. »Du machst auf Kamikaze.«

»Nenn es, wie du willst.«

»Kann ich helfen? Deinen Sarg überführen ... sorry ... tut ...«

»Super Spruch. Vielleicht kannst du helfen. Wir richten uns einen verschlüsselten Mail-Account ein. Und dann sehen wir mal.«

»Ich hab ein Scheißgefühl«, sagte Toby.

»Ich auch.«

63.

»Ich hab noch mal nachgedacht über das, was Sie gestern Abend ... behauptet haben«, sagte Tilly. »Ich habe sogar mit dem VS-Präsidenten gesprochen. Der hat, sagen wir es mal so, nur den Kopf geschüttelt. Dass diese Leute eine ... Kommunikation suchen. Mit uns. Warum schreiben die nicht einfach einen Brief?« Ein schiefer Blick. »Schön übrigens, dass der Kollege Yussuf Sie gleich benachrichtigt hat. Manchmal klappt das ja nicht so mit der Informationsübermittlung.«

»Bei Herrn Yussuf klappt das immer. Bei mir manchmal nicht«, erwiderte de Bodt.

Wieder ein schiefer Blick. »Also, Kommunikation ...«

»Haben Sie eine bessere Erklärung?«

»Das ist keine Antwort auf meine Frage.«

»Doch. Es gibt keine bessere Erklärung als diese. Verstehen Sie es so: Alles, was wir tun, ist auch Kommunikation. Wir teilen anderen etwas mit. Durch Reden, aber auch durch Handeln. Diese Leute teilen uns durch ihr Handeln etwas mit. Das wird so weitergehen, bis wir es verstehen. Oder die einen Fehler machen und erwischt werden.«

»Ach, so meinen Sie das.«

»Diese Leute *wollen*, dass wir ihr Handeln als Mitteilung verstehen. Sie handeln so, dass es eine Botschaft ergibt.«

»Ach ja.«

»Wir müssen uns darauf einlassen.«

»Sollen wir auch eine Fähre versenken?«

»Ich weiß das auch noch nicht. Aber es ist ein Ansatz. Ein anderer ist, den Kreis der Täter einzugrenzen.«

»Wenn ich noch nicht einmal weiß, wer überhaupt infrage kommt, wie soll ich da den Kreis der Täter eingrenzen?«, fragte Tilly.

64.

»Schön, das Süßholzraspeln hatten wir jetzt.«

Bob grinste Salinger an. »Ich habe Sie wirklich nur gerufen, um mich an unser geselliges Beisammensein zu erinnern.«

»Bei dem Sie nur vergessen haben, mir neun Millimeter Blei in den Kopf zu schießen.«

»Keineswegs. Aber Ihr Beschützer hat mich richtig überzeugt. Menschlich. Sagen wir, menschlich.«

»Sie sind nach ein paar Tagen Knast schon zum Schwätzer geworden? Reden Sie auch mit sich selbst?«

»Das mach ich immer. Angenehmer Gesprächspartner garantiert. Beim nächsten Mal ein bisschen mehr Dekolleté, bitte.«

»Rollkragen, versprochen.«

»Ich wusste doch immer, dass wir uns verstehen.«

De Bodt lehnte an der Wand, schien unbeteiligt. Dann stellte er sich an den Tisch, Bob gegenüber. »Das ist die letzte Gelegenheit, um etwas auszuhandeln. Wenn Sie jetzt nichts sagen wollen, gehe ich mit meiner Kollegin Tee trinken. Wir reden noch ein bisschen über einen Schwätzer, der uns die Zeit stiehlt und den wir am nächsten Tag vergessen haben.« Während er sich an die Wand in Bobs Rücken lehnte: »In Wahrheit sind Sie ein Aufschneider. Ich habe Sie für einen Profi gehalten.«

Bob lachte trocken. »Ich hab Ihnen eine Chance gegeben, Sie geben mir keine.«

»Reden Sie keinen Quatsch.«

Bob räusperte sich. »Ich komme hier nicht mehr raus.«

»Sie haben zu viele Leute umgebracht. Sie müssten was Besonderes liefern, und das haben Sie nicht.«

Bob schwieg.

»Wir können es Ihnen hier so gemütlich machen wie möglich. Für Kaviar wird's nicht reichen, aber sonst ... Schreiben Sie Ihre Wünsche auf. Wir tun, was wir können. Bei guter Führung, wenn Sie auspacken, mal sehen.«

»Darauf wär ich nie gekommen«, sagte Bob.

»Dann ist es ja gut, dass wir es Ihnen sagen.« Normalerweise hasste es de Bodt, Druck auszuüben. Es brachte meist nichts ein als Halsstarrigkeit. Aber Bob würde sie noch im nächsten Jahrhundert vorführen, wenn er ihm nicht Grenzen setzte.

Bob musterte Salinger. Als wollte er sich ihr Bild einprägen. Sie rührte keine Miene. »Wer diese Operationen angeordnet hat, weiß ich nicht. Aber ich habe nachgedacht, wer für die Ausführung infrage kommt. Und ich kenne jemanden, der mehr weiß. Aus irgendwelchen Gründen, wahrscheinlich ästhetischen, hat der keine Lust auf Polizei. Wenn ich mit ihm spreche, könnte er seine Abneigung für ein, zwei Stunden überwinden. Vielleicht.«

»Gut, telefonieren würden wir hinkriegen. Aber das geht nicht ohne Staatsanwalt. Und der wird die Sonderkommission unterrichten. Und die werden das Gespräch abhören.« Bob hatte einen Testballon aufgeblasen. Und jetzt war der geplatzt. »Muss ich Ihnen so was erklären?«, fragte de Bodt.

»Gut, beenden wir das Spiel, bevor es mich langweilt«, sagte Bob. »Ich hab da was für Sie. Aber vorher reden wir darüber.« Er zog ein Blatt aus der Hosentasche und entfaltete es.

65.

Pavlinsky hasste kaum etwas mehr als Unsicherheit. Kein Wunder bei seinem Job. Er hatte sich zunächst als Sicherheitsberater verdingt. Bei Ölfirmen in Arabien. Hatte viel Geld gemacht. Viel Geld für einen Collegestudenten aus Ohio, den seine Lehrer für mittelbegabt hielten. Dessen Vater aber stolz auf ihn war. Weil er als Farmer zu jedem aufblickte, der Bildung hatte. Dessen Weg aus der Kleinstadt in die Welt führte. Die in der nächsten Stadt anfing. Wo seine kleine Schwester nie leben würde, nachdem sie den Nachbarsohn geheiratet hatte. Sie und der Vater blieben in ihrer kleinen Welt, deren Grenzen so fest wie unsichtbar waren. Die Mutter war im Kindbett gestorben.

Pavlinsky sehnte sich manchmal nach der Überschaubarkeit dieses Minikosmos. Wo die Menschen Angst hatten, ob sie die nächste Rate aufbrachten. Aber nicht um ihr Leben. Doch Pavlinsky trieb etwas. In ihm gab es keine Ruhe, keine Zufriedenheit. Als ihm der Öljob langweilig wurde, gründete er eine Firma. Zunächst setzte er fort, was er begonnen hatte. Nur in größerem Maßstab. Er schickte seine Leute. Die sollten die Manager beraten. Vor Fanatikern, Öldieben warnen. Sicherheitskonzepte entwickeln. Zuverlässiges Personal einstellen.

Irgendwann war ein Mann an ihn herangetreten. Ein Herr. In einer Bar in Manhattan. Nannte sich Herman. Berief sich auf einen Ölmanager. Der außerordentlich zufrieden sei mit Ralph Beneter. Dem besten Mann weit und breit. Er habe da einen Plan. Afrika. Angola. Da gab es einen Ölminister, der sich jeder Zusammenarbeit verweigere. Dabei könnten die ihr Öl ohne Experten höchstens in der Landschaft verschütten. Würde man den Ölminister los, könnten sie neu verhandeln. Ob Beneter verstehe? Beneter verstand und erfand seinen ersten neuen Namen. Ließ sich mit zwei Profis von ehemaligen Savimbi-Leuten über die namibische Grenze nach Luanda lotsen. Wartete im Auto vor dem bescheidenen Privathaus des Ministers. Erschoss ihn mit einem M16, als er in der Haustür stand. Traf auch dessen Tochter. Kollateralschaden. Die Flucht gelang, obwohl die Polizei ihnen auf die Spur kam. Die Savimbi-Leute genossen es, die Polizisten vors MG zu kriegen. Pavlinskys Mission war ein Erfolg. Herman zahlte vier Millionen Dollar. Damals schwammen die Ölbarone im Geld. Dass der neue Ölminister Angolas noch halsstarriger war, bescherte Pavlinsky einen Lachkrampf.

Er hatte viel über Oberon nachgedacht. Der Riese war hochintelligent. Er hatte eine Witterung. War diskret. Und sympathisch. Er war zu gut, zu freundlich. Vielleicht wollte er Pavlinsky testen. Ob der zuverlässig war, wenn es eng wurde. Ob man ihn auslöschen musste nach der Operation. Womöglich war Oberon der Auftraggeber. Jedenfalls hieß er nicht so. Das hatte er schnell herausgefunden. Oberon gab es nicht.

Gut, Pavlinsky gab es auch nicht.

Warum tauchte Oberon jetzt immer wieder bei ihm auf? Sie hatten sich am Telefon kennengelernt. Pavlinsky hatte danach herausgefunden, wie Oberon ihn gefunden hatte. Auf dem üblichen Weg. Über Frank in Miami. Der hatte Oberon an Chang Minh in Taipeh verwiesen. Chang Minh hatte den Kontakt mit Alan White in London geknüpft. Alan besaß ein Reisebüro am Piccadilly Circus, beste Lage. Der Laden brummte. Aber richtig Geld verdiente Alan mit der Vermittlung von Kontakten. Er kannte jeden in Politik, Wirtschaft, Militär, Geheimdiensten. Wenn das Geld stimmte, arbeitete er für jeden. Und doch war er vertrauenswürdig. Natürlich hatte sich auch Alan über Oberon erkundigt. Aber nichts gefunden. Doch war Oberon ziemlich überzeugend. Alan bildete sich was ein auf seine Menschenkenntnis. Noch überzeugender war die Anzahlung. Zwei Millionen Dollar in alten Scheinen. Auf den Tisch gelegt.

Wenn Oberon wirklich nur der Mittelsmann war, wer war der Chef? Wer schmiss mit Geld um sich, um absurde Operationen zu bezahlen? Badewannenmorde, Brücken sprengen, Fähren versenken. Und Oberon würde mit der nächsten Anweisung kommen. Wieder einen Koffer auf den Tisch legen. Mit überzeugenden Argumenten. Oder eine Überweisung auf das Geheimkonto.

Warum hatte Oberon plötzlich Angst? Warum diese Wendung? Wollten die Auftraggeber sie wirklich umbringen? Wollte Oberon ihn verunsichern?

Pavlinsky verlor nie die Ruhe. Er war der Chef einer Sicherheitsfirma. Er war nach dem US-Präsidenten der bestgeschützte Mann der Welt. Witzelte er manchmal. Gut, vielleicht rangierte Putin noch vor ihm. Wer würde sich mit ihm anlegen? Nur Staaten. Multis vielleicht, wenn sie Leute wie ihn beauftragten. Aber es gab nicht viele Leute wie ihn. Vielleicht ein Newcomer? Einer, den sie noch nicht auf dem Schirm hatten? Der wilderte. Ein Sicherheitsapparat, der aus dem Ruder lief? Oder ein Bekloppter?

Er sah Oberon durch die Scheibe zum Vorzimmer. Wie er die Sekretärin freundlich grüßte. Wie die ihm den Weg zeigte, den er längst kannte. Wie er seinen Kopf in den Türspalt steckte. Pavlinsky winkte ihn herein. Die Sekretärin trug ihm ein Tablett nach. Das Glas Wasser, mit Eiswürfeln diesmal. Oberons Hemd war nass unter den Achseln. Die Anzugjacke trug er über dem Arm.

»Ich besuche Sie nur, weil ich weiß, dass Ihre Klimaanlage was taugt.« Er lachte. Setzte sich auf den Sessel, auf dem er immer saß. Mit Blick auf die Straße. Als wäre er hier zu Hause.

Pavlinsky fand diese Vorstellung nicht unangenehm. Eher überraschend. »Nachrichten?«

»Ja. Dazu später. Ich habe noch einmal über unser letztes Gespräch nachgedacht. Überlegt, ob Sie mir glauben können ... pardon, ob ich mir glauben würde, wäre ich an Ihrer Stelle.«

Pavlinsky lächelte. »Wir sind noch am Leben, weil wir stets alle Gefahren bedenken.«

Oberon nickte, lächelte zurück. »Sie sind ehrlich, das schätze ich an Ihnen.«

»Soweit man sich Ehrlichkeit in dieser Branche leisten kann.«

»Wenn man sich immer nur belauert, wie soll man da Vertrauen fassen?«

»Wenn man sich nicht belauert, wie soll man da überleben?«

Oberon lachte. Es klang wie immer dunkel, kräftig. Er hätte sich zum Sänger ausbilden lassen sollen, statt Leute umzubringen, dachte Pavlinsky. Man soll seinem Talent folgen. Pavlinsky war nicht musikalisch. Er konnte gut planen und organisieren. Sehr gut. Und er war ein ausgezeichneter Schütze.

»Es ist kompliziert«, sagte er. »Wenn unsere Auftraggeber uns tatsächlich als lästige Zeugen sehen, müssen wir uns wehren. Ich habe jedenfalls vor, friedlich in einem Puff zu sterben. Herzinfarkt auf dem Höhepunkt.«

Oberon lachte wieder dieses Lachen.

»Wann sollten wir uns ernsthaft, also praktisch, mit dieser ... Möglichkeit befassen?«

»Heute noch nicht«, sagte Oberon. »Ich habe erst noch einen Auftrag für Sie. Dafür verdoppeln unsere Chefs Ihr Honorar.«

»Das vom letzten Mal?«

»Nein, insgesamt.«

66.

Letzte Etappe, und ihm war schon flau. Er redete sich ein, es käme vom Rüttelflug. Aber er hatte Turbulenzen immer locker weggesteckt. Nur diesmal nicht. Es lag auch nicht am chinesischen Essen auf dem Flug von Taipeh nach Koror, dem Flughafen Palaus. Vor Kurzem hatte er mit Nadine in diesem Flugzeug gesessen. Er erinnerte sich an die eine Stewardess, die ein lustiges Englisch sprach und auch dem nervigsten Fluggast mit Geduld begegnete.

Jan war hundemüde, hatte seit Hamburg kaum geschlafen. Auf dem Stück von Frankfurt nach Taipeh war er ein paarmal weggesackt. Meistens aber hatte er die Anzeige angestarrt oder Filme auf dem Monitor an der Rücklehne des Vordersitzes angesehen. Sie nicht verstanden. Farbrauschen. Er hatte mit Toby beratschlagt, wie er die Sache beginnen sollte. Sie hin und her diskutiert. Die Gefahren besprochen. Jedenfalls diejenigen, die sie sich vorstellten.

»Und wenn die dich gleich am Flughafen abgreifen?«

»Die erwarten mich nicht. Die haben keine Stasi und keine NSA.«

»Aber Harpunenkiller.«

67.

Gare du Nord. De Bodt hatte den Morgenflieger von Berlin nach Paris-Roissy genommen und die RER B bis zum Bahnhof. Er stand am Kopf von Gleis 6, wo der Eurostar nach London abfahren würde. Überall Soldaten. Mit Maschinenpistolen. Polizisten kontrollierten Männer, die arabisch aussahen. Den Finger am Abzug.

Sie hatten seine Reise vorbereitet. Yussuf hatte *geforscht*. Wie er es nannte. *Suchen* war was für Anfänger. Kurz laut überlegt, ob es eine Falle war, diesen Gedanken aber gleich als Blödsinn verworfen. »Wenn unsere Killer irgendwas planen, dann gewiss keinen Blödsinn.«

Salinger hatte de Bodt missmutig angeblickt, als er ging. Natürlich war sie beleidigt, dass er sie nicht mitnahm.

»Was sagen wir Tilly, wenn er nach dir fragt?«

»Dass ihr nicht wisst, wo ich bin.«

Da musste Salinger doch grinsen.

»Morgen Abend bin ich wieder hier.«

»Guten Tag, Herr Kollege.« Lebranc blickte zu ihm auf mit wässrigen Augen. Im linken hatte er einen roten Fleck. De Bodt drückte Lebranc die weiche Hand. Der zückte mit der anderen zwei Zugtickets. »Hab ich aus der Portokasse bezahlt.«

Lebranc hatte einen Vierertisch in der ersten Klasse reserviert. »Die beiden anderen Kollegen kommen leider nicht«, sagte er nüchtern.

»Das ist aber bedauerlich. Ich hatte mich auf sie gefreut.«

Als sie am Fenster saßen, beugte sich Lebranc vor. »Sie haben diese Information von ...«

»Einem ... Herrn aus diesem Geschäft. Der hat es gerade nicht so gemütlich und wünscht mehr Komfort.«

»Ich glaube, ich weiß, wen Sie meinen.«

»Sie lesen deutsche Zeitungen?«

»Der Fall hat auch bei uns hohe Wellen geschlagen.«

Natürlich.

»Eigentlich dürfen wir in London nicht ermitteln. Schon gar nicht, weil wir mit dem Fall offiziell wenig bis nichts zu tun haben.« Lebranc lächelte de Bodt an.

»Wie kommen Sie darauf, dass wir ermitteln?«

Lebranc legte den Kopf schräg. Er lachte leise und trocken.

Ein Mann, Jeans, Winterstiefel, Anorak, Rucksack. Kam vorbei. »Sie haben was fallen gelassen.« Legte einen Umschlag auf den Tisch und ging weiter.

Lebranc blickte de Bodt erstaunt an.

Der hatte sich vor der Reise mit Merkow auf einer Bank Unter den Linden getroffen. »Kennen Sie einen Alan White in London? Betreiber eines Reisebüros. Sorgt auch für Kontakte. Könnte sein, dass eine Spur von ihm zu unseren Tätern führt.«

»Haben Sie Ihre Sonderkommission informiert?«

De Bodt schüttelte den Kopf.

»Wollen es nicht vermasseln?«, sagte Merkow.

De Bodt rieb sich den Unterarm und lächelte.

»Ich seh mal nach, ob wir was haben. Sie kriegen es per Kurier.«

»Wo, wie?«

»Wenn wir was haben, wird sich jemand bei Ihnen melden.«

De Bodt öffnete den Briefumschlag. Ein Zettel.

Wir haben nichts. Halten Sie mich auf dem Laufenden.

Trotzdem hatte Merkow jemanden geschickt.

»Ein Bekannter.« De Bodt steckte den Zettel in seine Jacketttasche.

Der Zug rollte aus dem Bahnhof und beschleunigte. Ein Brummen, gedämpftes Rattern. Es waren nur wenig Fahrgäste im Großraum. Niemand störte sie.

»Wie wollen wir es angehen?«, fragte Lebranc.

»Wir geben einen Mord in Auftrag, was sonst?«

68.

Er wollte auf Babelthuap anfangen, in Melekeok. Wo man vom Strand aus die lächerliche Miniaturausgabe des Weißen Hauses sehen konnte. Von den Taiwanern gebaut, um die Schürfrechte zu ergattern, bevor die anderen Chinesen sie sich unter den Nagel rissen. Das hatte er schnell mitbekommen. In der Südsee tummelten sich die Chinesen, aus Taiwan und aus der Volksrepublik. Ihr Rohstoffhunger war unersättlich. Um Erze abbauen zu dürfen, bestachen sie die Regierungen mit Straßen und Palästen. Auch wenn die Inselvölker deren Unterhalt nicht bezahlen konnten. Wenn alles zusammenfiel, hatten die Chinesen die Insel längst verlassen. Um den Beutezug woanders fortzusetzen. Jan hatte es in Afrika erlebt, als er sich im aktiven Jahr für ein Entwicklungsprojekt im Kongo eingesetzt hatte. Auf Palau hatten Backpacker ihm und Nadine von anderen Inseln erzählt. Dort hatten Chinesen riesige Gebiete abgezäunt. Wo nur Chinesen arbeiteten. Importkulis.

Jan hatte sich am Flughafen einen Toyota Yaris gemietet. Darauf kam es jetzt auch nicht mehr an. Er war schon pleite. Er fand am Stadtrand ein einfaches Hotel, immerhin mit WLAN. Und Blick aufs Meer. Er legte sich aufs Bett, die Hände unterm Kopf. Und dachte nach. Schlief ein und träumte. Von einem Harpunenpfeil, der auf ihn zuraste.

69.

Salinger verließ früh das Büro. Yussuf winkte ihr knapp zu, der Kopf klebte am Monitor. Mit einem Grinsen stieg sie die Treppe hinab. Grüßte den Kollegen an der Pforte, stellte sich auf die Straße und genoss die Luft. Eiskalt, klar. In der Nacht hatten Schneepflüge riesige Schneeberge an den Straßenrand geschoben. Sie waren großteils geschmolzen. Ihre Reste kristallisierten am Straßenrand. Sonnenstrahlen brachen sich im Eis.

Salinger schlenderte Richtung U-Bahn. Sie hatte keine Lust, sich ins Gedränge am Wittenbergplatz zu mengen. Setzte sich in ein Café mit Blick aufs KaDeWe. Ignorierte das Glotzen eines aufgeputzten Jungspunds. Bestellte einen Cappuccino und dachte, wie es wäre, de Bodt säße ihr gegenüber. Den grünen Tee vor sich.

Manchmal hielt sie die Anspannung nicht mehr aus. Es war doch alles klar. Bei ihr. Und bei ihm. Sie spürte es. Auch wenn sie sich manchmal nicht vertraute, ihren Gefühlen, ihrer Wahrnehmung. Bei allen Aufs und Abs in ihrem Kopf blieb dieses immer gleich. Aber sie hatte Angst, dass geschah, was sie sich wünschte. Mehr als alles sonst. Ihre bisherigen Beziehungen waren gescheitert. Und wenn es ihr gelänge mit ihm? Für eine Zeit. Und wenn sie doch wieder alles zerstörte? Was bliebe ihr dann? Die Angst bohrte nachts in ihrem Magen. Aber so, wie es war, hielt sie es auch nicht aus.

Noch mehr Angst bereitete ihr derzeit aber de Bodts Alleingang. Er tanzte gern auf der Rasierklinge. Einfach verreisen, im Ausland ermitteln. Das gab Ärger. Tilly würde sich über jeden Grund freuen, um de Bodt abzuservieren. Asservatenkammer oder, besser noch, Rausschmiss. Salinger glaubte längst, dass de Bodt es darauf anlegte. Was er gerade anstellte, war so was wie ein Selbstmordkommando.

Und da war noch etwas, etwas Merkwürdiges. Am Dienstag war er zu spät erschienen. Zu spät auch nach seinen Maßstäben. Uhrzeiten waren ihm grobe Orientierung. Soweit es um Bürostunden ging. Er hatte ein Lächeln im Gesicht, bis er sie angesehen hatte. Und dann bildete sie sich ein, dass er anders gerochen hatte. Nur ein Hauch. Nicht nach seinem Rasierwasser. Nach Parfüm. Aber vielleicht waren es auch nur ihre Nerven, die sie einen Duft riechen ließen.

Der Lackaffe erhob sich und stellte sich an ihren Tisch. Beugte sich weit hinunter zu ihr. »Schon was vor heute Abend, schöne Frau?«

»Bisher nicht. Aber mir kommt gerade eine gute Idee. Dir in die Eier treten.«

70.

England travels. Immerhin konnte man vom Reisebüro aus auf den Trubel am Circus blicken. Und auf die ehrwürdige Fassade des *London Pavilion.* Es warteten einige Kunden im Büro, und die Angestellten nahmen sich Zeit, sie zu beraten.

De Bodt und Lebranc ließen sich in einer Sitzecke am Schaufenster nieder. De Bodt tat unbeteiligt, beobachtete das Geschehen aber genau. Er erkannte bald Strukturen. Am Schreibtisch hinter dem Schalter saß eine Dame. Businesskostüm. Randlose Brille. Eine schmale Kette um den Hals. Sie war die Chefin im Raum. Wenn ein Schaltermitarbeiter eine Frage hatte, wandte er sich an sie. Offenbar entschied sie auch über Sonderwünsche. In einem Fall hob sie die Hand und griff zum Telefonhörer. Tippte auf eine Kurzwahl, sagte ein paar Worte, hörte zu, legte auf. Dann nickte sie. Wandte sich Akten zu, die sie las, mit einem Stift korrigierte oder paraphierte.

De Bodt erhob sich, trat in die Lücke zwischen zwei Paaren, die sich beraten ließen. Stapel von Prospekten auf dem Tisch. Er erntete einen strengen Blick der Dame. De Bodt beugte sich zu ihr. »Ich muss dringend mit Herrn White sprechen. Es geht um Privates.«

Die Dame musterte ihn. Vielleicht war sie erstaunt über sein Oxford-Englisch. Oder erfreut, dass er kein Amerikaner war. »Ihr Name bitte?«

»Peterson, Oscar Peterson. Wie der Musiker.«

»Nehmen Sie bitte Platz.« Ihre Hand zeigte zu Lebranc.

Als er saß, griff sie zum Hörer. Sie warf einen kurzen Blick auf die beiden Besucher. Legte auf. Erhob sich und trat zu de Bodt und Lebranc.

»Folgen Sie mir bitte.« Sie ging zu einer Werbetafel für Rio de Janeiro, schob sie zur Seite und öffnete eine Tür. Die Dame führte sie durch einen schmalen Gang. Als sie zwei Türen passiert hatten, hielt sie an. Sie klopfte an einer Stahltür, öffnete, trat zur Seite und winkte die Besucher hinein.

Ein kleiner Raum. Vor einem Schreibtisch stand ein mittelgroßer Mann mit Glatze. Er streckte ihnen die Hand entgegen. Nach der Begrüßung zeigte er auf die beiden einzigen Stühle vor dem Schreibtisch. Er setzte sich dahinter. Darauf zwei Monitore. Hinter ihm ein Regal, halb leer, Papierstapel. Zwei Aktenordner, beschriftet mit Kürzeln. Kein Bild an der Wand. In der Ecke gegenüber dem Schreibtisch ein Fernseher an der Wand. Stumm geschaltet, ein Nachrichtensender mit Börsenkursen im Laufband. An der Decke eine Neonröhre.

»Mr. Peterson, Mr. ....«

»Dupont«, sagte Lebranc.

»Monsieur Dupont. Sie kommen aus ...«

»Lyon.«

»Ah, die Stadt der Feinschmecker.«

»Leider zähle ich nicht zu dieser Gattung.« Sein Englisch hatte einen heftigen französischen Akzent.

»Bei uns Engländern vermutet das ja auch keiner.« White lächelte. Faltete die Hände. »Nun, meine Herren, was kann ich für Sie tun?«

»Wir kommen auf Empfehlung von Bob.«

»Welchem Bob?«

»Dem Bob, der lebenslänglich im Gefängnis Berlin-Tegel sitzt.«

White blickte auf die Schreibtischplatte, seufzte leise. »Sehr bedauerlich, wirklich sehr bedauerlich.« Er betrachtete seine Besucher, als könnte er so ihre Gedanken lesen.

»Und Ihnen war es möglich, diesen Bob im Gefängnis zu besuchen? Das wird ihn gefreut haben.« Er lächelte einladend.

»Nein, wir haben ihn nicht besucht. Wir haben andere Kanäle, mit ihm zu … kommunizieren«, sagte de Bodt.

»Es ist doch immer wieder erstaunlich. Diese Gefängnisse erscheinen einem wie Festungen. Völlig abgeschirmt von der Außenwelt. Und doch …« Er wrang die Hände. »Aber ich verstehe nicht ganz, was ich mit dem wirklich sehr bedauernswerten Herrn zu tun haben sollte.«

»Wir haben ein Projekt, für das Sie vielleicht geeignete … Handwerker finden könnten«, sagte de Bodt.

White schüttelte den Kopf. »Das tut mir leid. Aber wir sind ein Reisebüro.«

»Unser gemeinsamer Freund …«

»Ich will nicht unhöflich sein.« Er schickte ein Lächeln hinterher. »Aber ich fürchte, dass Sie nach etwas suchen, das Sie nicht bei mir finden.« Er öffnete eine Schublade und zog eine Karte hervor. Erhob sich, reichte sie de Bodt. »Wenn ich Ihnen bei einer Reise behilflich sein kann, und sei sie noch so ausgefallen, rufen Sie mich einfach an. Jederzeit. In den kommenden zwei, drei Tagen bin ich allerdings nicht erreichbar.«

»Ich hoffe, Sie nehmen sich einen Kurzurlaub«, sagte de Bodt.

White strahlte und nickte. »Sie haben es erraten.«

71

Duschen, frühstücken. Er hatte trotz des Albtraums noch geschlafen. Das erste Mal seit Langem richtig. Nächste Station: Koror. Dort war ihr Strand gewesen. In Babelthuap, der alten Hauptstadt, konnte er sich verstecken. Aber suchen musste er blöderweise, wo einen jeder sah. Touristen, Personal. Und Mörder.

Jan fuhr bergauf, bergab durch Melekeok. Schmale Straßen, kaum Verkehr. Die Klimaanlage blies gegen die Hitze an. Als er den großen Laden sah, parkte er. Betrat das Geschäft, in dem es so ziemlich alles gab für Gärtner und Handwerker. Amerikanische und japanische Produkte. Nadine war lustlos durch die Regalreihen gelaufen, als er den Laden entdeckt hatte. »Gott sei Dank haben wir noch keine Computerklitsche gefunden.« Es schnürte ihm die Luft ab, er sah sie vor sich. Die Tasche über die Schulter gehängt. Sonnenbrille auf der Stirn. Sie hatte gleich Farbe bekommen, und die Haare waren etwas ausgebleicht. Dunkle Haut und blonde Haare.

Er kaufte einen Werkzeugkasten samt Inhalt. Zögerte, als er die Tauchermesser sah. Kaufte das größte samt Scheide. Packte alles in den Yaris. Fuhr nach Koror und hatte keine Ahnung, was er tun sollte. Außer dass er in diesen Verwaltungsbau einbrechen musste.

72.

»Das wird nichts«, sagte Lebranc. Er schnippte nach der Kellnerin, die ihn schon eine Weile übersah. Auch das half nichts.

»Das ist schon was gewesen. Wir sind ein gutes Stück weitergekommen.«

»Das müssen Sie mir erklären.«

»Er hat uns nicht rausgeworfen. Wir sollen uns in drei Tagen wieder melden. Bis dahin wird er sich bei Bob erkundigen. Und wenn der sagt, dass alles klar ist, dann ...«

»Verstehe. Sie meinen, dass sich der Verdacht gegen White be-stätigt hat.«

»Nicht juristisch, aber in meinem Kopf.«

»So kann man es sehen. Aber Ihr Bob, wird er mitspielen?«

»Keine Ahnung.«

»Mehr kann ich nicht für Sie tun«, hatte Bob gesagt. »Wenden Sie sich an Alan White. Der kennt sich besser in der Szene aus als sonst jemand. Der arbeitet sogar für Geheimdienste. Vielleicht hängt er sogar mit drin.« Und wiederholte, dass er mehr nicht tun könne.

»Bob hat seinen Teil der Vereinbarung eingehalten. Er hat uns einen Wegweiser geliefert.«

»Der vielleicht in die Sahara führt.«

»Gewiss.«

»Wir sollten White nach Hause folgen. Vielleicht...«

De Bodt winkte ab. »Damit rechnet er. Bei ihm zu Hause fänden wir eine Ehefrau und zwei wohlerzogene Kinder.«

»Sie haben recht. Ich fühle mich nur ... hilflos. Normalerweise...«

»Nehmen wir uns einen Verdächtigen vor. Aber diesen Herrn sollten wir damit nicht behelligen. Zumal die hiesige Polizei nicht mitspielen dürfte.« Er blickte auf die Uhr. »Wir sollten uns auf den Weg machen.«

Lebranc war schweigsam auf der Rückfahrt. Sie rasten durch die Betonröhre. Als sie den Tunnel durchquert hatten, sagte er doch was: »Ich werde meinem Assistenten einen Tipp geben.« Blickte de Bodt verlegen an. »Der sitzt in unserer Sonderkommission.«

De Bodt nickte. »Mich haben meine Chefs auch ausgebootet. Wenn man nicht nach deren Pfeife tanzt...«

Der Zug verließ die Röhre. Sie blickten hinaus.

»Vielleicht warten Sie mit dem Tipp noch drei Tage«, sagte de Bodt.

»Wollen Sie wieder nach London fahren?«

»Wollen Sie nicht mit?«

»Wollen schon, aber es wird kaum gehen. Ich rufe Sie an.« Er blickte hinaus: »Ein Gewitter, heftig. Haben Sie den Donner gehört?« Und flog auf de Bodt. Ein Stahlkreischen. Es zerriss ihm fast die Ohren.

Stille. Schlagartig.

»Sorry … ich hoffe, ich habe Sie nicht verletzt.« Sein Unterleib lag auf dem Tisch, sein Kopf hatte sich in de Bodts Bauch gebohrt.

Es schmerzte. »Nichts passiert.« De Bodt half dem Kollegen, sich wieder zu setzen. Lebranc hatte eine Schürfwunde auf der Nase. De Bodt fand ein Papiertaschentuch und reichte es ihm.

Stimmen. Irgendjemand rief etwas. De Bodt zog das Tablet aus der Aktentasche und suchte. Jetzt hätte er gern Yussuf dabeigehabt.

73.

Die Sekretärin hatte ihm das Wasserglas in die Hand gedrückt, als er im Vorzimmer auftauchte. Die Pforte hatte ihn telefonisch angemeldet. »Bin ich zu spät?«

Pavlinsky deutete auf den Großbildschirm an der Wand. Börsenbericht. Im Laufband:

Zugunglück im Eurotunnel +++ Zugunglück im Eurotunnel +++

Oberon legte sein Jackett über eine Stuhllehne. Stand ein paar Sekunden, dann setzte er sich aufs Sofa. Trank das halbe Glas leer, stellte es auf den Tisch und wischte sich mit einem Taschentuch die Stirn trocken.

»Die großen Meister werden begeistert sein.«

»Brexit 2.0«, sagte Pavlinsky.

Oberon zog ein Papier aus der Hemdtasche, entfaltete es und reichte es Pavlinsky. Der blickte kurz drauf, dann zerriss er es.

»Über Unpünktlichkeit können wir nicht klagen.«

»Gewiss.«

Sie folgten der Berichterstattung. Die Explosion im Tunnel hatte den Zug zerrissen. Die Eisenbahnröhren wurden überflutet.

»Das Meer erobert sich seinen Grund zurück«, sagte Oberon.
»Sie hätten Gedichte schreiben sollen.«

74.

Es war um Mitternacht, als er das Treppenhaus betrat. Er stieg
die Stufen hoch und sah den Lichtschein, der aus der Ritze in ihrer
Wohnungstür drang. Er war erschöpft. Hatte Lebranc nach Hause
gebracht. Krankenhaus oder Arzt hatte der abgelehnt. Eine Flasche
Wein reiche ihm. Oder Whisky, dann ginge es schneller.

De Bodt hatte Glück, er bekam noch einen Flieger nach Berlin.
Nachdem er einem algerischen Taxifahrer versprochen hatte, sämtliche Bußgelder zu übernehmen. Was der sich nicht zweimal sagen
ließ. De Bodt war übel gewesen, aber der Fahrer hätte jedes Rennen
gewonnen.

De Bodt lehnte an seiner Wohnungstür und betrachtete die andere. Die öffnete sich einen Spalt. Benec lächelte ihn an. »Ich hab
doch was gehört ... ein fleißiger Polizist.«

Er nickte. »So kann man es auch sagen.«

»Wo warst du?«

»In Paris.«

»Beim Präsidenten?«

»Nein, auf der Spur von Profikillern. Die sitzen vermutlich nicht
in Palästen.«

»Vielleicht die Auftraggeber.«

»Und in London.«

»Jetset.«

»Ich saß im Zug, als sie den Eurotunnel gesprengt haben. Ein
Zug dahinter ...«

»Mein Gott!«

»Auf der Rückreise. Glück gehabt.«

Sie öffnete die Tür ein Stück weiter. Benec trug einen Bademantel. Ihre Haare waren nass. »Ich hab mir gerade die Haare gewaschen.« Nach einem Lächeln. »Komm rein.«

Er folgte ihr in die Wohnung. Im Flur ließ sie den Bademantel fallen.

Er wandte sich um. Ging zur Tür.

»Beim letzten Mal…«

»Ich bin wirklich nicht in der Stimmung.«

Sie bückte sich, sah zu ihm auf und griff den Bademantel. Zog ihn langsam an. »Ich bin… taktlos«, sagte sie. »Ich habe nicht nachgedacht. Entschuldige.« Sie strich ihm sanft durch die Haare. »Ich koch dir einen Tee.«

De Bodt setzte sich an den Küchentisch und sah ihr zu. Das war besser, als allein in seiner kalten Wohnung zu hocken. Und sich zu verfluchen.

»Wir müssen diese Schweine kriegen.«

»Das müsst ihr. Aber nicht du allein.«

75.

Sonnenuntergang. Kitsch. Jan fuhr langsam. Unruhe, Angst, Verzweiflung. Was immer es war. Es trieb ihn. Er hatte keinen Plan. Außer dass er da rein musste. In diesen Scheißbau, den einzigen Ort, in dem der Access Point stehen konnte. Den er gehackt hatte, um auf diese Seite zu stoßen. Deren Anblick jeden Hacker zur Verzweiflung treiben würde. Und dazu, Supercomputer anzuzapfen, um sie zu knacken. Er allein würde es nie schaffen. Nicht in hunderttausend Leben. Er musste die Sache analog angehen. Herausfinden, wer warum was in diesem Bau trieb. Und dann? Ein Schritt nach dem anderen. Er hatte den Harpunenmörder vor Augen. Die Maske, den Neoprenanzug. Wie er schoss und verschwand.

Aber er war schuld. Hätte er nicht Hackerspiele betrieben, Nadine lebte noch. Dafür hatte er keinen Beweis. Aber er wusste es. Er hätte sich um sie kümmern müssen.

Das Tauchermesser drückte an der Wade. Ein gutes Gefühl. Immerhin. Er hatte noch nie mit einem Messer gekämpft. Nur im Ego-Shooter. Er überlegte, was für ihn sprach. Die Jugend, das

Überraschungsmoment, Sportlichkeit, Reflexe, Zähigkeit, Panikresistenz, Verzweiflung, Wut, Rachedurst, Mangel an Angst, den er sich aber nicht immer abnahm. Gegen ihn sprachen seine Jugend, der Mangel an Erfahrung, seine Ahnungslosigkeit, auf was und mit wem er sich einließ.

Er sah den Bau von Weitem. Parkte zwischen einem Jeep und einem Datsun-Kleinlaster. Freier Blick auf die Küste. Nur zwei Dutzend Meter dahinter Schaumkronen einer leichten Brandung. Die Fantasieflagge auf dem Bau hing schlaff, ein Hauch ließ sie wedeln, bis sie erneut erschlaffte. Die Sonne rötete sie von hinten.

Touristen mit Strandmatten, Mützen, Handtüchern, Schnorcheln, Flossen, Taschen, Rucksäcken. Sie verließen den Strand. Die Tür des Baus öffnete sich. Ein Typ kam heraus, in der einen Hand eine Zigarette, in der anderen eine Dose. Jan betrachtete ihn im Fernglas. Mittelgroß, um die fünfzig, Schnauzer, Basecap. Er setzte sich auf die Bank neben der Tür. Trank. Jan entdeckte keine Waffe, aber was sagte das schon?

Die Sonne veranstaltete ihr Ansichtskartenspektakel. Jan kontrollierte die Werkzeuge, die er in den Rucksack gepackt hatte. Und machte einen Plan. Wenn man den so nennen konnte. Nicht durch die Vordertür, sondern durch das Fenster an der Kopfseite. Ein Fensterladen, der nie aufgeklappt wurde. Jedenfalls konnte er sich nicht erinnern, ihn je offen gesehen zu haben. Hauptsache, drin, dann würde er weitersehen.

Er listete im Kopf zum tausendsten Mal alle Gefahren auf, die er sich vorstellen konnte. Angefangen bei Kameras und einer Alarmanlage. Überprüfte zum tausendundersten Mal die Taschenlampe, dimmte sie runter und drehte wieder auf. Legte Kappe und Sonnenbrille auf den Beifahrersitz.

Ein Klacken, er fuhr zusammen. Ein Mann mit faltig gebranntem Gesicht winkte freundlich durchs Seitenfenster. Startete den Motor des Datsun und parkte aus. Der Typ vorm Haus blickte kurz hinauf, dann beschäftigte er sich wieder mit seinen Fingernägeln.

Jan wartete zweieinhalb Stunden. Schließlich verschwand der Typ im Haus. Licht fiel aus der Tür, bis er sie schloss.

Nach zwei Minuten öffnete sich die Tür erneut. Der Typ verließ das Gebäude, eine Tüte in der Hand. Er schloss die Tür ab, steckte ein Schlüsselbund in die Tasche und schlenderte davon.

Jan wartete weitere zwanzig Minuten. Der Typ könnte seine Zigaretten vergessen haben.

76.

»Wie sehen Sie denn aus, Herr Kommissar?« Floire gab sich keine Mühe, sein Erstaunen zu verbergen.

»Nichts Schlimmes.« Der Kater plagte ihn mehr als die Nase. Es geht so nicht weiter, hatte er gedacht, bevor er einschlief. Es geht so nicht weiter. Er konnte sich nicht jede Nacht die Kränkung wegsaufen. Floire war ein Pisser. Aber er konnte nichts dafür, dass die Chefs Lebranc demütigen wollten. Floire war eifrig. Und immerhin hatte er an Lebrancs Befinden gedacht. Obwohl der Eurotunnelanschlag alles beherrschte. Die Medien, die Gespräche. Die Stimmung in der Métro war drückend gewesen. Irgendein Säufer hatte krakeelt, dass man diese Arschlöcher köpfen sollte. Nach heimischer Tradition.

»Was Neues über den Eurotunnel?«, fragte Lebranc.

»Ein Lkw, Container, vollgepackt mit Semtex, auf der Nordtrasse nach Folkstone. Explodiert in der britischen Kreuzungshalle ... die nennen die so, weil sie vor der englischen Küste liegt. Alle drei Röhren abgesoffen. Es wird Jahre dauern ...«

»Wie viele Opfer?«

»Viele. Es waren mehrere Züge in den Röhren. Auch Personenzüge.«

Lebranc verkniff sich die Bemerkung, dass er im letzten Zug gesessen hatte, der vor der Sprengung durchkam. Und trotzdem jemand die Notbremse gezogen hatte, weil die Explosion ihn in Panik versetzte.

»Kontrolliert da niemand?«

»Nur Flüchtlinge, die illegal nach England wollen. Wenn die jeden Container prüfen würden, könnten die den Tunnel gleich dichtmachen.«

»Und die Sonderkommission hat bestimmt schon einen Sack voller Spuren.«

Floire sah ihn neugierig an. »Nichts«, sagte er, ohne seinen Blick abzuwenden.

»Haben die Kollegen überlegt, wer als Täter infrage kommt? Wer solche Operationen ausführen kann?«

Floire nickte missmutig. »Natürlich. Aber ohne Ergebnis.«

»Warum versuchen Sie es nicht mit Mr. White in London?«

Floire kniff die Brauen zusammen.

»Warum sagen Sie nicht in der Kommission, eine vertrauliche Quelle habe Ihnen zugeflüstert, dass Mr. White, Vorname Alan, am Piccadilly Circus in London ein Reisebüro führt? Offiziell. Dass er aber hinter dieser Tarnung der führende Vermittler für besondere Aufträge ist. Dass man sich an ihn wendet. Wenn man zum Beispiel Leute sucht, die Brücken oder Tunnel sprengen können.«

77.

Ein Donnern. Er wachte auf. Er roch sie. Benec lag neben ihm. Sie öffnete die Augen. »Was ist los?«

Er stieg aus dem Bett und zog sich rasch an. Ging zur Wohnungstür, öffnete sie. Sah Salinger, wie sie seine Tür bearbeitete. Wütend.

»Guten Morgen«, sagte er.

Sie drehte sich um, als hätte sie etwas gestochen. Blickte ihn mit großen Augen an. In denen Entsetzen wuchs, als sie die Schritte hörte und die Frau erkannte. Benec linste aus dem Spalt, zog sich aber gleich zurück.

»Was gibt's?«, fragte de Bodt.

Salinger blickte ihn fuchsteufelswild an, öffnete den Mund, schloss ihn wieder. Wie ein Fisch an Land. »Wasserwerk. Putzfrau hat Badewannenmörder gesehen.«

78

Am Hang sah er das Leuchten der Fenster. Weitab klirrte es. Partygeschrei. Schrilles Lachen. Gedämpft durch die Entfernung und das Meeresrauschen, das alles umschloss. Er stieg aus und griff den Rucksack. Schnallte ihn auf den Rücken. Sonnenbrille in der Brusttasche, Basecap auf dem Kopf. Er blickte sich um, lauschte. Sah nichts, hörte nichts Bedrohliches. Ging noch einmal seinen Plan durch, fand ihn plötzlich erbärmlich dünn. Vorher hatte er sich fünfzig Prozent gegeben. In diesem Augenblick war er bei fünf Promille Überlebenswahrscheinlichkeit. Sie hatten tausend Möglichkeiten zu reagieren, und er hatte gerade eine vorbereitet. Aber er rief das Bild des Harpunenmörders auf. Ließ den Film in Zeitlupe ablaufen. Und erstickte seine Angst in Wut. Ging gemächlich den kleinen Hügel hinunter, am Verwaltungsbau vorbei. Nichts, niemand. Kein Licht. Jan ging zum Strand und setzte sich in den Sand. Wie es die Hippies machten. Viertelmond. Die Schaumkronen fahl. Das Rauschen übermächtig. Am Hang leuchteten Autoscheinwerfer auf.

Er behielt den Bau im Auge. Bereit, sein Unternehmen sofort abzubrechen, wenn sich etwas tat. Dieser sogenannte Plan war nur das Ergebnis seiner Ratlosigkeit. Er hatte keine Ahnung, wie er dem Mörder sonst auf die Schliche kommen konnte. Rumfragen auf den Inseln, wer einen Harpunenkiller gesehen hatte? Außerdem: Taucher mit Harpunen gab's hier genug.

Er zwang sich, die Lage eine halbe Stunde zu beobachten. Als nichts geschah, lief er im Bogen zur Kopfseite, dem Meer zugewandt. Hundert Meter zum Wasser vielleicht. Er blickte sich um, landete wie zufällig am Zielort. Setzte den Rucksack ab, drehte den Rücken zur Wand und ging los. Trat kräftig auf. Nach fünfzig Schritten legte er die Mütze neben seine Spur, nach siebzig Schritten warf er die Brille in den Sand. Ging bis zum Wasser, dann zwanzig Meter parallel zur Wasserkante. Lief rückwärts in seinen Spuren zurück zum Haus und untersuchte die Fensterläden. Sie waren von Innen gesichert. Er prüfte das Holz. Die Feuchtigkeit hatte ihm zugesetzt. Mit dem langen Schraubenzieher ertastete er die Befestigungsscharniere. Holte aus dem Rucksack den Akkubohrer. Bohrte mit dem größten Vorsatzbohrer Löcher um die Scharniere. Bis er das Holz lösen konnte. Zog den Laden auf und entdeckte die Detektoren, die aufs Glas geklebt waren. Packte alles Gerät in den Rucksack, bis auf den Hammer. Mit dem Rucksack auf dem Rücken zerschlug er die Scheiben. Zog sich am Fensterrahmen hoch und fiel in den Raum. Verharrte, spürte dem Schmerz im Knie nach. Erhob sich und öffnete die Tür, fand sich in einem Flur wieder. Er hörte die Motoren sofort. Er öffnete eine Tür nach der anderen und ließ sie offen. Prägte sich ein, was er auf die Schnelle sah. In einem Zimmer fand er Gartenmöbel und Sitzbezüge. Er verkroch sich in eine Ecke und bedeckte sich mit Möbeln und Bezügen.

Die Haustür wurde geöffnet. »Du dahin, du dahin, du dahin!« Auf Englisch.

Einer befahl, drei durchsuchten die Zimmer. »Wenn ihr was findet, Meldung.«

Er hörte, wie sich Schritte näherten. Spürte die Anwesenheit eines Manns. Roch Rasierwasser und Schweiß. Der Typ schaltete das Licht ein und leuchtete das Zimmer mit einer Taschenlampe aus. Die Möbel bewegte er nicht.

Fünfzig Prozent, dachte Jan. Fünfzig Prozent. Sie würden gleich anfangen, jedes Zimmer auf den Kopf zu stellen.

Fünfzig Prozent.

79.

»Also, ich hab geputzt, im Flur«, sagte Frau Mihajlović. Ihr Deutsch war serbokroatisch gefärbt. Weiße Strähnen in den Haaren. Die Arbeit hatte sich in ihr Gesicht gezeichnet. »Und dann kam einer ... manchmal kommt da einer. Muss kontrollieren. Wasser wichtig.« Sie blickte Salinger an, dann de Bodt. Aber der lehnte an der Wand und beäugte das Zimmer. Küche und Wohnzimmer. Der Fernseher war auf lautlos gestellt. Eine Schwachsinns-Talkshow. *RTL 2*.

»Aber der Mann war neu. Der suchte den Kontrollraum. Ist immer abgeschlossen. Ich habe Schlüssel. Mann hatte auch einen. Meinen darf ich nicht geben.«

Salinger nickte ihr zu. Sie war aschfahl.

»Mann hat ihn gefunden. Kontrollraum. Aufgeschlossen. Schlüssel … wollte nicht, aber dann doch. Schloss klemmt oft. Man muss wissen, wie man dreht. Mann wusste nicht. Ging in Raum …«

»Hat er die Tür hinter sich geschlossen?«

Sie nickte.

»Mit dem Schlüssel?«

Mihajlović überlegte, schüttelte den Kopf.

»Wie lang blieb er?«

»Weiß nich', fünf Minuten …«

»Und dann ist er weg. Hat er den Raum abgeschlossen?«

»Ja.« Sie überlegte. »Hat geschlossen mit Schlüssel. Hat sich umgesehen, hat mich angeschaut. Ist dann gegangen. Schnell.«

»Hat er was gesagt?«

Sie schüttelte den Kopf.

»Kein Gruß?«

»Nicht gegrüßt.«

»Wie sah er aus? Groß, klein?«

»So … mittel.«

»Größer als ich?« Salinger erhob sich.

Mihajlović nickte. »Kopf größer, halben.«

Salinger notierte. »Haarfarbe?«

»Dunkelbraun, schwarz, so dazwischen.«

Salinger notierte. »Kurze Haare, lange Haare?«

»Kurz.«

»Sehr kurz?«

»Nicht Bürste.«

»Gut.« Sie notierte. »Alter?«

Die Frau überlegte. »Alter …«, murmelte sie. »Weiß nicht, hab sein Gesicht nicht richtig gesehen.«

»Wie hat er sich bewegt? Wie ein junger Mann?«

Sie überlegte und nickte. »Jung, nicht alt.«

»Und warum haben Sie das nicht gleich gesagt?«, fragte Salinger.

»Normal. Mann kommt zu Arbeit.«

»Aber dann ist es Ihnen wieder eingefallen?«

»Meine Freundin hat mich ausgefragt… hat in Zeitung gestanden… da hab ich gedacht… hatte den noch nie gesehen…« Sie steckte den Zeigefinger zwischen die Lippen. »Ist das einer von den Terroristen?« Ein Blick voller Furcht.

Auf der Fahrt zum LKA sagte Salinger kein Wort. De Bodt betrachtete die Umgebung, ohne etwas zu sehen. Es war schlecht gelaufen. Allerdings hatte er ein Privatleben. Und wusste doch, dass Salinger zu diesem Leben gehörte. Mehr, als er sich eingestehen wollte. Sie war vom ersten Tag da gewesen. Von Anfang an hatte es eine Spannung gegeben zwischen ihnen. Sie hatte ihn angezogen. Aber seine Vernunft hatte ihm verboten, etwas zu beginnen. Es würde Salinger in den Abgrund reißen. Und ihn den Aasgeiern zum Fraß vorwerfen. Wegen einer Affäre sollten sie ihn nicht rausschmeißen. Das wäre zu billig.

Salinger folgte ihm nicht ins Büro. Dort setzte er sich an seinen Schreibtisch und tippte etwas. Druckte es aus, gab es Yussuf. Der las und blickte ihn mit großen Augen an. In der letzten Zeile stand:

KEIN WORT, EGAL GEGENÜBER WEM! KEIN WORT!
DAS BLEIBT UNTER UNS!

Yussuf las den Zettel noch einmal, dann nickte er: »Warum?«

De Bodt sagte: »Später. Vertrau mir.«

Wieder große Augen. »Gut.« Und machte sich an die Arbeit.

Salinger betrat das Büro. Bleich, gerötete Augen. Sie legte ihr Notizbuch auf Yussufs Schreibtisch.

»Hat's was gebracht?«

»Wenig. Gleich kommt der Pförtner.«

Schon stand ein hagerer Mann mit lichtem Haar in der Tür. Er klopfte, als sie schon offen war.

»Kremer mein Name.« In der Hand hielt er die Vorladung.

Salinger wies auf den Stuhl vor ihrem Schreibtisch. Der Mann setzte sich, rutschte auf der Sitzfläche hin und her, schlug die Beine übereinander, dann stellte er sie nebeneinander und straffte den Rücken.

»Sie sind Pförtner im Wasserwerk Friedrichshagen«, sagte sie.

»Ja. Seit siebzehn Jahren. Ich habe mir nie etwas zuschulden kommen lassen.«

»Das werden wir jetzt nicht prüfen. Aber Sie haben einen Mann ins Gebäude gelassen, der dazu nicht berechtigt war. Und Sie haben es verschwiegen.«

Kremer drückte die Hände zusammen. »Sie meinen den ...«

»Reden Sie nicht herum. Ich meine den Herrn im Blaumann, der um sieben Uhr fünfundzwanzig bei Ihnen an der Pforte auftauchte und den Sie einfach ins Gebäude gelassen haben. Obwohl Ihre einzige wichtige Aufgabe darin besteht, das Eindringen unbefugter Personen zu verhindern.«

Kremer drückte den Hintern gegen die Lehne und beugte sich vor. Wiederholte es. Als litte er unter Schmerzen. »Er hatte einen Hausausweis.«

»Und den haben Sie natürlich unter der Lupe geprüft und dann im Personenregister nachgesehen, ob es den Kollegen überhaupt gibt.«

»Ich habe keine Lupe.« Leise.

»Der Typ hat Ihnen den Hausausweis mal so hingehalten, und Sie haben ihn durchgewinkt. Erzählen Sie doch mal, wie das war. Lief die Glotze? Mussten Sie ein Computerspiel unterbrechen? Gab's Frischfleisch in *Bild*? Wurde der Kaffee kalt?«

Yussuf räusperte sich. Salinger beachtete ihn nicht.

»Können Sie den Mann beschreiben?«, fragte Yussuf in freundlichem Ton.

Kremer blickte ihn dankbar an. »Er ... trug eine Brille. Rollkragenpulli unter dem Blaumann. Er hatte keine Aktentasche dabei. Ich fand das ungewöhnlich ...«

»Aber Sie haben ihn nicht befragt?«, schimpfte Salinger. »Und unseren Kollegen haben Sie kein Wort gesagt, obwohl die den ganzen Laden ausgefragt haben.«

»Noch mal zur Personenbeschreibung«, sagte Yussuf. »Brillenträger, sagten Sie. Runde Brille, eckige Brille?«

Salinger funkelte ihn an.

»Kommen Sie, Herr Kremer, wir gehen jetzt was trinken«, sagte de Bodt. Stand auf hinter dem Schreibtisch und zeigte zur Tür.

Kremer blickte ängstlich zu Salinger. Die starrte ihn an, dann de Bodt. Erhob sich und verließ das Büro. Die Tür knallte zu.

80.

»Und wenn wir etwas vorbereiten? Jeder für sich?«

Oberon lächelte Pavlinsky an. »Sollte man das nicht immer?«

Pavlinsky betrachtete den Kaffee, während er umrührte. Wie sich Braun und Weiß mischten. »Stufe 5?«

»Ich weiß es nicht«, sagte Oberon.

»Wir haben alles vorbereitet.«

Oberon nickte.

Pavlinsky hatte monatelang gearbeitet. Die Planung so weit vorangetrieben, dass sie die Aktionen jederzeit starten konnten. Alle waren bereit. Das zerrte an den Nerven, aber die Leute wurden gut bezahlt. Pavlinsky hatte noch nie so viel Geld verdient. Nicht annähernd. Das Geld floss wie Öl aus der Pipeline. Wer investierte, wollte Profit sehen. Vielleicht nicht heute, aber spätestens morgen. Wie sollte man jemals einen Profit erzielen, der diese Investitionen rechtfertigte? Investitionen in Zerstörung und Tod.

»Sie wissen wirklich nicht, was unsere Auftraggeber vorhaben?«

»Nein«, sagte Oberon. »Wenn, dann würde ich wahrscheinlich nicht mitmachen.«

81.

Jan sah seine Hände zittern. *Du bist wahnsinnig, dich auf so etwas einzulassen.* Durch einen Schlitz sah er, wie Schemen sich im Gang bewegten. Es waren drei. Er tastete nach dem Messer an der Wade. Aber der Griff beruhigte ihn nicht. Er hatte keine Chance gegen die drei.

Fünfzig Prozent.

Die Tür klackte. »Der ist abgehauen«, dröhnte einer über den Gang. »Hat was verloren. Trampelspuren wie von einer Elefantenherde. War ein Hippie. Oder Junkie. Wenn's da einen Unterschied gibt.«

»Okay«, sagte ein anderer mit hoher Stimme. »Wenn du's sagst.« Etwas rumpelte. »Verschraub den Fensterladen, dann hau dich aufs Ohr.«

»Alles klar.«

Schritte im Flur. Die Tür klackte. Ein Surren. Akkuschrauber. Ein Fluchen. Dann Stille. Endlich Schritte im Gang. Das Licht erlosch. Die Tür schlug zu. Ein Schlüssel drehte sich im Schloss.

Jan wartete ein paar Minuten. Dann schob er seine Deckung weg. Kramte aus dem Rucksack die Taschenlampe und dimmte sie auf geringe Leistung. Verließ den Raum. Und hatte einen Arm um den Hals. Einen Arm, hart wie Eiche.

»Hab ich's doch gerochen.«

82.

»Ich freue mich, Ihnen sagen zu dürfen, dass wir gern Geschäfte mit Ihnen machen würden, Mr. Peterson. Wie bedauerlich, dass Monsieur Dupont verhindert ist.«

White hatte ihn fast übertrieben freundlich begrüßt. Grünen Tee bestellt. Der mit Keksen kam, einem Glas Wasser. Edles Geschirr.

De Bodt fragte nicht, wie White es geschafft hatte, sich bei Bob in Tegel über ihn zu erkundigen. Offenbar hatte Bob mitgespielt. Er sammelte Punkte für die Luxuszulage.

De Bodt grinste in sich hinein. Er mochte solche Spiele. Bisher hatte er immer gewonnen. Manchmal war es knapp gewesen. Aber er hatte nie verloren.

»Vielleicht könnten Sie mir kurz erklären, wie Sie Ihre Rolle sehen. Der Tee ist übrigens ausgezeichnet.«

White lächelte. »Gern. Eigentlich ist es ganz einfach. Und wenn ich Ihnen auch ein Kompliment machen darf: Ihr Englisch ist vorzüglich. Oxford pur.«

»Danke, ich gebe mir Mühe.«

White nickte gönnerhaft. »Meine Aufgabe ist schnell erklärt. Ich höre mir an, was der Kunde wünscht, und schlage vor, wie er jemanden findet, der seine Wünsche erfüllt. Ich bin nur der Vermittler.«

»Bei dem Seriosität und Diskretion die höchsten Güter sind.«

»Gewiss.« White hob Brauen und Hände. »Meine Kunden vertrauen mir. Jene, die sich etwas wünschen. Und jene, die Wünsche erfüllen.«

»Und die finanzielle Abwicklung, die geht über Sie?«

»Gewiss, wenn Sie es wünschen.«

»Es hätte Vorteile. Keine direkten Beziehungen zu den Wunscherfüllern, nennen wir sie einfach so.«

»Zum Beispiel.« White nippte am Wasser. Warf einen Blick auf einen der beiden Monitore, der auf seinem Schreibtisch stand. Und einen auf den Fernseher an der Wand. »Was kann ich für Sie tun, Herr Peterson?«

»Lassen Sie es mich so sagen. Es gibt in meinem Umfeld zwei Personen, die mich... stören.«

White nickte, ein Gesicht voller Verständnis.

»Und ich möchte diese Leute nicht mehr sehen. Wenn ich das so sagen darf?«

»Natürlich. Wir sind hier unter uns. Sie denken also nicht an Reisen, die Sie den betreffenden Personen natürlich gönnen würden.«

»Wenn Sie das als Reise bezeichnen, dann bitte ohne Rückfahrschein.«

White lächelte. »Natürlich.« Er schob eine nichtexistente Haarsträhne über der Schläfe mit dem kleinen Finger weg. »Wo befinden sich die beiden Personen, denen Sie eine Reise schenken wollen?«

»In Berlin.«

White notierte etwas. Wieder die Strähne. »Gut, ich werde mich... umhören. Wenn ich einen Abnehmer für den Reiseauftrag gefunden habe, werde ich Ihnen einen Kostenvoranschlag machen können. Die Hälfte im Voraus, die Hälfte nach Abschluss der Reise. Einverstanden?«

»Ich will den besten Reiseveranstalter. Den allerbesten. Ich weiß, Qualität kostet. Machen Sie sich da keine Sorgen.«

White nickte und lächelte freundlich. »Ich habe verstanden. Wollen Sie mich vielleicht in einer Woche besuchen?« Ein Blick auf die Uhr. »Um diese Uhrzeit?«

»Gern.«

83.

Lebranc saß mit Kater im Büro und las den *Figaro*. Die Börsen auf Talfahrt. Verunsicherung allerorten. Der Terror kroch in die Köpfe. Die Angst vor dem nächsten Anschlag größer noch als die Empörung über den letzten. Die Sicherheitskräfte machten sich lächerlich. All diese mit Milliarden hochgezüchteten Apparate. Die Phrasen der Innenminister waren so hohl wie ihre Hilflosigkeit groß. Rechtsparteien erhielten Zulauf. Sie wussten längst, wer hinter dem Wahnsinn steckte. Der Islamismus, hochgepäppelt von den Amerikanern und Israelis. Wenn nicht gleich CIA und Mossad. Die Mächte der Finsternis vereinten sich gegen die freie Welt. Es gab Angriffe auf Menschen, die arabisch aussahen. Auf Menschen, die jüdisch aussahen. US-Flaggen wurden verbrannt. Demonstrationen vor den Botschaften Saudi-Arabiens, der USA, Israels. Russlands Propagandamedien lieferten Verschwörungsgerüchte. Auch wenn die Nachricht von heute das Gegenteil der Nachricht von gestern meldete. Politiker in den EU-Ländern forderten alles Mögliche: schärfere Gesetze, Grenzschließung, Verhaftung auf Verdacht, Internierungslager, Ausweisungen, Zensur, Überwachung ohne Auflagen. Vereinzelt die Todesstrafe für Terroristen. Natürlich nur für Terroristen. Der amerikanische Präsident wollte all das und den *totalen Krieg* gegen den Islam dazu. Was immer das hieß.

Lebranc hatte sich am Abend an seiner Flasche festgehalten und gezappt. In den Nachrichtensendungen ein endloser Strom. Bilder, Gerede, eine unendliche Reihe von Experten. Es war wie mit der Inflation. Je mehr gequatscht und bebildert wurde, desto weniger

Gewissheit. Nur einer sagte, dass er keine Ahnung habe, was zu tun sei. Weil man nicht wisse, wer die Täter seien und was sie wollten. Aber der tauchte nie wieder in einer Sendung auf.

Floire betrat das Büro, verlor fast den Aktenstapel unterm Arm. Warf ihn auf den Schreibtisch. »Scheiße.«

»Was ist los?«

»Die haben die englischen Kollegen gebeten, diesen Mr. White unter die Lupe zu nehmen. Aber die haben mitgeteilt, besagter Gentleman erfreue sich bester Regierungskontakte ... also so direkt haben sie's natürlich nicht gesagt. Aber an den kommen wir nicht ran.«

»Mist.« Lebranc überkam das Gefühl, einen katastrophalen Fehler gemacht zu haben. Er hätte dichthalten sollen. Er hatte den deutschen Kollegen benutzt. Um seinen Vorgesetzten vorzuführen, dass er unentbehrlich war.

»Die Kollegen haben mich gelöchert ... ich hab gesagt, das komme von Ihnen ... ist Ihnen doch recht, oder?«

Das war Lebrancs Plan gewesen, aber recht war es ihm nicht mehr. Dennoch: Wenn die Briten so mauerten, dann war da etwas faul. Oberfaul.

84.

Jan konnte den Mann riechen. Und spürte, dass der stark war. Eine Hand umklammerte seine Brust, die andere würgte ihn. Er hatte diese Lage geübt. In dem Karatestudio nahe dem Altonaer Bahnhof. Als Einzelkämpfer. Jan trat mit aller Wucht nach unten. Der Typ jaulte auf, Jan trat noch einmal, traf den anderen Fuß. Blitzschnell. Ein Stöhnen. Der Griff lockerte sich. Jan schraubte sich aus der Umklammerung. Der Typ griff aus, um ihn zu packen. Als er Jan zurückriss, hatte der das Messer in der Hand, drehte sich mit dem Zug des Typen und stieß blind zu. Er traf ihn in die Wange. Der Mann schrie, hielt die Hände vors Gesicht. Jan stieß ihm in den Oberschenkel. Der Typ fiel auf den Boden. Jan stach in den anderen Oberschenkel. Er zwang sich, nicht noch einmal zuzustechen. Der Typ versuchte aufzustehen. »Du Schwein!«, schrie er. »Du Schwein!« Jan trat ihm ins Gesicht. Der Mann stöhnte auf und sank zu Boden. Er blubberte irgendwas in das Blut, das ihm übers Gesicht lief. Dann war er still.

Jan suchte die Räume ab, bis er Paketklebeband fand. Damit fesselte er dem Mann die Hände auf dem Rücken. Er untersuchte die Wunden und verklebte die an den Beinen. Er war voller Hass. Überwältigend und tödlich. Der Mann hatte mit einem Junkie gerechnet, nicht mit einem Mann, der seine Freundin rächte. Und den dritten Dan trug.

Jan betrat den Raum, in den er eingebrochen war. Er blickte auf die Uhr. Zwei. Wenn die anderen nichts mitbekommen hatten, konnte er den Laden durchsuchen. An der Wand Schränke. Darin lagen Tauchanzüge, Bleigurte, Flossen. Sonstiger Kram. Eine Boje. Alles durcheinander, aber sauber. Auf dem Tisch in der Raummitte zwei Kaffeebecher, eine Zuckerdose. Zuckerkrümel verstreut auf der Tischplatte.

Eine Tür am Ende, je zwei Türen auf jeder Seite des Flurs. Er ging in den nächsten Raum links. Der stank nach kaltem Rauch. Eine Luftmatratze auf dem Boden. Aschenbecher daneben, halb voll. An der Wand ein alter Kalender, eine nackte Frau räkelte sich auf einem Motorrad. Darunter stand ein Schreibtisch, Billigausgabe eines Sekretärs. Seine Schubladen waren gefüllt mit Papieren. Eine Lizenz, die den Betrieb eines Tauchklubs genehmigte. Nach den Regeln eines Tauchverbands von Palau, den es vermutlich nicht mal auf dem Papier gab. Bedienungsanleitungen für ein Radio, einen Rasierapparat. In einem Fach eine halb geschmolzene Tafel Schokolade. Spielkarten in einem anderen. Er durchsuchte eine Kiste auf dem Boden. Zeitschriften, ein Schachspiel, Geschirr. Sah aus, als wären die hierhergezogen. Alles in Kisten geschmissen.

Der Typ war immer noch bewusstlos. Aus der Wangenwunde sickerte Blut. Jan verspürte kein Mitleid. Der Mann hätte ihn umgebracht. Kein Zweifel. Nachdem er Jan gefoltert und ausgequetscht hätte. Der Fall war klar. Er gehörte zu den Typen, die Nadine auf dem Gewissen hatten. Der Taucher hatte das nicht im Alleingang gemacht. Er hatte Jan töten wollen.

Im nächsten Zimmer stand ein Plastiktisch. Darauf ein sandfarbener Neoprenanzug, eine Taucherbrille, Bleigurt. Auf dem Boden lagen Flossen. Und eine Harpune. Kein Pfeil.

85.

Auf der Fahrt nach Tegel berichtete de Bodt von Lebrancs Anruf. Der war ziemlich kleinlaut gewesen. Rückte mit der Wahrheit raus. Er hatte die Sache nicht für sich behalten. White werde von den britischen Behörden gedeckt.

Sonst hätte Salinger so was gesagt wie: Schön, dass ich erst jetzt von deinem Betriebsausflug nach London erfahre. Aber sie verzog keine Miene. De Bodt hatte überlegt, ob er sie ansprechen sollte. Auf Benec. Aber er hatte sein Privatleben. Und Salinger hatte ihres. Er musste sich nicht rechtfertigen. Und doch schmerzte es ihn. Erinnerte ihn an die Ausweglosigkeit. Wie in der Literatur, mit der Lehrer die Schüler zu seiner Zeit traktierten. Heinrich von Kleist. Goethe. Die Schüler lachten darüber. Warum sprangen die beiden nicht einfach ins Bett? Standesunterschiede. Jungfräulichkeit. Sitte. Ach, hör doch auf mit dem Unfug. Dafür interessiert sich doch kein Schwein mehr. Es hatte sich weniger geändert, als manche dachten.

»Wir müssen Bob löchern, ob er uns getäuscht hat. Offenbar tanzt White auf zwei Hochzeiten.«

Sie erwiderte nichts. Steuerte den Wagen.

»Herr Wedenstein dreht seine Hofrunde«, sagte der Justizbeamte. »Er bittet Sie zu warten, bis er sie beendet hat.«

Sie sahen durchs Fenster in den Hof. Bob, einsam, in sich selbst versunken. Er blickte auf die Uhr. In den Himmel. Noch mal auf die Uhr. Und ging gemächlichen Schritts.

»Er ist immer allein?«, fragte de Bodt.

Der Justizbeamte, Typ väterlich: »Anordnung von oben. Bis auf Weiteres. Meine Chefs halten den Mann für gefährlich.«

»Als Einzigen hier«, erwiderte de Bodt trocken.

Der Beamte lachte. »Sie haben es erfasst.«

»Da!«, sagte Salinger. Ihr Finger zeigte auf einen Punkt am Himmel.

»Holen Sie den Mann rein!«, sagte de Bodt.

Zwei Punkte.

»Schicken Sie Kollegen raus! Bewaffnet!«

Der Beamte erhob sich, blickte hinaus. »Hubschrauber. Die gibt's öfter hier. Keine Panik.« Winkte ab. Lächelte.

De Bodt stellte sich ans Fenster. Eurocopter AS 350. Die Türen an beiden Seiten geöffnet. Rohre ragten heraus. De Bodt fielen schlagartig Bilder des Vietnamkriegs ein. Schwere Maschinengewehre. Die in den Dschungel ballerten. Er drückte Salinger hinter die Wand. »In Deckung!« Der Beamte guckte ihn an, als wäre er wahnsinnig geworden. Ein Klirren, ein Schlag, und sein Gesicht war weggeschossen. Das MG-Rattern war dumpf. Er linste hinaus. Sie nahmen die Wachtürme unter Beschuss. Aus einem Hubschrauber flog eine Strickleiter hinunter. Bob versuchte sie zu fassen, während ein Justizbeamter kniend auf ihn schoss. Mit einer Pistole. Ein MG schüttelte den Beamten durch, bis er am Boden lag. Mit ihrer Feuerkraft erstickten die Helikopter jeden Widerstand. Die Wachturmkanzeln waren zerschossen.

Dann entdeckte de Bodt einen Polizeihubschrauber, der es schnell hergeschafft hatte. Er konnte gerade den Pilotenhelm erkennen, als der Helikopter zu trudeln begann und explodierte. Ein Feuerball.

Bob zog sich nach oben. Offenbar war er verletzt. Man sah seiner Bewegung die Schmerzen an. Ein Treffer im Bein. Er drückte sich nur mit einem nach oben, während er mit beiden Händen zog.

Die Strickleiter schwankte, als der Hubschrauber langsam abdrehte. Der andere sicherte den Rückzug.

»Verfluchte Scheiße«, sagte Salinger.

Der Schließer lag in seinem Blut.

86

Jan fand in der verdreckten Küche einen Eimer. Füllte ihn mit Wasser. Kippte ihn über dem Typen aus. Der röchelte, brabbelte, prustete. Blickte Jan an. Zerrte an den Fesseln. Jan durchsuchte den Mann. In der Hose steckte hinten ein Holster, darin eine Pistole. Nicht sehr groß. Eingeprägt *Walther*, geschwungen in einem Rahmen, darunter *Model PPK/S Cal. 9mm kurz*. James Bond, dachte Jan. So schlecht konnte die nicht sein. Er grinste. Der Typ sah es und schüttelte den Kopf.

Jan holte den Neoprenanzug. »Deiner?«

Der Mann schüttelte den Kopf.

Jan zeigte ihm die Harpune.

Der Mann schüttelte den Kopf.

»Wem gehört die?«

Er schob den Sicherungshebel nach oben und spannte den Hahn der Pistole. Der Mann blickte ihm in die Augen. Angst.

»Wem gehört die Ausrüstung?«, wiederholte Jan.

»Casper«, sagte er.

»Hat Casper mit der Harpune die Frau erschossen?«

Der Mann blickte ihn glasig an.

Jan sicherte die Walther und steckte sie in den Hosenbund. Zog das Messer aus der Wadenscheide. »Ich zerleg dich in kleine Scheiben ...«

Der Mann nickte.

»Wie sieht Casper aus?«

Keine Antwort. Jan hielt ihm den Mund zu und stieß ihm das Messer in die Wade. Der Mann schrie in die Hand.

»Haare?«

»Schwarz.«

»Lang, kurz?«

»Halb lang.«

»Casper ist groß?«

Nicken.

»Dick, dünn?«

»Schlank, lang ...«

»Wo wohnt er?«

»In Melekeok. Ist aber verreist. USA.«

»Wann kommt er wieder?«

»Weiß nicht. Zwei Wochen ... vielleicht.«

Jan fand einen Küchenlappen, knüllte ihn, stopfte ihn dem Typen in den Mund und verklebte ihn. Dann packte er den Mann am Kragen und zog ihn in das Zimmer, in das er eingebrochen war.

Das letzte Zimmer sah anders aus als die Räume, die er bereits durchsucht hatte. Vier Großbildschirme, Workstations von HP und Dell, ein Regal mit Serverracks. Der einzige Raum, der sauber war. Gekühlt von einer Klimaanlage. Auf einem Regalschrank stand ein Access Point.

Er überlegte, ob er Toby um einen Keylogger bitten sollte. Aber wie sollte er den installieren, ohne dass es auffiel? Außerdem war es möglich, dass das System den Administrator warnte, wenn jemand eine Manipulation versuchte. Nein, mit Amateurkrempel musste man denen nicht kommen.

Er ging zu dem Typen. Befreite ihn vom Knebel. »Wie heißt du?«

»Jack, nenn mich Jack.«

»Mir ist es egal, welchen Namen du dir für deinen Grabstein aussuchst.« Ihm gefiel das. Das entdeckte er gerade in sich. Es war ein gutes Gefühl. Ein neues Gefühl, anders als alles andere. Das Gefühl war in sein Hirn gewandert, als er Jack gefoltert hatte. Er war Herr über Leben und Tod. Und er empfand nichts dabei, Jack zu quälen. Eine neue Erfahrung. Eine gute Erfahrung. Zuerst hatte er sich gesagt, er tue das für Nadine. Aber er tat es genauso für sich.

»Ich brauch das Passwort ...« Er erinnerte sich der Zugangsseite. »Benutzernamen und Passwörter.«

Jack starrte ihn an.

»Hast du die?«

Jack schüttelte den Kopf.

Jan zog das Messer hervor und stach Jack in den Fuß. Nicht allzu fest. Jack keuchte. Es begann zu bluten. Jacks Augen weiteten sich. Er schnaufte. Rotz lief ihm aus der Nase. Jan beobachtete es. Studierte Jacks Gesicht. Er konnte das Leiden sehen, das er verursachte.

»Ihr habt meine Freundin umgebracht. Mit einer Harpune im Wasser getötet.«

Jack blickte ihn leer an.

»Dafür werde ich dich umbringen, wenn du nicht hilfst. Klar?«

Jack nickte.

»Willst du mir helfen?«

Jack nickte.

»Dann gib mir die Passwörter, Jack.«

Jack blickte ihn ängstlich an. »Ich habe die nicht, die Passwörter. Ich habe von Computern keine ...«

»Wer hat die?«

»Thomas.«

»Kommt der morgen ... heute früh?«

»Weiß nicht.«

»Wo wohnt Thomas?«

»Am Hang. Church Road ...«

»Nummer?«

»Ist ein Haus an der Kreuzung. Liberty Street.«

»Du bist sicher, er kennt die Passwörter?«

»Ja.«

»Wenn nicht, bring ich dich um.«

Jack blickte ihn wehleidig an. »Er ist der Chef dieser ...« Sein Blick ging zum Serverraum.

»Wer wohnt da noch?«

»Er ist allein ... vielleicht seine Freundin.«

Jan stopfte Jack den Lappen ins Gesicht, wickelte Klebeband um den Kopf und machte sich auf den Weg.

87.

Crash! Weltbörsen stürzen ab!

»Wer hat das Scheißblatt mitgebracht?«, fragte Salinger.

»Steht was über uns Moslems drin?«, sagte Yussuf. »Ich muss doch wissen, wer ich bin.«

»Ist doch längst bekannt, dass ihr Frauen schmutzig findet und Ziegen fickt.«

»Stimmt auch wieder.«

De Bodt bewunderte, wie sie mit Anspannung und Frust umgingen.

»Es ist zum Kotzen. Sie haben vor unserer Nase Bob rausgeholt. Das wird den Krüger aber begeistern«, sagte Salinger.

»Und ich Trottel war Bobs Bote«, sagte de Bodt. »Ich Trottel.«

Er verließ das Büro und rief Lebranc an. Es dauerte eine Weile, bis er ihn in einer Brasserie aufgetrieben hatte. »Unser Freund Bob hat mich als Laufburschen missbraucht.«

»Wie kommen Sie darauf?«

»Er hat White über mich etwas ausrichten lassen.«

»Ach ja, und was?«

»Holt mich hier raus, sonst packe ich aus.«

»Vielleicht wollten sie ihn sowieso befreien.« Im Hintergrund Kneipenlärm.

»Vielleicht. Aber White hat es natürlich gleich weitergemeldet, dass Bob Andeutungen gemacht hat.«

»Und warum haben sie Bob nicht umgebracht?«

»Kann sein, dass ihnen die Leute und/oder Mittel dafür fehlten.«

»Weil sie seine Leute brauchen?«, fragte Lebranc nach einem Augenblick.

»Seine Leute haben ihn jedenfalls rausgeholt.«

»Den nächsten Besuch können Sie sich sparen«, sagte Lebranc. »Schöne Grüße an die britischen Kollegen, die gerade lauschen.«

»White ist ein Mittelsmann der Regierung. Die wickelt über den schmutzige Geschäfte ab. Dafür deckt sie ihn. So sehe ich das«, sagte de Bodt. »Jedenfalls hat Bob uns reingelegt. Als Boten benutzt. Ich hätte es wissen müssen.«

»Und jetzt? Wird Bob zu den Terroristen stoßen?«

»Ich hoffe, er macht Urlaub auf den Fidschis.«

Am Abend zögerte er. Dann klopfte er leise an der Wohnungstür. So leise, als hoffte er, dass Benec es nicht hörte.

88

Kreuzung Church Road/Liberty Street. Leicht zu finden. Die Insel war ein Dorf. Auf der rechten Seite das Haus. Er umrundete es, spielte den nächtlichen Rumtreiber. Holz, weiß, zwei Stockwerke, Teerpappendach. Garten. Palmen. Kein Zaun, Kinderschaukel. Im oberen Stockwerk brannte Licht. Vorne die Haustür, auf der Rückseite eine Tür mit Glasscheibe. Vermutlich die Küche. Vor der Haustür stand ein weißer Jeep.

In den anderen Häusern leuchtete nichts. In der Ferne Meeresrauschen. Ein Flugzeug blinkte am Himmel.

Jan blickte sich um, betrat das Grundstück, drückte sich an die Wand. Ging zur Rückseite. Blickte sich immer wieder um. Stand still, lauschte. Nichts. Die Küchentür klapperte im Rahmen. Er stieß das Messer in den Spalt und drückte, während er den Türgriff umklammerte. Die Messerspitze fand den Überwurfriegel. Schob ihn nach oben. Die Tür öffnete sich nach innen. Er stand in der Küche. Alles schien aufgeräumt. Ein Fauchen. Er erschrak, richtete das Messer in die Richtung. Eine Katze sprang auf die Fensterbank und warf eine Vase auf den Boden. Es klirrte.

Jan erstarrte. Zog die Walther aus dem Hosenbund.

Nichts bewegte sich. Die nächste Tür führte in einen winzigen Flur. An der Wand ein Schlüsselbrett. Rechts das Klo, links die Treppe, geradeaus das Wohnzimmer. Riesiges TV-Gerät. Sofa, zwei Sessel, neben der Tür ein Stuhl. Eine Flasche Rum auf dem Tisch, daneben ein Glas. Die Flasche war halb leer. Hoffentlich hat er die am Abend gekippt, dachte Jan. Und musste grinsen. Bitter. Er stieg die Treppe hoch. Setzte seine Schritte vorsichtig. Stufe für Stufe. Die Pistole in der Hand.

Oben ein kurzer Gang mit drei Türen. Er überlegte, wo das Schlafzimmer sein konnte. Tippte auf die mittlere Tür. Drückte sie vorsichtig auf, streckte die Waffe in den Schlitz und blickte hinein. Doppelbett. Umrisse. Zwei Köpfe. Ein Mann auf dem Rücken. Mit offenem Mund, schnarchend. Nackt bis auf die Unterhose. Daneben auf der Seite eine Frau, halb zugedeckt.

Die Katze in der Küche jaulte.

Jan schlich ans Bett und steckte dem Mann den Lauf in den Mund. Der tappte mit der Hand gegen Jans Arm. Jan schlug dem Mann die Faust in den Magen.

Er hatte keine Angst. Zitterte fast vor Glück. Als hätte er zehn doppelte Espressos getrunken.

Der Mann stöhnte, hielt sich den Bauch. Öffnete endlich die Augen, sah Jan, wedelte mit den Armen, um zu beschwichtigen.

Die Frau wachte auf. Starrte Jan an. »Bleibt ruhig, dann passiert euch nichts.« Er wiederholte es, als sie nicht reagierte. »Nick, wenn du verstanden hast.« Sie nickte.

Er zog die Pistole aus dem Mund. »Dreh dich auf den Bauch, Tommy. Die Hände auf den Rücken.« Er drückte ihm die Pistole an den Kopf. Zur Frau: »Eine Bewegung, und ihr seid beide tot.«

Sie nickte heftig.

Thomas drehte sich auf den Bauch, legte die Hände auf den Rücken.

Jan zog das Klebeband aus dem Rucksack und gab es der Frau. »Um die Handgelenke. Fest. Sonst...« Ein Blick zur Pistole.

Sie tat es.

»Jetzt die Knöchel.«

Er hatte solche Szenen tausendmal gesehen. Im Film. Es klappte genauso. Ganz einfach. Er musste nur die Nerven behalten. Und bereit sein, Nadines Mörder zu töten. Sie alle waren Nadines Mörder.

Die Frau gehorchte.

»Setz dich auf den Stuhl!« Der stand vor einem Schminkspiegel. Sie tat es.

Er fesselte ihre Hände hinten an den Stuhl und die Füße unter dem Stuhl zusammen.

»Ein Wort, und ihr seid tot.« Er stieg die Treppe hinab. Fand in der Küche Lappen und stieg wieder hoch. Er knebelte die Frau.

»Die Benutzernamen und die Passwörter«, sagte Jan.

Thomas lag auf dem Bauch, drehte seinen Kopf, blickte ihn an. Und sagte kein Wort.

»Du hast ein Auto?«

Ein Grinsen.

Gut, dachte Jan. Du nimmst mich nicht für voll. Er zog das Messer und stieß es mit Wucht in Thomas' Oberschenkel. Der spie Speichel und Nasenrotz, krümmte sich. Die Backen bliesen. Seine Augen starrten auf die Wunde. Aber er schrie nicht.

»Wenn du mir Passwörter und Benutzernamen nicht verrätst, bringe ich euch beide um.«

»Das nutzt dir gar nichts«, sagte Thomas leise. »Gar nichts.«

Jan blickte auf die Uhr. »Wo steht dein Auto?«

Thomas' Augen zeigten in eine Richtung. »Vor der Haustür.«

Jan prüfte die Fesseln, knebelte Thomas, nahm den Schlüssel vom Brett im Flur und verließ das Haus. Die Katze jaulte ihm nach.

Er stieg in den Jeep und kehrte zurück zum Verwaltungsbau.

89.

Sie stützte sich auf die Ellbogen und beobachtete, wie er aufwachte.

Sie waren lang wach gewesen. Er war froh gewesen, jemandem von seinem Frust zu erzählen. Dass er sich hatte reinlegen lassen. Dass er nun keine Spur mehr hatte, nicht einmal eine eingebildete.

»Ich dachte, du befasst dich nur mit dem Badewannenmord«, hatte sie gesagt.

»Ist ein Vorwand, um mich aus der Sonderkommission rauszuhalten. Jeder weiß, dass es dieselben Täter sind. So können sie behaupten, ich würde in dem Fall ermitteln, ohne mich ertragen zu müssen. Kinderei.«

»Ich habe … natürlich ein bisschen gegoogelt. Du bist ja ein richtig guter Bulle.«

»Glaub das Geschreibsel nicht. Morgen schreiben sie das Gegenteil.«

»Du musst mich nicht für blöd halten.«

»Wirklich nicht?«

Dann waren sie im Bett gelandet.

Er betrachtete sie. Ihr Gesicht, ihre Brüste. In ihren Augen spiegelte sich der Vorhang, den die Wintermorgensonne beschien. Kristallaugen. Er fasste nach ihren Brüsten. Aber sie entzog sich, stieg aus dem Bett. »Der Steuerzahler ist schon beleidigt.«

»Wann musst du los?«, fragte er in der Küche.

Sie blickte auf die Uhr. »In zwanzig Minuten … sorry.«

»Ich will aber schon meinen Tee in Ruhe austrinken.«

Sie ging ins Bad. Nach gut zehn Minuten kehrte sie geduscht und geschminkt zurück. Sie öffnete die Tischschublade und legte einen Schlüssel auf den Tisch. »Schließ ab, wenn du fertig bist.«

90.

Er räumte alles auf im Bau. Dann durchschnitt er Jacks Fußfessel. »Wir machen eine Spazierfahrt.«

Jack blickte ihn an. Jan führte ihn zum Auto. Fuhr mit ihm in die Church Road. Stieß Jack zur Haustür. Ins Wohnzimmer. Befahl ihm, sich auf den Boden zu legen. Jack stöhnte. Jan fesselte ihm die Füße und knebelte ihn.

Stieg die Treppe hoch. Löste Thomas' Fußfessel und führte ihn hinunter ins Wohnzimmer. Verklebte die Füße. Das Gleiche mit der Frau. Die setzte er auf den Stuhl neben der Tür.

Jack glotzte.

Jan löste Thomas' Knebel. »Die Benutzerdaten.«

Thomas blickte zum einzigen Bild an der Wand. Gitarrist im Sonnenuntergang. Werbeplakat für ein Musikfest. Uralt. Jan nahm den randlosen Rahmen von der Wand ab. Auf der Rückseite klebte ein Umschlag. Darin ein Zettel.

Username: serverpalau02
Password: t$Qn8}PS

»Es sind aber zwei Passwörter.«

»Das andere hat Casper.«

»Und der ist verreist. Ich weiß.« Er überlegte einen Augenblick. »Wo wohnt Casper?«

»Post Road, neben dem Postamt.«

Jan erinnerte sich. Main Street, dann links ab. »Rechts oder links.«

»Wenn man davorsteht, links.«

»Casper ist dein Freund?«

Thomas nickte.

»Hat er andere Freunde?«

Seine Augen zeigten nach oben.

»Er hat was mit deiner Frau?«

Wehmut in den Augen. Und Angst. »Casper ist mein Freund.« Als verstünde Jan nicht, was Freundschaft bedeutete.

Jan knebelte Thomas. Dann verließ er das Haus.

Er fand die Post Road gleich. Stellte den Wagen weit vom Postgebäude ab. Einem Bungalow vor einem Betonklotz, der Jan an den Hochbunker in St. Pauli erinnerte. *Republic of Palau. Postal Service.*

Der Morgen dämmerte. Er musste sich beeilen. Trotz Anstrengung und Druck war er kein bisschen aufgeregt. Er wunderte sich über sich selbst. Als hätte dieses Talent im Inneren gewartet, befreit zu werden. Das Talent, Leute zu überfallen, zu fesseln und zu quälen. Und zu töten.

Es war nicht mehr nur die Rachsucht, die ihn trieb. Es war das Gefühl von Macht. Nicht Getriebener zu sein, sondern zu treiben. Er trieb die Dinge voran. Sie gehorchten ihm. Die Menschen, die Dinge. Er bestimmte, was geschah.

Er ging um das Haus herum. Eine einstöckige Holzbaracke. Darin vermutete man keinen Gangsterchef. Aber vielleicht genoss der den Luxus in den USA. Jan hatte entschieden, dass er Caspers Urlaub abkürzen würde. Also würde Casper morgen, spätestens übermorgen zurückfliegen. Er würde zu Thomas kommen. Und seiner Frau. Casper würde keine Wahl haben. Weil er ihm keine Wahl ließ.

Er betastete die Fensterrahmen. Fand einen Fensterflügel, der Spiel hatte. Steckte den Schraubendreher hinein und drückte das Fenster auf. Es knallte, als es den Riegel aus dem Rahmen riss. Blickte sich um und stieg ein. Drückte das Fenster zu. Er begann oben, das Haus zu durchsuchen. Fand zwei schmale Ordner. Steckte sie in den Rucksack. Einen 38er-Revolver mit Stummellauf. Steckte ihn ein. Auf einem Tisch stand ein PC. Er zerlegte ihn und baute die Festplatte aus. Entdeckte im Schubfach drei USB-Sticks. Warf sie in den Rucksack. Fand beim Tasten ein kleines Schubfach. Fand einen Stapel US-Dollar. Jan lächelte. Der größte Gangster der Insel rechnete nicht damit, beklaut zu werden. Weil nur Verrückte sich trauten. Weil bei Diebstahl nicht die Polizei kam, sondern Caspers Leute. Caspers Sorglosigkeit ließ nicht viel Interpretationsspielraum übrig. Blöd war er gewiss nicht. Vielleicht ein bisschen größenwahnsinnig. Weil er mächtig auf den Inseln war. Mag sein, dachte Jan. Vielleicht galt auch das Gegenteil. Er durchforschte die Abstellkammer. Fand eine Plastikflasche Spiritus und einen Kanister Benzin. Er kippte den Spiritus über dem Schreibtisch aus. Die Flüssigkeit schwappte auf den Holzboden. Staute sich an einem Pfeiler, der das Dach stützte, lief weiter bis zur Wand. In der Küche öffnete Jan die Tür zum Garten. Kehrte zurück ins Wohnzimmer. Nahm den Kanister. Legte eine Benzinspur vom Schreibtisch in die Küche. Blickte sich um und zündete mit einem Streichholz das Benzin an. Eine blaugelbe Flamme schoss ins Haus.

Jan setzte sich in den Wagen und fuhr weg.

Im Rückspiegel sah er eine Frau. Sie trug einen breitkrempigen Strohhut und eine Sonnenbrille. Die Frau blickte ihm nach. »Scheiße«, murmelte er.

91.

Als Oberon das Büro betrat, saß Pavlinsky am PC. Er winkte seinen Besucher zum Tisch. »Lesen Sie. Vielleicht verstehen wir jetzt mehr. Ich suche gerade noch etwas.«

Oberon setzte sich, stellte das Wasserglas auf den Tisch. Zog einen Zeitungsstapel zu sich. Eurotunnel. Fähren. Brücken. Badewannenmorde. Oberon blätterte. Spekulationen. Wasser, es gehe offenbar um Wasser. Irgendwie schienen sich die Leitartikler gegenseitig anzustecken. Wasser.

»Sie wissen wirklich nichts?« Pavlinsky schielte am Monitor vorbei zu Oberon. »Blöde Frage, ich zieh sie zurück.« Schickte ein Lachen hinterher.

»Nein, ich weiß so wenig wie Sie.« Er war die Ruhe selbst. Verkniff sich auch eine Bemerkung wie: Hab ich doch schon gesagt. Die Ruhe selbst, obwohl es allmählich ans Eingemachte ging.

Pavlinsky hätte nicht auf ihr Überleben gewettet. Jedenfalls solange sie rumsaßen und nichts taten, um ihre Haut zu retten. Aber so groß wie seine Furcht war die Neugier. Was, verdammt, führten die im Schilde?

»Diese Leute sind unendlich reich«, sagte Oberon. »Und sie sind klug. Wenn sie uns wegräumen wollen, haben sie das längst geplant. Und wenn sie wirklich so schlau sind, wie ich glaube, dann haben sie alles einkalkuliert. Auch dass wir eins und eins zusammenzählen können.« Wischte sich mit einem Tuch die Stirn trocken. »Grübeln nutzt uns nichts.«

»Ich glaube, dass die Kommentatoren recht haben. Es geht um Wasser. Mir fällt auch nichts Besseres ein. Mit den Badewannen haben unsere großen Meister schon den entscheidenden Hinweis gegeben. Wenn sie nicht die anderen Operationen bestellt hätten, hätte ich auf Trinkwasser getippt. Wenn ihr nicht das oder das macht, vergiften wir …«

»In dem Fall hätten die Ihnen aufgetragen, eine Prise Plutonium in die Trinkwasserversorgung einer Stadt zu geben. Damit wäre alles gesagt gewesen. In unserem Fall liegt die Wahrheit in der Steigerung. Auch wenn die Steigerung seltsame Wege nimmt.«

»Eigentlich sollte ich meinen Job machen und die Klappe halten«, sagte Pavlinsky. Was er nicht sagte: Die Angst kroch ihm durchs Hirn. Sie kroch in der Nacht, sie kroch am Tag. In der Nacht raubte sie ihm den Schlaf. Tags versuchte er sie in Arbeit zu ersticken. Aber er ertappte sich immer wieder bei der Suche nach Ideen, wie er aus dem Schlamassel herauskäme. Sie überschütteten ihn mit Geld. Ihre Aufträge waren an Klarheit nicht zu übertreffen. Seine Leute leisteten ausgezeichnete Arbeit. Es funktionierte wie ein Uhrwerk. Das machte ihm am meisten Angst. Dass sie seinen Tod mit der gleichen Präzision vorbereitet hatten. Pavlinsky hatte selbst im

Feuer gestanden. Manchmal hatte er nicht mehr viel auf sein Leben gegeben. Aber er hatte den Feind gekannt. Und der hatte ihm die Angst nicht wie ein Geschwür in den Kopf gesetzt.

»Ich hab all das gelesen.« Pavlinsky deutete auf die Zeitungen vor Oberon. »Ich durchforste das Internet. Ich finde nichts. Wasser, Wasser. Staaten saufen ab. Überschwemmungen zerstören den Ackerbau. Wassermangel lässt Länder austrocknen. Ich könnte es ja verstehen, wenn irgendwelche Habenichtse zusammenlegten, um den Ärschen, die ihnen das eingebrockt haben, in dieselben zu treten. Den Ärschen, die sie über die Werte der Zivilisation belehren, während sie untergehen. Das ist schon ein ganz eigener Zynismus ...« Pavlinsky blickte dem Satz nach.

Oberon lächelte. Nickte. »Ist merkwürdig. Lassen Sie uns spazieren gehen.«

Pavlinsky blickte hinaus in den Dunst der Hitze. Dann nickte er. Sie gingen ziellos, bis sie den Strand erreicht hatten. Setzten sich in die erste Bar, die mit einer Klimaanlage warb. Bestellten Wasser und eine Coca-Cola.

»Wenn die so klug sind, dann hören die Ihr Büro ab«, sagte Oberon. »Und sitzen in Ihrem PC.«

Pavlinsky schüttelte den Kopf. »Nach dem Weißen Haus gibt es keinen Ort, der sicherer ist als mein Büro.« Man sah es nicht, aber sein Gebäude war eine Festung. Die Türen und Scheiben aus Panzerglas. Alarmanlage, die beste der besten. Das Gebäude elektromagnetisch abgeschirmt. Das Netzwerk warteten Leute, die was von Internetsicherheit verstanden. Ab und zu lockte er Hacker mit einer Belohnung. Die versuchten, ins Netz einzudringen. Niemand war bis ins Herz vorgedrungen. Nicht mal die NSA kam hinein.

»Wir sollten einen Plan machen. Für den Fall der Fälle. Ein Alarmsystem. Sichere Unterkünfte. Ablenkungsmanöver. Falsche Spuren legen. Papiere besorgen. Flugtickets. Am Tag X fliegen diverse Oberons und Pavlinskys in alle Himmelsrichtungen.«

Oberon lächelte. »Daran hab ich auch schon gedacht.« Er griff in die Tasche und legte einen britischen Pass auf den Tisch. Er war auf einen Stanley Smith ausgestellt. Und trug Pavlinskys Foto.

»Habt ihr was?«, fragte Krüger.

»So viel wie ihr«, erwiderte Salinger.

»Also nichts.«

»Weniger«, sagte Yussuf. Er hatte sich mit White befasst, aber nur banale Informationen gefunden. Reiseunternehmer. Wenn britische Behörden Privatjets buchten, taten sie dies offensichtlich gern über White. »Wir sollten ihn entführen«, sagte Yussuf.

»Und dann Waterboarding«, hatte Salinger eingeworfen.

»Glühende Eisen und Streckbank. Aber diese Errungenschaften des christlichen Abendlands wurden ja verschämt einkassiert«, sagte Yussuf.

De Bodt dachte an seine Nacht mit Benec. Das Einzige, was ihm derzeit gefiel. Aus mehr als einem Grund. Auch wenn mancher noch vernebelt war. Mindestens half es, die Scheidung von Elvira zu verdauen. Und den Ärger über den Fehlschlag mit White. Er zweifelte nicht daran, dass White etwas wusste. Nicht alles, doch genug für eine Spur. Aber offenbar hatte White die britische Regierung überzeugt, dass ein deutscher und ein französischer Polizist illegal in England gegen ihn ermittelten. Das war denen genug im Brexit-Wahn. Er konnte sich nicht einmal bei seinen Vorgesetzten beschweren. Illegale Ermittlungen, gegen den Willen seiner Chefs. Mochte die Welt untergehen, die Regeln mussten beachtet werden. Vor allem die Hierarchie. Und wenn man dann noch de Bodt war, der die Vorgesetzten so gern vorführte. Vergiss es. Aber dass Bob fliehen konnte, das war ein Tiefschlag.

Er blickte Yussuf an. Der nickte und lächelte. Alles klar, Chef.

Er brauchte Krüger nicht, um zu wissen, dass sie sich festgelaufen hatten.

»Ihr habt doch alle Mittel und Möglichkeiten, und da kommt nichts bei rum?« Salinger zeigte dieses leise Lächeln. Immerhin konnte sie Krüger nerven. Das war besser, als Krüger nicht zu nerven. Krüger stieg ihr hartnäckig nach. Er ließ sich auch durch Häme nicht abschrecken. Krüger konnte fast nichts richtig gut. Nur eines, das konnte er. Einstecken. Er würde sich am Abend in diese Bar verziehen. Der Chefin sein Leid klagen. Dass er, Berlins bester Bulle, an der Mittelmäßigkeit seiner Mitarbeiter und Chefs scheiterte. Wenn es nach ihm ginge. Ja, dann.

»Wir haben es mit einem… Phänomen zu tun…«, sagte Krüger.

»Mit einem Phantom, einem Geist«, sagte Yussuf. »Für den in Wahrheit die Geisterjäger zuständig sind. Aber die hat das Abendland zusammen mit den Exorzisten in die Mottenkiste gesteckt.«

Krüger starrte ihn böse an. Im LKA ging ein Wort um. Nichts wäre Krüger lieber, als Yussuf unter seinen Mitarbeitern zu begrüßen. Wenn sie de Bodt endlich gefeuert hatten. Und dann würde Krüger mit Yussuf den Boden aufwischen. Bis er sonnenbrillenpflichtig strahlte und von Yussuf nichts mehr übrig war als ein Haufen Scheiße in der Mülltonne.

»Ich denke, dass unter Kollegen Zusammenarbeit ganz oben stehen sollte«, sagte Krüger.

»Dann legen wir mal zusammen. Ihr habt nichts. Wir haben nichts. Nichts plus nichts…«

»Hör auf, Yussuf«, sagte Krüger. »Ich habe keine Lust auf den Scheiß. Also, ich fange an. Wir hatten von den französischen Kollegen einen Tipp. Ein gewisser Mr. White in London, Reiseunternehmer. Soll Aufträge aller Art vermitteln. Also, ich will eine Brücke sprengen oder den Eurotunnel, dann ruf ich Mr. White an. Und Mr. White fragt bei… Spezialisten an fürs Brückensprengen. Aber die britischen Kollegen haben ermittelt. Sie sagen, da sei nichts dran. Ich glaube eher, die beschatten den Mr. White. Weil es nichts bringt, ihn zu verhaften. Wenn sie ihn nicht beschützen.«

»Bestimmt«, sagte Salinger.

De Bodt musterte Krüger. Und sagte kein Wort. Er nickte Yussuf zu. Der verließ das Büro und schloss die Tür.

Krüger blickte ihm nach, als könnte er durch die Tür sehen.

172

93

Jan raste zu seinem Hotel. Stürmte hinein. Packte seinen Koffer, trug ihn hinunter. Bezahlte seine Rechnung. Warf das Gepäck in den Jeep. Als er hundert Meter gefahren war, sah er einen Streifenwagen mit Blaulicht und Sirene. Er hielt vor dem Hotel. Jan gab Gas und kehrte zurück in die Church Road.

Es stank nach Urin. In der Hitze zog der Geruch durchs Haus. Jan prüfte die Fesseln und Knebel. Jack stierte ihn zornig an. Thomas schien abzustumpfen. Die Frau winselte in ihren Knebel. Jan spürte kein Mitleid in sich. Das erstaunte ihn. Aber es machte alles leichter.

Sie hatten Nadine umgebracht.

Er ging hinaus und fuhr den Jeep zum Parkplatz oberhalb des Verwaltungsbaus und parkte neben seinem Yaris. Montierte die Nummernschilder ab und warf sie in den Kofferraum. Dann fuhr er mit dem Toyota zurück zur Church Road.

Im Schlafzimmer fand er ein DSL-Modem. Er stöpselte sein Notebook an. Holte aus dem Rucksack den SATA-USB-Adapter und schloss Caspers Festplatte an. Die Platte war verschlüsselt, natürlich. Er schickte ein paar Pings los, um die Netzwerkgeschwindigkeit zu testen. Sie war erbärmlich. Er sandte Toby eine WhatsApp-Nachricht. Der antwortete sofort. Ja, per Fernwartungssoftware könne er sich mit der Platte beschäftigen. Vielleicht schaffte er es über Nacht, den Code zu knacken. Vielleicht nicht.

Toby, der Freund.

Jan fand im Internet Videos, die erklärten, wie man die Walther PPK bediente. Offenbar hatten James Bond und seine Kollegen sich eine gute Dienstwaffe ausgesucht. Er würde nicht üben müssen. Auf kurze Distanz traf er Casper auf jeden Fall.

Ging hinunter und löste Thomas' Knebel. »Wenn Casper euch besucht, ist er dann bewaffnet?«

Als Thomas ihn anspuckte, zog Jan das Messer und stach in seinen Fuß. Steckte Thomas den Lappen in den Mund, als der aufschrie. Verklebte den Lappen. »Du hast eine Viertelstunde Zeit. Dann antwortest du, oder der andere Fuß ist fällig.«

Blut quoll aus dem Schuh. Jan zog ihn aus und verklebte die Wunde mit Paketband. Er wickelte es mehrlagig.

In der Küche fand er eine Kanne. Er füllte sie mit Wasser und ließ die Gefangenen trinken. Thomas nicht. Er verklebte die Knebel wieder. Die Frau blickte ihn voller Hass an. Weder sie noch Jack sagten ein Wort. Sie hatten verstanden.

Er öffnete zwei Fenster, aber der Uringestank stand im Raum.

Im Augenwinkel beobachtete er Thomas. Als der den Schock überstanden hatte, löste Thomas den Knebel. »Also, ist Casper bewaffnet?«

»Weiß ich nicht.«

Jan zog das Messer und holte aus.

»Ja, er ist immer bewaffnet.«

»Wie?«

»Revolver.«

»Und den hat er immer dabei?«

»Fast immer.«

»Warum? Hier greift ihn doch niemand an.« Jan grinste.

Thomas warf ihm einen fragenden Blick zu.

»Und sonst?«

»Was sonst?«

Jan tippte mit der Messerspitze auf Thomas Stirn. »Sonst eine Waffe?«

»Weiß ...«

Jan stopfte Thomas den Lappen in den Mund und verklebte ihn. Stoßatem. Jan zeigte Thomas das Messer und stieß es in den anderen Fuß. Thomas bäumte sich auf, krümmte sich. Jan zog ihm den Schuh aus und verklebte auch diese Wunde. Löste den Knebel.

»Überleg dir gut, was du antwortest. Mir ist gerade aufgefallen, dass ich dich nicht mehr brauche.«

Thomas blickte ihn aus tranigen Augen an. Dann das Messer, das ihm Jan an die Nase hielt.

»Ein Messer?«

Thomas nickte.

»Wo steckt es?«

»Gürtel.«

174

»Geht doch.«

Das Telefon klingelte. Jan betrachtete die Anzeige. *001*. Ein Anruf aus den USA. Sie hatten Casper schon mitgeteilt, dass sein Haus abgebrannt war. Es gab mehr von diesen Schweinen auf dieser Insel. Aber das war von Anfang an klar gewesen. Er konnte gar nicht genug von den Schweinen umbringen, die Nadine auf dem Gewissen hatten. Sein früheres Leben erschien ihm wie der Nachhall eines Traums. Das war jetzt sein Leben.

94.

Es gab nicht viel Blöderes, als Leuten nachzulaufen. Ohne dabei erwischt zu werden. Yussuf achtete auf alles, wirklich alles. Dass irgendwer die Zielperson schützte und den Beschatter beschattete. Er hatte Informationen erhalten, die ihm die Verfolgung erleichterten. Wo die Zielperson wohnte. Wo sie arbeitete. Weitere Informationen hatte er über seine Kanäle im Bezirksamt besorgt. Schließlich spielten viele Fußball, und Yussuf pfiff in der Kreisliga. Mit ihm stellte man sich gern gut. Zumal Yussuf nach den sagenhaften Aktionen der letzten Zeit auf dem Weg war, zur Legende zur werden. So sah er es jedenfalls. Er hatte sogar Amirs Freundin überzeugt, ihn beim Herumsitzen abzulösen. Yasmin war schön, klug und ziemlich frech. Kurz, eigentlich passte sie besser zu Yussuf als zu Amir. Der war okay, aber nicht viel mehr. Keine Leuchte. Nicht mal ein besonders guter Kicker. Hinten rechts in der Viererkette. Wo man seufzend Rechtsfüßer mit zwei linken Beine hinstellte, weil sie woanders noch mehr Unheil angerichtet hätten. Zuletzt hatte Amir ein Eigentor geschossen, das nicht mal Yussuf wegpfeifen konnte. Kein Gegner weit und breit, dem er ein Foul andichten konnte. Und dass der Verteidiger vor dem eigenen Tor im Abseits stand, nein, das konnte niemand von Yussuf verlangen. Kurz gesagt, Yasmin war das Beste, was man über Amir sagen konnte. Yussuf hatte mit ihr geflirtet, ihr das Bild der Zielperson gezeigt. Gesagt, dass sie dieser nachgehen solle, wenn die sich zeigte.

Yasmin hatte ihn angelächelt. »Dass ich mal deiner Angebeteten nachspionieren muss ...« Dann hatten sie sich abgeklatscht. »Nieder mit den Ungläubigen!« So laut gelacht, dass sich Passanten umdrehten.

Was Yussuf verging, als er die Wohnung seiner Mutter betrat. Sie lag. Die Augen geschlossen. Salzspuren in den Winkeln. Er hielt sein Ohr an ihren Mund. Sie atmete flach. Ein leises Rasseln. Er blickte auf die Uhr. Seine Schwester war am Vormittag hier gewesen. Auf dem Küchentisch fand er einen Zettel:

Das geht so nicht weiter. Wir sollten sie in ein Pflegeheim geben.

Auch nichts Neues. Die Mutter war jedes Mal wütend gewesen, wenn jemand das Pflegeheim auch nur andeutete. Sie wollte in ihrem Bett sterben. Aus dem sie manchmal unter Mühen stieg, um auf die Toilette zu gehen. Danach versank sie wieder in ihrem Dämmerzustand. Der Pflegedienst war teuer und unzuverlässig. Die Pflegerin hätte längst da sein müssen.

Yussuf setzte sich auf den Stuhl neben dem Bett. Nahm eine TV-Zeitung vom Tisch. Blätterte sich durch die Bildchen. War im Kopf bei seinem Auftrag. Den er nicht verstand. Er vertraute de Bodt. Der würde ihn nicht um Abwegiges bitten. Aber was hatte dieses Detektivspiel mit dem Fall zu tun? Und warum durfte er niemandem davon erzählen? Woran er sich schon nicht gehalten hatte, als er Yasmin anheuerte. De Bodt hatte bestimmt gemeint: niemandem im LKA. Aber Yussuf hatte nicht vor, bei de Bodt nachzufragen.

95.

Er hatte Jack den Knebel abgenommen. Jack zitterte.

»Casper wird wieder anrufen. Und du wirst das Gespräch annehmen. Wenn du etwas sagst, das mir nicht gefällt, schneide ich dich in Stücke.« Jan blickte ihn an. »Du verstehst?«

»Ja.« Jack nickte eifrig. Er hatte verfolgt, wie Jan Thomas gequält hatte. Mochte er Jan für einen Hippie gehalten haben, längst fürchtete er ihn mehr als den Teufel. Der war weit weg, Jan war da. Vielleicht war Jan der Teufel. Jack hatte die Verwandlung des Touristen in einen Gewalttäter verfolgt. Hatte gemerkt, wie der seine Macht genoss. Am meisten, wenn er erniedrigte, folterte. Er zweifelte keine Sekunde, dass Jan sie alle töten würde, wenn er es richtig fand.

»Du sagst Casper, dass er bei Thomas übernachten könne. Thomas sei aber gerade nicht da.«

Jack nickte wie ein Streber.

»Bis dahin unterhalten wir uns ein bisschen.«

»Ja.«

Jack hatte er weichgekocht. Bei Thomas war er sich da nicht so sicher. Die Frau würde nichts wissen. Und er zögerte, sie so zu behandeln wie die Männer. Obwohl sie auch schuldig war. Jan war Staatsanwalt, Richter und Henker in einer Person. Als ihm das eingefallen war, musste er lachen. Unbürokratischer ging's nicht. »Flache Hierarchie«, hätte sein Chef gesagt.

»Was treibt ihr hier?« Als wollte er plaudern.

»Wir sind ein ... eine ... Kommunikationsstelle. Betreiben einen Server. Bewachen ihn.«

»Seit wann?«

»Weiß nicht. Ich bin seit knapp zwei Jahren hier.«

»Für wen?«

»Ich weiß es nicht ... wirklich.«

»Casper weiß es.«

»Bestimmt.«

»Wie lange ist Casper hier?«

»Keine Ahnung. Länger als ich. Er hat das Sagen. Was er sagt, wird gemacht. Er bekommt seine Befehle übers Internet.«

»Das ist eine Art Militäroperation ...«

»So was ... glaube ich.«

»Über den Server läuft die Kommunikation?«

»Ja.«

»Von wem?«

»Ich weiß es nicht.«

»Wie viele Stellen?«

»Ich sitze nicht am Computer.«

»Wie kommst du zu diesem Job?«

»Mich hat jemand angesprochen, als ich aus dem Knast kam.«

»Wo?«

»In Brisbane.«

»Wie kam er auf dich?«

»Weiß ich nicht. Er wusste so ziemlich alles über mich. Wollte wissen, ob ich schon mal getötet habe…«

»Hast du?«

»Es war Notwehr, das erste Mal.«

»Und das zweite Mal?«

Er stöhnte leise. »Auftrag.«

»Von wem?«

»Ich kenne den nicht. Er zahlte gut.«

Da brauch ich kein schlechtes Gewissen zu haben, wenn ich ihm die Kehle durchschneide. Der Gedanke prickelte.

»Also, du kamst aus dem Knast, und dich hat ein Typ angesprochen. Du hast den nie gesehen, aber der wusste was über dich.«

Strebernicken.

»Was wollte er wissen?«

»Nichts.« Als Jan streng blickte. »Er hat gesagt, er habe sich über mich erkundigt. Und er habe einen Job für mich. Gut bezahlt. Risikolos. In einem Inselstaat, wo auch die Polizei mitspiele.«

Jan durchzuckte der Schrecken. Aber dann dachte er, dass es darauf auch nicht mehr ankam. Die Bullen suchten ihn ohnehin schon wegen Brandstiftung.

»Wer hat die Frau harpuniert?«

Jack zögerte, warf einen Blick zu Thomas. »Casper.«

»Ihm gehört die Taucherausrüstung in eurem Bau?«

Strebernicken.

»Hast du das von ihm selbst gehört?«

»Er hat gesagt: Scheiße, ich hab die Frau erwischt.«

»Er sollte den Typ der Frau umbringen?«

»Ja. Dich.«

»Wer hat ihm das befohlen? Oder ist er selbst darauf gekommen?«

»Kam übers Internet.«

Verflucht, jetzt wurde es kompliziert. Es genügte nicht, dass er Casper tötete. Er musste den Auftraggeber greifen. Das Schwein, dass ihm das Leben versaut hatte.

Das Telefon klingelte.

96.

»Mr. White is out«, sagte Salinger.

Immerhin, sie sprach ihn an. De Bodt nickte.

»Und jetzt... wo steckt eigentlich Yussuf?«

»Hat sich krank gemeldet.«

»Dachte, der kann gar nicht krank werden.«

»Ich glaube, in Wahrheit ist seine Mutter krank.«

»Dass die noch lebt...« Sie zwickte sich in die Unterlippe. »Sorry.«

»Gehen wir es noch mal durch?«

»Seit wann fragst du, wenn es um die De-Bodt-Methode geht?«

Er lachte. »Es fängt an mit den Badewannenmorden. Niemand findet eine Spur. Die Beschreibung der Reinemachfrau kann man schlecht als Spur bezeichnen. Reicht nicht mal für ein mieses Phantombild.«

»Aus London was Neues?«

»Nichts. Die Täter haben die Haustür geöffnet, als wäre es ihre. Allerdings hat das Schloss nichts getaugt. Sie sind ins Wasserwerk Raynes Park. Dann das gleiche Vorgehen wie hier und in Paris.«

»Sie haben sich immer so getarnt, dass es in der jeweiligen Umgebung nicht auffiel.«

»Leider gibt es im kameraverseuchten London auch Ecken, wo keine Linse hinschaut. Wie in unserem Fall. Und so ein Glück, dass jemand gerade die neue Videokamera testet...«

»Hat man nur einmal.« Sie lächelte. Tatsächlich.

»Von den Brückensprengungen gibt's eine Aussage. Da hat jemand einen Lieferwagen gesehen, der nachts am Spreeufer stand.

Leute, die etwas aus dem Wagen getragen haben. Aber der Zeuge war besoffen. Wusste nicht mal, wie viele Männer er gesehen haben will. Vom Modell des Lieferwagens zu schweigen. Farbe? Weiß nicht.«

»Das ist ein Hammer, schweres Gerät an einen Fluss zu transportieren…«

»Ich habe mich vorgestern Nacht an die Spree gestellt. In die Nähe der Elsenbrücke. Du glaubst nicht, was da alles los ist. Lieferanten für Kneipen. Partyidioten, die einen Lieferwagen zur Disko…«

»Club…«

»…umgebaut haben. Etwas anderes ist noch wichtiger: Niemand kümmert sich darum, wer was wo treibt. Die hätten ein U-Boot ins Wasser setzen können.« De Bodt war froh, dass sie ihn nicht mehr anschwieg. Die Leichtigkeit aber war verschwunden. Am Abend würde er wieder bei Benec essen. Und am Morgen frühstücken. Benec war offenbar eine Frau ohne Komplexe. Das hatte de Bodt allerdings bei Elvira auch geglaubt. Bis die seine Familie mehr liebte als ihn. Irgendwann galt nur noch das Wort des Vaters. Sie nannte ihn beim Vornamen. Das erlaubte er nicht einmal seinem Sohn. Heinrich de Bodt gab sich nach außen modern, aufgeklärt. Im Grund seines Herzens war er ein reaktionärer Knochen, stets auf der Suche nach Anerkennung. Scharf auf Titel und Orden. Eifersüchtig darauf bedacht, dass andere nicht öfter erwähnt wurden als er. Aufstrebende Wissenschaftler waren ihm *Parvenüs*. Verächtlich kommentierte er Auszeichnungen anderer. Kritiken von Büchern anderer Geisteswissenschaftler waren Gefälligkeit, wenn sie positiv ausfielen. Und wenn negativ, dann hatte er es doch immer gesagt. Schaumschläger bedrohten die Philosophie. Schaumschläger waren alle außer ihm und Immanuel Kant. Modephilosophen. Alles Prechts.

»Hallo?«

Er nickte. »Was Neues über den Lastwagen, den sie in den Eurotunnel gebracht haben?«

Sie blickte auf ihren Bildschirm. »Das Letzte, was Yussuf eingetragen hat: Der Lkw wurde in Belgien gestohlen. Hatte Tierfutter geladen. Und eine Bombe. Semtex. Gewaltige Sprengkraft.«

»Das gleiche Verfahren wie bei den Fähren. Einfacher geht's nicht.«

»Die Lkw gestohlen. Die Fahrer verschwunden. Wohl ermordet.«

»Dadurch hatten sie Zeit. Mussten nicht fürchten, dass jemand den Verlust meldet. GPS verrät nicht, wer am Steuer sitzt.«

»Wer außer Bob kann so was durchziehen? Und gleichzeitig jemanden aus dem Knast holen?«, fragte sie. »Man sollte doch meinen, unsere tollen Geheimdienste hätten solche Leute auf dem Schirm.«

»Vielleicht haben sie die ja auf dem Schirm.«

Sie blickte ihn an, überlegte und nickte.

Schweigen.

»Wo können wir ansetzen?«, fragte Salinger.

Er legte seine Füße auf den Schreibtisch. »Vielleicht doch bei Mr. White?«

»Ermitteln in England?«

»Ja, vielleicht. Wenn's Scotland Yard nicht macht. Aber ich fürchte, Mr. White rechnet damit. Der ist jetzt gewarnt. Da könnten wir uns die Sohlen runterlatschen.«

»Merkow anrufen. Vielleicht hat der was gefunden. Wenn er nicht mit drinhängt...«

»Glaub ich nicht. Aber vielleicht irgendeine russische Spezialeinheit. Die könnten so was.«

»Ukraine 2.0«, sagte Salinger. »Statt grüne Männchen zu schicken...«

»Grüne Männchen würde in Westeuropa nicht klappen. Da ist was dran.«

»Danke für die Benotung.«

»Lob oder Tadel wird uns nicht auf Grund unserer Affekte zuteil.« De Bodt lachte innerlich. Fast wieder die Alte.

»Fritz Meier?«

»Fast, dicht dran. Aristoteles.«

Sie grinste. »Der BND sitzt doch mit in der Soko. Kennst du da nicht jemanden?«

»Schon. Ich fürchte nur, die wollen mich nicht kennen. Wenn ich nachfrage, lassen die mich auflaufen und kümmern sich selbst drum. Wenn sie's nicht längst schon tun.«

»Wenn es die Russen sein sollten, was könnten wir machen?«

»Den Dritten Weltkrieg zu Ende führen.«

Sie blickte ihn erstaunt an.

»Der hätte dann nämlich begonnen, ohne dass wir es gemerkt haben.«

97.

Jan hielt sein Ohr an den Hörer. Roch Jacks Schweiß.

»Wo ist Thomas?«, fragte Casper.

»Tauchen«, erwiderte Jack. Das Messer am Hals. »Thomas hat gesagt, dass du hier wohnen kannst.«

»Ich bin jetzt am Flughafen. In einer halben Stunde bin ich bei euch.«

»Gut.«

»Und dann finden wir das Schwein, das mein Haus abgebrannt hat.«

»Das machen wir. Bis gleich.« Jack legte auf. Blickte Jan ängstlich an.

Der verklebte Jacks Mund. Stellte sich zu Thomas, der auf dem Boden lag.

»Wo kommt er rein? Casper?« Seine Augen blickten erst zur Haustür, dann zur Küchentür.

Thomas blickte nach vorn.

Jan tippte die Frau an, die immer noch an den Stuhl gefesselt war. Sie nickte.

»Wenn einer von euch einen Mucks macht, seid ihr tot. Verstanden?«

Die drei nickten.

Jan überprüfte Fesseln und Knebel. Holte aus dem Rucksack den 38er, spielte ein paar Sekunden mit dem Mechanismus. Hahn spannen, abdrücken. Kein Geheimnis.

Er setzte sich in den Flur und wartete. Egal, woher Casper kam. Er fühlte sich überlegen. Wenn Casper eine falsche Bewegung machte, würde er ihn töten. Jan betastete das Messer an der Wade. Sah, dass der Sicherungshebel der Walther entriegelt war. Horchte hinaus. Hin und wieder fuhr ein Auto vorbei. Jedes Mal klopfte sein Puls schneller. Dann hörte er ein Quietschen. Bremsen.

98.

Pavlinsky lief am Strand entlang und betrachtete den Badebetrieb. Belächelte spielende Kinder. Bewunderte junge Frauen. Bestaunte den Leichtsinn von Leuten, die ihre Körper der Sonne aussetzten. All inclusive, Krebs auch.

Dachte über das letzte Gespräch mit Oberon nach. Wurde nicht klug aus dem Mann. Vielleicht war der zu schlau. Pavlinsky wurde den Verdacht nicht los, dass Oberon ihn testete. Im Auftrag der mysteriösen Auftraggeber. Testete, ob Pavlinsky bei der Fahne blieb. Diese Leute planten alles dreifach. Pavlinsky hatte seine Operationspläne Oberon aushändigen müssen. Der erschien am Folgetag mit *Korrekturen*. Nicht mit Vorschlägen. Die Korrekturen waren sinnvoll. Jedenfalls, wenn man unterstellte, dass Sicherheit über alles ging. Erschien denen ein Risiko nur ein Promille zu groß, korrigierten sie. Oder bliesen die Operation ab. So hatten sie Angriffe auf die Marinehäfen Plymouth, Wilhelmshaven und Toulon abgesagt. Nachdem Pavlinsky wochenlang recherchiert und vorbereitet hatte.

Pavlinsky wusste, dass ihm nicht mehr viel Zeit blieb, um sich zu entscheiden. Er brauchte jemanden, der ihm half. Der nicht in die Operation verwickelt war. Der nicht gekauft war. Der einen Job suchte. Der neu anfing. Die Szene kannte. Alle Tricks beherrschte. Da gab es nur einen.

Pavlinsky kehrte in sein Büro zurück. Holte sein Notizbuch aus der Schublade. Die wichtigsten Telefonnummern speicherte er nicht elektronisch. Da verließ er sich nur auf sich selbst. Er blätterte und fand die Nummer. Wählte sie. Als es klickte, sagte er: »Ich brauch dich. Komm her.«

»Eine lange Reise«, sagte die Stimme.

»Eine verdammt gut bezahlte lange Reise.«

99.

»Mich macht das krank.«

»Dass wir keinen Ermittlungsansatz haben?«

Salinger zögerte. »Ja.«

De Bodt verstand sie. Sie meinte seine Nächte mit Benec. Sie wusste es, sie sah es, sie roch es. »Wir unterstellen, dass die Täter nicht wahnsinnig sind. Was wollen sie dann? Genauer gesagt: Was haben sie erreicht? Welche Botschaft steckt in dem, was sie erreicht haben?«

»Die Politiker machen sich lächerlich ... hast du den Fernsehauftritt des Innenministers gesehen ... *ich habe doch gesagt, dass es Dinge gibt, über die ich die Bevölkerung nicht in Kenntnis setzen kann, weil sie dann noch beunruhigter wäre.*«

»Ja, hab ich gesehen.« Er sagte nicht: Nachdem ich mit Benec geschlafen habe, hat sie die Nachrichten eingeschaltet. »Wie schön, dass er sich recht gibt. Auch wenn er keine Ahnung hatte von dem, was kommen würde.«

»Die Herren des Verfassungsschutzes und des BND sind abgetaucht. Gerade der VS-Fritze hat doch so gern die wildesten Theorien in die Welt gesetzt. Jetzt, da die Welt wild geworden ist, hat er keine Theorie mehr. Und die Wirtschaft rauscht ab. Die Prognosen ...«

»Wenn jemand den Westen zerstören will, würde er dieses Programm fahren«, sagte de Bodt.

»Aber wer will den Westen zerstören? Davon quatschen die in der Glotze dauernd.«

»Die Chinesen nicht, die Russen nicht. Die Islamisten natürlich. Aber die können es nicht. Wer will den Westen zerstören, und wer kann es auch?«

Salinger schwieg eine Weile. »Was heißt das eigentlich: den Westen zerstören?«

»Bomben töten Menschen und Gebäude. Aber nicht die Demokratie. Was oder wer die hiesige Demokratie zerstört, das sind eher die Regierungen. Maßnahmen, die die Sicherheit nicht erhöhen, aber Rechte aushöhlen.«

Salinger klopfte mit dem Ende eines Bleistifts auf ihrem Schreibtisch.

»Wir drehen uns im Kreis. Wir sollten uns darauf konzentrieren, wer so eine Operation durchführen kann«, sagte de Bodt.

»Auch keine neue Idee«, sagte Salinger.

»Stimmt, die hatte ich schon mal.«

Sie blickte ihn ernst an, dann musste sie lachen. »Bescheidenheit ist eine Zier ...« Fror das Lachen ein.

»Übertriebene Bescheidenheit ist eine Art Undankbarkeit gegen die Natur. Ein anständiger Stolz dagegen ist das Zeichen einer schönen und großen Seele, welche edle Züge, gleichsam als seien sie vom Gedanken geformt, verraten«, erwiderte de Bodt trocken.

»Aha. Und jetzt willst du in aller Bescheidenheit, dass ich dich frage, wer außer Herrn de Bodt so einen Quatsch gesagt haben könnte.«

»Keineswegs, aber bevor du aus Neugier krank wirst: La Mettrie.«

»Ach der! Über den habe ich beim Philosophenquartett gelernt, dass er Menschen für Maschinen hielt. Und seine Zeitgenossen ihn für einen Spinner. Man fragt sich, was Maschinen mit moralischen Kategorien anfangen können sollten. Wenn ich das so sagen darf ...«

De Bodt blickte sie an. Lachte. Sie blickte an die Wand.

»Wir sind schon mal auf dieser Piste gewesen. Dass jemand den Westen zerstören will. Oder ihm bei der Selbstzerstörung behilflich ist. Wir hatten unrecht. Und wenn wir wieder danebenliegen?« Sie steckte den Bleistift in den Mundwinkel. Wie eine Zigarette. »Gut, ausschließen können wir es nicht. Also, wer kann so was?«

»Leute wie Bob«, sagte er. »Er hätte es uns sagen können.«

»Noch mal zurück, nicht so schnell, ich zähle zu den Erdenbürgern. Was soll es bringen, uns nackt dastehen zu lassen? Oder ist es Selbstzweck? Wär ein bisschen teuer dafür.«

»Wir sollen uns selbst zerstören. Die helfen ein bisschen nach. Das ist alles. Und mir scheint, das klappt gut. Du liest ja Zeitung ...«

»Rechtsparteien, Verschwörungsspinner, der große Aufmarsch. Sicherheit um jeden Preis. Demokratie, scheiß drauf«, murmelte sie.

»Womit wir schon wieder einen Interessenten hätten ... oder gleich mehrere.«

»Okay. Kümmern wir uns um die Fragen, die naheliegen. Wer kann so was? Das ist nicht das erste Mal, dass wir das erörtern. Aber du wiederholst ja alles gern. Damit wir es kapieren.«

Er nickte. Genoss die Entspannung. »Wir finden die Täter, wenn wir Bob aufspüren.«

»Du meinst, der redet dann?«

»Ich glaube schon.«

»Du willst ihn wieder laufen lassen?«

De Bodt zuckte die Achseln.

Schweigen. Im Gang polterte etwas. Stimmen. Jemand fluchte. Die Soko-Sitzung war zu Ende.

»Und ... bist du ... zufrieden ... mit ... dieser ...?«

100.

Jan nahm die Walther in die Hand und zielte auf die Tür. Die hatte er aufgeschlossen und angelehnt. Sie öffnete sich ein Stück, als Casper klopfte. Er drückte die Tür auf und blickte in den Lauf der Pistole. Stand erstarrt, drehte sich um.

»Wenn du weiterleben willst, kommst du rein.« Er schrie es fast. Um seine Angst zu betäuben.

Casper erstarrte. Stand ein paar Sekunden, wendete sich um. Und begriff. Das war nicht schwer. Mit einer Kugel im Rücken kam er nicht weit. Jedenfalls nicht auf eigenen Füßen. »Was willst du?« Er hatte eine tiefe Stimme.

Draußen fuhr ein Auto vorbei.

»Schließ die Tür!«

Casper tat es.

»Leg dich auf den Rücken!« Dieses Gefühl. Sein Leben in meiner Hand. Nadines Mörder.

»Was willst du?«

»Wenn du bei drei nicht auf dem Boden liegst…«

Casper schüttelte den Kopf. Seine halb langen schwarzen Haare tanzten um die Ohren. Dann kniete er und legte sich auf den Boden. Jan warf ihm die Klebebandrolle zu. »Die Knöchel. Schön fest.«

»Was willst du?«, wiederholte Casper.

»Ich sag dir, was du willst. Du willst den Spaß überleben. Wenn du tust, was ich dir sage, klappt das.«

»Willst du Geld? Kannst du haben. Ich wohne aber nicht hier.« Casper blickte ihn lange an. Er glaubte kein Wort. Streckte seine Hand zu seiner Gesäßtasche. Hielt inne. Als Jan nichts sagte, begann er sich die Beine zu verkleben.

»Auf den Bauch. Die Hände nach hinten. Schön strecken.« Jan stellte den Fuß auf Caspers Hals und fesselte die Hände. »Umdrehen.«

Er drehte sich um. »Du hast mein Haus angezündet«, sagte Casper.

»Du hast meine Freundin umgebracht.«

Casper erbleichte. »Das ist nicht wahr.«

»Deine Freunde hier haben es bestätigt. Du kannst erzählen, was du willst.«

Casper schloss die Augen, öffnete sie. »Du bist der…«

»Ich bin der Typ, den du umbringen wolltest. Dessen Freundin du aber getötet hast.« Jan fühlte Ruhe in sich. Und Stolz. Er hatte das Schwein gefunden. Jan klopfte Casper auf die Schulter. »Und jetzt unterhalten wir uns.« Nahm das Messer in die Hand.

101.

»Sie haben schon lang nicht mehr berichtet.«

De Bodt blickte Tilly amüsiert an. »Wo es nichts zu berichten gibt…« Er verzichtete auf die Bemerkung, dass ihn niemand zu einem Bericht aufgefordert hatte.

»Sie waren unterwegs«, sagte Tilly.

Die Franzosen werden es ihm gesteckt, die Briten gemeckert haben. »Ermittlungen.«

»Wir dürfen nicht ohne Erlaubnis ...«

»Wenn wir auf die warten ... es war unumgänglich.«

»Sie kriegen ja auch nicht die Beschwerden auf den Schreibtisch.«

»Sie beschweren sich gerade bei mir. Da kann man schon von einer Teilhabe meiner Person sprechen.« Sagte es so trocken, wie es unverschämt war.

»Ich ersuche Sie, mit diesen illegalen Ermittlungen aufzuhören.«

De Bodt erwiderte nichts. Er hätte sagen können, dass der Kriminalrat beim letzten Mal unendlich dankbar gewesen war. Weil de Bodt ihm sein Gesäß gerettet hatte. Aber das Haltbarkeitsdatum der Dankbarkeit war schon am Abend danach abgelaufen.

Der Kriminalrat blickte ihn an. Schüttelte den Kopf. Wusste, dass alle Ermahnung vergeblich war. Spekulierte vielleicht sogar darauf. Was konnte er verlieren? Fand de Bodt die Täter, sah die Polizei gut aus. Fand er sie nicht, konnte er ihn abmahnen, rausschmeißen.

De Bodt las die Gedanken des Kriminalrats. Weil er wusste, wie der Chef tickte.

»Hat Ihr Alleingang etwas gebracht?«

De Bodt versuchte nicht zu grinsen. »Eine Idee, vielleicht.«

»Eine Idee, vielleicht?« Erstaunter Blick.

»Ja, eine Spur. Leider nicht klar. Aber ich will es versuchen.«

»Hm. Vielleicht sind Sie so freundlich, mich einzuweihen.«

»Nein«, sagte de Bodt. »Es ist nur eine Idee. Wenn man drüber redet, verflüchtigt sie sich wie Gas im Freien.«

»Aha.« Tilly räusperte sich. »Eigentlich wollte ich Sie fragen, ob Sie nicht in der Soko mitarbeiten wollen.«

De Bodt putzte sich genüsslich die Nase. Natürlich war das nicht Tillys Idee. »Die Kanzlerin?« Beim letzten Mal hatte die Kanzlerin de Bodts Mitwirkung verlangt.

Tilly zog eine Akte vor sich, blätterte. »Alles unerfreulich. Terroristen, die uns lächerlich machen. Ihr Freund Wedenstein, der aus der JVA entkommt.« Sprach es in die Akte.

Für de Bodt war es die Bestätigung, dass irgendwer oben in der Befehlskette einen Wunsch geäußert hatte. Oder gefragt hatte, warum denn der Hauptkommissar de Bodt nicht in der Sonderkommission sitze. Sich nicht mit der Nebelwolke abfand, dass der Kollege schon am Fall arbeite, gewissermaßen an dessen Ursprung. De Bodt stellte sich die Witze vor, die sie über ihn rissen in der Soko. Der Kommissar und die Badewanne.

De Bodt blickte den Kriminalrat streng an. »Nein, ich will nicht in die Soko. Wir können zur Lösung mehr beitragen, wenn wir es auf unsere Weise versuchen.«

»Sie meinen, indem Sie der Idee folgen, die sich beim Reden in Luft auflöst.«

»Ja.«

»Betrachten Sie es als Weisung, Herr Hauptkommissar de Bodt. Die nächste Sitzung ist morgen Abend, achtzehn Uhr. Ich hoffe, Sie haben nichts anderes vor.«

102.

Bob legte die Beine auf den Tisch. Kratzte sich an der Wade, wo ihn ein Streifschuss verletzt hatte. Betrachtete den Whisky in seiner Hand. Wie er glänzte, flüssiger Bernstein. Trank einen Schluck. Den ersten seit seiner Verhaftung. Im Flugzeug trank er nie. Im Einsatz auch nicht. Nur wenn er sich sicher fühlte.

Pavlinsky stellte sein Glas auf den Schreibtisch und betrachtete Bob.

»Danke fürs Rausholen«, sagte Bob.

»Du hattest es ja eilig.« Ein neugieriger Blick, ein Lächeln. »Wir mussten improvisieren, aber es ging.«

Schweigen. Bob hatte sie erpresst. Schon klar. Wie konnte man ein Genie im Knast verkümmern lassen? Ein Genie, das Pavlinsky so viele Tipps gegeben hatte. Und ohne Bobs Kameraden wäre die Operation in Europa nicht gelaufen.

»Was mich erstaunt: dass die dich gekriegt haben.«

»Nicht die, dieser Berliner Bulle. Der Typ ist eine Nummer für sich. Glücklicherweise.«

»Klingt fast, als magst du den.«

»Übertreib's nicht. Er ist der Einzige, der uns gefährlich werden könnte.«

»Du übertreibst.«

»Die hätten mich nie erwischt, wenn der das nicht im Alleingang versucht hätte.«

»Glückstreffer eines sturen Bocks.«

»Der hat mich schon mal erwischt. Musste mich dann aber freilassen.«

»Warum?«

»Er hat nur eine Schwäche. Seine Oberkommissarin.«

Pavlinsky lachte. »Dem Achill die Ferse, dem de Bodt die Oberkommissarin.«

»Verstehen kann ich ihn schon ein bisschen.« Bob grinste.

Pavlinsky nickte. »Kommen wir zu unserer Geschichte.«

Bob prostete ihm schweigend zu.

»Ich habe noch einen Auftrag für dich. Das Honorar wird dir gefallen.«

»Darum sorge ich mich nicht. Um was geht's?«

»Um mein Leben.«

103.

Jan hatte im Kühlschrank Bierdosen gefunden. In der Küchenzeile ein Arsenal von Konservendosen. Im Tiefkühlfach lag sogar Eis. Schokolade. Er würde es eine Weile aushalten. Mit dem Geld aus dem Verwaltungsbau konnte es ihm auch egal sein, dass sein Flugticket verfiel. Nach Hamburg kam er nicht so schnell zurück.

Jan öffnete eine Bierdose und trank. Er mochte das Lagerbier. Es war tropentauglich, schlug nicht aufs Hirn. Und löschte sogar den Durst.

Jack blickte gierig auf die Bierdose.

»Fangen wir mit was Leichtem an«, sagte Jan. Er tippte mit der Messerspitze auf Caspers Nasenwurzel. Er hatte ihn auf einen Stuhl gesetzt und den Körper an Lehne und Sitz gefesselt. Vor ihm lag ein Wischlappen. »Erwarten wir hier demnächst Besuch?« Er blickte zu Thomas. Der lag mehr, als dass er saß. »Thomas, sprich!«

Der schüttelte den Kopf.

»Keine Freunde, noch eine Freundin? Putzfrau, Kollegen?«

Thomas schüttelte den Kopf.

»Wenn du dich irrst, stirbt der Besucher als Erster und du als Zweiter.« Jan war die Ruhe selbst. In seinem Inneren heizte die Wut. Nach außen blieb er frostig wie die Arktis. Sein Hirn arbeitete präzise. Er hatte die Schweine in seiner Gewalt. Er hatte ihr Schicksal in seiner Hand. Für sie war er Gott.

Thomas schüttelte den Kopf. Jan hatte die Türen zwar abgeschlossen. Aber die Schlösser waren den Namen nicht wert. Die Gangster mussten sich sicher gefühlt haben.

»Noch was Leichtes. Seit wann seid ihr in Palau?«

Casper blickte ihn abschätzig an. Natürlich hielt er Jan für einen Amateur. Aber die Kugel eines Amateurs war so tödlich wie die Kugel eines Berufskillers. Jan begriff, was der Mann dachte. Auch die Scham, die der empfand, dass ihn ein Tourist überwältigt hatte. »Seit gut drei Jahren.«

»Euch gehört die Tauchschule.«

»Die habe ich gekauft.«

»Zusammen mit dem Bau am Strand.«

Casper nickte.

»In dem Bau steht ein Server erster Güte. Um die Abrechnungen für die Tauchschule zu machen?«

»Ja. Klar.« Er schien einen Augenblick erleichtert.

»Mit dem Ding kannst du eine Million Tauchschulen verwalten.«

»Ich bin Computerfreak.«

»Ich auch. Schön, einen Kollegen zu treffen. Wie ist der Hardware Abstraction Layer des Betriebssystems gestrickt? Interessiert mich echt.«

Casper blickte ihn dumpf an.

»Ich hab mal einen Film gesehen ... oder war es ein Spiel? Da kostete jede falsche Antwort einen Zeh.« Er zog Casper Turn-schuhe und Socken aus. Stach mit dem Messer in den kleinen Zeh. Nicht zu fest, aber schmerzhaft. Ein Tropfen Blut nur.

Das ist Nadines Mörder. Wegen ihm bist du hier.

»Du hattest eine falsche Antwort frei. Vergeudet. Fangen wir von vorn an. Du hast die ... Frau mit der Harpune getötet?«

Casper schluckte. »Ich wollte euch nur Angst machen ... hab daneben gezielt. Und dann ist die da hingeschwommen ... wo der Pfeil ...«

Jan legte die Klinge des Messers auf den kleinen Zeh und schlug mit der Faust auf deren Rücken. Es knirschte, und der Zeh sprang weg, zurückgehalten nur von einem Fetzen Haut. Blut quoll aus dem Stumpf.

Casper blickte hinab, dann erreichte der Schmerz sein Hirn. Er öffnete den Mund, um zu schreien. Jan stopfte ihm den Lappen zwischen die Zähne. Heraus kam ein Keuchen. Schweißperlen auf der Stirn. Angst in den Augen. Casper starrte Jan an. Atmete schnell und flach.

Das ist Nadines Mörder. Wegen ihm bist du hier.

»Fangen wir noch mal an. Du hast jetzt neun Zehen und zehn Finger.« Zog den Lappen aus dem Mund. Berührte den nächsten Zeh mit der Klinge.

»Ich hatte den ... Befehl, dich zu töten. Das mit der Frau war ein Fehler.«

»Wer gab den Befehl?« Er ritzte die Haut.

»Die Zentrale.«

»Wer ist die Zentrale?«

»Ich weiß es nicht.«

Jan setzte das Messer an und schnitt den Zeh vom Fuß. Stopfte Casper den Lappen in den Mund. Sah, wie der sich vor Schmerzen wand. Schluchzte. Tränen in den Augen. Rotz.

Das ist Nadines Mörder. Wegen ihm bist du hier.

Casper brauchte eine Weile. Als sein Atem sich beruhigte, zog Jan ihm den Lappen aus dem Mund. Casper hustete. Schmerzen, Leid, Verzweiflung in den Augen.

»Du hast acht Zehen und zehn Finger.«

Ein Blick, der sich gleich senkte. »Ich kenne die Namen nicht. Der Typ, mit dem ich Kontakt habe, nennt sich Walter. Aber er heißt nicht so.«

»Was ist eure Aufgabe?«

»Ich ... sorge für den Server. Also, sorge dafür, dass der Strom nicht ausfällt.«

Jan erinnerte sich, zwei APC-USV gesehen zu haben. Wie in seiner Firma in Hamburg.

»Warum steht der Server auf Palau?«

»Zur Tarnung. Die Regierung lässt uns in Ruhe.«

»Da ist Geld geflossen ...«

Casper nickte. »Vermutlich. Die Polizei beschützt uns.«

»Wenn sie merkt, dass euer Bau leer ist, was macht die Polizei?«

»Nichts. Was wir tun, geht die nichts an.«

»Die haben keine Ermittlungen aufgenommen wegen der toten Touristin?«

»Tauchunfall.«

Jan nickte. Die Welt war genauso, wie er sie seit Nadines Tod sah. Ein Pfuhl. Zivilisation war Zuckerguss über Scheiße.

»Wo sitzen die Chefs?«

»Offiziell weiß das keiner. Aber ich glaube, die sitzen in Australien.«

»Wie kommst du darauf?«

»Wenn Inspektion ist, dann hole ich den immer am Flughafen ab. Der Flieger kommt aus Brisbane. Vielleicht steigt er dort auch nur um.«

Jan überlegte.

»Und Walter hat auch von Brisbane gesprochen. Übers Wetter. Als diese Hitzewelle in Australien war. Dass es in Brisbane vergleichsweise erträglich gewesen sei. Weil die Stadt viel Wind habe. Liegt am Meer.«

Jan nickte. »Wann taucht Walter wieder auf?«

»Er war gerade da. In sechs oder sieben Wochen.«

So ein Mist, dachte Jan. »Walter hat den Mord in Auftrag gegeben?«

Casper nickte.

»Aber er hat Leute, von denen er die Befehle bekommt?«

»Wahrscheinlich.«

»Wie hat er den Mord befohlen? Und wo?«

»Als jemand auf dem Access Point was versucht hat...«

»Da hast du Walter informiert.«

Casper nickte. »Aber das hatten die schon bemerkt. Die warten den Server von Australien aus, Brisbane wohl.«

»Hast du denen mitgeteilt, dass du in die USA fliegst?«

Casper nickte wieder. »Thomas vertritt mich.«

»Aber als der Mordauftrag erfolgte, warst du der Chef?«

»Wenn ich hier bin, bin ich der Chef.«

»Noch mal, wo hat Walter den Mord befohlen?«

»Er ist persönlich gekommen. Hat die Lage gecheckt. Ich hab ihm gesagt, da ist so ein Tourist, der sucht einen AP für seine Pornofilmchen...«

»Aber Walter hat dir nicht geglaubt.«

»Doch. Aber er hat gesagt, dass es ein Risiko ist.«

»Das hat ihm gereicht?«

»Ja.« Casper biss die Zähne zusammen. Blickte nach unten, wo zwei Zehen lagen. Wie fette Würmer. In roter Soße.

»Unter welcher Adresse schreibt er seine Mails.«

»Ich glaube... *walter@infotech.au.*«

»Du glaubst...«

»Nein, das ist die Adresse.«

Jan knebelte Casper und setzte sich an sein Notebook. Schrieb Toby, er möge alles herausfinden über *infotech.au.* War bestimmt ein Fake, aber man wusste es ja nicht. Toby würde sich in ein Internet-Café am anderen Ende von Hamburg setzen, sich eine anonyme Mail-Adresse zulegen und *walter@infotech.au* mit Mails bombardieren. Mal sehen, wie die reagierten.

Jan klappte das Notebook zu. Nahm Casper den Knebel ab.

»Du willst das hier überleben?«

Casper nickte.

»Dann unterhalte dich mit deinen Kumpeln, was ihr über Walter wisst. Wer ein Foto von ihm auf dem Handy hat, übersteht das hier garantiert.«

Er löste die Knebel. Die Frau blickte ihn verzweifelt an. Sie glaubte ihm kein Wort. Würde er auch nicht.

»Kannst du zeichnen?«

Sie nickte. Die Pistole in der einen Hand, das Messer in der anderen. Schnitt ihr die Handfesseln auf. Sie massierte sich die Hände. Jan kramte in der Küche, dann im Wohnzimmer, fand in der Kommode einen Block und einen Stift. Dann fiel ihm ein, dass es sinnvoll war, sie woanders zu befragen. Er kippte ihren Stuhl nach hinten und zog sie an der Lehne in die Küche. Schloss die Tür. Blickte sich um, ob es eine Schere oder sonst etwas gab, mit dessen Hilfe sie sich befreien könnte. Er fand nichts. Jan legte Stift und Block vor sie auf den Tisch.

Sie versuchte es. Aber die Hände wollten nicht. »Lass dir Zeit, wir haben keine«, sagte Jan.

Aber es lockerte die Spannung nicht. Sie blickte ihn verständnislos an.

»Was zu trinken?«

Die Frau nickte.

Er blickte sich noch mal um. »Wenn du Unsinn machst, bist du tot. Konzentrier dich!«

Sie nickte. Zeichnete, aber es war Gekritzel.

»Überlegt es euch mit dem Handybild«, sagte Jan laut. Holte ein Glas Wasser und stellte es der Frau hin. Sie trank hastig, verschluckte sich, spuckte Wasser über das Papier.

Er riss die oberen Seiten heraus. Legte den Block wieder vor sie. Schloss die Tür.

»Wie oft hast du Walter gesehen?«, fragte er leise.

»Zwei-, dreimal.«

Ein Hauch von Rot zog über ihr Gesicht.

»Du hast mit ihm geschlafen?«

Sie erbleichte, nickte.

»Dann weißt du doch, wie er aussieht.«

Sie nickte.

»Groß, klein, fett, schlank?« Vielleicht lockerte sie das.

»Muskeln, viele Muskeln. Mittelgroß ... so wie Thomas.«

»Irgendwas Auffälliges?«

Sie errötete wieder. »Ein Ei fehlt.«

Jan blickte sie fragend an, dann verstand er.

»Hat er Tätowierungen?«

»Auf der Hand, der linken. Einen Anker.«

»Was soll das heißen?«

»Vielleicht war er Seemann.«

Jan nickte. »Gute Idee.« Die Frau schien noch die Intelligenteste zu sein in dieser Truppe. Ja, wer am falschen Ende sparte. Jan grinste.

Die Frau schien verwirrt. Jan lächelte sie an, als wäre sie eine alte Freundin. Sie hatte schwarze Augen in einem dunkelbraunen Gesicht unter krausen Haaren. Er fand sie hübsch. Nicht so wie Nadine natürlich.

»Wie verstehst du dich mit den Herren hier?« Er deutete mit dem Daumen zum Wohnzimmer.

»Sie bezahlen mich.«

»Als Hure?«

Sie schüttelte den Kopf. »Ich koche, mache sauber.«

»Aber du schläfst mit ihnen.«

»Sie sind gut zu mir. Ich bin gut zu ihnen.«

»Sie zwingen dich?«

Sie schüttelte heftig den Kopf. »Sie fragen. Wenn ich nicht will, ist es okay.« Sie seufzte. »Es sind gute Männer.«

»Du zeichnest jetzt.«

Er ging ins Wohnzimmer und schloss die Tür. Jan löste Thomas' Knebel. »Du hast zehn Zehen und zehn Finger.« Er ließ den Satz wirken. Thomas' T-Shirt nässte sich. »Wie sieht Walter aus? Groß? Klein?«

Thomas: »Wie du.«

Jan war größer als Thomas.

Er zog ihm einen Schuh aus. Er trug keine Socken. Legte das Messer auf den kleinen Zeh.

»Ich sag die Wahrheit!«

»Was fällt dir sonst noch ein?«

»Er hat nur einen Hoden, glaub ich.«

»Woher willst du das wissen?«

Thomas blickte ihn ängstlich an. »Hat wer erzählt.«

»Ich will nur hören, was du weißt. Wer hat es erzählt?«

Thomas blickte zur Küche.

Casper und Jack verfolgten das Verhör. Jacks Zähne klackerten leise. Casper schien abgestumpft.

»Die Frau?«

»Ja, Isabel.«

Jan fiel auf, dass ihm der Name egal war. Es war leichter, jemanden zu töten, der keinen Namen trug. Ihm fiel das Kaninchen seines Onkels ein, das der in seinem Schrebergarten hielt. Hansi. Es war das letzte Kaninchen, dem er einen Namen gab. Er aß kein Stück an diesem Sonntag.

Isabel also.

»Merkmale?«

Thomas stierte ihn an.

»Tattoo?«

Thomas nickte. »Einen Anker.«

»Wo?«

»Auf der Hand.«

»Links, rechts?«

Thomas überlegte: »Links … ja, links.«

»Was muss ich machen, damit Walter nach Palau kommt?«

104.

Er ertrug schon die Gesichter nicht. Der Bürokratenalltag war in sie hineingewachsen. Grau. Neutral. Gestählt im Abteilungskrieg. Klein vom Verfassungsschutz kannte er vom letzten Fall. Anhof vom BND auch. Immerhin hatten sie heute den Präsidenten geschickt. Klein war Abteilungsleiter Terrorismus. De Bodt grauste die Vorstellung, nun mit diesen Leuten fast jeden Tag zu konferieren. Und mit den anderen, so mausgrau wie sie. Nur Uhlenhorst passte hier nicht rein. Er betrachtete die Szene mindestens ebenso gelangweilt wie de Bodt.

Er fühlte noch Benec' Haut. Roch sie. Hörte sie lachen. Benec lachte gern. Ihre Augen lachten mit. Sie amüsierte sich besonders, wenn er über seine Arbeit lästerte. Die Polizeiarbeit fand sie spannend. Im Fernsehen ließ sie kaum einen Krimi aus.

Wenn sie in dieser Runde säße, sie verlöre alles Interesse. Tilly begrüßte den BND-Präsidenten, dann Klein. Gab die Wasserstandsmeldung. Nichts Neues. Die Kriminaltechniker schoben jeden Krümel der Tatorte unter die Mikroskope. Semtex, das war klar. Der Lkw im Eurotunnel war per Zeitzünder hochgegangen. »Im Tunnel sind Funklösungen unzuverlässig«, hatte Uhlenhorst angemerkt.

Krüger saß neben Tilly und machte auf eifrig. Fragte de Bodt nach dessen Ermittlungen im Badewannenmord.

»Nichts«, sagte de Bodt.

Krüger blickte ihn erwartungsvoll an. Aber de Bodt hatte nichts hinzuzufügen.

»Sie hatten da eine interessante ... Theorie«, sagte Tilly.

»Ach ja«, sagte Krüger.

»Ich dachte, Sie hätten meine Überlegungen schon vorgetragen in dieser Runde«, sagte de Bodt.

Tilly hob die Brauen.

Klar, sie wollten ihn lächerlich machen.

»Werden hier nicht alle Überlegungen geteilt, die bei der Aufklärung helfen könnten?«

Tilly blickte ihn böse an. »Gewiss, sonst hätte diese Kommission ja keinen Sinn. Also, wenn ich bitten darf, Herr Hauptkommissar.«

»Ich halte die Anschläge für eine Botschaft.«

Erwartungsvolle Blicke, aber de Bodt schwieg.

»Die könnten uns doch auch eine Mail schicken«, sagte Krüger.

Irgendwer lachte.

»Wenn wir aufgefordert würden, unsere Lebensweise zu überdenken? Was würden wir mit der Mail machen?«

Die Blicke blieben auf ihn gerichtet. In manchem Auge entdeckte er Fragen.

»Sie meinen, dass irgendwelche bedauernswerten unterdrückten Wesen sich Gehör verschaffen wollen?« Krüger legte sein Kinn auf die gefalteten Hände.

De Bodt zog ein Taschentuch und schnäuzte sich die Nase.

Alle Blicke ruhten wieder auf ihm.

Er schwieg.

»Herr Hauptkommissar, mir haben Sie diese… Überlegungen ausführlich vorgestellt. Vielleicht könnten Sie dies auch für unsere Kollegen tun?«

»Ich habe schon alles vorgestellt.« Einige verstanden: Perlen vor die Säue. Blickten ihn sauer an, diesen Schnösel. Der sich für was Besseres hielt.

»Vielleicht sollten wir zusammenfassen, wie der Stand der Ermittlungen ist. Das dauert ja nicht lang.« De Bodt lehnte sich zurück und verschränkte die Hände hinterm Kopf.

Als er ins Büro zurückkehrte, stand Salingers Frage in der Luft. Ob er zufrieden sei mit Benec. Er hatte nicht geantwortet. Hatte gesehen, wie sie mit sich kämpfte. Wie sie davorstand, den Kampf zu verlieren.

Nein, er würde ihr jetzt nicht antworten.

Er wusste es selbst nicht, ob er mit Benec zufrieden war. Genauer gesagt, mit sich und dieser merkwürdigen Beziehung. Von der er nicht mal wusste, ob es eine Beziehung war. Oder eine Gewohnheit. Dass er abends an ihre Tür klopfte. Oder sie an seine. Dass er gern mit ihr zusammen war. Sie machte es erträglicher. Sie konnten gut miteinander reden. Sie hatten keine Ansprüche an den anderen. Er fühlte sich nicht bedrängt und bedrängte sie nicht. Es war leicht.

Und es half ihm, den Fall aufzuklären.

Sie redeten viel über seine Arbeit. Eigentlich mochte er es nicht. Aber mit ihr ging es gut. Sie vertrieb die Enttäuschung wenigstens zeitweise.

»Welche Botschaft meinst du?«, hatte sie ihn gefragt.

»Ich bin zu blöd. Ich verstehe sie nicht. Irgendwas steht mir vor Augen. Aber es will nicht in meinen Kopf.«

»Da bomben sich Leute durch Europa, und du erkennst darin eine Botschaft.«

»Es steckt in allen Terroranschlägen eine Botschaft. Die einen wollen die Welt der Ungläubigen vernichten. Wollen uns dazu bringen, uns selbst zu zerstören. Aber die Typen, die das wollen, sind nicht in der Lage, solche Operationen durchzuführen. Haben sie auch gar nicht nötig. Schicken Selbstmordattentäter, fahren Lastwagen in Menschenansammlungen. So einfach wie nur was. Aber wirksam. Unsere Täter sind ein anderes Kaliber. Völlig anders.«

»Aber sie wollen die Zivilisation … was immer das ist … auch vernichten. Sonst würden sie nicht Brücken, Fähren und den Eurotunnel zerstören.«

Er nickte. Trank einen Schluck Tee. Betrachtete die Reste des Risottos, das sie bestellt hatte. Es kam von einem Luxus-Italiener. Zusammen mit dem Montepulciano, den sie trank. Gebracht von einem Lieferservice.

»Warum sagen die nicht, was sie wollen?«

»Wir würden es ihnen nicht abnehmen. Sie wollen ernst genommen werden.«

»Hast du diese verwegene These deinen Kollegen schon erzählt?«

»Klar.«

»Und?«

»Sie halten mich für durchgeknallt.«

Salinger blickte ihn seit ihrer Frage erwartungsvoll an, wenn sie sich begegneten.

»Yussuf ist immer noch weg.«

»Der Arme«, sagte de Bodt. »Hat wohl die Grippe.«

Am Morgen hatte er in seiner Wohnung mit ihm telefoniert. Da hatte er jedenfalls noch gesund geklungen. Sie waren für den Abend verabredet.

»Könntest du den Badewannenmord übernehmen, also die Ermittlungen leiten?«

Sie blickte ihn an. Nickte langsam. »Okay …«

»Ich muss mich mit der Soko befassen und mache mit, wenn ich Zeit finde.«

»Wenn du Zeit findest«, wiederholte sie.

Sie trafen sich im *Nest*.

»Wo ist denn deine Freundin?«, fragte die Kellnerin de Bodt.

Augenbrauen dicht unter der Decke. »Wann kriegt ihr die Drecksäcke?«

»Wie lange soll ich den Langweilerjob noch machen?«, fragte Yussuf und grinste.

»Drei Fragen auf einmal sind zu viel für mich«, sagte de Bodt.

Er bestellte grünen Tee, Yussuf Bier und Pasta mit Hackfleisch.

Die Kellnerin zuckte die Achseln und verschwand Richtung Tresen.

»Ist sie sauer? Silvia?«

»Ja, aber nicht wegen dir«, sagte de Bodt.

»Kapiert.« Er trommelte auf dem Tisch. »Und du versprichst mir, dass ich nicht gegen sämtliche Dienstvorschriften verstoße.«

»Doch, gegen ein paar schon.«

»Dann ist es ja gut.« Und berichtete, dass seine Beschattung bisher nur eines gebracht hatte: Frust. »Wenn ich nicht mal weiß, was ich warum mache ...«

»Woran sich auch nichts ändern wird.«

»Am Ende wischt Krüger den Boden mit mir auf.«

»Besser, als wenn ich es täte.«

Yussuf hob die Hände zur Abwehr. »Da sei Allah vor! Ich geh zu Krüger.« Kratzte sich auf dem Nasenrücken: »Und wie lang soll ich noch krank sein?«

»Bist du wieder gesund bist.«

»Das ist wann?«

»Woher soll ich das wissen? Bin ich Arzt?«

105.

»Das Erste ist, dass wir die Überwacher finden müssen.«

Pavlinsky blickte Bob an. »Wen?«

»Deine Auftraggeber überwachen dich vom ersten Tag an. Das liegt doch auf der Hand.«

Pavlinsky erwiderte nichts. Überlegte, verfluchte sich. Er hatte geglaubt, die Auftraggeber suchten die größtmögliche Distanz zu ihm. Daher das Theater mit Oberon. Der die Auftraggeber kannte. Oder nicht.

»Mein Überwacher nennt sich Oberon«, sagte Pavlinsky. Man musste nur eine Winzigkeit im Bild korrigieren, und schon sah es anders aus. Aus dem Sonnenblumenfeld war ein Unkrautacker geworden.

»Er wird nicht der einzige Spitzel sein. Er löst sich tagsüber mit einem anderen ab. Und dann gibt es noch zwei für die Nacht. Teurer Spaß, aber nicht zu teuer für Leute, die Europa zerstören. So würde ich es machen. Und so machen die es.«

Sie gingen am Strand spazieren. Ausnahmsweise spendeten Wolken Schatten. Das hielt die Badegäste aber nicht ab.

»Die haben nicht nur meine Truppe engagiert, sondern noch welche, die mich aufs Korn nehmen.« Jetzt, da er es aussprach, war es klar. Logisch. Und Bob mit all seiner Erfahrung hatte es sofort erkannt. Pavlinsky war so in seinem Auftrag vertieft gewesen. Und mit Oberon beschäftigt. Er hatte eine Gefahr gewittert. Es war Oberon gewesen, der ihn auf die Gefahr aufmerksam gemacht hatte. Er hatte mit Oberon abtauchen wollen. Da könnte er auch mit seinem Henker ins Bett steigen. Gut, es gab keinen Beweis. Aber es gab Bob. Aber wenn Bob der Mann war, der ihn töten sollte, wenn die Operation erledigt war? Er warf einen Seitenblick auf den stämmigen Mann mit dem Rundgesicht und dem kräftigen Zinken. Schweinefresse, hatte mal jemand gesagt. Der Bob nicht mochte. Und es nicht überlebte.

»Du traust mir nicht«, sagte der. »Das ist okay. Dieser Oberon besucht dich so oft, um dich zu kontrollieren. Er testet dich. Wenn der untertauchen will, heiß ich Leo.«

»Manchmal heißt du Leo.«

Bob lachte. »Dann eben Eugen.«

»Ein dämlicher Name.«

Bob grinste. »Wie viele Leute hast du in der Stadt?«

»Genug. Ich leite die Operation von hier.«

»Deine Internetverbindung zu den Teams ist sicher?«

»Absolut. Der Server steht auf einer Insel, die dortige Polizei gehorcht.«

»Und der Server ist gut bewacht?«

»Natürlich.« Pavlinsky gab sich keine Mühe, seine Verärgerung zu verheimlichen.

»Reg dich nicht gleich auf.«

Du hast gut reden, dachte Pavlinsky. Du hast gerade meine Lageeinschätzung zerstört. Ich ärgere mich am meisten über mich selbst.

Er legte die Hand kurz auf Bobs Schulter. »Sorry. Ist ein bisschen viel. Die Operationen in Europa sind schon schwierig genug.«

»Überleg, wo du angreifbar bist.«

Dumme Frage. Überall. Wenn ein Team seine Operation versaute. Wenn Oberon war, wie Bob ihn beschrieb.

Sein Handy klingelte. Er blickte auf das Display, bereit, den Anruf wegzudrücken. Aber dann nahm er das Gespräch doch an. Sein Büro. Hörte zu, wurde blass. Blieb stehen. Am Rand eines Volleyballspiels.

Als das Gespräch beendet war, fragte Bob: »Was ist?«

»Verdammte Scheiße, unser Server auf Palau ist ausgefallen.«

»Warum?«

»Der Typ auf der Insel sagt, es sei was durchgebrannt. Jedenfalls will er was gerochen haben. Jedenfalls ist der Server kaputt.«

»Keinen Zweitserver?«

»Den kriegen die nicht in Gang gesetzt. Keine Ahnung, warum. Die sind zu blöd. Zuletzt haben sie einen anderen Auftrag versaut. Zum Glück ist nichts weiter passiert. Da wollte ein Tourist unseren Rechner hacken.«

Bob nickte. »Bist du sicher, dass es ein Tourist war?«

»Ganz sicher. Er war mit seiner Freundin da. Einer unserer Leute hat versucht, den Typen auszuschalten. Sicher ist sicher. Hat die Freundin erwischt. Hatte am Ende die gleiche Wirkung. Der Typ ist abgereist. Scheißhacker. Als wäre das Leben ein Computerspiel.«

»Was wird mit dem Server?«

»Der Kollege sitzt schon im Flugzeug.«

106

»Quält es dich, dass du die Gangster nicht fasst?«

Sie saßen auf dem Sofa. Auf der Musikanlage lief Jazz, Ben Harper. Sie sah ihn an.

»Keine Sekunde. Aber ich ärgere mich.«

»Beruflicher Ehrgeiz?«

»Ehrgeiz.«

»Du kannst nicht verlieren …«

»Es gibt Schöneres.«

»Du gibst nichts von dir preis.«

»Du fragst, ich antworte.«

»Wie gut, dass ich keine Bullin bin und du kein Gangster.«

»So kann man es sehen.«

»Was ist eigentlich mit der Kollegin, die neulich so beherzt an deine Wohnungstür geklopft hat?«

»Was soll mit ihr sein?«

»Hast du was mit ihr?«

»Nein …«

»So ist das also.«

»So ähnlich.«

»Du sitzt dir jetzt also täglich den Hintern breit bei der Soko.«

Er nickte.

»Und habt ihr was? Irgendeine Spur?«

»Vielleicht. Ich bin mir noch nicht sicher.«

»Die oder du?«

»Ich.«

»Und du sagst das den anderen nicht?«

»Hab ich. Aber die begreifen es nicht.«

»Vielleicht kapier ich es?«

»Bestimmt. Aber das langweilt dich nur.«

Sie streckte das Kreuz und beugte sich ein paar Zentimeter nach vorn. »Im Gegenteil. Im Leben einer EU-Rechtsverdreherin gibt es nichts Aufregenderes als Mord und Totschlag.«

»Ich habe vorgeschlagen, die Anschläge als Botschaft zu verstehen. Da schreibt uns jemand einen Brief. Aber nicht mit der Tastatur.«

Sie nickte. »Steile These ... aber spannend.«

»Wenn du mit einem Hassverbrechen zu tun hast, kannst du es am Opfer lesen. An den Wunden. Du kannst von den Verletzungen auf das Motiv des Täters schließen. Du erkennst die Nachricht, die er dir schickt. Ich hasse Muslime, ich hasse Juden. Du weißt als Bulle, wo du zuerst suchen solltest ...«

»Das solltest du mal deinen Kollegen in Dunkeldeutschland sagen ...«

Er winkte ab.

»Wenn man eine Analogie zieht, kommt man auf folgende These: Die Täter haben auch eine Art Wut ...«

»Wie Terroristen ...«

»Wie Terroristen. Die Botschaft steckt in der Tat. Man weiß sofort, was die bewegt. Was sie wollen. Und dass weitere Anschläge folgen. Weil man das Ziel kennt. Man weiß auch, wo man die Täter zu suchen hat.«

»Und du glaubst, in diesem Fall ist es ähnlich?«

»Ja. Es hat immer mit Wasser zu tun.«

»Gut, eine Fähre versenken ist leichter, als ein Flugzeug zu sprengen ... der Eurotunnel, die Brücken ... Und wie passen die Badewannenmorde hinein?«

»Sie sollen uns helfen, die Botschaft zu verstehen. Wasser, irgendwas mit Wasser. Und mit Technik. Badewannen speichern Wasser, Brücken führen über Wasser, eine Fähre fährt auf dem Wasser, der Eurotunnel unterquert Wasser.«

»Oligarchen der Dritten Welt rächen sich an den Industriestaaten. Gründe genug hätten sie ja. Also sie nicht selbst. Natürlich drohen ihre Staaten zusammenzubrechen. Millionen fliehen, weil sie kein Land für Ackerbau mehr haben. Um den Rest gibt es Kriege.«

»Wir lassen sie verrecken. Auf fantasievollste Weise. Sie ertrinken, sie verdursten, sie saufen ab mit ihren Inselstaaten. Oder Bangladesch, das verliert Ackerfläche en masse. Durch Überschwemmung und Austrocknung. Beides. Das ist pervers.«

»Ein Verbrechen«, sagte sie. »Die Industriestaaten führen unerklärt Krieg gegen den Rest der Welt. Und die anderen schlagen jetzt zurück!«

»Das wäre ein stimmiges Motiv.«

»Dann weißt du ja, wo du die Täter suchen solltest.«

»Im Rest der Welt?«

»Im Rest der Welt.«

»Wenn's sonst nichts ist.«

107.

Auf dem Weg zum Flughafen trichterte Jan Isabel ein, was sie zu tun hatte. Bedrohte sie. Versprach ihr eine Belohnung. »Wenn ich Walter im Haus habe, kannst du gehen. Du musst nur versprechen zu schweigen. Willst du das?«

Sie nickte. Hatte sich schöngemacht. Das Make-up verdeckte ihre Verzweiflung. Das Salz ihrer Tränen. Aber die Augen waren müde. Jan redete auf sie ein. Und merkte, dass jedes Hoffnungsmolekül Isabel aufmunterte. Mochte es auch noch so verlogen sein.

Er redete und redete. Währenddessen überlegte er, wie er je aus diesem Schlamassel rauskommen könnte. Ihm fiel nur eine Lösung ein. Wobei, Lösung, das war ein großes Wort. Er hatte alle gegen sich: seine Gefangenen, die Inselbullen, dazu eine Organisation, die ihm ein Geheimnis war.

Konzentrier dich auf den nächsten Schritt. Er wiederholte, was er Isabel aufgetragen hatte. Er bleibe in der Nähe. Wenn sie nicht spure, werde er zuerst sie und Walter, dann ihre Kumpel im Haus töten. »Ich bin am Ende. Mir ist es scheißegal, was mit mir passiert. Hauptsache, ich kann euch noch umbringen. Ihr habt meine Freundin ermordet. Ihr habt mein Leben versaut.«

Isabel glaubte ihm jedes Wort. Jedenfalls nickte sie immer wieder. »Tut mir leid mit deiner Freundin.«

»Was hat Casper gesagt, als er sie getötet hatte?«

»Scheiße. Ich habe ihn verfehlt. Jetzt rennen überall die Bullen rum. Und gaffende Touristen.«

»Was wollte er tun? Mich anderswie töten?«

Sie schüttelte heftig den Kopf. »Abtauchen. Warten, bis die Aufregung sich gelegt hatte.«

»Das war alles?«

»Dann hat er noch gesagt: Der Typ hat die Warnung bestimmt begriffen. Jetzt reist er ab, und wir sind ihn los.«

»Und?«

Sie blickte ihn voller Angst an. »Dann war die Aktion gar nicht schlecht.«

»Wörtlich?«

»Wörtlich.«

108.

Er hörte ihren Atem. Und überlegte, wie er weitermachen sollte. Mit ihr fühlte er sich wohl. In den Minuten, in denen er sich ganz auf sie einließ. Sonst aber glaubte er ihr kein Wort. Er hatte keinen Beleg für sein Misstrauen. Nur ein Gefühl. Er bearbeitete sein Hirn mit rationalen Argumenten. *Nichts spricht gegen sie.* Er hatte eine laue Idee. Die war so haltbar wie eine Nebelwolke in der Sommersonne. Und doch beschäftigte sie ihn. Er mühte sich mit sich ab. Versuchte sich zu überzeugen. *Alles ist in Ordnung. Du kannst nur nicht glauben, dass dir solch eine Frau einfach die Tür öffnet.* Aber warum sollte sie es nicht tun? Ihm mangelte es nicht an Selbstbewusstsein. Er wusste, wie er auf manche Frauen wirkte. Trotzdem, diese Geschichte war zu glatt, zu gut. Er widersprach sich, verwies auf seine Erfahrung mit Elvira. Schön und charakterlos. Daher rührt dein Misstrauen. Benec war gebildeter als Elvira. Sie war witziger, intelligenter. Sie mochte seine Arbeit. Sie fragte ihm Löcher in den Bauch. Mit ihr konnte er über die Arbeit reden. Anders als mit Salinger. Mit der gab es gleich Spannungen. Mit irgendwas war sie immer unzufrieden. Aber er stieß sie auch zurück. Ein paarmal hatten sie die Grenze mit einem Fuß überschritten. Doch immer war er zurückgeschreckt.

Mit Benec konnte er unbefangen reden. Sie hatte eine Distanz zu seiner Arbeit.

Über ihre Arbeit sagte sie kaum etwas. Außer dass sie gut bezahlt und langweilig war.

Benec drehte sich zu ihm und blinzelte. »Mein Grübler.« Sie zog die Bettdecke weg.

109.

Er kam zu spät zur Soko-Sitzung. Er war versucht, die Zahl der Sitzungen in ein Verhältnis zu den Ergebnissen der Ermittlungen zu setzen. Je weniger sie herausfanden, desto öfter saßen sie. Um die Ratlosigkeit zu zelebrieren.

»Wie schön, dass der Hauptkommissar de Bodt nun auch zu uns gestoßen ist«, sagte Tilly. »Um mich zu wiederholen: Ich hatte Sie gebeten, sich Gedanken zu machen über Täter, Motive, Ermittlungsansätze. Herr Uhlenhorst, was haben Sie herausgefunden?«

»Eigentlich nichts.«

Der Kriminalrat hob die Brauen. Das tat er gern, um bürokratisch antrainierte Empörung zu zeigen. Nach dem siebenundzwanzigsten Führungsseminar schrien Chefs nicht mehr rum, sie deuteten Enttäuschung an. Zerflossen vor Verständnis für die Versager. Mitleid.

Im Fall de Bodt ließ sich am Mitleid zweifeln. Der erwiderte nichts, sondern setzte sich neben Uhlenhorst. Blickte in die Runde. Der BND-Präsident rettete anderswo die Welt. Dafür saß da ein hagerer Mann mit Halbglatze, den de Bodt noch nie gesehen hatte. Vermutlich ein Abteilungsleiter des Bundesnachrichtendienstes.

»Der Sprengstoff ist Semtex. Zuverlässig, hochwirksam, gut zu zünden. Unterstellt, Fachleute gehen mit dem Zeug um. Das wissen wir schon. Wir haben uns nun umgetan, wer wo Semtex in großer Menge gekauft hat. Nichts. In meinen Augen haben wir es mit einem Geheimdienst und Spezialeinheiten zu tun. Irgendjemand will uns fertigmachen.«

Tilly wandte sich de Bodt zu. »Herr Hauptkommissar, Sie haben sich heute Morgen ja ausgiebig Zeit genommen, um unsere Aufgabe grundlegend zu durchdenken.« Grinsen, Gekicher.

»Ich habe Ihnen meinen Ermittlungsansatz genannt. Über Nacht ist mir kein besserer eingefallen. Ich würde diesem Ansatz gern mit meinen Mitarbeitern folgen.«

»Dabei kommt doch nichts heraus, Herr Kollege«, warf Krüger ein.

»Im schlimmsten Fall also so viel wie bei Ihnen, Herr Kollege.« De Bodt schalt sich gleich, dass er Krüger geantwortet hatte.

»Meine Herren, so kommen wir nicht weiter.«

De Bodt überlegte, wie viele Milliarden Mal ein Vorgesetzter diesen Satz gesagt hatte.

»Wir kommen nicht weiter, wenn wir jeden Tag hier sitzen und reden«, sagte de Bodt und machte Anstalten zu gehen. »Ich würde gern weiterermitteln.«

»Herr Hauptkommissar, bitte, bleiben Sie sitzen.« Er sagte das in einem Ton, in dem er auch ein Todesurteil hätte verkünden können. »Wir … zanken uns hier, während unser Land in eine Krise schlittert. Ach, was sage ich, Europa …«

»Es sind die Russen!« Krüger wartete das Ende von Tillys Sermon nicht ab.

»Herr Krüger …« Tilly bremste ihn mit den Händen.

»Wir sollten überlegen, und ich habe überlegt. Moskau macht auf Kalten Krieg. Sie kommen wirtschaftlich nicht auf Touren. Putin braucht einen äußeren Feind. Die Konfrontation. Es ist das alte Spiel.«

»Moskau nutzt es gar nichts, wenn bei uns die Wirtschaft abstürzt. Und die Börse crasht. Dann geht die Moskauer gleich mit in den Abgrund. Sie ist schon geschlossen«, sagte die Oberkommissarin Baumann.

»Aber Putin kann auf uns zeigen. Dass wir dran schuld sind.«

»Chef, ich mag den russischen Präsidenten auch nicht. Aber als Selbstmörder habe ich ihn bisher nicht gesehen.«

Krüger starrte seine Mitarbeiterin grimmig an.

Die BND-Halbglatze meldete sich wie ein Schüler. Auf ein Nicken Tillys: »Ich darf Ihnen mitteilen, dass unsere Behörde Russland ausschließt. Moskau hat massive wirtschaftliche Interessen im Westen und kein Interesse daran, uns zu schaden. Jedenfalls nicht wirtschaftlich, solange Russland selbst darunter leidet.«

»Die Russen behaupten, der Westen habe sich in eine Art bündnisinternen Bürgerkrieg verstrickt ...«, sagte Krüger.

»Herr Krüger, ist gut. Wir diskutieren hier weder Hellsehereien von der Kirmes noch Analysen von *Russia Today*.« Tilly klopfte mit den Fingerkuppen auf den Tisch.

»Schön, dann teilen Sie uns doch eine Ermittlungsrichtung mit.« Krüger verschränkte die Arme vor der Brust und beäugte den Fußboden.

»Die Chinesen, vielleicht ...« Eine Kommissaranwärterin mit Piepsstimme.

»Lustiges Länderraten«, sagt de Bodt.

Gelächter.

»Meine Herren ... Pardon, Damen und Herren, wenn ich zur Versachlichung beitragen darf«, sagte die BND-Halbglatze.

De Bodt überlegte, wie oft jemand in Meetings zur Versachlichung beitragen wollte. Mindestens so oft, wie einer mahnte, man komme so nicht weiter.

»Also, Kollegen, wir stellen eine Liste zusammen mit Spezialeinheiten, die solche Operationen durchführen können. Private und staatliche. Herr de Bodt darf weiter seiner ... Eingebung folgen und die große Botschaft entschlüsseln. Vielleicht geht es uns ja so wie den Außerirdischen, die in einer Venuskapsel Hieroglyphen finden, die schlaue menschliche Techniker vor tausend Jahren hineingepackt haben. Für den Fall, dass es doch grüne Männchen außerhalb der Ukraine gibt.«

110.

Sie parkten vor dem Flughafen Koror. Zweihundert Meter zum Haupteingang. Viel zu früh. Jan wiederholte, was Isabel zu tun hatte. Zeigte ihr die Walther. Im Rucksack hatte er den 38er. An der Wade das Tauchermesser.

Während sie warteten, überdachte er seine Lage. Sie war hundsmiserabel. Er hatte keine Ahnung, wie er die Inseln verlassen sollte. Die Polizei hatte das Kfz-Kennzeichen des Mietwagens. Davon musste er ausgehen, seit die Zeugin ihn gesehen hatte, als er vom Brandort wegfuhr. Jan überlegte, ein Boot zu stehlen. Aber er hatte keine Ahnung von Schifffahrt. Fliegen konnte er auch nicht. Das nächste Festland waren die Philippinen. Kürzeste Entfernung knapp tausend Kilometer. Zum nächsten Flughafen noch ein Stück weiter.

Vielleicht fand er einen Schiffsführer, der ihn zur nächsten Philippineninsel brachte. Nur, reichte sein Geld für den Transport? Er würde Walter ausrauben. Er würde den anderen ihre Geldverstecke abpressen. Immerhin.

»Ich habe Durst.«

»Halt die Klappe.«

Er beobachtete den Eingang. Dort hatten sie Walter immer abgeholt. Diesmal würde sie im Auto warten. Und er versteckt auf der Rückbank. Und wenn sie muckte, würde er sie erschießen.

111.

»Wir könnten Mr. White entführen«, sagte Lebranc.

War das ein Scherz?

»Ich habe ihn hier auf die Fahndungsliste gesetzt«, sagte de Bodt. Das immerhin hatte er Tilly abpressen können, als der ihn nach der Soko-Sitzung vorlud. Um seinen Frust an ihm abzulassen. Aber de Bodt hatte es über sich ergehen lassen. Die Mahnung, endlich konstruktiv zu sein. Sich nicht den Anschein zu geben, dass er die Soko lächerlich fand.

De Bodt verzichtete auf eine Erwiderung. Was Tilly auch nicht zufriedenstellte. Aber dann bestand de Bodt darauf, diesen angeblichen Reisemanager auf die Fahndungsliste zu setzen. »Ich habe eine paar Fragen an diesen Herrn. Wenn das den britischen Behörden nicht passt, ist es mir egal.«

»Aber, Herr de Bodt, unsere Zusammenarbeit mit den britischen Kollegen ist...«

»Ausgezeichnet«, sagte de Bodt trocken. »Dann sollten die auch nichts dagegen haben, dass wir mit Herrn White parlieren.«

»Wie stellen Sie sich das vor?«, fragte de Bodt. Und stellte sich vor, wie die Geheimdienstlauscher rote Ohren kriegten, wenn sie die Aufnahme des Telefonats abhörten.

»Ist nur eine Idee. Die einzige Spur...«

»Der vermittelt. Kann sein, dass der gar nicht so viel weiß.«

»Mehr als wir«, erwiderte Lebranc. Mürrisch.

»Was bringt denn Ihre Sonderkommission zustande?«

»Die streiten sich mit Europol über die Kompetenzen.«

»Ist doch auch schön.«

Lebranc lachte bitter. Floire hatte ihn mit Märchen vom Krieg der Bürokraten abgespeist. Der fühlte sich mehr als Soko-Mitarbeiter denn als Azubi im Kommissariat. Er sagte *wir* und meinte die Soko. Wie jeden Anfänger beeindruckten ihn Namen und Titel. Von manchen Herren, nur Herren natürlich, hatte er in der Zeitung gelesen, sie im Fernsehen bewundert. So wollte der kleine Floire mal werden. Die hatten auch nicht als Superkommissare und Geheimdienstchefs angefangen.

»Und wenn Sie Urlaub nehmen?«

»Wieder?«

»Wieder. Berlin ist in. Hier wimmelt's von Franzosen, denen Paris nicht mehr gefällt.«

»Der erste Satz heute, der mich aufheitert. Auch wenn er von einem *Boche* kommt.«

»Stets zu Diensten.«

»Ihr Hugenotten leidet immer noch am Komplex der Überanpassung. Eure feige Flucht ist doch schon ein paar Jahrhunderte her.«

»Blut und Boden ist meine Strecke«, sagte de Bodt.

Lebranc lachte wieder. Schon freier. »Ein paar Geschmacklosigkeiten machen das Leben gleich leichter. Haben Sie was?«

»Nein. Ich suche die Botschaft in den Anschlägen. Und frage mich, ob es das schon war.«

»Wäre taktisch nicht dumm«, erwiderte Lebranc. »Unsicherheit macht am meisten Angst.« Er schwieg ein paar Sekunden. Als de Bodt nichts sagte: »Ich habe Jahresurlaub und Resturlaub. Kann ich bei den Preußen vergeuden. Militarismusstudien...«

»Wissenschaft hat noch niemandem geschadet.«

»Außer Giordano Bruno«, sagte Lebranc.

»Das war doch in Italien.«

»Dann steht einer Ferienreise ja nichts im Weg.«

112.

Bob hatte als Erstes eine Notunterkunft eingerichtet. Dort würden sie im Fall des Falles für ein paar Tage untertauchen. Es handelte sich um ein Einfamilienhaus am Stadtrand von Brisbane. Möbliert. Garten. Ein Haus wie viele in der Gegend. Bob installierte Sicherheitstechnik. Schuf in der Küche ein Versteck. Füllte es mit Waffen. Von der Pistole bis zur Bazooka. Zwischendurch holte er zwei Mitarbeiter vom Flughafen ab. Karl und Jean-Robert. Der eine aus Karlsruhe, der andere aus Dijon. Beide waren bei der Legion gewesen. Verschwiegen. Gute Kämpfer. Die besten, die er auf die Schnelle rekrutieren konnte. Er brachte sie nachts in das Haus. Verbot ihnen, es öfter als nötig zu verlassen. Befahl ihnen, Stahlplatten hinter die beiden Haustüren und die Fensterläden zu schrauben. Ohne dass die Nachbarn etwas merkten. Sah die skeptischen Gesichter. »Nachts schließt ihr Türen und Läden. Und benutzt keine Akkuschrauber. Ehrliche Handwerksarbeit.«

Das brachte ihm zwei müde Lächeln ein.

Welche schlagartig einfroren, als er ihnen Hippieklamotten verordnete, die er schon gekauft hatte. »Ihr seid ein schwules Pärchen. Ihr sucht die Zweisamkeit. Und habt sie hier gefunden.«

Bob lachte. Jean-Robert zeigte ihm den Mittelfinger.

Bob deutete auf die beiden Handys auf dem Küchentisch. »Nur im Notfall. Ich habe die Wohnung mit Lebensmitteln vollgestopft. Es reicht für den nächsten Weltkrieg.«

»Du weißt schon, dass ich Veganer bin«, sagte Karl.

Sie brachen in Gelächter aus.

»Ich bin euer australischer Onkel«, sagte Bob.

»Und natürlich auch knallschwul«, warf Jean-Robert ein.

»Meinetwegen, wenn es euch erleichtert.«

Bob wusste, dass er sich auf die beiden verlassen konnte. Und suchte ein zweites Quartier. Nähe Flughafen, Nähe Motorway 1. Er fand in einem Viertel der gehobenen Mittelklasse ein zweistöckiges Einfamilienhaus, dessen erste Etage aus Klinkersteinen gemauert war. Große Garage. Abstand nach allen Seiten. Zu vermieten. Für einen Schweinepreis.

Bob tauschte bei der Mietwagenfiliale seinen Toyota-SUV gegen einen E-Klasse-Benz, fuhr zum Maklerbüro und erledigte die Formalitäten. Als er das Büro verließ, lächelte er. Die hielten ihn für einen reichen Dummkopf. Hauptsache, er hatte den Hausschlüssel in der Tasche. Auf eine formelle Übergabe hatte er verzichtet. Und eine Erklärung unterschrieben, dass alle Schäden auf seine Kappe gingen.

Er grinste, als er an die möglichen Schäden dachte. Totalschaden inklusive.

113.

»Er steht vor dem Eingang«, flüsterte sie.

»Lichthupe«, befahl Jan.

»Er sieht sie nicht.«

»Dann fahr los. Sammle ihn ein.«

Sie startete den Motor und würgte ihn ab.

»Reiß dich zusammen!«

Sie startete wieder und fuhr los. Nach zweihundert Metern hupte sie kurz. Jan verkroch sich tief auf der Rückbank. Die Tür öffnete sich.

»Mal was anderes«, sagte der Mann und setzte sich auf den Beifahrersitz. »Jedenfalls hübscher als Jack. Der müffelt auch so.« Tätschelte ihren Oberschenkel.

Isabel fuhr los.

Jan legte dem Mann einen Arm um den Hals. »Wenn du einen Mucks machst, erschieß ich dich. Arme nach hinten!«

Der Mann erstarrte. »Wer ...?«

»Halt's Maul! Arme nach hinten!«

Als der Mann nicht reagierte, drückte er ihm den Lauf ins Genick.

Der Mann streckte die Arme nach hinten. Muskulöse Arme.

»Handgelenke kreuzen!«

Jan wickelte Klebeband einmal um die Handgelenke. Legte die Pistole ab und wickelte zwei weitere Lagen. Er untersuchte den Mann. Der war unbewaffnet. Sein Pass wies ihn aus als Peter Manson.

»Du bist Walter?«

Der Mann sagte nichts.

Jan tippte Isabel mit der Mündung ins Genick. Sie erschrak, fuhr einen Schlenker. Nickte heftig. »Ja«, sagte sie leise.

»Er heißt aber Peter. Angeblich ...«

»Für uns heißt er Walter.«

»Schön, nennen wir ihn Walter. Ist egal.«

Bevor sie vor dem Haus hielten, schnitt Jan Walters Fesseln auf.

»Wenn ihr Mist baut, seid ihr tot.«

Er blickte die Straße hoch und runter. Ein alter Buick rollte vorbei. Dann war Leere. »Raus!«

Er steckte die Walther in die Hosentasche, den Finger am Abzug. Das Auto gab Deckung gegen Sicht.

Drinnen blieb Walter einen Augenblick stehen. Als begriffe er erst jetzt, was geschehen war. Es stank nach Verwesung, Schweiß. Die Hitze erstickte einen fast. Walter sah das Blut auf dem Boden. Die beiden Männer. Bleich, voller Angst.

»Hose runter, die Unterhose auch.«

Walter staunte ihn an.

»Los!«

Walter ließ sie fallen.

»Zieh den Schwanz zur Seite.«

Ihm fehlte ein Hoden.

»Kannst dich wieder anziehen.«

Walter tat es, blickte zu Casper und spuckte auf den Boden.

»Wir wollen uns doch zivilisiert benehmen«, sagte Jan.

Er befahl Isabel, sich auf den Bauch zu legen, die Arme unter dem Körper eingeklemmt. Jan wies auf den Stuhl. Walter setzte sich. Jan fesselte ihn. Dann trat er den Stuhl um.

Walters Hinterkopf knallte auf den Boden. Er schloss die Augen, öffnete sie und starrte Jan an. Hass.

Es läuft wie am Schnürchen, dachte Jan. Staunte über sich selbst. Er schaffte das, weil er nicht an sich zweifelte und vor nichts zurückschreckte. Und kein Mitleid hatte. Kein bisschen.

Es klopfte an der Tür. Jan hielt sich am Tisch fest. Es klopfte wieder. Dann rüttelte jemand an der Tür.

»Wo steckst du, du Penner?«, rief eine Stimme. »Besoffen im Bett? Eure Bude am Strand brennt!«

114.

»Zurück unter den Lebenden«, sagte Salinger, als sie das Büro betrat.

»War knapp«, erwiderte Yussuf.

»Wo ist der Chef?«

»Woher soll ich das wissen?«

»Du führst doch in letzter Zeit Geheimgespräche mit ihm, nicht ich.«

»Wir reden nur über dich. Männergespräche, wenn du verstehst, was ich meine.«

Ein Radiergummi, flachste ballistische Kurve. Yussuf wich aus. Tippte sich an die Stirn.

Sie hatten sich in Lebrancs Pension getroffen. Am Landwehrkanal. Lebranc hatte es geschafft, dass ihm die Wirtin aus der Hand fraß.

»Selbstverständlich, Monsieur Lebranc. Bitte sehr, Monsieur Lebranc.« Als sie das Frühstück aufs Zimmer brachte. Dazu eine Vase mit Blumen.

De Bodt griente. »Wie haben Sie das hingekriegt?«

»Als sie erfuhr, dass ich aus Paris komme, hat sie mich mit dem Fotoalbum ihres Großvaters überfallen. Er war Besatzungssoldat gewesen. Und ich habe es mir angeschaut.«

Beim Frühstück erzählte Lebranc von der Ratlosigkeit der französischen Ermittler. »Inzwischen bin ich froh, dass die mich nicht dazuzitiert haben.«

»Wir tappen auch im Dunkeln ...« De Bodt blickte auf seine Uhr. »Ah, gerade ist wieder Soko-Sitzung.«

»Erklären Sie mir doch Ihre Theorie. Die von der Botschaft.«

»Die Leute haben uns etwas mitgeteilt. Es hat mit Wasser zu tun. Und Technik. Angefangen von den Badewannen, in denen sie die armen Schweine ertränkten. In allen Fällen Spitzenleute aus Wasserwerken. Überall haben sie das Wasser abgedreht. Natürlich wussten sie, dass der Hahn schnell wieder geöffnet würde. Mir scheint so, dass sie sagen wollten: Wenn ihr noch nicht begriffen habt, was die Badewannenmorde bedeuten, hier ein Tipp.«

Lebranc löffelte sein Ei leer, wischte sich den Mund ab, warf einen Blick auf den Kanal. »Ob die auch hier Schiffeversenken spielen ... schrecklich, immer mache ich geschmacklose Scherze.« Er trank einen Schluck Kaffee. »Ich mag Filterkaffee. Ich werde meiner Wirtin den Vorschlag machen, ein wenig Kakaopulver in den Filter zu geben. Dann wird er cremiger.« Klopfte mit dem Löffel auf den Tassenrand. »Und jetzt haben die Täter schon eine Weile nicht mehr zugeschlagen. Kommt vielleicht noch. Bisher haben sie sich immer gesteigert ... kann man jedenfalls so verstehen.«

»Die Frage ist, ob sie erreicht haben, was sie erreichen wollten.«

»Was sie bisher erreicht haben, ist klar. Die Finanzwirtschaft bricht ein und damit die Realwirtschaft, nicht nur in Europa. Wie bei der Bankenkrise. Rechtsparteien haben noch mehr Zulauf. Nur, wer hat ein Interesse daran, so etwas zu erreichen?«, fragte de Bodt. »Keiner der üblichen Verdächtigen kommt infrage. IS und Konsorten können das nicht. Russen und Chinesen hätten nichts davon. Die Amis noch weniger. Dritte-Welt-Potentaten, die uns die Harke zeigen wollen ... vielleicht. Einen hohen Grad an Irrationalismus eingerechnet. Aber die Taten waren durch und durch rational.«

Lebranc betrachtete sein Gegenüber, der nur einen grünen Tee und ein Käsebrötchen bestellt hatte. »Wer möchte, dass unsere Welt in den Arsch geht«, sagte er leise. »Und wer kann sie da hintreten?«

»Die Aktionen haben zig Millionen Euro gekostet. Eine hohe Investition für einen noch höheren Gewinn? Sollte man doch annehmen.«

»Wie könnte der Gewinn aussehen?«, fragte Lebranc. »Man steckt zehn Millionen in ein Geschäft, um zwölf Millionen zu ernten. Oder mehr, weil in dem Fall die Risiken hoch sind.« Er erhob sich und blickte hinaus. »Ganz schön hier. Allerdings, an der Seine…« Er winkte ab.

»Die haben meinen Freund Bob nicht umsonst aus dem Knast geholt. Vielleicht wollte er was verraten. Vielleicht hat er jemandem gedroht, ihn auffliegen zu lassen, wenn er ihn nicht rausholt. Aber dass sie Bob befreien konnten, zeigt, mit wem wir es zu tun haben.«

»Wenn es Zufall war? Und jemand anders hat Wedenstein befreit?«

»Wir können es uns nicht leisten, an Zufälle zu glauben.«

»Wir können es uns genauso wenig leisten, uns zu irren.« Lebranc beugte sich über den Tisch und nahm ein Stück Käse. Steckte es sich in den Mund. »Sie haben doch schon gegen Wedenstein ermittelt. Gibt es da keine Ansatzpunkte?«

»Wir haben am Nachmittag ein Rendezvous in der Justizvollzugsanstalt Tegel. Da gibt es vielleicht welche.«

Der Direktor blickte seine beiden Besucher traurig an. »Ich bin derzeit richtig populär. Die Opposition fordert originellerweise den Kopf des Justizsenators. Als hätte der hier Wache stehen müssen. Und dem Senator fällt nichts Besseres ein, als an meinem Kopf zu zerren. Ausgerechnet Robert Wedenstein…« Er sah wirklich sehr traurig aus. »Beim nächsten Mal schnallen wir ihm eine Kette mit Kugel ans Bein.« Er schniefte in seinen Vollbart mit grauen Sprenkeln. Klemmte Barthaare zwischen Zeigefinger und Daumen. Zwirbelte sie. »Sie wollen mir jetzt aber keine Vorwürfe machen?«

»Keineswegs«, sagte de Bodt. »Wir wollen den Herrn wieder einfangen.«

Der Direktor seufzte. Sein mächtiger Brustkorb senkte und hob sich, als tobten sich geologische Urkräfte darunter aus. »Ich werde den Abteilungsleiter bitten, Ihnen zu helfen.«

Der hatte wache Augen. Sie wanderten von de Bodt zu Lebranc und zurück. Den Franzosen hatte er länger gemustert. Krantzler deutete Unwillen an, als die Besucher sich auf Französisch unterhielten. »Sie wollen wissen, mit wem Wedenstein Kontakt hatte«, wiederholte er leise. »Da gab es nur zwei.« Setzte die Brille auf und wieder ab. »Wedenstein war ... zurückhaltend. Sah so aus, als legte er es ganz auf gute Führung an. Was mich angesichts seines Urteils natürlich erstaunte. Soweit ich es verstanden habe, wollte er keinen Ärger. Aber er hat sich niemandem untergeordnet.«

»Hat jemand versucht, ihn kleinzumachen?«, fragte de Bodt.

Der Stationsleiter: »Am Anfang haben die üblichen Dummköpfe was versucht. Aber da waren sie bei Wedenstein an der falschen Adresse. Es dauerte zwei Tage, und er hatte seine Ruhe.«

»Die beiden, mit denen er Kontakt hatte, wer sind die?«

»Dobrinski, zweifacher Mord, Lebenslänglich mit Sicherungsverwahrung. Weber, betrügerischer Bankrott, dreieinhalb Jahre, hat noch knapp eines, bis er vorzeitig rauskommt. Voll geständig, gute Führung.« Es klang abgebrüht bis resignativ. Irgendwas dazwischen.

»Wir möchten zuerst mit Weber sprechen.«

Klein, wabbelig. Typ John Belushi. Aber ohne Witz und Ausstrahlung. Und misstrauisch. Im Anwaltszimmer, wie Krantzler den Raum nannte. Zwei Stühle, ein Tisch. Alle festgeschraubt. An der Wand ein Kalender von 2009. Oberbaumbrücke, als wollte sich jemand lustig machen. Auf einem Stuhl saß Lebranc, auf dem anderen Weber. De Bodt lehnte an der Wand neben der Tür.

»Wedenstein, ja«, sagte er nur.

»Worüber haben Sie geredet?«

»Über dies und das. Was man im Knast so redet.«

»Hat Ihnen Wedenstein etwas von seinen Taten erzählt?«

»Musste er nicht. Stand in der Zeitung, kam in der Glotze. Sie kenne ich doch ...?«

»Ich habe Wedenstein verhaftet.«

»Von Ihnen hat er mal gesprochen. Er mag Sie. Glaube ich. Der einzige … Polizist mit … Grips … der was draufhat. So ähnlich.«

»Ich würde die Freundschaft gern erneuern. Und Ihnen könnte es helfen. Wollen Sie nicht früher raus?«

»Klar. Wenn ich nur wüsste, wie ich Ihnen helfen könnte.«

»Ihnen wird was einfallen.«

Lebranc nickte.

Weber blickte Lebranc an. Grinste.

»Wedenstein wird es nicht erfahren?«

»Wenn Sie nichts sagen, werden wir behaupten, dass Sie uns Hinweise gegeben haben.« Sagte Lebranc. Auf Deutsch.

De Bodt blickte ihn an und lächelte.

»Das dürfen Sie nicht. Sie sind von der Polizei.«

»Ich nicht«, sagte Lebranc. »Ich habe hier nichts zu sagen. Und verstehe kein Deutsch. Der Herr Hauptkommissar hält sich streng an die Vorschriften. Ich verspreche es Ihnen.« Sein Deutsch war gut. Sah man vom Akzent ab.

Die Volksausgabe von John Belushi putzte den Stuhl mit seiner Hose. Er blickte de Bodt an. Verzog das Gesicht.

»Wedenstein hat hier mit niemandem gesprochen. Nur mit Ihnen und Dobrinski. Warum?«, fragte Lebranc.

»Fragen Sie Wedenstein.«

»Vielleicht berichten Sie vom Anfang Ihrer wunderbaren Freundschaft …«

Weber trommelte auf der Tischplatte. »Sie hatten ihn angegriffen. In der Dusche. Vier Typen. Sie waren danach krankenhausreif. Ich hatte ihn gewarnt.«

»Wovor?«

»Sich irgendwo allein erwischen zu lassen.«

»Warum?«

»Weil mir diese Knast-Orangs auf den Sack gehen. Ein Neuer kommt. Es ist Bob, jeder hat von ihm gehört. Nur die Knast-Orangs glauben, sie könnten ihm kommen. Sie hatten Angst um ihre Vormachtstellung. Ihr Boss hat die Dummköpfe geschickt. Um Bob klarzumachen, wer das Sagen hat, wer die Geschäfte macht, wer wem was abzugeben hat.«

»Die wollten ihm die Einstandsabreibung verpassen?«, fragte de Bodt.

»Klar.«

»Wie haben Sie ihn gewarnt?

»Bei der Essensausgabe. Ich bin Kalfaktor.«

»Wie haben Sie es gemacht?«, fragte Lebranc.

Weber blickte ihn misstrauisch an. »Ich hab's ihm gesagt.«

»Wie haben Sie es ihm gesagt?«

Wieder ein misstrauischer Blick, dann einer zu de Bodt. Aber der betrachtete den Kalender. »Bob, hier haben welche was vor. Gegen dich, nehme ich an.«

»Und was hat er geantwortet?«

»Danke.«

»Er wollte nicht wissen, wer und wann?«

»Nein, aber ich hab ihm noch gesagt, er soll sich nicht allein erwischen lassen. Vor allem solle er in der Dusche aufpassen.«

»Und er?«, fragte Lebranc. Er sah ein wenig aus wie ein Priester, der die Beichte abnimmt.

»Er hat gelächelt. Ich glaube, er wusste es längst.«

»Von Dobrinski?«

»Was weiß ich.«

»Und nach dem Kampf hat er Sie angesprochen?«, fragte de Bodt.

»Ja. Er hat sich noch mal bedankt. Du hast was gut bei mir.«

»Und Sie haben gesagt?«, fragte Lebranc.

»Lass gut sein, hab ich gesagt.«

»Und er?«

»Er hat gesagt, er werde mich beschützen. Wenn was wäre, sollte ich mich an ihn wenden.«

»Haben Sie's getan?«

»Ja. Zwei Tage später. Irgendwer hatte mich verpfiffen. Oder sie kamen drauf, dass ich Bob was gesteckt hatte.« Er überlegte. »Nein, verpfeifen konnte mich niemand. Bob wäre der Einzige gewesen. Jedenfalls hat mich einer von den Typen gefragt, ob ich Bob was gesteckt hätte. Natürlich hab ich das geleugnet. Aber …« Er zog sich am Kragen. »Na, jedenfalls hab ich Bob das erzählt.«

»Was geschah dann?«, fragte Lebranc, immer noch die Ruhe selbst.

»Zwei Stunden später gab es einen Unfall in der Werkstatt. Der Typ, der mich gefragt hatte, verlor eine Hand. Unfall... Jeder wusste, dass es kein Unfall war. Bob war in der Werkstatt gewesen. Er hat ihm die Hand im Amboss zerquetscht. Ich hab's nicht gesehen. Es muss unglaublich schnell gegangen sein. Der Typ arbeitete mit dem Amboss. Plötzlich stand Bob hinter ihm... Natürlich hat es niemand den Schließern gesagt.«

»Und seitdem hatten Sie Ihre Ruhe«, sagte de Bodt.

»Seitdem hatte ich ein leichtes Leben. Die Leute waren freundlich zu mir. Und ich hab sie beraten.«

»Bei Bankgeschäften, vermute ich«, sagte Lebranc.

»Kontosachen, Versicherungen, Erbschaften... Ich bin Versicherungskaufmann und habe eine Banklehre.« Er legte den Kopf zurück und blickte Lebranc fast herausfordernd an.

»Haben Sie auch Bob beraten?«, fragte de Bodt.

»Nein, der wusste alles. Kannte alles. Aber er hat gern über Reisen geredet. Über ferne Länder. Ich war schon ziemlich überall. Man könnte sagen, dass ich deswegen hier sitze. Reisen ist teuer.« Zuckte die Achseln.

»Welche Länder haben Bob interessiert?«

Weber-Belushi tat, als grübelte er. »So ziemlich alle. Bob ist auch viel rumgekommen. Mehr als ich.«

»Hat er von Söldneraktionen erzählt?«, fragte de Bodt.

Weber blickte ihn erstaunt an. Schüttelte den Kopf.

»Wie ergeht es Ihnen jetzt?«, frage Lebranc.

»Hier?«

Lebranc nickte.

»Offen gesagt, ich habe Schiss. Noch lassen sie mich in Ruhe. Aber die Rache kommt. Die Blicke, wie die mich ansehen...« Er legte die Arme um die Brust.

»Wir können was für Sie tun«, sagte Lebranc. »Verlegung, gemütliches kleines Gefängnis.«

De Bodt grinste. Was Lebranc so alles versprach.

Weber hielt immer noch seinen Oberkörper fest.

»Hat Wedenstein erwähnt, dass er rausgeholt wird?«

Weber schüttelte den Kopf. »Der ist doch nicht bescheuert.«

»Da haben Sie recht«, sagte de Bodt. »Was isst er am liebsten? Hat er darüber gesprochen?«

Große Augen, gefaltete Stirn. Weber nickte. »Fisch, gegrillten Fisch. Aber das kann nicht jeder, hat er gesagt. Das Grillen. Meistens wird es trocken. Schwertfisch, das war seins.«

»Wo hat er den besten Schwertfisch seines Lebens gegessen?« De Bodt fragte wie nebenbei.

Weber überlegte. »In Australien. Irgendeiner Stadt.«

»Hat er den Namen genannt?«

»Bestimmt, aber ich habe ihn vergessen.«

»Vielleicht fällt er Ihnen noch ein.«

»Weiß nicht.«

»Ein anderes Gefängnis«, sagte Lebranc.

»Wenn Sie vom Reisen geredet haben, welches Land hat Bob am besten gefallen?«, fragte de Bodt.

»Afrika mochte er nicht. Gar nicht. Aber Australien. Nach Australien abhauen und was Neues machen. Das hat er gesagt.«

»Hat er von Australien geschwärmt?«, fragte de Bodt.

»Und wie!«

»Warum noch?«

»Tauchen, Great Barrier Reef, solange es das noch gibt.«

»Ab wann hat Wedenstein von Australien gesprochen? Von Anfang an?«

Weber dachte nach und schüttelte den Kopf. »Erst in den letzten Tagen.«

»Aber Sie haben vorher auch übers Reisen gesprochen?«

»Klar, wir sind im Knast.«

»Können Sie uns sagen, wie er vorher übers Reisen gesprochen hat?«

Wieder große Augen und Falten auf der Stirn. Dann nickte er. »Sie meinen, er hat erst über Australien gesprochen, als er wusste, dass er bald dorthin fahren würde?«

»Vielleicht«, sagte de Bodt.

Weber nickte wieder. »Noch ein paar Tage vor seiner Flucht hat er Andeutungen gemacht. Afrika. Irgendwie scheint es ihm dort nicht gefallen zu haben.«

»Was für Andeutungen?«

»Mord und Totschlag, und wenn nicht, bricht garantiert eine Seuche aus. Regierungen zahlen ihre Rechnungen nicht.«

»Hat er gesagt, wofür?«

Weber blickte ihn an.

»Die Rechnungen.«

Weber schüttelte den Kopf. Überlegte, schüttelte den Kopf.

»In den letzten Tagen vor seiner Flucht hat er aber von Australien gesprochen«, sagte Lebranc.

Weber nickte.

»War er besser gelaunt?«

Weber nickte wieder. »Irgendwie schon.«

»Angespannt?«, fragte de Bodt.

»So was, ja, kann man sagen.«

»Aber nicht mies gelaunt?«

»Gar nicht.«

Dobrinskis kleine Augen im runden Gesicht fixierten de Bodt.

»Bob, na klar«, sagte der.

Dobrinski lächelte.

»Sie sind ein Freund von Bob.«

Er wiegte seinen haarlosen Schädel. Eine Narbe verlief diagonal fast über die gesamte Glatze. »So was.«

»Wir wollen herausfinden, wie Bob der Ausbruch gelingen konnte«, sagte de Bodt.

»Mit 'nem Hubschrauber.«

Lebranc lächelte. Er saß Dobrinski gegenüber und wirkte klein. »Hat ihm hier drinnen jemand geholfen?«

»Weiß nicht. Ich hätte es getan. Aber er hat mich nicht gefragt.«

»Mich würde es ärgern«, sagte de Bodt. »Kein Vertrauen. Freundschaft?«

»Hier drinnen gibt es keine Freunde.«

»Und es ärgert Sie überhaupt nicht, dass er einfach abgehauen ist? Hat er sich verabschiedet?«

Kopfschütteln.

»Hm. Wäre er mein ... Kumpel ...«

Dobrinski kniff die Augen zusammen, öffnete sie.

»Über was haben Sie sich mit ihm unterhalten?«

»Sport.«

»Nichts sonst?«

»Weiber.«

»Sport, Frauen, das ist alles? Keine Urlaubsreise? Einfach irgendwohin fahren.«

Dobrinski pulte mit dem kleinen Finger im Mund. »Australien.«

»Wie kamen Sie drauf? Auf Australien?«

»Weiß nicht.«

»Bob hat Sie beschützt? Ein Kerl wie Sie braucht hier Schutz?«

»Hier braucht jeder Schutz.« Lächelte. »Außer Bob.«

115.

»Wer ist das?« Jan hielt Thomas die Walther an die Schläfe und löste den Knebel.

»Omar.«

»Wer ist Omar?«

Der Typ polterte gegen die Tür.

»Ein Kumpel ...«

»Gehört zu euch?«

»Nein.«

Jan trat ans Küchenfenster. Unten am Strand stand keine Rauchwolke. Es waren auch keine Feuerwehrsirenen zu hören.

»Der verarscht dich.«

»Klar, macht der immer.«

Das Poltern wurde schwächer. Jan verklebte Thomas' Mund wieder. Blickte sich um. Alle starrten zur Tür. Natürlich überlegten sie, wie sie diesen Besuch nutzen könnten. Aber jeder wusste, dass er nach dem ersten Ton tot wäre.

Es polterte nicht mehr. Dann hörten sie, wie ein Auto startete. Mit quietschenden Reifen raste Omar los. Wie ein Protest.

Jan setzte sich an den Küchentisch. Sein Herzschlag beruhigte sich. Das Poltern hatte ihn erinnert, dass er dieses Unternehmen beenden musste. Sobald wie möglich. Irgendwann ging irgendwas schief. Er war übermüdet. Hatte immer nur Viertelstunden geschlafen. Die Typen würden alles versuchen, um ihn zu überwältigen.

Er schnitt Walters Knebel auf.

»Junge, das stehst du nicht durch«, sagte Walter.

Jan schlug ihm ins Gesicht.

»Das nutzt auch nichts. Du solltest verhandeln, bevor du umkippst.«

»Du hast Casper den Auftrag gegeben, mich zu töten.«

»Wer sagt das?«

Ein Schlag ins Gesicht.

»So willst du es rauskriegen?«

»Ich werde dir Finger und Zehen abschneiden. Und wenn das nicht reicht, noch dieses und jenes andere. Frag deine Freunde, ob ich es tue.«

Walter blickte zu Thomas. Der war auf einem Stuhl verschnürt. Und nickte. Blickte zu Jack, der auf dem Boden lag. Dessen Augen waren geschlossen. Casper lag an der anderen Wand, nahe der Frau. Beide sahen Walter an. Casper nickte.

»Keine feinen Methoden«, sagte Walter. Das klang nicht mehr so großkotzig.

»Du hast fünf Minuten. Guck dir deine Finger und Zehen an. Das hilft beim Nachdenken.«

Jan ging ins Wohnzimmer. Suchte nach neuen Mails. Neben Spam nur eine. Von Toby. *Infotech.au* war eine Fake-Mailadresse. Obwohl er es auch nutzte, verfluchte er die Leichtigkeit, mit der man sich Mailadressen zulegen konnte. Ins Internet-Café, irgendeinen Mail-Provider, falscher Name, falsche Adresse, alles falsch. Jeder Idiot kriegte es hin.

Er saß noch zwei Minuten am Tisch. Wenn Toby wüsste, was er trieb. Toby würde ihn für verrückt erklären. Das war was anderes, als im Ego-Shooter die Russenmafia auszurotten. Jan wusste, dass niemand ihn verstehen würde. Niemand würde Beifall klatschen. Aber er tat das Richtige. Tief in ihm drinnen, da spürte er nichts als Gewissheit. Sie hatten Nadine ermordet. Die Polizei wollte nicht helfen. War gekauft. Also klärte er die Sache selbst. Es traf nicht die Falschen. Hätten die eine Chance, sie würden ihn umbringen.

»Nun, Walter, nachgedacht?«

116.

»Also Australien«, sagte de Bodt, als sie im Auto saßen. Auf dem Gefängnisparkplatz standen nur wenige Autos. Der schwarzgraue Himmel schickte Schneeflocken.

»Wie kommt er nach Australien trotz Fahndung?«, fragte Lebranc. Auf Französisch.

»Da gibt es ein paar Möglichkeiten. Im Hubschrauber auf einen kleinen Flugplatz. Von dort nach Zypern oder so ... Urlaubsflieger.« De Bodt wandte sich Lebranc zu. »Ich dachte, Sie sprechen kein Deutsch.«

»Als Deutsch kann man das auch schlecht bezeichnen. Nennen wir es ... stammeln.«

De Bodt lachte. »Den Trick merke ich mir.«

»Die drehen durch«, sagte Salinger. Sie war schlechte Laune pur. Starrte Lebranc an, was ihre Laune nur verschlimmerte.

»Bonjour Monsieur le commissaire«, sagte Yussuf.

»Guten Abend, Herr Yussuf. Guten Abend, Frau Salinger.«

»Sie sprechen ja doch Deutsch«, sagte Yussuf.

»Sie kennen die Geschichten, die alle Vierteljahr in der Presse auftauchen. Wird einer bewusstlos, und als er aufwacht, spricht er Chinesisch oder Italienisch. Was für mich aufs Gleiche hinausläuft.«

»Und wer hat Ihnen auf den Schädel gehauen?«, fragte Salinger. Klang wie: Ich hätt's gern getan.

»Wer dreht durch?«, fragte Yussuf.

»Die Soko, wer sonst?«

»Apropos Soko«, sagte de Bodt. »Wie lief die Fahndung nach Bob?«

»LKA, also Krüger. Dazu BKA und Europol«, erwiderte Salinger. »Deshalb ist er entkommen.«

»Also Routine. Die haben Flughäfen, Bahnhöfe, Mietwagenverleiher abgeklappert...«

»Außer den am Kotti. Und alle anderen, die so sind wie der am Kotti«, sagte Yussuf.

»Na, danke«, sagte Salinger.

»Der Kollege Lebranc und ich, also, wir glauben, dass er von einem Kleinflughafen nach Rotterdam oder Rom oder was weiß ich geflogen ist. Und von dort nach Australien. Sydney böte sich an. Um dort umzusteigen zum Zielflughafen.«

»Oder er hat eine romantische Schiffsreise gebucht... Aber wie kommt ihr auf Australien?«, fragte Salinger. Immerhin etwas entmuffelt.

»Das ist eine Eingebung, die uns im Knast gekommen ist. Wir haben mit... Kollegen von Bob gesprochen«, sagte de Bodt.

»Ihr wart in Tegel?« Das hieß: Ihr wart *ohne mich* in Tegel?

Als Lebranc nickte, sprang Salinger auf. »Ich geh mal was essen.« Und verließ den Raum.

»So rauscht sie dahin«, sagte Yussuf. »Ist ja gut...« Hob beide Hände und verkroch sich hinter seinem Bildschirm.

Nach einer Weile tauchte er aus der Deckung auf. »Also, wie kommt... ihr auf Australien? Das hat ein Knacki euch erzählt, und ihr glaubt es.«

Die Tür öffnete sich. Krüger. »Ach, der Herr Kollege de Bodt. Schön, dass Sie auch da sind. In der Soko gibt's nichts Neues, falls Sie das interessiert.« Er musterte Lebranc. Wandte sich wieder de Bodt zu. »Der Kriminalrat würde Sie gern sprechen, falls Sie dafür Zeit erübrigen können.«

»Sagen Sie, Herr Krüger, was haben Sie unternommen, um Wedenstein einzufangen?«

»Sie meinen diesen Schwerverbrecher, der unter Ihren Augen fliehen konnte...«

»Genau diesen Herrn meine ich.«

»Nun, für so etwas gibt es die Fahndung. Die Einzelheiten kennen Sie. Vermute ich.«

Offenbar hatte der Kriminalrat sich öffentlich über de Bodt geärgert. Der war auf dem absteigenden Ast. Vorfreude ist bekanntlich...

»Er ist Ihnen durch die Lappen gegangen, weil er diese Einzelheiten auch kennt.«

Krüger klatschte in die Hände. »Shit happens, wenn ich einen zeitgenössischen Philosophen zitieren darf.«

»Sie haben die Fahndung schon aufgegeben?«

»Keineswegs, er steht oben auf der Liste.« Er leckte die Lippen. »Außerdem haben wir gerade andere Sorgen als Ihren Lieblingsknacki.«

»Sie haben keine anderen Sorgen, Herr Kollege?« Schon an der Tür, sagte de Bodt: »Das Scheitern deiner Pläne wird dich entwürdigen, ohne dich zu belehren.«

»Wie bitte?«

»Rousseau«, sagte Lebranc auf Französisch. »Ich liebe Rousseau.«

Krüger blickte zur Tür, hinter der de Bodt gerade verschwunden war. Und zu Lebranc. Schüttelte den Kopf. Ging.

»Ich weiß nicht, was ich dazu sagen soll.« Tilly saß hinter seinem Schreibtisch und tat so, als dächte er nach.

De Bodt stand vor dem Schreibtisch.

»Sie waren also in der JVA Tegel. Ihnen genügt es nicht, dass wir Wedenstein auf die Fahndungsliste gesetzt haben... Ich weiß nicht, ob die Polizei der richtige Ort für Ihre Privatfehden mit Kriminellen ist.«

De Bodt verzog keine Miene.

»Aus irgendwelchen Gründen hält man Ihnen andernorts etwas zugute...«

»Ich könnte meinen Jahresurlaub einreichen«, sagte de Bodt.

Tilly überlegte. Seinem Gesicht nach zu urteilen, fand er die Idee erst gut, dann aber nicht mehr. »Wir haben Urlaubssperre, aber das wissen Sie ja.« Er überlegte. »Wenn Sie krank wären...«

»Bin ich nicht.«

»Tja.« Er rollte seinen Stuhl einen halben Schritt zurück. »Was fanden Sie so interessant in Tegel? Da waren Sie doch, hat mir jedenfalls Frau Engel gesagt. Mit einem anderen Herrn...«

»Mit meinem französischen Kollegen, der zu Besuch ist...«

»Dienstlich? Das müsste ich wissen.« Rollte einen halben Schritt nach vorn und stützte sein Kinn auf die Hand.

»Privat. Herr Lebranc ist auf Urlaub.«

»Ein alter Freund...?«

Als de Bodt nichts erwiderte: »Sie wissen schon, dass es für grenzüberschreitende Ermittlungen einen Dienstweg gibt. Der beginnt mit einem Antrag auf diesem Schreibtisch.« Er drückte den Zeigefinger in die Tischplatte.

Als de Bodt weiterhin schwieg: »Gut, was ist mit diesem Wedenstein? Immerhin haben Sie es vorgezogen, seiner Spur zu folgen. Die Soko scheint Sie ja nicht so zu interessieren.«

»Wedensteins Spur führt zu den Tätern.«

Tilly blickte ihn an. Öffnete den Mund, schloss ihn wieder. »Sie wollen sagen, das wäre...« Er schwieg. Dann: »Und wo ist Wedenstein? Sie wissen das natürlich.« Schicksalsergebener Unterton.

»In Australien.«

»In Australien?« Ein Blick, als hätte ihn eine Wespe in den Fuß gestochen. »Wie kommen Sie denn darauf? Wir haben nicht die geringste Spur.«

»Sie hätten die Mithäftlinge vernehmen...«

»Wir haben die Mithäftlinge vernommen. Jeden, der mal mit Wedenstein zusammen geduscht hat. Ihn auf dem Gang getroffen hat. Ihn ich weiß nicht was... Sie halten uns wirklich für bescheuert?« Solch ein Wort existierte eigentlich nicht in des Kriminalrats Vokabular.

»Ich habe mit zwei Häftlingen gesprochen. Und seither weiß ich, dass er in Australien ist.« Er verkniff sich ein *wahrscheinlich*.

Tilly schüttelte den Kopf. »De Bodt, Sie hatten bisher mehr Glück als Verstand. Sie sollten es nicht überziehen.«

»Wenn Sie meine Informationen nicht interessieren... ich würde gern weiterermitteln...« Seiltanzen über den Niagarafällen war leichter. De Bodt grinste innerlich, als ihm das Bild ins Hirn huschte. Er auf einem Seil, der Wasserdonner unter ihm. Er war alles Mögliche. Schwindelfrei war er nicht.

»Wer hat Ihnen das mit Australien verraten?«

De Bodt nannte die Namen.

»Mir sagen die Namen nichts. Warum haben die beiden Häftlinge gegenüber der Polizei keine Aussage gemacht?«

»Was hätten sie davon gehabt? Außerdem hat Wedenstein niemandem erzählt, wohin er flieht.«

»Jetzt verstehe ich gar nichts mehr.« Schief gelegter Kopf. Er ließ Sorgen in seinen Blick wandern. Ein Kriminalrat von heute konnte das.

Als de Bodt nicht antwortete: »Was bringt Sie zu der Annahme, dass dieser Wedenstein nach Australien geflüchtet ist, wenn es Ihnen niemand verraten hat?«

»Diesen Schluss ziehe ich aus den Gesprächen mit den beiden Häftlingen, die Wedenstein am nächsten standen.«

»Sie wissen es also nicht. Es ist eine Schlussfolgerung ...« Er rollte wieder einen halben Schritt zurück. »Eine Schlussfolgerung«, murmelte er. »Darf ich Sie vielleicht bitten, Ihre Schlussfolgerung morgen vorzustellen? Auf der Soko-Sitzung. Neun Uhr ...«

117.

Benec lachte. »Vietnam, Thailand, irgendwo da unten!« Sie ließ ihre Hand nach unten kippen. »Und was hat er gesagt? Sollst du gleich *runter*fliegen, Bob einfangen?«

»Dafür gibt's keine Dienstreiseanträge«, sagte de Bodt.

»Und das haben dir die beiden Knastis gesteckt?«

»Gar nicht. Sie haben mir von Urlaubsplänen erzählt. Tolle Strände, Palmen, billige Frauen ... Pardon!«

Sie winkte ab.

»Die haben mit Bob in Reiseplänen geschwelgt. Und es drehte sich immer um Thailand oder Vietnam ...«

»Thailand hat ja einen einschlägigen Ruf.« Sie goss sich ein Glas Roten ein.

118.

»Casper sagt, du hast ihm befohlen, mich abzuschießen.«

Der Mann, der sich Walter nannte, hatte leere Augen. Er hatte alles zusammengezählt und war zu einem Ergebnis gekommen. Das ihm nicht gefiel. So wie ihm sein Tod nicht gefiel.

»Ich habe einen Befehl weitergegeben.«

»Ich habe es nur mit Befehlsempfängern zu tun. Wer hat dich hergeschickt?«

»Oliver.«

»Und wer ist das?«

»Mein Boss.«

»Und wenn ich mir jetzt Oliver schnappe und ihn frage? Der sagt mir dann, er habe nur einen Befehl weitergegeben. Oliver, von wem erhält der seine Befehle?« Lass dich von diesem Walter nicht aufs Glatteis führen.

»Ich habe keine Ahnung.«

»Du kennst doch Western. Du weißt zu viel, und schon bist du tot. In meinem Fall geht es anders herum. Du weißt zu wenig und du bist tot.«

»Du bringst uns sowieso um.«

»Keineswegs. Du sagst mir, um was es geht. Und Casper erklärt mir, wie ich von dieser Scheißinsel ohne Kontrolle runterkomme. Dann würde ich euch schön verschnürt hier lassen. Dann könntet ihr beten, dass euch jemand findet.«

Die Frau stöhnte.

Jan ging in die Küche, holte eine Flasche Bitter Lemon heraus. Stellte sich vor die Frau und trank. Stellte die Flasche zurück in den Kühlschrank. »Wir wollen ja nicht, dass das gute Zeug warm wird.«

»Du kommst dir großartig vor«, sagte Walter.

Jan lachte. »Du bist gefesselt, ich nicht. Also Oliver. Wo sitzt der?«

»In Brisbane.«

»Brisbane ist kein Dorf.«

»Mehr weiß ich nicht.«

Jan zog das Messer aus der Wadenscheide. »Du weißt es nicht?«
Walter schüttelte den Kopf.

Jan zog ihm Schuhe und Socken aus. »An der Reinlichkeit arbeiten wir aber noch.«

»Ich weiß es wirklich nicht. Soll ich eine Adresse erfinden?«

»Du hast dich mit diesem Oliver getroffen?«

»Ja, natürlich.« Walter hatte Angst. Das klang in der Stimme, das verrieten die Augen.

»Und da habt ihr euch im Büro getroffen?«

»Es gibt kein Büro. Ich kenne jedenfalls keines.«

»Und wo stehen die Server? Wo die Clients?«

»Ich bediene die Serveranlage von zu Hause aus. Ich hab da ein kleines Büro.«

»Und wer sorgt für die Hardware? Wenn eine Festplatte getauscht werden muss?«

»Das machen andere. Die haben das aufgeteilt. Niemand weiß mehr, als er wissen muss.«

»Und wenn du glaubst, es gibt ein Hardwareproblem?«

»Dann schicke ich eine SMS an eine Nummer.«

»Wie lautet die Nummer?«

Walter nannte eine Nummer.

Jan ging ins Wohnzimmer und schrieb eine Mail an Toby: *Kriegste was über diese Nummer raus?*

Zurück bei Walter. »Wie erhältst du deine Anweisungen?«

Walter blickte auf das Messer, zwanzig Zentimeter vor seiner Nase. »Per Mail.«

»Absenderadresse?«

»*infotech.au.*«

»Das ist eine Fake-Adresse …«

Walter nickte.

»Wer unterschreibt die Mails?«

»Oliver, hab ich doch gesagt.«

»Und du machst einfach, was Oliver dir sagt?«

»Ja.«

»Und wenn du es nicht machst?«

Walter blickte ihn an. Ängstlich, verzweifelt. »Dann bringt er mich um.«

»Das hat er gesagt?«

»Musste er nicht. Peter haben sie aus dem Brisbane River gefischt. Das war mein Vorgänger.«

»Woher weißt du das?«

»Hat Oliver mir gesagt.«

»Kannst du ihn mir beschreiben?«

Walter nickte.

»Na dann mal los.«

»Äh… mittelgroß, schlank. Schwarze Haare…«

»Bart?«

»Kein Bart.«

»Was trägt er?«

»Als ich ihn sah, einen Anzug. Maßanzug, schätze ich. Dazu gute Schuhe. Er ist sehr… elegant. Sieht aus wie einer von diesen Finanzmanagern.«

»Wie sehen Finanzmanager aus?«

»Immer korrekt, eher konservativ, aber nicht stockkonservativ gekleidet. Teuer, aber man sieht es nicht auf den ersten Blick. Frisur eher ein bisschen modisch.«

»Lange Koteletten?«

»Nein… natürlich nicht.« In den Augen ein Fünkchen Hoffnung.

»Wo habt ihr euch getroffen?«

»In *Ronald's Fish Resto*, das ist im Finanzviertel. Teuer, gut.«

Jan fand im Wohnzimmer einen Block und einen Stift. Er notierte alles.

»Woran erkenne ich Oliver?«

Walter überlegte. »Es gibt etwas… Er hat eine Narbe am Hals. Wie von einem Messerschnitt.«

»Genauer! Wo?«

»Vom Betrachter aus… auf der linken Seite. Direkt überm Kragen.«

»Tief?«

»Ziemlich. Kann man nicht übersehen.«

Er ging wieder ins Wohnzimmer. Auf dem Tisch lagen die Portemonnaies seiner Gefangenen. In einer Schachtel unter der Kommode hatte er mehr als zweitausend Dollar gefunden. Dazu Kreditkarten. Ausweise.

Er kehrte in die Küche zurück. »Ich werde nachher eure Kreditkarten ausprobieren. Die PINs bitte.«

119.

Binnen drei Tagen hatten Bob und seine Leute zwei Häuser zu Festungen ausgebaut. Rückzugsquartiere. Sie sollten keiner Belagerung standhalten, aber einen Überraschungsangriff verhindern. Und seinen Leuten ein Gefühl von Sicherheit geben. Auch Pavlinsky wusste, was er von sicheren Quartieren zu halten hatte. Nichts hielt ewig. Ewig wären schon drei Tage gewesen.

Bob begann Fluchtpläne auszuarbeiten. Fuhr Strecken ab. Fand Fallen. Die Hofausfahrt einer Spedition. Wenn die einen Anhänger auf die Straße schoben. Den Lieferanteneingang eines kleinen Hotels. Wenn der Metzger seinen Kühlwagen parkte, um die Steaks für den Abend zu bringen. Ein Polizeirevier. Einen Sportplatz, auf dem die Zuschauer von einem Rugbyspiel zu ihren Autos zurückströmten. Ein Kinderspielplatz. Bob hielt Kinder für Irre. Vor allem fürchtete er die Wut der Verfolger. Sie würden nicht aufgeben, wenn sie auf der Flucht ein Kind überführen. So wichtig wie Routen waren die Ziele. Die Quartiere waren die Ziele Nummer eins und zwei. Im Jachthafen mietete Bob ein Motorboot. Mit Kajüte und zwei Sechshundert-PS-Dieseln. Es lag vollgetankt und mit Proviant am Ende eines Anlegers. Damit nicht Anfänger die Ausfahrt blockieren konnten, weil die Schwiegermutter aus dem Wasser geangelt werden musste. An Bord wartete neben M16-Sturmgewehren auch eine Panzerbüchse vom Typ RPG-22, ein irakischer Nachbau des sowjetischen Modells RPG-6. Gut gegen Boote und Helikopter. Ausreichend Munition. Signalpistolen sowieso.

In der Garage von Quartier zwei wartete ein Defender, der außen wie Schrott aussah. Technisch war er aber perfekt, der Motor hochgezüchtet, Reifen und Fahrwerk in Hochform. Die Rückseite war von innen gegen Kleinwaffenmunition gepanzert. In die Hecktür war eine Scharte für ein Schnellfeuergewehr eingelassen.

Bob hatte mit Pavlinsky über ein Flugzeug gesprochen, aber das war ihnen zu auffällig. Im Boot im australischen Sommer vor Brisbane, da waren sie wie ein Thunfisch im Schwarm. Wenn es wirklich zur Flucht kam.

Als Bob sich am Abend ins Bett legte, nebelte ein seltsamer Gedanke in seinem Kopf. Er floh mit Pavlinsky und seinen Leuten. Sie erreichten glücklich eine Insel. Legten in einem kleinen Hafen an. Menschenleer. Bis auf einen Mann. Der auf sie wartete. Hochgewachsen, schlank, lächelnd. De Bodt.

120.

De Bodt erschien mit Verspätung. Tilly blickte ihn kurz an, als der Hauptkommissar die Tür schloss. Dann blickte er wieder zum Mann vom BND. Der hüstelte und sagte: »Weil der Kollege gerade auftaucht. Also, wir haben Ihre ... Australienhypothese überprüft. Nichts gefunden. Wer aus Australien soll warum diese Verbrechen bei uns begehen? Dort gibt es keine Islamisten. Die Terrortradition, wenn man überhaupt davon sprechen kann, ist mehr als dünn. Die australischen Nachrichtendienste ... wir schätzen natürlich die Zusammenarbeit im Antiterrorkampf ... Aber ich verrate Ihnen kein Geheimnis, wenn ich sage, dass die australischen Kollegen nicht an vorderster Front stehen.« Er lehnte sich zurück, faltete die Hände vorm Bauch und blickte de Bodt an. Und jetzt, Herr Hauptkommissar?, sagte die Haltung.

De Bodt erhob sich, stellte den Stuhl richtig, setzte sich wieder. Sein Sitznachbar Uhlenhorst verfolgte das Gehantel grinsend. De Bodt schwieg.

Tilly schüttelte den Kopf. »Wir möchten unsere Zeit nicht mit ...

Eingebungen verschwenden, mögen sie auch noch so ... kreativ scheinen. Wollen Sie Ihren Gedanken selbst noch einmal vorstellen? Ich musste das heute Morgen übernehmen, da wir nicht mehr mit Ihrem Erscheinen rechneten.«

»Wenn Sie es getan haben, muss ich Ihre Zeit nicht verschwenden. Es ist Ihr gutes Recht, Hypothesen zu verwerfen. Fahren Sie bitte fort mit Überlegungen, die Sie für seriös halten.« Er fand es schön gestelzt.

Alle Augen ruhten auf ihm. Sie hatten hier alles erlebt, was man auf Konferenzen erleben konnte. Wütende Gefechte. Rechthabereien aller Eskalationsstufen. Anfeindungen. Beleidigungen. Nicht nur einmal war einer rausgestürmt und hatte klischeebewusst die Tür zugeknallt. Aber dass einer ihnen durch die Distel sagte, sie könnten ihn mal. Nein, das war neu.

»Ihnen ist doch alles egal, de Bodt!«, ätzte Krüger.

Keine Antwort.

Uhlenhorst beugte sich zu de Bodt und flüsterte: »Jetzt werden sie ihren Ermittlungsansatz vortragen. Krüger, du hast das Wort.«

Der keifte Uhlenhorst erst mal an: »Und die KTU, was ist mit euch? Die könnten Berlin in die Luft sprengen, ihr fändet nichts. Außer Trümmern natürlich.«

»Wir finden, was sie hinterlassen«, sagte Uhlenhorst. »Wo es an Material fehlt, muss die kriminalistische Kombinationsgabe helfen. Sie kennen doch noch den Meisterdetektiv Nick Knatterton? Die Kollegen in Schleswig-Holstein verleihen sogar alljährlich die Nick-Knatterton-Ehrenmütze. Ich empfehle dem Kollegen Krüger, eine Bewerbung zu versuchen.«

Lautes Lachen. Das einigen im Mund erstickte, als Krüger sie ansah.

»Wie schön, dass es wenigstens einen hier gibt, der noch Witze reißt.« Er blickte de Bodt an. Aber der sagte nichts.

»So, was haben wir?«, fragte Tilly, der offenbar nichts hatte.

»Wer bringt Leute um? Wer tut das zuerst in der Badewanne? Wer sprengt danach Brücken in die Luft? Wer versenkt Fähren? Wer sprengt den Eurotunnel in die Luft? Wer kann so etwas? Und warum tut der so was?« Keine neuen Fragen, die Uhlenhorst stellte.

»Und wer tut das warum in drei Ländern fast gleichzeitig?«, fragte Tilly.

»Und wer legt Wert darauf, dass wir den Zusammenhang zwischen den Taten begreifen? Der Zusammenhang ist Wasser. Warum Wasser?«

Krüger blickte sich um. Der Abteilungsleiter vom Verfassungsschutz blätterte in seinem Notizblock. Sollte er was gesucht haben, fand er es nicht. Er rieb sich die Augen und lehnte sich zurück.

Die Oberkommissare duckten sich. Spurenlose Taten, das hatten sie in all den Lehrgängen nicht gehabt. Fantasie war ihnen ausgetrieben worden. Der Kriminalistikdozent liebte Helmut Schmidt. Wer Visionen habe, solle zum Arzt gehen. Wenn man das zehnmal gehört hatte, kannte man nur noch Fakten, Fakten, Fakten. Oder was man dafür hielt.

»Ich bitte um Vorschläge«, sagte Tilly. Sein Blick blieb an de Bodt hängen. Der verzog keine Miene. Der Blick wanderte weiter. Krüger deutete auf Uhlenhorst, doch Tilly winkte ab. »Die Technik der Täter kennen wir. Nichts Auffälliges. Solides Handwerk. Nichts, was man nur an einem bestimmten Ort fände. Oder in einem bestimmten Land. Die Täter können sich die Gerätschaft überall gekauft haben. Laut Europol und dem« – ein Nicken in die Richtung – »BND sind keine Käufe aufgefallen.«

Krüger streckte den Rücken und blickte sich um.

»Die haben sich das Zeug mal hier, mal da zusammengekauft, ratenweise. Und Sprengstoff, den kriegt man in manchen Ecken am Straßenkiosk.«

»Vielen Dank für Ihren Beitrag, Herr Krüger. Aber kein Semtex.« Tilly war wieder die Freundlichkeit selbst. Die Klebespur einer fleischfressenden Pflanze.

De Bodt folgte dem Gelaber mit nur einem Ohr, mit dem anderen hörte er Benec' Stimme in der letzten Nacht. Lauschte ihrer Neugier. Nie hatte er jemanden erlebt, der sich so für Polizeiarbeit interessierte. Außer Schuljungs. Aber sonst fand er sie umwerfend.

Der Preis war, dass Salinger so tat, als nähme sie ihn nur noch als einen Lichtjahre entfernten Planeten wahr. Seit dem Tag, als sie an seine Tür geklopft hatte. Sie hatte vorher nie an seine Tür geklopft.

Seitdem bohrte ein Gefühl in ihm. Das einer Gelegenheit, auf die er gewartet hatte wie auf nichts sonst. Und die er glücklicherweise verpasst hatte. Was ihn enttäuschte. Und erleichterte. Mehr enttäuschte als erleichterte. Benec war kein Trost, Benec war eine andere Sache. Eine ganz andere Sache.

»Herr Kollege de Bodt, Sie haben bestimmt noch eine etwas... realistischere Idee.« Krüger lächelte ihn an. Wie die Natter eine Maus. Nur dass de Bodt keine Maus war. Und Krüger die unbeholfenste aller Nattern. Die sich jederzeit in sich selbst verknoten konnte. Die allein im Zoo überlebte, weil sie in der Wildnis längst verhungert wäre. Aber das sagte de Bodt nicht. »Die Serie ist vorbei. Wir müssen die Botschaft entschlüsseln. Ich werde es versuchen.«

Offene Münder.

»Vorbei?«

»Vorbei«, sagte de Bodt. »Sie können die Totalüberwachung einstellen. Die Kollegen haben Urlaub verdient. Stellen Sie sich nur vor, Sie selbst müssten wochenlang Bahnhöfe, Häfen, Flughäfen überwachen. Straßenpatrouillen, weil unsere Täter bestimmt mit verräterischem T-Shirt-Aufdruck über den Kudamm ziehen. Millionen hysterischer Anrufer, denen gerade ein Terrorist vor die Füße gefallen ist. Krisenstäbe rund um die Uhr. Die Bundeswehr in Alarmbereitschaft. Ein Eldorado für Einbrecher, Taschendiebe und Bankräuber.«

Blickwechsel. Überraschung, dann Empörung in den Mienen.

Uhlenhorst drückte unterm Tisch de Bodts Hand.

»Sie tauchen hier nach einem gemütlichen Frühstück auf und verkünden Theorien«, sagte Krüger. Einige nickten. Der BND-Fritze massierte sich die Nasenwurzel. Der VS-Typ zog die Brauen hoch und ließ sie gar nicht mehr runter.

De Bodt erhob sich, klopfte auf den Tisch und verließ den Konferenzraum. Fuhr Richtung LKA. Hielt unterwegs, trank einen Tee.

Zurück im Büro. Salinger hob kurz den Kopf und nickte zur Begrüßung. Das Tiefkühlprogramm. Manchmal taute sie aus Versehen bis auf Kühlschranktemperatur auf. Doch dann schaltete sie gleich den Superfroster ein.

»In der Soko nichts Neues. Wo ist Ali?«

»Was essen, rauchen, weiß nicht.«

»Ich glaube, unsere Täter sitzen in Australien. Und die Anschlagserie ist vorbei. Da kommt nichts mehr.«

»Wie bitte?«

»Rechne nach. Von der Badewanne zur Brückensprengung: vier Tage. Von der Brückensprengung bis zur Fährenversenkung: vier Tage. Von der Fährenversenkung zum Eurotunnel: vier Tage. Der letzte Anschlag war vor fünf Tagen.«

»Und das verrät dir, dass es vorbei ist.«

»Klar, bei denen ist alles eine Botschaft. Auch die Zeitabstände...«

Yussuf betrat das Büro. »Die haben die Wirkung ihrer Anschläge berechnet«, sagte de Bodt.

»Wie das? Indem sie ein Marktforschungsinstitut Umfragen machen ließen?«, fragte Yussuf, der sich ausnahmsweise hinter seinen Schreibtisch gesetzt hatte.

»Keine schlechte Idee.«

Salinger tippte sich an die Stirn.

»Aber das geht viel einfacher. Nach dem Anschlag gibt es den Schock, dann Empörung und Trauer, die Ankündigung schärfster Maßnahmen durch den Innenminister. Binnen vier Tagen hat sich die Öffentlichkeit auf die Lage halbwegs eingestellt. Dann der nächste Anschlag, gleicher Fahrplan. Mit jedem Anschlag werden die Sicherheitsorgane vorgeführt. Was sollen sie tun? Noch schärfere Maßnahme als die schärferen Maßnahmen vom letzten Mal?«

»Die Rhetorik läuft sich tot«, sagte Salinger. »Der Innenminister muss was sagen. Er sagt was, und es ist sechsundneunzig Stunden später Kokolores. Dann muss er wieder was sagen und so weiter...« Sie wandte sich an Yussuf. »Spiel uns den Herrn doch noch mal vor.«

Yussuf tippte und drehte seinen Bildschirm um. Dann setzte er sich an de Bodts Schreibtisch. Das Youtube-Video der letzten Ansprache des Innenministers. Drei Daumen zeigten nach unten, die meisten zeigten nach oben. Der Minister wie ein Häuflein Asche. Die Haare grauer, der Blick fast tranig. Versprach, dass die Behörden alles tun würden. Merkte, während er sprach, dass er Unsinn redete. Setzte noch einmal an. Erklärte, man tue alles, was in der Macht der Regierung stehe. Merkte, dass er das schon mal gesagt hatte. Setzte die Brille ab, auf. Blickte in sein Manuskript. Die Stirn glänzte, Schweißtropfen auf der Oberlippe. Die Sprechblasen der Vergangenheit waren Nadeln, die ihn von allen Seiten pieksten. Ein Meister der Stanzsprache verirrte sich im Labyrinth eigener Phrasen.

»Mehr Hilflosigkeit geht nicht«, sagte Salinger. »Das nächste wäre der Notstand. Aber das trauen sie sich noch nicht. Weil das auch nichts bringt. Dazu könnte dein Freund aus Paris was erzählen.«

Gestern Abend hatten sie noch eine Tasse Tee getrunken bei *Eliza*. Lebranc hatte sich schon auf seinen Spaziergang durch den Görlitzer Park zum Landwehrkanal gefreut. »Der Ausnahmezustand hat doch nur die Kollegen begeistert, die schon immer Linke abräumen wollten. Also, so richtige Linke. Wie ich früher mal einer war. Der Pflasterstein war mein Freund, auch wenn Sie's nicht glauben. Hausdurchsuchung ohne richterliche Genehmigung, eine feine Sache. Hilft zwar nichts gegen Franchise-Terroristen, aber sonst. Feuer frei!«

De Bodt lächelte. Das hätte von ihm stammen können. »Alles drängt hier zum Notstand. Sollte es noch einen Anschlag geben, wird die Regierung ihn verhängen. Damit die sprechende Büroklammer, die bei uns den Innenminister gibt, was Neues zu sagen hat, das sich nicht sofort als lächerlich entlarvt.«

»Wasser, Viertagerhythmus, Westeuropa. Anschlagserie beendet. Australien. Die letzten beiden Punkte sind unklar. Wenn ich mich irre, fliegt morgen wieder was in die Luft. Was wollten sie erreichen? Was haben sie erreicht? Vermutlich alles.« De Bodt stellte sich an *sein* Fenster und beobachtete, wie Krüger hektisch in den Dienstwagen stieg und davonraste. Er hatte wohl Hunger.

»Sie haben die Regierungen der drei wichtigsten Staaten Europas lächerlich gemacht ... die Russen mögen mir verzeihen«, sagte Yussuf.

»Das ist ihnen gelungen«, sagte Salinger. »Wenn sie's darauf angelegt haben, Volltreffer. Der französische Innenminister ist schon zurückgetreten. Weitere werden folgen.«

»Wenn ich Rechtsextremist wäre, das wäre der perfekte Plan. Die Leute wollen mehr Sicherheit. Alle Versprechungen der Regierungen sind als das entlarvt, was sie von Anfang waren. Propaganda. Die Wähler verlangen, dass die Regierungen sie schützen. Jetzt hilft nur noch die Diktatur.«

»Die schafft es zwar auch nicht, aber das weiß ja noch keiner«, sagte Salinger. »Wenn es dann welche rausfinden, wird nicht mehr gewählt. Oder so wie in Russland.«

»Gut, folgen wir der Hypothese. Dafür sprechen einige Fakten. Welche sprechen dagegen?«, fragte de Bodt.

Salinger und Yussuf blickten sich an.

»Ja, Herr Studienrat«, sagte Yussuf. »Es passt alles in einen Plan größtmöglicher Verunsicherung. Und größtmögliche Verunsicherung lässt die Leute nach Sicherheit rufen. Alle Halb- und Vollnazis ticken so. Oder?«

»Klar, das Konzept ist perfekt. Aber wenn rauskommt, dass die Rechten das inszeniert haben? Solche Sachen kommen meistens raus, irgendwann. Einer quatscht, macht sich wichtig, will eine Bar auf Teneriffa aufmachen ...«

»Wenn die Diktatur steht, erklärt der große Führer jede Enthüllung für feindliche Propaganda, blockt das Internet, und die Sache hat sich erledigt. Dann traut sich vielleicht eine Miniopposition zu widersprechen, und prompt hat der große Diktator feindliche Agenten vorzuzeigen.« Yussuf trommelte einen wilden Wirbel auf de Bodts Schreibtisch.

»Du wolltest schon immer Diktator werden«, sagte Salinger.

»Leute wie du brauchen dringend Führung.«

Salinger deutete den Hitlergruß an. Wandte sich de Bodt zu: »Was sagt denn dein Franzose dazu?«

»Der hat mich vorgeführt. Fängt mitten in einer Vernehmung plötzlich an, Deutsch zu sprechen. Gutes Deutsch.«

»Stellt sich gern dümmer, als er ist«, sagte Salinger. »Gefällt mir. Wenn ich mir hier so manche südländische Quasselstrippe ansehe.« Fixierte Yussuf.

Der hatte für so was nicht mal ein Radiergummi übrig.

»Schön, dass dich mal einer vorführt. Oder gelingt das der …?«
Salinger beugte sich hinter dem Schreibtisch, öffnete eine Schublade, eine zweite.

»Es gibt natürlich jemanden, der das rechte Gesocks nach Kräften bauchpinselt. Putin«, sagte Yussuf. »Dem ist kein Nazi zu braun, wenn es gegen die EU geht.«

De Bodt nickte. »Der Genosse Merkow sieht das naturgemäß anders.«

»Muss er auch. Sonst würde er nix taugen.«

»Früher gab es beim KGB eine Abteilung für Desinformation. Wobei die den Begriff weit ausgelegt haben, vorsichtig formuliert. Denen war nichts heilig. Man könnte die Anschlagserie als einen größenwahnsinnigen Plan verstehen. Aus dem Giftschrank des KGB. Die Zerstörung der EU …«

»London ist aber raus«, sagte Yussuf.

»Im weiteren Sinn, also nicht die Institution, sondern das politische Europa, und da hängt London so mit drin wie Norwegen oder die Schweiz.« Er tippte gegen seine Stirn. »Oder die Nato?«

»Alles Propaganda gegen den Musterdemokraten.« Yussuf misshandelte de Bodts PC.

»Das ist plausibel«, sagte de Bodt. »Dann hätte Moskau sich in Australien eine Killertruppe zugelegt. Schlau. Falls einer der Täter der Polizei in die Hände fällt. Dann haben wir keinen Russen, sondern irgendeinen Typen, der in der Fremdenlegion gedient hat. Oder bei einer amerikanischen Firma. Es gibt dank Blackwater und Co. genug Söldner auf dem Markt. Krieger, denen die Kriege ausgehen, seitdem die Amis auf Sparflamme bomben. Wie nach dem Ersten Weltkrieg. Damals zogen die Krieger in Freikorps los, heute sind es Söldner, die weiterschießen wollen.«

Salinger hatte sich wieder im Griff. »Irgendwas gefällt mir nicht an der Theorie. Das passt alles zu gut. So gut, als wäre es Absicht.«

»Und dass wir glauben sollen, es passe zu gut, passt auch zu gut«, sagte de Bodt. »Ich sehe das wie du. Wir müssen misstrauisch bleiben.«

Yussuf blickte ihn eine Weile an. Als de Bodt den Blick erwiderte, nickte Yussuf. De Bodt blinzelte zurück.

»Aber wir sollten der Australienspur folgen.«

»Na klar, ich bestell schon mal die Tickets«, sagte Salinger.

121.

Fast hätte er ein Liedchen gepfiffen. Aber Jan war zu müde. Zu müde zu pfeifen. Doch stieg seine Laune, seit er die Kreditkarten seiner Gefangenen geplündert hatte. Er fühlte sich reich. Es war zwar ein blödes Gefühl, so viel Geld mit sich herumzuschleppen, aber es war besser, als kein Geld zu haben. Er überlegte kurz, ob er den Server im Blockhaus kapern sollte. Walter würde ihm die Passwörter geben. Aber dann fand Jan es zu riskant. Nichts wie weg. Nadines Mörder würde er bestrafen. Und deren Auftraggeber auch. Nur musste er aufpassen. Bisher hatte ihm die Überraschung geholfen. Sie hatten nicht mit so einem wie ihm gerechnet. Und die Typen waren zweitklassig. Waren in Ferienlaune gewesen. Hatten sich überrumpeln lassen.

Kaltblütigkeit und Hass entdeckte er in sich. Früher hätte man sein Abenteuer einen Selbsterfahrungstrip genannt.

Auf der Fahrt hatte er beschlossen, die Sache zu beenden. Er musste von der Insel runter. Der Gestank im Haus nahm ihm fast den Atem. Ekelte ihn an.

»Du kennst einen Typen, der eine Jacht hat und die auch steuern kann«, sagte er zu Casper.

Der nickte. Hatte aufgegeben. Sie hatten alle aufgegeben. Er, der Hacker aus Hamburg, er hatte Profigangster überwältigt. Allein. Jan fühlte den Stolz. Sie hatten Nadine auf dem Gewissen. Sie hatten die Insel-Bullen geschmiert. Er musste mit ihnen abrechnen. Sonst würden sie nie bezahlen.

»Wie heißt er?« Jan löste den Knebel.

Casper schnaufte wie ein Pferd nach dem Rennen. »Zack, wir nennen ihn Zack ...«

»Dann ruf den Herrn an, und sag ihm, er soll sein Boot fertig machen. Heute Abend laufen wir aus. Zack und ich. Wenn du alles richtig machst, überlebt ihr. Wenn ich auch nur den Verdacht habe, dass du etwas Falsches sagst, schneide ich dir die Kehle durch. Sag ihm, dass ich auf deine Empfehlung komme. Dass es dringend sei. Dass er gut bezahlt würde.«

»Wohin soll die Fahrt gehen? Philippinen?«

»Du willst doch überleben, oder? Dann solltest du es besser nicht wissen. Sag dem Mann, er soll das Boot volltanken, Reservekanister bis zur Reling und Proviant für einen Monat. Schaffst du das?«

»Gib mir das Telefon.«

Casper erledigte seinen Auftrag. Jan hörte über Lautsprecher mit. Hinunter zum Hafen, am zweiten Anleger würde er erwartet. Zack trug ein T-Shirt mit dem Aufdruck *SCUBAPRO*.

Jan zog sich ins Schlafzimmer zurück und überlegte, ob er etwas vergessen hatte. Offenbar nicht. Er suchte seine Sachen zusammen und packte sie ins Auto. Dann wartete er zweieinhalb Stunden. Döste. Dachte an Nadine. Fühlte dem Schmerz nach. Überzeugte sich wieder und wieder, dass er keine Wahl habe. Als die Zeit verstrichen war, holte er den Reservekanister aus Caspers Auto. Verschüttete das Benzin in der Wohnung. Dessen Dunst vermischte sich mit dem Gestank der Menschen, überlagerte ihn. Bald roch es nur noch nach Benzin. Die Augen der Frau und der Männer verfolgten ihn. Angst. Sie schnaubten gegen die Knebel an. Casper verdrehte seinen Körper. Walter wackelte mit dem Kopf. Er wollte etwas sagen.

Jan nahm Streichhölzer aus der Küchenschublade, ging zur rückseitigen Tür. Wobei er ein Benzinrinnsal mit dem Kanister nachführte. Er warf den Kanister in die Küchenmitte. Öffnete die Schachtel, zündete ein Streichholz an und legte es ans Ende des Rinnsals. Die Flamme gierte in die Küche. Blau, gelb. Erst klein, dann explodierte sie dumpf.

»Palau. Die Station ist ausgefallen. Walter hat sich nicht gemeldet. Ich erreiche niemanden.« Pavlinsky saß mit Bob im Wohnzimmer von Quartier eins. Sie tranken Kaffee. Die anderen arbeiteten an Quartier zwei. Danach wollten sie noch einen G-Klasse-Benz besorgen und aufmöbeln. Solange der Feind nicht anrückte, würden sie sich vorbereiten. Sie konnten sich frei bewegen. Die Bullen hatten sie nicht im Visier. Es sei denn, ein Nachbar hatte irgendwas beobachtet und rief bei der Polizei an. In Zeiten der Terrorhysterie musste man damit rechnen. Aber sie waren vorsichtig. Einmal war ein Polizeiauto vorbeigefahren, als Bob auf der Veranda saß und das Schussfeld prüfte. Die Beamten hatten kurz geguckt. Einer hatte genickt, Bob hatte zurückgenickt. Die Streife. Die Australier waren wirklich höflich. Sogar die Bullen.

»Jemand hat den Stützpunkt in Palau gekapert?«, fragte Bob. »Vielleicht feiern die nur eine Party. Oder irgendwer hat das Unterseekabel angebissen.«

»Nein, dann hätten wir per Satellitentelefon eine Warnung erhalten.«

»Habt ihr einen Reserveserver, woanders?«

»Natürlich.«

Bob fragte nicht, wo. Nicht sein Bier. Nie lief eine Operation ohne Ausfälle. Man konnte das nicht verhindern, nur sich darauf vorbereiten. »Unsere Kundschaft?«

»Keine Ahnung. Glaub ich aber nicht. Die greifen hier an. Nehmen keinen Umweg, das würde uns nur warnen. Hast du Oberon im Blick?«

Bob nickte. War nicht schwer, einen Riesen zu beschatten. Der wohnte im Hilton. Verließ selten das Hotel. Kümmerte sich nicht darum, ob jemand an ihm klebte. Hielt es vielleicht für normal. War zuletzt zweimal in Pavlinskys Büro aufgetaucht, als der abwesend war. Und abgezogen. Oberon hatte keine Nachricht hinterlassen. Vielleicht ein Fehler. So vermittelte er den Eindruck, Pavlinsky überwachen zu wollen.

»Du hast keinen weiteren Auftrag bekommen, also ist die Aufführung beendet.«

Pavlinsky nickte. »Vermutlich. Oder die heben sich das tollste Ding für den Schlussakt auf. Bei denen fühle ich mich… sagen wir mal… überfordert. Zum ersten Mal. Ich habe nicht den Hauch einer Ahnung, was das Ganze soll. Die haben unbegrenzte Mittel, veranstalten ein Spektakel, wie es noch keines gab. Und hören einfach auf. Keine Erpressung, keine Erklärung. Nichts. Ich habe überall recherchiert. Es gibt zwei Millionen Spekulationen. Und keinen einzigen Hinweis.«

Warum fiel Bob gerade jetzt ein, dass er gern mit de Bodt spekuliert hätte? »Was machst du wegen Palau?«

»Erst mal gar nichts. Hab den Server dort abgeklemmt. So kann ich das isolieren. Vielleicht eine Drogenbande. Es hat vorher einen Einbruchsversuch auf dem Server gegeben. Aber so was gibt es dauernd. Obwohl er diesmal hartnäckig war.«

»Also kein Risiko von dort?«

»Nicht mehr. Und wenn einer die Station in Palau gekapert hat, weiß er auch nicht viel mehr. Außer Walter vielleicht. Doch der hat mich ein paarmal in der Kneipe getroffen. Nie im Büro.«

»Gut«, sagte Bob. »In derselben Kneipe?«

Pavlinsky überlegte, nickte. »Mist. Die letzten drei Mal im Finanzviertel. *Ronald's Fish Resto.*«

»Kennt dich da jemand? Wie bezahlst du da?«

»Die kennen mich vom Sehen. Ich bezahle nur bar.«

»Dann ist es gut. Aber wir halten ein Auge drauf.«

»Unter welchem Namen kennt er dich?«

»Oliver.«

»Hübsch«, sagte Bob.

»Thailand, da war ich noch nie.« Benec lag nackt auf dem Bett, de Bodt saß auf dem Sessel in der Ecke des Schlafzimmers. Sie wusste, dass sie ihn anzog. Spielte mit ihrer Attraktivität.

»Ich auch noch nicht. Wenn du als Mann im Flieger nach Bangkok sitzt, halten dich alle für einen Kinderficker.«

»Nicht, wenn du mit mir unterwegs bist. Wir könnten da ein bisschen nach Mördern fahnden. Unter der Hand.« Sie lachte leise.

»Und in einem Thaiknast landen, nachdem uns jemand Drogen untergeschoben hat?«

»So in etwa«, sagte sie. Räkelte sich.

Sie sah überwältigend aus.

»Aus dem Urlaub wird eher nichts. Ich halte nichts von Erschießungskommandos.«

»Du bist eben auch nur ein Spießbürger.«

»Wenn der Verzicht auf Knast und Exekution spießbürgerlich ist, bin ich ab sofort der Übelste aller Spießbürger.«

»Das heißt, deine Gangster lässt du laufen.«

»Ich bin nicht Superman.«

»Echt nicht?«

Er grinste.

»Glaubst du echt, die drehen das Ding von Thailand aus?«

»Du hast gerade einen Krimi aus den Sechzigerjahren gelesen?«

»Warum?«

»Da sagt man so was wie ›ein Ding drehen‹.«

»Du weichst mir aus.«

»Ich will dir nur nicht alle Dienstgeheimnisse erzählen. Ihr habt doch auch welche.«

Sie zog das zweite Kissen unter ihren Kopf. »Was willst du wissen?«

»Du lebst gefährlich.«

»Gern. Und sitzen die wirklich in Thailand oder so?«

»Vermutlich. Wir wissen es nicht besser.«

»Wir? Seit wann sprichst du von ›wir‹?«

»Ich weiß es auch nicht besser. Ich glaube, Bob ist nach Thailand abgehauen. Da gibt es Indizien.«

»Welche?«

Er hob die Hand.

»Gute, sehr gute?«

Die Handfläche drehte sich in der Luft. »Mittelgute.«

Sie lachte. »Mit dir ist heute nichts anzufangen. Warum gebe ich mich überhaupt mit dir ab?«

»Ja, warum?«

»Ich zeige es dir.« Sie lockte mit dem Finger.

De Bodt erschien wieder zu spät in der Soko. Eine heftige Nacht mit Benec. Wieder. Hatte immer noch keine Lust auf Tilly & Co. Am Abend hatte er mit Benec eine Pressekonferenz im Fernseher verfolgt. Tilly hatte Seifenblasen geblasen. Dann wurde er nach de Bodt gefragt. Versuchte, nicht rot anzulaufen. »Ja, der Kollege arbeitet in der Soko mit. Das habe ich Ihnen doch schon gesagt.«

»Wie erklären Sie den Stillstand der Ermittlungen? Können diese Gangster jetzt bei uns machen, was sie wollen?«

»Das ist Propaganda für das rechte Pack«, hatte Benec gesagt.

Sah man sich die Umfragen an, hatte sie recht. Die Rechtsparteien gewannen dazu, überall in Europa. Panikartige Aktienverkäufe drückten die Börsen in den Keller. Die Wirtschaft stotterte. Politiker verbreiteten Optimismus, obwohl jeder ihnen ansah, dass sie logen. Übergriffe auf Minderheiten, Flüchtlinge. Demonstrationen des Mobs.

»Ich würde am liebsten auswandern«, hatte Benec gesagt. »In was für einem Land leben wir, wenn ein Prozent Minus Panikexzesse herbeiführt? Was wird, wenn die Wirtschaft um zwei Prozent schrumpft? Schlagen die dann noch mehr Leute tot?« Der Mob hatte in Pirna einen Ägypter so lange verprügelt, bis er an seinem Blut erstickt war. »Und ihr findet nichts und niemanden!« Mit diesem Vorwurf hatte der Abend geendet.

Und de Bodt hatte vor einer schlaflosen Nacht nur gedacht: arme Benec.

»Ich hatte Einschlafprobleme«, sagte de Bodt. »Nach der PK.«

»Das tut uns leid«, sagte Krüger. Gekicher.

»Wenn wir unsere Hilflosigkeit öffentlich vorführen, werden die Leute nur nervös. Es hat, nebenbei gesagt, auch politische Folgen. Die Übergriffe …«

»Sie wollen andeuten …«

»Ich deute gar nichts an, Herr Kriminalrat.«

Des Kriminalrats Fingerkuppen wischten über den Tisch, als wollte er Staub entfernen. »Wir sind der Öffentlichkeit verpflichtet. Wir müssen uns stellen. Sie können uns beim nächsten Mal gern helfen.«

»Wir haben zwei starke Indizien. Über die dürfen wir aber nicht reden. Sonst warnen wir die Täter.«

»Wie bitte?« Krüger beugte sich vor. Legte die Hand ans Ohr.

»Erstens hatten die Täter einen Viertagerhythmus. Sie haben die Operation beendet. Mit Erfolg. Zweitens sitzen die Chefs der Operation in Australien.«

Sie starrten ihn an. Krüger mit aufgerissenen Augen. Das lauteste war das Brummen der Staubkörner in der Luft. Dann murmelte es. Der BND rieb sich die Augen. Der Verfassungsschutz putzte sich die Nase. Tilly blickte auf die Tischplatte, an die Wand, auf die Tischplatte.

»Aha«, sagte Krüger. Er hatte am Abend in seiner Bar zwei Drinks zu viel gekippt. Aber jetzt erstarb das Raunen des Restalkohols.

»Die Botschaft ist verkündet«, sagte de Bodt. »Wir müssen sie nur noch lesen.«

Tilly schüttelte den Kopf.

»Und wir haben ja eine Spur, die nach Australien führt. Wir sollten Wedensteins Foto den Kollegen dort schicken. An alle Flughäfen.«

»Sie meinen, Wedenstein gehört zu den Tätern?«, fragte der BND.

»Ich halte es für möglich. Es mag Zufall sein, dass er genau jetzt rausgeholt wird. Wir hatten ihn nach den Tätern befragt, kurz darauf verschwindet er aus Tegel. Gegenüber Mithäftlingen hat er

sich über Australien ausgelassen. Das genügt, um das Foto hinzu-
schicken und die Kollegen um Hilfe zu bitten.«

Der Verfassungsschutz blinzelte, nickte. »Das sollten wir tun.
Der Herr hat ja auch eine… ausdrucksstarke Visage. *Ferkelgesicht,*
ich erinnere mich. Nicht wahr, Herr de Bodt?«

»An Ihren Dienst erinnere ich mich auch«, sagte de Bodt. Sie
hatten ihm keine Knüppel zwischen die Beine geworfen, sondern
Baumstämme. Sie hatten ihn ausgespitzelt und denunziert.

Der Verfassungsschutz öffnete seine Hand wie einen Fächer,
schloss sie. Nikotinbraune Finger. »Ich unterstütze Sie doch.«

De Bodt verkniff sich eine Antwort.

Krüger blickte vor sich hin. »Stellen Sie sich vor, die australischen
Kollegen erwischen Wedenstein. Und der sagt kein Wort. Gehört
zu seinem Markenzeichen. Nur Ihnen gelingt es, allerlei Neuigkeiten aus ihm rauszuholen.«

»Er hat auch Neuigkeiten aus mir rausgeholt, Herr Krüger. Wie
in richtigen Gesprächen.«

»Sie haben ihm Ermittlungsergebnisse verraten?«

»Sie wollen sagen, ich habe ihm verraten, dass wir nichts wissen? Das hat der Herr Kriminalrat im Fernsehen erklärt.« De Bodt
blickte Tilly an, dann Krüger. »Wedenstein hat mir gegenüber angedeutet, dass er wenigstens eine Idee hat, wer die Täter sein könnten. Dafür wollte er Hafterleichterungen. Offenbar hat er doppelt
verhandelt. Mit mir und mit den Leuten, die die Wasser-Operation
veranstaltet haben.«

»Sie haben sich zum Deppen machen lassen, de Bodt.«

»Nein, ich habe Wedenstein dazu gebracht zu verraten, wo die
Täter sitzen. Er hat es nicht mal gemerkt. Sie auch nicht, Krüger.«

»Bitte, die Herren!« Tilly blickte strafend in die Runde. »Ich habe
es auch nicht so recht… gemerkt.«

»Das ist doch einfach. Auch Bob hat uns eine Botschaft geschickt,
obwohl er es nicht wollte. Er hat den Tätern erklärt, dass wir ihm
allerlei Vergünstigungen in Aussicht gestellt haben, wenn er aus-
packt. Angesichts von Lebenslänglich kein fernliegender Gedanke.
Er hat mit uns verhandelt beziehungsweise so getan, weil er nie auspacken wollte. Das hat seine Freunde unter Druck gesetzt. Obwohl

sie damit beschäftigt waren, Brücken und Tunnel zu sprengen und Fähren zu versenken, haben sie ihn kurzerhand rausgeholt.«

»Wenn ich das einflechten darf, auch der dritte Justizvollzugsbeamte ist gestorben. In dieser Nacht. Ich hoffe, es werden nicht noch mehr«, sagte Tilly leise.

Schweigen.

Dann Krüger: »Wedenstein hat Ihnen unfreiwillig etwas mitgeteilt?«

»Uns, Herr Kollege, genauer gesagt allen, die verstehen wollen. Die Botschaft lautet: Ich stoße zu denen, die diese Operation in Europa durchgezogen haben. Und in ein, zwei entspannten Momenten hat er von seiner Zukunft geschwärmt. In Australien.«

»Das Foto geht gleich raus«, sagte Tilly. Nickte, als hätte er sich gerade selbst überzeugt.

124.

Zack zeigte hin. Eine schwarze Wolke mäanderte meerwärts, als wollte sie die *Jolly Fish* verfolgen. Die Diesel dröhnten. Immer wieder hob sich der Bug und stampfte klatschend aufs Wasser.

»Da brennt's irgendwo«, sagte Zack. Er hatte eine hohe Stimme in seinem dürren Hals. Die Rauschen und Stampfen durchdrang.

Als sie vom Strand aus nicht mehr gesehen werden konnten, hielt Jan ihm die Pistole an den Kopf. »Stopp!«

Zack blickte ihn erschrocken an.

»Leg die Hände aufs Ruder!«

Zack legte die Hände aufs Steuerrad. Jan fesselte sie am Holz fest. Dann durchsuchte er Zack. Fand einen Revolver, ein altes Modell. Geladen mit fünf Schuss. Er warf die Waffe ins Meer. Im Gürtel steckte ein Klappmesser. Weg.

Dann durchsuchte Jan die Kajüte. Fand eine Schrotflinte mit abgesägtem Lauf und eine Machete. Beide flogen ins Wasser. Die Signalpistole steckte er in seinen Gürtel. Jan schnitt die Fesseln auf. »Weiter geht's.«

Sie wechselten sich ab. Mithilfe des GPS fand sich Jan bald zurecht. Er hielt Kurs. Das Ruder lag gut in den Händen. Zack schien eingeschüchtert. Wenn er keine Schicht hatte, verkroch er sich in der Kajüte. Wo er offenbar gleich einschlief. Jan musste in die Kajüte hineinrufen, um ihn zu wecken. Dann übernahm Zack. Jan verzichtete darauf, den Mann jedes Mal ans Ruder zu fesseln. Zeigte ihm einen Stapel Dollarnoten, deutete auf ihn und trug den Rucksack immer bei sich. Um sich zu schützen, verriegelte er die Kajütentür von innen und stellte eine Dose dahinter. Damit es schepperte, falls Zack trotzdem die Tür öffnete.

Gut fünfzig Stunden würden sie brauchen. Sturm war nicht angekündigt, auch wenn die Wellen wuchsen und der Wind stärker blies. Jan überlegte, was er mit Zack machen sollte. Er wüsste als Einziger, dass Jan die Typen verbrannt hatte. Sobald er von der Tour zurück war, würde er begreifen, was geschehen war.

Aber Zack gehörte nicht zu Nadines Mördern. Der kleine Mann mit dem spitzen Kinnbart war kein Feind. Aber er war gefährlich. Er würde ihn verraten.

Sie fuhren in den Sonnenuntergang. Eine Delfinschule schwamm mit ihnen um die Wette.

125.

»Ich habe mir schon Sorgen gemacht«, sagte Oberon. Das Wasserglas in der Hand. Das Jackett überm Arm.

»Gibt's was Neues?«, fragte Pavlinsky.

»Nein«, sagte Oberon. »Ich soll Ihnen ausrichten, dass Sie einen Bonus erhalten werden. Sie haben ausgezeichnete Arbeit abgeliefert.«

»Das freut mich«, sagte Pavlinsky. Er würde auch diesen Betrag gleich auf die Reise schicken. Um die halbe Welt. »Die Operation ist also beendet.«

»Das weiß ich nicht. Ich habe keine Anweisung erhalten. Warten wir ab.«

»Die warten auf ein Signal aus Europa?«

Oberon zuckte die Achseln. »Lassen Sie uns ein bisschen gehen.« Sie liefen wieder am Strand.

»Was machen die Vorbereitungen für den Tauchgang?«

Pavlinsky lächelte Oberon an. »Ich hatte ein bisschen Panik... fand Dinge logisch. Das hat sich gelegt. Es gibt keinen Grund abzutauchen.«

Oberon blieb stehen, blickte aufs Meer. Surfer warteten auf die Welle. Kratzte sich am Ohr. »Finden Sie? Ich fühle mich nicht wohl.«

»Sie wollen immer noch verschwinden?«

»Ja, ich glaube schon.«

»Haben Sie Vorbereitungen getroffen?«

»Ich dachte, wir ..., aber ich verstehe.« Er seufzte, ging weiter. »Mir gefällt es hier, in Brisbane.«

»Mir auch. Ich werde hierbleiben.«

»Sie sind sich sicher, dass Ihnen die Polizei nicht auf die Spur kommt?«

»Ja.« Pavlinsky dachte an Palau. Und daran, dass er nicht sicher war. Aber dass sich Bob darum kümmerte. Einen Besseren würde er nicht finden. Seit Bob mitspielte, fühlte er sich gut. Er verfolgte, wie Bob ruhig alles erledigte, was sinnvoll schien. Es war doch gut gewesen, ihn rauszuholen. Zumal er nicht gewusst hätte, wie er ihn im Knast hätte ausschalten sollen. Bob fand sich überall zurecht. Solche Leute waren unersetzlich. Pavlinsky verstand, warum der Kamerad ihm Feuer unterm Hintern gemacht hatte. Lebenslänglich war keine Aussicht für einen Krieger.

»Bleibt also nur abwarten und Wasser trinken«, sagte Pavlinsky.

»Lassen Sie Ihre Leute trainieren. Bloß nicht die Spannung verlieren. Ich glaube, das ganz große Ding kommt noch.«

»Eine Atombombe habe ich nicht«, sagte Pavlinsky. »Aber sonst fast alles.«

Sie saßen um die Ecke. Im *Café Eliza* gab es einen Gastraum und eine kleine Verkaufsausstellung im Nebenzimmer. Dort stand ein Tisch mit drei Stühlen. De Bodt hatte Salinger gebeten, mit ihm einen Tee trinken zu gehen. Sie blickte ihn groß an, nickte und kam mit.

Yussuf verfolgte, wie sie das Büro verließen. Er grinste de Bodt nach.

Anne, die Café-Chefin, brachte Tee und Kuchen.

Im Gastraum saß an der Wand ein Touristenpärchen. Sie unterhielten sich laut. Amerikaner.

De Bodt rührte um, trank einen Schluck. »Probier mal den.« Er deutete auf seinen Schokoladenkuchen.

Sie blickte ihn an. »Es war schon mal besser ... bei uns.«

»Vertraust du mir?«

»Na ... bleibt mir was anderes übrig?«

»Natürlich.« Er blickte sie kurz an. »Aber es wäre ... nicht klug.«

»Dumm also«, sagte sie.

»Ja.« Er hatte das Gefühl, sie redeten über alles. Wortlos. Was sie sagten, war ohne Belang. »Ihr wolltet mir das Leben retten. Habt eures riskiert. Du und Ali.«

»Du hast mir auch schon den Arsch gerettet. Das muss so sein.«

»Ich will nichts verrechnen ...«

Sie wehrte ab. Hände hoch, Kopfschütteln.

»Du musst mir vertrauen ...«

»Muss ich?«

»Ja.«

»Dienstanweisung?«

»Notwendigkeit.«

»Ali grinst dich in letzter Zeit so komisch an.« Ein schräger Blick. »Was läuft da?«

Er rückte den Stuhl nach hinten und legte ein Bein übers andere. »Du musst mir vertrauen.«

»Ich kapier's beim ersten Mal.«

»Das ist eine Ermittlung.«

»Ohne mich?«

»Ohne dich.«

Sie schloss die Augen und schüttelte den Kopf. »Es ist zum Kotzen.«

»Wenn das vorbei ist, wirst du es akzeptieren.«

»Du weißt also schon, was ich für richtig halten werde. Der Herr Hauptkommissar ist unter die Hellseher gegangen.«

»Manchmal ist die Hellseherei einfach. Weil alles klar ist.« Er blickte ihr in die Augen.

»Weil alles klar ist ...«, wiederholte sie. »Freut mich sehr, dass dir alles klar ist.« Sie wischte sich mit dem Handrücken das Auge. »Mir ist gar nichts klar.«

De Bodt fluchte innerlich. Er wollte sie beruhigen und erreichte das Gegenteil. »Ich versuche verzweifelt, eine Spur zu finden. Einen Weg ...«

»Du hast die doch überzeugt, sich an Bobs Fersen zu setzen. Vielleicht finden die Kollegen in Australien ihn ja.«

»Wenn sie ihn finden, ist er für uns tot. Sie werden ihn verhaften, irgendwann ausliefern, wenn er dort nichts angestellt hat. Und dann wissen wir so viel wie vorher. Ich hoffe, dass sie ihn nicht finden.«

»Und warum schlägst du es dann vor?«

»Weil ich uns eine Schneise schlagen will. Ich will Wedenstein auch fangen. Aber zuerst will ich diese Badewannentypen kriegen. Und wenn ich die und Bob erwische, umso besser.«

»Du willst nach Australien, dort ermitteln?«

»Mal sehen.«

»Und warum das Gegrinse?«

Er fasste sie an die Schulter. »Du musst mir glauben.«

Sie senkte den Kopf. Sie blieben eine Weile so. »Du riskierst viel«, sagte sie. »In jeder Hinsicht.«

Die *Jolly Fish* war ein gutes Boot. Dröhnte durch die Nacht. Jan mit einem Auge am Horizont, dem anderen auf dem GPS-Monitor. Er erkannte die Umrisse der philippinischen Küste. Die Kajütentür öffnete sich. Zack erschien, in der Hand eine Konservendose. Er zeigte sie Jan. Der nickte. Roch es. Baked Beans, vermutlich. Sie hatten auf der Reise bisher nichts anderes gegessen. Wasser und gebackene Bohnen. Zack stand auf Bohnen. Oder es war ihm egal, was er aß.

Jan hatte den Seegang in den Beinen. In der Nacht hatte er im Halbschlaf geträumt, als Seemann auf Reise zu gehen. Aber er würde nicht mehr viele Reisen machen. Er würde diesen Kampf kaum überleben. Damit hatte er sich abgefunden. Er sah Nadine lächeln. Bedauerte, dass er mit dem Scheißcomputer gespielt hatte. Sie hätte Besseres verdient gehabt. Er auch. Von Anfang an hatte er geglaubt, dass es nur noch sie geben würde. Hatte davor Beziehungen gehabt. Aber wirklich glücklich gefühlt hatte er sich nur mit Nadine. Kein Schatten lag auf ihrem Glück. So wenig, dass er sie vernachlässigt hatte.

In dieser Nacht hatte er geplant, wie er weiterkommen würde. Einfach planen, kompliziert geht schief. Er hatte die Risiken bedacht. Und sich für seinen Weg entschieden.

Niemand würde ihn international zur Fahndung ausschreiben, weil er in Palau in einem Mietwagen gesessen hatte. Auch wenn der vor Caspers brennendem Haus gestanden hatte. Niemand würde den Mietwagen so bald vermissen, Jan hatte für vier Wochen unterschrieben. Niemand auf den Philippinen würde ihn für was anderes halten als einen Backpacker. Eine Ameise der Globalisierung.

Zack erschien mit einer Dose und einem Löffel. Reichte sie mit Sicherheitsabstand. Holte eine Dose für sich. Er tat alles, um Jan nicht aufzuregen. War unterwürfig. Hatte beschlossen, alles zu akzeptieren. Solange er sein Leben und das Boot behalten konnte. Bestimmt hatte er schon mit schrägen Gestalten zu tun gehabt. Schließlich hatte Casper seine Dienste empfohlen. Schnauze halten, Befehle befolgen. Das war der Weg zum Überleben.

Zack setzte sich auf die Reling. Beobachtete, wie Jan das Ruder mit dem Knie festklemmte und löffelte. Der schwor sich, nie wieder gebackene Bohnen zu essen. Dieser süßlich-cremige Geschmack widerte ihn an. Und würde ihn immer an diese Zeit erinnern. Als die Schweine ihn zwangen, zum Schwein zu werden. Sein zweites Leben.

Zack deutete in Richtung Festland. Sie würden das Südkap umfahren, den Golf von Davao queren und die gleichnamige Stadt ansteuern. Im Hafen würde er sich einschleichen. Und erst dann legal einreisen, nachdem er sich ein Flugticket nach Sydney besorgt hatte. Zack hatte ihm erklärt, welches Reisebüro sich eignete und wie viel er dazulegen musste, um die Bearbeitung zu beschleunigen.

Er brauchte Zack nicht mehr.

128.

Er bedauerte. Spielte es nicht. »Ich habe Himmel und Hölle in Bewegung gesetzt«, sagte Tilly. Der BKA-Typ nickte, sah aus, als hätte der Kriminalrat Trampolinspringen auf ihm geübt. Tilly blickte ihn an. Er war bisher durch Schweigsamkeit aufgefallen. Was de Bodt gefiel. »Wir haben die australischen Kollegen und Interpol um Auskunft gebeten. Ich will Sie nicht mit Erklärungen langweilen. Die haben nichts gefunden.«

»Was mich nicht überrascht«, sagte der BND. »Die Hinweise sind ja arg dünn.« Bedauern im Gesicht. Nirgendwo sonst.

Krüger lächelte. »Ich finde das äußerst traurig. Was meinen Sie, Herr de Bodt?«

Der war wieder zu spät gekommen. Wieder nach einer Nacht mit Benec. Weil die Soko Zeitverschwendung war. Weil er sich ärgerte, dort eine Idee geäußert zu haben. »Perlen vor die Säue«, hatte er gesagt. Und Benec hatte gelacht. »Die glauben nicht, dass die Typen sich in Thailand amüsieren? Ich auch nicht. Du verrennst dich.«

»Wo sonst?«

»Keine Ahnung. Ich mag keine Ratespiele.«

»Nichts«, sagte de Bodt. »Ich meine nichts.« Uhlenhorst flüsterte er zu: »Nachher, im Büro.«

Tilly blickte ihn merkwürdig an.

Uhlenhorst begleitete de Bodt in sein Büro. Salinger blickte ihn sogar freundlich an. Yussuf bestarrte sein Handy, als wäre er zur Wachsfigur geronnen.

»Pokémon«, sagte Salinger.

»Ist doch schon durch.« Uhlenhorst grinste und setzte sich auf den Besucherstuhl vor de Bodts Schreibtisch. »Ist wahrscheinlich das sinnvollste, was wir tun können.«

De Bodt stellte sich ans Fenster, kehrte dem Büro den Rücken zu. »Finde ich auch. Die sollten die Kommission auflösen.« Wandte sich an Uhlenhorst. »Ihr habt auch nichts?«

»Wir suchen immer weiter. Hoffen, dass die Kollegen in Paris und London was finden. Bisher nichts. Mein Bauch behauptet, dass es so bleibt.«

»Wir haben etwas übersehen«, sagte de Bodt. »Wir haben etwas nicht verstanden. Was hat sich geändert seit den Anschlägen? Durch die Anschläge?«

»Die italienischen Banken sind abgeschmiert«, sagte Yussuf, ohne den Blick vom Handy zu wenden.

»Und die Regierung gleich mit«, sagte Salinger. »Politisch herrscht sowieso Chaos. Die Holländer wollen jetzt auch aus der EU. Die Franzosen...«

»Die Kanzlerin sah gestern in der Glotze richtig scheiße aus«, sagte Yussuf. »Die Hilflosigkeit hat ein Gesicht...«

»Die nächsten Wahlen werden ein Debakel«, sagte Salinger.

De Bodt konnte die Stimmung fast anfassen. Sie war depressiv. Wie dicke Nebelsoße.

Die Tür öffnete sich. Tilly erschien. »Ob Sie mal zu mir kommen könnten.«

De Bodt blickte ihn an. Ließ sich sein Erstaunen nicht anmerken. Noch nie hatte der Kriminalrat ihn abgeholt. Sonst Anruf, ins Büro zitiert. Die Sekretärin geschickt, wenn es telefonisch nicht geklappt hatte, weil Engel ihr Plauderstündchen hielt.

129

»Davao«, sagte Zack. »Der Hafen ...«

Masten, Schornsteine, Rostkähne, Fischerboote. Ein Gewimmel. An Land Fahrräder mit Sonnenschirmen. Radtaxis, die auf Kundschaft warteten. Gedrungene Hütten. Lagerhäuser, von Rost übersät. Menschen, Menschen, Menschen. Hunde. Katzen. Möwen. Am Anleger lag ein Schiff, blau, glänzend. Blaulicht auf dem Führerstand. Es sah stark aus und schnell. Ein Uniformierter mit Sonnenbrille lehnte an der Reling, seine Hand stützte sich auf ein M16-Sturmgewehr.

Jan starrte hinüber. Der Sonnenbrillen-Bulle betrachtete das Gewimmel. Schien sich zu langweilen. Beachtete die *Jolly Fish* nicht.

Zack fand eine Gasse durchs Gedränge. Geschrei, Gehupe, Gelächter. Eine Schaluppe mit Früchten lag quer, doch Zack zuckelte um sie herum. Sie erreichten einen Anleger. Schmal, rostig. Angebrochene Bretter auf dem Steg. Darauf drängten sich Leute mit Taschen, Fässern, Eimern, Handkarren. Niemand fiel ins Wasser, ein Wunder. Ein dschunkenartiger Kahn, überladen mit Kleidung, ein verdorrter halb nackter Zwerg am Ruder, der Rest der Familie auf der Ladung. Am Bug dampfte ein Reiskocher über einem Propangasbrenner.

Blicke streiften Jan. Aber niemand interessierte sich für ihn. Das Polizeiboot lag weitab, der Sonnenbrillen-Bulle war verschwunden.

Zack sollte seinen Lohn erhalten, sobald Jan die Flugtickets hatte. Zack führte ihn durch ein Labyrinth von Gassen. Hütten, Wellblech, Holzverschläge, Müllhaufen. Kinder auf den Straßen. Hühner in Käfigen. Mopeds knatterten. Der Geruch von Öl und Meerwasser mischte sich mit dem Rauch von Holz. Zack hustete. Erreichte eine Straße, gesäumt von Läden, eher Buden. Fleisch, Fisch, Konserven, Getränke, Früchte, Gemüse. Eine Bude war das Reisebüro. In der Ecke ein großer Tisch mit einem Computer, dessen Bildschirm Listen zeigte. Davor saß auf einem Hocker ein junger Mann, Sonnenbrille mit runden Gläsern, ein grünes Tuch in Stirnhöhe um den Kopf gebunden. An der Wand knittrige Plakate vom Great Barrier

Reef und von Palau. Zack tippte dem jungen Mann auf die Schulter. Was dieser ignorierte. Gebannt verfolgte er das Zeichenchaos auf dem Monitor. Zack zerrte ihn am Ellbogen. Verärgert drehte sich der Mann auf seinem Hocker zu ihm.

Zack redete auf ihn ein. Irgendein Dialekt. In den Augen des Mannes sah Jan, dass er Zack kannte. Ein flüchtiger Seitenblick zu Jan. Plötzlich leuchteten die Augen des Reisebürochefs. Vermutlich, als ihm Zack erklärte, dass er einen Haufen Geld verdienen würde, wenn er sofort zwei Tickets ausstellte. Ein Flug nach Manila, der andere von dort nach Sydney.

Jan verzichtete darauf, sich nach den offiziellen Preisen zu erkundigen. Um sich nicht zu ärgern. Ohne Einreisevisum zahlte man, was verlangt wurde. Wenn der Typ die Bullen rief, landete Jan in einer Massenzelle im Knast. Die Tickets sahen echt aus. Zack nickte. Sie kehrten zurück zum Boot. Als sie sich durchgewühlt hatten, zeigte Zack, in welcher Richtung der Schalter der Grenzkontrolle lag. Jan bestand darauf, dass sie hinfuhren. Sie wendeten auf dem Meer. Zack legte am Anleger vor dem Containerbau mit dem Einreiseschalter an.

»Jetzt essen wir noch eine Dose Bohnen«, sagte Jan.

Rot senkte sich die Sonne ins Dachgewirr Davaos.

Zack blickte ihn ängstlich an. Nickte.

130.

»Keine Ahnung«, sagte Pavlinsky. »Entweder sie haben noch einen Coup in Europa vor. Oder sie greifen hier an. Vielleicht heute schon, morgen.«

Bob spielte Pavlinskys Chauffeur. Die beiden Kameraden schirmten sie ab. Gestern hatten sie kurzerhand ihren Wagen auf einer Landstraße quergestellt. Es hatte so ausgesehen, als verfolgte sie jemand. Sie waren ausgestiegen. Die anderen waren in Deckung geblieben, während Bob sich dem Wagen näherte. Die Hand in der Tasche, um den Pistolengriff gelegt. Aber es war eine Hausfrau gewesen, die vom Einkauf zurückkam. Und zu den Autofahrern mit der dämlichen Angewohnheit zählte, sich an andere dranzuhängen. Sie hatte gemeckert und war dann mit einem Protesthupen weitergezockelt.

»Es ist eine Scheißlage. Ich fürchte, Oberon hält mich nur hin. Bis er den Befehl kriegt, mich zu erledigen.«

»Kann sein«, sagte Bob. Er hielt sich ungern damit auf, Wahrscheinlichkeiten zu berechnen. Er bedachte alle Möglichkeiten und bereitete sich auf alle vor. Egal, welche nahelag. Ein Rechenfehler, und er wäre erledigt. Bei aller Vorsicht fühlte er, dass der Tod in der Luft lag. Er hatte keinen Beweis dafür. Doch hatte er es gelernt, seine Gefühle als Sensoren zu betrachten. Und die meldeten seit Tagen Gefahr. Er blickte immer wieder in Spiegel, Schaufenster. Malte sich aus, wie er hier oder dort den Angriff planen würde. Wo sich Gelegenheiten ergaben. Behielt Autos auf der Straße im Auge.

»Die wichtigste Frage ist, wann wir abtauchen. Wenn wir zu früh abtauchen, werden die uns gleich als Feinde betrachten. Auch wenn sie es vorher nicht vorhatten. Wenn wir zu spät sind, bringen sie uns um.«

»Vielleicht gibt es ja wirklich noch einen Auftrag.« Pavlinsky schielte zur Haustür von Quartier eins. Neben ihr hing eine Heckler & Koch MP5 an der Wand. Schwere Riegel sicherten die Tür. Sie war mit einer Stahlplatte gesichert. Den Briefschlitz hatten sie umgebaut. Er ließ sich nur von innen öffnen und diente als Schießscharte. »Haben deine Leute was über Oberon rausgekriegt?«

»In den letzten Tagen hatten die andere Sorgen.« Deutete zur Haustür.

»Ich frage mich, warum wir warten, bis die uns den Hals abschneiden. Vielleicht sollten wir ihnen den Hals abschneiden.«

»In die Hand beißen, die dich füttert?«

»Ich habe genug verdient. Habe die Kohle verbunkert. Von mir aus können die alles abbrechen und sich die Kugel geben.«

»Den Gefallen tun die uns nicht«, sagte Bob. »Aber ich bin auch kein Freund des Abwartens. Wer den ersten Zug macht, bestimmt das Spiel. Wenigstens am Anfang.«

131

»Einen Tee… wir haben auch grünen…« Tilly blickte ihn an, fast von unten, während er sich über seinen Schreibtisch beugte und einen Notizblock in die Hand nahm. »Soll ich…?« Blickte zum Vorzimmer.

Tilly schien schon während der Konferenz bedrückt gewesen zu sein.

»Nehmen Sie doch Platz.« Den Tee hatte er schon vergessen.

Tilly setzte sich ihm gegenüber. Hätte nur ein Ächzen gefehlt. Er blickte auf den Notizblock. »Der Innenminister hat heute früh angerufen. Vor unserer Sitzung. Er ist… sagen wir… unzufrieden. Höchst unzufrieden. Was kein Wunder ist. Wir stecken fest. Vollkommen. Die Kollegen in London und Paris auch.« Starrte auf den Block, an die Wand, auf den Block. »So was habe ich noch nie erlebt.« Er blickte de Bodt an, als erwartete er Trost. »London mauert.« Noch so ein Blick. »Sie sind der Einzige hier, der wenigstens so was Ähnliches wie eine Spur vorgeschlagen hat… obwohl sie ins Leere führt… so weit sind wir schon, dass wir…«

De Bodt sah ihn ungerührt an. Irgendwo in seinem Inneren genoss etwas diesen Auftritt des Kriminalrats. Aber sein Hirn erklärte ihm, dass er irgendwann würde bezahlen müssen. Dafür, dass er den Kriminalrat so erlebt hatte. Der würde diese Tage des Scheiterns immer mit de Bodt verbinden. Schon weil der Zeuge seiner Demütigung geworden war. Dass Tilly nun auf ihn zurückgreifen musste. Sei es auf eigenen Entschluss, sei es auf einen Wink des Innenministers hin. Beim letzten Mal hatte die Kanzlerin dafür gesorgt, dass de Bodt zum Zug kam. Obwohl seine Vorgesetzten ihn hatten kaltstellen wollen. De Bodt wusste, dass sie ihn lieber früher als später rauswerfen wollten. Aber sie konnten es sich nicht leisten. Die Medien erinnerten an seine Erfolge. Wenn etwas schieflief, fragte jemand nach de Bodt. Sie fragten umso mehr, als sich de Bodt den Journalisten entzog. Auf die Pressestelle verwies.

»Der Minister sagt, wir könnten uns diesen Aufwand auf Dauer

nicht leisten. Die Ermittlungen verschlängen Unsummen. Rausge-
schmissenes Geld. Das hat er gesagt.« Er hörte der Kritik nach.
Spürte, wie sie ihn verletzte. Der Minister hätte ihn auch als Versager beschimpfen können. »Bald werden wir die Soko auflösen. Generalbundesanwalt und BKA werden übernehmen. Natürlich gibt es
öffentlich die üblichen Erklärungen. Konzentration. Umbau. Verein-
fachung der Strukturen. Effizienz. BND und VS werden ihre Leute
nächste Woche abziehen. Kein Verlust, könnte man sagen. Aber
es ist ein Zeichen. Unsere Herren haben keine Geduld mehr. Sind
unter Druck. Müssen sich rechtfertigen. Dem Innenminister fällt
nichts mehr ein … Sie haben bestimmt diesen TV-Auftritt erlebt …«

Wenn jemand am Ende war, dann Tilly. Der Misserfolg würde
an ihm kleben bleiben wie Hundescheiße in den Ritzen einer Turn-
schuhsohle. De Bodt fühlte kein Mitleid. Es war immer so. Die nach
unten traten, verziehen sich in der Not zuerst selbst.

»Wir brauchen irgendetwas. Einen neuen Ansatz …«

De Bodt lag die Bitte auf der Zunge, Tilly möge sich an Krüger
wenden. »Ich kann Ihnen nicht mehr vorschlagen, als ich es bereits
getan habe.«

»Bei den letzten … großen Fällen haben Sie immer etwas … gefunden …«

Soweit waren sie jetzt. Forderten ihn auf, wieder den Alleingang
zu starten. Was ihn beim letzten Mal fast den Rausschmiss einge-
bracht hätte.

»Sie kennen das doch. Wir haben unsere Abteilungen, Kommis-
sionen, Vorgesetzte. Das ist mir oft zu zäh.«

Wenn jemand den Fuß auf der Bremse hatte, dann du, du ewiger
Rückversicherer. Du Bürokratenseele. De Bodt tat Tilly nicht den
Gefallen zu nicken.

»Dabei brauchen wir Initiative. Auch mal Spontaneität. Über die
Stränge schlagen, also im … ermittlungstechnischen Sinn … Ideen.«

De Bodt malte sich Tillys Telefonat mit dem Minister aus: Sie
haben da doch diesen de Bodt. Den können Sie nicht an die Kette
legen. Die Kacke dampft. Lassen Sie ihn laufen. Wenn er dann Mist
baut … Wir erklären den Leuten, dass wir dem Falschen vertraut
haben. Noch mal von vorn anfangen müssen.

De Bodt kannte dieses Spiel. Es beleidigte seinen Verstand, dass Tilly ihm die Falle als Chance verkaufte.

»Sie wollen die Soko dichtmachen?«

»Verkleinern... verkleinern. Wir benötigen sie weiterhin als... Struktur. Es wäre das falsche Signal in der Öffentlichkeit... der Minister hat mir... energisch erklärt, dass er die politischen Folgen der Anschlagserie für den springenden Punkt des Ganzen hält.«

»Man stelle sich vor, er wäre nach der Wahl kein Minister mehr«, sagte de Bodt trocken.

Tilly nickte. »Das ist ein enormer Druck. Also, ich will diese Rechten auch nicht... aber das wissen Sie ja.«

»Und wenn wir den Fall nicht lösen können?«

»Dann haben wir eine Staatskrise. Wenn wir die nicht schon haben. Nach dem, was in letzter Zeit alles passiert ist... steht der Kaiser nackt da. Und was folgt, weiß nur der Teufel.«

»Sie übertragen mir die Ermittlungen. Genauer gesagt, schieben Sie mir die Verantwortung zu für den Fall, dass nichts herauskommt. Nachdem der Soko nichts eingefallen ist. Aber Sie lassen die Soko bestehen, weil Sie im Erfolgsfall recht gehabt haben wollen. Schließlich gehöre ich dazu. Praktisch.«

Tilly blickte ihn an. Nicht einmal wütend, eher traurig. Im Blick lag die Frage: Was soll ich denn machen? »Versetzen Sie sich doch in meine Lage«, sagte er leise. »Wenn ich vorschlage, die Soko ganz aufzulösen, schicken die mich nach Hause. Mit etwas Glück in die frühzeitige Pensionierung. Glauben Sie mir, dass ich mir das manchmal sogar wünsche. Aber dann sage ich mir, dass ich nicht als Verlierer abtreten will. Das bleibt an einem hängen. Sogar wenn es nur ein Gerücht ist. Aber wir kommen mit der Soko nicht weiter. Nicht, wie sie ist.«

»Warum übertragen Sie diese hiesigen Ermittlungen nicht Krüger? Er sollte Generalbundesanwalt und BKA zuarbeiten.« Die Frage musste sein, obwohl de Bodt die Antwort kannte.

Der Kriminalrat faltete die Hände vor der Gürtelschnalle. »Wie soll ich sagen...?«

De Bodt sah vor seinem inneren Auge eine Schlange, die sich durchs Unterholz wand.

»Muss ich Ihnen ernsthaft …? Ich schätze den Kollegen Krüger sehr … aber … nein, Herr Hauptkommissar, zeigen Sie sich kollegial …«

»Wenn ich Zugriff auf alle Mittel des Hauses habe. Wenn mir niemand reinredet. Wenn ich Krüger und seine Leute einsetzen kann, falls es nötig werden sollte. Ich möchte auch meinen französischen Kollegen hinzuziehen.«

Tilly blies die Backen auf. De Bodt wartete, ob der Kriminalrat jetzt zur Dienstanweisung griff. Immerhin hatte de Bodt sich nicht dagegen verwahrt, am Ende als Sündenbock dazustehen. Das gab den Ausschlag.

»In Gottes Namen«, sagte Tilly. »In Gottes Namen.«

»Ich möchte, dass Sie das in geeigneter Form den Kollegen mitteilen. Ich möchte nicht mehr an Sitzungen der Soko teilnehmen. Sie sollten dort weiter Ermittlungen simulieren … auf Sparflamme.«

Wieder Tillys trauriger Blick.

»Wenn wir etwas herausfinden und ich eine PK für sinnvoll halte, kann sie gern im Namen der Soko stattfinden. Oder des Generalbundesanwalts.«

Tillys dankbarer Blick.

»Ich werde mich und meine Mitarbeiter aus dem LKA-Betrieb herausziehen. Wenn nicht gerade Not am Mann ist, werden Sie von mir nichts hören, bis ich eine Spur habe.«

Tilly nickte.

»Ach ja, ich brauche einen … privilegierten Zugang zur KTU. Uhlenhorst arbeitet mir zu.«

Tilly nickte.

»Wenn ich scheitere, können Sie's gern an die große Glocke hängen.«

Tilly blickte ihn fast dankbar an.

Warum sollte man nicht zugestehen, was ohnehin passieren würde?

Ein paar Stunden später, nachdem er alles erzählt hatte, fragte Benec: »Aber wie willst du die kriegen, wenn die in Thailand sitzen? Oder in Vietnam?«

132.

Das erste Mal seit Nadines Tod fühlte er etwas außer Hass. Mitleid. Sie saßen auf der Heckreling und aßen Bohnen. Die Abenddämmerung hinterließ ihren Widerschein in den Wolken. Der Himmel färbte sich rot. Dann wurde es fahl. Lichter am Ufer. Werbeschilder flackerten. Glühbirnen in Buden. Flimmern von Neonröhren über Verkaufsständen. Geplärr aus Radios. Fernsehgedröhn. Mopedgeknatter. Darüber das Rauschen der Millionenstadt. Lichtreflexionen auf dem Hafenwasser. Schwarze Flecken, wo Öl schwamm. Lichter in Kajüten.

»Tank das Boot voll, dann kannst du abhauen.«

Zack blickte ihn ängstlich an. Warf seine Dose ins Wasser und verschwand in der Kajüte. Schleppte zwei Dieselkanister an Deck. Öffnete die Bodenklappe. Füllte den Treibstoff in den Tank. Er holte zwei neue Kanister. Noch zwei. Jan deutete auf die leeren Kanister. Bring sie runter, hieß das. Zack griff zwei Kanister und verschwand in der Kajüte. Holte die anderen. Als er mit dem letzten Kanister nach unten ging, blickte Jan sich um. Sah niemanden und folgte Zack. Zog die Walther. »Leg dich da hin.« Deutete mit dem Lauf der Waffe auf die Liege längs der Wand. »Auf den Bauch.«

Zack ließ den Kanister fallen und sprang Jan an. Warf ihn um. Die Walther fiel auf den Boden. Zack kniete auf Jan und prügelte auf ihn ein. Rasend, aber ohne Plan. Jan packte einen Arm und riss Zack zu sich hinunter, während er sich drehte. Zack knallte auf den Boden. Trat und boxte mit der freien Faust. Jaulte vor Wut und Schmerz. Jans Faust schoss auf Zacks Nase. Der schrie auf, während Jan ihn am Hals packte. Zack griff nach Jans Hand. Aber der schlug ihm das Knie in den Unterleib. Zack stöhnte auf, beugte den Kopf nach vorn vor Schmerz. Und riss den Mund auf, erwischte Jan am Unterarm. Zack biss zu. Es schmerzte höllisch. Jan ballte die Faust und schlug Zack aufs Ohr. Der Mund öffnete sich. Jans zweiter Schlag traf Zack am Kinn, der dritte wieder auf der Nase. Zack stöhnte auf, Blut im Gesicht, und sank auf den Boden. Jan fand die Pistole und steckte sie ein. Fesselte Zack mit Klebeband und knebelte ihn.

Dann kippte er den Inhalt zweier Kanister in der Kajüte aus. Stieg an Deck. Band ein Tau ans Steuerrad, die beiden Enden locker steuerbord und backbord an die Reling. Sicherte die Umgebung. Aber hier interessierte sich niemand für sie. Auf dem langen Anleger standen zwei Typen. Sie unterhielten sich. Einer entzündete eine Zigarette. Dann gingen sie in Richtung Ufer. Der Anleger reichte weit ins Meer hinaus. An den Seiten waren Boote vertäut.

Jan startete die Diesel. Sprang auf den Anleger, löste die Tauenden, warf sie aufs Boot. Sprang zurück aufs Boot und steuerte dicht am Anleger hinaus. Er legte den Gashebel auf Null. Am Ende des Anlegers schob sich die *Jolly Fish* zwischen zwei Fischerboote. Jan zog das Kabel links und rechts an der Reling straff. Das Boot würde nun geradeaus fahren. Weit genug. Er öffnete die Kajütklappe und band sie fest. Kippte einen Kanister Diesel aufs Deck, öffnete einen zweiten und ließ seinen Inhalt in die Kajüte laufen.

Er holte die Signalpistole aus dem Rucksack und lud sie. Steckte sie in den Gürtel. Dann drückte er das Boot in die Fahrrinne. Trat gegen das linke Fischerboot. Stellte sich auf dessen Planke. Schob die *Jolly Fish* an der Reling, bis ihr Bug in Richtung offenes Meer zeigte. Sprang zurück auf sie, schob den Gashebel auf Dreiviertel und sprang wieder zurück aufs Fischerboot. Die Diesel dröhnten los. Jan zog die Signalpistole und zielte. Als das Boot beschleunigte, schoss er. Er traf in die Kajüte. Sah es aufflammen. Grellgelb. Rannte geduckt hundert Meter in Richtung Hafen. Dann blieb er stehen. Die *Jolly Fish* machte gut Fahrt. Eine Fackel im Meer.

133.

»Er verbringt die meiste Zeit im Hotel. Wenn nicht, ist er bei dir. Oder er geht essen. Der Herr hat einen erlesenen Geschmack.«

Pavlinsky überlegte. »Mit seinen Chefs verkehrt er über VPN. Oder codierte Mails. Oder gar nicht. Falls er selbst der Chef ist.«

Bob und seine Leute hatten Oberon keine Sekunde aus den Augen gelassen. Auch auf der Rückseite des Hotels lauerte immer einer von ihnen. Oberon konnte außerhalb des Hotels keinen unbeobachteten Schritt tun. Sie hatten auch darauf geachtet, ob Oberon von eigenen Leuten gesichert wurde. Das schien nicht so zu sein. Sie konnten allerdings nicht ausschließen, dass im Block gegenüber jemand in einer Wohnung saß. Ein Fernglas vor den Augen, ein Scharfschützengewehr im Anschlag.

Pavlinsky und Bob hatten lang miteinander gesprochen. Wie sie es auch bedachten, sie mussten etwas tun. Und wenn es dann doch nicht nötig war, war es immer noch besser, als zu warten, bis die anderen zuschlugen.

Also hatten sie einen Plan gemacht. Danach hatte Pavlinsky schlecht geschlafen. Der Plan war gut, aber er würde sein Leben über den Haufen schmeißen. Es war nicht das erste Mal, das sich alles änderte. Aber mit dem Alter fand er es nicht mehr aufregend, sondern nur noch lästig. Er begann es zu hassen. Sich auf eine neue Stadt einlassen. Auf einem anderen Kontinent. Immer aufpassen, die Spuren verwischen. Ja, er hatte alles, was man so brauchte, wenn man verschwinden wollte. Er hatte vor allem genug Geld. Aber das Geld war auch seine Schwachstelle. Mochte er noch so tief abtauchen, die Verbindung zu seinen Konten wollte er nicht verlieren. Auch Geheimkonten waren Konten. Daten. Pavlinsky war zu klug, um zu glauben, dass Daten immer geheim blieben. Er kannte alle Codes. Es musste nur ein Bankangestellter einen Rappel kriegen, sich kaufen lassen. Dann konnte Pavlinsky AES irgendwas und sonstige Verschlüsselungscodes in der Pfeife rauchen.

Beim Frühstück in einem Pub waren sie alles noch einmal durchgegangen.

»Die Frage ist, ob Oberon jemandem verrät, wenn er in dein Büro kommt«, sagte Bob.

»Keine Ahnung.«

»Gehen wir also davon aus. Im Büro wäre es am einfachsten gewesen. Macht nichts. Ich lass mir was einfallen.«

»Bis wann?«

»Morgen.«

134

»Nicht bei der Soko-Sitzung?«, fragte Salinger, als de Bodt das Büro betrat. In seinem Schlepptau Uhlenhorst.

»Wir sind raus. Gewissermaßen.«

»Wir fangen jetzt Taschendiebe?«, fragte Yussuf.

»Wir fangen Badewannenmörder.«

»Fein«, sagte Salinger. »Also wieder wir gegen den Rest der Welt.«

»Keineswegs. Mit allerhöchstem Segen.«

»Pah!« Yussuf blickte sogar vom Handy hoch.

»Hoffentlich ist dir jetzt kein Pokémon durch die Lappen gegangen«, sagte Salinger. »Und die Soko?«

»Die tut so, als gäbe es sie noch. Natürlich treffen sich die Herren hin und wieder. Wenn die in der Öffentlichkeit bekannt geben, dass sie gescheitert sind, dann ...«

»Prost Mahlzeit«, sagte Yussuf.

»Wir sollten uns verständigen, was wir jetzt tun.« De Bodt blickte Uhlenhorst an, der an der Wand neben der Tür lehnte.

Uhlenhorst schüttelte den Kopf. »Wir haben einen Berg Material, aber keine richtigen Spuren. Wir haben überprüft, woher das Semtex stammen könnte. Nichts. Wir haben rekonstruiert, wie die Täter in die Wohnung gelangt sein könnten. Nichts. Wir haben das miese Phantombild aus dem Wasserwerk breit gestreut. Nichts. Die Angaben der Putzfrau waren mau. Wir haben natürlich Europol strapaziert ...« Er zuckte die Achseln.

»Der Tunnel wurde mithilfe eines Lkw gesprengt. Woher stammt der?«, fragte Salinger.

»Gestohlen, in Frankreich. Falsche Nummernschilder, umlackiert. Großer Aufwand. Die Kollegen haben Reste der Frachtpapiere gefunden. Gefälscht. Keine Fingerabdrücke. DNS-Spuren nicht existent bis unbrauchbar.«

»Auf den Fähren waren es auch Lastwagen«, sagte Yussuf.

»Siehe oben«, sagte Uhlenhorst.

»Wir haben also nichts«, sagte Salinger.

»Wir haben die Ergebnisse der Serie. Wir haben ein Ende der

Serie. Offenbar haben diese Leute erreicht, was sie erreichen wollten«, sagte de Bodt. »Wir haben die Gewissheit, dass die Leute rar sind, die so was durchziehen können. Das ist mehr als nichts.«

Salinger winkte ab. »Die Botschaft! Die Botschaft!«

»Ja, auch wenn es dich langweilt.« Er wechselte einen Blick mit Yussuf. »Listen wir die Ergebnisse auf. Darunter findet sich vielleicht, was die Täter erreichen wollten.«

»Das hatten wir doch schon«, nölte Salinger.

»Die De-Bodt-Methode: alles von vorn«, sagte Yussuf.

»Ich mach das auch immer so«, sagte Lebranc.

Niemand hatte gehört oder gesehen, wie er das Büro betreten hatte.

»Okay«, sagte Yussuf. »Die Methode von Kommissaren, die den Zenit ihrer Laufbahn überschritten haben.«

»In meinem Fall haben Sie völlig recht«, sagte Lebranc. Er holte sich den Stuhl in der Ecke, neben Yussufs Schreibtisch, und trug ihn an die Wand. Dicht neben de Bodt.

Die Tür öffnete sich wieder. Krüger blieb auf der Schwelle stehen. »Der Kriminalrat hat mir ... gesagt, dass ich euch unterstützen soll. Mach ich natürlich gern.« Die Stimme belegt, die Augen zusammengekniffen, die Haut rosafarben.

»Schließen Sie die Tür. Wir spekulieren gerade.« De Bodt nickte ihm zu.

Krüger blickte von einem zum anderen, fand keine Sitzgelegenheit, schloss die Tür und blieb daneben stehen.

»Viel Laufkundschaft heute«, sagte Yussuf.

»Komme gerade von der Soko ...« Achselzucken. »Über was spekuliert ihr?« Krügers Blick hing an Lebranc.

»Wir schreiben gerade eine Erfolgsliste«, sagte Salinger.

»Aha.«

»Aha.«

»Also«, sagte Yussuf. »Sie haben die Wirtschaft ausgebremst. Hab ich jedenfalls in der Glotze gehört.«

»Wachstumserwartungen gekillt, Arbeitslosigkeit wird wachsen. Die Börse crasht fröhlich vor sich hin. Die wird sich aber am schnellsten erholen«, sagte Salinger.

»Die Stimmung hat sich gedreht«, sagte Yussuf. »Der rechte

Pöbel wird immer stärker. Mehr Angriffe auf Flüchtlingsheime. Prügeleien auf den Straßen.«

»Die Zustimmung zur Regierung ist eingebrochen«, sagte Krüger. »Überall in Europa.«

»Ja, jetzt fällt denen nichts mehr ein«, sagte Yussuf. »Genauer gesagt, denen ist noch nie was eingefallen. Aber jetzt merkt es jeder.«

»Hatten wir doch alles schon«, sagte Salinger.

»Immerhin, wenn die Terroristen das erreichen wollten, haben sie Erfolg gehabt«, sagte de Bodt. »Wer hat ein Interesse daran, dass Wirtschaft und Politik in die Grütze gehen? Und wer wäre in der Lage, das Interesse auch durchzusetzen?«

»Hatten wir auch schon«, maulte Yussuf.

»Ja, aber das ist der einzige Ansatzpunkt, den wir haben.« Uhlenhorst fuhr sich mit den Händen übers Gesicht, als wäre er gerade erwacht. »Was ist mit Freund Merkow?«

Krüger glotzte.

»Bald«, sagte de Bodt.

Krüger glotzte immer noch.

»Wir drehen uns im Kreis«, sagte Yussuf.

»Vielleicht ist das eine neue Art von hybrider Kriegführung«, sagte Lebranc. »Nicht grüne Männchen, sondern eine Anschlagserie, um uns weichzukochen. Dazu eine Mitteilung an die Regierung, anonym natürlich. Wenn ihr wollt, dass es aufhört, macht dies oder jenes ...«

»Lasst uns die Ukraine, das Südchinesische Meer, Taiwan, Macao, tauft Makedonien um, nehmt die Türkei in die EU auf, beendet die Unterstützung Israels oder schlagt die Araber zu Brei ... da fiele einem allerlei Blödsinn ein«, sagte Yussuf.

»Das würde bedeuten, dass die Täter erreicht haben, was sie erreichen wollten«, sagte Salinger.

»Nur gesteht unsere Regierung natürlich nicht ein, dass sie erpresst wurde«, sagte Yussuf.

Krügers Augen hefteten sich auf den jeweiligen Sprecher.

»Dann müssten wir also gegen unsere Regierung ermitteln. Die hätte einen Deal abgeschlossen, obwohl sie das nicht zugeben kann. Und lässt die Soko gegen die Wand fahren. BND und VS mauern,

Europol lässt sich bremsen. Wenn die drei Regierungen sich mit den Gangstern geeinigt haben, gehört zum Paket gewiss auch, dass die nicht verfolgt werden. Das darf natürlich nicht bekannt werden«, sagte Salinger.

»Den Profit der Erpressung kassieren die Typen ein, wenn keiner mehr den Zusammenhang kapiert. Oder der leicht dementiert werden kann«, sagte Uhlenhorst.

»Ein verdammt schlüssiges Bild«, sagte Lebranc. Er steckte sich eine Zigarette in den Mundwinkel und schnippte daran mit Zeigefinger und Daumen. »Verdammt schlüssig.«

»Vielleicht geht es nur um Geld«, sagte Krüger. »Also…, wenn das so stimmt.«

»Vielleicht geht es nur um Geld«, wiederholte de Bodt. »Nur, warum dann dieser Aufwand? Da gäbe es leichtere Wege.« Er überlegte. »Gut, es ist eine Frage, um wie viel Geld es geht.«

»Müssen wir also die Kanzlerin vernehmen«, sagte Yussuf fröhlich.

»Und unseren Präsidenten… und den Premierminister in London. Die werden sich an die Stirn tippen. Allein, wenn herauskommt, dass wir mit denen wegen dieses Falls reden… die drehen durch.« Lebranc grinste breit.

»Wir werden sie erpressen«, sagte de Bodt. »Ist doch eine prima Methode. Oder?« Lehnte sich zurück, verschränkte die Hände im Nacken und murmelte: »Wachet und horcht, ihr Einsamen! Von der Zukunft her kommen Winde mit heimlichem Flügelschlagen; und an feine Ohren ergeht gute Botschaft.«

»An feine Ohren«, flüsterte Lebranc. »Die Nietzsche nicht hatte.«

De Bodt blickte ihn an. Grinste.

135.

Jan saß in *Ronald's Fish Resto*, vor sich das Notebook. Er suchte nach Einträgen. Fand in der Palauer *Island Times* einen Bericht über zwei Brände. Ein Feuerteufel sei unterwegs. Fürchte die Polizei. Im zweiten Haus habe die Kripo Leichen gefunden, die gefesselt worden seien. Die Bewohner sollten wachsam sein. Der Artikel erinnerte an einen Brandstifter, der seine Zündelkarriere vor dreizehn Jahren begonnen hatte. Und den man nicht gefasst habe. Möglicherweise sei ein Tourist in die Fälle verwickelt. Man habe einen Mietwagen gefunden. Der Fahrer sei verschwunden. Vielleicht sei der Tourist auch den Brandstiftern oder anderen Verbrechern zum Opfer gefallen.

Jan war zufrieden. Die Polizei war nicht nur korrupt. Ihr fehlte auch der Durchblick. Er hätte sich sofort verdächtigt. Irgendwann würde jemand die *Jolly Fish* finden, wenn sie nicht gesunken war. Dann könnte man glauben, besagter Tourist sei mit dem Boot verschwunden. Oder nach seinen rätselhaften Verbrechen auf der Flucht umgekommen. Er klappte das Notebook zu. Bisher lief es gut. Vielleicht kam er doch aus der Sache raus.

Er hatte sich einen Hummer gegönnt. Dazu ein Glas Champagner. Die Investition hatte sich gelohnt. Die Bestellung hatte den Kellner gleich für Jan eingenommen. Das Trinkgeld würde auch helfen. Er hatte beschlossen, die Sache bedächtig anzugehen. Heute hatte er sich Urlaub gegeben. War in Sydney gelandet und mit der Bahn nach Brisbane gefahren. Bezahlte bar. Keine Spuren hinterlassen. Er würde Gebrauchtwagenverkäufer suchen. Vielleicht fand er einen, der keine Papiere sehen wollte. Gegen einen Aufpreis.

Jan blickte sich um. An der langen Rückwand ein riesiger Fisch aus Plastik. Mit zwei Ketten an der Decke befestigt. Die Frontseite war halb offen, der Gastraum weitete sich übergangslos zur Terrasse. Sonnenschirme. Drinnen klimatisiert. Es war fast voll. Die meisten Gäste waren Anzugtypen. Wenig Frauen, im Businesskostüm. Die Männer glichen fast alle Walters Beschreibung. Er stellte sich vor, wie er von Tisch zu Tisch ging, um den Typen mit der Narbe auszugucken. Er lachte in sich hinein. Jan war entspannt. Er hatte Geld, er hatte Zeit. Das Schicksal würde Nadines Mörder nicht den Gefallen tun, von einem Auto überfahren zu werden.

Pavlinsky und Bob saßen in einem Ford-Falcon-Mietwagen vor Oberons Hotel. Sie hatten suchen müssen, bis sie einen mit getönten Scheiben gefunden hatten. Auf der gegenüberliegenden Straßenseite, gut zweihundert Meter vor ihnen, warteten Karl und Jean-Robert in einem schwarzen GMC-Transporter. Sie hatten Blaumänner an. Thermoskanne und Hamburger auf dem Armaturenbrett.

»Er ist pünktlich wie ein Uhrwerk«, sagte Bob.

Pavlinsky blickte auf die Uhr. »Sicher ist sicher.«

Bob stieg aus, querte die Straße und ging zum Transporter. Schob die Seitentür auf und stieg ein. Zog die Tür zu. »Noch eine halbe Stunde«, sagte er. »Dann ist Abendessen.«

Der Hoteleingang lag dreihundert Meter vor ihnen. Sie wussten, wohin er gehen würde. Und sie wussten, wo sie ihn abfangen würden. Aber wie hatte Bob gesagt: »Du machst einen Plan, und schon ist er im Arsch.«

137

An den Pförtner erinnerte er sich. Ein gemütlicher Typ, kurz vor der Pensionierung. Der schien ihn auch nicht vergessen zu haben. »Der Herr Kommissar besucht uns mal wieder.«

Den Staatssekretär Dr. Gernold Stratmann kannten de Bodt und seine Mitarbeiter nicht. Jung. Drahtig. Jeden Tag Jogging. Titanbrille mit getönten Gläsern. Gesunde Gesichtshaut. Den Vorgänger hatte der Karriereknick erwischt. Den Nachrichtendiensten war nichts dazu eingefallen, dass jemand das halbe Bundeskanzleramt abschoss.

Der übliche Besprechungstisch im üblichen Büro. Stahl, Leder. Ein Picasso-Druck an der Wand. Gegenüber Theodor Heuss. De Bodt erinnerte sich entfernt. Stratmann gehörte zu einem Verein, der sich Heuss' Wirken widmete. De Bodt hatte mit dem ersten

Bundespräsidenten nie etwas anfangen können. In seiner linksradikalen Uniphase hatte er ihm als einer gegolten, der Hitlers Ermächtigungsgesetz zugestimmt hatte. Heute erstaunte es ihn, dass jeder eine Kampagne der Rechtschaffenen fürchten musste, der einen Stasi-Offizier dereinst angelächelt hatte. Die Abschaffung der Demokratie fand er heftiger. Auch wenn einer unter anderen dafür gestimmt hatte. Und unter Druck. Das fuhr ihm durchs Hirn, während er wartete, dass Salinger und Yussuf sich setzten.

»Gut, dass Sie Ihre Mitarbeiter mitgebracht haben«, sagte Stratmann. Was klang wie: Das hätten wir doch unter uns besprechen können. »Kaffee, Wasser ...«

De Bodt schüttelte den Kopf.

»Haben Sie einen Cappuccino?«, fragte Yussuf.

Stratmann ging zur Tür und bat die Sekretärin. Schloss die Tür. Dynamisch. Er zauberte ein Lächeln ins Gesicht und setzte sich. Parlierte übers Wetter. Und überhaupt: die Klimaerwärmung. Blickte de Bodt an: »Kommen wir zur Sache. Die Kanzlerin sorgt sich. Um es zurückhaltend zu formulieren. Unter uns: Sie hat den Innenminister gefragt, wann er das Chaos lichten könne. Das ist die gelbe Karte. Sie verstehen?« Lehnte sich zurück. Zufrieden.

»Ich schildere Ihnen eine Hypothese«, sagte de Bodt. »Die Regierungen in London, Paris und hier werden erpresst. Sie geben nicht nach. Daraufhin zeigen die Erpresser, wozu sie fähig sind. Schließlich zahlen die Regierungen. Und die Anschlagserie hört auf.«

Stratmann beugte sich nach vorn.

Die Tür öffnete sich. Die Sekretärin erschien, das Tablett in der Hand. Sie stellte es ab und verschwand. Ein Dufthauch im Büromief.

Der Staatssekretär wartete, bis sie die Tür geschlossen hatte. Ohne ihr einen Blick zu gönnen. »Niemand erpresst uns.« Sein Zeigefinger schnippte. »Es gibt jeden Monat, ach, öfter Idioten, Fanatiker, die uns unter Druck setzen wollen. Das ist lächerlich. Wenn eine Regierung sich erpressbar zeigte ... Ich muss Ihnen nicht erklären, was das bedeutete ...«

»Es bleibt die ... Tatsache, dass in der Serie eine Botschaft steckt. Dergestalt: Wenn ihr das oder das tut, hört es auf.«

»Über diese Theorie haben wir hier auch gesprochen. Die Soko hat sich das überlegt. Ich finde es klug. Wahrscheinlich haben die recht.«

Salinger grinste.

»Es mag eine Erpressung sein. Nur haben wir keine Forderung erhalten.« Er hob die Hände, lehnte sich zurück.

Die Tür öffnete sich. Die Kanzlerin trat ein. Steuerte zielstrebig de Bodt an. Der Staatssekretär sprang auf. Die Kanzlerin reichte de Bodt die Hand. Sie war kalt. »Ich konnte Ihnen noch gar nicht danken für die Aufklärung dieser furchtbaren Sache. Wie ich hörte, haben Sie einiges riskiert. Also, vielen Dank.« Sie setzte sich auf den einzigen freien Stuhl.

Der Staatssekretär wartete, bis sie saß, dann hockte er sich auf die Vorderkante der Sitzfläche. »Wir haben über diese Hypothese diskutiert, die Botschaft...«

Die Kanzlerin nickte. »Diese Verbrecher machen unseren Bürgern Angst. Das Klima ist gefährlich. Politisch gefährlich.«

»Ich habe den Herrn Staatssekretär schon gefragt, ob im Kanzleramt irgendetwas wahrgenommen wurde, das wie Erpressung aussieht...«, sagte de Bodt.

»Nichts, was auf diesen... Wahnsinn hindeutet. Nichts.«

»Man braucht keinen Brief mit ausgeschnittenen Zeitungsbuchstaben für eine Erpressung.«

»Natürlich nicht. Aber wenn diese Leute versuchen sollten, uns auf diese Weise zu erpressen, ich wüsste nicht, was sie erreichen wollten.« Sie schüttelte nachdenklich den Kopf. »Wir haben wahrlich genug zu tun. Und jetzt noch das.« Sie erhob sich. »Wir unterstützen Sie mit allem, was wir haben. Wenn es irgendwo hakt, wenden Sie sich an Herrn Stratmann. Er ist immer für Sie da. Wir müssen diese Pest loswerden.« Als sie an der Tür stand: »Glauben Sie, da kommt noch was?«

»Ich weiß es nicht. Eher nicht.«

Die Kanzlerin nickte und verließ das Büro. Zurück blieb für einen Wimpernschlag das Blassrot ihres Blazers. Und die Falten an den Mundwinkeln. Nicht vom Lachen.

»Wir würden es verstehen, wenn Sie es geheim hielten«, sagte Salinger.

»Was?« Ein ärgerlicher Seitenblick Stratmanns.

»Eine Erpressung.«

»Wir möchten, dass unsere Ermittlungsbehörden diese Leute fangen und dass unsere Gerichte sie ins Gefängnis sperren. Apropos Gefängnis. Glauben Sie, dass dieser Wedenstein zu den Tätern gehört?«

»Wir glauben, dass die ihn rausgeholt haben. Insofern gehört er dazu«, sagte Yussuf.

De Bodt erhob sich und trat ans Fenster. Schwarze Limousinen verließen den Vorhof, schwarze Limousinen fuhren vor. Männer mit Aktentasche. Männer mit Begleitung, welche die Aktentasche trug. De Bodt erkannte den Landwirtschaftsminister, der vor Kurzem noch als Staatssekretär für Entwicklungspolitik zuständig gewesen war. Es gab schließlich auch Feuerwehrleute, die gern zündelten. Ihn begleitete eine junge Frau. Die Tasche trug er.

»Nur, wenn Sie's geheim hielten, dann behinderten Sie die Ermittlungen. Und wie ich unseren Chef kenne, zeigt er Sie dann wegen Behinderung der Ermittlungen an. Das steht dann in der Zeitung. Schlimmer als die fette Strafe. Sie verstehen«, sagte Salinger.

Stratmann musterte sie. Ihre Attraktivität beeindruckte ihn. Mehr aber noch der Gegensatz zwischen ihrem Aussehen und der Härte, mit der sie ihn anging. Das passte nicht in sein Frauenbild. »Wir arbeiten doch zusammen, oder?«

»Es wäre besser.«

»Sie können mir schon glauben«, sagte er.

»Ich glaube diesem Lackaffen kein Wort. Berufslügner«, fluchte Salinger, als sie zum Dienstwagen gingen. Sie setzte sich hinters Steuer und ließ die Kupplung schnalzen. Mit quietschenden Reifen rauschte sie aus der Parklücke.

»Auch ein Lügner kann die Wahrheit sagen.« De Bodt lachte sie an.

Sie fuhr zum *Nest* in der Görlitzer Straße. »Ich muss jetzt Nudeln essen«, sagte Salinger.

138

Man kann natürlich überall Männern auf den Hals starren. Jan grinste in sich hinein. Er konnte grinsen. Er lebte ein neues Leben und fand es gar nicht schlecht. Besser als im Büro sitzen und Programmzeilen runtertippen. Das wurde nicht schlecht bezahlt, aber es langweilte ihn. Nicht umsonst hackte er gern. Und spielte *Call of Duty*, da hatte er alle Versionen durch. Aber der Ego-Shooter in der Wirklichkeit, der war unbezahlbar. Es offenbarte, was in ihm steckte. Jan fühlte sich stark. Fast unbesiegbar. Sie rechneten nicht mit ihm. Sie rechneten mit Bullen, mit anderen Gangs, vielleicht mit Geheimdiensten. Aber nicht mit einem Touristen. Er bestellte einen Red Snapper vom Grill mit Salat. Dazu Ginger-Ale. Beobachtete die Leute, die Kellner. Die waren schnell und freundlich. Die Neugier drängte ihn an die Theke, aber er blieb sitzen. Nein, auch heute würde er nicht nach Oliver fragen. Er würde sich an die Umgebung gewöhnen. Dann würde er sich vorbereiten. Er brauchte Waffen. Ohne sie konnte er sich Oliver nicht nähern. Er brauchte eine Unterkunft und einen Plan. Angefangen mit der Frage, was er mit Oliver anstellen wollte, bevor er ihn umbrachte.

Ihm fiel die Harpune ein, die Nadine getötet hatte. Vielleicht sollte er Oliver mit einer Harpune erschießen. Die war jedenfalls leichter zu beschaffen als Feuerwaffen. Er hatte sich schlau gemacht. Die australischen Waffengesetze waren scharf. Irgendwohin gehen und schnell mal eine Knarre besorgen, das gab es nicht.

Er würde einen Weg finden.

»Der Typ ist irgendwie neurotisch«, sagte Bob. Sie beobachteten, wie Oberon das Hotel verließ. Auf die Sekunde pünktlich.

»Nicht weniger als du«, erwiderte Pavlinsky.

Karl hängte sich zu Fuß dran, Jean-Robert rollte im GMC-Transporter hinterher. Man musste mit allem rechnen, auch damit, dass Oberon plötzlich in ein Auto sprang und davonrauschte.

Pavlinsky startete den Motor. Er fuhr zu dem Platz, den sie ausgespäht hatten. Belebt, viele Lieferanten, kleine Läden. Ein Markt. Touristen.

Die bessere Alternative wäre eine menschenleere Straße gewesen. Aber die gab es hier nicht. Also im Trubel.

Sie warteten an einer Ecke. Rechts der Markt. Vor ihnen ein VW-Caddy. Ein Mann und eine Frau luden Blumentöpfe aus. Bob betrat den Bürgersteig und lehnte sich an die Wand. Neben einem Billigklamotten-Laden. Im Augenwinkel sah er Oberon, Karl im Schlepptau. Karl wechselte die Straßenseite und überholte Oberon. Pavlinsky setzte zurück. Jean-Robert beschleunigte und bremste hinter Pavlinsky. Der scherte aus, fuhr ein Stück vor und gab die Parklücke frei für Jean-Robert. Pavlinsky ließ zwei Autos vorbei. Ein Fahrer hupte und zeigte ihm den Vogel. Dann fuhr er zurück, als suchte er einen Parkplatz. Blieb stehen, versperrte die Straße. Hinter ihm begannen sich Autos zu stauen. Hupen.

Oberon war noch fünfzig Meter entfernt. Das Hupkonzert kümmerte ihn nicht. Er ging fast behäbig seinen Weg. Karl näherte sich ihm flink. Als Oberon den GMC-Transporter erreichte, war Karl in seinem Rücken. Bob stellte sich Oberon in den Weg, Karl umklammerte ihn von hinten, nun griff auch Bob zu. Sie stießen Oberon zur Tür, Pavlinsky fasste ihn am Arm. Oberon reagierte sofort. Er war stark, fit und geschult. Er trat Karl auf den Fuß. Der schnaubte. Vor Schmerz und vor Wut. Löste einen Arm. Zog einen Totschläger aus der Tasche und schlug Oberon auf den Kopf. Der brüllte, das Brüllen erstarb in einem Grunzen. Oberon sackte zusammen. Sie zerrten und schoben den Mann in den Laderaum. Bob stieg mit ein und schloss die Tür. Sie fesselten Oberon mit Handschellen im Rücken, auch an den Füßen. Während Pavlinsky losfuhr. Er blickte in die Spiegel, sah aber nur zwei junge Leute, die ihnen nachstarrten.

Bob verpasste Oberon eine Spritze Midazolam. Genug, um einem Elefanten eine gesegnete Tagesruhe zu verpassen. Pavlinsky fuhr, als hätte er eine Ladung Eier auszuliefern. Bloß keine Eile. Bloß nicht auffallen.

Bob setzte sich nach vorn, während Karl Oberon bewachte. Jean-Robert folgte ihnen in großem Abstand. Sicherte nach hinten ab. Er würde in der Nacht den Mietwagen zurückgeben. Schlüssel in den Briefkasten.

Alles lief prima. Trotzdem hatte Pavlinsky ein Scheißgefühl.

140.

»Nein, es macht mir Spaß«, sagte de Bodt.

Salinger verschluckte sich an ihren Spaghetti. Yussuf hielt sich die Hand vor den Mund. Und gluckste. »Soll ich?« Hob die Hand.

Salinger wehrte ihn ab. Hustete ein paarmal. »So einen Unsinn hab ich noch nie gehört.«

»Ich schlaf gern mit der Nachbarin«, sagte de Bodt. »Und es ist überdies nützlich. Für unsere Ermittlungen.«

»Du hast dich mit der eingelassen, weil es nützlich ist?« Salinger legte die Gabel in den vollen Teller.

De Bodt nickte. »Alter Trick. Im Bett reden die Leute.«

»Und hat die Benec geredet?«

»Nö. Aber ich.«

Salinger blickte ihn an, als hätte ihn ein extraterrestrischer Energieschub eben erst auf den Stuhl im *Nest* gebeamt. Durch eine Raum-Zeit-Falte oder so.

»Also, verarschen kann ich mich selbst.« Erhob sich. »Tschüss, ich brauche meine Nachtruhe.«

De Bodt stand auf und legte ihr die Hand auf die Schulter. »Hör doch erst mal zu. Dann kannst du immer noch schlafen gehen.«

Sie blickte ihn an, dann Yussuf. Ihre Augen flatterten. Sie wischte sie mit dem Handrücken trocken. Setzte sich. Stützte die Ellbogen auf, faltete die Hände, legte das Kinn darauf. Blickte de Bodt in die Augen.

»Sie ist eine Spur zu den Tätern.«

»Wie bitte?«

»Ali beschattet sie.«

Salinger blickte Yussuf an.

»Du steckst mit drin!«

Er nickte. »Bis zum Hals. Und ein paar Kumpels.«

»Und warum weiß ich ...?« Sie schluckte den Rest runter. »Wie kommt ihr darauf, dass die mit drinhängt?«

»Sie ist erst kurz vor der Anschlagserie eingezogen ...«

»Was für ein paar tausend Berliner gelten dürfte ...«

»Und hat mich sofort angemacht.«

»Soll es geben. Und dass Frauen einen schlechten Männergeschmack haben ...«

De Bodt grinste. Sie biss. Immerhin. »Natürlich gehe ich davon aus, dass alle tollen Frauen mich gleich anmachen.«

»Natürlich.« Schnippisch.

»Es war so ein Gefühl. Sie wollte alles über mich wissen. Hat kaum von sich erzählt.«

»Ein knallharter Beweis.«

»Normalerweise präsentieren sich Menschen, die was vom anderen Geschlecht wollen. Erzählen, was dem anderen gefallen könnte. Ich weiß aber gar nichts von ihr. Außer dass sie bei der EU arbeitet.«

»Was nicht stimmt«, sagte Yussuf. »Sie ist geschickt. Geht jeden Morgen zum EU-Büro am Pariser Platz, hält sich eine Weile im Foyer auf. Nach einer halben Stunde verlässt sie das Gebäude und verplempert ihre Zeit in der Stadt. Vorzugsweise in der Amerika-Gedenkbibliothek am Halleschen Tor. Liest Krimis, auch mal politische Bücher, vor allem über den Orient, Terrorismus.«

»Sie will nicht, dass Eugen sie während der Bürozeiten zufällig zu Hause erwischt«, sagte Salinger. Sie nickte. Stocherte in ihrem Teller. »Du findest dich nicht ein bisschen ... größenwahnsinnig?«

De Bodt lächelte. »Ein bisschen Größenwahn steht mir gut.«

»Du kapierst auch gar nichts«, sagte Yussuf. »Bob ist bei der Sache von Beginn an dabei. Vom Knast aus. Und der hat zweimal schlechte Erfahrungen mit uns gemacht. Kapiert?«

»Der saß im Knast, als der Mist losging.«

»Die haben einen Weg gefunden, ihn zu fragen. Zum Beispiel, welche Leute für den Job was taugen.«

»Demnach kennt er die Auftraggeber.«

»Muss nicht sein«, sagte de Bodt. »Aber Bob hat dafür gesorgt, dass Benec sich an mich ranmacht. So wollten sie auf dem Laufenden bleiben. Über mich wollten sie auch erfahren, was die Kollegen in London und Paris wissen.«

»Deswegen haben sie ihn rausgeholt? Weil er der Boss ist?«, fragte sie. »Nicht, weil er sie erpresst hat? Vorher hat er uns jedenfalls in den Knast gelockt und ausgeforscht. Dieser Scheißkerl hat immer was Neues auf Lager.«

»Wir wissen aber, wo er ist«, sagte Yussuf. »Und das weiß er nicht.«

»Australien ist ja auch nur ein Erdteil«, sagte Salinger. »Jedenfalls dessen größerer Teil.«

»Wir können unterstellen, dass er nicht unter den Aborigines lebt.«

»Und was hat die Dame nun gebracht? Außer die Abende unseres Chefs zu versüßen.«

»Das ist doch auch nicht schlecht«, sagte Yussuf. »Ich finde ihn seit seiner Eroberung halbwegs erträglich. Nicht so verspannt wie sonst.«

Der Spaghetti traf ihn über dem Auge. Der Gemüsesugo verlief sich in der Braue. Yussuf wischte den Treffer mit der Serviette weg.

»Kann ich euch noch anderes Spielzeug bringen?«, fragte die Kellnerin, die gerade mit einem Glas Bier vorbeihetzte. Den Pferdeschwanz waagrecht im Schlepp.

»Das Problem ist, dass wir bisher nichts gefunden haben. Nichts Handfestes«, sagte de Bodt.

»Ihre Wohnung ist clean wie ein Labor«, sagte Yussuf.

»Ihr habt die Bude gefilzt?«

»Laut Strafprozessordnung darf ich Aussagen verweigern, die mich belasten könnten.«

»Lasst euch nicht erwischen. Und wenn alles Einbildung ist?«

»Fest steht, dass sie lügt. Sie heißt nicht mal Benec.«

»Du hast die Biografie ausgeforscht?«

Yussuf hatte viele Freunde bei der Polizei. Wenn ein Polizist behauptet, er suche Angaben für eine Fahndung. Und wenn eine Fahndung dann doch nicht zustande kommt, weil der Verdacht sich in Luft aufgelöst hat. Ja, das kommt vor.

»Ich habe sie auch benutzt, um Fehlinformationen auf die Reise zu schicken. Sie ist unsere Verbindung zu Bob. Wir suchen ihn derzeit in Indochina, Thailand und so weiter.«

Da musste Salinger doch lachen. Sie schüttelte den Kopf. »Das ist verdammt dünnes Eis. Spekulation, nichts als Spekulation.«

»Wir müssen mit dem arbeiten, was wir haben«, sagte de Bodt.

»Hast du das schon der Soko erzählt?« Ein schräger Blick, hinterhergeschossen.

»Dünnes Eis«, sagte de Bodt. »Das zerreden die nur. Außerdem ist es dann nicht mehr geheim. Vor allem: Die gibt's nur noch, weil es sie geben muss.«

»Tilly?«

De Bodt schüttelte den Kopf.

»Irgendwann werden sie dich köpfen.«

»Bestimmt.«

»Wenn ich das vielleicht auch noch fragen darf: Mich wolltet ihr nicht einweihen. Zwar Yussufs Kumpels, aber nicht mich. Sagen wir mal, dass es mich erstaunt. Ein Vertrauensbeweis sieht anders aus.«

»Ich würde dir mein Leben anvertrauen«, sagte de Bodt. »Hier und jetzt. Aber ich habe gesehen, wie du auf Benec reagiert hast, als du an meine Wohnungstür geklopft hast.«

141.

Eine Unterkunft war schnell gefunden. Ein Maklerbüro in Ipswich, außerhalb von Brisbane. Das Schaufenster übersät mit Sonderangeboten. Die sahen auch so aus. Der Makler saß in seiner verqualmten Bude und las Zeitung. Jan roch Alkohol. Schweiß. Willow Road West in Redbank Plains. Holzhäuser, Hütten. Reichlich Abstand zwischen den Häusern. Billig. Einflugschneise der Air Force. Dreißig Kilometer zum Zentrum von Brisbane. Bei einem Gebrauchtwagenhändler zwei Straßen weiter kaufte er einen sieben Jahre alten

Toyota RAV4. Der Alte wollte nicht mal einen Führerschein sehen, als Jan den unverschämten Preis ohne zu mucken bar auf den Tisch legte. Keine Quittung. Jan war der Musterkunde.

Der SUV war sogar einigermaßen gepflegt. Der Diesel nagelte gesund vor sich hin. Im Radio kam Countrymusik. Die Jan hasste, aber hier passte es. Er fuhr ins Zentrum. Besorgte sich in einem Handyladen Prepaidkarten und ein USB-Mobilfunkmodem für sein Notebook. Googelte nach Tauchläden, fand das Underwater Paradise. Eher ein Tauchkaufhaus als ein Laden. »Wir haben auch fantastische Touren zum großen Riff«, sagte der Verkäufer. Flotte Frisur, Jeans, T-Shirt mit Unterwasserweltaufdruck.

Jan kaufte eine billige Taucherausrüstung, ein Poseidon SQR mit Titanklinge und eine Cressi Cherokee Ocean. Der Verkäufer musterte ihn, als er nach der Harpune fragte. »Du weißt schon, dass die meisten Tauchverbände...« Jan wusste es jetzt und erklärte, es sei ein Geschenk für seinen Vater, der ein erfahrener Harpunenjäger sei. Leider sei seine Waffe defekt und sowieso zu alt. Natürlich glaubte der Verkäufer kein Wort, stutzte an der Kasse, beäugte die Amateurtauchausrüstung und die Profiwaffen, mitsamt den Ersatzpfeilen. Sagte aber nichts, nahm das Geld und widmete sich dem nächsten Kunden.

Jan packte die Waffen in den Toyota und fuhr ins Finanzzentrum. Immerhin gab es dort ein anständiges Fischrestaurant. Während er aufs Essen wartete, las er die Bedienungsanleitung der Harpune.

142.

Karl humpelte. Er fluchte, als sie Oberon in der Garage von Quartier eins ausluden. Der Kerl war wirklich schwer. »Wie ein toter Elefant«, knurrte er. Es kränkte ihn, dass er nicht aufgepasst hatte. Wenn dich einer von hinten umklammert, tritt ihm auf den Fuß. Uralt. Es hatte ihn trotzdem erwischt. Jean-Robert hatte gegrinst, als er es erfuhr. Danke, auf solche Freudenausbrüche konnte er verzichten. Doch die Leute, mit denen er hier zusammenarbeitete, waren gut. Bob war ein Anführer. War sich nicht zu fein, mit anzufassen. Karl hatte im Kongo erlebt, was Bob für seine Leute riskierte. Jean-Robert hatte in der Legion angefangen. Er sagte nicht viel. Vielleicht fand er sein Englisch selbst lustig. Aber Jean-Robert erledigte seine Jobs mit professioneller Ruhe. Seine Gelassenheit beeindruckte Karl. Es kam, wie es kam. Der Tod machte keinen Bogen um sie.

Sie schleppten Oberon ins Wohnzimmer. Wenn man einen Raum mit Matratzen, Campingstühlen und einem Tapeziertisch so nennen konnte. Bob verklebte Oberon den Mund.

Jetzt mussten sie warten. Bewusstlose folterte man nicht.

143.

Er hatte die Nase voll. Ras-le-bol. Dieser de Bodt trug zwar einen französischen Namen. Aber die Höflichkeit hatte er nicht geerbt. Wenn Lebranc ihn anrief, wurde er abgefertigt. Wenn er im LKA auftauchte, war der Herr Hauptkommissar nicht da. Angeblich. Die Wirtin seiner Pension redete zu viel. Wollte unbedingt ihr Französisch entstauben. Fragte und fragte. Draußen war Schmuddelwinter. Und ein großer Spaziergänger war er noch nie gewesen. Er hatte gehofft, an den Ermittlungen beteiligt zu werden. Aber entweder gab es keine Ermittlungen. Oder sie fanden es unnötig, ihn zu unterrichten. Einfach zurückfliegen und in Paris ermitteln? Da wartete Floire im Büro, der schon als Superflic geboren worden war. Da arbeitete die Sonderkommission, die ihn nicht wollte.

Ja, er durfte in diesen Zeiten sogar Urlaub nehmen. Was als Großzügigkeit daherkam, war eine Kränkung. Nein, Herr Lebranc, wir brauchen Sie nicht. Zwar herrscht gerade überall das Verbrechen, aber Sie, nein, Sie brauchen wir nicht. Erholen Sie sich gut.

Es hatte einige Zeit gedauert, bis er verstand. Er war der überflüssigste Polizist Frankreichs. Jeder Streifenpolizist wurde geschätzt. Jeder Verkehrspolizist geachtet. Jeder Kriminalkommissar gefürchtet. Ihn aber gab es gar nicht mehr.

Er verließ die Scheißpension in dieser Scheißstadt und marschierte durch den Matsch. Fluchte vor sich hin. Merde, *putain de merde, putain de bordel de merde*. Ein Pärchen, das ihm untergehakt begegnete, grinste sich an. Lebranc erreichte verschwitzt das *Goûter* in der Reichenberger Straße. Der Wirt begrüßte ihn mit einem Wink. Wie einen alten Bekannten. Er bestellte das Huhn, keine Vorspeise, kein Dessert. Dafür eine Flasche Bordeaux. Die kam vor dem Gericht. Er schenkte nach, als er das erste Glas getrunken hatte. Das Huhn war ausgezeichnet. Er trank reichlich. Bestellte die zweite Flasche, bevor die erste leer war.

Betrachtete die anderen Gäste. Er fühlte sich allein. Hundeseelenallein. Er hatte es immer gemocht, allein zu sein. Aber hier überwältigte ihn die Verlassenheit. Nicht mal ein Straßenköter würde ihn beachten. Und dieser Scheiß-de-Bodt hatte ihn hergelockt. Um ihn versacken zu lassen. Das grenzte an Bösartigkeit.

Er bezahlte und trat vor die Tür. Ging zurück ins Restaurant, auf die Toilette. Verließ es wieder. Ein kalter Wind trieb ihm Tränen in die Augen. Es war der Wind. Er würde dem Kerl jetzt die Meinung geigen. Lebranc blickte auf die Uhr, kurz vor Mitternacht. Eine gute Zeit. Zog die Visitenkarte aus der Tasche und marschierte los. Aus Schnee wurde Schneeregen. Matsch auf der Straße. Die Kälte kroch in die Schuhe, das Wadenbein hoch. Er wischte sich mit dem Ärmel das Gesicht trocken. Drohte einem Auto mit der Faust. Wummerbässe, die seinen Magen zittern ließen. Dir geig ich was. Rempelte einen Mann an. Der war stehen geblieben, zündete sich eine Zigarette an. »Pass auf, du Penner!«

Das Haus hatte er gleich gefunden. Er klingelte bei *de Bodt*. Nichts. Trat ein paar Schritte zurück auf die Straße. Wäre fast ausgerutscht. »Merde!« Er blickte auf seine Schuhe. Aufgeweicht. Nasse Füße. Blickte nach oben. Keine Ahnung, in welcher Wohnung der Mistkerl hauste. Drei Wohnungen mit Licht. Ach, scheiß drauf. Er ging zur Haustür und drückte alle Klingeln. Der Türöffner summte. Lebranc betrat den Flur. Stieg die Treppe hoch. Im ersten Stock steckte ein Gesicht im Türspalt. Es trug einen Kinnbart und zeigte braune Zähne. »Haben Sie geklingelt?«

»Pardon, je ne sais rien.«

Das Gesicht verschwand, die Tür knallte zu.

Im Stock darüber stand eine Frau in der Tür. Seidenbademantel. Lebranc blieb stehen, verblüfft von ihrer Schönheit.

»Je cherche … ich suche Herrn de Bodt.«

Sie lächelte. »Sie sind der französische Kommissar?«

»Ja.« Hielt sich am Geländer fest. Kam sich lächerlich vor. Schmutzig. Nass.

»Kommen Sie doch herein.«

Er näherte sich ihr. Las auf dem Klingelschild der gegenüberliegenden Wohnung *de Bodt*. Die Frau trat zur Seite. »Eugen, wir haben Besuch.«

144.

»Da ist etwas Teuflisches im Gange.«

Anja Katt hockte auf dem Sessel, die Waden unterm Hintern. Gelenkig wie eine Entfesselungskünstlerin. Während Merkow erzählte. Er hatte nicht gewusst, dass General Wolkow dermaßen unter Druck stand. Er kannte Wolkow als einen souveränen Chef. Hatte seine Sporen beim GRU verdient, dem militärischen Nachrichtendienst, Nachfolger des legendären SMERSch. *Tod den Spionen und Verrätern*. Aber wo immer russische Geheimdienstoffiziere arbeiteten, sie waren Tschekisten. Wie ihr Präsident. Wie die Spitzenleute in der Regierung. Früher hatte die Partei Russland regiert, heute waren es Feliks Dserschinskis Nachfahren. Mochten die amerikanische Konkurrenz die bessere Technik und mehr Geld haben. Ihr fehlte das Ethos der Tschekisten. Die Verwurzelung im Volk. Die nicht einmal Jagoda, Jeschow und Beria hatten erschüttern können. Stalins große Schlächter. Aber General Wolkow war nervös. Der Präsident musste wissen, was da vorging. Der Präsident fürchtete, dass die Terroristen auch in Russland zuschlagen könnten. Das würde Opfer kosten. Russische Opfer. Und, noch übler, die Staatsautorität untergraben. Staat und Kirche gaben den Bürgern Sicherheit. Sie gehörten zusammen. Deshalb war der einst berufsgottlose Präsident fromm geworden. Man sah ihn oft in der Kirche. Im freundschaftlichen Dialog mit dem Popen. Als wäre er fromm geboren, als wollte er fromm sterben.

»Da ist etwas Teuflisches im Gange«, hatte Wolkow gesagt. »Und wir müssen verhindern, dass der Teufel unsere Staatsgrenze überschreitet.«

»Wolkow geht der Arsch auf Grundeis«, flüsterte Katt.

»So kann man es auch sagen.«

»Und nun?«

Draußen jaulte eine Polizeisirene. Sie waren vor einem halben Jahr zusammengezogen. Merkow lernte seitdem, mit Katts Macken zu leben. Er hielt sich für einen einfachen Menschen. Wenn Unordnung herrschte, räumte er auf. Zum Beispiel. Aber Katt ließ ihre Klamotten überall herumliegen. Wehe, er fasste ein Kleidungsstück an. Sie wusch nie ab. Lehnte aber eine Geschirrspülmaschine ab. Merkow hatte keine Ahnung, warum. Katt konnte stundenlang schweigen. Sie lag auf dem Bett oder auf ihrem Sessel, der eigentlich seiner war. Stierte vor sich hin. Um plötzlich irgendwas zu fordern: Wir gehen ins Kino. Was essen. Einkaufen. Ich brauch unbedingt dieses Buch. Ihre Filme und Bücher waren Schmonzetten billigster Art. Oder Klassiker. Oder Biografien. Alles über Stalin. Alles über das KGB. Alles über den Krieg. Der Sowjetstaat hatte Katt erzogen. War an Vatersstelle getreten, als ihr Vater gestorben war. Die Mutter war lange davor verschwunden. Einfach so. Katt war im Waisenhaus aufgewachsen. Wo man kämpfte oder schon verloren hatte. Wo man unterging. Oder hart wurde, gerissen, skrupellos. Wo man lernte, nur sich selbst zu trauen. Wo man Wut speicherte. Zu viel, um sie jemals wieder loszuwerden. Und doch fühlte Katt Schuld gegenüber dem Staat in sich. Nach dem Waisenhaus Ausbildung beim KGB. Einsätze gegen Dissidenten. Venusfalle. Auslandseinsätze, auch in Afghanistan. Erste Morde. Wo sie mehr über sich lernte. Dass sie gern tötete. Das größte Gefühl. Berauschend. Sein Leben in deiner Hand. Sich fühlen wie Gottes kleine Schwester. Merkow hatte von Katt gehört, lange bevor er sie kennenlernte. Sie war rasch zur Legende geworden. Umraunt. Geheimnisvoll. Gefährlich. Sie nahm sich Dinge heraus, die sich sonst keiner traute.

Tauchte unter, tauchte auf. Keiner außer dem General wusste, ob sie es im Auftrag tat oder weil sie es wollte. Bei ihrer gemeinsamen Operation in Berlin waren sie sich nähergekommen. Katt war oft abweisend, sie fürchtete, ihre Schwächen preiszugeben. Niemand sollte lernen, sie zu verletzen.

Merkow hatte über Katt mehr erfahren als jeder andere. Aber es war nicht viel.

»Wir sollen wieder nach Berlin«, sagte Merkow.

»Und was dein Freund rausfindet, sollen wir berichten«, sagte Katt.

»Klar. Aber wenn wir das Problem lösen können, sollen wir es lösen.«

145.

Beim dritten Besuch traute er sich. »Sagen Sie, kennen Sie einen Oliver? Hat eine Narbe am Hals.« Jan klemmte einen Hundert-Dollar-Schein unter seinen Teller.

Der Kellner hatte chinesische Eltern. Er war schlank, ziemlich klein und hatte klare Augen. Brille ohne Rahmen. Seine Zähne blitzten wie in der Werbung, als er den Mund öffnete. »Eigentlich darf ich keine Auskunft über Gäste geben.«

Jan legte einen zweiten Schein daneben. »Ich suche einen Freund, verstehen Sie? Es bleibt unter uns.«

»Versprochen?«

»Versprochen.«

»Ich habe nichts gesagt.«

»Sie haben nichts gesagt. Wir unterhalten uns gerade über das Essen. Gestern hat der Red Snapper etwas lang auf dem Grill gelegen.«

»Ich werde es dem Koch ausrichten.« Er blickte sich um. »Dieser Oliver kommt oft. Also, wenn es der mit der Narbe am Hals ist. In letzter Zeit allerdings seltener.«

»Heute ist er nicht da?«

Der Kellner schüttelte den Kopf.

Jan legte einen weiteren Hundert-Dollar-Schein auf den Tisch. Kritzelte seine Handynummer auf die Serviette. »Rufen Sie mich an, wenn er auftaucht?«

»Das darf ich nicht.«

Jan legte zwei Scheine dazu.

Der Mann nahm das Geld. »Ich sage es dem Koch. Tut mir leid, dass der Red Snapper nicht geschmeckt hat.«

146.

Oberon blinzelte. Erkannte Pavlinsky, sah Bob. Verstand. Sie hatten ihn mit den Händen im Rücken an einen Stahlbügel gefesselt. Der saß wackelfrei. Knöchel und Beine waren mit Klebeband fixiert. Oberon lehnte am Heizkörper.

»Ihr seid wahnsinnig. Das überlebt ihr nicht.«

»Wenn wir draufgehen, dann nach dir«, sagte Pavlinsky ruhig. Das übliche Geplänkel.

»Was wollt ihr? Und vielleicht könnte sich dieser ... Herr vorstellen?«

»Guten Tag«, sagte Bob.

»Wir müssen wissen, wer deine Auftraggeber sind«, sagte Pavlinsky.

»Ich bin nur der Vermittler.«

»Red keinen Quatsch. Du bist deren Laufbursche«, sagte Pavlinsky.

»Unsinn«, sagte Oberon.

»Sogar wenn du wirklich Vermittler wärst, wüsstest du mehr als wir über diese Leute.«

»Ich kann dir sagen, was ich weiß. Wenn die Typen mir einen Befehl geben, schicken sie eine Mail. Ihr kennt das: verschlüsseltes Konto, keiner verschickt Mails, sondern es werden nur Entwürfe geschrieben, und alle Beteiligten haben Zugang zum Konto.«

»Du schaust also in dein Postfach?«

»Ja. Jeden Morgen, jeden Abend. Zweimal am Tag.«

»Und im Notfall?«

»Wenn ich einen habe, schreibe ich eine Mail. Wenn die einen haben, schicken Sie eine SMS. Mit der Aufforderung, ich soll das Postfach öffnen.«

»Wie haben die Leute dich ausgeguckt?«

»Hab ich doch schon gesagt.«

»Mein Freund würde es gern von dir hören.«

Bob nickte.

»Sie haben mir eine SMS mit den Zugangsdaten zu dem Konto geschickt. In der ersten Mail haben Sie mir ein Honorar angeboten. Dafür soll ich Leute finden, die … aber das wisst ihr alles.« Blickte Pavlinsky eindringlich an: »Ich hab dir gesagt, dass ich in der gleichen Scheißlage bin wie du … ihr. Ich kenne die Leute nicht.«

»Du wohnst in dem Hotelzimmer. Sonst kein Büro?«

»Nicht hier. Zu Hause.«

»Wo ist das?«

»USA, New York.«

»Du hast eine Sicherheitsfirma«, sagte Bob.

»Nein, ich vermittle. Ich habe mir Vertrauen erarbeitet. Seit mehr als zwanzig Jahren. Ich verpfeife keine Leute. Nie. Auch euch nicht. So, jetzt hört auf mit der Kinderei. Ich muss genauso untertauchen wie ihr.«

»Hier bist du sicher.«

»So hatte ich das nicht gemeint«, brummte Oberon.

»Die Mails sind auf dem Server gespeichert.«

»Die löschen alles sofort. Blöd sind die nicht.«

»Benutzername, Passwort, Website-Adresse.«

»Hab ich im Hotelzimmer. Ist Kryptoscheiße, kann sich kein Mensch merken.«

»Mit dem Handy kommst du nicht ran.«

Oberon blickte zum Tisch. Dort lagen Portemonnaie, eine Beretta U22 Neos, ziemlich exotisch. Und ein Steinzeithandy von Ericsson.

»Die überwachen dein Handy?«, fragte Bob.

»Kann sein. Das Ding hat aber kein GPS, die finden nur die Funkzelle. Wenn überhaupt.«

»Und was wollen die? Warum die Anschläge?«

»Wie oft soll ich es sagen? Ich weiß es nicht.«

»Du bist also zufrieden als Laufbursche?«

»Zufriedenheit misst sich am Kontostand. Ich bin zufrieden. Nur mit dem Scheiß hier nicht. Ihr seid doch keine Anfänger.«

»Du verrätst mir jetzt, wo du die Zugangsdaten versteckt hast. Und ich seh nach, ob mir dein Hotelzimmer gefällt«, sagte Bob.

»Und ich geh essen«, sagte Pavlinsky.

147.

Lebranc schwitzte und fror.

»Einen grünen Tee?«, fragte Benec.

De Bodt hatte Lebranc in der Küche die Hand gegeben. Ihm angesehen, dass er getrunken hatte. Und ein schlechtes Gewissen bekommen. Fand es fast beruhigend. In der Nacht hatte er von Elvira und den Kindern geträumt. Und von sich. Einem Vater ohne Gefühl. Ohne Gewissen. Als er aufgewacht war, hatte er sich mies gefühlt. Ein paar Sekunden. Dann hatte ihn Benec richtig geweckt. Tagsüber war ihm der Traum entschwunden. Aber jetzt war er wieder da. Aus einem bescheuerten Grund.

»Ja, einen Tee hätte ich gern«, sagte Lebranc. Er sah eher nach Schnaps aus. Bei ihr gab es aber keinen Alkohol. Yussuf hatte die Bude gefilzt. De Bodt nutzte jede Gelegenheit, um zu schnüffeln. Aber sie hatten nicht nur keinen Alkohol gefunden. Die Wohnung war clean wie eine Intensivstation.

Lebranc ließ sich in den einzigen freien Sessel fallen. Betrachtete traurig die Teetasse. Dann de Bodt.

»Ich fliege nach Hause.«

»Schade«, sagte de Bodt. »Ich fände es gut, Sie blieben.«

»Um in dieser Pension herumzusitzen? Bei Berliner Wetter. Im Winter.«

»Tut mir leid«, sagte de Bodt. »Aber ich wüsste nicht, wo Sie uns helfen könnten. Wir kommen nicht voran.«

»Warum fliegen wir nicht nach Australien? Dort sind die Typen … wahrscheinlich.«

De Bodt erschrak. Sah, dass sich Benec' Augen weiteten.

»Nein, Australien hat sich erledigt. Thailand, diese Gegend.«

Lebranc blickte ihn tranig an. Zuckte die Achseln. »Fliegen wir eben da hin. Soll ja für perverse Säcke das Paradies sein.«

Benec lachte. Es klang angespannt.

Hoffentlich hatte sie den Braten nicht gerochen. »Australien war nur so eine Idee gewesen. Kam von Yussuf.«

»Ja, ja.« Lebranc nippte an seinem Tee. Eher aus Höflichkeit.

»Ich bitte Sie hierzubleiben. In ein paar Tagen sind wir weiter. Wir verfolgen da gerade eine Spur.«

Benec beugte sich nach vorn. Verkniff sich jede Frage.

»Und wenn wir den Kerlen auf den Fersen sind, brauchen wir jeden.«

»Natürlich«, sagte Lebranc.

»Und meine russischen Kollegen haben sich angekündigt.«

»Ach je«, sagte Lebranc. »Die Russen.«

»Die werden uns helfen.«

»Nehmt denen aber vorher die Waffen ab.« Seine Miene verstrahlte Düsternis.

»Ich werde eine eigene Soko bilden. Und ich will, dass Sie mitmachen. Wir brauchen Sie.«

»Mit den Russen?«

»Mit jedem, der helfen kann.«

»Dann bin ich auch dabei«, sagte Benec. »Ich will helfen, die Scheißkerle zu kriegen.«

»Ich dachte, du musst arbeiten?«

»Ich habe noch Jahresurlaub übrig. Die sind froh, wenn ich den vor April abfeiere.«

»Und was kannst du beitragen?«

»Ich bin schlau, schön und kann gut mit Computern umgehen.«

»Vor allem zweites kann uns helfen«, sagte Lebranc.

Benec lachte trotzdem.

»Nein, das funktioniert nicht«, sagte de Bodt. »Du bist keine Polizistin. Das gibt richtig Ärger. Ich hab nichts gegen Ärger, wenn ich eine Chance habe, dabei zu gewinnen. Wir sollten Persönliches raushalten.« Er hatte sich Salingers Gesicht vorgestellt.

Benec schob die Unterlippe vor. »Na gut, dann macht mal, ihr Profis.«

Am Morgen kaute de Bodt an einem Stift. Er saß hinter seinem Schreibtisch. Nachdem er Yussuf vertrieben hatte. Dessen Füße klopften genervt einen Rap.

Uhlenhorst war pünktlich. Setzte sich auf den Besucherstuhl vor de Bodts Tisch. Endlich erschien auch Salinger. Nachdem sie saß, fragte de Bodt: »Habt ihr da noch mal nachgeschaut?«

Uhlenhorst blickte ihn betreten an. »Wir haben es übersehen.«

»Ihr habt nichts übersehen. Die Wahrscheinlichkeit, da etwas zu finden, ist mehr als unwahrscheinlich.« De Bodt hatte ihn am letzten Abend gebeten, nach Erde und Pflanzenteilen zu suchen, die nicht zum Fundort passten.

»Du musst mich nicht trösten. Wir haben Kiefernnadeln am Ufer gefunden. Stammen wohl aus Reifen. Oder aus dem Laderaum. Und Sand. Den gibt's an dem Uferabschnitt so wenig wie die Kiefernnadeln.«

Die Tür öffnete sich wieder. Lebranc. Die Augen gerötet. Unfrisiert. Er schnaufte und lehnte sich an die Fensterbank.

»Märkischer Sand«, sagte de Bodt. »Kiefern gibt's hier wie Fliegen am Dönerstand.«

»Scheißrassismus«, maulte Yussuf.

»Die Typen verstecken sich in Hallen, die einsam stehen. Würde ich wenigstens so machen. Und da gibt es Sand und Kiefern. Haben wir drei Kriterien. Dann lassen wir mal die Hubschrauber über die Uckermark fliegen. Hoffentlich sind die Gestalten noch da.«

»Hubschrauber fliegen wollte ich schon immer mal«, sagte Salinger.

»Wir haben was anderes zu tun«, sagte de Bodt. »Ali und Uhlenhorst koordinieren die Hallensuche ... so ein Mist, darauf hätten wir eher kommen können. Ihr setzt euch mit der Brandenburger Polizei in Verbindung. Die wissen, wo Hallen rumstehen. Einsam, auf Sand, am Rand eines oder in einem Kiefernwald.«

»Ich fürchte, von den Dingern gibt's viele. Aufschwung Ost…
war gewissermaßen der Vorläufer vom BER«, sagte Uhlenhorst.

»Bereitet schon mal die Einsatzkräfte vor. Bereitschaftspolizei,
SEK, MEK, was es so gibt.«

»Was machen wir mit… Frau Benec?«, fragte Lebranc leise.

»Wir müssen herausfinden, was die Täter nach Deutschland
locken könnte. In Australien können wir schlecht ermitteln. Die
Kollegen dort hielten uns für Spinner, wenn wir denen mit Vermutungen kämen.« De Bodt klopfte auf den Tisch. »Immerhin haben
wir« – Blick zu Lebranc – »gestern schon vorgearbeitet. Ich habe
eine Idee, wie wir die Leute vielleicht zu einer Reise nach Deutschland locken könnten. Wenigstens unseren Freund Bob.«

Die Idee war ihm in der Nacht gekommen. Im Halbtraum. Er
hatte gelacht. Manche Dinge waren so einfach, dass sie ihm nicht
mal einfielen, wenn er wach war.

148.

Johnny hieß natürlich nicht Johnny. Sondern Ying. Als Australien
Fremde noch nicht in Insellager steckte, waren seine Eltern aus
Taiwan eingewandert. Sie flohen vor der Korruption, der Recht-
losigkeit. Der Vater war ein kleiner Manager einer kleinen Textil-
fabrik in Hsinchu gewesen. Seine Chefs hatten ihn schikaniert. Für
sie war er Abtritt und Sündenbock gewesen. Die Arbeiter hatten
ihre Wut an ihm ausgelassen. Dabei hatte er sich für bessere Ar-
beitsbedingungen eingesetzt. Gegen das Gift, das sie verwendeten.
Das die Frauen Monstren gebären ließ. Und Arbeiter zu hustenden
Krüppeln machte. Die Behörden waren geschmiert. Die Gewerk-
schaften machtlos, ihre Funktionäre gekauft. Als er gegangen war,
hatten sie ihm schlechte Nerven und Feigheit nachgeredet. Als wäre
die Produktion ein Schlachtfeld.

Weil er fleißig war und einen alten Freund traf, fand der Vater
bald einen guten Job in Brisbane. Die Familie zog von Sydney dorthin. Er machte sein Hobby zum Beruf und wurde Koch in einem

Chinarestaurant. Seine Kunst war bald nicht mehr nur im Fortitude Valley bekannt, Brisbanes Chinatown. Das Restaurant gedieh, bis der Vater eines morgens zu müde war, um den Sportwagen zu sehen. Der Fahrer raste nach einer Party nach Hause und übersah den kleinen Chinesen. Der Vater kämpfte zwei Tage mit dem Tod. Und verlor.

Ying war sechzehn und verließ die Schule. Um Geld zu verdienen. In der Gastronomie, wie der Vater. Er begann in einer Chinakaschemme, wo der Chef ihn um seinen Lohn betrog. Fand dann in einer Oben-ohne-Bar eine Anstellung als Mädchen für alles. Was vor allem bedeutete, den Dreck anderer Leute wegzuräumen. Dann landete er in einer japanischen Bar, die ihm gefiel. Bis sie pleite war, weil der Besitzer das Finanzamt vergessen hatte. Jetzt arbeitete er in *Ronald's Fish Resto*. Ronny war okay. Wenn er Stress hatte, musste man sich wegducken. Aber er bezahlte anständig und pünktlich. Der Laden brummte, das war auch gut. Die Kollegen waren nett. Man teilte das Trinkgeld gerecht. Auch der Neuling erhielt seinen Anteil. Die Gäste waren wohlhabend und spendabel. Wenn man keine Fehler machte, kriegte man keinen Ärger. Ying machte keine Fehler. Er war aufmerksam, intelligent und geschickt. Ying alias Johnny gefiel es bei Ronny.

Oliver kannte er, seit er im Restaurant arbeitete. Oliver war ein guter Typ. Hatte immer einen Spruch parat. Liebte Witze. Sprach sogar ein paar Worte Chinesisch. Fragte Ying nach Übersetzungen, nannte ihn nie Johnny. Mit dem Namen hatte sich Ying vorgestellt, als Oliver gefragt hatte. Sofort wollte der den richtigen Namen wissen. Auch woher er käme. Als er die Geschichte von Yings Vater erfuhr, fiel das Trinkgeld üppig aus. Seitdem erkundigte er sich immer mal wieder nach der Familie. Ob Ying schon eine Freundin habe. Ob er studieren wolle. Er sei doch nicht dümmer als die Söhne »von da«. Deutete auf den Glas-Stahl-Zylinder von Suncorp-Metway. Wenn er Hilfe brauche. Er kenne den und jenen. Sagte Oliver.

Er war eine Weile nicht gekommen. Jetzt war er wieder da. Begrüßte Ying wie einen alten Freund. Fragte, wie es ihm gehe. Ob er nachgedacht habe. Ewig Kellner, für einen wie ihn könne das nicht die Endstation sein. Studieren, vielleicht sogar Harvard, Stanford.

Oliver sah erschöpft aus. Mehr als sonst fiel die Halsnarbe auf.

»Es hat einer nach Ihnen gefragt«, sagte Ying.

149.

»Wenn ich so eine Operation plante, ich würde mich in einer alten Halle verstecken. Groß genug fürs Gerät. Heizung und Herd kann man mitnehmen. Propangas. Raucht nicht. Man kann die Autos abstellen, sogar Lastwagen.« Yussuf trommelte auf seinen Knien. Er war gut gelaunt. Der Mutter war es besser gegangen. Zum ersten Mal seit Jahren. Seit sie begonnen hatte zu sterben. Weil sie nicht mehr wollte. Sie hatte keine Aufgaben mehr. Der Mann bei einem Arbeitsunfall umgekommen. Die Kinder erwachsen. So sah sie es. In der Nacht hatte er ein bisschen mit Kumpels gechattet. Sie sehnten das Ende der Winterpause herbei. Dass sie endlich wieder kicken konnten.

»Aber die Halle muss nicht in Brandenburg liegen«, sagte Salinger.

»Nö, aber wenn ich so ein Ding in Berlin drehen würde, ich ginge nach Bad Kissingen«, sagte Yussuf.

Der Bleistift quirlte in der Luft und traf die Kante seines PC-Monitors, von wo er ihm in den Blondschopf flog, die Spitze voneweg. Er blieb stecken. Ein Horn. Yussuf hatte in letzter Zeit keine Lust auf Friseur gehabt. Oder Zeit. Oder es war etwas Ideologisches. Oder er wollte eine gute Zielscheibe für Wurfstifte abgeben. Ein Rätsel.

Uhlenhorst tauchte auf. Übernächtigt. Salinger dagegen sah frisch aus. Obwohl sie in der Nacht noch den Suchplan ausgearbeitet hatten. Wo lagen verlassene Hallen? Oder große Scheunen? Auf Sand, in der Nähe von Kiefern. »Wir müssen wie die Täter denken. Wenn ich eine Anschlagserie in Berlin plante, ich würde mir einen ruhigen Platz als Basis suchen. Die Typen waren vermutlich mal beim Militär. Wie gehen Militärs vor? Schon im alten Rom haben die Legionen Lager gebaut, um einen sicheren Ort zu haben.

Von dort aus sind sie losmarschiert. Das Lager unserer Gangster ist nicht zu weit von Berlin, aber auch nicht zu nah.« Salinger grinste. »Zu weit bedeutet zu langer Fluchtweg. Zu nah bedeutet zu dicht am Trubel. Zu viel Polizei.« Sie hatten siebenunddreißig Hallen gefunden, die diesen Kriterien entsprachen. »Scheiße«, war Salingers Kommentar.

Auch de Bodt hatte auf weniger gehofft. Er hatte beschlossen, alle selbst aufzusuchen.

»Du spinnst«, hatte Salinger gesagt.

»Ich will die Kollegen nicht verheizen. Die klopfen da an und sind tot. Und Hubschrauber sind zu laut. Drohnen haben wir nicht.«

»Dann teilen wir uns auf.«

»Gut, du mit Yussuf. Ich mit Lebranc.«

Dem Vorschlag konnte sie schlecht widersprechen.

»Jetzt sind wir alle da. Los geht's«, sagte de Bodt.

»Ich komm mit«, sagte Uhlenhorst.

»Du koordinierst die Aktion von hier aus. Halt die Verbindung zum MEK und zur Bereitschaftspolizei. Sorg dafür, dass die einsatzbereit sind. Hubschrauber, das ganze Arsenal. Diese Typen werden nicht einfach die Vorderflossen hochheben. Es wird ein Kampf. Und wir brauchen wenigstens zwei, drei von denen lebend. Unbedingt.«

150.

»Scheißneurotiker«, flüsterte Bob. Das Hotelzimmer war aufgeräumt. Klar, vom Zimmermädchen. Aber es sah fast aus, als wäre es unbewohnt. Zahnbürste, Waschutensilien, elektrischer Rasierapparat. Wäsche, Hemden, Hosen und so weiter. Alles auf Kante. Wie beim Militär. Sonst fand Bob in den Schubladen nur die Bibel und einen Leatherman. Kein Computer. Keine Zeitung. Nichts. Fast, als gäbe es Oberon nicht.

Unmöglich. Mindestens ein Notebook hatte der Mann versteckt. Wo versteckte man so was in einem Hotelzimmer? Nachdem Bob sogar den Deckel der WC-Spülung abgehoben und nichts gefunden hatte, verfluchte er sich. Daran hatte er nicht gedacht. Dass der Typ den Computer versteckt hatte. Im Safe des Hotels? Er setzte sich auf den Schreibtischstuhl. Seine Augen suchten die Wände ab, die Möbel, die Decke. Er schüttelte den Kopf. Es war zum Kotzen. Nein, ein Profi würde seinen Computer nicht in fremde Hände geben. Das Ding war hier im Zimmer. Wieder wanderte der Blick. Blieb am Schrank hängen. Bob durchsuchte noch einmal alles. Blickte unter die Bretter. Nichts. Stellte sich neben das Bett und drehte sich langsam. Er hatte alles durchsucht. Nur das nicht.

Nur das nicht.

Er kniete sich vor den Schrank, tastete den Boden ab. Veloursteppich. Hotelgriesel, damit Flecken nicht auffielen. Einkerbungen, wo der Schrankrahmen auf dem Teppich stand. Mistkerl. Bob holte den Leatherman und klappte den stärksten Schraubendreher aus. Drückte kräftig gegen den Schrank, zwängte den Leatherman zwischen Boden und Schrankrahmen. Der Schrank hob sich ein, zwei Millimeter.

Bob schimpfte leise vor sich hin. Stand auf. Untersuchte den Schrankrahmen. Dann innen. Ertastete zwei kräftige Schrauben über dem Ablagebrett, an dem die Kleiderbügelstange hing. Zog den Stuhl vor den Schrank. Stieg darauf. Löste die Schrauben. In Dübeln. Zog den Schrank von der Wand. Auf der Fußleiste stand ein Notebook, gehalten durch die Rückwand des Schranks. Zehn-Zoll-Bildschirm. Leicht, aber stabil.

Jetzt brauchte er noch die Passwörter.

Nur noch.

151.

Sie waren den Resttag durch Brandenburg gekurvt. Yussuf hatte mit seinen flinken Fingern und seinem noch schnelleren Grips die Ziele in den Navis gespeichert und Routen für beide Fahrzeuge festgelegt. Trotzdem kam es de Bodt endlos vor. Landwirtschaftliche

Produktionsgenossenschaften. Verlassene Hallen von Rewe, Aldi, Lidl und so weiter. Eine Monsterhalle, die einem volkseigenen Gut gehört hatte. In der ein verrotteter Motorpflug und rostige Eggen lagen. In anderen fanden sie Strohstaub. Oder Stapel von Werbeprospekten. Doch jedes Mal mussten sie sich vorsichtig nähern. Anschleichen, die Waffe im Anschlag. De Bodt suchte erst in der Umgebung nach Reifenspuren. Wenn sie keine fanden, brachen sie die Tür auf. Yussuf hatte ihnen einen Bolzenschneider in den Kofferraum gelegt. Aber wenn sie das Werkzeug einsetzen mussten, ging es nur noch darum zu klären, ob die Typen in der Halle gewesen waren. Das fürchtete de Bodt am meisten. Mehr noch, als auf die Gangster zu treffen. Dass sie abgetaucht waren.

Lebranc trottete mit. Redete kaum. Aber mit der Zeit lernte de Bodt, dass der Kollege aufmerksam war. Spuren oft zuerst entdeckte. Sogar versuchte, ihr Alter abzuschätzen.

Gemeinsam gaben sie aus der Ferne Spaziergänger ab. De Bodt konnte nur hoffen, dass die Typen ihnen das auch abnahmen. Im Fall des Falles.

Am Abend kehrte er enttäuscht zurück. Sie hatten nichts gefunden außer Staub und Rost. Es war schon Gewohnheit, dass er bei Benec klingelte. Den Schlüssel hatte er nicht angenommen. Sie war immer da, wenn er den Dienst beendete. Yussuf war auch ohne Schlüssel in die Wohnung gekommen, um die Wanzen zu verstecken. Sie schien zu Hause nie zu telefonieren. Manchmal sah sie fern. Gern Politsendungen. Selten Spielfilme. Hin und wieder hörte sie Radio. Klassiksender. Meistens war Ruhe. Vielleicht schlief sie. Vielleicht las sie. Vielleicht saß sie im Sessel und starrte die Wand an. Und überlegte, welcher Irrsinn sie dazu gebracht hatte, dieses Wahnspiel mitzuspielen.

Sie sah müde aus, als sie öffnete. Küsste ihn matt. Er zog die Schuhe aus und legte den Mantel ab. »Wie war's im Büro?«, fragte er.

»Wie immer. Langweilig. Und bei dir?«

»Anstrengend und frustig. Konferenz, Teambesprechung, Konferenz, Soko. Dazu das Gezeter des Kriminalrats.«

»Schick. Dagegen hatte ich es ja richtig gut.«

Unterwegs hatte ihn Yussufs Anruf erreicht. »Sie treibt sich in der Mall rum. Ist von dort mit der U-Bahn nach Hause gefahren. Bei diesen Supergangstern reicht's nicht mal für ein Taxi fürs Fußvolk.« Er hatte seine Kumpels nicht lang überreden müssen, eine Dauerüberwachung aufzuziehen. Sie hatten zugehört, wie man es vermied, dumm aufzufallen. Lösten sich in kurzen Schichten ab. Ein Höllenspaß. Ob der statistisch die Arbeitsmoral in Berlin hob, war allerdings zweifelhaft.

Was ist das für eine arme Frau?, dachte de Bodt. Irgendwas hatte sie überzeugt oder gezwungen. Er hätte gern gewusst, warum und wie sie ausgesucht wurde. Schließlich gab es keine Vermittlungsagentur für Venusfallen. Es machte ihm nichts aus, sie anzulügen. Immerhin war sie eine Verbindung zu den Tätern. Vielleicht würde er sie über Benec stellen. Er hatte schon überlegt, Benec zu erpressen. Du kommst davon, wenn du deine Auftraggeber nennst. Oder sie zu verhaften und ein paar Tage in U-Haft weichzukochen. Aber wenn es schiefging, waren die Täter gewarnt. Vermutlich wusste sie nicht einmal, für wen sie arbeitete.

So frustig die Ermittlungen im brandenburgischen Sand waren, er kam voran. Er war zuversichtlich, die Halle doch noch zu finden. Und dann seinen Plan abrollen zu lassen. Gleichzeitig konnte er die Täter täuschen. Benec half nicht denen, sie half ihm.

»Was denkst du?«

Sonst hasste er diese Frage. Dieses Eindringen ins Innerste. Elviras Lieblingsfrage, als sie sich noch einbildeten, sich zu lieben. Aber Benec konnte ihn nicht verletzen. »Ach, die Ermittlungen. Es ist ein Elend. Wir kriegen die nie.«

»Und die Suche in Thailand und so weiter?«

Fast schien es ihm, dass sie lächelte. Er winkte ab. Ließ die Hand aufs Knie sinken. Saß matt. Das war nicht gespielt.

Sie schwiegen.

Am liebsten hätte er die Kollegen gerufen. Damit die sie verhafteten und er in Ruhe schlafen gehen konnte. Anfangs hatte es ihn sexuell gereizt. Da hatte er noch nichts geahnt von ihrer Rolle. Aber bald hatte er es immer öder gefunden. Und sich als Nutte der Besoldungsgruppe A 12 gefühlt. Manchmal kamen ihm Zweifel. Vielleicht war sie doch nur eine verzweifelte Frau, die sich eine Identität erfunden hatte. Weil sie sich für irgendwas schämte. Es gab so viele Gründe, sich zu schämen.

Er blickte sie an. Sie war selten schön. Bob wusste um seine besondere Beziehung zu Salinger. Vermutlich bereitete ihm der Benec-Trick besondere Freude. Ein guter Zug.

»Und was treibt dein Franzose?«

»Er sitzt neben mir und hört zu.«

»Die haben in Frankreich auch nichts?«

»Gar nichts. So wenig wie in London.«

»Es gibt ungelöste Fälle.«

»Dieser gehört nicht dazu.«

152.

In der Nacht hatte er mit Nadine geschlafen. Flecken in der Unterhose. Sie hatten guten Sex gehabt. Als er aufwachte, fühlte er sich mies. Nebel im Hirn. Kopfschmerzen. Selbstvorwürfe. Er richtete sich schon in seinem neuen Leben ein. Wurde träge. Genoss das Geld. Das Umherstreichen. Es genügte nicht, auf Johnnys Anruf zu warten. Er musste den Kellner erinnern. Es war dringend. Vielleicht hatte der das nicht verstanden. Außerdem, das Essen war prima. Er konnte es sich leisten.

Als er im Restaurant erschien, konnte er Johnny nicht entdecken. Wurde unruhig. Vielleicht hatte der gekündigt oder war rausgeflogen. Dann aber entdeckte er ihn. Sah Jan sofort, steuerte dessen Tisch an.

»Oliver aufgetaucht?«

Johnny schüttelte den Kopf. »Ich hätte angerufen.«

»Natürlich.« Jan hob die Hand zur Entschuldigung. »Es ist nur dringend. Sorry.«

»Ich melde mich sofort, wenn er kommt. Versprochen.«

Jan bestellte und aß lustlos, was Johnny ihm serviert hatte. Das lag nicht am Essen. Das beste Schwertfischsteak seines Lebens.

Was, wenn Oliver Ronalds Restaurant nicht mehr mochte? Wenn er ein besseres gefunden hatte? Wenn er umgezogen war? Im Krankenhaus lag? Autounfall? Jan hatte sich auf sein Glück verlassen. Weil er bisher Glück gehabt hatte. Er hatte Berufsverbrecher überwältigt. Hatte gefürchtet, dass ihn seine Morde plagen würden. Unsinn. Immer wieder hatte er in sich nach Schuldgefühlen gesucht. Erst ängstlich, dann eher gleichgültig. Er fand sie nicht. Jan hatte sich an das Morden nicht gewöhnen müssen. Es hatte in ihm gelegen. Ihn zum Ego-Shooter-Crack gemacht. Und zum Mörder. Er hatte mit dem Leidensgerede nie was anfangen können. Krieg hier, Erdbeben da. Trauer war ihm ein Fremdwort, wenn es um Fremde ging. Da es um Nadine ging, war Rache seine Trauer.

Als er nach Hause fuhr, entdeckte er einen weißen Suzuki Vitara im Rückspiegel. Er hing an ihm dran. Die ganze Strecke. Überholte nicht, entfernte sich nicht.

153.

Oberon war ein kluger Mann. Ein kluger Mensch kennt seine Grenzen. Oberon sah die Werkzeuge auf dem Tisch. Zange, Lötkolben, Gasbrenner. Er wusste, mit welchen Leuten er es zu tun hatte. Zählte eins und eins zusammen. Oder Zange, Lötkolben und Gasbrenner.

Bob schob die Werkzeuge weg und legte den Computer auf den Tisch. Oberon setzte sich. Klappte den Computer auf. Bootete. Gab das Passwort ein. Öffnete die Seite des Mailkontos. Gab das Passwort ein. Schob das Notebook zu Bob, der ihm gegenübersaß. Der hatte eine Pistole auf ihn gerichtet. Mit der Drohung, ihm das Knie zu zertrümmern. Erlösung hatten diese Leute nicht im Angebot.

Pavlinsky stellte sich hinter Oberon und drückte ihm die Glock 17 ins Genick.

Es klingelte. Bob zog das Handy aus der Tasche. Hörte zu. »Bleibt dran«, sagte er. Steckte das Telefon ein. »Sie haben sich an den Kerl gehängt. Den aus deiner Lieblingskneipe.«

Pavlinsky hob den Daumen.

Oberon ließ seine Hände auf dem Tisch wie ein gut erzogenes Kind. Bob legte die Glock auf den Schoß und las den Mailwechsel. »Ist was Neues gekommen. Ein Auftrag. Das ganz große Ding.«

154.

Lebranc war noch schweigsamer als gestern. Er war auf den Beifahrersitz gesackt und sagte kein Wort, bis sie die erste Halle auf Yussufs Liste erreicht hatten. Der hatte gerade angerufen und die erste Station seiner Strecke abgehakt. Es war öde. Doch war de Bodt froh, aus dem Büro rauszukommen. Krüger hatte aufdringlich seine Hilfe angeboten. Aber de Bodt wusste, er durfte ihm nicht den kleinen Finger reichen. Obwohl Tilly ihn bedrängt hatte, jede Hilfe anzunehmen. »Krüger ist keine.«

Tilly hatte geschluckt und den Fall in der Sündenliste vermerkt. Fürs Jüngste Gericht. Wenn sie de Bodt endlich in die Hölle schickten.

Dann sagte Lebranc doch etwas. Deutete auf die Halle am Rand eines Kiefernwalds. Wellblechdach auf Klinkermauern. Weitab. »Hier gibt's nur Sand und Kiefern.« Der Wald umgab die Halle in U-Form. Sie lag am tiefsten Punkt, nur von einer Seite her einsehbar. Aber davor schützte sie ein Knick und ein schmaler, steiler Hang.

De Bodt grinste. »Das schreckliche Preußen war auf Sand gebaut. Aber der Spargel ist gut.«

»Mein Rachedurst für Roßbach und Sedan ist längst gestillt«, erwiderte Lebranc trocken. »Und Spargel mag ich nicht. Wässrige Fasern als Soßenträger.«

»Da das nun geklärt ist, gucken wir uns jetzt den Palast an.« Er steuerte den Passat an den Rand eines Knicks. Wo ihn von der Halle aus niemand sehen konnte.

»Unser Beruf ist ziemlich gesund. Frische Luft, Bewegung.«

»Ja, ja«, brummte Lebranc. Zog sich aus dem Wagen. Tastete nach der Dienstwaffe, die de Bodt Uhlenhorst abgeschwätzt hatte. »Bis du hier aufgetaucht bist, hatte ich nie Schiss, im Knast zu enden.«

De Bodt folgte dem Weg in den Wald, der in Richtung Halle kurvte. Sie achteten darauf, in Deckung zu bleiben. In den Schneematsch hatten sich Spuren eingedrückt.

»Das waren mehrere Fahrzeuge.«

»Der Förster«, sagte Lebranc. »Bestimmt trägt der eine Pickelhaube.«

»Nein, dann würde man Hufabdrücke sehen.«

Lebranc grinste.

»Vielleicht ist das auch ein Schleichweg für die trinkfreudige Landjugend.« Sie verließen den Weg und drangen in den Wald vor. Irgendetwas sagte de Bodt, dass sie diesmal besonders vorsichtig sein mussten. Bloß nichts vermasseln. Bloß die Typen nicht warnen. Bloß am Leben bleiben. Er zog seine Pistole. Lebranc tat es ihm nach. Sie schwiegen, ohne es verabredet zu haben. Umgingen eine Lichtung. Erstarrten, als es knackte. Die feuchte Kälte kroch unter die Kleider. Die Füße sanken ein im Boden. Es war glatt. De Bodt hatte Stiefel angezogen. Erst im Büro, um sie vor Benec zu verstecken.

Sie gingen eine gute halbe Stunde. Als die Klinkermauer rot durchschimmerte, tippte de Bodt Lebranc auf den Arm. Sie blieben stehen. »Ich geh allein«, sagte die Bodt. »Sie geben Deckung.«

»Oui, mon général.« Die Hand an der Schläfe. Er suchte sich einen Platz, von wo aus er das Vorfeld halbwegs überblickte und Deckung hinter einer Kiefer fand.

De Bodt duckte sich und schlich weiter. Er nutzte Bäume und Gestrüpp. Zuletzt die Wurzel eines umgestürzten Baums. Die Halle lag vor ihm, zweihundert Meter. Er ließ sich Zeit. Lauschte, beobachtete. Er blickte sich um. Lebranc war kaum zu sehen. Er winkte ihn nach vorn.

Lebranc duckte sich neben ihm. Sie warteten. Die anderen Hallen hatten sie schnell abhaken können. Wo es keine Spuren gab, gab es keine Menschen. In zwei Fällen hatten sie Reifenabdrücke gefunden. Aber die Hallen waren leer gewesen.

Vielleicht jagten sie ein Phantom. Vielleicht war es eine Schnapsidee. Und sie froren sich die Füße ab für nichts.

Ein Mann kam um die Ecke. Zigarette im Mundwinkel.

155.

Es waren zwei. Das erkannte Jan, obwohl die Scheiben des Suzuki getönt waren. Der Wagen schien neu zu sein. Glänzte vor Sauberkeit. Und hing an seinem RAV, als wären sie aneinandergekettet. Sie wollten ihm Angst machen. Bis er einen Fehler beging. Jan bog ab. Nicht nach Hause. Weit weg davon. Bog wieder ab. Der Suzuki zwanzig Meter hinter ihm. Er fühlte die Anspannung im Unterleib. Die Angst kroch ins Hirn. Jetzt spürte er sie. Ihm wurde warm, obwohl die Klimaanlage lief. Er hatte keine Waffe außer dem Messer. Das lag im Rucksack im Kofferraum. Er hatte keine Chance gegen zwei. Er musste sie abschütteln. Zwang sich, nüchtern abzuwägen. Wählte eine Hauptstraße. Viel Gegenverkehr, der am Überholen hinderte. Überlegte, ob er einen Polizeieinsatz provozieren sollte. Aber sie hätten Fragen. Und wenn er an die falschen Bullen geriet, kam der Rattenschwanz nach. Lebenslänglich. Nein, er würde nicht im Knast verrotten. Er würde entkommen. Er hatte sie alle geschafft, Casper und Kameraden. Die beiden schaffte er auch noch.

Es gab für den Mist nur eine Erklärung. Der Scheißkellner hatte ihn verpfiffen. Hatte das Geld eingesteckt und ihn verpfiffen. Man sieht sich immer zweimal im Leben. Wart's ab, mein Freund. Der Mut kehrte zurück. Er brauchte nicht lang, um seinen Plan zu entwickeln. Einfach, aber wirksam. Sie würden schon sehen. Jetzt brauchte er noch den Ort, um den Plan umzusetzen. Nicht schwierig. Mit Grips ging alles. Er kannte sich nicht gut aus in der Gegend. Aber ein paar Ecken hatte er im Hirn gespeichert. Eine schien ihm geeignet. Da würde er es versuchen. Musste nur noch hinfinden.

»Schau es dir an«, sagte Bob. Schob das Notebook hinüber. Auch Oberon betrachtete den Bildschirm.

»Die sind verrückt«, sagte Pavlinsky.

»Ich bin nur der Vermittler«, sagte Oberon.

»Verstehst du den Zusammenhang?«, fragte ihn Pavlinsky.

»Keine Ahnung. Woher?«

»Bisher haben wir in Wasser gebadet, jetzt das. Ich dachte immer, die Sache hätte was mit Wasser zu tun. Dass wir einem verrückten Milliardär halfen, Ungerechtigkeiten der Welt anzuklagen. Oder so ähnlich. Es ist mir zwar egal, aber ich weiß schon gern, was ich für wen tue. Ich mach da nicht mit.«

Eine neue Nachricht schob die Mail nach unten. »Ich werd wahnsinnig«, sagte Pavlinsky. »So viele Nullen hab ich vielleicht mal in der Zeitung gelesen.« Schob den Computer zurück.

Bob las und schüttelte den Kopf. »Wenn die wieder die Hälfte vorab überweisen, können wir das nicht ausschlagen. Auch wenn es schwer wird.« Er schüttelte noch einmal den Kopf. »Eine Milliarde Dollar. Wenn wir's in zwei Wochen schaffen.«

»Wer kann solche Preise bezahlen?«, fragte Pavlinsky. »Gut, kann uns ja egal sein. Oder weißt du das, Oberon?«

»Ich dachte, ihr wollt abtauchen.«

»Wir werden abtauchen. Aber das Kleingeld nehmen wir mit«, erwiderte Pavlinsky.

»Ihr habt doch genug bis zum Ende eures Lebens.«

»Es ist eine Frage der Ehre.«

»Wie bitte?«

Pavlinsky lachte, Bob fiel ein. Der größte Coup. Und mit der Summe wuchs die Fantasie. Ja, auf einer Südseeinsel einen Cocktail schlürfen. Und wissen, dass man der Typ war, der den größten Coup der Geschichte gelandet hatte.

157.

Der Mann hatte eine Wollmütze auf dem Kopf. Stämmig, hartes Gesicht. Er sog den Rauch tief ein. Zigarettenglut in einem Stoppelbart. Er trug einen Militärparka und Springerstiefel. Der Mann warf einen Rundblick in den Wald, schnippte die Zigarette in den Schneematsch und verschwand hinter der Ecke.

De Bodt und Lebranc zogen sich zurück. Schritt für Schritt. Geduckt. Von Deckung zu Deckung. Sie brauchten mehr als eine halbe Stunde bis zum Auto. De Bodt rief Salinger an, dann Uhlenhorst. Alles, was laufen, fliegen und schießen konnte. Die Karte auf dem Schoß zeigte Orte. Wo sich die Einheiten sammelten und begannen, den Ring zu schließen. Dazu zwei Hubschrauber. Ein dritter in Reserve. Gepanzerte Mannschaftswagen der Bereitschaftspolizei.

Er fühlte sich gut. Endlich was Handfestes. Sie durften es nicht vermasseln. Er rief Uhlenhorst noch einmal an. »Sag denen, kein Feuerwerk. Ich will die lebend. Wir schließen sie ein und sind geduldig.«

»Hab ich doch schon weitergegeben«, sagte Uhlenhorst. »Ich komm dann auch mit meiner Truppe.«

»Ihr seid für die Spuren zuständig. Für sonst nichts.«

Lebranc hörte zu, nickte. Er war zufrieden. Er hatte geholfen, die Täter zu finden. Floire und die Kommission konnten ihn kreuzweise. Er lächelte. Der alte Lebranc war doch für was gut.

De Bodts Handy. Uhlenhorst war dran. »Deine Russenfreunde stehen in der Tür.«

De Bodt lachte. »Schick sie her. Jemand soll sie fahren. Und gib ihnen was zu schießen.«

»Brauch ich nicht. Ich glaub, die Russenbotschaft ist ein einziges Waffenlager.«

Limestone Street/East Street, Ipswich. Wegen der Ampelkreuzung hatte er schon geflucht. Jan blickte auf die Uhr. Um diese Zeit begann der Berufsverkehr. Er würde diese Typen austricksen. Dann würde er sich Johnny vornehmen. Der hatte Olivers Telefonnummer. Es lief alles gut. Man musste nur wissen, wie man eine Situation ausnutzte. Er hielt sich an die Geschwindigkeitsbeschränkung. Nutzte die Zeit, um an seinem Plan zu feilen. Überlegte, fand ihn gut. Sah schon die Kreuzung. Wenige Minuten. Vor ihm folgten drei Autos einem Transporter. Wenn er es bei diesem Anlauf nicht schaffte, drehte er eben eine Runde. Fast hätte er sich über sich selbst gewundert. Die Angst war verflogen. Alles im Griff. Wer Angst hatte, machte Fehler. Ein Fehler, und er war tot oder saß im Knast. Also machte er keinen. Nadine hätte es gefallen. Sie hatte ihn manchmal als Schlaffsack verspottet, wenn er lang vor dem PC saß.

Er vergrößerte den Abstand zum Nissan vor sich. Fuhr langsam. Sah, dass die Ampel auf Grün stand. Noch dreihundert Meter. Der Transporter querte die Kreuzung. Die folgenden Wagen auch. Er wurde noch langsamer. Die Ampel schaltete auf Gelb. Er hielt an. Sah in den Rückspiegel. Der Suzuki wartete. Hinter dem Suzuki stauten sich Fahrzeuge. Mit zwei Wagen Abstand ein Lkw.

Der Querverkehr verebbte. Die Ampel schaltete auf Grün. Jan fuhr an und trat auf die Bremse. Schaltete den Motor aus. Drehte den Schlüssel, startete, würgte den Jeep mit der Bremse ab. Das Auto stolperte eine Radlänge nach vorn. Hupen von hinten. Er versuchte es wieder. Aber mehr als ein Ruckeln mit qualmendem Auspuff gab es nicht. Sah, dass es Gelb wurde. Und das Gehupe lauter. Rot. Er wartete eine Sekunde. Startete den Motor und drückte das Gaspedal durch. Als die Wagen von der Seite anrollten, raste er los. Im Spiegel erkannte er, dass der Suzuki eine Sekunde stand, dann gab der Fahrer Gas. Jan zwängte sich durch den Seitenverkehr. Der Suzuki blieb hängen. Das Hupkonzert hörte er noch. Dann war er verschwunden.

Jan fuhr trotzdem zickzack, um sich von der Kreuzung zu entfernen. Lachte immer wieder. Die Anspannung musste raus. Blickte in den Rückspiegel. Ein alter Lkw quälte sich um die Ecke.

Gut, Johnny. Wir müssen uns unterhalten.

159.

»So, jetzt lasst mich in Ruhe«, sagte Oberon.

»Du antwortest, wie du sonst geantwortet hast. Dass wir den Job übernehmen. Und wenn du nur ein falsches Komma setzt…« Pavlinsky drückte ihm den Lauf ans Genick.

»Gut«, sagte Oberon. Tippte knapp, dass die Auftragnehmer das Erforderliche veranlassten. Klang schön bürokratisch.

Pavlinsky prüfte, was er geschrieben hatte und nickte.

Oberon klappte den Deckel zu. Lehnte sich zurück. »Ist jetzt alles wieder gut?«

»Es gibt nur diesen Austausch von nicht versandten Mails? Keine weiteren Nachrichten?«, fragte Bob.

Oberon nickte. »SMS, aber nur im Notfall.«

»Wir haben jetzt diesen Auftrag. Normalerweise hättest du uns das ausgerichtet. Fragen die Typen nach? Ob wir auch brav sind?«

Oberon schüttelte den Kopf.

»Das heißt, du wartest, bis der nächste Auftrag reinkommt? Und rührst dich nicht bis dahin?«

»Das heißt es.«

»Gut, dann fahren wir jetzt spazieren«, sagte Bob.

»Lasst den Scheiß. Ich will nur meine Ruhe. Läuft doch alles, wie die es wollen. Ich geh jetzt ins Hotel. Leg mich aufs Bett und schlaf.« Oberon stützte sich auf der Tischplatte ab. Pavlinsky packte ihn an der Schulter und drückte ihn auf den Stuhl.

»Wir marschieren jetzt zum Wagen. Wenn du Mist baust, kriegst du die Kugel gleich hier.«

Das Telefon klingelte. Bob drückte es ans Ohr. »Was? Ihr lasst euch einfach abhängen? Anfänger, verfluchte.«

Salinger und Yussuf kamen als Erste. Er trug seinen Rucksack an einem Riemen über der Schulter.

»Die haben euch nicht bemerkt?«, fragte Salinger.

»Dann stünden wir nicht hier«, sagte de Bodt.

»Und wenn die schon abgehauen sind?«

»Lass uns ruhig bleiben.« Aber er spürte die Unruhe selbst. Ja, wenn die was gemerkt hatten, waren sie aufgeschmissen. Der Aufmarsch umsonst. Sie machten sich zum Gespött. Weißt du noch, als der de Bodt die Hundertschaften mit Begleitmusik antanzen ließ? Und das MEK? GSG 9? Hubschrauber? Nur, um eine leere Halle zu stürmen?

Uhlenhorst erschien. »In zwanzig Minuten sind wir bereit.«

»Salinger übernimmt die Einsatzleitung«, sagte de Bodt.

Uhlenhorst staunte ihn an. Sagte aber nichts.

Salinger warf de Bodt einen Blick zu. In dem war zu lesen: Schön, dass du mir das zutraust, bin ja nur Oberkommissarin. Aber was machst du?

»Ich nehm mir ein Funkgerät und geh nach vorn. Diesmal zur Vorderseite. Vielleicht kriegen wir die ja ohne Geballer.«

»Lass das!«, zischte Salinger. Gerade zur Einsatzleiterin ernannt, bestimmte er schon wieder, was gemacht wurde.

»Wenn es nicht ohne Aufmarsch geht, sag ich dir das. Noch was, wenn die uns als Geiseln nehmen, schießt ihr trotzdem. Das ist eine Anweisung.«

Salinger wollte etwas erwidern. Er winkte ab, bevor sie den Mund öffnete.

»Ihr macht das so, verstanden?«, sagte Yussuf. Er zog den Rucksack fest.

»Okay, du kommst mit.«

Lebranc trat einen Schritt nach vorn. »Ich komme mit.«

»Nein. Sie kennen das doch. Das könnte Ärger mit der Strafprozessordnung geben. Wenn die Verteidigung im Prozess…«

»Putain«, sagte Lebranc.

Uhlenhorst gab de Bodt das Funkgerät. Das erste Stück marschierten sie zügig voran. Dann duckten sie sich. Ein Kiefernwald gab nicht viel Deckung. Die Bäume waren unten kahl, die Stämme dünn und lang. De Bodts Schuhe waren noch vom letzten Marsch durchnässt. Er fror. Von den Wipfeln tropfte Schneewasser.

»Die nächste Schießerei aber dann erst wieder im Sommer«, flüsterte Yussuf.

»Schalt lieber dein Spielzeug aus.«

»Hab ich doch.«

»Sonst alles dabei?«, fragte er, um etwas zu sagen.

Yussufs Daumen deuteten auf seinen Rucksack.

De Bodt hockte sich hinter einen Stamm. Yussuf hinter den Stamm daneben. Vor sich hatten sie die Hallenfront. Graues Schiebetor. Eine Bö schüttelte die Wipfel. Schneewasser regnete hinunter. Mit dem Ärmel wischte de Bodt sich das Gesicht trocken. Yussuf schimpfte leise vor sich hin. Er zog die Kapuze über den Kopf.

»Sieht so aus, als wäre das Ding menschenverlassen. Seit einem Jahrhundert«, sagte Yussuf.

»So soll es aussehen.«

Ein Mann verließ die Halle. Durch eine Tür, die ins Tor eingelassen war. De Bodt kannte ihn schon. Wieder die Zigarette. Rauchen war doch gut. Der Mann hatte ein Fernglas in der Hand. Warf die Zigarette weg, setzte das Glas vor die Augen.

Sie duckten sich noch tiefer.

Ein schrilles Quietschen. De Bodt linste über einen Wurzelstrang, der sich im Bogen in die Erde bohrte. Das Tor öffnete sich. Ein großer Mann schob es zur Seite. Ein VW-Transporter rollte heraus. Weiß, mit einer Aufschrift. Drin saßen zwei Leute. Der Beifahrer wechselte ein Wort mit dem Fernglasmann. Der tippte sich an die Schläfe. Der Transporter fuhr los. Jetzt konnte de Bodt die Aufschrift lesen: *Malermeister Mundt – kommt zu jeder Stund!*

»Goethe macht also auch mit«, flüsterte Yussuf.

De Bodt nahm das Funkgerät vor den Mund. »Es kommt gleich ein VW-Transporter, weiß mit roter Aufschrift. Malermeister. Schnappt ihn euch. Um jeden Preis. Wir gehen in die Halle.«

»Du bist wahnsinnig«, sagte Salinger.

»Ruhe!«

»Sie hat recht«, flüsterte Yussuf.

»Sie müssen den Transporter stoppen. Sonst verschwinden die für immer. Und wenn dabei nur ein Schuss fällt, sind die restlichen Typen gewarnt. Kapiert?«

Yussuf nickte. Die Pistole in der Hand.

Sie warteten, bis der Transporter wegfuhr. Der Fernglastyp blickte sich noch einmal um, dann schlenderte er zurück zum Tor. Betrat die Halle, zog das Tor zu. Schloss die Tür.

Ruhe. Nur das Tröpfeln der Kiefern.

»Die unterhalten sich jetzt noch. Wir warten, bis sie ruhig sind. Die anderen brauchen zehn Minuten bis zur Absperrung. Vorher schlagen wir nicht zu.«

»Klar«, sagte Yussuf. Er war blass.

Ein Knacken. Salinger erschien. Abgehetzt. Rotes Gesicht. Schweiß. In der rechten Hand eine MP5, in der linken zwei Schutzwesten.

»Was soll das?«, zischte de Bodt.

»Krüger hat mich abgelöst. Auf Weisung des Innensenators. Irgendein Arschloch hat den Kriminalrat aufgefordert, die Leitung zu übernehmen. Der hat mit dem Präsidenten telefoniert. Und der mit dem Innensenator. Und der hat befohlen, dass Krüger es macht. Den hatten sie schon eingeflogen. Mit Tilly im Gepäck.« Sie stieß es leise heraus.

»Und warum hat mich niemand gefragt?«

»Zu gefährlich«, hat Tilly gesagt, »der Kollege ist an der Front. Wörtlich.« Sie spuckte auf den Boden. »Diese verfluchten Arschlöcher.«

»Umso besser«, sagte Yussuf. »Dann bist du jetzt dabei. Shootout in Brandenburg. Wyatt Earp, O. K. Corral, haste gesehen?«

»Schnauze, Fury«, sagte Salinger.

De Bodt blickte auf die Uhr. »Wir müssen langsam.« Yussuf und er zogen die schusssicheren Westen unter die Mäntel. De Bodt griff in die Parkatasche. Seine Spielzeuge waren noch da. Bestellt bei Uhlenhorsts IT-Spezi. Ihm war mulmig zumute. Hoffentlich klappte das. Er hatte keine Lust auf Tillys Triumphgrinsen.

Er blickte auf die Uhr. »Los geht's!« Ins Funkgerät: »Krüger, in sieben Minuten brauchen wir Verstärkung. Schickt einen Heli. Keine Sekunde früher.«

»Verstanden«, sagte Krüger. Er fragte nicht nach. Warum gerade sieben Minuten?

De Bodt wusste es auch nicht. Er hatte versucht, die Aktion zu berechnen. Aber es blieb eine Schätzung. Alles hing davon ab, wie die Typen reagierten.

Oder ob sie die Tür von innen verriegelt hatten.

Der Plan war durchgeknallt, sagte eine Stimme in seinem Kopf. Wenn die abgeschlossen haben, ist es vorbei, bevor es angefangen hat. Aber jetzt hatte er keine Wahl mehr.

Sie schlichen zur Seitenwand. Als sie den Waldrand erreicht hatten, hasteten sie auf den Fußballen über die ungedeckten fünfzehn Meter. Drückten sich gegen die Wand. De Bodt blickte um die Ecke. Niemand. Er ging vorsichtig zum Tor. Winkte die beiden zu sich. Er betrachtete die Tür. Türklinke und ein Schloss. BKS oder ähnlich unsicher. De Bodt zeigte auf Yussuf. Der stellte sich vor die Tür, musterte das Schloss und nickte. Holte den Elektrodietrich aus der Tasche und drückte dessen beiden Dochte langsam ins Schloss. Geräuschlos. Seine Hand zitterte, aber der Dietrich steckte. Yussuf blickte zu de Bodt. Der nickte und legte die Pistole an. Sie hatten das Vorgehen abgesprochen. Auch für den Fall, dass die Tür verriegelt sein sollte. Dann hätten sie den Plastiksprengstoff benutzt, den Yussuf im Rucksack trug. Salinger hatte die Schulterstütze der MP5 ausgeklappt. Den Finger am Abzug.

De Bodt redete sich ein, dass sie einen Vorteil hatten. Dass die Gangster nicht damit rechneten, dass sich einer hineinschleichen wollte. Sie rechneten mit dem Polizeiaufmarsch. Helikopter, Megafon. Redete er sich ein.

Er hatte keine Ahnung, ob mehr Männer in der Halle waren als der Fernglastyp.

Der Dietrich summte, dann drückte Yussuf die Klinke und schob die Tür auf. De Bodt rollte sich in die Halle, streckte sich auf dem Bauch und starrte in die Finsternis. Strohstaub stand in der Luft. Es roch modrig. Nur das Licht, das von der Tür einfiel. Die Halle schien von innen noch größer zu sein als von außen. Yussuf schloss die Tür von innen. Salinger legte sich daneben, die Maschinenpistole im Anschlag.

Nichts.

Eine Bö ließ das Dach scheppern. Blech auf Blech. Staub wirbelte. Yussuf legte eine LED-Taschenlampe auf den Boden. Schaltete sie ein, rollte sich weg. Das Licht schoss durch die Finsternis. Gleißend im Kegel, Zwielicht außerhalb.

»Ich werde angegriffen«, hörte de Bodt es zischen. Da telefonierte einer. Auf den Ellbogen kroch er in Richtung Rückwand. Der Typ musste da hinten sein. Im fahlen Licht entdeckte er einen Reifenstapel, mit einer Plane bedeckt. De Bodt deutete auf Salinger. Sie nickte. Er deutete auf den Reifenstapel, danach zur Decke. Sie drückte den Abzug. Eine Salve über den Stapel.

»Als Nächstes kommt eine Handgranate!«, rief de Bodt auf Englisch. Dann auf Deutsch.

Es klackte. Eine Pistole lag auf dem Boden. Dann zeigte sich eine Hand hinter dem Reifenwall.

»Nicht schießen!«

»Okay!«

Yussuf rollte sich zur Taschenlampe. Nahm sie und blendete den Mann, der sich mit erhobenen Händen aufrichtete.

De Bodt ging zu ihm und durchsuchte ihn. Im Gürtel fand er ein Messer. Warf es in die Ecke. Fesselte dem Mann die Hände auf dem Rücken.

Geknatter, Megafon. Weit entfernt. Eine Schießerei.

»Setz dich da hin!« De Bodt deutete auf den Boden, Hallenmitte. Yussuf stellte sich mit Pistole vor ihn. Salinger sicherte das Hallentor.

Hinter dem Reifenwall entdeckte de Bodt Reisetaschen und Rollkoffer. Die erste Reisetasche war vollgestopft mit Dollarscheinen. Ein paar hunderttausend. Dazu M16-Gewehre. Unter Geldmangel litten sie nicht. In den anderen Gepäckstücken fand er Munition, zwei Beretta M9. Dazu Kartons mit Konservendosen, Getränken. Kein Alkohol. Schlafsäcke, Campingkocher. Nicht mal Stühle.

Er setzte sich zu dem Mann. Winkte Yussuf zu Salinger.

»Du willst aus der Sache rauskommen?«

Der Mann hob den Kopf. Unverständnis in den Augen.

»Du bekommst Lebenslänglich. Garantiert. Oder die Freiheit.«

»Wie?« Mehr kriegte er nicht raus. Seine Augen zeigten Misstrauen. Und Hass. Er leckte sich trockene Lippen.

»Das nächste Ziel. Du nennst mir das nächste Ziel. Und ich hol dich aus dem Knast.«

Der Mann schüttelte den Kopf.

»Wir geben dir eine neue Identität. Du kannst irgendwo in Südamerika verschwinden. Wo du willst. Und das Geld« – deutete auf die Reisetasche – »geb ich dir dazu.«

»Du willst mich reinlegen.«

»Das würde ich auch denken an deiner Stelle. Aber du kannst gar nicht verlieren.«

»Wenn die erfahren, dass ich ausgepackt habe ... so schnell könnt ihr mir gar kein Zeugenschutzprogramm verpassen.«

»Auch da kannst du nicht verlieren. Wenn du schweigst, behaupte ich, du hättest ausgepackt. Wenn du aussagst, behaupte ich, du hättest geschwiegen.«

»Du bist ein Schwein.«

»Ich bin Bulle«, sagte de Bodt. Und lachte.

161.

Er löschte das Licht und ließ den RAV ausrollen. Die Leuchtreklame leuchtete. Blau *Ronald's*. Gelb *Fish Resto*. Komischer Slang. Fiel ihm erst jetzt auf. Gegenüber dem Restaurant lag ein Elektronikladen mit Gittern vor dem Schaufenster. Geschlossen um diese Zeit. Licht spendete eine Straßenlaterne gegenüber. Ein Pärchen, umschlungen. Sie trug knallenge rote Hosen. Er eine Basecap, falsch herum aufgesetzt. Sie torkelten weg. Irgendwo spielte Reggae. Die Fenster im Obergeschoss auf der anderen Straßenseite waren beleuchtet. Er sah zwei Elektrokerzen eines Kronleuchters hinterm Vorhang.

Ein Taxi schlich ihm entgegen. Fuhr vorbei. Im Spiegel sah Jan die Bremslichter glühen. Dann setzte der Fahrer seine Fahrt fort.

Gäste verließen das Restaurant. Er konnte die Terrasse einsehen, wenn auch nicht ganz. Es waren nur wenige Leute da. Kurz vor Mitternacht.

Jan war geduldig. Er hatte nachgedacht, wer sie sein könnten. Aber ihm war nicht viel eingefallen. Vielleicht Drogenschmuggler. Ein australisches Drogenkartell? Eher nicht. Zu weit ab vom Schuss. Allerdings könnte dies auch ein Vorteil sein. Wer vermutet den Kopf des Kartells in Brisbane? Aber bald hörte er auf zu raten. Danach wusste er nicht mehr als vorher. Am Ende konnte es ihm egal sein. Er wollte Nadines Mörder töten.

Gestern Nacht hatte er das erste Mal weitergedacht. Was, wenn er die Drecksäcke umgebracht hatte? Zurück ins Büro? Das erschien ihm exotisch. Er könnte dieses Leben nicht mehr führen. Aber er wusste nicht, welches Leben er führen konnte. Und wollte. Er hatte viel Geld. Doch würde es nicht ewig reichen. Er musste sich etwas einfallen lassen. Merkte aber, dass seine Rache alle Hirnmoleküle beanspruchte. Er würde später über die Zukunft brüten.

Zwei Frauen verließen das Restaurant. Eine im Hosenanzug, die andere im Kostüm. Mutter und Tochter. Sie gingen ein paar Schritte und stiegen in einen 5er-BMW. Der Wagen fuhr weg. Gleich darauf die nächsten Gäste. Ein älteres Paar. Sie standen vor dem Eingang. Bis ein Taxi hinter Jan auftauchte, vorbeifuhr und vor dem Restaurant bremste. Das Paar stieg ein. Die Innenraumleuchte erlosch, der Wagen setzte sich in Bewegung.

Jan trommelte leise auf dem Lenkrad. Summte. Bis Johnny auftauchte.

Er trug Jeans und ein weißes T-Shirt. Kam auf Jan zu. Der duckte sich. Johnny ging am Auto vorbei. Jan ließ den Toyota an und wendete. Ohne Licht, wenig Gas, schleifende Kupplung. Hielt an.

Johnny bestieg ein Damenrad. Entzündete eine Zigarette. Radelte gemütlich. Jan schaltete die Lichter ein und folgte ihm. Johnny folgte der Straße fünfhundert Meter, dann bog er links ab. In eine Gasse mit kleinen Geschäften beidseitig. In den Stockwerken darüber Wohnungen. Viele Fenster beleuchtet. Kaum Leute unterwegs. Jan achtete darauf, den Abstand anzupassen. An Abzweigungen fuhr er dichter auf. Johnny warf seine Zigarette auf den Asphalt.

Regen setzte ein. Rar in dieser Jahreszeit. Johnny breitete die Arme aus. Das Rad wackelte, aber es machte ihm nichts aus. Jan ahnte längst, wohin der Kellner wollte. *China Town*. Bald hatten sie eine große Straße erreicht. Einbahn. Vier Fahrspuren. Er las *Wickham Street*. Die Schaufenster beleuchtet, Restaurants in Betrieb. Leute rauchten davor.

King of Kings. Ein Restaurant. Das Kaufhaus ein paar Häuser weiter. *McWhirters*, vier Stockwerke aus Klinkern mit einer Prachtfassade.

Johnny radelte am Kaufhaus vorbei. Bog danach rechts ein. Bremste. Stieg ab und nahm das Rad in die Hand. Schob es um eine Hausecke. In einen Hof.

Jan vergewisserte sich, dass er sein Messer eingesteckt hatte. Stieg aus und rannte los. Hielt an der Hofeinfahrt. Sah, wie Johnny das Rad in einen Ständer schob. Es anschloss. Er zeigte Jan den Rücken. Dreißig Meter. Jan rannte los. Zog das Messer aus dem Gürtel.

162.

»Wie heißt du?«

»Theo.«

»Gut, Theo, du musst jetzt auspacken. Gibt es einen weiteren Anschlag?«

Theo nickte.

»Wo?«

»Frankfurt Main.«

»Gegen wen?«

»Zentralbank, Frankfurt«, sagte der Mann.

»Europäische Zentralbank?«

»Ja.«

Draußen näherte sich das *Flap-Flap* eines Hubschraubers. Übertönt von Alarmsirenen.

»Haltet mir die Kollegen vom Hals!«, rief de Bodt.

Zu Theo: »Wann?«

»In sechs Tagen.«

»Und deine Kameraden führen den Anschlag aus?«

»Auch andere.«

»Wie?«

»Das hat mir keiner gesagt.«

»Bombe, Überfall?«

»Ich weiß es nicht.«

»Wer ist dein Chef?«

»Er nennt sich Tim.«

»Tim ist der, welcher die Befehle bekommt?«

»Ja.«

»Wie?«

»Per Computer … Mail. Glaub ich. Er sitzt immer am PC.«

»Hast du mal auf den Bildschirm geguckt?«

»Zwei-, dreimal.«

»Was hast du da gesehen?«

»Eine Zeitung oder so was. Dann Facebook. Das hab ich gleich erkannt. Und irgendeine Mailseite. Keine Ahnung, welche.«

»Du bist hier nur die Stallwache.«

Theo nickte fast eifrig.

»Wie viel sollst du dafür kriegen?«

»Eine Million Dollar.«

»Nicht schlecht.«

»Ja.«

»So, und jetzt kriegst du viel Geld und eine neue Existenz. Ein paar Wochen im Knast, und dann … Aber du musst auspacken.«

»Die bringen mich im Knast um.«

»Du kriegst einen eigenen Trakt. Sonderbewachung und so weiter. Außerdem: Die werden sowieso glauben, dass du auspackst.«

Theo blickte ihn skeptisch an. Dann nickte er.

»Dann wollen wir mal.« De Bodt nahm die Tasche mit dem Geld in die eine Hand. Die andere gab er Theo. Sie gingen zur Tür. De Bodt sagte ins Telefon: »Die sollen die Waffen runternehmen.«

163

»Diese Idioten«, schimpfte Bob. Sah Oberons feines Lächeln. Hätte ihm am liebsten in die Fresse gehauen. Oder gleich die Kugel. Aber sie brauchten ihn vielleicht noch.

»Das ist nicht alles. Scheiße«, sagte Pavlinsky. »Verfluchte Scheiße.«

»Was ist?«

Bob und Oberon blickten Pavlinsky an.

»Die deutschen Bullen haben unseren Stützpunkt in Brandenburg gefunden. Ist noch unklar, was genau passiert ist...« Er googelte weiter. Verfeinerte die Abfrage. »Sie haben unsere Leute im Transporter abgefangen. Auf dem Weg...«

»Gib mir den Computer«, sagte Bob.

Pavlinsky schob ihn rüber, stellte sich hinter Oberon. Bob fand rasch deutschsprachige Seiten. Bald auch Live-Ticker, dann die ersten Schlagzeilen auf Medienseiten. »Nur dieser Theo hat überlebt. Der auf den Stützpunkt aufpassen sollte. Kaffee gekocht hat.«

Bob kratzte sich am Ohr. »Die haben die vier anderen erschossen. Steht hier.«

»Wer tot ist, verrät nichts«, sagte Pavlinsky. »Und dieser Theo?«

»Der weiß nicht viel. Hoffe ich. Keine Ahnung, was der aufgeschnappt hat.«

»Tim war kein Schwätzer. Nicht umsonst war er der Stützpunktchef.«

»Es genügt ein falsches Wort«, erwiderte Bob. »Aber du wirst schon wissen, wen du geholt hast...«

»Den hat Walter vorgeschlagen.«

»Was nützt es, wenn einer vertrauenswürdig ist, sich aber die Hose vollmacht? Ich kenne diesen Bullen in Berlin. Der wird mit dem Theo Schlitten fahren.«

»Stimmt, dort ist Winter.«

Bob lachte. Was half das Gemecker? »Hast du andere Kräfte für die Aktion?«

»Du meinst, wir ziehen das trotzdem durch?«

»Wir wollen doch unseren Freund Oberon nicht ärgern, nicht

wahr?« Bob klopfte Oberon auf die Schulter. Und der wusste längst, wer hier der Chef war. Er sowieso nicht. Pavlinsky aber auch nicht mehr. So sah es aus. Beschissen also.

164.

Noch fünf Meter. Johnny blickte sich um, hatte was gehört. Hob die Hände. Aber er hatte das Messer schon am Hals.

»Gib mir die Telefonnummer von diesem Oliver, und du hast noch mal Glück gehabt.« Jan umklammerte mit der anderen Hand die Brust. Johnny roch nach Fisch, Zwiebeln, Knoblauch. »Du hast Oliver angerufen und ihn gewarnt. Sag kein falsches Wort.« Die Klinge ritzte den Hals. Ein Bluttropfen.

Johnny nannte eine Telefonnummer. Jan wiederholte sie: »Richtig?«

»Richtig.«

»Weißt du, wann Oliver wieder ins Restaurant kommt?«

»Nein.«

Er zog das Messer durch den Hals und löste die Umklammerung. Johnny blubberte, röchelte und sank zu Boden.

Ein Blick auf Jan mit verrenktem Hals. Leer.

165.

Die Reisetasche nahm er mit. Sah Krügers Blick. Sah die Frage. Die der aber nicht stellte. »Der fährt bei uns mit«, sagte de Bodt.

Lebranc auf dem Beifahrersitz. Salinger neben Theo. Yussuf folgte im zweiten Dienstwagen.

Im Büro schickte de Bodt Engel in die Kantine. Kaffee, Wasser, Essen. »Das Beste, das die haben.«

»Was hast du damit vor?«, fragte Salinger. Tippte mit der Fußspitze gegen die Reisetasche.

»Die gehört unserem Gast.«

»Was ist drin?«

»Klamotten. Persönliche Sachen. Die kriegt unser Gast zurück, wenn er uns hilft.«

»Hm. Lass dich nicht erwischen.«

Lebranc setzte sich auf einen Stuhl neben de Bodts Schreibtisch. Davor Theo. Salinger und Yussuf an ihren Plätzen. Yussuf hatte sein Smartphone in der Hand. Machte Fotos. Legte das Telefon zwischen Tastatur und Bildschirm. Suchte das Foto in der Datenbank.

Salinger beobachtete Theo.

Der rutschte auf dem Stuhl hin und her.

»Also«, sagte de Bodt. Lang genug durch Schweigen gegrillt. »Wir unterhalten uns. Du sagst, was du weißt. Und ich helfe dir.«

»Mein Name bleibt raus.«

»Wenn du alles erzählst, sonst nicht. Ich gebe morgen früh eine Pressekonferenz, zusammen mit unserem Kriminalrat. Der ist noch neugieriger als die Journalisten.«

»Ist ja gut.« Sein Blick wanderte zur Tasche, hing einen Moment daran und wanderte zurück. Er glaubte es nicht. Das verrieten seine Augen. »Sie sind dieser Kommissar«, sagte er dann.

De Bodt nickte. »Genau der.«

Theo erwiderte das Nicken. »Wir wussten immer, was Sie machten.«

»Woher?«

»Weiß ich nicht. Tim hat mal gelästert. Wenn wir es wollten, wüssten wir auch, wie er es im Bett treibt.«

»Klar.«

»Reicht das für …« Blick zur Tasche.

»Nein. Wir sagten *alles*. Woher wusste Tim das?«

»Keine Ahnung … er hat sich mal aufgeregt. Weil wir so lange am selben Ort bleiben mussten. Viel zu gefährlich … hat man ja gesehen. Er hatte recht. Da hat er sich beschwert. Und die haben geantwortet, alles unter Kontrolle. Wir wissen, was die Bullen treiben. Sogar im Bett.«

»Hat Tim das beruhigt?«

»Schon.«

»Wenn wir Tims PC zum Laufen bringen, kämst du an die Daten ran?«

»Ohne Passwort? Keine Chance.«

»Wir knacken es.«

»Dann finden Sie auch den Mailserver.«

»Ali, du kümmerst dich drum?«

Der hob den Daumen über dem Monitorrand, ohne sich ablenken zu lassen.

»Wie wollen deine Kumpel die EZB angreifen?«

»Ich hab doch schon gesagt...«

»Sprengstoff?«

»Ich weiß es nicht.«

»Warum plötzlich eine Bank? Bisher ging es doch um Wasser.«

»Mir haben die nichts gesagt. Sie wussten es doch selbst nicht.«

»Ihr startet einen Vernichtungsfeldzug, ohne zu wissen, warum?«, fragte Lebranc.

Theo war überrascht. Fast ruckartig wandte er dem Franzosen den Blick zu. »Unser Grund war das Geld. Jeder, der dabei ist und überlebt, hat ausgesorgt. Wenn ich schon...«

Lebranc nickte. »Sie haben nie... spekuliert?«

»War verboten. Wenn einer angefangen hat, gab es gleich Ärger. Tim hatte die Leute im Griff.«

»Wer hat euch angeheuert?«

»Tim.«

»Woher kanntest du ihn?«

»Vom Bund. Ist aber schon ewig her.«

»Und die anderen kanntest du nicht?«

»Nein.«

»Woher kannte Tim die anderen?«

»Blackwater, Irak.«

»Das weißt du?«

»Ich vermute es. Es gab da so Andeutungen. *Besser als der Scheiß-wüstensand.*«

»Warum nicht US Army?«

»Weil es ein Spanier und zwei Deutsche waren. Tim ist auch Deutscher.«

De Bodt hatte in den letzten Tagen an Lebranc gezweifelt. Doch kein großes Licht. Der Mann hatte kaum ein Wort rausgebracht. Soff sich in den Schlaf. Das sah de Bodt. Aber das Verhör gefiel ihm. Der Franzose hatte sich auf Theo eingestimmt. Sie unterhielten sich. Lebranc lenkte das Gespräch unmerklich. Mit seinem französischen Akzent wirkte er eher drollig. Harmlos. Ziemlich schlau, der Kollege.

»Du hast doch mit Tim gesprochen ...«

»Ja, er hat mir Anweisungen gegeben. Er nannte mich *Spieß*.«
Lebranc blickte de Bodt an.

»So nennen Soldaten den Hauptfeldwebel, den Innendienstchef beim Militär. *Mutter der Kompanie* hätt ich noch im Angebot.«

Lebranc kicherte. »Ihr Deutschen seid schon ...« Wandte sich an Theo, immer noch lächelnd. »Du warst also die Mutter dieser Jungs?«

»So was.«

»Meine Mutter hatte noch nie eine Knarre«, sagte Yussuf.

»Du gehst jetzt bitte Nachschub holen«, sagte de Bodt. Der Finger zeigte zur Tür.

Yussuf erhob sich. »Immer auf die Türken. Dienstboten des Herrenvolks.«

»Übertreib nicht, du bist die Mutter des Büros. Werden bei euch die Mütter nicht verehrt?«

»Bei *uns* schon ...« Zog mit finsterer Miene ab.

Theo lächelte. »Die bringen mich um.« Das Lächeln erstarb.

»Wo liegt die Europäische Zentralbank? Am Wasser?«, fragte Lebranc.

»Schon«, sagte de Bodt.

Zu Theo: »Warum jetzt die Bank?«

Theo überlegte, schüttelte den Kopf.

»Gab es keine Andeutungen? Hat sich keiner darüber gewundert?«

»Das war denen egal. Die hätten auch die Lüneburger Heide in die Luft gesprengt ...«

»Du auch?«, fragte de Bodt.

Theo grinste. Und nickte.

»Du hast keinen Schimmer, wie ihr die Bank angreifen wolltet? Da steht ja nicht nur ein Polizist vor der Tür.«

»Nein. Es waren … vielleicht zwei Operationen geplant. Jedenfalls sollte Verstärkung aus Frankreich kommen.«

»Die Leute vom Eurotunnel?«

»Vermutlich.«

»Ihr hattet Angst … wenn ihr zu viel redet …«, sagte de Bodt.

Theo nickte.

»Hat es Streit gegeben unter euch?«, fragte Lebranc.

»Nie. Wenn es welchen gegeben hätte, wär der Schuldige rausgeflogen.«

»Und getötet worden?«, fragte de Bodt.

Theo nickte. Angst in den Augen.

»Jetzt sind Tim und Kameraden aber tot. Was passiert nun?«

»Die machen es trotzdem.«

Am späten Abend. Benec war angespannt. Sie war zu intelligent, um es wegzureden. »Meine Mutter, es geht wohl zu Ende.«

De Bodt war versucht, sich nach der Mutter zu erkundigen. Ließ es aber. »Das tut mir leid.«

Er nahm sie in den Arm. Er mochte sie. Irgendwie mochte er sie. Nicht weil sie schön war und klug. Obwohl sie falsch war wie eine Natter. Sie hatten sich aneinander gewöhnt. Auch sie war gern mit ihm zusammen. Dafür sprachen kleine Zeichen. Wie sie ihm morgens über die Haare strich, wenn sie aufstand und er noch lag. Wie sie das Frühstück bereitete. Stets frisches Obst. Immer eine Blume auf dem Tisch. Sie lebte in der Hölle. Und griff nach ihm, als brenne es unter ihren Füßen.

»Und du musst zur Kanzlerin. Immerhin hattet ihr einen großen Erfolg.« Gestern, in der Nacht, wollte sie als Erstes wissen, ob der überlebende Verbrecher ausgesagt hatte.

»Er schweigt wie ein Grab.«

»Aber du wirst ihn trotzdem ausquetschen.«

»Ich glaube schon.«

»Was macht man mit solchen Leuten? Die muss man doch schützen. Wenn die anderen Gangster rauskriegen …«

»Bringen sie ihn um. Das klappt aber nicht.« De Bodt lächelte sie an. »Da kannst nicht mal du denen helfen.«

166.

»Scheiße«, sagte Bob. Er zog Oberons Notebook vor sich und suchte auf Youtube. Fand die Aufzeichnung der Pressekonferenz. Klickte sie an.

»Der links ist dieser de Bodt.«

»Der sagt ja nichts.«

»Der sagt selten was.«

Sie hörten zu. Bob übersetzte knapp. »Ah, jetzt wird er gefragt.«

Am Ende sagte er: »So eine Scheiße. Dein Typ hat ausgepackt. Frankfurt.«

Schweigen.

»Ihr wisst schon, dass ihr den Auftrag ausführen müsst. Sonst habt ihr ein Problem«, sagte Oberon trocken. »Ich könnte auch sagen, sonst seid ihr tot.«

»Pass du lieber auf, dass du nicht gleich tot bist«, sagte Pavlinsky.

»Das hilft euch auch nichts.«

»Doch, wir müssen dein Geschwätz nicht hören.«

»Vielleicht rette ich euch das Leben.«

Bob kontrollierte Oberons Fesseln und verließ das Haus. Pavlinsky folgte ihm. Sie gingen die Straße hinunter. Eine Zeder spendete Schatten. Dennoch war es brutal heiß. Pavlinsky wischte sich ein Insekt von der Stirn.

»Mir geht der Typ auf die Nerven. Wir sollten ihn wegschaffen.«

Bob schüttelte den Kopf. »Vielleicht brauchen wir ihn noch. Er ist die Verbindung zu diesen ... Leuten.«

»Wenn er nicht selbst diese Leute ist.«

»Weiß ich auch nicht.« Bob streckte sich. Merkte, wie lang sie gesessen hatten. Wie die Ungewissheit ihn verkrampfte.

»Und diese Drohungen?«

»Weiß ich auch nicht. Vielleicht Dampf. Vielleicht wahr.«

»Frankfurt wird schwer«, sagte Pavlinsky. Und lachte leise.

Karl und Jean-Robert schafften Oberon in Quartier zwei. Pavlinsky warf die Kaffeemaschine an. Sie brauchten gar nicht so lang, um den Plan zu ändern. Bis alles passte. Sie übertrugen die Aufgabe der Berliner Gruppe einem Teil der Leute, die den Eurotunnel gesprengt hatten. Viel mehr plagte sie die Sorge, dass das Anschlagziel bekannt war.

»Eigentlich ist das gar nicht schlecht«, sagte Bob. »Wir wissen, was die planen. Worauf sie sich einstellen. Das ist so, als erführe der Trainer einer Fußballmannschaft Aufstellung und Taktik des Gegners am Tag vor dem Spiel.«

167.

Der Feldweg war verrammelt gewesen. Direkt hinter einer scharfen Kurve. Als der weiße Transporter vorbeigefahren war, rollte ein Polizei-Mannschaftswagen auf den Weg. Versperrte den Rückzug. In Deckung standen und lagen achtzig Polizisten. MEK, Kripo, Scharfschützen, Bereitschaftspolizei. Krüger am Mikrofon. Er forderte die Gangster auf, den Transporter ohne Waffen zu verlassen. Die sprangen aus dem Wagen und feuerten wie wild. Bei der Polizei gab es zwei Tote und neun Verletzte, zwei davon schwer. Die Gangster waren tot.

PK. Krüger saß rechts vom Kriminalrat, de Bodt links.

Der ließ sie reden. Krüger redete gern. Tilly noch lieber. Es gab einen Erfolg zu melden. Den verdankten sie zwar de Bodt und seinen Leuten. Aber Tillys Anerkennung galt Krüger. Seiner Umsicht. Seinem Mut.

De Bodt grinste innerlich.

Es hatte zwei Bereitschaftspolizisten erwischt. Sie waren nicht vorsichtig gewesen. Nicht gut ausgebildet. Wäre de Bodt Journalist gewesen, er hätte gebohrt.

Aber sie ließen sich besoffen reden. Das konnte Tilly. Einen Durchbruch feierte er. Sie würden jetzt die Spur zu den Drahtziehern aufrollen. Sie hätten einen neuen Anschlag verhindert. Wie kam Tilly darauf? Und warum setzte er sich der Gefahr aus, morgen widerlegt zu werden? Weil er den Druck nicht mehr aushielt? Die Medien hatten sie fertiggemacht. Oppositionspolitiker forderten Köpfe, angefangen beim Innensenator. Der Generalbundesanwalt schien bald fällig zu sein. Das BKA müsse umgebaut werden. Nur Versager. Um vom Verfassungsschutz gar nicht zu reden. Diese Behörden seien für die Sicherheit der Bürger verantwortlich. Nun aber frage man sich, ob es nicht sinnvoller gewesen wäre, man hätte das Geld überm Alex abgeworfen. Dann hätten es wenigstens ein paar Würstchenverkäufer über den Winter gerettet.

»Herr de Bodt, Sie sagen ja gar nichts.« Ein dünner Mann mit Tolle und schwerer Brille. De Bodt hatte ihn noch nie gesehen.

»Fragen Sie.«

»Bis wann, glauben Sie, haben Sie die Haupttäter gefasst?«

»Ich weiß es nicht.«

»Sie teilen also nicht den Optimismus des Herrn Kriminalrats?«

»Ich bin weder optimistisch noch pessimistisch. Ich mache meine Arbeit.«

Gelächter.

»Bei den letzten großen Fällen haben Sie, sagen wir mal, in eigener Regie gearbeitet. Ist es diesmal wieder so?«

»Ich weiß nicht, wovon Sie reden. Jeder hier tut, was er kann.«

»Vielleicht ist ja das das Problem.«

»Ich sehe kein Problem.«

»Es gibt also keine Anschläge mehr?«

»Doch, auf die Europäische Zentralbank in Frankfurt, wenn wir nicht aufpassen.«

Offene Münder, Murmeln. Strafende Blicke von Tilly und Krüger. Der hielt sich die Hände vor die Augen. Zwei Hände mehr, und er hätte sich auch die Ohren zugedrückt. Was für ein schönes Bild.

Er hatte Tilly noch am gestrigen Abend über den nächsten Anschlag unterrichtet.

»Der wird jetzt kaum mehr stattfinden. Wer soll den ausführen? Wir haben die Typen doch ausgeschaltet. Wir wollen keine Unruhe verbreiten. Der Innenminister hat mich angerufen. Wir müssen die Bevölkerung beruhigen. Wir müssen den Ruf der Sicherheitsorgane schützen. Da dürfen wir nicht rausgehen und erklären: Schön, wir haben fünf erwischt. Nur, ändern wird sich nichts. Das machen wir nicht. Ist das klar, Herr Hauptkommissar?«

»Wenn wir nichts tun, jagen die die Bank in die Luft«, hatte de Bodt erklärt und war grußlos gegangen. Hörte noch Tillys Schnaufen.

»Ich dachte, die Polizei habe die Täter ausgeschaltet und suche nur noch die Drahtzieher.«

»Das dachten Sie.«

»Wissen Sie mehr als Ihre Kollegen?«, fragte eine Reporterin von der rbb-Abendschau.

»Das kann ich mir nicht vorstellen.«

Leises Lachen irgendwo.

»Aber Sie … interpretieren die Lage anders.«

»Ich glaube nicht, dass es dazu viel Spielraum gibt. Wir haben fünf Täter ausgeschaltet. Das ist ein Erfolg. Aber es gibt weiteres Fußvolk. Ausreichend, um die Bank zu sprengen, fürchte ich.«

»Sie kommen sofort mit in mein Büro«, hatte Tilly am Ende der Pressekonferenz gesagt. De Bodt blieb neben der Tür stehen, nachdem er sie geschlossen hatte.

»Sie können uns doch nicht auf diese Weise in den Rücken fallen. Wir sind Kollegen, wenn ich Sie daran erinnern darf.«

»Wenn ich gefragt werde, antworte ich«, sagte de Bodt. »Außerdem ist es falsch, das Offensichtliche zu leugnen. Es fällt einem irgendwann auf die Füße. In diesem Fall schon in einer Woche.«

»Sie wollen andeuten, ich hätte die Öffentlichkeit irregeführt?«

»Ich deute nichts an.«

Tilly schluckte.

Die Zander stand neben der Stahlwanne und schnitt. Sie war am Nabel angekommen. Geschrumpelt der Penis. Der Mann hatte seinen trainierten Körper mit Klischee-Tattoos verunstaltet. Vom Anker bis zur Seejungfrau mit Schwanzflosse.

»Aber nur da, wo man es nicht sieht, wenn er Kleidung trägt«, sagte die Zander.

Am Stahltisch werkelten zwei Mitarbeiter mit Laborgläsern. In einer Schale lag eine Leber.

»Kommen Sie, wir gehen eine rauchen.« Führte ihn in ihr kleines Büro. Startete die hypermoderne Espressomaschine. Legte eine Zigarette auf den Schreibtisch, ein silbernes Feuerzeug daneben. »Hab aufgehört«, sagte sie.

»Ich auch, ist aber schon länger her.«

»Ich halt durch.«

»Klar.«

»Haben Sie's im ersten Anlauf geschafft?«

»Ja.«

»Held.«

»Hör ich gern.«

»Die Typen, die Ihre Kollegen hier angeliefert haben, sehen übel aus. Es war ein Gemetzel. War das nötig?«

»Sie meinen, man hätte sie lebend gekriegt?«

»Wie soll ich das wissen? Aber die haben öfter geschossen, als es nötig gewesen wäre.«

»Das war die Angst«, sagte de Bodt.

Die Zander nickte. »Natürlich.« Sie spielte mit der Zigarette. »Der Krüger hat sie scharfgemacht.«

»Der hatte auch Angst.«

»Und Sie?« Sie erhob sich und hantierte mit der Kaffeemaschine.

»Da uns die Angst umfängt vor den ewigen Strafen der Hölle.«

Sie lachte. »Von Ihnen?«

»Lukrez.«

»Grünen Tee hab ich nicht. Um gar nicht beim soundsovielten Aufguss anzufangen.«

De Bodt grinste. Das hatten sie längst durch. Natürlich trank er auch Kaffee. Umso lieber, wenn es der Zusammenarbeit mit der

Rechtsmedizin diente. Manche Leute mögen es, wenn man ihren Hund bewundert. Bei der Zander war es das Wunderwerk einer silbernen Kaffeemaschine. Teuer wie Gold.

Sie stellte eine vorgewärmte Espressotasse vor ihn. »Die Crema, einzigartig«, sagte sie.

Sagte sie immer. Vermutlich, bis sie die letzte Rate abgestottert hatte.

Er nippte. Prima Kaffee. Kaffee eben. »Wirklich«, sagte er.

»Schleimer«, erwiderte sie lachend.

»Ich weiß, wo es was bringt.«

Sie kicherte.

»Ich kann Ihnen nicht viel verraten. Sie wissen ja, später und so weiter. Aber auch im Bericht wird nicht viel mehr stehen. Ihre Kollegen haben die Herren« – Fingerzeig zum Seziersaal – »übel zugerichtet. Es handelt sich um gut trainierte Männerkörper. Auffällig viele Narben. Tätowierungen. Aber das heißt ja nichts mehr. Wenn Sie mir ein Vorurteil erlauben: Die Typen sehen aus wie Berufsverbrecher. Manchen schnitzt sich die Existenz ins Gesicht.«

»Narben von Schusswaffen?«

»Kommen Sie mit.«

Im Seziersaal hatten die Assis den Mann auf dem Stahltisch zugenäht. »Holt mal die anderen«, sagte die Zander.

Den Assis hatte sich die Existenz auch ins Gesicht geschrieben. Sie waren hager und bleich. Er hätte sie für Zwillinge halten können.

»Die beiden sind übrigens eineiige Zwillinge. Wenn Sie mal raten…« Sie winkte ab.

De Bodt unterdrückte ein Lachen.

Die Zwillinge schoben eine Leiche nach der anderen in den Saal. Die Zander zog die Decken weg.

Am übelsten sah das zerschossene Gesicht aus. Soweit man das Gesicht nennen konnte, was die Salve einer MP5 übrig gelassen hatte. Graubraune Masse auf einem Stumpf. Kräftige Männerkörper. Mit Einschusslöchern. Vom Blut gesäubert, sahen sie unecht aus. Fahle Haut. Es würgte ihn. Wie immer kam der Schweiß. Kalt. Ließ ihn frösteln.

»Wer von denen mag Tim sein?«

»Keine Ahnung. Ist das der Boss?«

»Er nannte sich so. Helfen die Zähne?«

»Wir versuchen es. Wenn einer bei der Bundeswehr zum Zahnarzt gegangen ist…«

»Gute Idee«, sagte de Bodt. »Und wenn nicht, versuchen Sie es mit anderen Armeen. Fremdenlegion nicht vergessen.«

»Gut«, sagte die Zander. »Fremdenlegion, darauf wär ich jetzt nicht gekommen.«

»Wer hat auf dem Beifahrersitz gesessen?«

»Der da«, sagte die Zander. Sie deutete auf den kleinsten der vier. Der Körper eines Langläufers. Die anderen waren eher muskelbepackt. »Schmächtiges Kerlchen.«

»Der hatte die Muskeln hier.« De Bodt tippte sich an die Stirn. »Tim also.«

Sie standen eine Weile. Betrachteten die Leichen. Tim hatte eine Narbe am Oberschenkel. Lang und tief. Messer, Machete.

»Die waren gut«, sagte de Bodt.

»Lassen Sie das mal nicht Ihre Chefs wissen.«

»Die wissen das. Wer solche Operationen schafft, der ist gut.«

»Und, war's das jetzt?«

»Hatte ich auch getippt. Aber ein Ding kommt noch. Auf nach Frankfurt.«

Am Abend erschien de Bodt mit zwei Beamten. Benec erschrak. Stand in der Tür. Hatte geweint. Oder hatte sich so hergerichtet.

»Du kommst bestimmt ohne Handschellen mit«, sagte de Bodt.

»Kann ich noch was packen?«

Er schüttelte den Kopf. »Wir besorgen dir, was du brauchst.«

De Bodt folgte dem Streifenwagen im Dienstfahrzeug. Yussuf hatte draußen gewartet. Saß hinterm Steuer.

»Eigentlich ziemlich fies, was wir machen«, sagte er. »Aus ihrer Sicht.«

»Sie hat keine Sicht, außer auf Euroscheine.«

168.

Ein Schrei. Er sah die Frau im Fenster. Sie schrie in Wellen, als
heulte sie. Er blickte sich um, sah jemanden in den Hof kommen. Erkannte nur eine Silhouette. Rannte darauf zu. Die Silhouette blieb
stehen. Jan fühlte das Messer in der Hand. Er packte es fest. Dann
wich die Silhouette aus. Ein Mann, ein Junge eher. Der blickte ihn
aus großen Augen an. Jan hetzte vorbei. Der kann dich beschreiben. Hetzte weiter. Kehr zurück, sagte eine Stimme. Schalte ihn aus.
Aber er rannte weiter. Steckte das Messer in die Scheide. Blickte
sich um. Niemand kümmerte sich um ihn. Nur ein paar Passanten
auf dem Bürgersteig. Irgendwoher, irgendwohin.

Zwei Autos begegneten sich. Ein Taxi fuhr eine Frau.

Nein, hier gab es keinen Mörder.

Nur Jan. Der sich zwang, normal zu laufen. Obwohl nichts normal war. Er betete die Telefonnummer vor sich her. Um sie zu behalten. Um sich auf was anderes zu konzentrieren. Auf morgen.

Aber ihn verließ der Gedanke nicht. Er hatte einen Fehler gemacht. Er hätte den anderen Typen im Hof auch umbringen sollen.

Zum ersten Mal hatte er eine Spur hinterlassen.

169.

De Bodt beobachtete, wie sie sich umsah. Allein im Vernehmungszimmer. Wie sie so tat, als wäre sie gelassen. Als hätte sie keinen
Grund, Fragen zu fürchten.

Dann betrat Salinger das Zimmer. Setzte sich, lächelte Benec an
und sagte: »Bevor ich das Aufnahmegerät einschalte: Sie können das
Verfahren beeinflussen. Sie helfen uns, und wir decken einen großen
Mantel über alles. Oder Sie helfen uns nicht, und wir sorgen dafür,
dass Sie ein paar Jahre in Lichtenberg wohnen. Frauenknast. Sie haben die Wahl.«

»Sie haben nichts gegen mich in der Hand. Der Kommissar de

Bodt... wo ist er eigentlich?... hat sich da was ausgedacht. Kann man verstehen, der Mann hat Druck. Diese Anschlagserie ist ja auch wirklich schrecklich.«

Salingers Hand knallte auf den Tisch. »Halten Sie den Mund!«

Benec erschrak.

»Alexia Karadžić, geboren in Sigmaringen. Eltern Einwanderer aus Jugoslawien. Studium in Göttingen, Basel. Kulturwissenschaften. Klingt richtig toll.« Salinger hob den Blick von der Akte. »Unverheiratet. Womit verdienen Sie Ihr Geld?«

»Woher haben Sie das?« Benec zeigte auf die Akte.

»Wir haben noch mehr. Beantworten Sie meine Frage.«

De Bodt kannte diese Zeichen. Das Berühren der Schläfe. Das Zucken in den Augen. Die Falten an der Nasenwurzel.

Benec alias Karadžić zeigte Wirkung.

»Ich arbeite«, sagte sie.

»Für wen? Wo?«

»Bin Freiberuflerin.«

»Also nicht bei der EU?«

»Das habe ich nur gesagt, um ihn zu beeindrucken.«

»Was machen Sie als Freiberuflerin?«

»Ich nehme Aufträge an.«

»Von wem?«

»Von Institutionen.«

»Welche *Institution* ist es denn derzeit?«

»Die Adam-Smith-Stiftung.«

»Und der Auftrag?«

»Wirtschaftskultur in Europa.«

»Seit wann?«

Benec schien zu überlegen. »Seit vier Monaten.«

»Dafür gehen Sie jeden Tag in Berlin spazieren?«

Ein Blick, starr. Die Hände knickten nach oben, die Handwurzeln auf dem Tisch. Die Hände klappten zurück. »Ich arbeite mit dem Kopf, nicht mit dem Arsch.«

Sie konnte de Bodt doch noch überraschen.

»Deshalb gibt es keine Notizen? Um von so was wie einem Text, Gutachten, Artikel gar nicht zu sprechen. Nach vier Monaten?«

»Jeder hat seinen Arbeitsstil.«

»Bei diesem Auftrag verdienen Sie aber nichts.«

»Sie haben in …?«

Salinger lächelte.

»Das Geld gibt es erst, wenn ich fertig bin.«

»Von was leben Sie?«

»Das geht Sie nichts an.«

»Lichtenberg oder großer Mantel«, erwiderte Salinger trocken. »Das Aufnahmegerät ist immer noch ausgeschaltet.«

»Das geht Sie nichts an.«

Salinger drückte einen Knopf unter der Tischplatte. Yussuf erschien und legte einen Rollkoffer auf den Tisch. Handgepäcktauglich. Salinger öffnete den Koffer und leerte den Inhalt auf dem Tisch aus.

»Barzahlung bei der Adam-Smith-Stiftung.«

Benec hielt die Hand vor die Augen. Lehnte sich zurück. Schüttelte den Kopf. »Was haben Sie in meiner Wohnung zu suchen? Haben Sie einen Durchsuchungs…«

»Lichtenberg oder Mantel«, sagte Salinger.

Benec blickte sie an. »Wo ist Eugen?«

»Die Adam-Smith-Stiftung kennt Sie überhaupt nicht. Um das zu klären, brauche ich keine Durchsuchungsanordnung.«

»Sie haben mich beschattet …«

»Auch dafür brauche ich keinen Staatsanwalt, keinen Richter.«

»Eugen hat mich verraten.«

»Sie haben den Hauptkommissar de Bodt ausspioniert. Und dies im Auftrag der übelsten Gestalten, die man sich vorstellen kann.« Salinger blickte Benec prüfend an. »Gut, dann also Lichtenberg.«

170.

Das Phantombild war verflucht gut. Er starrte auf den Bildschirm. Jan hatte Online-Seiten von Zeitungen durchsucht. Und hatte es in der *Courier-Mail* entdeckt. Ausgerechnet in der Lokalzeitung. Der Mord an einem Chinesen schaffte es nicht auf die Titelseite. Dafür war das Bild ziemlich groß. Und die Beschreibung traf zu: hundert-achtzig Zentimeter, kurze blonde Haare, schlank, Jeans, T-Shirt, Turnschuhe, um die dreißig.

Wie lange behielten die Leute es im Gedächtnis? Er tigerte durch das Wohnzimmer. Stolperte über einen Hocker. Fluchte. Kramte im Rucksack. Fand das Rasiermesser. Nahm es mit ins Bad. Seifte die Haare ein. Wartete einen Augenblick und rasierte die Haare weg. Wusch sich den Kopf. Die Glatze glänzte. Er würde sich einen Bart wachsen lassen. Das dauerte, besonders bei ihm. Er überlegte, sich andere Klamotten zu kaufen. Aber dann müsste er raus. Er hatte was zu essen im Haus. Jan fluchte vor sich hin. Dachte an den Makler. Hoffentlich erkannte der ihn nicht wieder. Jan überlegte, wie wahr-scheinlich es war. Sollte er fliehen?

Bleib ruhig, mahnte er sich. Bedachte alle Tatsachen. Berechnete die Gefahren. Und beschloss, die Stadt zu verlassen. Er konnte die nächste Aktion auch woanders beginnen. Immerhin hatte er Olivers Nummer. Den würde er nicht mehr von der Angel lassen.

Es dauerte nicht lang, bis er gepackt hatte. Verstaute alles im RAV. Rollte aus der Einfahrt. Und sah zwei Streifenwagen mit Blau-licht. Hörte die Sirenen.

171.

Er saß auf der Bettkante. Fühlte sich allein. Benec fehlte ihm. Sie war eine Verbrecherin. Sie hatte ihn belogen. Sie hatte ihn bespit-zelt. Aber sie fehlte ihm.

In den letzten Tagen hatte er viel über sie nachgedacht. Wie eine so intelligente und wache Frau sich auf so etwas einlassen konnte. Wie konnte sie glauben, damit durchzukommen? Vermutlich war es das Geld. Viel Geld für einen leichten Job. Wenn man das Risiko verdrängte. Vermutlich hatte sie gehofft, sich rechtzeitig absetzen zu können.

Sie hatte nicht mit seinem Misstrauen gerechnet. Das gab es nicht, dass einem eine bezaubernde Frau einfach die Tür öffnete.

Ihr Fehler war gewesen, es zu schnell anzugehen. Aber ihre Chefs hatten sie gedrängt. Wir brauchen die Informationen. Alles. Gleich. Und Benec hatte sich ins Zeug gelegt.

Sie war bezaubernd, keine Frage. Ausgenommen ihre Charakterschwäche. Hätten die sie erpresst, er hätte es ihr verziehen. Aber sie hatte nicht einmal versucht, sich darauf hinauszureden. Wäre auch schwierig mit einem Koffer voller Geld auf dem Schrank. Er hatte den Koffer jeden Abend gesehen.

Sie hatte das Geld nicht versteckt. Vielleicht hoffte sie, sie könnte den Koffer im Notfall greifen, um zu verschwinden. Sie hatte gewiss mit der Gefahr gerechnet aufzufliegen. Aber nicht damit, dass de Bodt den Spieß umdrehen würde.

Yussuf war eines Nachts in die Wohnung eingebrochen. Während er mit ihr schlief. Und hatte sich ihr Handy geschnappt. Den Speicher ausgelesen. Und das Handy zurückgelegt. Aber sie hatten nichts gefunden. Genauso wenig in ihrem Notebook. Das vor Harmlosigkeit glänzte. Kaum Mails. Aber um die kümmerte sie sich nur sporadisch. Yussuf würde sie sich trotzdem genau ansehen. Die Wanzen in der Wohnung hatten nichts gebracht. Außer dass Yussuf sich genüsslich die Aufzeichnungen anhörte. Wann hörte man schon den eigenen Chef auf der Matratze?

Yussufs Überwachung hatte ergeben, dass Benec immer wieder Internet-Cafés besuchte. Das war geschickt.

De Bodt schlief schlecht in dieser Nacht.

Am Morgen fuhren sie nach Frankfurt. Yussuf und Salinger lösten sich am Steuer ab. Sie stiegen im *Frankfurter Hof* ab. De Bodt freute sich schon auf den Ärger mit Tilly, Buchhaltung und so weiter.

Noch am Abend fuhren sie zum neuen EZB-Hochhaus im Ostend. De Bodt blickte die Stahl-Glas-Silhouette hoch. Da saßen die Herren, die die Sparer mit Minuszinsen ausnahmen, um die Banken zu retten. Die sich selbst in den Abgrund gezockt hatten. Sie versenkten jetzt die kleinen Leute. Für die Boni-Zauberer. Und für des Finanzministers schwarze Null. Den neuen Fetisch.

»Es ist pervers«, sagte Yussuf. »Von mir aus können die den Laden in den Main sprengen.«

Salinger lachte. »Ich wusste schon immer, dass du's Zeug zum Terroristen hast.«

»Willst du mich anbaggern?« Seitenblick auf de Bodt.

Aber der war im Kopf woanders. Er hatte ein blödes Gefühl. Irgendwas rumorte in seinen Hirnwindungen. Wenn alles ganz anders war? Wenn es für den Wahnsinn eine einfache Erklärung gab? Und er nur zu begriffsstutzig war, um zu erkennen, was vor seiner Nase lag?

Er blieb lange stehen und starrte auf den Bau. Sah die Leute nicht. Die ihn betraten, die ihn verließen. Sah nur diesen Schemen. Wie eine Wolke, die der Wind vor sich hertrieb. Bis die letzten Fetzen verschwunden waren.

Es war der Assistent des Präsidenten. Ein unscheinbarer junger Mann, Typ Referendar Mathematik. Der Mann fühlte sich nicht wohl. Hatte einen weichen Händedruck. Feucht. Seine Augen hinter der schicken Brille wanderten. Er beglotzte Salinger, wurde rot und fixierte Yussuf. Dann fiel ihm ein, dass er seine Gäste in einen Empfangsraum führen wollte. Ging zum Aufzug. Entschuldigte sich, dass er voranging. Winkte die Polizisten in den Aufzug. Stieg dazu und verkroch sich in einer Ecke. Sein Gesicht sagte: Bloß nichts falsch machen.

»Der Herr Vizepräsident stößt noch zu uns.«

Der Aufzug raste in den zwölften Stock. Wo es auf dickem Teppichboden in einen Salon ging. Ledersofas, Glastische. Dicker Läufer. Frankfurter Stadtansicht großformatig an der Wand. Der Ausblick war atemberaubend. Ein Dunstschleier über der Stadt. Die Spitzen der Hochhäuser weichgezeichnet. Die Sonne glänzte matt.

Yussuf stellte sich ans Fenster und betrachtete alles. »Schließlich hab ich das bezahlt«, sagte er.

Der Assi blickte ihn an, sagte aber nichts. »Ich darf Ihnen etwas bringen lassen? Kaffee? Tee?«

Yussuf bestellte einen Cappuccino. Salinger und de Bodt Wasser. Sie setzten sich und blickten hinaus.

»Das ist schrecklich«, sagte der Assi.

Als niemand antwortete: »Das ist wie mit der Chaostheorie. Der Flügelschlag eines Schmetterlings stürzt die Welt in Unordnung.«

»Ich weiß jetzt nicht, ob man den Flügelschlag eines Schmetterlings mit einer Anschlagserie vergleichen kann«, sagte Yussuf.

»Gewiss«, sagte der Assistent und lief rosa an. »Aber diese Verbrechen haben die Welt an den Rand des Bankrotts getrieben. Die Aktienkurse im freien Fall. Allein heute fünf Prozent minus in Japan, sechs in Hongkong. Der Dax bewegt sich gerade seitwärts, aber fünfundzwanzig Prozent tiefer als vor vier Wochen. Und er wird wieder fallen. Der Euro verliert gegenüber den anderen Währungen. Neun Prozent binnen zwei Wochen. Eine Katastrophe … eine Katastrophe.«

»Warum die Untergangsstimmung? Wenn ich mal blöd fragen darf.« Yussuf blickte den Assi streng an.

»Aktien, das ist Psychologie. Bankenkrise, Griechenlandkrise, Brexit, Trump, der Nationalismus. Die Grundstimmung ist ohnehin schlecht. Und jetzt versagen die Sicherheitsorgane … Entschuldigung.« Er lief wieder rosa an. »Aber so sehen das die Anleger.«

»Und es ist nur noch eine Frage der Zeit, bis im Süden Banken zusammenbrechen. Vor allem in der Heimat unseres Präsidenten«, sagte eine tiefe Stimme. In der Tür stand ein großer, stämmiger Mann. Gesicht in Urlaubsbräune. Siegelring.

Der Assi sprang auf. »Herr Dr. Tauber, das sind Hauptkommissar de Bodt und seine Mitarbeiter.«

Tauber hatte in einem Seminar gelernt, dass man den Leuten in die Augen blicken sollte, wenn man sie begrüßt. Er setzte sich in den freien Sessel. Nickte zweimal. »Wie ich hörte, hat Sie mein Mitarbeiter über die wirtschaftlichen Verwerfungen … aufgeklärt.« Pause. »Wir müssen diesen Wahnsinn beenden. Diese Anschläge treffen uns in einer Lage, die allein schwierig genug ist. Die Krise greift schon auf die Realwirtschaft aus. Die Exporte werden einbrechen.« Pause. »Unser Land lebt von Exporten.« Pause. »Die Eurogegner jubeln. Die Populisten … die nächsten Wahlen werden schauderhaft.« Pause. Ein Lächeln zog ins Gesicht. Das er einschalten konnte wie andere Leute das Licht. »Aber jetzt hat ja unsere Kanzlerin ihren besten Mann geschickt … Ich habe gestern noch mit dem Kanzleramtsminister telefoniert.« Pause. »Bald wird es wieder gut, ja?« Kindlich.

De Bodt erhob sich, ging zum Fenster. Blickte hinaus. Der Dunst wich. Die Wintersonne, stahlhartes Licht.

»Ich weiß es nicht«, sagte er. »Erst müssen wir den Anschlag auf Ihre Bank verhindern. Der erste Schritt ist die Evakuierung. Sofort.«

Tauber schluckte, nickte. Telefonierte. Gab knapp die Anweisung, die Bank zu räumen. »Aber machen Sie's ohne Aufsehen. Wir haben heute alle gleichzeitig Feierabend, ja? Alle! Jetzt!« Wandte sich an de Bodt, genauer gesagt an dessen Rücken. »Wenn der Anschlag gelingt, bricht uns der Laden zusammen. Die Wirtschaft, der Euro. Die EU. Sind es die Amis, die das veranstalten?«

»Wie kommen Sie darauf? Die verlieren doch auch, wenn die Märkte zusammenbrechen. Nicht mal Trump will die Pleite.« Panik raubt den Verstand, dachte de Bodt. Die Wolke, die weggeflogen war, kehrte zurück. Die Gangster hatten einen Fehler gemacht. Als sie beschlossen, die EZB anzugreifen. De Bodt nickte. Wenn man mal draufkam, war es einfach. Ob es stimmte, war eine andere Frage.

»Was könnte Ihre Bank mit Wasser zu tun haben, außer dass sie am Main liegt?«, fragte Salinger.

Tauber deutete hinaus. Die Hand sank auf den Tisch, aufs Knie.

»Nichts«, sagte Yussuf.

»Es geht um was anderes. Etwas völlig anderes«, sagte de Bodt. Er blickte hinaus auf die Stadt. Auf die Protztürme der Banken. Und verstand.

172.

»Scheiße! Scheiße!« Er bog in die Straße ein. War versucht, das Gaspedal durch den Boden zu treten. Blickte in den Rückspiegel. Sah, wie die Streifenwagen heranrasten.

Er bog links ab. Kleine Seitenstraße. Gab Gas. Die nächste rechts. Im Spiegel die Scheinwerfer des ersten Polizeiautos. Wieder links. Der RAV beschleunigte gut. Er hatte einen Vorteil. Konnte etwas, das Streifenwagen nicht konnten. Jan raste eine schmale Einbahnstraße runter. Riss das Steuer herum, als ein Ball auf die Straße rollte. Ein Junge hinterher. Sah, wie die Polizisten eine Vollbremsung hinlegten. Rechts weg. Er musste aus der Siedlung raus. Folgte einer Seitenstraße. Sah Bäume. Einen Wald. Fand den Feldweg. Blickte in den Rückspiegel. Nichts. Er raste in den Feldweg. Der Wagen rumpelte. Das Fahrwerk knarzte. Löcher schüttelten Jan durch. Aber er würde sie abhängen. Der Feldweg verzweigte sich. Rechts weg. Die Piste endete vor einem Stacheldrahtzaun. Er drückte das Gaspedal runter. Die Drähte scheuerten über den Wagen und rissen. Ein Pfeiler zertrümmerte den Seitenspiegel.

Der RAV holperte über eine Weide. Am Ende Bäume. Jan steuerte den RAV dazwischen und hielt an.

Er orientierte sich mit dem Handy, wo er war. Blickte in alle Richtungen. Keine Polizei. Kein Hubschrauber. Ruhe.

Er stieg aus und prüfte den Wagen. Der Seitenspiegel, dazu ein paar Dellen und Kratzer. Er riss die Spiegeltrümmer ab. Und wartete, bis die Nacht hereinbrach.

173.

Pavlinsky hatte die Zeitung mitgebracht. Tippte auf das Phantombild. »Der Typ ist hinter mir her.«

Bei Oberon in Quartier zwei war er schon gewesen. Der hatte mit dem Kopf geschüttelt. »Nein, kenne ich nicht.«

»Wer ist das?«, fragte Bob. Er saß am Tisch. Vor sich ein Wasserglas und einen Becher Kaffee. Und eine Kladde. Den Plan.

»Der Typ hat unsere Station in Palau abgefackelt. Und unsere Leute dort dazu.«

»Warum macht der das?«

»Ich habe keine Ahnung.«

»Hat es dort irgendwas gegeben? Davor?«

»Einer meiner Leute hat eine Frau erschossen. Aus Versehen, mit der Harpune. Er sollte einen Touristen ausschalten, der unseren Server dort angegriffen hat.«

Bob trank das Glas leer. »Na, dann ist das der Tourist.«

»Ein Tourist, der alle Leute auf einen Streich erledigt? Und die Station gleich mit?«

»Die haben nicht mit ihm gerechnet. Wenn er schlau und fit ist. Wenn er Glück hat. Und vor allem entschlossen. Ich fände es auch nicht witzig, wenn mir einer die Freundin wegschösse.«

»Ja, ja. War eine Scheißidee.«

»Und jetzt hat er deine Leute ausgequetscht. Weiß, dass du dieses Restaurant magst. Den Rest kannst du dir selbst zusammenreimen.«

»Ist ja gut.«

Pavlinsky schloss die Augen. Überlegte. »Aber mit den Chefs hat er nichts zu tun. Es ist ein Scheißzufall.«

»Mit den Chefs bekommen wir es über kurz und lang zu tun. Ich glaube, unser Freund Oberon verarscht uns.«

Pavlinsky nickte. »Die harte Gangart...«

»Was sollten wir sonst mit ihm anfangen? Wir müssen ihn leben lassen. Für die Mails mit dem großen Meister.«

»Und er weiß das.«

»Klar. Was konnte dieser Ying von dir wissen?«

»Er konnte mich beschreiben. Und er hatte eine Telefonnummer. Die Karte könnte ich vernichten...«

»Dann wären wir ihn vielleicht los. Ich bin für eine gründliche Lösung. Wir können uns keinen Amateurkiller im Nacken leisten. Die Typen sind unberechenbar. Und der besonders. Scheint Talent zu haben.«

»Offenbar.«

»Der Unterschied zwischen Profis und Amateuren ist die Panik. Anfänger haben zu viel Angst, getötet zu werden. Vor allem aber zu töten. Beides fehlt unserem Racheengel. Der kennt keine Panik. Der geht mir tierisch auf die Nerven. Also, lass dich anrufen.«

174

»Wie viel wollt ihr?« Sie hatten ihm den Knebel zum Essen abgenommen.

Jean-Robert saß in der Ecke. Die Zigarette im Mundwinkel. Ohne
sie anzuzünden. Bob hasste Zigarettenqualm. Und Bob gab die Befehle. Jean-Robert fand sich ab. Er stammte von einem Bauernhof im
Languedoc. Wo die Sonne die Ernte wegbrannte. Der Vater hatte
den Hof von seinem Vater übernommen und der und so weiter. Keiner dieser Trottel hatte je verstanden, dass der Kampf gegen die
Dürre vergeblich war. Dass es nie für mehr reichen würde als fürs
Essen und Trinken. Der Alte hatte wenig gesprochen, aber sein
Stock ließ keinen Zweifel. Auch der Sohn war bestimmt, den Hof zu
übernehmen. Es gab keinen Bruder. Die Schwester lebte am Rand
des Schwachsinns, manchmal auch darin. Von Inzest wurde gemun-
kelt im Dorf. Wo der Alte und seine Familie Außenseiter waren. Selten nur setzte sich der Vater in die Bar an der Dorfstraße, um einen
Roten zu trinken und die Pfeife mit dem zerkauten Mundstück zu
rauchen. Er kam noch seltener, als der Sohn verschwand.

Der zog eines Nachts los, da war er siebzehn geworden. Der
Alte hatte wieder geschlagen. Erst die Mutter, dann den Sohn. Die
Schwester verprügelte er nie. Jean-Robert trampte nach Montpel-
lier. Fand einen Job als Spülhilfe in einer Touristenkneipe. Ging zur
Armee, vier Jahre. Oberleutnant. Legion. Dann zu Blackwater. Dort
traf er Karl. Der schwieg so gern wie er. Sie waren gute Soldaten. Im
Irak hielten sie drauf. Und dann fragte sie jemand, warum sie ihren
Hals für die paar Dollar riskierten. Ihr Leben sei ein Vermögen wert.
Wenn sie für ihn arbeiteten, könnten sie es verdienen. Jean-Robert
staunte, wie viel Bob über sie wusste. Er hatte wohl jemanden bei
Blackwater, der ihre Akten kannte. Bob war vorsichtig. Aber wenn
er einem vertraute, zeigte er es auch. Er musste den Chef nicht he-
rauskehren. Bob war der Chef. Er war der Beste. Vor allem im Kopf.

Karl klebte Oberon den Mund zu. Grinste Jean-Robert an. Sie
verstanden sich wortlos. Das war von Anfang an so gewesen. Karl
war vor der Wehrpflicht geflohen, bevor sie die abgeschafft hatten.

War in der Legion gewesen. Aber dann setzte er sich ab. Beschissene Bezahlung, Dauerschinderei. Karl wusste, dass es ein Oben und ein Unten gab. Gerade beim Militär. Im Gefecht brauchte es jemanden, der befahl. Aber warum mussten Typen auf dem Kasernenhof ohne Grund rumbrüllen? Warum machten die Sadistenärsche einen fertig? Karl kämpfte gern. Das Töten gab ihm Macht. Er mochte es, wenn es um alles ging. Er mochte das Vertrauen einer Gemeinschaft von Kämpfern. Deshalb hatte er Bob gleich zugesagt. Und es keine Sekunde bereut. Bob schätzte seine Leute. Er ließ es sie spüren. Und er zahlte gut. Sollten Jean-Robert und er alt werden, hätten sie genug Geld für den Lebensabend. Auf einer Insel. Wo man keine Waffen brauchte. Aber natürlich welche verstecken würde. Weil nichts blieb, wie es war.

175.

»Wer profitiert, wenn die Aktien crashen? Wenn eine Währung einbricht?«, fragte de Bodt mehr sich. Und wandte sich um. Blickte den Vizepräsidenten an.

»Sie glauben doch nicht, dass …«, sagte Tauber.

»Was ich glaube, ist unwichtig. Binnen weniger Wochen haben irgendwelche Leute den größten Crash seit 1929 veranstaltet. Wer das vorher wusste, hat sich dumm und dusslig verdient.«

Tauber schüttelte den Kopf.

»Leerverkäufe gegen Bankaktien, gegen den Euro. Wer da Milliarden einsetzt, verdient zig Milliarden. Die Frage ist also: Wer hat Milliarden gegen Banken und den Euro gewettet? Sie kriegen das binnen weniger Minuten heraus … oder Sie wissen es schon?«

»Ich kann Ihnen sagen, was in den Zeitungen steht. Und Gerüchte weitergeben. Natürlich haben sich auch Hedgefonds – die meinen Sie ja offensichtlich – geäußert. In Geschäftsberichten und sonstigen … Verlautbarungen.«

»Können Sie mir eine Zusammenstellung machen? Welche Hedgefonds in Leerverkäufe gegangen sind. Sagen wir ab zwei Wochen vor den Brückensprengungen? Länger davor hätte unnötig viel gekostet.«

»Sie kennen sich aus, Herr Hauptkommissar«, sagte Tauber. »So würde ich auch fragen.«

Das ist das Einzige, das ich meiner Exfrau verdanke, Herr Vizepräsident. Hätte de Bodt antworten können. Irgendwer hatte Elvira einen Floh ins Ohr gesetzt. Seitdem wollte sie Aktien kaufen. Sich Geld leihen dafür. Von de Bodts Vater, der ihr nichts abschlagen konnte. Er wollte nicht. Schon gar nicht mit Schulden.

Die großen Fonds machen das doch auch. Leihen sich Geld oder Aktien.

Wir sind aber nicht Soros oder Buffett. Wir sind der Herr Hauptkommissar de Bodt mit seinem Dienstgehalt und die Hausfrau Elvira de Bodt samt zweier Töchter. Und davon abgesehen, bin ich nicht verrückt.

Um Himmels willen, war sie beleidigt gewesen.

Tauber fixierte ihn. »Wir müssen auf jeden Fall verhindern, dass diese … populistische Schreierei gegen den Finanzmarkt wieder anfängt.« Er blickte in die Runde. »Die Welt braucht uns. Unsere Kredite, unser Know-how, unsere Geldflüsse. Wir sorgen dafür, dass Finanzdienstleistungen und Rohstoffe gerecht verteilt werden. Dass Firmengründer eine Chance erhalten. Und dass der Euro gefallen ist, na, das ist doch gut für die Exportwirtschaft. Arbeitsplätze …«

Im Hotel setzten sie sich an die Bar. Salinger trank Wein, Yussuf ein Bier, de Bodt grünen Tee, dritter Aufguss.

Uhlenhorst tauchte auf. Wie hatte er sie gefunden? Er half auf Bitten de Bodts dem BKA. Schließlich hatte er am Badewannenmord und am Oberbaumbrückenfall gearbeitet. Kannte die Handschrift der Täter. Wenn man übersah, dass sie keine hinterlassen hatten.

»Wir haben die Bank auf den Kopf gestellt. Kein Sprengstoff, nichts. Ich wüsste auch nicht, wie die hätten reinkommen können.«

»Tunnel?«, fragte Yussuf.

»Also vom Main aus oder aus der Luft.«

»Die Bundeswehr hat eine Patriot-Einheit herangekarrt. Das wird nix mit dem Luftangriff.«

»Und Lastwagen vor die Bank, vollgepackt mit TNT?«, fragte Salinger.

»Morgen werden die Kollegen alle Zufahrten sperren. Da kommt nicht mal ein Polenböller durch.«

»Die geben aber nicht auf«, sagte Yussuf.

»Wenn sie klug sind, tun sie genau das«, sagte Uhlenhorst. Deutete auf Yussufs Bier, als der Barkeeper ihn anblickte. »Und, habt ihr sonst alles geklärt?«

»Ja«, sagte Salinger. »Unser Meisterdetektiv hatte einen seiner genialen Einfälle.«

»Immer interessant«, sagte Uhlenhorst und setzte sich auf einen Hocker.

»Wer ist es?«

»Ein Hedgefonds«, sagte Salinger. »Den Rest erklärt dir der Meister besser selbst.«

Yussuf hob den Zeigefinger. »Du leihst dir vom Nachbarn zehn Äpfel. Versprichst ihm, er kriegt nächste Woche elf zurück. Der Nachbar grinst sich einen. Schließlich sitzt er auf einem Haufen Äpfel. Du grinst dir auch einen. Du hast nämlich erfahren, dass die Zeitung mit den großen Buchstaben morgen meldet, dass Apfelesser impotent werden. Die Äpfelpreise werden in den Keller stürzen. Du verkaufst also heute die Äpfel vom Nachbarn zum guten Preis, sagen wir, von zwei Euro. Und gibst ihm eine Woche später elf Äpfel zurück, die du für fünfzig Cent nachgeworfen bekommen hast. Ohne eigenes Geld anzufassen, gewinnst du einen Euro fünfzig.« Yussuf trank einen großen Schluck und hielt das Glas dem Barkeeper hin. »Und jetzt stell dir vor, Äpfel sind Aktien oder Währungen.«

»Professor Yussuf hat gesprochen«, sagte Salinger.

»Leerverkaufen nennen wir Profis das«, sagte Yussuf. »Die schärfere Variante ist, wenn ich die Äpfel verkaufe, obwohl sie mir gar nicht gehören. Ist auch legal. Man glaubt es nicht. Ich hab den falschen Beruf. Sollte Apfelzocker werden.«

Uhlenhorst stand zwischen Salinger und Yussuf. Nahm sein Bier vom Tresen. Hob es in Richtung der anderen und trank. Auf sich. Diesmal hatte er den Stress im Büro, nicht zu Hause. Seine Frau war zu ihm zurückgekehrt. Sie sagte, ihr bleibe keine Wahl. Er kannte schönere Liebeserklärungen. Aber immerhin. Er hatte sie zusammen mit Salinger und Yussuf aus der Scheiße geholt. Hatte sein Leben für sie riskiert. Sie habe verstanden, was wirklich zähle. Es gebe Dinge, über die man hinwegsehen müsse. Die Kinder waren glücklich. Das färbte auf die Eltern ab. Sie würden vielleicht kein ideales Paar abgeben. Aber wer tat das schon? Ohne sie war es jedenfalls schlechter als mit ihr. Uhlenhorst hatte verstanden. Nicht nach den Sternen greifen, man verbrennt sich nur die Finger.

»Und wie bist du darauf gekommen?«

De Bodt grinste. »Der alte Holmes vielleicht? Die Ausschlussmethode. Nein.« Er lächelte. »Eigentlich hätte ich das früher begreifen müssen. Es geht um unglaublich viel Geld. Um die Anschläge zu organisieren. Das sind Millionen, nicht einstellig. Wer so viel investiert, erwartet einen gewaltigen Profit. Kein Staat lässt sich in dieser Größenordnung erpressen, ohne jede Glaubwürdigkeit zu verlieren. Ohne eingestehen zu müssen, dass seine Sicherheitsorgane nichts taugen. Jede Regierung, die diesen Verbrechern Geld gibt, wäre am nächsten Tag weggefegt. Auch weil sie zur nächsten Erpressung eingeladen hätte. Jeder kluge Gangster begreift das …«

»Bob allemal«, sagte Salinger.

Uhlenhorst nickte. »Bob allemal«, sagte er. »Diesmal hat er mächtige Verbündete. Oder Chefs. Gefährlicher als er. Eine Organisation, die die Weltwirtschaft in die Krise treibt. Massenmord begeht. Wenn er sich da mal nicht übernimmt. Jeder hat seine Grenzen.«

»Sogar wenn wir herausfinden, welcher Fonds es sein könnte, wie wollen wir denen was nachweisen?«, sagte de Bodt. »Mal vorausgesetzt, die Hypothese stimmt.«

»Du deutest doch nicht etwa die Möglichkeit an, dass du dich irren könntest?«, fragte Yussuf über dem Rand seines Glases. Das er nun leerte, um ein neues herbeizuwinken.

Salinger lachte. Es würde dauern, bis sie die Benec-Sache verdaut hatte. Dass da was gelaufen war. Dass sie ausgeschlossen gewesen war. Dass de Bodt eine Geheimaktion mit Yussuf unternommen hatte. Die Begründung war logisch. Wahr. Aber verletzend. Das Ergebnis war gut. Benec profitierte von der Hektik, mit der sie nach

Frankfurt fahren mussten. Sie saß mit ihrem Computer in U-Haft in Pankow und hatte was zu grübeln. Inzwischen hatte Salinger aber begriffen, dass Benec ihnen kaum würde helfen können. »Die verfahren nach dem alten Prinzip, dass jeder nur so viel weiß, wie er wissen muss. Deine Benec zum Beispiel wird uns gar nichts verraten können.«

»Kann sein«, sagte de Bodt.

»Und mit Bob verfahren die auch so. Alles andere wäre Unfug. Bob und dieser Meister aller Anschläge wissen nur, was sie tun müssen. Dafür kriegen sie einen Haufen Geld. Und die Auftraggeber feiern die Krise ... *Leerverkauf*, allein das Wort. Alles geht den Bach runter. Aber es gibt Leute, die sich daran gesundstoßen. Nur Perverse kommen auf so was.« Yussuf trank das zweite Glas in einem Zug leer.

»Wenn das Allah sieht«, sagte Salinger.

»Blonde Türken dürfen das. Steht im Koran.«

Der Barkeeper kannte seine Kunden. Er stellte Yussuf ein neues Bierglas auf den Tresen. Der hob den Daumen.

»Aber es wird nicht nur einen Hedgefonds geben, der auf Krise gesetzt hat«, sagte de Bodt. »Die Lage war schon vor den Anschlägen schwierig. Viele haben damit gerechnet, dass was passiert. Wirtschaftlich, politisch.«

»Toll«, sagte Uhlenhorst. »Wir wissen zwar ...«

»Wir wissen gar nichts«, sagte de Bodt. »Wir spekulieren.«

176.

Er fuhr so weit es ging. Fast dreihundert Kilometer in Richtung Norden. Auf dem A1. Als die Tankanzeige kurz vor Reserve stand, bog er in eine Tankstelle ab. Mitten in der Einöde. Wald. Zwei Autos standen an den Säulen. Selbstbedienung. Eine Frau mit einem VW Golf. Ein Mann mit einem Ford-Transporter. Jan hielt an der äußeren Zapfsäule. Sie gab ihm Sichtschutz gegen den Kassenraum. Er tankte voll. Wartete, bis auch der Transporter abfuhr. Die Frau hatte nicht lang gebraucht. Jetzt war er allein. Mit dem Tankwart in dem kleinen Bau. In den Zeitungsaufstellern fand er auch die *Courier-Mail*. Aber der *Maryborough Herald* war das Blatt dieser Gegend. Er füllte die drei oberen Fächer. Jan kaufte beide Zeitungen und ging zur Theke.

Ein junger Mann mit Basecap. Schwarze Locken quollen heraus. Er roch nach Zigaretten. Jan nannte die Zapfsäule und legte die Zeitungen auf den Tresen. Rechts hinter einer Glasscheibe Sandwiches. In der Ecke brummte eine Gefriertruhe mit Eis. Der Mann war in sich gekehrt. Vielleicht war er bekifft. Er gab Jan das Wechselgeld, bedankte sich und setzte sich auf einen Hocker. Auf einer umgedrehten Kiste stand ein Kaffeebecher.

»Bye!« Jan ging gemächlich zu seinem Auto. Fuhr los. Überlegte, ob die Bullen sein Kennzeichen hatten lesen können. Ausgeschlossen. Immerhin kannten sie den Wagentyp und die Farbe. Schön, dass er sich keinen Rolls-Royce gekauft hatte. Den RAV gab es wie Sand am Meer.

Er fuhr bis zum nächsten Parkplatz. Blätterte in den Zeitungen. Fand nichts über sich. Suchte den Mord an dem Chinesen im Internet. Nichts Neues. Durchkämmte die Online-Ausgabe des *Maryborough Herald*, aber da wurde der Mord nicht erwähnt. Hätte ihn auch gewundert.

In Google Maps fand er ein Motel, etwa fünfundzwanzig Kilometer nördlich. Er steuerte den RAV durch die Nacht. Und wurde mit jedem Kilometer ruhiger. Er war wieder davongekommen. Er gehörte zu den Leuten, denen nichts geschah. Konnte einen Chinesen abstechen, und niemand würde ihn verhaften. Jan fand sich gut. Entdeckte noch mehr Eigenschaften in sich, die ihn beeindruckten. Dieser Oliver und die anderen Typen zwangen ihn, das Beste aus sich herauszuholen. Die korrupten Bullen auf Palau mochten sie am Nasenring über den Strand ziehen. Ihn nicht.

Danke.

177

Sie saß in einem Sessel und las die *FAZ*. Entdeckte ihn. Betrachtete seinen Mantel und die Handschuhe. »Nimmst du mich mit?«

»Zieh dich warm an.«

Sie lachte. Brauchte kaum fünf Minuten. Hatte eine Mütze auf und einen roten Schal um den Hals.

»Zum Nordpol wollte ich nicht«, sagte er.

Sie hakte sich ein. Vor der Tür sagte sie: »Mit der Benec, also da hast du dich benommen wie 'ne Nutte.«

»Kann man so sehen. Man hört ja manchmal, die hätten richtig Spaß an ihrem Job.«

Sie stieß ihm den Ellbogen in die Seite. »Fang gar nicht erst an mit solchen Sprüchen.«

»Die Benec tut mir leid. Mal einen Typen anmachen. In eine Wohnung ziehen, die gerade frei wird…«

»Arger Zufall.«

»Gar nicht. Die haben mich ausgeforscht. Wäre die Wohnung nicht frei gewesen, sie hätten eine andere Methode gefunden. Zum Beispiel im Hotelfoyer rumsitzen und *FAZ* lesen.«

Diesmal stieß sie fester zu. Aber sie lachte. Manchmal war sie schnell eingeschnappt. Aber heute Abend hätte er sagen können, was er wollte. Und sie auch.

An der Absperrung froren Uniformierte. De Bodt und Salinger zeigten die Dienstausweise. Der Hauptwachtmeister grüßte mit dem Finger an der Krempe. Er hatte einen Stiernacken und leuchtend rote Wangen.

Sie gingen gemächlich bis zur EZB. Am Eingang Europaflaggen. In der Eingangshalle brannte Dämmerlicht.

»Das ist komisch«, sagte sie. »Kein Sprengstoff im Keller. Der Glaskasten abgeriegelt. Wie wollen die den angreifen?«

»Aus der Luft. Ist der einzige Weg.«

»Die können in der Zeitung lesen, dass die Regierung die Patriots hierher verlegt hat.«

Sie umrundeten das Gebäude. Zweimal mussten sie die Dienstausweise zeigen. De Bodt war zufrieden. Keiner verließ sich darauf, dass der Kollege kontrolliert hatte. Beidseits des Haupteingangs waren Sandsäcke aufgetürmt. Bundeswehr mit Sondergenehmigung der Regierung. Stahlhelme, Sturmgewehre. In ein paar Metern Abstand zwei Schützenpanzer mit Zwanzig-Millimeter-Schnellfeuerkanonen. Auf einem Platz keinen Kilometer entfernt standen Bundeswehr-Hubschrauber bereit. Man brauchte schon eine Armee, um durchzukommen. Sollten die Gangster sich blicken lassen, würde das Militär sie mit Drohnen und Helikoptern verfolgen. Die Polizei mit schnellen Autos und ihren besten Fahrern.

»Sie könnten ein Flugzeug mit Bomben vollpacken. Ferngesteuert oder Kamikaze«, sagte Salinger.

»Das käme nicht durch. Die Patriots würden auch Raketen abschießen.«

»Zwei Flugzeuge, drei …«

»Bisher hat alles geklappt. Das hier würde schiefgehen.«

»Vielleicht haben die ihr Ziel längst erreicht. Die Kurse stürzen weiter ab. Der Euro ist auf Talfahrt. Das rechte Pack jubelt. Und das hier ist nur ein Affentanz, um uns zu ärgern.«

»Vielleicht.«

De Bodt überlegte, während er den EZB-Bau anblickte. Ohne ihn zu sehen. In den Nachrichten war von Stützungskäufen zugunsten des Euro gesprochen worden. Geheim, aber was war schon ein Geheimnis? Das vielleicht doch publik werden sollte. Um die Botschaft aufzuwerten. Posaune. Psychologie des Geldes. Die Zentralbanken der USA, Japans und Chinas hatten zig Milliarden Euro aufgekauft. Der hatte in seinem Fall kurz innegehalten. Einmal gezappelt. Und war weiter gestürzt. Minus acht Prozent an einem Tag. Die Kommentatoren erklärten, dass die ohnehin brüchige Währung ihre Schwäche offenbare. Der Euro krisele schon lange. Jetzt versetze die Wirklichkeit ihm den Todesstoß.

Sofern man eine Anschlagserie so begreifen kann, dachte de Bodt.

»Das liegt doch auf der Hand«, sagte Salinger. »Die Typen wetten gegen Banken und Euro. Es ist pervers, dass Leute beim Untergang absahnen. Den sie selbst verursachen.«

»Post hoc ergo propter hoc«, sagte de Bodt.

»Kenn ich schon. Danach, also deswegen.«

De Bodt lachte. »Jetzt ist es schon so weit, dass ich mich wiederhole.«

»Du meinst, dass wir einen falschen Schluss ziehen.«

Schneeflocken. Groß, taumelnd.

»Es begeht jemand diese Anschläge, und die Börse crasht. Könnte man glauben, oder man soll es sogar, die Anschläge sollten die Börse abstürzen lassen. Aus einer zeitlichen Folge wird ein Kausalzusammenhang gebacken. Könnte aber sein, dass die beiden Dinge nichts miteinander zu tun haben. Komisch, dass noch keiner draufgekommen ist...« Er lachte.

»Was?«

»Ohne Weltwirtschaftskrise neunundzwanzig wären die Nazis dreiunddreißig nicht an die Macht gekommen. Also hat die Krise jemand angezettelt, um...«

»Ist schon gut, Herr Professor.«

»Hätte ich werden sollen. Wurde ich nicht, weil ich meinem Alten in den Hintern treten wollte. Was mir gelungen ist. Aber vielleicht hätte ich nicht nur an den Hintern meines Vaters denken sollen.«

»Superbulle ist besser als Klugscheißer. Wobei...« – sie kicherte, hielt sich die Handschuhhand vor den Mund – »du ja beides geworden bist. Klugscheißer und Superbulle. Das Schicksal meint es gut mit dir.« Drückte seinen Arm.

Der Schnee wurde dichter, die Flocken kleiner.

Er wischte sich Wassertropfen von der Stirn. »Was haben die nur vor?«

»Dieser Theo hat uns vielleicht verarscht.«

»Nein, der glaubt das. Die Frage ist, ob seine Chefs ihn getäuscht haben.«

»Ob die wollten, dass wir die Typen in Brandenburg kriegen? Um uns hinters Licht zu führen?«

De Bodt überlegte. Schüttelte den Kopf. »Das wäre zu riskant. Die haben alle ihre Leute falsch informiert. Bis zum letzten Augenblick. Für den Fall, dass welche erwischt werden. Und wir auf den Bauerntrick reinfallen.«

»Ich fände es raffiniert.«

»Könnte sein, dass wir den Aufmarsch nur veranstaltet haben, um den Typen eine Freude zu bereiten. Aber wenn es nicht die EZB ist, was dann?«

»Wie kommst du darauf, dass es überhaupt was ist?«

»Das vermute ich. Wenn ich Boss wäre, würde ich die nicht unnötig anlügen. Das vermiest das Betriebsklima. Also Frankfurt, und auch das Datum stimmt. Nur der Ort nicht. Die wissen jetzt, dass unsere Leute angerückt sind. Wenn die gescheit sind, greifen die nicht hier an. Luft ist dicht, Landweg ist dicht, auf dem Main sperrt die Wasserschutzpolizei das Ufer.«

»Also, der Boss sagt: Wir haben 'ne Aktion in Frankfurt. In drei Tagen. Wir sprengen die EZB.« Salinger hielt inne.

»Vielleicht so. Ich würde keinen Ort angreifen, wo ich mir eine blutige Nase hole. Das ist doch toll: Wir tun denen einen Gefallen. Versammeln alles, was schießen kann, bei der EZB.«

»Freie Fahrt für freie Mörder«, sagte Salinger. »Und was würdest du angreifen? Bist du nicht auch der Großmeister der Symbole.«

»Unterstellt, wir kennen das Motiv: die Frankfurter Börse natürlich.«

178.

Das Handy vibrierte. Pavlinsky nahm ab.

»Hallo, Oliver.«

»Hallo. Du hast meinen Freund Ying umgebracht.«

»Du hast meine Freundin umgebracht.«

»Da irrst du dich. Das war so ein Idiot auf Palau. Ich hatte ihm befohlen, dich umzubringen.«

»Weiß ich längst.«

»Du hast auch meine Freunde auf Palau umgebracht.«

»Sie oder ich. Ich fand's besser, wenn sie sterben. Ist doch logisch.«

»Ja. Ist logisch. Du hast den Mann getötet, der deine Freundin umgebracht hat. Was willst du von mir?«

»Ich will Geld.«

Ein Lachen, erst heiser, dann laut. »Das ist doch mal eine nette Idee.«

»Ich weiß, was ihr treibt.«

»Und wir sollen dir das Maul mit Dollarscheinen stopfen.«

»Ein schönes Bild. Aber mein Maul ist zu klein für diese Summe.«

»Warum überrascht mich das nicht? Gut, du willst also Geld. Wie viel?«

»Fünf Millionen US-Dollar.«

»Nicht schlecht.«

»Oder ich veröffentliche im Internet, was ich weiß. Die Geschichte fängt mit Mord an. Und dann geht es um Schwarzgeld. Einen Geheimserver auf Palau.«

»Okay. Wo?«

»Morgen, achtzehn Uhr. Es gibt da eine Tankstelle am A1, das Booyal Roadhouse. Ich warte im Restaurant. Ecktisch an der hinteren Wand. Unter einem Koalabild.«

»Das ist doch am Arsch der Welt. Es geht nicht näher?«

179.

Pavlinsky schüttelte den Kopf. Lächelte Bob an. Aber fröhlich sah das nicht aus. »Dieser Scheißkerl will, dass wir drei Stunden nach Norden fahren. Dort wartet er in einem Restaurant. Ich kenn das. Ist so ziemlich das Letzte. Gut...« Winkte ab.

»Dann fahren wir da hin«, sagte Bob. »Blöd ist der nicht. Wird auf der Lauer liegen. Beobachten, wie viele kommen. Viel wichtiger: Was weiß er?«

»Eigentlich nichts. Dass Casper diese Frau umgebracht hat. Er behauptet, schwarze Geldgeschäfte zu kennen. Will fünf Millionen.«

Bob grinste. »Wenn der die Palau-Geschichte erzählt, Internet, Zeitung. Wär nicht gut.«

»Auch ein falscher Verdacht kann die Bullen auf unsere Spur setzen. Also erledigen wir ihn.«

»Er wird nichts anderes erwarten. Er hat einen Plan. Der Bursche ist gerissen.«

180.

Einsatzleitung im Frankfurter Polizeipräsidium, Adickesallee. Vierspuriger Stau. Gegenüber eine Würstchenbude. Sitzungsraum soundsoviel. Der Schnee des Abends war der Matsch des Morgens. De Bodt erschien zu spät. Fünf Männer an einem Tisch. Es präsidierte der Frankfurter Polizeipräsident. De Bodt kannte ihn von Fotos. So wie den Generalbundesanwalt. Schröder. Sah aus, wie aus dem Ei gepellt. Rosa Wangen. Ein Brigadegeneral der Bundeswehr, jung für seinen Rang. Der Präsident des BKA, Typ trockenes Brötchen. Er lächelte de Bodt verklemmt an. Und der Vizepräsident des Verfassungsschutzes.

»Nehmen Sie Platz, Herr Hauptkommissar. Wir sind spät, ersparen wir uns die Formalitäten«, sagte der Polizeipräsident. Klang wie: Da Sie sich verspäten, schenken wir uns die Heuchelei der Höflichkeit.

De Bodt war es recht. Fing sich noch einen tadelnden Blick des Polizeipräsidenten ein. Dann sagte der: »Sie wollten uns dringend sprechen.« Klang wie: Erzähl jetzt bloß keinen Quark. Wir sind nur wegen dir hier.

»Ich glaube, es geht nicht um die EZB«, sagte de Bodt. »Das ist die gute Nachricht.«

Sie blickten ihn an, als hätte er Vampirzähne und drei Augen.

»Das heißt, Sie haben Tausende von Leuten umsonst mobilisiert«, sagte das BKA. Nahm die Brille, setzte sie wieder auf.

»Keineswegs. Die Täter haben verstanden, dass sie die EZB nicht angreifen können. Die sind nicht dumm. Vielleicht war es von Anfang eine Ablenkung. Wir haben nur einen Zeugen. Der hat erzählt, was er wusste. Vielleicht wusste er das Falsche.«

Der Generalbundesanwalt trommelte mit den Fingern auf der Tischplatte. »Vielleicht, vielleicht, vielleicht.«

»Das Ungefähre gehört zum Beruf«, sagte de Bodt.

Der Generalbundesanwalt schluckte. »Was wird das, Herr Hauptkommissar?«

»Eine Beratung ... hat man mir jedenfalls gesagt.«

Blick von der Seite. Der Generalbundesanwalt knetete seine Hände. Blickte aufs Telefon, steckte es in die Jackettinnentasche. Erhob sich halb. »Sonst noch was?«

»Ich glaube, die meinen die Börse.«

De Bodt kam sich vor wie in einem Film aus den Fünfzigerjahren. Die Psychiater-Kommission prüft, ob der Patient entlassen werden kann.

»Wie kommen Sie darauf?«

De Bodt fasste zusammen, was er mit Salinger besprochen hatte. Er fühlte sich gut. Sie hatte ihn auf die Wange geküsst beim Abschied. Ein Hauch. So hastig, wie ihre Angst es erlaubte. Und seine.

»Sie glauben ernsthaft ... ein Fonds ... also, ich habe auch Geld in einem Fonds.« Der Polizeipräsident. Verstand nichts. »Sie glauben, man kann Geld verdienen, wenn man die Kurse in den Keller schickt ...«

»Schießt, sprengt ...«, sagte de Bodt. Lächelnd.

Der BKA-Präsident legte dem Polizeipräsidenten die Hand auf den Unterarm. Tätschelte. Zog den Arm zurück. Blickte de Bodt an. »Hedgefonds, ich verstehe. Leerverkäufe. Aktien und Währungen.«

De Bodt fühlte sich versucht, Yussufs Apfel-Beispiel zu benutzen. »Leverage«, sagte er.

»Wie bitte? Vielleicht könnten wir Deutsch sprechen.« Der Präsident kratzte sich am Nasenflügel.

»Auf Deutsch könnte man *Hebel* sagen. Ein Fonds setzt ein Eigenkapital von sagen wir zehn Millionen ein und leiht sich neunzig Millionen dazu. Er bewegt also das Zehnfache des Eigenkapitals. Das nennt man einen Hebel. Die Kreditgeber verdienen mit, weil sie fette Zinsen kriegen. Mit nun hundert Millionen leiht sich der Fond Aktien. Oder eine Währung. Oder beides. Von Pensionfonds, die darauf sitzen. Von anderen langfristigen Anlegern. Sagen wir für vier Wochen. Zuerst verkauft der Fonds die geliehenen Aktien oder die Währung. Wenn nach vier Wochen die Kurse gefallen sind, kauft er die gleiche Anzahl Aktien oder die gleiche Summe einer Währung. Und gibt sie zurück. Er kauft billiger, als er verkauft hat. Die Differenz ist der Gewinn. Abzüglich der Zinsen an die Kreditgeber. Das klappt offensichtlich nur, wenn die Kurse fallen. Wenn ein mächtiger Fonds oder mehrere auf fallende Kurse setzen, drücken sie die durch ihre Leerverkäufe weiter. Was heißt: Sie schaffen den Zustand, den sie erreichen wollen.« De Bodt sprach wie ein Lehrer, der einer Klasse Minderbegabter eine Mathematikaufgabe erklären musste.

Das trockene Brötchen nickte. Der Polizeipräsident empfand es als Zumutung, sich mit solchen Fragen befassen zu müssen. Und fühlte sich angegriffen. Wegen seiner Euro in einem Fonds. Die anderen schalteten ihre Mimik auf Neutral.

»Sie wollen sagen, dass hier ein Hedgefonds die Kurse nicht nur durch Leerverkäufe beeinflusst. Sondern nachhilft. Indem er die Stimmung killt. Durch Anschläge.«

»Ich halte es für möglich. Es wäre eine schlüssige Erklärung. Es gibt aber keinen Beweis.«

»Und jetzt sollen wir wegen Ihrer ... Spekulation die Leute von der EZB abziehen und die Börse ...?«

Der Verfassungsschutz lächelte fein. Hob den Finger. »Wir haben es mit zwei Spekulationen zu tun. Beide stammen von Ihnen, Herr Hauptkommissar.«

»Sicher bin ich erst nach der Tat«, erwiderte der.

Die Ämter blickten sich an. Der Polizeipräsident zog die Mundwinkel erdwärts. Das BKA versteinerte. Die Bundeswehr errötete. Der Verfassungsschutz putzte sich die Nase. Der Generalbundesanwalt räusperte sich.

»Wir haben ernste Dinge zu erörtern.«

»Das versuche ich.« Und fügte im Geist hinzu: scheitern eingeschlossen. De Bodt fixierte die Herren. Einen nach dem anderen. Ihr müsst entscheiden, was wir tun. Obwohl ihr in den Hosen schwitzt. Schon ans Danach denkt. Wenn es schiefgeht, um Himmels willen. Wenn wir den Schnösel jetzt rausschmeißen. Und der später sagt, er habe uns gewarnt.

»Bisher wurden wir mit anderen Thesen ... versorgt«, sagte das

BKA. »Rache der Ertrinkenden ... nein, das soll jetzt nicht abschätzig klingen.« Wedelte den miesen Eindruck weg. Legte die Hände nebeneinander auf den Tisch. »Ich könnte es ja verstehen, wenn die Leute den Aufstand machten. Würde ich meine Heimat verlieren. Wüsste nicht, was *ich* täte.«

»Was sollen wir denn nun glauben?«, fragte die Bundeswehr. Mittlerweile erblasst.

»Das wären dann drei Spekulationen«, sagte der Verfassungsschutz.

»Leider haben wir den Fall noch nicht gelöst«, sagte de Bodt.

»Wie kommen Sie auf die Hedgefonds?«, fragte das BKA.

»Es passt perfekt. Kann aber auch anders sein.«

»Das beruhigt mich ungemein.« Lächelte. »Aber ich verstehe schon. Immerhin, diese Soko hat bisher nicht mal eine Spekulation beigesteuert. Warum die Frankfurter Börse?«

»Die wird mit dem Brexit noch wichtiger in der EU ...« Warum eine Banalität aussprechen?

»Ach so«, sagte der Verfassungsschutz. »Und morgen kommen Sie mit den Spekulationen vier und fünf.«

»Möglich.«

Der Verfassungsschutz blickte ihn an. Schüttelte kaum merklich den Kopf. Aber man sollte es schon sehen. Konnte er später sagen, er habe diese Theorien von Anfang an für die Ausgeburt eines, sagen wir, fantasievollen Hirns gehalten.

»Ihnen ist über Nacht diese Börsensache eingefallen. Und wir sollen jetzt springen? Weil Sie schlecht geschlafen haben?« Der Polizeipräsident lehnte sich zurück. Ließ die Wampe vorquellen.

»Sie müssen von mir aus gar nichts tun. Sie entscheiden das, nicht ich.«

»Wir sind aber auf die ... Vorarbeit unserer Mitarbeiter ...«

»Ich bin nicht Ihr Mitarbeiter.«

»Unserer Kollegen angewiesen. Wir decken euch, wo wir können. Aber dann können wir auch erwarten, dass wir nicht ... verkackeiert werden.«

Das BKA blickte tadelnd. Die Bundeswehr hob die Brauen.

»Sie müssen das entscheiden«, wiederholte de Bodt. »Ich habe

Ihnen gesagt, was ich für möglich halte. Die Soko hat noch gar nichts gesagt. Außer natürlich, dass ich ihre Unterstützung habe.«

Die Ämter wechselten Blicke. Der Generalbundesanwalt an die Bundeswehr: »Können wir die Börse in die Schutzmaßnahmen einbeziehen?« Die Bundeswehr nickte. Blickte aufs Tablet. »Luftschutz ist gesichert.«

»Haben Sie genug Leute?«

»Natürlich«, sagte die Bundeswehr. Stolz.

»Dann hoffen wir mal, dass dem Herrn Hauptkommissar über Nacht keine neue Spekulation einfällt«, sagte der Generalbundesanwalt.

Komm ins Zimmer 318. Ali.

Er klopfte, Salinger öffnete. War ihm nah, roch anziehend. Strahlte. Wie schnell sich ihre Stimmung änderte. Yussuf hatte zwei Tische und den Boden mit Ausdrucken bedeckt. Aus seinem Mobildrucker auf dem winzigen Schreibtisch rutschte gerade ein Blatt heraus und segelte auf den Teppichboden. Yussuf saß am Notebook und ließ die Tasten rauchen.

»Deshalb die SMS«, sagte de Bodt. Setzte sich auf den Boden. Begann zu lesen. Yussuf hatte ihn noch nicht mal angesehen.

»Wusste gar nicht, dass du Finanzexperte bist«, sagte de Bodt.

»Die haben die Ersparnisse meiner Mutter gefressen. Die Schweine.«

»Wie das?«

»Für den Unfalltod meines Alten gab es eine Entschädigung. Dazu ein bisschen was von der Lebensversicherung. In der Beziehung waren meine Eltern deutscher als du und Silvia zusammen. Die haben die Kohle einem Fonds gegeben. Und die haben es verzockt.«

»Du hast keine Ahnung«, sagte Salinger. »Ich habe meine Millionen Buffett gegeben. Und gesagt: Warren, mach keinen Scheiß. Er hat genickt. Ich mach dich reich, Silvia. Versprochen.«

»Dann ist ja alles gut.«

Sie schob Blätter von der Bettdecke zur Seite und setzte sich.

»Mach da kein Chaos.«

Sie lachte. »Das System Yussuf.«

»Das du nie kapieren wirst, Frau Kollegin.« Er steckte Papier in den Drucker und ließ ein Blatt auf den Boden flattern. Drehte seinen Stuhl, um die anderen zu sehen. Zeigte auf die Papierwüste. »Ich suche Fonds, die sich gerade besonders anstrengen. Die halten natürlich dicht. Aber es wird nirgendwo so viel getratscht wie in dieser Szene. Außer beim LKA natürlich. Ich durchforste die sogenannte Fachpresse.«

»Dass es kriselt, haben bestimmt viele von denen gerochen.«

»Klar. Der Hammer ist: Je mehr Hedgefonds den Untergang wollen, desto eher kommt er. Viele sind auch in Staatsanleihen eingestiegen. Leerverkaufen um jeden Preis. Das allein nimmt den Absturz vorweg. Und mit der Anschlagserie geben sie richtig Gas.«

»Gibt es einen Fonds, der sich verzockt hat? Der so tief in den Miesen saß, dass ihm alle Mittel recht sein könnten?«

»Könnte sein«, sagte Yussuf. »Noch interessanter: Es gibt einen neuen Hedgefonds namens ABC.«

»Die haben nicht viel Zeit verschwendet, einen Namen zu finden«, sagte Salinger.

»So ist es. Die mussten innerhalb von ein paar Wochen so etwa viereinhalb Milliarden Dollar einsammeln. Die haben sie mit Leverage eingesetzt... sorry, Silvia, so nennen wir Experten den Hebel. Etwa eins zu fünfzehn. Das *Wallstreet Journal* spricht von Gerüchten.«

»Etwa siebzig Milliarden Dollar für Leerverkäufe. Wenn da einer binnen weniger Tagen so viele Aktien und so weiter verkauft, dann brechen die Kurse ein.« Salinger schob mehr Blätter weg und legte sich aufs Bett. Stopfte vier Kissen unter den Kopf.

»Im Abendland geht man ohne Schuhe ins Bett«, sagte Yussuf.

»Wir sind doch längst islamisiert.«

»Dann erst recht.«

»ABC also. Kann man sich gut merken«, sagte de Bodt. »Und wenn es einen gäbe, der den Kurssturz braucht, weil er sonst pleite ist.«

»Elephant, die bestimmt. Haben sich beim letzten Anlauf vertan. Müssen Kredite zurückzahlen und verkaufen das Tafelsilber. Sagen die Blätter.« Yussuf wandte sich dem Notebook zu. »Und Hectar. Die wackeln angeblich auch.«

»Sonst was, das auffällt?« De Bodt staunte. Mehr über sich als über Yussuf. Dass der ihn immer wieder überraschte. Obwohl de Bodt sich einbildete, ihn nicht zu unterschätzen.

»Dass das nichts mit Australien zu tun hat. Und nichts mit den Inseln, die absaufen«, sagte Salinger. »Wir springen wie Kängurus, nur ohne Ziel.«

»Das haben mir die hohen Herren gerade auch erzählt. Die wollen keine Fehler machen. Damit die Köpfe draufbleiben, wenn was in die Hose geht.«

»Denen geht der Arsch auf Grundeis«, murmelte Yussuf. »Hasen, alles Hasen.«

»Du solltest an deiner Ausdrucksweise arbeiten«, sagte Salinger.

»Das ist Chefsache«, erwiderte Yussuf, während er auf den Tasten klapperte.

»Darum definiert man denn auch die Furcht als die Erwartung einer bevorstehenden Schädigung.«

»Aha«, sagte Yussuf. »Darauf wäre ich nie gekommen. Danke, Meister. Und von wem stammt es?«

»Aristoteles«, sagte de Bodt.

»Dann kannten die alten Römer...«

»Griechen«, warf Salinger ein.

»Ist doch das Gleiche. Dann kannten die auch Hasen und Chefs, die lieber nix entscheiden, als sich die Vorderpfoten zu verbrennen.«

De Bodt grinste in sich hinein. Wie Yussuf den Blöden spielte, das war einzigartig. Und Salinger fiel immer wieder darauf rein.

»Und wenn es jetzt doch die armen Schweine sind, denen die Heimat wegschwimmt?«, fragte er de Bodt.

»Wem von denen trauen wir es zu? Auf den Malediven herrscht eine Gangsterbande. Zuzutrauen wäre denen so was. Aber ihnen fehlen die Mittel. Genauso Bangladesch. Wenn so was rauskommt, gibt's den nächsten Krieg. Glaubt ihr, dass unser Freund Bob für Verlierer arbeitet?«

»Dann war diese Wassersache eine Ablenkung«, sagte Salinger. Klang nicht überzeugt.

»Eine besonders gute. Weil sie uns auf ein starkes Motiv gelenkt hat. Weil sie mit unserem schlechten Gewissen spielt. Dass andere ausbaden, was wir im Konsumrausch abgefeiert haben«, sagte de Bodt. »Dass sie die Badewannenmorde inszeniert haben, dass sie die Leiter von Wasserwerken ermordet haben, das war genial. Sie haben bei der Planung bedacht, wie sie uns durch die Aktionen in die Irre führen können. Während die Operationen ihr Ziel punktgenau trafen.«

»Wenn man darüber nachdenkt, wird einem schlecht«, sagte Salinger.

»Aber nicht hier...«, sagte Yussuf.

»Bob treibt sich in Australien rum«, sagte de Bodt. »Oder schon nicht mehr. Die besagten Fonds sitzen in...«

»...den USA«, sagte Yussuf. »Alle.«

»Aber die Anschläge zielen auf Europa.«

Schweigen.

»Und wenn die uns wieder vorführen? Wenn wir nun glauben sollen, es sei ein durchgeknallter Hedgefonds? Und es ist was anderes?« Yussuf bohrte mit dem kleinen Finger im Ohr.

»Und wenn wir hier rumsitzen und auf einen Anschlag warten? Der gar nicht in Frankfurt stattfindet? Vielleicht haben die es auf einen EU-Palast in Brüssel abgesehen?« Salinger nahm eine Tüte Nüsse vom Nachttisch. Öffnete sie. Schüttete sich was in die Hand.

»Das sind meine«, sagte Yussuf.

»Du musst noch an deinem Deutsch arbeiten. Ist ein echtes Integrationshindernis. Das *waren* deine. Imperfekt, mein Herz.«

181.

Er würde früher kommen. Und mit Verstärkung. Jan hatte einen Tag Zeit gehabt, die Möglichkeiten zu bedenken. Er war allein. Kannte aber das Umfeld. Die Raststätte ein zweiteiliger Klotzbau. Das Restaurant belegte den größeren Teil. Der Vorbau war dafür höher. Sein Eingang zeigte zu den Tanksäulen. Darin war der Kassenraum. Regale mit Zeitungen, Süßigkeiten, Ölflaschen, Zündkerzen, Scheibenreiniger. Der Bau lag inmitten eines riesigen Parkplatzes. Auf der Rückseite waren Parkbuchten für Lastwagen eingezeichnet. Zur Straße hin Plätze für Autos. Am Abend sollte sich der Lkw-Parkplatz füllen. Die Trucker mochten die Raststätte. Ein Teil des Gastraums zierten Fotos von Helden der Landstraße mit Monster-Lastwagen. Neben der Restauranttür wurden Motorräder abgestellt. In der Schnittstelle zwischen den Gebäudeteilen war eine dritte Tür eingelassen. Darüber ein WC-Schild. Daneben eine Telefonzelle.

Das Gelände grenzte an einen Wald. Jan hatte ihn erkundet. Er schien endlos zu sein. Eukalyptus vor allem. Es regnete seit dem Morgen, der Wald dampfte.

Jan war nass. Mehr vom Schweiß. Luftfeuchtigkeit gefühlte hundert Prozent.

Er fuhr die Strecke ab, die sie kommen würden. Es gab sonst keine Zufahrt zur Raststätte. Die Straße war breit, viel Verkehr. Lastwagen, Transporter. Auch zahlreiche Pkw. Sie führte durch die Natur, Wiesen, Büsche, Wald. Er erreichte eine Flussbrücke. Erinnerte sich, sie in der Gegenrichtung überquert zu haben. Parkte auf dem Haltestreifen. Wenn er nur wüsste, wie die Typen aussahen und welches Auto sie fuhren. Hier hätte er sie fertigmachen können. Nein, er musste es an der Raststätte versuchen. Zum ersten Mal spürte er wirklich Angst.

Den Tisch unter dem Koalabild hatte er reserviert. Am Tresen gesagt, dass er Gäste erwarte. Falls er zu spät komme, sollten die sich schon mal setzen.

Hätte er nur Sprengstoff und einen Zünder. Hatte er aber nicht. Er hatte ein Messer und eine Harpune. Drei Reservepfeile.

Vielleicht sollte er nicht hingehen.

Sie würden spätestens um vier Uhr auftauchen. Mindestens der Vortrupp. Ausspähen. Fluchtwege finden. Sie würden ihn kaum im Restaurant erschießen wollen. Draußen. Ihn rauslocken.

Er stieg wieder ein, wendete. Nach Norden. Bis Marybourough. Holzhäuser, einstöckig auf großen Grundstücken. Flaches Land. Trotz des Regens ausgetrocknet. Auf der Straße ein Schmutzfilm.

Aber der Vierradantrieb hielt den RAV in der Spur. Die Stadt erschien ihm lang. Ein Provinznest in einem Land, das sich unendlich dehnte. Er fand den Woolworth in einer Seitenstraße. Stieg aus und kaufte einen Karton mit Spaghetti. Fünfzig Packungen à zweihundertfünfzig Gramm. Und eine Basecap mit Woolworth-Aufdruck. Fand sogar einen Blaumann in seiner Größe. Packte alles in den Wagen und hatte einen Plan. Der ihm in den Kopf schwappte, während er einkaufte.

Fand eine Mietwagenfirma. Suchte sich einen Ford-Transporter. Bezahlte im Voraus. Und vereinbarte, dass sie den Wagen am Abend zum Motel brachten. Und übermorgen an der Raststätte abholten. Gegen Aufpreis natürlich.

182.

Es schneite, regnete. Irgendwas dazwischen. Lebranc saß in seinem Hotelzimmer und starrte aus dem Fenster. Grau. Alles grau. Der Winter in Berlin war noch mieser als in Paris. Und er saß rum.

Sie hatten ihn nicht mitgenommen nach Frankfurt. Genauer gesagt, hatten sie so gefragt, dass er nur abwinken konnte. Er hatte sich in einem Laptopladen in der Wrangelstraße ein gebrauchtes Notebook gekauft und das Betriebssystem auf Französisch umstellen lassen. Im Hotel das WLAN eingerichtet. Hatte ewig gedauert. Er hasste dieses Zeug. Zu Hause hatte er keinen Computer. Ihm reichte das Teil im Büro. Das immer abstürzte. Gut, man konnte in dem Ding gut suchen. Ersparte sich Faxe. Die hatten ihn genervt. Ständig war die Rolle leer oder das Papier verknüllt gewesen.

Er speicherte sich ein paar Online-Medien als Lesezeichen. Alles zusammen kostete ihn eine Viertelflasche Cognac, die halbe Nacht und alle Nerven. Er las mit müden Augen auf seinen Seiten und fand nichts Neues. Die Aktien auf Talfahrt, der Euro im Keller. Sogar die Aktien deutscher Exportunternehmen im Minus. Obwohl die vom Währungsverfall profitierten. Nur die Aktien von Rüstungsunternehmen hielten sich. Sonst Panik. Die Anleger verkauften wie wild. Die Reißleinen rissen, die Stopp-Positionen der Anlagefonds stoppten nichts, sie beschleunigten den Absturz. Die Finanzminister beruhigten. Und bewirkten das Gegenteil. Raus aus dem Markt. Um jeden Preis.

Die Börse hasste Lebranc nicht weniger als Computer. Couponschneider, hatte sein Vater immer gesagt. Couponschneider, die für ihre Gier die Armen noch ärmer machten.

Er schob den Stuhl ans Fenster. Tropfen an der Scheibe. Nebliges Licht der Laterne gegenüber.

Setzte die Flasche an. Trank. Je mehr er trank, desto klarer sah er. Sich. Seine Zukunft. Die er verbraucht hatte. Ohne es zu merken. Er hatte eine Zukunft, aber die lag hinter ihm. Hier war es zum Kotzen. In Paris war es zum Kotzen.

Er zappte sich durch die TV-Kanäle. Stocksteif die Moderatoren. Was locker daherkam, war in Wahrheit verklemmt. Die Nachrichten trugen Finanzbeamte vor. Oder Barbiepuppen. Die Kommentare sprachen Monster aus der Steinzeit. Der Moderator in den Spätnachrichten kriegte die Zähne nicht auseinander.

Er überlegte, ob er Cathérine anrufen sollte. Blickte auf die Uhr. Viel zu spät. Sie hatte immer zu ihm gehalten. Ihn verteidigt, wenn der Groll des Vaters wuchs. Der seine Familie mit Schweigen strafte. Sich in seinem Zimmer einschloss. Unerreichbar. Der Herr Advokat. Wichtig. Der beste Rechtsanwalt von Auray. Sagten die Mandanten, deren Prozesse er gewonnen hatte. Ein Schlamper, sagten die anderen. Lebranc hatte von Rügen erfahren. In der Schule hatte es sich rumgesprochen. Rügen des Richters, weil der Vater zu spät gekommen war. Eine Akte vergessen hatte.

Danach war der Vater besonders schlecht gelaunt gewesen.

Seine Launen vergaß er, wenn er in den Vereinen mitmischte. Kultur, Sport. Natürlich war er Gaullist. Und Katholik. Und immer vorneweg. Dort gewann er auch genug Mandanten. Für manche hängte er sich rein. Da kam er rechtzeitig und vergaß nichts.

Das Ergebnis zeigte sich am Tag seiner Beerdigung vor zweiundzwanzig Jahren. Es war wie eine Prozession. Die Frauen trugen bretonische Hüte, weiße Türme auf den Köpfen. *Le coiffe bigoudène.*

Ein Küstenvolk legte sich Hüte zu, die keiner Bö standhielten. So praktisch wie eine Burka in der Wüste. Die Männer in schwarzen Anzügen. Eine DS als Leichenwagen. Der Pfarrer sprach. Der Vorsitzende der Anwaltskammer. Der Gaullistenchef.

Es half nicht viel. Bald war das Erbe verbraucht. Und aus dem Jurastudium für Lebranc wurde nichts. Genauso wenig aus Cathérines Traum, Architektur in Italien zu studieren. Weggeblasen. Blieb der öffentliche Dienst.

Der Polizeipräfekt hatte den Vater gemocht. Selbe Partei, gleiche Lust zu saufen und Reden zu halten.

Lebranc trank noch einen Schluck. Er hatte noch zwei Jahre. Nicht mal ganz. Was dann?

Was jetzt?

Sie konnten ihn in Paris nicht gebrauchen. Hier auch nicht. Für eine Schießerei in Frankfurt eignete er sich auch nicht. Hätte er sich nie geeignet. War immer ein lausiger Schütze gewesen.

Er hatte sich was auf sein Hirn eingebildet. Aber heute brauchte man kein Hirn. Nur um einen Scheißcomputer zu bedienen.

Vielleicht sollte er zurück an die Küste gehen. Alles hinschmeißen. Das Haus der Eltern war vermietet. Das würde er hinkriegen.

Aber dann hätte er gekniffen. Trank noch einen Schluck. Immerhin hatten sie Cognac in dieser kalten Stadt.

Nein, kneifen kam nicht infrage. Er würde es allen zeigen. Den Kollegen hier und denen in Paris.

183.

Am Abend die Show. Hatte Theo gesagt. Sie hatten einen von Krügers Lakaien auf ihn losgelassen. Der Lakai berichtete, dass Theo keinen Zweifel habe. Die EZB und heute. Am Abend. Wann genau, wusste er nicht. Theo sei sauer gewesen, sagte der Lakai am Telefon. Er habe einen Deal mit dem Hauptkommissar de Bodt. Und er halte sich immer an seine Zusagen.

Ob es stimmte, müsste man Bob fragen, dachte de Bodt.

Sie waren angespannt. Tilly war mit Verstärkung angereist. Das Berliner SEK. Ein Glatzentyp aus dem Innenministerium war aufgetaucht. Der jeden fragte, was denn nun passieren würde. Wie die's versuchen würden.

»Wenn ich die wäre, würde ich das Bundeskanzleramt in die Luft sprengen«, sagte de Bodt.

Und erntete einen bösen Blick. »Oder das Innenministerium.« Die Glatze ging anderswo nerven.

»Wir gehen zur Börse«, sagte de Bodt. Sie saßen beim Frühstück. Salinger sah blass aus. Yussufs Füße klopften einen Takt, die Hände bearbeiteten das Smartphone. Die Haare unfrisiert. Er stank nach Zigaretten.

De Bodt wählte. Lebrancs Stimme am anderen Ende klang klebrig. Er stand auf und ging ins Foyer. Fragte, wie es ihm ging. Obwohl er es wusste. Er erinnerte sich. Wie man sich fühlte, wenn man sich zugeschüttet hatte. Das war lange her. Aber keine Ewigkeit. Dann bat er Lebranc um einen Gefallen. Der willigte ein. Sofort. Obwohl der Gefallen ihm kalte Füße einbringen würde. Mindestens.

Kehrte zu den Kollegen zurück. Yussuf stocherte im Frühstücksei herum und trampelte. Das Handy im Blick.

»Ich mache einen Fehler. Die haben uns hierhergelockt. Um woanders zuzuschlagen.«

»Nun auch nicht die Börse?«, fragte Salinger. »Du rätst ja hübsch herum.«

Ihm war über Nacht die Idee gekommen. Dass Bob wusste, wie er dachte. Dass der das von Anfang einkalkuliert hatte. Bob überlegte, wie de Bodt weitere Anschläge verhindern würde. Wie er darauf käme, dass man aus dem Zusammenbruch des Finanzmarkts Schlüsse ziehen konnte. Dass Verliererstaaten zu wenig Geld hatten für solche Operationen. Dass ihre Urheberschaft niemals geheim bleiben würde. Also hatten er oder seine Auftraggeber die Leute auf Frankfurt eingestimmt. Um de Bodt zu bestätigen. Weil sie anderen Polizisten nichts zutrauten. Sie benutzten de Bodts Gedanken für ihre Pläne. Meisterhaft.

»Ich würde es machen.«

»Du meinst, die machen es so, wie du es machen würdest?«

Yussuf löste den Blick vom Smartphone. Seine Füße hörten auf zu trampeln. Salingers Brauen hingen knapp unter der Wolkendecke.

»Ja«, sagte de Bodt.

184.

Dich gibt's auch noch?

   Klar.

   Alles okay?

   Fast alles.

   Kannst du diese Handynummer tracken?

   In Australien. Nichts leichter als das. Her damit.

Jan sandte Olivers Handynummer.

   Okay. Ich kümmer mich drum.

   Kann sein, dass sie die SIM-Karte vernichten.

   Dann ist das Tracking zu Ende. Wann kommst du heim? Oder bist du schon ausgewandert?

   Ich komme zurück. Danke.

Klappte das Notebook zu. Und war sich nicht sicher, ob er zurückkäme. Immerhin konnte er sich auf Toby verlassen. Die gute Seele.

Legte sich aufs Bett. War eingehüllt in den Geruch eines Reinigungsmittels. Alkohol, Seife, Essig. Die Zimmermädchen hinterließen überall im Trakt die olfaktorische Spur ihres Fleißes. Vielleicht, weil Sauberkeit im Hirn glänzte. Aus dem winzigen Bad mischte sich Feuchtigkeit in die Luft. Warm, mit einem Hauch des Shampoos. An der Decke trippelte eine Spinne. Erreichte die bronzefarbene Deckenrosette des Lüsters. Verschwand darunter.

Jan ging es noch einmal durch. Ein einfacher Plan. Das war gut. Ein Schritt nach dem anderen. Der Wagen war vollgetankt. Sein Gepäck lag im Kofferraum. Die Zimmerrechnung war bezahlt.

Er war allein. Sie waren viele. Aber er machte den ersten Zug. Und sie mussten nachziehen.

Blickte auf die Uhr. Es wurde Zeit. Hielt inne, ging alles noch einmal durch. Nein, er hatte an alles gedacht. Der Miet-Transporter stand auf dem Parkplatz vor dem Motel. Den RAV hatte er an der Raststätte hinter einem Lkw auf der Gebäuderückseite versteckt. Von wo er den Restauranteingang im Blick hatte.

Er lief zurück Richtung Motel. Streckte die Hand mit erhobenem Daumen aus. Tatsächlich nahm ihn ein junger Mann mit. Vertreter auf Reise.

Inzwischen war es ihm egal, wann die Typen auf der Raststätte auftauchten. Natürlich viel früher als vereinbart. Natürlich würde Oliver im Gastraum sitzen. Natürlich würden andere ihn absichern. Drinnen wie draußen. Für die Absicherung draußen war ihm nichts eingefallen. Keine Ahnung, wie sie es machen würden.

Er griff nach dem Messer an der Wade und verließ das Zimmer.

185.

Pavlinsky und Bob saßen im ersten Wagen, einem E-Klasse-Benz. Ihnen folgte ein GMC-Transporter. Darin Karl und Jean-Robert. In den Wagen verstaut zwei M16, zwei MP5 und zwei alte Schrotflinten, die Doppelläufe abgesägt. Fernstecher. Gummistiefel. Fotoapparat. Funkgeräte. Dazu die Lieblingspistolen am Mann. Zweimal Glock 17, eine Walther PPK, eine Beretta M9. Wieder musste sich Jean-Robert den Spott anhören über seine Walther. *Mädchen-Wumme* war noch das Geringste. Aber sie wussten, dass er ein Meisterschütze mit dem Winzling war. Jean-Robert überhörte sowieso jeden Spott. Im Höchstfall zeigte er den Mittelfinger.

Sie waren um neun Uhr losgefahren. Waren glatt durchgekommen. Und bogen um 14 Uhr 31 in die Raststätte ab.

Unterwegs hatten Bob und Pavlinsky Radio gehört. Die Nachrichten begannen neuerdings mit den Börsenkursen. Und den Währungsturbulenzen. Wirtschaftsinstitute prognostizierten einen Einbruch des Wirtschaftswachstums in den Industriestaaten. Verelendung in Afrika.

»Das waren wir«, sagte Pavlinsky. Eher um zu reden.

»Wenn ich wüsste, was das soll, wär mir wohler.« Bob steuerte den Benz konzentriert. Er war ein guter Fahrer. Obwohl er es schätzte, kutschiert zu werden. Auf dem Rücksitz, mit Trennscheibe. So wie der Industrieboss, den er ganz am Anfang gefahren hatte. Als Leibwächter und Chauffeur. Ein stiller, bescheidener Mann. Der morgens um 8 Uhr 15 abgeholt werden und um 19 Uhr 30 nach Hause gebracht werden wollte. Das war in Ludwigshafen gewesen. Der Boss hatte einen Chemiegiganten geführt. Bis auf einer Aktionärsversammlung die Gierigsten den Aufstand wagten. Und gewannen. Die Zukunft war sofort. In Vierteljahreshäppchen. Die Zukunft hatte alle drei Monate noch rosiger zu sein.

Bob hatte den Mann nach der Niederlage nach Hause gefahren. Der hatte sich nichts anmerken lassen. Hatte sich verabschiedet wie immer. Obwohl beide wussten, dass es ihre letzte Fahrt war. Er hatte nur noch gesagt: »Grüßen Sie Ihren Vater herzlich.«

Der Vater war Pförtner im Werk gewesen. Eines Abends hatte er es gewagt, den Boss zu fragen. Er habe gehört, er suche einen neuen Chauffeur. Sein Sohn sei mit der Bundeswehr fertig. Nach acht Jahren. Ein guter Fahrer. Könne alles steuern, was Räder und Ketten habe. Und sei Einzelkämpfer gewesen.

Eine Woche später hatte Bob den Posten gehabt. Und war seitdem am Pförtnerhäuschen vorbeigefahren. Zuletzt in einem 600er-Benz. Gepanzert. Wegen der Terroristen, die übriggeblieben waren.

Der Vater hatte mit einem Augenzwinkern gegrüßt.

»Wenn er nach dem Geld fragt, bitten wir ihn raus. Dann packen wir ihn in den Transporter. Wir fahren in den Waldweg am Fluss, erledigen und verscharren ihn. Fertig.«

Sie hatten es schon ein paarmal durchgekaut. Wie immer. Wiederholung schärft die Konzentration. Wer im Kampf nachdenkt, ist tot. Es muss sitzen. Deshalb der Drill beim Militär. Deshalb die Wiederholung. Wenn dir das Adrenalin die Birne vernebelt, muss jeder Handgriff passen.

»Die beiden« – Bob blickte in den Rückspiegel – »packen den Burschen in den Laderaum. Ich setze mich ans Steuer. Du folgst im Benz. Sicherst uns ab.«

Pavlinsky nickte. Kinderspiel. Trotzdem waren sie so aufmerksam wie bei einem Angriff auf eine Spezialeinheit. Aber es war ein Kinderspiel. Ein junger Typ. Hatte die Schlamperei auf Palau ausgenutzt. Einen Kellner von hinten getötet. Kaltblütig. Das war der Junge offenbar. Aber er wusste nicht, mit wem er sich anlegte. Das konnte er nicht überleben. Er wusste es nur noch nicht.

»Und wenn er kneift?«, fragte Pavlinsky.

»Dann fahren wir zurück und machen weiter. Der wird sich wieder melden. Ist scharf auf die Kohle.«

Sie parkten direkt an der Ausfahrt. Sonst sahen sie nur einen Lastwagen auf dem rückwärtigen Parkplatz. Einen Getränkelieferanten. Dazu eine Frau, die tankte. Sie setzten sich ins Restaurant. An den Tisch an der Wand. Der Koala lag mit dem Rücken auf einem Ast, stützte die Beine gegen einen anderen. Und schlief.

Pavlinsky bestellte einen Tee, Bob einen Kaffee und ein Glas Wasser. Die Kellnerin war jung, hübsch und freundlich. An der Tür saß ein altes Ehepaar und schwieg sich an. Sie ein Bier vor sich. Er eine Cola. Hinterm Tresen werkelte eine Frau mit Kopftuch. Wischte die Kaffeemaschine mit einem Tuch ab. Country-Musik.

Draußen versetzten Karl und Jean-Robert den GMC um zehn oder elf Stellplätze. Sie schlossen den Wagen mit der Fernbedienung. Es blinkte zweimal. Dann erkundeten sie das Gelände. Bob und Pavlinsky überwachten durchs Fenster die Autos. Und warteten. Der Typ würde früher kommen. Sie würden es so machen. Und die Lage peilen. Dann würde er sich an den Tisch setzen. Sie würden ihn unter Druck setzen. Wenn er nicht das Maul hielte, würden sie es ihm stopfen. Er solle sich das Geld schnappen und für immer verschwinden. Sie wüssten jetzt, wie er aussehe. Der Koffer mit den Scheinen liege im Transporter. In dessen Laderaum die beiden Kollegen schon warteten. Pavlinsky würde sich draußen umsehen. Falls jemand sie beobachtete, würde er den Typen noch mal ins Verhör nehmen. Bis sie freie Bahn hatten. Pavlinsky würde die Schiebetür öffnen. Bob den Typen in den Laderaum drücken. Jean-Robert und Karl würden ihn hineinziehen. Dann würden sie ihn in den Wald bringen. Zwei Kugeln und das Grab.

186.

Lebranc zog zwei Pullover übereinander. Dazu die gefütterten Stiefel, die er sich gestern gekauft hatte. Passten auf Anhieb. Lange Unterhose. Schal. Er steckte einen Flachmann mit Cognac ein. Dann rief er ein Taxi.

Während er einstieg, sagte er: »Zum Bundeskanzleramt.«

187.

»Sie sind…« Der Generalbundesanwalt schüttelte den Kopf. »Nachher wollen Sie eine Bundeswehr-Division für Entenhausen.«

»Ich bedaure es auch, dass ich nicht alle Gedanken der Täter kenne. Besser im Nebel stochern, als Angst um den Job haben.«

Der Generalbundesanwalt ließ den Satz auf sich wirken. Das hatte er gelernt. Nicht sofort reagieren. Schlagfertigkeit geht gern daneben. »Werden Sie nicht unverschämt, de Bodt.«

»Für Sie Kriminalhauptkommissar de Bodt. Oder Herr.«

»Ich führe diesen… Auftritt auf die Anspannung zurück, unter der wir hier alle stehen. Wir sprechen später darüber.«

De Bodt drehte sich um und ging. Wie er diese Pinkel satthatte. Überzeugungsfrei, karrierebewusst. Diener ihrer Herren. Die Pension im Auge.

Er kehrte zurück in Yussufs Zimmer. Der saß mit Salinger vor dem Monitor. Aber sie fanden nichts. Nichts deutete auf Anschläge hin. Wie auch?

Acht Prozent minus an der Frankfurter Börse.

Auf der ABC-Homepage tat sich nichts. Die hatte nicht mal einen Ticker. Elephant wollte eine Million Dollar für Elefanten spenden. *Das sind wir unserem Namen schuldig. Reichtum schafft Verantwortung.* Hectar rettete niemanden außer sich selbst. *Gewinne machen in der Krise.*

»Schön, dass es wenigstens ein paar Hedgefonds in den Kram passt«, sagte Salinger.

»Unsere drei Freunde haben sich bestimmt so viele Euro ge-
pumpt, wie sie kriegen konnten. Und jetzt springen die anderen
Aasgeier auf die Leiche.«

»Wenn sie die Kurse auf dem Kellerboden haben, kaufen sie
Aktien und Euro. Weil die wieder steigen müssen. Doppelte Gewinne.« Salinger schnalzte mit den Fingern.

Yussuf schaltete den Fernseher ein. Die Bundeskanzlerin auf dem
Schirm. Beruhigen in der Krise. Garantierte wieder die Spareinlagen.

»Minuszinsen, aber garantiert«, sagte Yussuf trocken.

Appellierte an die Zuversicht. *Unsere Sicherheitsbehörden sind den
Tätern auf der Spur.*

»Die weiß mehr als wir«, sagte Salinger.

Yussuf widmete sich wieder dem Notebook. »Der verteidigungs-
politische Sprecher der CDU/CSU-Bundestagsfraktion, ein Herr
Schnabel, also der Unions-Scharfmacher ... die Russen sind's. Hört
zu, ich lese vor: *Schon seit einigen Jahren attackieren Hacker im Auftrag
der russischen Regierung sicherheitsrelevante Einrichtungen im Westen.
Nach den hybriden Kriegen gegen die Krim und die Ostukraine, nach dem
Eingreifen zugunsten des Assad-Regimes setzt Putin jetzt auf die nächste
Stufe der Eskalation.* Das kann heiter werden.«

»Das wird heiter«, sagte Salinger.

»Wenn die Russen darauf einsteigen, gute Nacht.«

De Bodt stand am Fenster. Blickte hinaus. Sah die Schneewolken
heranziehen.

188.

Jan hatte sie kommen sehen. Er lag in der Böschung. Andere Straßenseite. Gegenüber der Einfahrt. Wie eine Prozession. Der Benz,
der Transporter. Sie waren zu viert. Er hatte mehr erwartet. Beobachtete, wie die Typen den GMC umparkten. Damit die beiden
Wagen weniger auffielen. Hielten die ihn für hirnamputiert? Aber
die Typen sahen nicht aus wie Schläger. Oder Berufsmörder. Die
beiden Chefs im Benz waren fitte Jungs, der eine in Flanellhose

und Hemd. Der am Steuer in Jeans und T-Shirt. Aber das war kein Chauffeur. Wie sie miteinander sprachen. Gleichrangig. Der mit den Jeans hatte ein rundes Gesicht, große Ohren, dünne Haare. Ein bisschen wie ein Schwein, dachte Jan. Grinste. Der andere war größer, aber nicht so kräftig. Die Typen im GMC waren das Personal. Einer hatte die Haare zum Zopf gebunden. Sah aus wie ein Hippie. Kapuzenpulli, Turnschuhe. Den Pulli zog er bald aus und warf ihn in den Transporter. Der andere trug ein T-Shirt. Auf dem Rücken stand *Australia*. Und eine Dreiviertelhose in Tarnfarben.

Alle vier waren sich ihrer sicher. Hatten alles im Griff. Die Tarnfarbenhose rauchte. Neigte den Kopf zum Kollegen, sagte was. Beide lachten.

Jan lag eine Stunde und beobachtete. Legte das Fernglas weg. Wollte sich nicht durchs Linsenglitzern verraten. Sah auch so genug.

Fehlte noch die Bestätigung, dass die beiden Typen aus dem Benz nicht Vertreter für Strümpfe waren. Sondern die Typen, die ihn reich machen würden. Wenn sie um achtzehn Uhr unter dem Koala saßen.

189.

»Die denken wie ich«, sagte de Bodt.

»Hoffentlich nicht. Dann decken sie die Leute auch mit Zitaten ein. Das nervt, ich kann da ein Lied singen.« Salinger hob die Hände, als müsste sie einen Trupp Hunnen abwehren.

»Was heißt ... die wissen, dass wir kapieren wollen, wie die ticken. Und die wollen kapieren, wie wir ticken, wenn wir versuchen, so zu ticken wie die. Klingt nach Hirnonanie.« Yussuf lehnte sich zurück, schlug einen Wirbel auf der Tischplatte und trampelte leise mit den Socken.

»Die wissen, dass wir auf den Finanzmarkt kommen. Der drängt sich auf. Heute Morgen ging's weiter bergab. Und die wissen, dass wir auch auf Hedgefonds kommen. Weil wir fragen, wer vom Absturz profitiert. Sie wissen, was Theo uns erzählt hat. Erwarten, dass wir nach Frankfurt gehen.«

»Die werden hier nicht angreifen«, sagte Salinger. »Wenn die denken, wie du denkst, dass sie denken. Hast du den Chefs Bescheid gesagt?«

»Die schicken die Bundeswehr nach Entenhausen.«

Die beiden blickten ihren Chef an.

»Sie werden in Berlin angreifen«, sagte de Bodt.

»Und weil dir keiner glaubt, gibt es dort keine Patriots«, sagte Salinger.

»Und sie werden wieder was am Wasser angreifen. Um es nicht zu eindeutig zu machen. Unsicherheit versenkt jede Börse. Damit diese Spinner die Russen…« Yussuf hielt einen Moment inne. Schnappte sich sein Smartphone und tippte was. »Ich schicke ein paar Kumpel hin.«

»Wohin?«, fragte Salinger.

»Na, zum Bundeskanzleramt. Kennst du ein besseres Ziel? Am Wasser…«

»Wir müssen wenigstens erreichen, dass es geräumt wird«, sagte de Bodt. Überlegte. »Damit rechnen die natürlich.«

»Womit? Dass ich… wir darauf kommen, dass diese Frankfurt-Geschichte eine Ablenkung ist?«, fragte Salinger.

De Bodt nickte. Es war vertrackt. Er musste es umdrehen. So denken, wie die denken, dass er denkt. »Jetzt wird's esoterisch.«

»Ist doch nichts Neues«, sagte Yussuf. »Aber wenn die jetzt glauben, dass wir das vom Kanzleramt wissen? Sprengen die das UN-Gebäude in New York. Weil wir nicht draufkommen?«

»Falsch«, sagte de Bodt. »Ganz falsch.«

»Danke, Meister. Dass du meine Frage beantwortest…«

»Die führen uns jetzt vor. Die greifen das Bundeskanzleramt an. Weil sie wissen, dass die Bundeswehr niemanden nach Entenhausen schicken wird.«

Nahm das Telefon ans Ohr. »Geben Sie mir den Generalbundesanwalt. Sofort!«

Rauschen. Eine unterdrückte Stimme, weit weg. Hand auf dem Mikro. Zu dumm für die Stummschaltung.

»Der Herr Generalbundesanwalt ist leider nicht da. Ich weiß auch nicht ...«

»Sagen Sie ihm, dass ich ihn öffentlich verantwortlich mache, wenn er ...«

»Ich verbitte mir das. Erpressung geht nicht.« Schröder war doch da.

»Wegducken schon gar nicht. Räumen Sie das Kanzleramt.«

»Haben Sie mal auf die Uhr geschaut?«

»Ich weiß, dass es nach achtzehn Uhr ist. Dennoch arbeiten dort Leute.«

»Ich veranstalte doch keinen Affenzauber, weil Sie wieder eine Eingebung haben. Die Kanzlerin lacht mich aus.«

»Wenn sie dann noch lebt.« Legte auf.

Rief im Kanzleramt an, die Nummer vom Vorzimmer. »Geben Sie mir die Bundeskanzlerin, sofort. Sie hat gesagt, ich soll sie im Notfall anrufen. Das ist ein Notfall.«

»Die Kanzlerin ist in einem wichtigen Gespräch. Sie möchte auf gar keinen Fall gestört werden.«

»Mit wem spricht sie?«

»Ich weiß nicht, ob ich ...«

»Sie dürfen!«, bellte de Bodt.

Salinger und Yussuf erschraken. So laut war er nie gewesen.

»Mit dem Herrn EU-Kommissar Moscovici ...«

»Wenn Sie die Kanzlerin nicht ans Telefon holen, sind beide gleich tot.«

»Ich bitte Sie. Sie wollen mich veralbern. Sind Sie überhaupt der Herr Hauptkommissar ...?«

»Ja, bin ich. Und Sie sind dann auch tot.«

Sie legte auf.

190.

Achtzehn Uhr fünf. Jan saß im Miet-Transporter. Startete. Fühlte sich mulmig. Das Messer würde ihm nicht helfen. Sie waren zu viert. Er sprach sich leise Mut zu. *Sie erwarten keinen Lieferanten. Sie haben dich nie gesehen. Du kennst sie, sie dich nicht. Das ist ein Riesenvorteil. Egal, wie viele sie sind.* Fuhr los. Brauchte drei Minuten bis zur Einfahrt. Sah den GMC, den Benz. Beide schwarz. Hielt vor der Restauranttür. Stieg aus. Öffnete die Laderaumtür. Nahm den Karton. Setzte den Ellbogen auf die Klinke der Restauranttür. Zwängte den Fuß zwischen Tür und Rahmen. Zog sie auf. Betrat den Gastraum. Lugte unter seiner Basecap zum Koala. Darunter saßen zwei. Er blickte sofort zum Tresen.

»Soll ich bringen.«

Die Frau hatte sich weggebeugt. Blickte nach hinten. Kniff die Augen zusammen. »Haben wir was bestellt?«

»Weiß nicht. Mein Chef …«

»Stell's da ab. Rechnung ist im Karton?«

»Kommt per Post.«

»Auch gut. Bye!« Drehte sich wieder weg.

Jan stellte den Karton auf die Theke. Prägte sich die Gesichter der Typen ein. Die achteten nicht mehr auf ihn.

Draußen sah er die anderen beiden. Der eine lehnte am GMC und rauchte. Der andere telefonierte. Die Sonne glühte nach. Aber das machte denen nichts aus. Jan stieg gemütlich in den Transporter und verließ die Raststätte.

So ist das, wenn man sich mit einem Anfänger einlässt, dachte Jan.

191.

Lebranc trat von einem Fuß auf den anderen. Pelzfutter hin, Pelzfutter her. Die Scheißkälte kroch überallhin. Feucht und eisig. Matsch auf dem Bürgersteig. Der Bau gegenüber war beleuchtet. In vielen

Fenstern brannte noch Licht. Wachen davor, am Tor. Drinnen patrouillierten Bewaffnete. Er hatte noch nie so viele Uniformen auf der Straße gesehen. Außer am 14. Juli in Paris.

Ein BMW hielt vor dem Tor. Getönte Scheiben. In der Zeitung hatte er gelesen, der EU-Finanzkommissar besuche die Kanzlerin. Schuldenkrise. Deutsche Exporte, Zahlungs- und Handelsbilanzdefizite, Niedrigzinspolitik. Der Börsencrash. Die Währungsturbulenzen. Die beiden hatten viel zu besprechen. Vielleicht waren sie fertig, und der Wagen holte den EU-Kommissar ab.

Es war bescheuert. Dass er hier herumstand. Nur weil de Bodt sich eine Beschäftigungstherapie für ihn ausgesucht hatte. Für einen alten Bullen. Den keiner mehr brauchte. Nicht mal im Archiv. Weil er mit dem PC-Verwaltungsprogramm nicht klarkäme. De Bodt erbarmte sich seiner. Weil er höflich war. Aber nicht höflich genug, ihn nicht frieren zu lassen.

Der BMW rollte langsam in den Vorhof des Kanzleramts. Hielt unter dem Vordach, das einer Zeltplane ähnelte. Rechts die Eisenskulptur. Überhaupt, die Deutschen hatten zugeschlagen. Der größte Regierungssitz, größer als das Weiße Haus. Als der Élysée-Palast sowieso. Sie waren wieder wer. Sagten es nicht. Zeigten es umso lieber. In Mitte bauten sie diesen Protzkasten der Preußenkönige. Irgendwann würden sie den Pariser Platz in Sedanplatz umtaufen. Nicht diese Regierung. Aber die, welche sich ankündigte in den Schwaden des Volkszorns.

Er nahm einen Schluck. Nicht den ersten. Cognac regte sein Hirn an.

Plötzlich rannten Menschen aus dem Bau. Er riss die Augen auf. Sah mehrere Personen. Drei, vier, fünf. Halb verdeckt durch den BMW. Sie verschwanden. Offenbar im Wagen. Das Tor öffnete sich.

In der Luft ein Dröhnen. Ein Jet.

Der BMW-Motor heulte auf. Der Wagen stieß zurück. Bremste brutal. Schoss nach vorn. Mit quietschenden Reifen nahm der Fahrer die Kurve. Raste auf die Straße.

Polizisten rannten auf die Straße. Riegelten sie ab, auf beiden Seiten der Einfahrt.

Das Dröhnen wurde laut. Infernalisch.

»Dafür werden die dich schlachten«, sagte Salinger. »Wenn der Generalbundesfuzzi uns hier sieht.«

De Bodt lächelte. Wohl war ihm nicht. Er hätte zur Börse fahren können. Zur EZB. Stattdessen hatte er Yussuf und Salinger zum Abendessen eingeladen.

Yussuf hatte Nachrichtenticker auf dem Smartphone eingeschaltet.

»Das ist eine Dienstbesprechung. Von mir angeordnet. Euch kann keiner was.«

»So richtig Lust auf Krüger als Chef habe ich nicht«, sagte Salinger. »Obwohl, du kannst auch ganz gut nerven.«

»Meine ich doch auch«, sagte de Bodt. Trank von seinem grünen Tee. Dritter Aufguss. Wie sich das in einem Spitzenhotel gehörte.

»Wir sollten Aktien kaufen«, sagte Yussuf. »Die können nur noch steigen.«

»Wart bis morgen«, sagte de Bodt.

Yussuf kramte ein Funkgerät aus seinem Rucksack. Stöpselte einen Kopfhörer dran und setzte ihn auf.

Der Kellner betrachtete den Aufzug missvergnügt. Sie bestellten das große Menü. Yussuf Bier, Salinger Wein. Davor einen Sherry. De Bodt noch eine Kanne grünen Tee. »Wie den letzten.« Der Kellner blickte einmal in die Runde. Ging.

Yussuf hob den Finger. »Die leiten den Flugverkehr um.«

»Irgendwas aus Berlin?«

De Bodts Handy vibrierte. »Ja?«

»Es ist schrecklich«, sagte Lebranc. Schwieg lang. »Unfassbar.«

Inzwischen standen mehr Autos auf dem Parkplatz. Jan lag in Deckung. Am selben Ort wie am Morgen. Sah die Enttäuschung in den Gesichtern. Einer von den GMC-Typen fluchte laut und schlug auf das Auto. Jan grinste. Dreieinhalb Stunden her, mindestens vier Stunden zurück. Berufsverkehr. Umsonst.

Der Benz fuhr los. Dann der Transporter. Als sie auf den A1 eingebogen waren, sprang Jan auf. Hetzte zu seinem RAV. Fluchte, weil der Motor nicht gleich ansprang. Über sich. Bleib ruhig. Knallte den ersten Gang rein. Der A1 war frei. Er bog ein und drückte aufs Gas. Sah die beiden Wagen in der Ferne. Falls sie sich trennten, würde er dem Benz folgen. Die Herren fühlten sich sicher. Das war ihr Fehler. Sobald er einen allein erwischte, würde er ihn erledigen.

Während er steuerte, wechselte er das T-Shirt. Warf die Kappe aus dem Fenster. Fühlte das Messer an der Wade. Legte die Hand auf die Harpune auf dem Beifahrersitz. Es würde klappen. Alles.

194.

Er drehte sich immer wieder um. Rannte einen Mann um. Hob die Hand. Der Mann aber blickte zum Kanzleramt. Lebranc blieb stehen. Erstarrte. Sah den Jet. Der traf das Kanzleramt von der Seite. Es dauerte einen Augenblick. Dann brach die Hölle los. Ein Knall. Schmerz in den Ohren. Eine Riesenfaust traf Lebranc. Unsichtbar, aber gewaltig. Warf ihn um. Der Mann auf dem Boden flog auf ihn. Etwas traf Lebranc am Kopf. Schwarz. Weg.

195.

Kabeljau im Speckmantel. Dazu Mangold. Mandelsoße. Der dritte Gang.

Yussuf legte die Gabel weg. Tippte auf den Kopfhörer. Legte den Finger auf die Lippen.

»Was ist?«, fragte Salinger. Mit vollem Mund. Hatte aufgehört zu kauen.

»Die haben das Kanzleramt gesprengt. Mit einem Flugzeug…«

»Selbstmordkommando?«, fragte Salinger.

Yussuf hob die Schultern. »Keine Ahnung. Chaos.«

Der Generalbundesanwalt stürzte heran. Wo kam der her? »Das Kanzleramt. Die Kanzlerin.« Stutzte. Sah den Tisch. »Was machen Sie hier?«, brüllte er.

»Wir speisen«, sagte de Bodt.

Schröder stierte ihn an. Die Unterlippe zitterte.

»Möge mein Schicksal mir immer Leidlose, gleich euch, über den Weg führen, und solche, mit denen mir Hoffnung und Mahl und Honig gemein sein darf!«

Der Generalbundesanwalt schnappte, drehte sich um und marschierte davon.

Yussuf popelte mit einem Zahnstocher im Mund. »Jesus?«

»Nietzsche«, sagte de Bodt.

196.

Im Radio lief Hardrock. Das passte. Dann Crowded House. Schön für die Aussies. *Locked Out* brach ab. Eine Frauenstimme. Terroranschlag auf das Bundeskanzleramt. Das Gebäude zerstört. Viele Tote. Die Kanzlerin gerettet. In letzter Sekunde. Der EU-Finanzkommissar auch.

Was war da los? Er suchte auf dem Handy. Linke Hand am Steuer. Deutsche Online-Medien zogen eine Linie von diesen Badewannenmorden über die Brückensprengungen, die Fährenversenkungen, die Zerstörung des Eurotunnels bis zur Attacke aufs Bundeskanzleramt. Im Radio sprach ein Terrorexperte. *Denkbar ist auch ein Angriff auf die Europäische Union. Militante Europafeinde in Europa oder von außerhalb. Ein unerklärter Krieg.*

Es fühlte sich nach Krieg an. Nur wer führte den? Gegen wen?

Er ließ dem GMC-Transporter einen großen Vorsprung. Sie fuhren nach Brisbane. So viel schien ihm klar. Er würde nicht vorher aufschließen. Verlor er sie, hatte er immer noch die Telefonnummer.

Danke, Johnny.

»Ich krieg sie alle«, flüsterte er. »Ich krieg sie alle, Nadine.« Sie hatte ihn gern verspottet. Als Muttersöhnchen. Weil die ihn allein aufgezogen hatte. Verwöhnt hatte. Er erinnerte sich des Spotts der Verwandtschaft. Und der Mahnungen des Großvaters. »Irgendwann werden die Härten des Lebens auf den Jungen zukommen.« Jan hatte es belauscht. Die Mutter hatte geweint. Saß auf ihrem Stuhl in der Küche. »Da draußen nimmt ihm keiner alles ab.«

Aber nun zeigte er es ihnen. Nadine würde ihn nicht mehr für ein Muttersöhnchen halten. Er zeigte es ihnen.

197.

Schröder kehrte zurück. Baute sich auf. »Sie kommen mit!«, schnauzte er.

»Ich esse noch«, erwiderte de Bodt.

Der Generalbundesanwalt trat an den Tisch. Seine Knie berührten fast de Bodts Oberschenkel.

Der steckte die Gabel in den Mund. »Gute Küche hier, wirklich.«

»Ich will davon ausgehen, dass Sie noch nicht...« – blickte auf Yussufs Kopfhörer – »erfahren haben, was...«

»Doch«, sagte de Bodt, ohne ihn anzusehen. Wischte sich den Mund ab. »Es ist geschehen, wovor ich Sie gewarnt hatte.«

Ein Zischen. »Sie haben uns hierhergelockt. Sie haben den Tätern freie Bahn geschaffen.«

De Bodt drehte den Kopf nach links. Schielte hoch. »Ich würde es begrüßen, Sie könnten uns fertig essen lassen.«

»Das Dessert wartet noch. Darauf freue ich mich besonders«, sagte Yussuf.

»Sie glauben doch nicht, dass dieser Auftritt folgenlos bleibt.«

»In der Tat, dieser Auftritt wird nicht ohne Folgen bleiben.« Trank einen Schluck Tee.

»Kommen Sie mit. Wir fliegen nach Berlin.«

»Sie sind nicht mein Vorgesetzter. Wir kommen nach.«

Schröder erstarrte. Stampfte mit dem Fuß auf. »Das werden

Sie büßen, de Bodt. Diesmal haben Sie überzogen. Es wird mir eine Freude sein, Sie mit einem Tritt in den Arsch dahin zu befördern...« Zog ab. Knallte die Restauranttür zu.

»Wenn das mal schlau war«, sagte Salinger.

198.

Am Rand von Brisbane staute sich der Verkehr. Feierabend. Zwischen ihm und dem GMC standen fünf Autos. Der Benz war verdeckt. Es begann der schwierige Teil. Rechts rollte die Lawine zäh weiter. Er blinkte und zwängte sich auf die Spur. Nach ein paar Metern ging nichts mehr. Jetzt sah er den Benz. Am Himmel ein Flugzeug im Landeanflug. Jan öffnete das Fenster. Roch das Meer. Die beiden Typen saßen schweigend. Bestimmt genervt. Einen Tag vertrödelt. Jagd ohne Beute. Die Hand trommelte einen Takt aufs Lenkrad. Sie hatten ihn nie gesehen. Nur einen Lieferanten. Sie kannten sein Auto nicht. Bisher hatte er keinen Fehler gemacht. Er hatte die richtige Spur erwischt. Wieder ein paar Meter. Jetzt stand er auf der Höhe des Transporters. Die Männer darin erkannte er nur schemenhaft durch die getönten Scheiben. Er blickte weg. In die andere Richtung. Das Gewerbegebiet begann hier. Autoreparaturwerkstatt. Schreiner. Malergroßhandel. PVC-Böden. Möbelkaufhaus.

Bewegung auf der linken Spur. Der GMC rollte nach vorn. Eine Wagenlänge. Dann war Jans Spur dran. Er hielt neben dem Transporter. Vor dem war eine Lücke. Er setzte den Blinker nach rechts. Winkte dem Fahrer zu. Rollte nach vorn und lenkte nach rechts. Seine Motorhaube neben der hinteren Tür des Benz. Hinter ihm hupte es. Die Lücke vor ihm vergrößerte sich. Das Hupen wurde lauter. Er hob die Hand zum GMC. Deutete auf die Lücke. Zuckte die Achseln.

Dann ging es auch links vorwärts. Der Benz fuhr los. Jan gab Gas und quetschte sich vor den GMC.

Na also, geht doch.

Das Handy summte. De Bodt nahm ab. Elvira. »Nicht, dass du denkst, wir hätten nichts mehr zu bereden.«

Ich bin ein Idiot. Warum nehm ich das an? »Hab jetzt keine Zeit. Da hat gerade jemand das Bundeskanzleramt gesprengt.«

»Na klar, es gibt immer Wichtigeres als deine Familie.«

»So ist es.« Trennte.

Es klingelte wieder. Uhlenhorst. »Es war ein Learjet, vollgestopft mit Sprengstoff.«

»Selbstmordkommando?«

»Weiß ich nicht. Von dem Flieger gibt's nur noch Fetzen.«

»Wann brauchst du uns?«

»Keine Ahnung.«

»Was weißt du eigentlich?«

»Nichts. Das ist schon mal mehr als die meisten.«

»Stimmt. Die Kanzlerin hat überlebt, haben wir gehört.«

»Sie hat einen Tipp bekommen. Von einem Polizisten. Jetzt suchen sie den Kollegen, der wusste, dass die es auf die Kanzlerin abgesehen hatten.«

»Du hast ihn gefunden.«

Schweigen. Dann: »Warum war das Kanzleramt nicht geschützt? Also, gegen Luftangriffe?«

»Weil der Generalbundesanwalt mir nicht geglaubt hat.«

»Um Himmels willen. Das kostet ihn den Kopf.«

»Mal sehen. Er wird sich rausreden. Am Ende bin ich der Übeltäter. Solche Leute können das. Winden sich raus wie der Regenwurm aus dem Matsch. Aber das ist jetzt egal.«

»Kommst du zur Soko-Sitzung?«

»Wenn du mich aufessen lässt.«

Uhlenhorst hüstelte und legte auf.

Der Toyota hatte sich fast mit Gewalt zwischen sie gedrängt. Bob betrachtete im Spiegel dessen Fahrer. Jungspund. In dem Alter war er auch forsch gewesen. Erst Anführer einer Mopedgang. Dann Bundeswehr, Einzelkämpfer. Auch um seiner Mutter eins auszuwischen. Die war Gefühls-Achtundsechziger gewesen. Pazifistin bis zur Wirklichkeitsverleugnung. Er lächelte, als ihm das Bild seiner Mutter ins Hirn wehte. Im weißen Sommerkleid. Mensch gewordene Friedenstaube. Daneben, fast kümmerlich, der Vater, der das Studium abgebrochen und es nur zum Pförtner gebracht hatte. Ein merkwürdiges Paar. Sie hatten ihn behütet. Aber mit der Pubertät war ihm das Betschwesterliche auf die Nerven gegangen. Er fand es richtig, die Fäuste einzusetzen. Seine Art der Konfliktlösung. Erfolgreich. Was sollte das Gejammer? Ein blaues Auge verschwand bald. Im Gegensatz zu dem Eindruck, den der Schlag hinterließ. Das war Bobs Pädagogik. Seine Kameraden bewunderten ihn. Er war nie ein Schläger. Vermied Gewalt, wo es ging. Wo es nicht ging, setzte er sie ein. Nie länger als nötig. Seine Stärken waren von früh an seine Nerven und seine Intelligenz gewesen. Andere mochten stärker sein. Besser boxen können. Aber sie waren dümmer als er. Er schlug nicht nur. Er bluffte auch. Wo die einen Schlag erwarteten, täuschte er sie. Wo sie die Täuschung erwarteten, schlug er zu.

»Scheißverkehr«, sagte Pavlinsky. »Der Typ wollte uns verarschen. Von Anfang an.«

»Der hat uns beobachtet. Gesehen, dass wir mit zwei Wagen kamen. Er hat die Falle gerochen. Wir haben es uns zu einfach gemacht. Er hat die Sache auf der Raststätte veranstaltet, um die Übersicht zu behalten. Der ist schlauer, als wir glaubten.«

»Das Blöde ist, dass ich jetzt die SIM-Karte nicht wegwerfen kann. Oder, vielleicht … der findet uns nicht.«

»Aber der weiß was über uns. Nicht viel, aber es reicht. Um Leute auf unsere Spur zu setzen. Die Bullen aufmerksam zu machen. Wenn wir Pech haben. Und wenn mein Berliner Freund das spitzkriegt …«

»Übertreib nicht.«

»Ich hab den zweimal erlebt. Ich weiß, was ich sage.«

»Ist ja gut. Scheißverkehr.«

Der RAV war groß im Rückspiegel. Der Fahrer schien sich zu langweilen. Da hatte er recht.

Die Hochhauskulisse von Brisbane war nah. Aber sie würden noch lange im Stau hängen.

201.

»Was haben Sie gesehen?«

Lebranc lag im Urban-Krankenhaus am Landwehrkanal. Der Kopf umwickelt. Wie ein Turban. Nur dass der kein Haarbüschel in der Mitte hätte hochwachsen lassen. Im Gesicht ein paar Schrammen. An der Wange ein Pflaster.

»Ein Flugzeug. Learjet oder so was. Extrem schnell. Es flog direkt ins Kanzleramt. Der ist nicht abgestürzt. Es dauerte einen Moment. Dann flog es in die Luft.«

Nicht nur das. Sie hatten den Tatort besichtigt. Sämtliche Scheiben in der Umgebung waren gebrochen. Druckwelle und Splitter hatten Autos zerstört. Fahrräder durch die Luft gewirbelt und zerlegt. Bisher hatten die Kollegen einhundertzweiundzwanzig Tote gezählt, noch mehr Schwerverletzte. Die auf Krankenhäuser in Mitte und Kreuzberg verteilt wurden. Die Regierung hatte den Notstand ausgerufen. Bundeswehreinheiten sicherten den Reichstag, alle Bundestagsgebäude. Verfassungsschutzleute und die Staatspolizei suchten nach Akten und Festplatten. Ein Eldorado für Spione.

»Haben Sie einen Piloten gesehen?«

Lebranc blickte ihn an, schüttelte den Kopf. »Keine Ahnung. Das ging viel zu schnell.«

De Bodt wählte Uhlenhorsts Nummer. »Habt ihr einen Piloten gefunden?«

»Negativ. Die haben eine Fernsteuerung eingebaut.«

»Woher weißt du das?«

»Wir haben die Reste einer Kamera gefunden. In den Trümmern

der Pilotenkabine gibt es keine menschlichen Spuren. Kein Blut, kein Gewebe, keine Hirnmasse. Ich tippe auf einen verzögerten Aufschlagzünder. Das Flugzeug hat die Seitenmauer des Hauptgebäudes durchschlagen. Ist drinnen erst explodiert. Wie ein Torpedo.«

»Steuergerät, irgendwelche Reste?«

»Wenn du wüsstest, wie das aussieht.«

»Ich kann's mir vorstellen.«

»Ach ja, deine Russen sind hier aufgetaucht. Der Staatsschutz hat sie aufs Gelände gelassen. Unter strengster Bewachung. Die Herren in Moskau haben offenbar Schiss, dass jemand ihnen die Sauerei in die Schuhe schiebt. Zuzutrauen wär's ihnen.«

Merkow und Katt saßen auf der Bank im Flur. Schräg gegenüber seinem Büro.

»Ich habe jetzt keine Zeit. Soko. Heute Abend, vielleicht.«

»Gut«, sagte Merkow.

Katt sagte nichts. Verzog keine Miene.

»In der Botschaft?«, fragte Merkow.

»Nein, hier.«

»Während wir in Frankfurt herumgeturnt sind, haben diese Arschlöcher das Kanzleramt hochgejagt.« Erregte sich der Polizeipräsident. Tilly saß neben ihm, auf der anderen Seite die Prominenz. Wie auf der Hühnerleiter. Am Ende der Generalbundesanwalt.

»Wir hätten den Anschlag auch nicht verhindert, wenn wir hiergeblieben wären«, sagte Schröder. »Also wenden wir uns den wichtigen Dingen zu.«

Alle Augen richteten sich auf de Bodt. Er kam wieder zu spät. Uhlenhorst hatte ihm einen Platz freigehalten.

»Wir brauchen den Dialog mit den Fluglotsen«, sagte de Bodt, während er sich setzte.

Die Herren blickten sich an.

»Stimmt«, sagte der Generalbundesanwalt.

»Ich schicke meine Kollegen«, sagte de Bodt. Tippte eine SMS an Salinger.

»Keine Maschine kann sich unidentifiziert im Luftraum bewegen.

Sonst steigen gleich Abfangjäger auf«, sagte Tilly. Er hatte es als Erster begriffen.

»Die haben die Kommunikation aus der Ferne gesteuert«, sagte de Bodt. »Das war ein legaler Flug nach Tegel. Und dort sind sie abgebogen. Flugzeit Tegel zum Kanzleramt zwei Minuten, drei. Die Bundeswehr wird es wissen. Geholfen hätten allenfalls die Patriots ...«

»Sie wissen mal wieder mehr als wir. Manchmal könnte man den Eindruck haben, die Terroristen ...«

»Das haben wir überhört, Herr Krüger. Wir schätzen die ... Analysen des Kollegen de Bodt«, sagte Tilly.

»Vor allem die Reiseempfehlungen«, spottete Krüger.

»Herr Krüger, so kommen wir nicht weiter. Wenn Sie mit unseren Methoden nicht klarkommen, können Sie auch gern Taschendiebe am Alex fangen.« Sagte Tilly.

So kassierte man ein Thema ein. Krüger hatte es nur noch nicht kapiert. Bloß keine Kritik an de Bodt wegen der Frankfurt-Tour. Bloß nicht. Sonst würde der kontern. Dass er am Ende doch recht gehabt habe. Dass sie ihn nicht ernst genommen hätten. Die Scheiße würde ihnen auf die Füße fallen. Den Gestank würden sie nicht mehr los.

»Haben Sie mich verstanden?«

Krüger starrte ihn an. Nickte. In Zeitlupe. Heute Abend würde er in seine Bar gehen. Und sich einen ansaufen.

De Bodts Handy vibrierte. Blickte aufs Display. *Danke.* Die Kanzlerin.

»Es sind achtundneunzig Mitarbeiter beziehungsweise Besucher im Kanzleramt gestorben. Wäre das Flugzeug früher eingeschlagen, es wären viel mehr gewesen«, sagte das BKA. »Die restlichen Opfer waren auf der Straße gewesen. Es hat auch ein Freizeitboot getroffen. Ein Ehepaar. Wollte die Jacht zu einer Werft bringen.«

»Die Bundeskanzlerin und der EU-Kommissar konnten in letzter Sekunde gerettet werden. Die Kanzlerin hat erklärt, eine Mitarbeiterin habe ihr von einem Anruf des Hauptkommissars de Bodt erzählt. Die Kanzlerin habe entschieden, dass die Warnung vor einem Anschlag ernst zu nehmen sei. Nur deshalb ist sie entkommen.«

Alle Blicke lagen auf de Bodt.

Nun schmeiß mich raus, Schröder. Er grinste innerlich.

Der sammelte sich. »Nicht nur die Frau Bundeskanzlerin, auch wir sind dem Herrn Hauptkommissar sehr dankbar.«

»Man stelle sich nur vor...«, sagte der Polizeipräsident.

»Es waren die Russen«, sagte Tilly. »Niemand sonst hat die Mittel. Es hat mit den Cyberattacken auf uns angefangen. Oder fällt Ihnen etwas Besseres ein?«

»Das ist der falsche Ansatz, Herr Tilly«, sagte der Verfassungsschutz. »Ich habe vorhin mit den Kollegen vom BND gesprochen. Die haben nicht das geringste Indiz für eine Beteiligung Moskaus.«

»Aber die Handschrift, die ist doch eindeutig«, sagte Krüger.

»Was soll daran eindeutig sein?«, fragte der Verfassungsschutz. »Was für die Russen spricht, sind die Methoden. Extrem aufwendig. Extrem professionell. Dass sie die EU zerrütten wollen, ist klar.«

»Haben Sie wieder eine... Eingebung, Herr de Bodt?«, fragte Tilly.

Der schüttelte den Kopf. Ihm lag *ABC* auf der Zunge. Oder ein anderer Fonds. Aber sie hätten es zerredet. Am Ende hätte es in der Zeitung gestanden. Weil einer dieser Wichtigtuer die Klappe nicht hielt.

»Ich möchte eine Ermittlungsgruppe zusammenstellen«, sagte de Bodt. Nutze das Momentum. Sie können dir jetzt nichts abschlagen. Morgen werden sie nachgedacht haben.

Der Generalbundesanwalt nickte bedächtig. Zeit, Zeit, Zeit. Was soll er sagen? Ohne sich in die Nesseln zu setzen. Lehnte er ab, behinderte er die Ermittlungen. Könnte man später behaupten. Vielleicht. Je nachdem, wie die Sache ausging. Stimmte er zu, sägte er am Ast, auf dem er saß. Die Frage würde er dem Schnösel heimzahlen. Wenn der Zeitpunkt gekommen war. Wer Generalbundesanwalt wurde, hatte ein gutes Gedächtnis. Vergaß keine Kränkung. Keine Förderung. Nichts. Aber zuerst musste er bleiben, was er war.

»Wir haben eine Sonderkommission. Ich möchte nicht, dass Kompetenzen abgezogen werden. Aber Sie können sich hier heraushalten, wenn Sie es wünschen. Natürlich bleiben Sie offiziell Soko-Mitglied. Es wäre schön, Sie würden uns mit Erkenntnissen erfreuen. Wenn Sie welche haben.«

»Ich werde eine Gruppe bilden mit meinen Mitarbeitern, mit einem französischen und zwei russischen Kollegen…«

»Dieser Merkow!« Krüger blickte ihn ungläubig an.

»Ja, und der Hauptkommissar Lebranc aus Paris.«

Schweigen. Niemand wollte dem Wahnsinn zustimmen. Niemand konnte ihn ablehnen. Das Momentum regierte nur kurz. Ergriff man es aber, konnte niemand einen aufhalten.

Uhlenhorst blickte ihn an von der Seite. Traurig. Er war nicht dabei.

202.

Jan lächelte. Er hatte endlich eine vernünftige Radiostation gefunden. Heavy Metal. *Paranoia.* Passte. Vor ihm der Benz, hinter ihm der GMC. Schrittweise. Dann erreichten sie die Ampel. Die Jungs würden sich brav an die Verkehrsregeln halten. Würde ich jedenfalls, hätte ich den Kofferraum voller Knarren. Grün.

Der Benz bog ab. Nicht ins Zentrum. Sie hatten sich irgendwo einen Unterschlupf gegraben, die Ratten. Der Verkehr blieb dicht. Der brave Aussie fuhr nach Hause. Den Tag im Büro. Das war kein Leben, fand Jan. Er lebte. Urgründig. Sie hatten ihn gezwungen, zum Mörder zu werden. Und er nahm es an. Fühlte sich, als hätte ihm das gefehlt. Solange er keinen Unsinn baute, war er sicher. Er erinnerte sich an Palau. Wie er die Typen ausgetrickst hatte. Er allein gegen alle. Dieser Tim eingeschlossen. Aber: Bleib auf dem Teppich. Bleib auf dem Teppich.

Er sagte es ein paarmal vor sich hin. Nicht übermütig werden. Das war kein Ballerspiel. Und er hatte kein Ersatzleben.

Sie fuhren weiter in die Peripherie. Der GMC setzte zum Überholen an. Der Beifahrer beglotzte Jan. Aber der zeigte keine Miene. Der Transporter setzte sich vor den Benz. Jan vergrößerte Zentimeter für Zentimeter die Lücke. Er wollte sich nicht überraschen lassen. Wenn die ohne Ankündigung links abbogen und er ihnen folgte, ohne vorher zu blinken, sie würden es merken.

Er wurde langsamer. Ließ einen Nissan von links auf die rechte Fahrspur wechseln. Mehr Abstand. Selbst wenn er sie verlor, er hatte die Telefonnummer.

Toby hatte sie auch. Er würde ihre Fahrt auf dem Monitor verfolgen. Bis die das GPS abschalteten.

Auch Profis vergessen mal was.

Er tippte auf Tobys Eintrag. Es klingelte lange. Dann: »Ja?«

»Guten Morgen.«

»Bist du irre?«

»Hast du die Nummer geortet?«

»Gestern Abend ging es noch.«

»Und jetzt?«

»Du bist doch durchgeknallt… ich schmeiß die Kiste an.«

Nach einer Minute: »Der gurkt in Brisbane rum.«

»Ich muss wissen, wo der hinwill.«

»Fahr ihm nach.«

»Ich bin doch nicht verrückt. Das sind Verbrecher. Schlaf schön weiter. Und lass das Programm weitertracken.«

»Vielen Dank, echt! Du spinnst doch.«

Sie bogen rechts ab. Er wartete, setzte den Blinker, verlangsamte noch etwas. Hinter ihm hupte wer. Als die beiden Wagen verschwunden waren, gab er Gas. Schoss vor bis zur Abbiegung, bremste gerade noch rechtzeitig für den Gegenverkehr. Fand eine Lücke und beschleunigte. Sie hatten einen Vorsprung von dreihundert Metern. Der GMC folgte dem Benz. Jan beschleunigte vorsichtig. Sah, wie der GMC rechts blinkte. Wie der Mercedes sich rechts einsortierte. Bremste. Dann auch der Transporter. Irgendwas versperrte die Straße. Jan fuhr links ran, schaltete das Warnblinklicht an. Sie würden ihn nicht sehen. Zu weit, zu viele Autos zwischen ihnen. Und die Bäume am Straßenrand.

Die Bremslichter erloschen. Der Benz rollte, der GMC hinterher. Jan schaltete das Blinklicht ab, fuhr langsam los. Folgte einem Porsche-Kabriolett. Frau mit Hut. Bog rechts ab. Sah einen Lastwagen in einer Toreinfahrt verschwinden.

Sie hatten ihren Vorsprung vergrößert. Aber der Transporter war gut zu erkennen. Er schloss auf.

Der Transporter fuhr links ran. Jan wartete, bis die rechte Fahrbahn frei war. Überholte. Sah den Benz links abbiegen. Und den Transporter groß im Rückspiegel.

203.

Sie hatten Stühle ins Büro getragen. Yussuf war kurz davor, Engel den Hörer aus der Hand zu nehmen und aufzulegen. Aber sie merkte es selbst. Besorgte Kaffee, Tee, belegte Brötchen. War stinksauer. Salinger hatte ihr angekündigt, dass die Tage lang würden. Und sie sich auf Überstunden einstellen sollte.

»Aber…«

»Nichts aber. Notstand. Kanzleramt, mitgekriegt?« Salinger blickte sie an wie eine arme Kranke.

Engel nickte. Zupfte am Pferdeschwanz. Rückte die Brille zurecht. Nickte. Tapfer.

Yussuf hinterm Chefschreibtisch. De Bodt neben der Tür. Merkow und Katt gegenüber. Wie im Wilden Westen: den Rücken zur Sonne. Salinger schräg davor an ihrem Schreibtisch. Die Füße auf der Tischplatte. Lebranc mit Turban in der Ecke. Yussuf hatte einen Beistelltisch aufgetrieben. Darauf hatte der Franzose seinen Kaffee gestellt.

»Wie geht es Ihnen?«, fragte de Bodt.

»Ich finde, das Ding steht mir. Der bleibt.« Lachte und verzog das Gesicht vor Schmerzen.

Uhlenhorst erschien.

De Bodt erhob sich und zeigte auf seinen Stuhl. Ging zum anderen Fenster.

Uhlenhorst blickte sich um. Setzte sich. Vorsichtig. De Bodt stellte alle vor. Freundliches Nicken. Katt saß unbewegt. Sie hatte kürzere Haare. Einen Pony.

»Fast fünf Tonnen TNT. Eine Megabombe«, sagte Uhlenhorst. »Jedenfalls haben wir das so ausgerechnet. Mithilfe von Leuten der Bundeswehr. Vielleicht kriegen wir es später noch genauer hin. Nicht nur das Kanzleramt ist vollständig zerstört. Schwere Schäden an allen Gebäuden in der Umgebung. Ein paar werden sie abreißen müssen. Der Reichstag hat reichlich was abbekommen.«

»Wo kommt das TNT her?«, fragte Lebranc.

»Keine Ahnung.«

»Die haben einen Learjet vollgepackt und ihn per Fernsteuerung ...«

»Oder per GPS programmiert«, sagte Merkow.

»Ja, so oder so. GPS spielt auf jeden Fall eine Rolle. Gegen die Programmierung und für die Fernsteuerung spricht, dass die mit dem Tower in Tegel gesprochen haben. Haben sie vermutlich über das GSM-Netz hingekriegt.«

»Ist einfach. Mikro und Lautsprecher ins Cockpit, Handy mit GSM-Antennenverstärker dranhängen, fertig«, sagte Yussuf.

»Haben wir was von den Lotsen?«, fragte de Bodt.

»Denen ist nichts aufgefallen.«

»Zeichnen die ihre Gespräche auf?«

»Klar.«

»Wir brauchen die Aufzeichnung.«

Uhlenhorst notierte. Hob den Kopf. »Wir haben Kunsthaar gefunden. Passt zu keinem Opfer. Zu sonst nichts. Auch Kunstoffreste. Unter anderem einen kleinen Finger. Und ein Glasauge, Splitter eines Glasauges.«

»Die haben eine Puppe ins Cockpit gesetzt«, sagte Salinger.

Uhlenhorst nickte. »Vermuten wir auch.«

»Hat sich die Bundeswehr geäußert? Hätten die den Jet runtergeholt, wenn die Patriots in der Nähe gewesen wären?«, fragte Yussuf.

»Frag sie selbst. Ist nicht mein Metier.«

»Es wird nicht geredet ...?«

»Die Patriots in Frankfurt sind die einzige kurzfristig einsatzbereite Einheit. Die anderen stehen in der Türkei oder sind kaputt. Sagt der Buschfunk.«

»Ich bezweifle, dass eine Staffel in Berlin den Anschlag hätte abwehren können«, sagte Merkow. »Der Learjet hätte als Feindobjekt erkannt werden müssen.«

»Wie gut, dass Sie unsere Luftabwehr so gut kennen«, schnappte Salinger. Sie konnte den Kerl nicht ausstehen. Und seine Killerkollegin schon gar nicht.

»Finde ich auch«, sagte Merkow. »Das erhöht die Sicherheit.«
Yussuf grinste.

Katt zeigte keine Regung. Ihre Augen folgten dem Gespräch.

»Fangen wir von vorn an.«

»Klar, die Methode de Bodt«, murmelte Yussuf. »Alles so lang durchkauen, bis der Segen der Erkenntnis sich über uns ergießt.«

Katts Lächeln verschwand gleich wieder.

»Genau«, sagte de Bodt. »Wir müssen uns alle auf den gleichen Stand...«

»Des Unwissens«, flüsterte Yussuf.

»... begeben. Eine Zeit lang haben wir geglaubt, dass sich jemand rächt. Inselstaaten, die im Meer versinken. Tatsächlich geht es immer um Wasser, angefangen bei der Badewanne. Auch das Kanzleramt liegt am Wasser, der Spree.«

»Sie meinen, weil die westlichen Staaten die Umwelt zerstören...«, sagte Merkow.

»Wir werden von Ihnen lernen müssen, wie man es vermeidet.« Abgeschossen mit dem freundlichsten Lächeln aller Zeiten.

»Das ist eine gute Idee, wirklich.« Lächelnd.

»Wir haben für diese These keine Beweise gefunden...«

»Dagegen auch nicht«, sagte Salinger.

»Dagegen spricht der Aufwand. Wie sollten zum Beispiel die Malediven so eine Operation bezahlen? Selbst wenn die dortige Ganovenregierung sich mit anderen Opferstaaten zusammentut...«

»Unsere Dienste haben das geprüft. Wir haben dort Quellen.« Merkow blickte in die Runde. Seht her, wir sind nicht mit leeren Händen gekommen. »Ich gebe Ihnen recht. Diese Option fällt aus.«

»Ihre Regierung könnte so was aber schon organisieren«, sagte Salinger.

»Zweifellos. Aber nur, wenn sie das will.«

»Wir müssen uns alle... Leute angucken, die ein Motiv haben. Sie wollen doch nicht leugnen, dass Ihr Präsident alles unternimmt, um Europa zu schaden. Faschisten und Nationalisten bezahlt. Überhaupt alles, was den Zusammenhalt bei uns stört. Und dass ihm das Völkerrecht scheißegal ist. Um von Menschenrechten gar nicht zu reden.«

Katt blinzelte. Blickte Salinger eine Weile an, dann die Wand.

»Ich weiß, dass der Westen so frei von Schuld ist wie die Heiligen, die der Papst in Rom so gern ernennt.« Katt lächelte, schlug die Beine übereinander.

»Sie sind gekommen, weil Sie fürchten, als Drahtzieher angeklagt zu werden«, sagte Salinger.

»Wir sind gekommen, um zu helfen«, sagte Merkow. »Es ist eigentlich überflüssig, aber im Sinn einer guten Zusammenarbeit will ich das Selbstverständliche gern sagen: Unser Präsident pflegt keine alten Leute in Badewannen zu ertränken. Und seine Geheimdienste auch nicht. Wasser als Folterinstrument ist eine amerikanische Spezialität. Es gibt dort Leute, die sagen, dass Waterboarding ein Freizeitvergnügen sei.«

»Sie wollen Täter finden, weil Ihr Präsident dann reingewaschen ist.«

»Ich will, dass wir *die* Täter finden. Selbstverständlich halten wir diese Verdächtigungen für ungerecht.«

Salinger verschränkte die Arme vor der Brust und blickte zu de Bodt.

Der war irgendwo. Landete wieder auf der Erde. »Es wäre falsch, die Wassersache fallenzulassen. Aber es gibt Profiteure der Krise. Einer Krise, die kommen musste. So oder so. An den Börsen, in der Wirtschaft.«

»Unsere Börse profitiert nicht«, sagte Katt.

Leise, aber durchdringend. Für einen Augenblick zog sie die Blicke an.

»Wir haben drei Hedgefonds entdeckt, die Milliarden gemacht haben. Nur durch die Krise.«

»ABC, Elephant, Hectar«, sagte Merkow.

Nun hatte er die Aufmerksamkeit.

»Wir haben nach Krisengewinnern gesucht und sie gefunden. Es gibt noch ein paar Börsenakrobaten, die auch was abbekommen haben. Aber wenn man Investition und Gewinn in ein Verhältnis setzt...«

De Bodt nickte.

»Unsere Wirtschaft leidet unter dem Verdacht. Sie wissen, wie das ist auf den Anleihemärkten. Anleger denken: Wenn herauskommt, dass es die Russen waren, dann gibt's Sanktionen, die sich gewaschen haben. Sie werden die Finanzströme nach Russland kappen. Russische Aktien werden billiger als die Kladde, in denen man die Verluste notiert. Der Rubel stürzt zum Mittelpunkt der Erde.«

»Das Land Dostojewskis«, sagte Yussuf trocken. »Finstere Dämonen allerorten.«

Merkow grinste.

»Haben Sie was aus Paris gehört?«, fragte de Bodt.

Lebranc richtete sich im Stuhl auf. Schüttelte den Kopf. Er hatte was aus Paris gehört, aber Floire hatte sich wichtiggemacht. »Ich muss gleich zur Kommission.« Der arme Floire. Musste damit rechnen, wieder Lebranc unterstellt zu werden. Bloß nichts falsch machen. »Nein.« Er verfiel ins Flüstern. »Wir haben nichts. Gar nichts. Die Russen, vielleicht. Aber eigentlich traut sich keiner, das zu glauben. Bleibt aber unter uns, bitte«, hatte Floire gesagt. Nach kurzem Zögern: »Sie sind noch in Berlin? ... Wissen Sie was?«

»Vielleicht könnten Sie sich umhören?«, fragte de Bodt. »Kennen Sie jemanden an der Pariser Börse?«

Lebranc schüttelte den Kopf. Hörte sich an wie: Haben Sie den Mann im Mond gesehen? »Börse? Kenne ich aus der Zeitung.«

»Haben Sie Kontakte zu jemandem in Ihren Geheimdiensten?«

Kontakt? Konnte man das so nennen? War fünfzehn Jahre her. Da hatte er eine Freundin seiner Schwester zum Diner eingeladen. Nach dem Diner war nichts mehr gewesen. Und während des Diners Unverbindliches. Was seine Schuld war. Wie ihm die Schwester eingeschenkt hatte. Was aber daran lag, dass es die Schwester gewesen war, die ihn verkuppeln wollte. Gewiss, die Frau war intelligent und hübsch gewesen. Aber sollte er wegen ihr sein Leben aufgeben? Sich sagen lassen, dass er zu viel trank und glotzte. Und immer diese Nachrichten, mussten die sein? Die Schwester hatte ihn erst böse angesehen, dann hatte sie gespottet. »Du bist mit *BMFTV* verheiratet.«

Es gab schlechtere Ehen.

Lebranc wackelte mit dem Kopf. »Ich werde es herausfinden.«

»Aber Sie sagen nichts über unseren Verdacht, bitte ...«

Auf so was antwortete Lebranc nicht.

»Es nutzt alles Gerede nicht. Wir müssen uns die Fonds ansehen. Angefangen mit Elephant. Die wären ohne Krise dort gelandet, wo sie hingehören.«

»Dafür gibt es bestimmt ein Motto, das uns so richtig motiviert«, sagte Yussuf.

Merkow grinste. »Oft gestatten die Verhältnisse keinen Aufschub im Handeln, und es ist deshalb ein richtiger Spruch, dass, wo man das Rechte nicht mit voller Gewissheit erkennt, man dem Wahrscheinlichsten zu folgen habe.«

»Descartes«, sagte de Bodt. Und begann zu lachen.

Merkow grinste.

»Darauf wär ich nie gekommen: mit dem Wahrscheinlichsten anfangen«, sagte Yussuf. »Wir haben echt nix gelernt auf der Bullenschule.«

Lebranc hörte zu, blickte sich um. Fühlte sich wohl. Ein rauer Ton. Dass Untergebene ihren Chef verspotteten. In dessen Anwesenheit. Da hätte es in Paris Ärger gegeben. Richtigen Ärger.

204.

Scheiße, Scheiße, Scheiße! Nerven behalten. Er fuhr weiter. Ruhig bleiben. Als hätten sich nicht Profikiller an ihn drangehängt. Wie hatten sie es herausgefunden? Hatten sie es herausgefunden? Er sah den Benz, wie er abbog. Jan fuhr geradeaus weiter. Der Transporter blieb dran. Jan sah den Beifahrer telefonieren. Immer weiter. Was sollte er tun? Erst herausfinden, ob es nicht Zufall war. Wenn sie ihn aber meinten, musste er sie abschütteln. Deren Karre hatte gewiss mehr PS. Aber sein RAV war geländegängig. Verhindern, dass sie sich neben ihn setzten. Er sah schon, wie sich die Hand mit dem Revolver aus dem Beifahrerfenster streckte.

Diesmal waren es nicht die Bullen. Die Kerle würden gleich schießen. Er zickzackte durch die Gegend. Auf der Suche nach unwegsamem Gelände. Der GMC folgte, wankend, quietschend, jaulend. Jan raste durch Gassen. Ein Mann mit Handkarren fiel zur Seite. Vor Schreck. Jan hupte, bevor er in eine Straße einbog. Blick aufs Navi. Das Grün war nicht mehr fern. Die Bosse hatten sich abgesetzt. Das Fußvolk sollte ihn erledigen.

Würden die Bosse die Telefonnummer tilgen? Die SIM-Karte zerstören?

Dann blieb ihm nur eine Chance. Wenn er den Ritt überlebte.

Er musste die Typen aus dem GMC locken. Einen nach dem anderen. Aber wie?

Eine Idee, vage, unausgegoren. Eine kleine Chance. Wenn er sie ins Gelände locken könnte. Er brauchte Büsche, besser einen Wald. So dicht wie möglich.

Was würden die denken? Dass er Angst hatte. Dass er so schnell wie möglich entwischen wollte.

Und wenn er das Gegenteil tat? Wenn er sie in einen Kampf lockte? Den sie nicht erwarteten? Dort, wo er mit seinen Waffen eine Chance hatte?

Er hatte Casper und seine Leute ausgeschaltet. Weil er gut geplant hatte. Weil er sich selbst mit seiner Kaltblütigkeit und Härte überrascht hatte.

Warum nicht die beiden?

Er schaltete das Navi in den Satellitenmodus. Die Erde von oben. Erkannte einen Wald. Vielleicht fünf Kilometer entfernt.

Der Transporter wankte um die Ecke. Mehr als zweihundert Meter hinter Jan.

205.

Salinger erstarrte, als sie die Tür geöffnet hatte. Stand ein paar Sekunden da und guckte, bevor sie sich hinter ihren Schreibtisch setzte. Lebranc und Merkow beäugten die Frau, die auf dem Stuhl neben de Bodt saß. Sie gefiel ihnen. Katt sah noch mürrischer aus als gestern. Yussuf schnaubte, als er das Büro betrat.

Benec blickte auf den Boden.

»Frau Benec hat sich entschieden, uns zu helfen«, sagte de Bodt.

Benec nickte kaum merklich. Warf ihm einen Blick zu, senkte ihn wieder.

De Bodt hatte sie nach der ersten Zusammenkunft seiner Ermittlungsgruppe im U-Haft-Trakt in Pankow aufgesucht. Im Besucherzimmer hatte sie ihn blass angeblickt. De Bodt hatte mit dem Oberstaatsanwalt gesprochen. Konnte sein, dass Benec mit ihrer Aussage durchkam, sagte der. Dass sie nicht gewusst habe, mit wem sie sich eingelassen hatte. Dass sie der Anklage wegen Beihilfe zum Mord entging. Dass sie mit Bewährung davonkam.

»Und wenn sie uns hilft, die Verbrecher zu fassen?«

Der Oberstaatsanwalt hatte die Stirn gerunzelt. Den Montblanc-Füller durch die Finger gleiten lassen. Ihn auf dem Tisch abgelegt. »Wie soll das geschehen?«

»Ich will sie in meinem Team.«

Der Oberstaatsanwalt runzelte wieder die Stirn. Er hätte sagen müssen: Das widerspricht so ziemlich allen Vorschriften, die ich kenne. Er dachte: Muttis Team hat Narrenfreiheit. Wenn der sich die Genehmigung ganz oben holt, sehe ich schlecht aus. Wenn es rauskommt, steht es in der Zeitung. Staatsanwalt lässt Mordverdächtige ermitteln. Was mal wieder beweist, dass Verbrecher mit Samthandschuhen angefasst werden. Und die einfachen Leute verarscht. »Sie wissen, dass es gegen die Vorschriften ist. Wenn die Dame angeklagt wird, dann wird uns ihr Verteidiger was erzählen.«

De Bodt erwiderte nichts. Er beobachtete, wie sich die Einsicht in die Miene des Oberstaatsanwalts hineinspiegelte. Die Einsicht ins Unausweichliche. Sie würden es ihm heimzahlen. Klar.

»Sie ist unsere einzige Verbindung zu den Tätern«, sagte er.

Lebranc, Merkow, Katt. Ratlos, jeweils auf eigene Weise. Merkow nickte Benec zu. Katt spielte taubstumm. Lebranc deutete ein Lächeln an. Das sich verlor, bevor es begonnen hatte. Die Mundwinkel fielen.

»Frau Benec hat in den letzten Tagen den Kontakt gehalten.«

Sie hatte in Absprache mit de Bodt Belangloses gemeldet. Dass die Polizei keine Spur habe. Dass über die Rache der Inselstaaten gerätselt würde. Dass die Ermittler nicht wüssten, wo sich Wedenstein aufhalte, nachdem er aus dem Knast ausgebrochen sei.

Dann hatte sie um Geld gebeten. Eine weitere Rate. Sie habe Ausgaben. Es sei aufwendig, diesen Kommissar an sich zu binden. Er stehe auf Sachen, die kosteten.

Am Tag darauf war eine Überweisung eingetroffen. Fünfzigtausend Euro. Betreff *Abschlag*. Von einer Bank auf den Caymans. *World Credit*.

»Wir haben diese Spur und vielleicht eine zweite. Vielleicht...« Deutete auf Yussuf.

Der räusperte sich. Zeigte ein Blatt. »Das Protokoll, das Gespräch zwischen dem Fluglotsen in Tegel und dem... Piloten unseres Learjets. Hab's gelesen, scheint Standard zu sein.«

»Es gibt einen Zeitversatz. Minimal«, sagte Merkow.

»Schön, dass Sie das auch schon wissen. GSM«, sagte Yussuf. »Hier gibt's einen Vermerk des Kollegen, der die Aufzeichnung abgeschrieben hat. Zeitversatz, er hat es mit Experten geprüft. Herr Merkow hat recht. Die GSM-Nummer ist bestimmt anonymisiert. Das Empfangsgerät ist zerstört. Uhlenhorst kann die Teile in halb Berlin zusammenkratzen.«

»Was kann man aus dem Protokoll herauslesen?«, fragte Merkow. »Nur, dass die sich in der Fliegerei halbwegs auskennen. Ist nicht schwierig, den Jargon zu lernen. Solche Aufzeichnungen findet jeder im Internet.«

»Eine Überweisung von den Caymans, ein Protokoll, das nichts bringt. Toll«, sagte Salinger.

»Ich kann sie vielleicht herlocken«, sagte Benec. »Jedenfalls welche, die mich umbringen wollen.«

206.

Er wurde langsamer. Rumpelte über den Feldweg. Der GMC folgte ihm. Jan erreichte den Waldrand. Fuhr hinein. Sah den Balken, der den Weg für Autos sperrte. Gab Gas. Zertrümmerte den Balken mit dem Kühler. Dessen Reste rissen den Fahrerscheibenwischer ab. Der RAV knallte in ein Loch und quälte sich raus. Der Vierradantrieb war sein Trumpf. Er hatte sie dorthin gelockt, wo sein Wagen überlegen war. Fuhr immer weiter. Sie folgten. Google Earth zeigte eine Kreuzung an. Ein schmaler Weg. Jan überlegte nicht lang. Sobald er ihn erkannte, würfelte er im Geist. Links oder rechts? Links. Im letzten Augenblick riss er das Lenkrad herum. Holperte in zwei tiefen Fahrspuren. Sah die Pfützen. Das Grundwasser drängte nach oben. Geregnet hatte es hier schon lang nicht mehr. Erblickte das Schimmern durchs Unterholz. Ein See. Im Rückspiegel verlor sich der GMC.

Der Transporter schlingerte erbärmlich. Die Stoßstange knapp über der Mittenwulst. Der Weg machte eine Kurve. Der GMC hielt. Der Beifahrer sprang heraus. In den Händen ein Sturmgewehr. Jan drückte aufs Gaspedal. Der Toyota wühlte sich in den Wald. Er hörte die Einschläge, dann das Knallen der Salve. Die Heckscheibe splitterte.

Gas. Der RAV sackte in ein Loch. Am Unterboden kratzte es. Dann schoss er nach vorn. Plumpste ins nächste Loch. Quälte sich heraus mit heulendem Motor.

Blick in die Seitenspiegel. Er hatte ihn abgehängt. Erst mal.

Nahm Rucksack und Harpune. Öffnete die Fahrertür. Bückte sich. Kroch hinaus ins Unterholz.

Hörte den GMC-Motor jaulen.

Lief den Weg vor dem RAV weiter. Trat fest auf. Drückte die Sohlen in den Boden. Sah am Rand Baumstämme, dahinter eine Kuhle. Ging weiter Richtung See. Bis zum Ufer. Ging ins Wasser. Lief nach rechts. Fünfzehn Meter. Dann zurück in den Wald. Zur Kuhle. Spannte die Harpune.

207.

»Wir werden investieren«, sagte de Bodt.

»Mal sehen, wie viel ich in der Hosentasche habe.« Yussuf kramte demonstrativ.

»Ich glaube, wir müssen Muttis Sparwein schlachten«, sagte Salinger.

»Wir sind eine internationale Investorengruppe. Auf der Flucht vor der Steuer. Wir möchten unser Geld aus Europa herausschaffen. Und die Chance der Krise nutzen. Allerdings nur, wenn wir mit den Chefs des Fonds persönlich reden dürfen. Schließlich geht es um einen Haufen Geld«, sagte de Bodt.

»Um wie viel?«, fragte Katt.

»Hundertfünfzig Millionen sollten ausreichen, um die Dringlichkeit unserer Bitte zu betonen«, sagte de Bodt. »Hundert klingt künstlich.«

»Und du glaubst, die geben uns so viel Kohle?«, fragte Salinger.

De Bodt setzte sich auf die Kante seines Schreibtischs. Winkte ab, als Yussuf andeutete, Platz zu machen. Legte sein Tablet neben das Telefon, fand die Nummer und wählte.

»Den Kanzleramtsminister bitte.«

»Der Herr Minister sitzt ...« Eine Frauenstimme.

»Jetzt«, sagte de Bodt. »Sie können mir auch die Frau Bundeskanzlerin geben.«

»Sie sind Herr de Bodt?«

»Ich bin Kriminalhauptkommissar Eugen de Bodt und kläre die Anschlagserie auf, deren Opfer die Kanzlerin fast geworden wäre.«

De Bodt stellte sich das provisorische Kanzleramt vor. Die Regierung war in die Julius-Leber-Kaserne am Flughafen Tegel gezogen. Außen abgesichert durch alles, was schießen konnte. Innen herrschte das Chaos. Techniker und Admins verlegten Kabel, installierten Computer, schlossen alles ans Regierungsnetzwerk an, spielten Backups ein.

»Einen Augenblick bitte, Herr Kriminalhauptkommissar.«

Pausenmelodie. Einmal erfunden, konnte nichts dieses Monster ins Nirwana zurückbomben.

»Bitte warten Sie noch eine Minute.« Eine Frauenstimme, aber die kannte er.

»Freut mich, dass Sie davongekommen sind.«

»Danke. Tut mir leid ...«

»Ist schon gut.«

»Der Minister ...«

»Guten Tag, Herr Minister.«

»Herr Hauptkommissar, so geben Sie mir die Gelegenheit, Ihnen zu danken. Auch noch einmal im Namen der Kanzlerin. Ich muss Ihnen nicht erklären, dass Sie die absolute Katastrophe verhindert haben. So schlimm es ist ...«

»Ich brauche hundertfünfzig Millionen Euro.«

Schweigen. »Was haben Sie damit vor? Für den Lebensabend auf der Südseeinsel reicht doch die Hälfte.«

»Wir wollen in den Finanzmarkt. Wir glauben, dass wir dort die Drahtzieher finden.«

Schweigen. »Sie bringen mich jetzt aber an die Grenze meiner Fantasie.«

»Bitte behalten Sie das Folgende für sich. Wir sind ... überzeugt, dass ein Hedgefonds das Desaster verantwortet. Leerverkäufe in der Krise. Es gibt drei Fonds, die haben sich goldene Nasen verdient. Wir wollen fünfzig Millionen in jeden investieren. Oder den gesamten Betrag in einen, wenn wir uns sicher glauben.«

»Sie wollen die Eigner kennenlernen ...«

»Ja.«

»Europa in den Abgrund treten, um leerzuverkaufen ... Darauf muss man erst mal kommen.«

»Ich finde es logisch«, sagte de Bodt. »Die haben anonym Söldner mit dem Spektakel beauftragt. Wenn es um Milliarden geht, kann man viel investieren. So viel, dass keiner nach dem Auftraggeber fragt.«

»Das ist ein genialer Plan. Haben Sie Beweise?«

»Nein.«

»Puh«, sagte der Minister. »Gut, Sie haben uns jetzt zweimal geholfen. Jetzt wollen wir Ihnen helfen.«

»Danke.«

»Sie kennen den deutschen Vizepräsidenten bei der EZB ...«

»Tauber ...«

»Dr. Tauber. Passen Sie auf, der Mann ist eitel.« Der Minister hüstelte. Oder lächelte. »Ich ruf ihn an. Morgen haben Sie das Geld.

Die EZB wird schon einen Weg finden. Aus Haushaltsmitteln können wir das nicht nehmen. Das gäbe einen Skandal ...«

Legte auf. »Ali, wir brauchen drei Konten auf den Bahamas.«

»Nichts leichter als das.«

»Du klärst den Ablauf mit Tauber.«

Salinger erhob sich. Ging zur Tür. Blieb neben de Bodt stehen. Neigte sich zu ihm. Flüsterte. »Ich muss dich sprechen. Dringend.«

208.

Jan mühte sich, seinen Atem zu kontrollieren. Es war Nacht geworden. Der Wald summte, sirrte. Knacken.

»Scheiße!« Unterdrückt, aber er hörte es.

»Hätte mir fast den Fuß gebrochen.«

Eine Taschenlampe flammte auf. Der Lichtkegel wanderte über den Boden. Beleuchtete Stämme, Äste.

Ein Schuss.

»Hast du ihn?«

»Mist, war irgendein Vieh.«

Sie waren bis zum RAV gelaufen. Hatten ihn untersucht, aber nichts gefunden. Der eine hatte das Sturmgewehr, der andere eine Maschinenpistole.

Jan redete sich ein, dass er einen Vorteil hatte. Sie wussten nicht, wo er war. Sie glaubten, er sei geflohen. Hatten die Spuren gefunden. Die in den See führten.

»Der ist weggeschwommen«, sagte eine Stimme.

»Sieht so aus. Hat das Auto einfach stehen gelassen.«

Jan überlegte, ob er sich den GMC schnappen sollte. Er würde rückwärtsfahren müssen. Und im Zweifelsfall stecken bleiben. Sie waren zu Fuß schneller. Sie hatten Waffen.

Er würde sie gehen lassen. Oder eine Chance bekommen. Er bestimmte die Regeln. Die beiden stolperten lustlos durch die Nacht. Eine Beute, die einfach wegschwimmt. Wo gibt's denn so was?

»So ein Scheiß.«

»Der ruft schon wieder an. Will Geld. Die Gier bringt ihn um.«

»Bob wird gar nicht vergnügt sein.«

»Scheiß drauf.«

»Ich muss mal pinkeln.«

»Ich geh schon mal vor.«

»Okay.«

Er hörte die Tritte. Gedämpft im Waldboden. Sie näherten sich.

Er drehte sich auf den Rücken. Die Harpune im Anschlag. Der Mann ging am Stapel vorbei. Blieb stehen. Wendete Jan den Rücken zu. Die MP am Gurt über der Schulter. Nestelte an der Hose.

Jan zielte und drückte ab. Ein Zischen.

»Ah!« Mehr sagte der Typ nicht. Drehte sich um. Wankte. Die Hand griff nach hinten. Fand den Pfeil aber nicht. Jan sprang auf, das Messer in der Hand. Der Typ zog die MP von der Schulter. Und sank zu Boden, das Messer im Bauch. Stöhnte. Lag auf der Seite. Drückte die Hände auf die Wunde. Jan packte die Stirn von hinten. Setzte das Messer an die Gurgel und zog es durch den Hals.

Der Mann blubberte.

Jan durchsuchte ihn. Fand eine Pistole und ein Ersatzmagazin. Steckte das Portemonnaie ein. Schlich sich geduckt zum RAV. Warf die Beute mitsamt der MPi auf den Rücksitz. Zog den Schlüssel aus der Hosentasche. Startete den Motor und legte den ersten Gang ein.

209.

»So eine Scheiße«, sagte Bob.

Pavlinsky schwieg. Sie hatten sich Jean-Roberts Bericht angehört.

»Ihr habt euch reinlegen lassen«, sagte Bob.

»Das ist ein Profi.«

»Das ist ein Tourist, der durchgedreht ist. Wir haben uns über den Kerl erkundigt.«

Ein paar Telefonate mit den Bullen in Palau. Ein Mietwagen, der am Hafen stand. Ein Boot, das verschwunden war. Ein Haufen Leichen in einem abgebrannten Haus. Ein Tourist, der zurückgekehrt war. Es war leicht, die Fakten zusammenzufügen. Inzwischen hatten sie Fingerabdrücke abgeglichen. DNS-Material in einem US-Labor ausgewertet. Mangels Vergleichsmaterial half es nicht viel. Aber sie wussten, dass der Typ auch Caspers Haus abgefackelt hatte.

»Ein Tourist«, sagte Pavlinsky. »Ich glaub es nicht.«

Oberon saß in der Ecke. Die Hände vorn gefesselt. Einen Kaffeebecher in der Hand. Er lächelte.

»Mit einer Harpune«, sagte Bob. Schüttelte den Kopf. »Mit einer Harpune«, flüsterte er. »Ein Tourist.«

Sie saßen lang zusammen. Jean-Robert blickte auf die Tischplatte. Hatte feuchte Augen. Jetzt hatte er keinen Freund mehr. Alex hatte er im Irak verloren. *Friendly fire*. Ein Minenwerfer hatte ihm den Kopf abgerissen. »Ich bring den Kerl um«, sagte er.

»Ja«, sagte Bob. Drückte dem Kameraden die Hand.

»Wir lassen das Handy aber eingeschaltet«, sagte Pavlinsky.

»Klar, sonst findet er uns nicht.«

210.

»Du lässt die einfach davonkommen?« Salinger blickte ihm in die Augen.

Zwischen ihnen standen: Teekanne, zwei Tassen. Kerze.

»Das wird man sehen«, sagte de Bodt.

Sie waren die einzigen Gäste im *Eliza* in der Sorauer Straße. Hinterm Tresen hantierte Anne, die Chefin. Nach ihrem Gespräch würden sie sich mit den anderen im *Nest* treffen. Görlitzer Straße, um die Ecke fast.

»Wir haben einen Verdacht. Aber keinen Beweis. Benec und dieser Theo sind die Einzigen, die eine Verbindung zu den Tätern hatten. Und Benec hat die noch.«

Sie nickte. Salinger beobachtete Benec, wenn sie im Büro zusammensaßen. Am Abend wurde sie in ihre U-Haftzelle gebracht. Benec erschien ihr beflissen. Sie hing an de Bodts Mund. Himmelte ihn fast an.

»Die ist falsch wie nur irgendwas. Und noch falscher.«

»Ja. Aber wir brauchen sie. Sie macht Desinformation für uns. Gibt Falschmeldungen durch. Wir suchen die Typen immer noch in Asien. Und glauben, es ist Rache für die Umweltsauerei. Wir wiegen die Kerle in Sicherheit.«

»Klar.« Es klang nicht überzeugt. »Ich hätte nicht gedacht, dass du soweit gehst.« Mit der Hand wischte sie den Satz wieder weg.

Er nickte. Sollte er ihr erklären, dass auch er ein Recht auf Sex hatte? Dass sein Verdacht erst allmählich gekommen war. Dass er sich von Elvira befreien musste. Dass die körperlich der letzte Eindruck gewesen war. Dass Benec gewiss ein Spitzel war. Aber auch klug, witzig, gebildet. Und verflucht attraktiv. Er hoffte, dass er es nicht erklären musste. Und den Graben vertiefte.

Schweigen.

Er trank einen Schluck Tee.

Anne stellte einen Teller mit Keksen auf den Tisch. »Sind neu. Probiert mal.«

Draußen fiel Schnee.

Im *Nest* hatte de Bodt einen Tisch im mittleren Gastraum reserviert. Mit der Bitte, den Nachbartisch nicht zu vergeben.

Die anderen saßen schon da. Lebranc hielt sich an einem Bierglas fest. Merkow und Katt tranken Rotwein. Yussuf ein Dunkelbier. Als die bezopfte Kellnerin erschien, bestellte de Bodt für Salinger einen Weißwein, für sich Wasser und grünen Tee. Die Kellnerin wusste, welchen Aufguss und welchen Wein.

»Na, habt ihr ein paar Freunde mitgebracht.« Sagte es, verzog sich grinsend.

Salinger lächelte. Gut, Benec saß im Knast, sie hier. Und er hatte ein Zeichen gesetzt, als er für sie bestellt hatte. Vertrautheit.

»Wir kriegen die Kohle«, sagte Yussuf. »Der Tauber hatte einen Weinkrampf. Aber Mutti kriegt, was Mutti will. Außerdem haben die Eurobanker mehr Schiss als Dukaten. Sie könnten die nächsten sein. Hab ich ihm gesagt.«

»Was wäre die Steigerungsmöglichkeit? Sie haben bisher immer noch einen draufgelegt«, sagte Lebranc.

»Ein Atomreaktor«, sagte de Bodt.

»Sie hätten mit dem Learjet auch ein Atomkraftwerk angreifen können. Können es immer noch«, sagte Merkow. »Und die kann man gegen so einen Angriff nicht schützen.«

»Aber sie werden es nicht tun«, sagte de Bodt.

»Das Orakel spricht«, sagte Yussuf.

»Wenn du die kleinen grauen Zellen unter deinem Blondschopf bemühen würdest, kämst du auf dieselbe Antwort«, sagte de Bodt.

Alle Augen auf ihn gerichtet.

»Ich habe die Börsenkurse verfolgt. Und gelesen, was die Gurus dazu sagen. Glaubt man denen, sind wir kurz über null. Das Leerverkaufen klappt nur, wenn es noch mal richtig runtergeht. Wird es aber nicht. Wir haben den Boden erreicht, wie es so schön heißt.«

»Die setzen jetzt auf steigende Kurse. Und sahnen noch mal ab, weil allein sie wissen, dass es keinen weiteren Anschlag mehr gibt«, sagte Merkow.

»Man sollte also jetzt Aktien kaufen«, sagte Lebranc.

Yussuf fummelte mit seinem Smartphone. Als er fertig war, glänzten seine Augen. Die Schwester brauchte Geld. Die Behandlung der Mutter kostete. Überlegte, schickte SMS an seine Kumpel. Las die Antworten. Kaufte noch mal ein. Alles binnen drei Minuten. Während die Bezopfte die Bestellungen brachte.

»Was zu essen?«

»Später«, sagte de Bodt nach einem Blick in die Runde.

»Ich lass die Karten da.«

Salinger prostete still de Bodt zu. Der hob seine Tasse.

»Der Tauber bestätigt das«, sagte Yussuf.

»Demnach ist die Anschlagserie beendet«, sagte Merkow.

Katt nickte.

De Bodt musterte die beiden. Merkow, der sich immer unter Kontrolle hatte. Hochintelligent, schnell. Katt, mysteriös. Einen Panzer um sich. Aber sie waren zusammen, Katt und Merkow. De Bodt fand sie attraktiv, auf den zweiten Blick. Aber unnahbar. Sie hatte rätselhafte Augen. Groß, schön, oszillierend, kalt.

»Was heißt, die Täter brechen alle Brücken hinter sich ab«, sagte Lebranc.

»Genau. Wir haben es mit zwei Tätergruppen zu tun. Den Auftraggebern. Und den Leuten, welche die Aufträge ausgeführt haben. Wir brauchen für beides eine Strategie. Haben wir die einen, haben wir die anderen noch lange nicht.«

»Chinesische Mauer«, sagte Yussuf.

»Benec ist unsere Verbindung zu den Killern. Die Chefs müssen wir mit den Millionen kriegen. Nicht mal Bob dürfte die kennen. Wenn sie schlau sind.«

»Sie denken wie du«, sagte Salinger. »Du würdest diese Mauer bauen.«

»Sie wissen, dass wir auf die Hedgefonds kommen. Sie erwarten uns«, sagte Yussuf.

Lebranc, Merkow, Katt folgten dem Gespräch. Und begriffen nur die Hälfte. Vielleicht.

»Die denken wie Sie?«, fragte Merkow.

»Bob weiß, wie er tickt.« Yussuf deutete auf de Bodt. »Wir müssen also etwas tun, das die nicht erwarten. Zum Beispiel, dass wir hundertfünfzig Millionen auftreiben und investieren wollen. Die erwarten, dass wir nach Australien kommen und sie suchen.«

211.

Mach bloß keinen Scheiß! Ich möchte echt nicht wissen, worauf du dich da eingelassen hast. Toby hatte das Handy bis zu einer Adresse verfolgt. Vielleicht zwölf Kilometer entfernt von dem Schnellrestaurant, in dem Jan saß. Er hatte noch im RAV frische Kleidung angezogen. An einer Tankstelle konnte er sich in der Toilette waschen. Er sichtete das Portemonnaie des Toten. Ein Landsmann. Vorname Karl, Nachname Witten. Karl Witten besaß einen Führerschein, einen Personalausweis, ausgestellt in Minden (Westfalen). Den Automietvertrag. Zweihundertsechsundachtzig Dollar und ein paar Münzen. Darunter ein Zwei-Euro-Stück. Und einen Zettel mit einer Adresse. Es war dieselbe, die Toby ihm gegeben hatte. Außerdem einen Satz Schlüssel. Haustür, Wohnungstür.

Jan schob die In-Ear-Kopfhörer in die Ohren. Stöpselte das Kabel ans Notebook. *HK MP5K* war über dem Magazinhalter gestempelt. Er fand die Waffe gleich im Internet. Fand Filme auf Youtube. Fand die Bedienungsanleitung bei Heckler & Koch zum Download. Trank Kaffee, aß ein Käsesandwich und einen Brownie. Und lernte seine wichtigste Waffe kennen. Lesen bildet.

Bei der Pistole handelte es sich um eine Glock 17.

Die Waffen lagen im Kofferraum. Die Magazine voll. Für die Glock hatte er ein Ersatzmagazin. Fand Bedienungsanleitung und Lehrvideo auf Youtube. Für Schießübungen im Wald hatte er nicht genug Munition.

Jan klappte das Notebook zu. Bestellte noch einen Kaffee. Die Kellnerin lächelte ihn an. Studentin, tippte Jan. Hübsch, offenes Gesicht.

Das erste Mal seit Nadines Tod, dass er eine Frau interessiert ansah. Sie merkte, wie ihr seine Blicke folgten. Ging zum Tresen. Hantierte mit der Kaffeemaschine. Lächelte noch einmal. Seitenblick zu Jan. Brachte den Kaffee. Blieb ein paar Sekunden zu lang am Tisch stehen.

212.

Theo blickte ihn verzweifelt an. »Sie haben gesagt, dass ich hier rauskomme...«

»Wenn du uns hilfst. Hast du überlegt?«

»Was?« Blickte de Bodt sauer an.

»Du wurdest von diesem Tim angeheuert«, sagte Lebranc.

»Hab ich doch schon gesagt.«

»Und dieser Tim hat nie eine Andeutung gemacht, für wen du in Wahrheit arbeitest?«

»Nie.«

»Und wie hat er die anderen gefunden? Auch alle vom Bund?«

Theo schüttelte den Kopf. Er tippte mit dem Finger auf den Tisch des Knast-Besucherzimmers. »Die hat er über London geholt. Also mindestens zwei. Einer war Holländer. Der andere Franzose.« Bedauernder Blick auf Lebranc nachgeschickt.

Der nickte. »Hat er was von einem Reisebüro gesagt? In London?«

Theo überlegte lange. »Ja, da war was. Das Reisebüro in London. Er wollte zu einem Reisebüro.«

»Wann hat er das gesagt?«

»Er hat mal gemault. Zu Hendrik, das war der Holländer, gesagt: Halt mir den Laden zusammen. Ich muss ein Reisebüro besuchen. In London. Kann zwei Tage dauern.«

»Wann, wo?«

»Hab ich mitgehört. Im Auto. Als wir den Stützpunkt klargemacht haben. Da hatte einer angerufen. Tim hat nicht viel gesagt. Außer okay, okay. Aber er war sauer. Wir brauchten noch zwei Leute. Die hat er wohl in London besorgt. Oder abgeholt... was weiß ich? Jedenfalls war der Erste von denen schon einen Tag nach Tims Rückkehr aus London in der Halle. Der Zweite kam am nächsten Tag.«

»Ich habe einen Fehler gemacht«, sagte de Bodt.

213.

Oberon biss in ein Käse-Schinken-Sandwich. Trank. »Es gibt keine Aufträge mehr. Die Attacke auf das Kanzleramt ist der Höhepunkt. Europas Regierungszentrale, wenn man so will.« Eine Hand war ans Tischbein gefesselt.

»Woher willst du das wissen?«

»Sie haben mir geschrieben, dass sie mich nicht mehr brauchen.« Schob das Notebook zu Pavlinsky.

Der las und nickte. »Und uns?«

»Über euch haben die nichts geschrieben.«

»Kein gutes Zeichen«, sagte Bob.

Jean-Robert saß auf der Küchenbank. Das Gesicht in die Hände gestützt.

»Kennen die unsere Bleibe?«, fragte Pavlinsky.

»Sie werden mich danach fragen, sobald ich abgereist bin«, sagte Oberon. »Sie trauen niemandem. Mir auch nicht. Sie fürchten wohl, dass wir gemeinsame Sache machen.«

»Dann schreib denen, dass du verreist bist.«

»Wenn ich denen das schreibe, verlangen sie die Telefonnummer des Hotels, in dem ich abgestiegen bin. Und rufen mich dort an. Wir hatten vereinbart, dass ich gleich nach Ende der Aktionen in die USA zurückkehre.«

»So eine Scheiße«, sagte Pavlinsky.

»Vielleicht kapiert ihr jetzt, dass wir in einem Boot sitzen. Sobald ich denen verraten habe, wo ihr seid, wollte ich abtauchen. So tief wie möglich.«

»Du hast schon alles vorbereitet«, sagte Bob.

»Natürlich.«

Bob blickte Pavlinsky an. Sie hatten die größte Operation geschafft, mit geringen Verlusten. Aber jetzt saßen sie da und guckten blöd aus der Wäsche.

Und hatten diesen Irren an der Backe.

»Wir verschwinden«, sagte Bob.

»Dann verpassen wir die Abschlussrate«, erwiderte Pavlinsky.

»Die werden uns die Kohle ins Grab werfen.«

Oberon nickte.

»Was meldet die Benec?«, fragte Pavlinsky.

»Die stehen auf dem Schlauch.«

»Wenigstens was.«

»Gut, wir verschwinden. Das Boot ist startklar?«

Jean-Robert hob das Gesicht. »Hat Karl erledigt. Also ist alles bereit.«

Oberon trank den Becher aus.

Bob schraubte den Schalldämpfer auf die Glock 17. Und schoss Oberon in die Stirn.

Sie packten ihre Sachen zusammen. Jean-Robert öffnete die beiden Benzinkanister. Legte einen kleinen Sprengsatz zwischen sie. Stellte den Zünder auf zwanzig Minuten.

Er packte zwei Koffer, öffnete die Tür, um sie zum Auto zu tragen. Und lief in eine MP-Salve.

Piccadilly Circus. Sie waren mit der Fähre gekommen. Calais–
Dover. Zwei Wagen in Dover gemietet. Britische Kennzeichen.
Salinger steuerte den Land Rover, auf dem Beifahrersitz de Bodt.
Auf der Rückbank Lebranc und Yussuf. Der bediente das Digital-
Walkie-Talkie. Im Vauxhall Omega Merkow und Katt. Nach dem
Essen in einem Touristenrestaurant besichtigten sie das Terrain.
Fanden eine Starbucks-Filiale. Und waren sich schnell einig.

Ihre einzige Waffe war ein kurzer Keramikdolch, den Katt am
Bein trug.

Sie hatten sich erkundigt, ob Alan White im Büro sei. Vereinbar-
ten einen Termin. Für ein Vorgespräch. Ob er die Firmenreisen der
britischen Niederlassung eines französischen Konzerns managen
wolle. Es winke ein Großauftrag. Sie seien gerade in London, ein
anderer Termin geplatzt. Todesfall, Sie verstehen. Dafür nahm Mr.
White Überstunden in Kauf. Zwanzig Uhr. In seinem Büro.

215

Die Salve stieß seine Leiche ins Haus. Die Tür öffnete sich langsam,
blieb stehen. Stille. Pavlinsky und Bob hatten sich auf den Boden
geworfen.

»Wer ist das? Der Verrückte oder schon unsere Bosse?«

»Wetten werden noch angenommen«, sagte Bob.

Er stellte sich neben das Fenster und linste hinaus. Nichts.

»Wir gehen hinten raus«, sagte er.

»Okay.«

Bob blickte aus dem Küchenfenster. Sah nichts. Schloss die Tür
auf. Drückte sie mit dem Fuß nach außen. Und blieb in Deckung.

Nichts.

Er sprang raus und rollte sich hinter einem Busch ab. Die MP in
der Hand.

Pavlinsky sicherte ihn mit dem M16.

Nichts.

»Komm!« Bob winkte und legte an. Schwenkte die Mündung im Halbkreis.

Pavlinsky warf sich neben ihm auf den Boden und sicherte nach hinten. »Den Scheißkerl hol ich mir!«

»Nein«, sagte Bob. »Gleich gibt es hier Hundertschaften von Bullen.« Er kroch weiter weg vom Haus.

In der Tür tauchte ein Lauf auf. Pavlinsky schickte Blei in die Öffnung. Sprang auf, rannte, überholte Bob, ließ sich fallen.

Bob feuerte in die offene Tür. Hielt aufs Fenster. Splittern.

»Noch dreizehn Minuten. Wenn wir ihn so lange drin halten können.« Pavlinsky zielte. Auf die Tür, aufs Fenster. Ein Schemen im Fenster. Pavlinsky schoss.

Bob kroch weiter. Pavlinsky folgte. Jetzt gab ihnen der Busch Deckung gegen das Haus.

Sie rannten los. Ließen die Waffen in einen Graben fallen. Fanden einen Weg. Folgten ihm.

Pavlinsky blickte auf die Uhr.

»Mist.« Jean-Robert hätte den Zeitzünder kürzer stellen sollen. Sie fielen zurück auf Normalschritt. Spaziergänger.

Ein Mann stand in seinem Garten, die Hand auf den Spaten gestützt. Blickte sie an. Bob nickte. Der Mann nickte zurück. Er deutete in Richtung Haus. Wo es geknallt hatte. Hob beide Hände. Bob tat es ihm nach. Lügen per Zeichensprache.

Bob blickte auf seine GPS-Uhr. »Dahin!«

Sie bogen in einen Feldweg ein. Pavlinsky blickte sich um.

»Wie hat der uns gefunden?«

»Schmeiß das Handy weg«, sagte Bob.

»Scheiße!« Warf es auf den Boden und zertrat es wie eine Vogelspinne.

Sirenen weitab. Dann ein Knall. Während sie marschierten, blickten sie sich immer wieder um. Ein Rauchpilz quoll zum Himmel.

Katt hatte sich rausgeputzt. Das Businesskostüm saß wie angegossen. Als hätte sie nie was anderes getragen. Merkow trug seinen dunkelgrauen Anzug, dazu eine rote Krawatte. Sie sahen seriös aus. Merkow sprach gut Englisch, mit einem harten Akzent. Man kam nicht gleich drauf, dass er kein Franzose war, der aus Höflichkeit die Landessprache wählte. Sie brauchten auch nur ein paar Sekunden. Ließen sich zum Büro führen. Als die Sekretärin die Tür von außen schloss, packte Katt Whites Hand zur Begrüßung, zog in zu sich und schlug ihm die Faust in den Magen. Trat ihm die Füße weg. Merkow schloss die Bürotür ab und stellte sich hinter den Schreibtisch. Durchsuchte die Schubladen. Fand eine SIG P210 mit vollem Magazin. Acht Schuss, plus eine Patrone im Lauf. Er packte alle Papiere in seine Aktentasche. Dazu das Notebook.

»Du schickst jetzt alle nach Hause«, sagte Merkow. Packte White am Kragen, zog ihn hinter den Schreibtisch und drückte ihn auf den Stuhl. Gab ihm den Telefonhörer. Schob den Sicherungshebel auf *F*, spannte den Hahn und hielt White die Pistole an den Kopf.

»Wer sind Sie?«

»Wenn ich's dir verrate, war es das Letzte, was du wusstest. Immer noch neugierig?«

White schüttelte den Kopf. »Ich habe Frau und Kinder.«

»Schön für dich.«

»Ich arbeite für die britische Regierung, den MI6.«

»Ich weiß«, sagte Merkow. »So, jetzt telefonierst du. Und dann unterhalten wir uns.«

Katt setzte sich auf den Besucherstuhl. Zog den Dolch und tat so, als säuberte sie sich die Fingernägel.

Sie hatten schräg gegenüber einen Parkplatz gefunden. Beobachteten, wie die letzten Mitarbeiter das Büro verließen. Als niemand mehr kam, informierte Yussuf Merkow.

»Erinnerst du dich an den Tauchsieder …? Die Katt ist mir unheimlich«, sagte Salinger.

»Sie haben zugesagt, dass sie ihn nicht foltern. Und auch sonst passiert White nichts. Geschäftsgrundlage«, erwiderte de Bodt. »Außerdem konnten wir ihr das mit dem Tauchsieder nicht nachweisen.«

»Sehr lustig.«

»Die beiden finde ich ... interessant«, sagte Lebranc. »Ich glaube, die können einem richtig Angst machen.«

»Mr. White möchte ich jetzt nicht sein«, sagte Yussuf. »Warum durfte ich nicht mit?«

»Nur unter meiner Aufsicht, mich kennt er aber schon. Lebranc auch. Erschrecken können den nur Fremde.«

»Ich bin doch schon ein Großer«, maulte Yussuf.

217.

Die Entscheidung nach wenigen Stunden Schlaf im Auto. Er suchte sie. Jetzt. Fuhr zuerst an dem Haus vorbei. Der Benz stand bestimmt in der Garage. Gegenüber eine Wiese, tiefer gelegen. Hinten stand eine Hütte. Wendete, fuhr wieder vorbei. Sah niemanden. Parkte ein Stück weiter. Ging zu Fuß zurück. Im Rucksack alles, was er brauchte. Machte auf Wanderer. Betrachtete die Wiese, setzte sich ins hohe Gras. Öffnete den Rucksack. Zog die MP5 heraus. Legte sich bäuchlings. Er blickte über den Straßenrand hinweg zur Haustür. Wer zuerst schießt, gewinnt. Er grinste und legte an.

Wartete. Die Sonne wärmte ihm den Rücken. Kaum Verkehr. Er lag im Gras. Die Mündung durch einen Strauch geschoben. Er lag nicht lang, da öffnete sich die Haustür. Er visierte, sah einen Typen. Erkannte ihn. Feuerte.

Treffer.

Jan rollte sich zur Seite. Schon zerfetzte eine Salve den Busch.

Sie waren mindestens noch zwei. Ein Schatten am Fenster. Jan hielt drauf. Hörte es splittern.

Irgendwer rief etwas. Jan verstand nicht, was.

Dann war es still. Durch die Haustür sah er einen Lichtschein.

Auf dem Fußboden des Flurs. Die hauten ab. Durch die Hintertür. Jan erhob sich halb. Rannte gebückt im Zickzack. Zum Haus. Linste durchs Fenster. Auf dem Boden lag ein Mann. Ein Schwarzer, groß, fett. Blut um den Kopf. Die Hand am Tischbein gefesselt.

Er roch nach Benzin. Erinnerte ihn an Palau.

Betrat das Haus. Vorsichtig. Die Waffe im Anschlag, den Abzug unter Druck. Leer. Der Benzingestank ließ ihn würgen. Die Hintertür klappte im Luftzug. Er betrachtete die Leiche. Aus dem Loch in der Stirn trat Blut. Den Hinterkopf hatte die Kugel abgerissen. Er schluckte, wandte sich ab.

Entdeckte zwei Benzinkanister. Dazwischen ein Kasten.

Polizeisirenen. Überall.

Raus!

Als er aus der Hintertür trat, brüllte jemand: »Werfen Sie die Waffe weg! Hände hoch! Kommen Sie langsam näher! Wenn Sie nicht gehorchen, schießen wir! Das Haus ist umzingelt!«

Jan sprang ins Haus zurück.

Nein, dachte er. Wenn die dich kriegen, verrottest du im Knast. Sie hängen dir alles an. Palau. Den Toten hier. Auch wenn sie die Tatwaffe nicht fänden.

»Kommen Sie raus! Werfen Sie die Waffe aus der Tür!«

Jan zurrte die Trageriemen seines Rucksacks fest. Fasste nach der Pistole im Gürtel. Sie saß. Legte die MP an. Trat aus der Tür und feuerte das Magazin leer. Duckte sich und rannte. Ließ die Waffe fallen. Sie brauchten zwei, drei Sekunden. Dann hagelte und pfiff es. Ein Schlag im Oberschenkel. Das Bein taub. Jan stürzte. Blickte auf den Oberschenkel. Blut. Loch in der Hose. Er tastete an der Rückseite. Das Loch war größer, mehr Blut. Der Schmerz sickerte ins Hirn. Bluttropfenweise.

Ein Donner. Jan duckte sich. Die Rückwand des Hauses barst. Als würde sie von einem Riesenhammer getroffen. Ein Feuerblitz. Splitter flogen. Ein Schlag an die Schläfe. Es brannte. Benommen kroch er weg. Weg. Weg. Weg.

218

Sie hörten den Hubschrauber, bevor sie ihn sahen. Stellten sich in eine Bushaltestelle. Frau mit Kinderwagen. Junger Mann, Typ Student. Die Augen folgten dem Helikopter. *Flap-flap-flap.* Bob las den Fahrplan. Der Bus fuhr Richtung Brisbane Central Railway Station. Machte einen großen Bogen, sammelte in den Außenbezirken die Leute ein. Eine Haltestelle kannte er. Die lag vier, fünf Kilometer entfernt von Quartier zwei.

Der Bus kam pünktlich. Sie fanden einen Platz in der letzten Sitzreihe. Bob am Fenster. Sah Polizeiwagen, Ambulanzen, Feuerwehr. Die rasten zum Haus.

Sie würden nicht viel finden. Die Reste von zwei Leichen. Den Verrückten hatte es vielleicht auch erwischt. Aber er hatte Schüsse gehört. Nach der Detonation. Der Typ lieferte sich ein Feuergefecht mit den Bullen. Das konnte nicht gut gehen. Sie waren Dutzende, er allein.

Vielleicht hatte ihm die Explosion geholfen. So oder so, es war egal. Er würde sie nicht mehr finden. Sie hatten andere Sorgen. Das Boot im Hafen.

Sie würden sich in Quartier zwei neu ausstatten. Eine Nacht schlafen. Vielleicht zwei. Warten, bis die Bullen sich abregten. Dann zum Hafen fahren. Ins Boot und weg.

219.

Sie kamen zu dritt aus dem Büro. Merkow trug eine Aktentasche. Katt einen Karton. White ging einen Meter vor ihnen. Ohne Eile.

»Was wird denn das?«, fragte Salinger.

»Die entführen den«, sagte Lebranc.

»So eine Scheiße.«

Merkow winkte ihnen zu. Bedeutete: Folgt uns.

White setzte sich auf den Beifahrersitz des Vauxhall. Katt hinter ihn. Merkow ans Steuer. Salinger startete den Motor. Rollte los. Der Omega fuhr los. Richtung Osten. Salinger hängte sich dran. Sie kamen auf eine Ausfallstraße. A 5. Zäher Verkehr. Nach zwanzig Minuten fädelte sich Merkow auf die A 10 ein, Richtung Norden. Nach fünfundzwanzig Kilometern bog der Vauxhall links ab. Richtung Westen. Zweistöckige Klinkerbauten mit Garten.

»In so einer Spießergegend wohnt also der Herr White. Understatement«, sagte Yussuf. Zweistöckige Klinkerbauten mit Vorgarten. Angeklebte Garage.

Die Bremsleuchten des Omega leuchteten auf. Salinger fuhr ein Stück weiter, wendete den Land Rover. Parkte schräg gegenüber dem Vauxhall.

Sie beobachteten, wie die Garagentür sich öffnete. Merkow steuerte den Wagen hinein. Die Garagentür schloss sich.

De Bodt stieg aus und blickte sich um. Die Häuser sahen fast gleich aus. Das von White schien renoviert worden zu sein. Die Fensterrahmen glänzten weiß im Laternenlicht. Er wich einer Pfütze aus und ging zum Haus. Yussuf und Salinger folgten ihm.

Im Haus gingen Lichter an. Im Erdgeschoss. Im zweiten Stock.

Ein Kind schrie los.

220.

Weg. Weg. Wie ein Hund auf drei Beinen. Der Rucksack schlug gegen den Hinterkopf. Das Schießen hatte mit der Explosion aufgehört. Jan hörte das *Flap-flap-flap*. Der Hubschrauber gegen die Sonne. Er kroch hinter einen Busch.

Weg. Weg. Weg. Der Hubschrauber kreiste. Jan schlich sich zur Böschung an der Straße. Sirenen. Sein Bein blutete. Er wollte nicht sterben. Nicht hier. Nicht jetzt. Nicht bevor er die Typen erledigt hatte.

Flap-flap-flap.

Weg. Sie würden bald die Hunde holen. Er blickte auf Google Maps. Fand ein Gehölz. Höchstens zwei Kilometer. Zog Verbandszeug aus dem Rucksack. Verband das Bein. Es schmerzte höllisch. Er brauchte Antibiotika. Sonst würde ihn die Entzündung umbringen. Antibiotika und Ruhe.

Er kroch weiter. Fand den Feldweg. Humpelte aufrecht. Sah den Helikopter. Drückte sich an einen Baum. Der Hubschrauber stand plötzlich über ihm. Er winkte mit beiden Händen. Lachte. Legte die Hand an die Stirn. Grüßte pseudomilitärisch. Es ist alles in Ordnung. Ich bin ein Wanderer. Der Helikopter sank, wackelte in der Luft, stand. Flog davon. *Flap-flap-flap.*

Weg. Weg. Jan grinste. Mehr vor Schmerz. Humpelte weiter. Sah bald den Wald. Trank einen Schluck aus der Feldflasche. Ging weiter.

Am Himmel stand eine schwarze Wolke. Als wäre der Qualm von Palau hergezogen.

221.

Bob schaltete die Kaffeemaschine ein. Das leise Rattern beruhigte ihn. Es war gefährlich gewesen. Sie hatten Karl und Jean-Robert verloren. Aber sie hatten es geschafft. Der Rest war ein Kinderspiel.

Pavlinsky saß am Küchentisch. Starrte an die Wand.

»Wir leben«, sagte Bob.

Pavlinsky nickte. »Sie werden uns suchen, bis sie uns haben.«

»Gewiss. Sofern du nicht von den Bullen sprichst. Unsere Chefs sind gefährlicher.«

»Sie rechnen nicht damit, dass wir sie angreifen. Sollten wir nicht die Kollegen auflesen und loslegen?«

Bob nickte. Er hatte gerade überlegt, ob er Pavlinsky nicht besser über Bord gehen ließ. Auf hoher See. Und irgendwohin fuhr, wo er sich sammeln konnte. Sich in Luft auflöste.

Aber Pavlinsky hatte recht. Noch waren ihre Leute nicht abgetaucht. Sie konnten eine schlagkräftige Einheit bilden. Und mit den Herren abrechnen. Wer immer die waren. Aber das würden sie rauskriegen. Sie würden ihnen eine Falle stellen. Sich zum Abschuss an-

bieten. Eine Spur legen, denen die folgen mussten. Am Ende der
Spur würde die Überraschung warten.

Er lächelte vor sich hin. Hatte Pavlinsky noch mal Glück gehabt.

»Wir kriegen die«, sagte Pavlinsky. Legte eine Faust auf die andere und drehte sie gegeneinander.

222.

De Bodt klingelte. Katt öffnete. Als sie sich wegdrehte, sah er
das Messer in ihrer Hand. Im Rücken. De Bodt, Salinger, Yussuf
und Lebranc betraten das Haus. Der Hauptkommissar als Letzter.
Blickte sich noch einmal um. Schloss die Tür.

Das Wohnzimmer war groß. Zwei Sofas, zwei Sessel. Schwerer
Tisch aus Eiche. Dicke Vorhänge, dunkelrot. Ein Kamin, in dem es
glimmte. Darüber ein Ölgemälde, Elefant im Wald.

Auf einem Sofa saß eine Frau in Rock und Schürze. Auf dem
Schoß ein Mädchen, vielleicht vier Jahre alt. Die Frau starrte auf die
Pistole in Merkows Hand. White stand neben der Frau, die Hand
auf ihrer Schulter.

Katt lehnte sich neben der Tür an die Wand.

»Setzen Sie sich«, sagte de Bodt.

White zögerte. Setzte sich, nachdem seine Frau zur Seite gerutscht war. Die Augen auf der Pistole.

Yussuf nahm einen Sessel, neben White. De Bodt und Salinger
setzten sich gegenüber.

Katt spielte mit dem Messer. Die Blicke der Frau wandten sich
zum Messer, zur Pistole, zum Messer.

»Ich arbeite für die britische Regierung. Das Reisebüro ist nur ...«

»Natürlich, Herr White. Ihre Regierung braucht Leute für die
Drecksarbeit. Berufsmörder. Damit die Premierministerin die
Dumme spielen kann. Wenn was schiefgeht«, sagte de Bodt. »Aber
Sie besorgen nicht nur der Regierung solche freundlichen Helfer.
Sondern jedem, der gut bezahlt.«

White starrte ihn an. Vielleicht überraschte ihn der freundliche

Ton. Und dass der Typ es wusste. Und das alles in Oxford-Englisch.

»Sie haben die Leute vermittelt, welche die Anschläge verübt haben. Von der Badewanne bis zum Angriff aufs deutsche Kanzleramt.«

De Bodt blickte ihn ruhig an.

White schwieg.

»Eigentlich brauche ich Sie nicht für einen Dialog. Sie sagen: Ich habe einen Auftrag ausgeführt. Ich vermittle Leute an Leute. Was die dann tun, keine Ahnung. Mir sagt es keiner, mich fragt keiner. Ich sage: Natürlich, Sie wollen es nicht wissen. Unterstellen wir einfach, dass auch Sie nicht begeistert sind über die Folgen Ihres letzten Auftrags. Aber in Ihrem Computer werden unsere Profis finden, was wir suchen. Und wenn es nur ein Satz in einer Mail ist. Sie sagen: Ich kann Ihnen keine Auskunft geben. Meine Regierung hat mich zum Schweigen verpflichtet. Ich würde mich strafbar machen ... Hier würde ich Sie unterbrechen und sagen: Guter Mann, Sie reden sich um Kopf und Kragen. Sie haben sich strafbar gemacht. Mehr, als Ihre Regierung sich vorstellen kann. Wenn wir veröffentlichen, was wir wissen, können Sie einpacken.« Und dachte: Wenn die britische Regierung nicht um jeden Preis versucht, ihre Verwicklungen unter der Decke zu halten. Um jeden Preis.

White blickte de Bodt an. Lang. Dann wanderte der Blick zu Merkows Pistole. Als könnte er in den Lauf hineinsehen. Bis zur Neun-Millimeter-Patrone im Lauf. Er betrachtete das Messer in Katts Händen. Sie balancierte es, die Spitze auf dem Zeigefinger.

»Und wenn ich schweige?« Brüchige Stimme.

Keine Antwort.

»Das Passwort«, sagte Yussuf.

Wie zufällig richtete sich die Pistole auf Whites Frau. Oder die Tochter. Merkow verzog keine Miene.

»x56#29***=bu8.«

Yussuf tippte. »Hübsch. Danke.«

White lehnte sich zurück. »Wer sind Sie?«

»Wir möchten wissen, wen Sie mit wem zusammengebracht haben.«

White zuckte die Achseln. »Wenn ich's wüsste, würde ich es Ihnen sagen.«

Merkow trat einen Schritt näher.

Katt fixierte ihn.

»Schauen Sie selbst nach. Im Posteingang. Ordner *Mission*.«

Yussuf las. »Er hat recht«, sagte er auf Deutsch. »Anfrage unter dem Absender *Company*. Verweis auf eine Empfehlung von *Catwalk*...«

»Wer ist Catwalk?«, fragte Salinger.

»Ein amerikanischer Kollege ... das ist sein Alias.«

»Es wird immer lustiger«, sagte Yussuf. »Catwalk hat der Company empfohlen, sich an White zu wenden. Sie suchen Leute für einen gefährlichen Auftrag. Mindestens zwanzig Mann mit Kampferfahrung. Die Besten.« Wandte sich an White. »Sie haben die Leute besorgt. Wen?«

White blickte auf die Tischplatte. Zu seiner Frau. Die nickte. Tränen in den Augen.

»Pavlinsky. Nicolas Pavlinsky. Er hat eine Sicherheitsfirma.«

»Wo?«

»Jersey.«

»Die Insel?«

»Die Insel.«

»Wie haben Sie den erreicht?«

»Ich bin hingefahren.«

»Mit der Fähre.«

White nickte.

»Was hat der Spaß gekostet?«, fragte Salinger.

»Die Company hat fünfzig Millionen US-Dollar angeboten. Als Anzahlung...«

»Das hat Sie nicht verblüfft?«

Seine Frau blickte ihn an, nickte. »Sag alles.«

»Doch. Nie hat jemand so viel bezahlt. Nie. Nicht mal annähernd.«

»Ihr Anteil?«, fragte Yussuf.

De Bodt erhob sich und trat ans Fenster. Zog den Vorhang ein paar Zentimeter zur Seite. Ein Rover fuhr langsam vorbei. Es regnete in Strömen. Pfützen glänzten im Scheinwerferlicht. Der Wagen verschwand. Im Haus gegenüber erlosch ein Licht.

Am Tisch griff die Angst nach White, vor allem nach seiner Frau.

»Zehn Prozent«, sagte White.

»Nicht schlecht für eine kurze Fahrt mit der Fähre«, sagte Salinger.

»Als die Hölle losbrach, da haben Sie doch gewusst, dass das Ihre Leute sind«, sagte Merkow.

»Ich hab's geahnt.«

»Gut. Ich nehme an, die Adresse auf Jersey gibt's nicht mehr«, sagte Yussuf.

White hob die Schultern. »War nicht mehr dort.«

»Aber die Adresse wissen Sie noch«, sagte Salinger.

»Burrard Street 50, St. Helier.«

»Ich möchte, dass Ihr Modefreund Mr. Catwalk Sie hier besucht. Sagen wir, übermorgen.«

»Wie soll ich das hinkriegen?«

»Das ist mir egal«, sagte de Bodt. »Erwarten Sie in den nächsten Tag Gäste? Schwiegermutter, Enkel?«

White schüttelte den Kopf. Erleichterung in den Augen.

»Danke, dass Sie unsere beiden Freunde eingeladen haben, noch ein wenig zu bleiben.«

Die Erleichterung verschwand.

»Wenn Sie die Polizei holen, sind Sie tot«, sagte Katt.

Sie konnte sprechen. Tatsächlich.

223.

Die Motorjacht schaffte locker fünfunddreißig Seemeilen pro Stunde. Im Notfall mehr. Pavlinsky war ein guter Steuermann. Sie würden zwei Tage brauchen bis Wellington in Neuseeland. Dort ins Flugzeug. Nach London. Von dort nach Jersey. Dort hatte Pavlinsky einen Stützpunkt. Und zwei Mann, die ihn bewachten. Die Computer bedienten. Geschäfte abwickelten. Offensichtlich war der Stütz-

punkt intakt. Nur White kannte ihn. Auf White war Verlass. Und
wenn nur, weil der nicht im Morast ersticken wollte. Würde Pavlinsky auffliegen, traf es über kurz oder lang auch White. Pavlinsky
hatte ihm das bei ihrem Treffen erklärt.

White hatte den Auftrag nur vermittelt. Von einem anderen Vermittler. Einer Art Fabelwesen. Catwalk. Ein selten blöder Deck-
name. Aber der Mann war schon lange im Geschäft. Niemand
wusste, wo er sich aufhielt. Wer er war. Nicht mal White kannte
ihn persönlich.

»Wir müssen White zwingen, uns diesen Catwalk zu liefern«, sagte
Pavlinsky. »Von dem erfahren wir, wen wir ausschalten müssen.«

Pavlinsky hatte recht. »Planänderung. Wenn wir in London sind,
kümmern wir uns gleich um Mr. White.«

224.

»Warum gehen wir den Umweg? Und kaufen uns nicht einfach bei
Fonds ein? Rücken deren Bossen auf die Pelle?«, fragte Yussuf, als
sie wieder im Land Rover saßen.

»Weil die Bosse uns mitleidig anblickten. Wir haben nicht den ge-
ringsten Beweis. Nur eine Vermutung. Die fahren Schlitten mit uns.
Hetzen uns Rechtsanwälte auf den Hals. Vielleicht noch unange-
nehmere Gestalten. Die US-Regierung interveniert in Berlin. Und
nicht nur das. Denen ist alles zuzutrauen. Unsere Chefs schlachten
uns. Mindestens mich. Reicht das als Erklärung?«, fragte de Bodt.

Yussuf nickte.

»Ich hatte zuerst auch gedacht: direkt drauf«, sagte Salinger. »Aber
dann sind alle gewarnt. Die Wahrscheinlichkeit, dass einem Hedge-
fonds-Manager die Wahrheit rausrutscht, liegt bei null Komma null-
drei Promille.«

»Es könnte auch sein, dass wir uns verrannt haben«, sagte de
Bodt. »Und alles ist anders.«

Sie saßen in Whites Küche. Der hatte sich in sein kleines Büro
zurückgezogen. Mit Katt. Das Büro hatte Merkow vorher gefilzt.

Eine Walther PPK gefunden, die er de Bodt gab. Schere, Brieföffner, sogar ein Lineal hatten sie beiseitegeschafft. Frau White und ihre Tochter hatten sie ins Schlafzimmer geschickt. Vorher das Handy einkassiert. Und sie verwarnt. Sie würde am Leben bleiben, wenn sie gehorchte.

»Sie haben hundertfünfzig Millionen, aber ich glaube nicht, dass wir damit weit kommen«, sagte Merkow.

De Bodt nickte. »Mal sehen.«

Er stand auf und begann einen Spaziergang durch die Wohnung. Er war kein Finanzexperte, hatte aber eine Idee. Unausgegoren. Aber sie hatte was. Das erwarteten sie nicht, ihre Feinde.

Er drehte ein paar Runden im Wohnzimmer, warf einen Blick ins Büro. Wo White verzweifelt auf der Tastatur hämmerte.

Katt stand hinter ihm. Schwarze Hose, schwarzes T-Shirt, schwarze Lederjacke, kurze schwarze Haare.

De Bodt rief das provisorische Kanzleramt an. Die Notbesetzung zur Nacht. Fragte nach der Privatnummer. Musste Druck machen, wurde weiterverbunden. Bis bei einem der Groschen fiel.

Rief die Nummer an. Beruhigte einen Mann. »Mitten in der Nacht. Das hat keine Zeit?«

»Nein«, sagte de Bodt.

»Wir müssen reden. Jetzt.«

Schweigen. »Wenn wir das müssen.«

De Bodt schilderte seinen Plan.

»Sie sind verrückt.«

»Anders wird es nicht gehen«, sagte de Bodt.

Wieder Schweigen. »Und die hundertfünfzig Millionen? Ich dachte, Sie hätten mit denen was ... Originelles vor.«

»Hatte ich. Habe ich vielleicht noch.«

»Sie eiern ganz schon rum, Herr Kommissar. Wenn ich das mal so sagen darf.«

»Herumeiern ist meine Hauptbeschäftigung. Feine Leute nennen das Kriminalistik.«

Tauber lachte trocken.

»Wir müssen diese Pest loswerden«, sagte de Bodt. »Die können jederzeit wieder zuschlagen. Weil sie Blut geleckt haben. Wir müs-

427

sen sie bestrafen, stellen und noch mal bestrafen. Sie dürfen damit nicht davonkommen. Das ist doch in Ihrem Interesse…«

»Durchaus… zwei Schritte. Ich verstehe. Das könnte klappen. Aber das muss unser Präsident unterstützen. Ziemlich schlau.«

»Kennen Sie Fachjournalisten in den USA?«

»Natürlich. Die hängen an meinen Lippen. Ich kenne auch ein paar Broker. War ja früher in dieser Bank… wie hieß die noch mal? Deutsche Bank? Sitzt, glaube ich, in Frankfurt. Jedenfalls deren Ruine. Aber das hetzt die Meute auf die Beute.«

»Wir suchen einen Hedgefonds, der neu im Geschäft ist. Oder am Abgrund steht.«

»ABC«, sagte Tauber. »Die sind neu. Und haben richtig zugeschlagen.«

»Hectar, Elephant?«

»Sie haben ja richtig geforscht. Beide arbeiten seit mehr als einem Jahrzehnt in New York. Die sind seriös. Keiner von denen würde alles auf eine Karte setzen. Schon gar nicht auf diese Karte. Man kann in den USA pleitegehen. Und noch mal anfangen. Wenn man in der Todeszelle sitzt, ist es mit dem Neuanfang etwas schwieriger.«

»Kennen Sie den ABC-Chef?«

»Der tauchte nach meiner Zeit an der Wall Street auf. Ein John Kermitt. Britischer Staatsbürger, soviel ich weiß. War vorher bei UBS in London. Und hat Connections, sonst könnte er die Leerverkaufsnummer in diesem Stil nicht abziehen.«

»Das passt«, sagte de Bodt. »Der zeigt es den Kollegen in Europa so richtig. Vielleicht hat er auch sonst eine Rechnung offen. Oder ist besonders aktiver Brexit-Fan.«

Tauber lachte. »Womöglich ist er einfach durchgeknallt. Größenwahnsinnig. Von der Sorte gibt's an der Wall Street nicht nur einen. Die meisten gehen glücklicherweise unter.«

»Unser Freund Kermitt steht auf Götterdämmerung. Sobald Sie das Okay haben, rufen Sie Ihre Freunde an der Wall Street an. Einverstanden?«

»Das kann heiter werden. Melden Sie sich in zwei Stunden noch mal.« Gab de Bodt auch seine Handynummer. »Wenn das mal gut geht.« Wieder ein trockenes Lachen.

»Mit wem hast du telefoniert?«, fragte Salinger.

»Mit so einer Art Freund.«

»Privatgespräch? Du hast Nerven.«

»Keineswegs. Ich habe mich mit jemandem zum Bombenbasteln verabredet.«

»Endlich ein vernünftiger Vorschlag«, sagte Lebranc.

225.

Er hatte sich unter die Zweige eines Buschs gelegt. Verfolgte, wie der Hubschrauber weitere Kreise zog. Als die Dämmerung anbrach, humpelte er in Richtung Straße. Er brauchte ein Auto. Einen Arzt. Ein Bett. Schlaf.

Stand am Straßenrand. Sie würden Sperren aufbauen. Er hatte keine Chance. Setzte sich hin. Schrie vor Schmerz. Er hatte die Schweine nicht gekriegt.

Ein Motor. Knurrte. Ein alter Diesel. Dass er das überhaupt hörte. Wo doch alles egal war.

226.

Am Morgen saß de Bodt in der Küche und trank Tee. Irgendeine Mischung. Überhaupt war die Küche eine Enttäuschung. Toast, Marmelade, Billigkäse. Tiefkühlkost. Dafür jede Menge Eier.

Salinger gähnte und setzte sich. Starrte vor sich hin. Erhob sich, fand ein Glas, füllte es mit Wasser und trank es im Stehen.

Im Radio dudelte Musik.

Katt hatte White verschnürt aufs Sofa gelegt. Sich selbst auf den Teppichboden. Yussuf hatte den PC im Büro durchsucht. Einen Haufen verschlüsselte Daten von der Festplatte kopiert. »Ich glaube, das können wir noch brauchen.«

Merkow betrat die Küche. Er sah grau aus. Lächelte aber. »Diesen

Catwalk werden wir kaum kriegen. Nur, wenn er dumm ist. Wie soll White ihn überzeugen, sich zu bewegen?«

Yussuf erschien. Der Schopf zerzaust. Schmierte Toastbrote, goss Tee in Becher, nahm Milch aus dem Kühlschrank. Stellte alles auf ein Tablett und verließ die Küche.

Lebranc stand in der Tür. Blinzelte. Müde, aber geduscht.

»Und die Bombe?«

De Bodt winkte ab. »Ist eine Zeitbombe.«

Lebranc grinste. Fand Kekse im Küchenschrank.

»Fliegen Sie mit nach New York?«

Merkow nickte. »Mr. White wird uns empfehlen.«

227.

Am John-F.-Kennedy-Flughafen empfingen sie ein stahlblauer Himmel und ein eisiger Wind. De Bodt las im Taxi die Online-Ausgabe der *New York Times*. Im Finanzteil fand er ein paar Zeilen, in denen über die Zinspolitik der Europäischen Zentralbank in der Krise spekuliert wurde.

Kermitt residierte in einer Villa an der Upper East Side. Eher unauffällig, jedenfalls für die Gegend. Ein Zaun. Auf zwei Pfeilern erhöht Kameras. Standard. Vor der Doppelgarage parkte ein Lexus-SUV. Der Rasen eher gelb. Die Haustür war aus Holz.

De Bodt hatte kaum geklingelt, als ein junger Mann öffnete. Drahtig. Jeans, Hemd, Sportjacke. »Sie kommen von Mr. White?«

De Bodt nickte. Sie traten ein.

Merkow ließ ihm den Vortritt.

Der Mann führte sie zu einer Sitzbank im Flur. »Bitte warten Sie einen Augenblick.«

Gegenüber zwei Türen. Irgendwo ein leises Klacken. Ein Kopierer. Telefone klingelten. Gedämpft. Am Ende des Gangs weitere zwei Türen. Küche und Toilette vielleicht.

»Sie schicken White gerade den Film von der Haustürkamera«, flüsterte Merkow. »So würde ich es machen.«

Die rechte Tür öffnete sich. Ein kleinwüchsiger Mann eilte ihnen entgegen. »Guten Tag! Guten Tag!« Er streckte Merkow die Hand hin, dann de Bodt.

Die beiden erhoben sich und begrüßten den Mann.

Der hatte eine Glatze und flinke Augen. Davor eine schwere Brille. Im Ohr einen Knopf.

»Es bewegt sich wieder was«, sagte er. »Es bewegt sich wieder was. Und ich, wir, hier, wir leben von der Bewegung.« Seine Hand zeichnete einen Halbkreis. »Kommen Sie! Kommen Sie!« Drehte sich um und marschierte los.

Sie durchquerten ein Büro. Noch ein Büro. Dann standen sie in einem großen Raum. Fast ein Kubus. In der Mitte ein Billardtisch. An den Wänden Sessel. Queues in Halterungen an den Wänden. Neben der Tür ein kleiner Tisch mit einem Telefon und einem Notebook. An der Wand vier große Bildschirme im Verbund. Die Kurse. New York Stock Exchange, Tokio, Schanghai, London.

»Ich habe mich noch gar nicht vorgestellt. Kermitt.«

»Watford«, sagte de Bodt.

»Dobrinski«, sagte Merkow.

Kermitts Augen wechselten zwischen beiden. Ein Lächeln huschte über sein Gesicht. »Namen, Namen …«

Der Blick hetzte zurück zu den Monitoren. Sein Gesicht erstarrte, dann kaute er, schüttelte den Kopf.

»Das wäre doch …«, sagte er. »Das wäre doch …«

Stellte sich unter die Monitore und tippte auf eine winzige Delle. Die Kurve zackte nach oben. Aber er sah die Delle.

»Langsam geht es wieder aufwärts«, sagte de Bodt.

»Ich habe eine Menge in den Aufschwung investiert. Sicherheitsindustrie. Gold. Staatsanleihen. Sind noch im Keller. So eine Baisse. So eine schöne Baisse.«

»Die nächste kommt bestimmt«, sagte de Bodt.

Kermitt nickte. Hielt inne. »Aber doch nicht jetzt … oder vielleicht doch?« Bestarrte die Delle. »Geht das schon wieder los?«

Ging zum Tisch, drückte einen Knopf. Weitab ein Summen. Gleich öffnete sich die Tür. Der junge Mann lehnte sich an den Türrahmen. »Die EZB, es gibt Gerüchte …«

»Das kann nicht sein«, sagte Kermitt. »Die wollen doch jetzt die Hausse nicht abwürgen. Das ist doch gegen alle Regeln. Nein, nein. Ein Gerücht, John. Ein Gerücht.« Blickte auf die Monitore. Die Kurve der New Yorker Börse knickte ab. Nur ein paar Millimeter. Kermitt deutete drauf. »Weiß da jemand was? Da draußen?« Stand mit offenem Mund da, blickte zum Fenster. Als erwarte er eine Antwort.

»Wenn ich...«, sagte de Bodt.

»Ja, ja... John, sollen wir auf Short stellen... wieder? Aber das ist gegen alle Vernunft... die können doch nicht. Wie sollen wir Short gehen?«

»Ich glaube nicht, dass die EZB die Zinsen anhebt«, sagte de Bodt.

»Die Zinsen, die Zinsen. Bei den Europäern weiß man nie... wenn die die Zinsen anheben, sind wir im Arsch. Alles auf Aufschwung. Weil jetzt der Aufschwung dran ist. Er ist jetzt einfach dran.«

»Woher wissen Sie, dass die Anschlagserie in Europa vorbei ist?«, fragte de Bodt. »Vielleicht geht es erst richtig los.«

John setzte sich auf den Tisch und grinste. »Bleib ruhig, Chef. Das zackt ein bisschen.«

Kermitt stellte sich hinter den PC. Tippte auf den Bildschirm.

»White sagt, Sie wollten uns vertrauen«, sagte John.

»Sie hatten Erfolg in jüngster Zeit«, erwiderte Merkow.

Kermitt starrte noch immer auf die Bildschirme. Wartete auf den nächsten Kurvenmillimeter.

»So ein Mist«, sagte er endlich.

228.

»Zu viel Licht«, sagte Bob. Sie waren an Whites Haus vorbeigefahren. »Er hat Besuch.«

»Warten wir, bis der gegangen ist«, erwiderte Pavlinsky. »Mr. White läuft uns nicht weg.«

»Der nicht. Aber vielleicht die Leute, die uns an die Eier wollen.« Bob trommelte aufs Lenkrad. Überlegte. »Wir gehen was essen.«

»Außerdem brauchen wir Verstärkung. Wenn das gar keine Gäste sind...« Pavlinsky beschleunigte den BMW-Kombi. Die Scheibenwischer zogen einen Film übers Glas. Das Mondlicht kroch mit den Schlieren über die Scheibe.

229.

»Einhundertfünfzig Millionen Euro«, sagte de Bodt. »Sie müssten uns überzeugen. Von Ihrem Fonds. Von Ihrem Konzept.«

»Fonds. Konzept. Fonds. Konzept.« Kermitt zog sich an virtuellen Barthaaren. Blickte auf den PC-Monitor. »Das ist unmöglich... gut unterrichtete Kreise...«

»Was?«, fragte John.

»Schon wieder eine Meldung... EZB...« Er ruderte mit den Armen. Tippte sich an die Stirn. Verließ den Raum.

John lachte, als sich die Tür schloss. »Er ist genial. Aber ein bisschen ängstlich.«

»Er hat die Krise genutzt...«, sagte de Bodt. »Mit jedem Anschlag leerverkauft. Die Abschwünge mitgenommen...«

»Er hat sie getanzt«, sagte John. Ließ seine Hand dirigieren.

»Wie hat er das gewusst? Wie hat das irgendjemand wissen können?«

Die Hand blieb in der Luft stehen. »Dieser Mann spürt... wittert das. Er ist wie ein Seismometer.« John blickte de Bodt an. »Was bringt Sie auf die Idee, uns so viel Geld anzuvertrauen?« Das Lächeln verschwand.

»Zinsen im Keller«, sagte Merkow. »Wir haben uns erkundigt. ABC hat die beste Performance auf dem Markt. In der Krise.«

»Wir hatten vielleicht nur Glück.« John wies auf die Bildschirme an der Wand. »Das Haus steckt voller Technik. Wir hören jede Laus furzen. Überall auf der Welt. Aber es ist ja nicht so, dass Ereignis A unbedingt zu Ergebnis B führt. Vielleicht kommt auch C heraus.

Oder XYZ. Nichts kann Kermitts Genie ersetzen. Wer sind schon Buffett oder Soros? Gute Anleger, gewiss. Aber sie sind keine Genies. Kermitt hat Milliarden gemacht. In ein paar Monaten.«

»Ohne die Anschläge wäre das nicht möglich gewesen«, sagte de Bodt.

»Er hätte den Markt in jedem Fall aufgemischt«, sagte John. Mit dem breitesten Lächeln der Welt.

»Natürlich.« De Bodt stellte sich an den Billardtisch und nahm eine Kugel. Rollte sie über den Filz. Verfolgte ihren Lauf. »Wenn wir Ihnen diese Summe geben, wollen wir aber kein Lotto spielen.«

»Dann sollten Sie vielleicht woandershin gehen.«

»Ich glaube ja nicht, dass Sie Ihre Geschäfte alle über die Börse abwickeln.«

John lächelte. »Sie haben recht.«

»Die Aufsicht...«

»Die Aufsicht stört uns weniger. Aber wir ziehen es vor, unsere Strategie...«

Kermitt erschien. Die Stirn glänzte. »Ich habe mit George telefoniert... und mit Chang...« Die Hand fuchtelte. »Wir müssen Short gehen... diese Irren in Brüssel... ich weiß nicht, was die vorhaben. Aber unsere Quellen... ein Punkt. Die erhöhen die Leitzinsen. Um einen ganzen Punkt.« Er betrachtete seine Besucher, als wären die gerade erst gekommen. »Wir haben nichts abgesichert. Wir müssen raus... jetzt.«

Die Kurve auf den Bildschirmen knickte ab. Und verlängerte sich nach unten.

»Wir kommen da nicht raus. Nicht ohne Blutbad«, sagte John. Er war schlagartig bleich geworden. »Termine...«

»Sie haben den ganz großen Hebel genommen. CDS...« De Bodt blickte ihn lächelnd an.

»Auch«, sagte John tonlos. »Wir haben alles auf steigende Kurse gesetzt. Das war doch angesagt. Die Hausse. Die große Hausse nach dem Verfall. Die ganz große Hausse.«

»Um Gottes willen«, sagte Kermitt. »Um Gottes willen!«

Hielt sich die Hand vor den Mund.

230

»Was kann er wissen?«, fragte Pavlinsky mehr sich selbst. »Was sind das für Leute in seinem Haus?«

»Die haben einen Land Rover. Und den Vauxhall. Die stammen nicht von dort. Mietwagen vermutlich.«

»Das wissen wir nicht«, sagte Pavlinsky.

»Aber wir müssen davon ausgehen«, sagte Bob.

Sie waren um den Block gefahren. Es war nach zwei Uhr morgens.

»Vielleicht ist was mit dem Kind?«, sagte Pavlinsky.

»Egal. Wenn es knackt im Busch, ist es ein Hase. Oder einer mit einem M16.«

Sie saßen in einem Schnellrestaurant, vielleicht eine Viertelstunde entfernt von Whites Haus. Bob aß ein Sandwich, Pavlinsky einen Burger. Sie tranken Kaffee. Beide waren sie müde. Bob war auch genervt. Seit dieser einsame Rächer in Brisbane aufgetaucht war, lief die Sache aus dem Ruder. Sie brauchten White, um an die Drahtzieher ranzukommen.

»Und wenn White selbst Mr. Unbekannt ist?«, fragte Pavlinsky.

»So was hat der nicht drauf.« Bob wischte sich mit der Papierserviette den Mund ab. »Der nicht.«

»Immerhin trauen unsere britischen Freunde dem einiges zu.«

»MI6, MI5, die brauchen ihn für verdeckte Operationen. Was sie selbst nicht tun dürfen. Dafür geben sie ihm Spielraum. Aber White ist Vermittler, mehr nicht. Verdient reichlich damit. Hat keinen Ehrgeiz für mehr. Ein Spießer.«

»Okay«, sagte Pavlinsky. »Börsenzockerei.«

Sie hatten während der Reise spekuliert. Das Sichtbare zusammengedacht. Aber es gibt auch Unsichtbares, das sich hinter dem Sichtbaren verbirgt. Am Ende war es ihnen egal. Sie wollten die Typen ausschalten, die sie ausschalten wollten. Und verschwinden. Solange es Bob auf einer Insel aushielt.

»Schlau wär es schon«, sagte Pavlinsky. »Es gibt keine direkte Verbindung. Du lässt den Eurotunnel hochgehen. Die Kurse brechen ein. Und jemand anders setzt auf die Baisse.«

»Genau getaktet. Die investieren ein paar Prozent Eigenkapital. Der Rest sind Kredite, geliehene Aktien, Optionen oder sonst was.«

»Das ist eine perverse Welt.« Bob trank seinen Kaffee aus. »Mit zehn Euro bewegst du tausend.«

»Aber wehe, du gehst pleite. Dann gibt es Leute, die wollen ihr Geld zurück.«

Bob nickte. »Wir brauchen Verstärkung.«

Pavlinsky wählte eine Nummer. Aus dem Kopf.

231.

Sie saßen in der Küche. Salinger musterte Katt. Katt musterte Salinger. White saß am Tischende, die Arme hinter der Lehne gefesselt. Yussuf kümmerte sich um Whites Frau und die Tochter im Schlafzimmer. Salinger hatte gesehen, wie er mit dem Kind spielte. Auch ihr passte es nicht. White festzusetzen, das war richtig. Aber die Frau? Erst recht das Kind. Sie mussten ihr drohen. Sonst käme die Frau auf dumme Gedanken. Das war Mist.

»Sie rufen nachher im Büro an. Legen Sie sich eine verschnupfte Stimme zu«, sagte Salinger.

White blickte sie an. Ausdruckslos. Katt hatte nicht viel aus ihm herausgeholt. Sie kannten nur eine Mail-Adresse. An die schrieb er, wenn er den Chef erreichen wollte. Oder jemanden, den der Chef vorschob. Oder jemanden, den der Chef vorschob und der wieder einen anderen vorschob. Wie diese russische Puppe. Hatte Salinger gedacht. Es sich aber verkniffen, etwas zu sagen. Keine Ahnung, wie Katt auf so was reagierte.

Sie kannten sich länger. Doch verhielt sich Katt so, als hätten sie nie etwas miteinander zu tun gehabt. Als hätte es diese Sache im Norden nicht gegeben.

Salinger fühlte sich verloren. Überhaupt. Überall. Zwischen Baum und Borke. Sie fühlte sich keinem Menschen näher als de Bodt. Aber es blieb eine Mauer zwischen ihnen. Wenn sie die einrissen, endeten sie im Chaos. Die Angst vor dem Abgrund. Wenn alles zerstört war.

Weil jede Liebe an ihrer Angst zerbräche. Salinger hatte klare Momente. Wo sie sich erkannte. Wusste, dass sie jede Beziehung ruinierte. Ihr fehlte das Vertrauen. In sich selbst. In andere.

Sie warf Katt einen Blick zu. Die las auf ihrem Handy. Als gäbe es keine Umwelt. Und wenn die noch mehr Angst hatte als sie selbst? Wenn diese Katt nach außen den Panzer zeigte, um ihre Verletzlichkeit zu schützen? Vielleicht war Katt wie sie.

»Sie können diese Scheiße doch nicht ewig veranstalten«, sagte White.

»Nur der Tod ist ewig«, sagte Katt.

White schüttelte den Kopf. »Die Regierung ...«

»Halt den Mund.«

Salinger hörte kaum zu.

Yussuf kam. Das Tablett in der Hand. Darauf Geschirr. Er stellte es neben die Spüle. Setzte sich an den Tisch. White gegenüber.

»Na, ist Ihnen noch was eingefallen?«, fragte er müde. Es sollte aufmunternd klingen.

White zuckte die Achseln.

»Ihre Kumpane verwüsten halb Europa. Wir hätten Sie gleich am Anfang heimsuchen sollen.«

White blinzelte.

»Kriegen Sie genug ab von den Milliarden?«

White blickte ihn entnervt an.

»Lebenslang Knast ... oder ...« Ein Blick zu Katt. Die tat unbeteiligt. »Das Geschäft muss sich doch lohnen.«

Salinger fand es nutzlos, mit White zu reden. Er würde nicht mehr verraten, als sie wussten. Vielleicht fanden sie auf den Festplatten noch etwas, wenn die entschlüsselt waren. Gerichtsfeste Beweise hatten sie nicht. Nach Strafprozessordnung war White unschuldig wie ein Säugling.

Und wenn alles anders war? Wenn sie sich verrannt hatten? Dann waren sie am Arsch. Tilly, ach was, der Innenminister würde sie zum Teufel schicken. Genauer gesagt, lag die Hölle in Tegel.

Ihr wurde kalt. Und warm. Ein Frösteln mit kaltem Schweiß. Vielleicht war ihr Leben zu Ende. Und sie wusste es nur noch nicht.

232

»Wollen Sie unser Geld nicht?«, fragte de Bodt.

John blickte ihn an, als sähe er ihn zum ersten Mal. »Doch, doch... wann?«

»Gleich«, sagte de Bodt.

»Einfach so?«

»White...«

John nickte.

De Bodt schickte eine SMS los. Vereinbarter Code mit Tauber. Fügte die Kontonummer hinzu, die John ihm auf einem Zettel vor die Augen hielt.

Kermitt löste die Erstarrung. Hackte auf der Tastatur. »Wir lösen alles auf...«

»Und mit dem Erlös gehen wir auf Short«, sagte John. Blickte de Bodt und Merkow an. »Die Leitzinserhöhung der EZB... der Scheiß-EZB.«

»Steigen die Zinsen, sinken die Kurse«, sagte de Bodt.

»Und der Euro steigt... hat er gar nicht verdient«, murmelte Kermitt. »Schrottwährung... was haben wir mit Griechenland verdient! Eine Goldgrube...«

»Ich brauche Dollar, ich brauche Yen.« Kermitt hackte. Klemmte sich das Telefon zwischen Ohr und Schulter.

John begann auch zu telefonieren.

»Kauf Hypothekenbriefe in Europa!«, rief Kermitt.

Sie kauften alles, was fallen konnte. Holten Personal aus den anderen Büros. Ließen sie kaufen.

»Danke!«, rief Kermitt. Seine Augen glänzten. »Ihr Geld ist schon da.« Es klang wie: Sie haben mich gerettet.

Merkow lächelte. De Bodt lächelte. Dann lachte er trocken. Wenn es schiefgeht, kann ich es ja abstottern. Beim Tütenkleben. Er flüsterte vor sich hin.

»Was sagen Sie?«, fragte Merkow.

»Es ist aber ein gewöhnliches Schicksal der menschlichen Vernunft in der Spekulation, ihr Gebäude so früh wie möglich fertig zu machen und hintennach allererst zu untersuchen, ob auch der Grund dazu gut gelegt sei.«

»Kant?«

»Kant. Und allzu wahr.«

233.

Gut. Sie waren durchgeknallt. Sie folgten einem Phantom. Sie begingen Verbrechen. Wenn de Bodt sich irrte, würden sie im Knast enden. Im günstigsten Fall. Eine beschissene Aussicht.

Yussuf dachte an seine Mutter. Die endlos starb. Auf ihrem Bett vor sich hin dämmerte. Sich wundlag. Manchmal die Augen aufschlug, einen anstarrte. Etwas murmelte. Meist unverständlich. Oder so was wie: »Du musst jetzt zur Arbeit.« »Es gibt heute dein Lieblingsgericht.« Köfte, wie nur die Mutter sie zubereiten konnte. Obwohl er sie später nur noch aß, um die Mutter glücklich zu machen. Die ihren Mann bei einem Arbeitsunfall im Stahlwerk verloren hatte. Und die seitdem ihre Welt eingefroren hatte. Als kehrte der Vater am Abend von der Schicht zurück. Köfte gehörten zu Mutters Welt. Mehr noch die Freude des Sohns über die Lieblingsmahlzeit. Als die Kinder das Haus verließen, legte sich die Mutter ins Bett. Um zu sterben.

Katt klopfte leise auf den Tisch. Ein Rhythmus. Als hörte sie Musik.

Vielleicht war sein bitteres Ende der Preis. Den er bezahlte für die drei Jahre mit de Bodt und Salinger. Als er sich geborgen fühlte. Und gebraucht. Als er seine Ruhe fand. Soweit er Ruhe finden konnte. Natürlich, er blieb Yussuf, der Zappeltürke. Den keiner ernst genommen hatte. Im günstigsten Fall heuchelnd. Der aber Aufgaben gelöst hatte, als wäre er ein richtiger Kriminalpolizist. Weil de Bodt ihn machen ließ. Ihn schützte.

Aber das war jetzt vorbei. Wenn es ihnen gelang, diesen Fall zu lösen, käme er vielleicht mit zwei blauen Augen weg. Allein dieser Überfall auf White würde teuer.

Wenn er nur wüsste, was de Bodt trieb. In New York oder wo er gerade war.

»Wenn Sie den Unsinn jetzt beenden, vergessen wir das«, sagte White.

»Wie kommen Sie darauf, dass wir was vergessen wollen?«, sagte Salinger. Sie blickte Yussuf an. Und blinzelte.

Katt lächelte. Unfassbar.

234.

Irgendwer brachte Kaffee und Kekse. Stellte es auf den Billardtisch. Kermitt und John hatten den Schock überwunden. Sie kämpften um das Geld. Um ihr Leben. Junge Leute kamen und gingen. Kurze Kommandos, hingeworfen. Stellten den Hedgefonds um. Von Long auf Short, von Kaufen auf Verkaufen. Vor den Terminen. Sie mussten alles Kapital einsetzen, um die Verluste aufzufangen. Keine Absicherung. Keine Optionen auf steigende Kurse. Sie waren nackt. Die Meldungen über die Ticker waren eindeutig gewesen. Die EZB leitete die Zinswende ein. Um einen Punkt. Ein einziger Punkt, der das Geld teurer wurde für die Banken, die sich Geld bei der EZB oder der Bundesbank besorgten. Milliarden, Billionen würden über den Erdball rasen. Gehandelt von Computern binnen Millisekunden. Umschichtung. Die Kurse wackelten mit den ersten Gerüchten. Und fielen mit den Ankündigungen der Presseagenturen. Die ihre Quellen hatten. In der EZB, der Fed, in den Weltbanken. Goldman Sachs, Bank of America. Quellen, die sich als zuverlässig erwiesen hatten. Die Kurse fielen zuerst in Asien, dann in London und Frankfurt, schließlich in New York. Mit der Sonne. Als sie unterging, hatte die New York Stock Exchange fast sechs Prozent verloren. Mit der Zinserhöhung sanken die Konjunkturaussichten. Das drückte auf die Kurse. Alles drückte auf die Kurse, wenn die Massenpanik begann. Verkaufen, verkaufen.

Blick von John. Dankbarkeit. Die hundertfünfzig Millionen machten mit Leverage, dem Hebel, locker eine Milliarde. Plus Optimismus.

»Gib uns die Scheißaktien, du brauchst die doch sowieso nicht. Und kriegst was ab vom Reibach«, schnauzte Kermitt ins Telefon. »Fünf Prozent, vier Wochen. Was für ein Geschäft für einen schlaffen Pensionsfonds!«, rief Kermitt. »Fall auf die Knie und danke mir für den Goldregen.«

John sprach leise. De Bodt schien, dass der junge Mann Struktur in das Gestrüpp schlug. Wie mit einer Machete. Er klapperte alles und jeden ab, der Geld, Derivate, Aktien, Anleihen längerfristig angelegt hatte. Lieh sich die Papiere, verkaufte sie. Um sie vier, fünf, sechs Wochen billiger zurückzukaufen. Und mit einem Aufschlag an die Verleiher zurückzugeben. Währenddessen verkaufte Kermitt Papiere, die er gar nicht besaß. Aber er war überzeugend. Zwischendurch gab er seinen Fondssklaven Befehle. »Abrahams, Rentenpapiere, drei Prozent, vier Wochen, zwei geht auch.«

John goss Kaffee in sich hinein, während er warb, schimpfte, fluchte, schmeichelte, heuchelte.

»Wir kehren in ein paar Stunden zurück«, sagte de Bodt.

Keine Reaktion. Dann blickte Kermitt sie überrascht an. Nickte. Winkte. Und sprach weiter.

Merkow steuerte den Mietwagen zu einem Schnellrestaurant in der 3rd Avenue. De Bodt nahm sich einen Tomatensalat und ein Wasser. Merkow versuchte den Veggieburger, der angepriesen wurde. Und Kaffee.

»Wir werden sie versenken«, sagte Merkow.

»Ja. Die Frage ist nur, was wir davon haben. Kermitt hat Angst. Offenbar vor Leuten, deren Geld er verzockt hat.«

Merkow nickte. »Nicht schlecht.« Deutete auf den Burger. »Ich habe eine Idee. Besser, ich verrate Ihnen nichts.« Grinste.

De Bodt lachte. »Die Idee hatte ich auch schon.«

»Und wenn es wirklich Leute im Hintergrund gibt?«

»Dann gibt es Leute im Hintergrund.«

»Ich glaube, Sie können zurück nach London fliegen. Ich erledige den Rest«, sagte Merkow und biss in seinen Burger. »Wirklich nicht schlecht. Ich werde mal schauen. Vielleicht gibt es so was auch in Moskau.«

Am folgenden Abend trafen sie sich in einer Garage. Keine halbe Stunde vom Ziel entfernt. MP5, Beretta M9, Nebelgranaten. Munition, Brecheisen, Axt und was man brauchte, um ein Haus zu stürmen. William hatte das Arsenal im Kofferraum seines Mercedes-SUV hergekarrt. Er hatte auch die Garage gemietet. George war der vierte Mann. Pavlinsky kannte beide gut. Zuverlässig, beherrscht, sachlich. Schwätzten nicht. George hatte sich im Häuserkampf im Irak bewährt. Blackwater. William kam vom SAS und sprach nicht über Einsätze. Was genug erzählte. Sie erhielten jeder fünfzigtausend Pfund. Vielleicht war der Einsatz nach einer Nacht vorbei. Schlimmstenfalls dauerte er ein paar Tage. So oder so, ein guter Lohn.

»Wir brauchen White lebend«, sagte Bob.

Sie würden die Wahrheit notfalls aus ihm herausprügeln, bevor sie ihn in der Themse versenkten.

Pavlinsky hatte am Nachmittag zwei Runden um das Haus gedreht. Der Land Rover und der Kombi standen noch an ihren Plätzen. Am Haus hatte er von außen nichts erkennen können. »Das gefällt mir nicht«, sagte er.

»Mir auch nicht. Wir gehen rein, und dann sehen wir, was ist. Schnappen uns White und fahren hierher zurück.«

Das war der Plan.

Die Spannung kroch ins Hirn. Betäubte und reizte die Nerven gleichzeitig. Nur Katt schien ungerührt. Yussuf beschäftigte sich mit der Frau und der Tochter. Saß am Fenster des Schlafzimmers und erzählte Geschichten. Was ihm so einfiel. »Ihr Mann ist ein Verbrecher«, sagte er unvermittelt. »Er heuert Mörder an. Für jeden, der welche braucht.«

Die Frau blickte ihn mit großen Augen an. »Und Sie sind kein Verbrecher?«

»Wir sind die Guten«, sagte Yussuf lächelnd.

Die Frau schüttelte den Kopf. Strich ihrer Tochter übers Haar. Die war auf dem Schoß eingeschlafen.

Draußen regnete es. Tropfen auf der Scheibe. Ein 5er-BMW-Kombi fuhr vorbei. Langsam. Ein Mann hinterm Steuer. Der sah zum Haus. Schnell wieder weg. Beschleunigte. Yussuf blickte ihm nach.

Ein blödes Gefühl.

»Was haben Sie mit meinem Mann vor?«

»Gefängnis«, sagte Yussuf.

Sie guckte ihn traurig an.

Die Tochter wachte auf. Blinzelte. Sah Yussuf. Lächelte.

»Und wenn ich jetzt aufstehe, Clara nehme und das Haus verlasse?«

»Tun Sie's nicht.«

Sie schwiegen sich lang an.

Ein BMW-Kombi fuhr vorbei. Nur ein Insasse.

237.

Er flog Business Class. Wenn er sich schon mit der Welt des Geldes einließ. Kurz vor Abflug erhielt de Bodt eine SMS des Generalbundesanwalts. Theo verlangte, freigelassen zu werden. *Haben Sie das wirklich zugesagt?* Der Mann hatte Sorgen.

Er versuchte zu schlafen. Dachte an Merkow. Der Mann war glasklar. Sah man ab von den Dingen, die er nicht verriet. Was ihn trieb, wusste er nicht. Reimte sich aus Andeutungen zusammen, was den Mann zu dem hatte werden lassen, was er war. Und Katt. Sah Spuren der späten Sowjetzeit. Die sich in Lebensläufe schnitten. De Bodt wusste nicht, wie es in russischen Geheimdiensten zuging. Vielleicht machten sie weiter, wo KGB und Co. aufgehört hatten. Neuer Name, gleiches Spiel. Obwohl er wenig bis nichts über ihn wusste, schätzte er Merkow. Nicht nur, weil der für de Bodt einiges riskiert hatte. Er fühlte, dass der Russe Recht von Unrecht unterschied. Auf seine Weise. Auf verdammt eigene Weise. Und Katt? Vielleicht hatte sie eine entsetzliche Kindheit und Jugend gehabt? Es musste einen Grund geben, warum sie sich verschloss. Außer gegenüber Merkow. De Bodt spürte, dass die beiden zusammengehörten, nicht nur dienstlich. Aber ob bei ihnen jemand den Ton angab, wusste er nicht. Meist sprach Merkow. Aber das sagte wenig.

Er konzentrierte sich auf den Plan. Dachte alles noch einmal durch. Sie waren weit gekommen. Aber er sah die Unwägbarkeiten. Warum hatte Kermitt Angst um sein Leben? War er nur Strohmann von Geldgebern? Hatten die Dirigenten der Anschläge ihn nur benutzt? Traute er Kermitt und diesem John diesen perversen Plan zu? Gab Kermitt das Finanzgenie? Er war überzeugt gewesen, dass ABC der Feind war. Sie würden den Fonds zerstören. Und ein paar weitere Zocker mit in den Abgrund reißen. Er zweifelte nicht, dass es klappte. Aber wenn es die Falschen traf? Wenn sie die Finanzwelt durchschüttelten, weil er sich verrannt hatte?

Er buchstabierte alles noch einmal durch. Die Leichen in der Badewanne. Die Anschläge. Die falsche Botschaft. Alles schien ihm logisch. Die Logik hatte nur einen Haken. Ihnen fehlten Beweise. Sie hatten Theo und Benec. Die toten Söldner in Brandenburg. Bob, der aus dem Gefängnis geflohen war. Eine Riesenoperation. Brutal. Um Milliarden zu machen. Weil sie den Hals nicht vollkriegten.

Die Stewardess bot ein Glas Champagner an. De Bodt winkte ab.

White saß fest. Die Aktion hatte sie bis zu Kermitt gebracht. Was sollten sie mit White anstellen? Nachweisen konnten sie ihm nur, dass er Leute angeheuert hatte. Wie er es auch für die britische Regierung tat. Er würde alles bestreiten: dass er gewusst hatte, was die Leute tun sollten; dass er irgendwas mit den Anschlägen zu tun hatte; dass er Kermitts Plan kannte. Wahrscheinlich wusste White wirklich wenig. Oder nichts. Wenn man sich einmal jeder Moral entledigte, klappte alles wie geschmiert. Hob man die Hände. Unschuldig! Killer killen. Aber woher soll ich wissen, dass mein Kunde sie morden schickte? Ich vermittle. Gern auch den Osterhasen.

Es piepte. Die Anschnallzeichen glimmten. Es rüttelte.

Wann merkten die Drahtzieher, dass de Bodt und seine Leute vor der Tür standen? Wie lange hielt die Tarnung? Wie lange konnten sie White samt Familie festsetzen, ohne dass es jemand merkte?

Er wusste es nicht. Wenn die ihnen draufkamen, würden sie zurückschlagen.

Benec mailte jeden Abend, dass die Ermittlungen nicht vorankamen. Und dass der Herr Hauptkommissar betört war von ihren Reizen.

238.

Das hätte er sich nicht träumen lassen. Merkow lächelte in sich hinein. Er stand im Billardraum. Auf den Sesseln saßen Kermitt, John und zwei Mitarbeiter. Sie rauchten. Der Duft von Marihuana. Kermitt hatte ein Whiskeyglas in der Hand. Blickte hinein.

»Wo haben Sie Ihren Kollegen gelassen?«, hatte John gefragt.

»Geschäfte, dringend. Sie wissen, wie das ist.«

»Wir haben Ihr Geld gut angelegt. Yen, europäische Hypothekenkredite, CDS.«

Merkow nickte. »Hoffen wir, dass es gut geht.«

John blickte ihn müde an. »Information ist alles. Vor allem die Quelle in der EZB war immer zuverlässig. Dazu Infos aus der Deutschen Bank. Glauben Sie mir. Wir wetten gegen den Markt, und wir werden ihn schlagen. Morgen kommt die Erklärung aus Frankfurt, und dann rauscht es wieder in den Keller.«

»Aha, das war also diese Quelle, die Sie auf dem Laufenden gehalten hat? Bei dieser Baisse… mit jedem Anschlag weiter in den Keller.«

John musterte ihn. »Nein. Da hatten wir einfach Glück.«

Man muss vorsichtig sein. Wenn man nicht weiß, was einen erwartet. Alle Schritte durchgehen. Einen Plan B haben. Was tun, wenn die vorbereitet sind? Die Attacke erwarten? Was tun, wenn die Verstärkung kriegen? Was tun, wenn White sich wehrt? Sie spielten alles noch einmal durch. Bob und Pavlinsky würden zuerst reingehen. Sie kannten White. Und sie waren die Besten. Alle vier trugen schusssichere Westen. Sturmhauben. Digitalfunkgeräte mit Knopf im Ohr und Hochleistungsmikrofonen.

Es regnete in Strömen. Der Sichelmond verschwand hinter Wolken. Die nassen Straßen schluckten Licht. Bob steuerte den BMW, näherte sich langsam.

»Licht in drei Fenstern. Sie erwarten uns nicht«, sagte Pavlinsky.

»So blöd kann man nicht sein, einem das Ziel zu beleuchten«, murmelte Peter. Wohl mehr, um was zu sagen.

Bob genoss die Anspannung. Das Adrenalin. Wenn alle Sinne sich auf den Punkt richteten. Den Tunnelblick. Sie würden sich White schnappen. Und der würde ihnen sagen, wo sie die Schweine fanden. Dann würden sie die auslöschen. Ein einfacher Plan. Nur einfache Pläne klappten. Er blickte kurz zu Pavlinsky auf dem Beifahrersitz. Der war in Hochform. Entschlossenheit in den Augen.

Sie umrundeten den Block einmal. Immer noch Licht in drei Fenstern. Die Vorhänge geschlossen. Bob fuhr am Haus vorbei. Parkte vor dem nächsten Grundstück. Keine Lichter im Nachbarhaus. Im Haus gegenüber ein beleuchtetes Fenster im ersten Stock. Mit Vorhang. An der Straßenkreuzung glomm eine Laterne.

Er stieg aus. Blickte sich um. Stellte sich auf die Straße. Kein Auto, kein Fußgänger.

Sie brauchten Sekunden, um den Wagen zu verlassen. Sich die Ausrüstung zu nehmen. George und William verschwanden hinterm Haus. Pavlinsky setzte das Brecheisen in den Spalt zwischen Tür und Rahmen. Bob hielt zwei Blendgranaten bereit.

Pavlinsky blickte ihn an. Bob nickte. Es knackte laut. Pavlinsky ruckelte die Spitze des Brecheisens tiefer in den Spalt. Zog am anderen Ende. Die Tür sprang auf. Bob riss die Sicherung der ersten Granate ab und warf. Die zweite schleuderte er tiefer hinein. Ein Höllenknall, ein Feuerblitz. Noch eine Explosion. Bob stürmte hinein, die MP5 in der Hand.

240.

Er wachte zu früh auf. Vermisste Katt. Sie war im letzten Jahr aufgetaut. Zehntelgradweise. Eines Tages würde sie ihm ganz vertrauen. Er war geduldig. Wusste, dass es dauerte, wenn einem das KGB Vater und Mutter ersetzt hatte. Wenn das Misstrauen zum Lebensinhalt geworden war. Getarnt als Wachsamkeit. Feinde überall. Sogar im eigenen Dienst. Die Schuld, die überall lauerte. Wenn man die Wachsamkeit einen Augenblick vernachlässigte. Wenn der Feind eindrang. Als Person, als Idee, als Zweifel. Der Feind war vielgestaltig. Er saß in einem. Wartete darauf, sich zu zeigen. Wenn die Wachsamkeit auch nur eine Sekunde nachließ. Wenn man schwach war.

Merkow blickte aufs Handy. Eine Nachricht von de Bodt. *Viel Spaß!*

Er lächelte. Sie würden es zu Ende bringen. Der Präsident würde zufrieden sein. Dass Russland sich raushalten konnte aus dem Irrsinn. Dass er beim Westen was guthatte. Der Präsident würde dankbar sein. Er würde nicht hören wollen, dass de Bodt die Operation ausgedacht hatte. Seinen Job riskierte. Und die Freiheit.

Merkow überflog die Online-Nachrichtenseiten. Es wäre auch zu früh.

Duschte, frühstückte. Fuhr zu ABC. Der Tanz konnte beginnen.

241.

Bob vorneweg, Pavlinsky folgte. Es roch scharf nach den Blendgranaten. George und William waren von hinten eingebrochen. In der Küche brannte Licht, aber sie war leer. Im Büro brannte die

Schreibtischlampe. Aber es war leer. Im Schlafzimmer war die Deckenleuchte eingeschaltet. Aber es war leer.

Das Haus war leer.

»So eine Scheiße!«, brüllte Pavlinsky. »So eine Scheiße!« Er rannte zur Tür. Das Licht traf ihn wie eine Faust. Er knallte die Tür zu. »Die Bullen! Die haben uns gelinkt!«

Sie löschten die Lichter. Bob linste zum Fenster hinaus. Sah den Aufmarsch. Bullenwagen ohne Ende. Scharfschützen, die Gewehre angelegt. Männer einer grau uniformierten Spezialeinheit mit Helmen und Schutzwesten. Ging zur Rückseite des Hauses, wo das Licht der Scheinwerfer durch die Vorhänge drang.

»Umzingelt«, sagte Pavlinsky.

Bob blickte noch einmal vorn hinaus. Sah vor den Autos ungedeckt einen groß gewachsenen, schlanken Mann stehen. Den Mantel aufgeknüpft. Die Hände in den Hosentaschen. Ein Lächeln im Gesicht. De Bodt.

Neben ihm stand eine Frau in der Uniform eines Superintendent.

242.

White saß neben Yussuf auf der Rückbank. Katt auf dem Beifahrersitz. Salinger steuerte den Vauxhall Richtung Süden. Whites Frau hatten sie an einer U-Bahn-Station mitsamt der Tochter aussteigen lassen. »Sie wollen doch nicht, dass Ihrem Mann was passiert.« Die billigste Gaunermasche.

Salinger sah das Schild. *Dover.* Die Scheibenwischer klackten im Höchsttempo. Der Lastwagen vor ihnen zog eine Gischt hinter sich her. Das Scheinwerferlicht brach sich in den Wasserfontänen.

Immer die zulässige Geschwindigkeit.

»Lassen Sie mich laufen! Sie haben doch alles, was Sie wollen«, sagte White. »Diese ABC-Typen haben die Killer bei mir ... bestellt. Die Killer haben die Anschläge begangen. Der Fall ist aufgeklärt. Kein Gericht der Welt wird mir mehr reinwürgen als eine Bewährungsstrafe. Meine Regierung ...«

»Halt's Maul!«, sagte Yussuf.

In Dover stellte sich Salinger in die Schlange vor dem Fährenquai. Die Scheiben beschlugen.

»Schlaf!«, sagte Yussuf.

Salinger schraubte die Rückenlehne ein paar Zentimeter nach hinten. Warf White einen Blick zu, zwinkerte Yussuf an. Der grinste.

Sie schlief natürlich nicht. Die Anspannung vor der Grenzkontrolle. Sie würden White die Fesseln lösen müssen. Hoffentlich beeindruckte ihn die Pistole, die Yussuf ihm zwischen die Rippen drücken würde.

Sie dachte an de Bodt. Der ihnen aufgetragen hatte, das Haus sofort zu verlassen, wenn ihnen etwas auffiel. Und ihm eine SMS zu schicken. Er hatte mit einer Attacke gerechnet. Yussuf hatte ihr die SMS auf der Fahrt vorgelesen. *Wie erwartet. Unser Freund Bob mit Verstärkung.*

Mit dem hatten sie nicht gerechnet. Eher mit einer Hilfstruppe von White.

Sie schrak hoch. Ein Klopfen ans Fenster. Ein Mann blickte sie an.

243.

John begrüßte ihn mit einem strahlenden Lächeln. »Sie haben uns gerettet«, sagte er. »Ohne die hundertfünfzig Millionen ...«

Merkow dachte: Erzähl das der EZB. Und lächelte zurück. »Wenn Sie gewinnen, gewinnen wir auch.«

»Wir haben eine kleine Frühstückstafel für die Belegschaft kommen lassen. Wir haben nur auf Sie gewartet. Ihr Kollege kommt doch hoffentlich auch noch.«

»Eher nicht. Die Geschäfte ...«

Den großen Raum kannte Merkow noch nicht. Vielleicht fünfundzwanzig Leute. Fast nur Männer. An der Wand Porträts von Soros und Buffett. Und ein riesiger Monitor. Die Börsen der Welt im Sturz. Konfetti flirrte in der Luft. Die kleine Frühstückstafel war ein Festmahl. Kaviar, Champagner, Wodka, Roastbeef, Meeresfrüchte. Desserts. Hinter dem langen Tisch standen zwei schöne Frauen mit Kochmützen und sonst wenig am Körper. *Metallica*. Laut. Triumphgeschrei.

Kermitt eilte auf Merkow zu. Reichte ihm ein Glas Champagner. »Unser Retter«, sagte er.

Merkow stieß mit ihm an. Sein Blick streifte die Uhr. In Europa dämmerte der Morgen.

»Stört Sie die Musik?«, fragte John.

»Eher Folter. Wie in Guantanamo«, sagte Merkow. »Also für meine Ohren.«

John hob die Augenbrauen.

»Damit stehe ich nicht allein.« Merkow setzte das freundlichste Lächeln aller Zeiten auf. »Das sehen auch Ihre Behörden so. Mit *Metallica*-Musik wurden die Gefangenen in Guantanamo gefoltert. Der *Metallica*-Boss findet das übrigens gut.«

»Sie interessieren sich für Politik?«

»Manchmal. Ich möchte nicht gefoltert werden. Nicht mal mit Musik. Das ist alles.«

»Na…natürlich.« John winkte einem Mann zu. Ließ die Handkante über seinen Hals wandern. Die Musik verstummte.

Merkow grinste innerlich. Er könnte John bitten, den Boden abzulecken. Der würde nicht zögern.

»Tut mir leid… gewiss, Folter ist nicht schön.«

Merkow überlegte, ob er Wagners *Götterdämmerung* vorschlagen sollte. Aber daran hatte er nur üble Erinnerungen. Obwohl es passen würde. Zockerdämmerung.

In fünf Minuten.

Wenn nur Katt jetzt bei ihm sein könnte.

244.

»Wie war der Urlaub?« Krüger stellte sich in den Weg.

De Bodt umkurvte ihn. Klopfte an die Tür und drückte die Klinke. Tilly blickte ihn an. »Sie?«

»Wir brauchen Auslieferungsbefehle für Wedenstein und einen Nicolas Pavlinsky. Die sitzen bei Scotland Yard. Ich habe das Informelle mit den Kollegen in London geklärt.«

»Sie verraten mir aber schon, um was geht?«

Tilly war sowieso sauer. Hatte gerade eine PK über sich ergehen lassen müssen. Fühlte sich verspottet, erniedrigt. Was konnte er dafür, dass die Taskforce nichts auf die Reihe kriegte? Der Erfolg in weiter Ferne, die Rangelei alltäglich. Natürlich hätte das BKA die Täter längst gefasst, wenn die Kollegen vor Ort ihre Pflicht täten. Und so weiter. Rumoren, dass der Generalbundesanwalt doch eine Fehlbesetzung sei. Der Innenminister hatte ihn vor ein paar Monaten ins Amt gepriesen. Jetzt suchte er ein Opfer.

»Später ausführlich. Frau Engel bringt es Ihnen auf Papier«, sagte de Bodt. »Es sind die Organisatoren der Anschläge. Wedenstein war außerdem auf der Flucht und hat sowieso Lebenslänglich. Die Briten sollen auch diesen Pavlinsky herschicken. Oder wie der heißt. Schließlich haben wir den gefangen.« Verließ das Büro.

245.

Der Mann kurbelte mit der Hand. Salinger blickte sich um. Yussuf war wach. Katt blickte sie an und nickte.

Sie senkte die Scheibe. »Guten Tag, Ms. Salinger. Wir möchten diesen Herrn mitnehmen.« Deutete auf White.

Salinger erkannte vier weitere Männer. Mäntel, Hüte. Hände in den Taschen.

»Schmeiß ihn raus«, sagte Salinger.

Yussuf beugte sich über White und öffnete die Tür an dessen Seite. Dann stieß er ihn mit aller Kraft hinaus. White stürzte in eine Pfütze. »Scheißkerl!«, rief er. »Nehmen Sie diese Schweine fest. Entführung!«

Ein Mann aus der Gruppe im Hintergrund schloss die Wagentür.

Der Mann am Fenster legte den Finger an die Hutkrempe. »Gute Heimreise.«

Die Männer zogen ab.

Eine Frau trat ans Fenster. In Polizeiuniform. »Es tut mir leid. In diesem Fall zählt nicht nur die Gerechtigkeit.« Ihr Gesicht verriet keine Regung. Salinger verstand sie trotzdem. »Grüßen Sie den Herrn de Bodt von Superintendent Rush. Wir haben ihm leider weniger helfen ... dürfen, als ich es mir gewünscht hätte.« Sie reichte Salinger die Hand, drückte sie und ging.

246.

Russischer Kaviar. Ein Glas Wodka. Auf sich. Auf de Bodt. Auf Katt. Merkow blickte auf die Uhr.

Vier Minuten.

Kermitt baute sich vor ihm auf. Hob sein Champagnerglas. »Auf neue Geschäfte!«

»Auf neue Geschäfte!« Merkow stieß mit ihm an. »Ich habe da auch schon eine Idee.«

Kermitt lachte übers Gesicht. »Sagen Sie's!«

Merkow blickte auf die Uhr. »In vier ... gleich drei Minuten. Das Geschäft Ihres Lebens!«

»Noch größer als das?« Kermitt vergaß zu blinzeln. Dann blinzelte er hektisch. Zeigte auf den Bildschirm an der Wand.

»Noch größer als das!«

»Größer! Größer!« Er schüttelte den Kopf. Trank. Eilte weg. Holte sich ein zweites Glas. Stand für sich. Schüttelte den Kopf. Murmelte vor sich hin.

Drei Minuten.

Merkow stellte sich nah an den Bildschirm. Millionen von Computern handelten im Millisekundentakt. Nach Programmen. Die kaum jemand verstand. Bewegten Billionen. Hin und her, im Kreis.

Die Kurven zackten. New York Stock Exchange, Nasdaq. Sie zackten nach unten. Ein Zacken nach oben dämpfte die Stimmung, kaum spürbar, aber der Geräuschpegel sank um ein Dezibel. Ein Zacken nach unten, es wurde lauter. John stellte sich neben Merkow.

Sagte keinen Ton. Trank Wasser aus der Flasche. Spannender als ein Thriller. Geiler als ein Porno.

Die Frauen hinterm Büfett bewegten sich im Takt einer Musik, die nur sie hörten. Eine blinzelte Merkow zu. Der wendete sich ab.

Die Kurve kippte nach unten. Ein paar Millimeter. Ein paar Milliarden vernichtet. Ein paar Millimeter. Ein paar Milliarden.

Kermitt stellte sich neben John und Merkow. Der in der Mitte. »Kann es ein schöneres Bild geben?«, fragte Kermitt.

»Nur nicht für die Verlierer«, sagte Merkow.

»Ja. Ja.« Kermitt blickte ihn an. »Dieser Markt ist nur was für Profis.«

»Die wittern, wie sich die Dinge bewegen«, sagte Merkow. »Wie haben Sie die Anschläge gewittert?«

John und Kermitt blickten ihn an. Merkow fixierte den Monitor.

»So was steckt tief in mir«, sagte Kermitt.

»Diesmal wär es aber fast schiefgegangen.«

»Ist es aber nicht.«

Zwei Minuten.

»Und Sie haben nicht nur eigenes Geld gesetzt bei der großen Wette?«

»Natürlich nicht. So was hat nur mit Leverage Sinn. Der Riesenhebel. Das ist die wahre Kunst.«

»Ich bewundere Sie«, sagte Merkow.

Rosé im Gesicht. Kermitt kaute Luft. »Danke. Danke.« Kaute. »Danke.« Starrte auf den Bildschirm. »Schaut euch das an!«, rief er. »Schaut euch das an!«

Die Kurve knickte nach unten ab. Senkrecht.

Beifall. Die Gespräche verstummten. Sie starrten alle auf den Monitor. Selbst die beiden Kochmützenfrauen stellten sich dazu.

»Hunderttausend Bonus für alle!«, rief Kermitt. Jubel. Konfetti. Die beiden Kochmützenfrauen tanzten. Merry Christmas! Irgendwer sang, andere stimmten ein.

Merry Christmas!

Eine Minute.

Merkow trat ans Büfett. Nahm sich Kaviar. Und einen Hummerschwanz. Stellte sich in die Ecke neben der Tür. Hatte alles im Blick.

Prostete sich selbst zu. Lautlos. Mit umso größerer Freude. Überlegte, ob er ein zu großes Rad drehte. Aber der Zweifel schwand, während er den Hummer aß.

Er beobachtete die Kurve. Die Kochmützenfrauen tanzten zusammen. Einen stillen Walzer. In sich versunken. Fünf Nullen vor Augen. Sie blickten Merkow an. Lachten. Näherten sich im Tanzschritt. Griffen nach ihm. Aber Merkow wehrte ab. Deutete auf seinen Teller. Dann auf den Monitor.

Die Kurve knickte senkrecht ab. Nach oben.

247.

»Ich dachte, Sie wollten das Geld behalten. Südseeinsel und so.« De Bodt blickte Theo an.

»Ja, natürlich. Ich habe Ihnen doch geholfen.«

»Sie haben mir das Wichtigste verschwiegen. Sie hatten Angst. Brauchen Sie nicht mehr zu haben. Wir haben diese Herren festgesetzt.«

Er zog zwei Fotos aus der Jacketttasche und schob sie Theo zu.

Theo betrachtete sie. Bei Bob schüttelte er den Kopf. Bei Pavlinsky wurde er bleich. »Sicher. Sie verarschen mich nicht?«

»Nein.«

»Sie haben mir verschwiegen, dass Sie ihn kennen.«

Theo nickte. »Ich will überleben.«

»Pavlinsky hat euch eingewiesen.«

Theo nickte. »Er hat die Gruppen besucht. Jeden Kämpfer verhört. Zwei von uns hat er weggeschickt. Ihnen Geld gegeben ...«

»Kennen Sie die?«

Theo schüttelte den Kopf.

»Bei Pavlinsky sind Sie sich sicher?«

Theo blickte ihn misstrauisch an. Dann nickte er. »Ja.«

»Gab es einen Notfallplan ... Fluchtplan? Falls was schiefgeht?«

Theo nickte wieder. »Wir sollten uns nach Portugal durchschlagen. Als Touristen. In Porto wartet ein Schiff.«

»Das war die Frau White«, sagte Yussuf.

»Nein, das war ein Scheißgeheimdienst«, sagte Salinger. »Die hatten Angst, dass White plaudert. Über schmutzige Operationen der Briten. Außerdem verlässt man die EU nicht, um uns dann die eigenen Leute zum Fraß vorzuwerfen.«

»Toll! Und nun?«

»Eugen hat einen Plan.«

»Und *wir* wissen, welchen?«

»*Wir* wissen gar nichts.«

Katt schwieg. Bis sie in Paris-Roissy waren. Den Mietwagen am Flughafen zurückgaben, erklärten, wo der Land Rover stand – »Todesfall in der Familie, wir bezahlen die Mehrkosten«.

Als sie den Schalter verließen, war Katt verschwunden.

Vernehmungszimmer. Eine Träne im Augenwinkel. Benec auf der einen Seite, de Bodt auf der anderen.

»Ich habe denen jeden Abend gemailt. Was du gesagt hast.«

Er nickte.

»Was passiert mit mir?«

»Das sehen wir. Wenn die Sache beendet ist. Mach so weiter. Heute will ich etwas wissen.«

Sie nickte. Faltete die Hände.

»Ich will, dass du mir deine Geschichte noch einmal erzählst.«

»Welche Geschichte?«

»Wie die dich auf mich angesetzt haben.«

»Das habe ich schon.«

»Du hast mir nicht die ganze Wahrheit gesagt. Du hattest gewiss Angst, dass die dich umbringen. Vielleicht haben die dir eine Version gesagt für den Fall, dass ich dir auf die Spur komme.«

Sie blickte ihn an. Auf den Tisch. In seine Augen. »Wie…«

»Überleg es dir gut. Lüg jetzt nicht.«

Sie schloss die Augen. »Die bringen mich um«, sagte sie leise.

»Wir haben sie. Niemand bringt dich um.«

»Ihr habt sie gefasst?«

»Wir haben die Organisatoren der Anschläge. Nicht alle Beteiligten. Alle werden wir kaum kriegen.«

»Wie hast du es gemerkt, dass ich nicht alles gesagt habe?«

»Ich habe mir überlegt, wie ich es machen würde.«

Sie lächelte blass.

Schweigen.

»Ihr habt sie?«

»Wir haben die Organisatoren. Wir haben die Fondsmanager, auch wenn die es noch nicht wissen… Jetzt suchen wir den Boss.«

Sie nickte. »Von denen weiß ich nichts.«

»Natürlich nicht.«

Schweigen.

»Jemand hat die Anschläge angeordnet. Jemand hat den Fonds gesteuert, um die Anschläge auf die Anlagestrategie abzustimmen. Wir suchen diesen Jemand.«

Sie blickte ihn verwirrt an. »Ich kenne den nicht.«

»Ich weiß. Aber du wirst uns helfen, ihn zu finden.«

Ein langer Blick. »Was habe ich davon… gut, diese Leute müssen aus dem Verkehr gezogen werden… natürlich…«

»Die Freiheit. Wir lassen dich laufen, wenn du hilfst. Du musst nur in eine andere Stadt ziehen.«

Wieder ein langer Blick. »Ich wollte sowieso nicht bleiben.«

»Also jetzt von Anfang an.«

250.

Ein Teller klirrte auf dem Boden. Niemand beachtete es. Alle waren wie erstarrt. Die Kochmützenfrauen hielten im Tanzschritt inne. Eingefroren. Kermitts Wachsfigurenkabinett.

Das Laufband. *EZB senkt den Lombardsatz um einen Viertelpunkt. Leitzinsen sonst unverändert.*

Ein Schrei: »Die haben gelogen!« Kermitt schleuderte sein Glas gegen die Wand. »Sie haben gelogen!«

Merkow stellte sich neben John. »Was heißt das?«, fragte er. Innerlich grinsend.

»Dass wir pleite sind ... mehr als das. Wir haben unser Eigenkapital verloren. Und alle Kredite.«

»Sie haben mein Geld verzockt?«

John kratzte sich an der Wange.

»Beschaffen Sie es wieder.«

John knetete seine Unterlippe. »Es geht nicht.«

»Sie haben mich nie gefragt, wer ich bin. Und wer mein Kollege ist.«

John schüttelte den Kopf. Schweißperlen traten auf seine Stirn.

»Wir können Sie schützen.«

John blickte ihn verzweifelt an. »Uns schützen?«

»Ich gebe Ihnen zwei Tage Überlebenszeit. Was glauben Sie, was die Leute mit Ihnen machen, deren Geld Sie vergeigt haben?«

»Welche ...?«

»Die Leute, die Ihnen gesagt haben, wann Sie wie viel wo anlegen sollen.« Er hatte eine Weile mit de Bodt diskutiert, wie und wann er es sagen sollte. »Glauben Sie, die bringen ein paar tausend Leute um, um Sie dann mit einem Schulterklaps aus der Nummer rauszulassen?«

Schweigen. Tränen in den Augen. Er wankte zu Kermitt, der gerade die Wand mit Fäusten bearbeitete.

Merkow blickte sich um. Die meisten Leute hatten sich verdrückt. Einem der letzten Flüchtlinge hing ein Hummerschwanz aus dem Mund.

John redete auf Kermitt ein. Der schlug noch einmal. Verzerrte das Gesicht vor Schmerz. Bedeckte die Augen mit den Händen. Schluchzte auf. John haute ihm eine runter. Kermitt ließ die Arme sinken. Klammerte sich an John. Umfasste dessen Taille. Drückte seinen Kopf an Johns Brust. John redete auf ihn ein.

Merkow trat näher.

»Wir müssen hier weg! Wir müssen uns retten! Versteh doch!«

Merkow trat hinzu. »Ich kann Sie retten.«

»Aber wir haben ...«

»Darüber reden wir später. Wir renken das wieder ein. Jetzt hole ich Sie aus der Scheiße raus. Versprochen!«

»Wirklich?«

251.

»Und?« Nur ein Türspalt. Der Mann im Bademantel. Kaffeegeruch.

»Vielleicht lassen Sie mich herein«, sagte de Bodt. Hielt ihm den Dienstausweis hin.

Der Mann linste das Treppenhaus hoch und runter. Öffnete die Tür. »Ich habe eigentlich keine Zeit.«

»Ich auch nicht«, sagte de Bodt. Salinger und Yussuf folgten in den Flur. Salinger war sauer. Normalerweise überließ de Bodt ihr das Ermitteln vor Ort. Die Zeugenbefragungen. Er hörte lieber zu. Hatte sie erzogen, weniger zu fragen. Eine, zwei Fragen zu Beginn, um die Richtung vorzugeben. Viele ertrugen das Schweigen nicht. Aber diesmal hatte er nur gesagt, dass diese Benec ihm einen Hinweis gegeben habe. Sie waren gerade aus England zurückgekehrt. Aber de Bodt interessierte sich nicht für White. Er wollte nicht mal wissen, ob und wann Pavlinsky und Wedenstein ausgeliefert würden. Nicht, dass sie es gewusst hätte. Aber er hätte doch fragen können. Er hatte was im Kopf. Blickte nicht nach rechts, nicht nach links.

»Wer hat Ihnen das Geld für diese Wohnung geschenkt, Herr Zelinsky?«, fragte de Bodt. Sie standen noch im Flur.

»Ich kenn Sie doch«, sagte Zelinsky.

»Ich werde meine Frage nicht wiederholen.«

»Ein Typ von der Wohnungsgesellschaft ... ah, Sie sind mein ehemaliger Nachbar ... dann kennen Sie die doch.«

»Die haben Ihnen keinen Cent gegeben.«

Zelinsky blickte die Polizisten an. »Ach, du Scheiße ...«

»Sie haben recht.«

»Der hat gesagt, sie bräuchten die Wohnung dringend. Muster-wohnung. Wollten sanieren, Eigentumswohnungen. Und das sofort. Die anderen Mieter hätten es abgelehnt auszuziehen.« Blickte sich um. Angst wuchs in die Augen. »Sie können es mir doch nicht weg-nehmen…? Oder?«

»Wenn Sie die Wahrheit sagen, können Sie es behalten.«

»Wirklich?«

»Sie haben zehn Minuten.«

Salinger und Yussuf blickten sich an.

»Die Wohnungsbau…«

»Es war ein Mann.«

»Ja, der hat an der Tür geklingelt. Hatte alles dabei. Vertrag. Geld. In bar. Hunderttausend Euro. Quittung.«

»Und Sie haben gar nicht groß gerätselt. Eine schicke Wohnung am Savignyplatz, hunderttausend Euro als Anzahlung, was soll man da nachfragen?«

»Na, was man so liest… Immoboom.«

»Das war Ihr ganz persönlicher Boom.«

Zelinsky schnappte wie ein Fisch auf dem Trockenen.

»Sie würden den Mann wiedererkennen?«

Zelinsky zögerte, nickte. »Ja, ich glaub schon.«

»Sie werden in der Stadt bleiben, bis ich Ihnen erlaube, sie zu verlassen. Wenn Sie dieser Anweisung nicht folgen, müssen Sie die hunderttausend Euro zurückzahlen, weil Sie die unrechtmäßig erworben haben. Haben Sie mich verstanden?« Drückte Zelinsky seine Visitenkarte in die Hand.

252.

Lebranc grinste. Betrachtete die beiden Gestalten. Sie waren mit Handschellen an einen Laternenmast gefesselt. Blickten ihn wirr an.

»Was machen Sie hier?«

Der jüngere der beiden antwortete auf Englisch: »Mr. Kermitt und ich wurden entführt. Befreien Sie uns!«

Jetzt sah Lebranc die Plastikhülle um Kermitts Hals. Darin ein Umschlag. Er zog ihn aus der Hülle.

An Hauptkommissar de Bodt, LKA Berlin

Öffnete ihn. Ein Brief.

Sehr geehrter Herr Hauptkommissar,
hier die Lieferung, die Sie bestellt hatten.
M.

Lebranc lachte auf. Ging zur Pforte. Und ließ die Männer in de Bodts Büro bringen. Gefesselt. Zwei Beamte als Wachen. Ein dritter brachte Stühle für die Lieferung.

Der Jüngere fluchte ohne Pause. Kermitt blickte wirr. Irgendwohin.

Lebranc verstand kaum ein Wort. Aber er ahnte, wer die Herren waren.

De Bodt trat ein. Salinger und Yussuf im Schlepptau. Sah die beiden Gefangenen und klatschte in die Hände. »Ich freue mich, Sie wiederzusehen. Ich hoffe, Sie hatten eine gute Reise.« Ein jämmerlicher Blick von Kermitt. Ein Wutschrei von John.

Salinger und Yussuf blickten sich an. Schüttelten die Köpfe.

»Wer sind die?«, flüsterte Salinger in de Bodts Ohr.

»Gleich.«

»Unsere Regierung wird uns hier rausholen. Heute noch. Das ist kriminell!«

»Ihre Regierung weiß gar nicht, dass Sie hier sind«, sagte de Bodt. Setzte sich hinter seinen Schreibtisch und blätterte scheinbar gelangweilt in Akten. Hob den Blick, lächelte überfreundlich. »Ich glaube auch nicht, dass Sie nach Hause wollen. Ihre Staatsanwälte sind doch ziemlich humorlos. Ihre Gefängnisse gleichen Legebatterien. Mindestens fünfzehn Jahre. Wollen Sie so lange die Freundschaft äußerst zuvorkommender und hilfsbereiter Haftgenossen genießen?« Er blickte beide mild an. »Ich glaube es nicht. Lieber wollen Sie uns helfen. Um sich dann schweigend irgendwohin zu verdrücken. Wo Sie der Staatsanwalt nicht gleich findet. Stimmt's?«

John hielt endlich die Klappe. Kermitt blickte de Bodt an. »Sie haben uns eine Falle gestellt. Sie haben uns ruiniert. Und hundertfünfzig Millionen dafür ausgegeben.«

De Bodt nickte. »Ein gutes Geschäft, finde ich.«

»Was wollen Sie?«, fragte Kermitt. Er hatte die Lage begriffen. Während John auf seiner Wut herumkaute.

»Die Auftraggeber. Die Leute, die Ihnen das Geld gegeben haben, um zu spekulieren. Und die Ihnen gesagt haben, wann Sie wie viel wo anlegen sollen. Diese Leute will ich. Dann können Sie verschwinden.«

Tilly stürmte ins Büro. Bremste, als wäre er gegen eine Wand gelaufen. Blickte sich um. »Kann ich Sie eine Sekunde sprechen?« Winkte mit einer Akte.

»Später vielleicht.«

Tilly sah ihn ungläubig an. »Später vielleicht ...«, flüsterte er. Knotete seine Hände. Kehrte auf dem Absatz um und verließ das Büro.

253.

Er nahm sie in die Arme. Hatte im Flughafen Scheremetjewo auf sie gewartet. Zeitung gelesen. Nachgedacht. Die Umgebung ausgeblendet. Die Meldung an den Direktor im Kopf formuliert. Korrigiert. Bis sie passte. Knapp. Eine kurze Einschätzung der möglichen Folgen. Es war eine verdeckte Operation. Mit Erfolg. Sie hatten eine Gefahr für Russland beseitigt. Niemand würde je über seinen und Katts Beitrag sprechen. Niemand würde auch nur andeuten, wie Merkow Kermitt und John in den S-Klasse-Benz vor dem Haus gelotst hatte. Gelähmt vor Angst. Wie plötzlich zwei Männer zustiegen und die Fondsmanager betäubten. Mit Dormicum und Propofol. Niemand würde berichten, wie die beiden in einem russischen Regierungsflieger als Diplomatengepäck auf die Reise gingen. Um frühmorgens an den Laternenpfahl vor dem Berliner LKA gefesselt zu werden. Das blieb geheim. Da konnte er sich auf de Bodt verlassen. Merkow sah im Geiste die Trümmer der Schiwopisny-Brücke in der Moskwa versinken. Nein, sie waren sicher. Das Regime versprach Sicherheit. Eine Terrorwelle war das Letzte, was der Präsident brauchte. Mochte die Wirtschaft taumeln, wenn die Bürger noch mehr Angst vor Terror hätten, wäre die politische Stabilität verloren. Nichts war wichtiger als Stabilität. Der Präsident würde ihm danken. Wieder einmal. Es würde seinen Spielraum erweitern. Seine Vorgesetzten ermahnen, ihn tun zu lassen, was er für wichtig hielt. Weil er stets das Richtige tat. Er konnte Katt schützen. Katt, die keine Freunde hatte. Nur Menschen, die sie fürchteten oder verachteten. Die sie im richtigen Augenblick zum Teufel jagen würden. Ins Lager. Die alle eigenen Sünden auf ihr abladen würden. Merkow wusste, dass Katt grausam sein konnte. Dass sie Unerklärliches tat. Unerklärlich auch für sie. Dass man sie nie rauswerfen durfte. Weil sie die Bürokraten zwar hasste, aber die Grenzen brauchte, die der Dienst ihr setzte. Sonst war sie zu allem fähig. Bis zur Selbstzerstörung.

Katt blickte ihm in die Augen. Er nickte.

Alles war gut.

254.

»Ich weiß es nicht«, sagte Kermitt.

»Sie wissen nicht, wer Ihnen Milliarden überwiesen hat, damit Sie sie anlegen?«, fragte de Bodt.

Kermitt und John schüttelten den Kopf.

»Dann können wir Sie ja auch zur US-Botschaft bringen. Ist nicht weit.«

»Nein. Wir sagen alles, was wir wissen!«, rief John.

»Aber wir wissen nichts«, sagte Kermitt.

»Wie hat es angefangen?«

»Mit einer Überweisung von achthundert Millionen Dollar. Anonym. Wir haben versucht es rauszukriegen … Caymans, Sie wissen doch, wie das ist!«

De Bodt schwieg.

Yussuf grinste leise. Salinger verschränkte die Hände im Genick.

»Dann kam der Anruf«, sagte John.

»Von wem?«

»Er hat sich nicht vorgestellt.«

»Amerikaner?«

John überlegte. Kermitt überlegte. Zog die Nasenflügel hoch.

»Wer hat den Anruf entgegengenommen?«

»July, sie hat ihn dann an mich weitergegeben. Ich an Kermitt.«

»Amerikaner?«, wiederholte de Bodt.

»Nein«, sagte John.

»Welcher Akzent?«

Sie blickten sich an, John und Kermitt.

»So wie Sie«, sagte John. Kermitt nickte.

255.

»Der Kriminalrat erwartet Sie«, sagte Engel.

»Ich muss hier raus«, sagte de Bodt.

Salinger fuhr sie mitsamt Lebranc zum *Café Eliza*. Sie fanden einen Platz im Nebenraum, wo allerlei Zeug verkauft wurde, das die Eignerin auf Dachböden und in Kellern ausgrub. In der Mitte ein langer Tisch.

Lebranc bestellte Milchkaffee und einen Kirschkuchen. De Bodt grünen Tee, mindestens dritter Aufguss. Salinger und Yussuf Cappuccino.

»Die wissen wirklich nicht mehr«, sagte de Bodt. Anders ausgedrückt: Es war zum Kotzen.

Lebranc nickte trübsinnig.

Yussuf testete mit seinem Löffel die Haltbarkeit der Tasse.

Salinger blickte in die Runde. »Danke, dass Ali und ich wieder mitmachen dürfen.«

Keine Antwort.

»Tilly wetzt schon das Messer«, sagte Yussuf.

Keine Antwort.

»Wir haben zwei Zeugen, die wenigstens einen der Drahtzieher gesehen haben. Oder einen von ihren Laufburschen.«

»Zwei?«, fragte Salinger.

»Benec«, erwiderte de Bodt.

Salinger schlug die Augen zur Decke.

»Sie hat uns geholfen. Desinformation. Jetzt kann sie uns noch mal helfen.« De Bodt ballte eine Faust, löste sie.

»Allerdings haben wir gefühlt vierzig Millionen Verdächtige«, sagte Yussuf. »Wenn nicht mehr.«

»Benec weiß, wie einer von denen aussieht.«

»Und dieser Theo?«, fragte Lebranc.

»Der hat immerhin Pavlinsky oder wie er heißt erkannt. Die Leute oben in der Fresskette kennt der nicht. Die kennt nicht mal Pavlinsky. Die kennt niemand. Außer Benec und Zelinsky.«

»Dann zeigen wir denen jetzt die Passbilder von zig Millionen Deutschen, Österreichern, Schweizern«, sagte Yussuf.

»Vergiss Eupen-Malmedy nicht«, sagte Salinger.

Yussuf tippte sich an die Stirn. »So eine Scheiße. Man strengt sich an, kriegt einen Haufen Arschlöcher. Und dann steht man doch vor der Wand.«

256.

In der Nacht schlief er kaum. Sie standen wirklich vor einer Wand. Es war wie mit dieser russischen Puppe. Matrjoschka. Sie packten eine aus, noch eine, noch eine. Und jetzt gab es keine Puppen mehr.

Und wenn das Geheimnis in einer anderen Matrjoschka versteckt war? Wenn sie sich verrannt hatten? Vollgas an die Wand.

Er durfte nicht scheitern. Sie würden Salinger und Yussuf grillen. Und ihn rausschmeißen. Oder in die Asservatenkammer versetzen, um ihn zu demütigen. Sie hatten einen Mount Everest an Rachsucht aufgehäuft.

Er durfte nicht scheitern.

257.

Auf dem Weg zum LKA begriff Lebranc endlich, dass seine Zeit abgelaufen war. Er hatte de Bodt bei der Arbeit beobachtet. Seine Leute. Er kam nicht mehr mit. Das waren keine Ehrgeizlinge wie Floire. Das waren Profis, die dazu alle Regeln missachteten, wenn es nötig war. De Bodt konnte sich das leisten. Lebranc nicht. Er war ein guter Bulle. Um Mörder zu ermitteln, Diebe, Einbrecher. Das gab es noch, würde es immer geben. Aber es kam die Politik dazu. Der Terror. Das Großverbrechen. Das keinen Ort mehr hatte, sondern viele. Das vernetzt war über Kontinente. Das war nicht seine Welt. Die neue Welt mochte er nicht. Er hatte immer einen persönlichen Draht zu den Tätern gefunden. Diese Minuten des Verständnisses. Der Geständnisse. Wo er ein Mitgefühl in sich unterdrücken musste. Niemand wurde Verbrecher ohne Grund. Weil einer gedemütigt wurde. Weil einer ausgestoßen war. Weil einer dumm war. Weil einer seinen Platz verweigerte, der ihm von Geburt an zugewiesen war. Lebranc verstand, dass man die Reichen hasste. Sie wurden als Reiche geboren. Besuchten die Schulen und Hochschulen für Reiche. ENA. Und ergatterten ihre Jobs von Reichen. Hielten sich ihre Politiker und Philosophen. Trafen sich auf Tagungen von Unternehmerverbänden. Gefielen sich als Spender. Und hatten von Geburt an keinen einzigen Tag Angst um ihre Existenz. Lebranc hatte immer verstanden, dass man diese Leute hassen konnte. Die wie selbstverständlich die Führung beanspruchten. Er hasste sie doch selbst.

Blickte sich um in der U1. Wo die weniger Glücklichen fuhren. Nur noch zwischen dem Schlesischen Tor und der Uhlandstraße.

»Wir grenzen die Suche ein«, sagte de Bodt. »Es mag wer auch immer telefoniert haben. Unsere Täter haben Milliarden in der Kasse. Mindestens einer von ihnen ist Deutscher. Einen von denen haben Zelinsky und Benec gesehen. Wir brauchen Fotos von Leuten der Finanzwelt.«

»Wir brauchen Fotos von Empfängen von Banken, Fonds und so weiter«, sagte Lebranc. Blickte zufrieden in die Runde.

Yussuf tippte schon.

De Bodt blickte Lebranc an. Tippte an seine Stirn. Lebranc grinste.

»Außerdem stammt der Tipp, dich auszuforschen, vielleicht gar nicht von unserem Freund Bob. Sondern von einem deutschen Finanzhai, der Zeitung liest«, sagte Salinger.

»Die sind ziemlich zugeknöpft«, sagte Yussuf.

»Such auch nach Wohltätigkeitsveranstaltungen«, sagte Salinger.

Yussuf würgte.

Salinger lachte. »Was sind wir doch gut, wir Reichen und Schönen.«

»Nach Empfängen der Banken«, sagte Lebranc.

De Bodt lehnte an der Fensterbank. Sah, wie der Parkplatz weißgeflockt wurde. Er musste noch Geschenke für seine Töchter kaufen. Er hatte keine Idee, was sie sich wünschten. Elvira, er würde sie anrufen müssen. Ihre Sprüche ertragen. Vom Vorbild eines Vaters, das er abgebe. Seine Noch-Frau und die Töchter würden Weihnachten bei seinem Vater feiern. Der würde sich großzügig zeigen. Beim eigenen Sohn hatte er das nicht geschafft.

»Ich habe hier Bilder von Bilanz-Pressekonferenzen, Hauptversammlungen ...«, sagte Yussuf.

»Der Zusammenkunft der Raffzähne«, sagte Salinger.

»Ein Empfang der Dresdner Bank ...«

»Gehört die nicht uns? Warum war ich nicht eingeladen?«, fragte Salinger.

»Der Commerzbank ...«

»Dito.«

»Der Deutschen Bank …«

»Du sprichst von dieser kriminellen Vereinigung in Frankfurt am Main?«

Yussuf nickte. »Ich druck das aus. Du kannst schon mal deine Lieblingszeugin einladen.«

Salinger streckte ihm die Zunge raus. »Eugens Lieblingszeugin.«

»Zweifellos«, sagte de Bodt.

259.

Jeder in einem anderen Vernehmungszimmer. De Bodt befragte Benec. Salinger, Yussuf und Lebranc Zelinsky.

»Sie vertraut mir«, sagte de Bodt. Aber er hätte besser nichts gesagt.

Salinger sagte: »Klar!«, und verschwand im Vernehmungszimmer.

De Bodt schob Benec den Fotostapel zu. »Lass dir Zeit.«

Benec ließ sich Zeit.

260.

Zelinsky blickte von Salinger zu Yussuf zu Lebranc. »Wo ist der Kommissar?«

Yussuf deutete mit dem Daumen zur Wand. »Nebenan.«

Zelinsky starrte den Daumen an.

Salinger deutete auf den Bilderstapel vor ihm. »Wir möchten, dass Sie sich jedes Bild aufmerksam ansehen. Lassen Sie sich alle Zeit der Welt.«

Zelinsky blickte noch einmal zu Salinger zu Yussuf zu Lebranc. Dann widmete er sich den Fotos.

Lebranc fühlte sich überflüssig. Fragte, ob er Getränke besorgen solle. Zelinsky bestellte Kaffee und Kuchen. »Wenn die Polizei so was hat.«

Die LKA-Kantine hatte so was.

Benec lehnte ab. Sie saß bleich da. Verkrampfte die Finger an der Tischkante.

»Das Geld muss ich abliefern ... was noch übrig ist.« Sie blickte ihn ängstlich an.

»Mir ist es egal. Ich kann das vergessen. Der Staatsanwalt vergisst es nicht.«

»Was soll ich nur machen?«

»Du kommst immerhin nicht ins Gefängnis, wenn du hilfst.«

Sie nickte kaum sichtlich. Ohne die Augen zu heben.

»Du kannst es ja wirklich als Model versuchen«, sagte de Bodt.

»Schlechter Witz. Das würde mich immer daran erinnern, dass die Typen mich da gefunden haben. Oder soll ich sagen, ausgeguckt?«

»Schau dir die Bilder an.« Er verließ den Raum.

»Hast du in letzter Zeit Anrufe wegen mir bekommen?«

»Dich gibt es auch noch! Hast du an Weihnachten gedacht?«

»Hat jemand angerufen?«

»Wie immer geht es nur um dich«, sagte Elvira. »Ja, ein Typ von einer Bank ...«

»Welcher Bank?«

»Keine Ahnung. Kannte den Namen nicht ... Worum geht es? Konto überzogen?«

»Was wollte er wissen?«

»Ob er dich erreichen kann.«

»Was hast du gesagt?«

»Dass du nicht mehr hier wohnst.«

»Gibt's Fotos von dir im Internet?«

»Warum? ... Ja, Facebook natürlich ...«

Er legte auf.

Dazu die Bilder von Salinger und ihm in der Zeitung mit den großen Buchstaben. Sie wussten, welche Frauen ihm gefielen. Sie wussten, dass seine Ehe ein Trümmerhaufen war. Vielleicht hatten sie Salinger beobachtet.

Er kehrte zurück ins Vernehmungszimmer. Musterte Benec. Sie gefiel ihm. Und die hatten es gewusst.

»Was ist?«, fragte Benec.

»Ach, da hat mich jemand reingelegt. Und es hat geklappt.«

»Jemand anderes als ich?«

Er nickte.

»Das ärgert dich.« Sie lächelte. Unbeholfen.

Er nickte. »Gekränkte Eitelkeit.«

Sie lachte. Tatsächlich. »Der.« Den Zeigefinger auf einem Foto.

262.

»Das können Sie nicht machen!« Zelinsky zerrte, wandt sich, riss sich los. Wurde wieder eingefangen.

»Doch«, sagte de Bodt. »Ich verdächtige Sie der Beihilfe zu tausendfachem Mord.«

»Sie ... sind ... wahnsinnig!«

»Bringen Sie ihn weg!«

Die beiden Beamten fesselten ihm die Hände auf dem Rücken.

Benec war schon zurück in ihrer Zelle. De Bodt hatte vorher den Computer wegbringen lassen.

»Los geht's!«

Salinger am Steuer. De Bodt auf dem Beifahrersitz. Hinten Yussuf und Lebranc.

»Ich soll mitkommen?«

»Ich bitte Sie darum.«

Salinger fuhr mit Blaulicht. Mit Sirene, wo nötig. Raste über die Autobahn. Währenddessen telefonierte de Bodt. Es dauerte, bis er durch alle Instanzen oben angekommen war.

Salinger parkte den Wagen vor dem Eingang des EZB-Turms im Ostend. Schild aufs Armaturenbrett. *Polizeieinsatz.*

»Herr Kommissar, so eilig.« Tauber versuchte sich den Ärger nicht ansehen zu lassen. De Bodt hielt ihm das Foto hin. Zelinsky und Benec hatten auf denselben Mann gedeutet. »Das war bei Ihrem letzten Neujahrsempfang. Wer ist das?«

Er betrachtete das Foto. »Wissen Sie, es waren ja mehr als fünf Gäste...«

»Wer weiß es?«, fragte de Bodt.

Tauber nickte. Rief per Sprechanlage seine Sekretärin herein. Die betrachtete das Foto, zuckte die Achseln. »Eigentlich kenne ich alle, die wichtig sind.«

»Wer ist der Mann, der neben der Person steht?« Die Person neigte sich dem anderen Mann zu. Der hatte grau melierte Haare und eine moderne Brille. An seiner anderen Seite eine langbeinige Frau, im geschlitzten Kleid. Die Person hörte aufmerksam zu. Mochte sein, dass sie nickte.

Große Augen. Die Sekretärin blickte ihn an, als käme er vom Mars.

263.

Zwei Türme. A-Turm, B-Turm. Die Sonne schien aus kaltem Himmel durch den Zwischenraum. De Bodt betrat das Gebäude. Ihm folgten Salinger, Yussuf, Lebranc.

»Wir möchten mit Dr. Norbert Angermann sprechen«, sagte er der Dame hinterm Tresen im monumentalen Empfangssaal. Fein, wie die Bank sein wollte.

»Sind Sie angemeldet?«

»Ich bin immer angemeldet.« Schob den Dienstausweis über den Tresen.

Die Dame griff zum Telefonhörer. De Bodt beugte sich über den Tresen und drückte die Hand mit dem Hörer hinunter. »Büro Nummer?«

»Der Vorstand sitzt in der dreißigsten Etage des A-Turms.«

»Du bleibst hier.« Deutete auf Yussuf. »Verhinderst, dass jemand ans Telefon geht. Und koordinierst den Einsatz der Kollegen.« De Bodt blickte auf die Uhr. »Die sind in zehn Minuten hier. Achte darauf, dass die keinen Tanz machen.«

Zum Aufzug. Der raste hoch. Hielt unterwegs. Die Tür öffnete sich. Zwei Frauen, ein Mann. »Nehmen Sie den nächsten.« Mit einer Stimme, die Widerspruch nicht kannte.

Oben suchten sie die Türen ab, bis sie den Namen fanden. De Bodt öffnete und traf auf einen Mann hinter einem Schreibtisch. Las Zeitung. Blickte den Eindringling ärgerlich an. »Was fällt Ihnen...?«

»Halten Sie den Mund.«

Salinger stellte sich vor ihn. Er ließ sich die Handschellen umlegen. De Bodt las in seinen Augen, dass Angermann schon zusammengebrochen war. »Ich hab...«

»Wo ist Herr Glass?«

»In seinem Büro.«

264.

Handy. Er rief mit dem Handy an. Obwohl er im Haus war. Glass kannte die Nummer.

»Ja?«

»Die Polizei. Sie haben das Foyer besetzt. Telefonverbot.« Radner flüsterte. »Ich komme gleich hoch. Wollte dich schon mal vorwarnen.«

In den Lifts funktionierten Handys schlecht.

Glass stellte sich an die Glasfront. Blickte über Frankfurt. Ein klarer Wintertag. Das Panorama. Die Sonnenstrahlen spiegelten sich in den Fassaden der Türme. Türme, die zum Himmel ragten.

Ronald Glass war ein kluger Mann. Sein Hirn arbeitete schnell. Auch deshalb war er seit einem knappen Jahr Vorstandsvorsitzender von Deutschlands erster Bank. Die Aktionäre forderten die

Rückkehr zu alter Größe. Dass sie die Zeit der Dilettanten vergessen konnten. Der Katastrophenzocker, der Zinsbetrüger.

Ronald Glass hatte einen Weg gefunden. Geringes Risiko, großer Ertrag. Sofort. Ein Zeichen der Expansion. Neue Ideen, neue Inspiration. Vernetzung. Aber es war ein weiter Weg.

Er sah die Kolonne von Polizeifahrzeugen. Wie ein Wurm. Kein Blaulicht. Gemächlich. Er wusste, was geschah.

Er zog das Jackett aus. Legte es auf den Boden. Öffnete die Schnürsenkel. Entledigte sich seiner Schuhe. Stellte sich an den Rand. Und sprang.

Hundertfünfundfünfzig Meter.

Epilog

Pressekonferenz im Polizeipräsidium am Tempelhofer Damm. Im großen Saal drängten sich die Leute. Kameras. Mikrofone, nach vorn gehalten. Zum Tisch. An dem saßen der Generalbundesanwalt, der Polizeipräsident, Tilly, Lebranc, der Pressesprecher der Berliner Polizei.

De Bodt hatte sich geweigert. Aber verlangt, Lebranc vorn hinzusetzen.

Er verfolgte die Pressekonferenz am Bildschirm in seinem Büro im LKA.

»Wo ist der Hauptkommissar de Bodt?« Die erste Frage. Vom *rbb*-Fernsehen. Ein schlanker, junger Mann.

Salinger lachte. Yussuf schlug einen Trommelwirbel auf de Bodts Schreibtisch.

»Ich glaube, es sitzt ausreichend Kompetenz hier vorn, um Ihre Fragen vollumfassend zu beantworten«, sagte die stellvertretende Pressesprecherin Frauke Müller.

Tillys Hände spielten zittrig mit einem Kugelschreiber.

»Ich frage das, weil offensichtlich der Hauptkommissar de Bodt den Fall aufgeklärt hat.«

Tilly räusperte sich. »Selbstverständlich hat Hauptkommissar de Bodt tatkräftig in unserer Soko mitgearbeitet. Wir haben ihn dann mit dem Zugriff… beauftragt. Unsere Soko folgte schon länger Spuren, die zur Deutschen Bank führten. Vor allem zu Dr. Glass, der sich den Ermittlungen bedauerlicherweise durch Suizid entzogen hat.«

»Wie ich sehe, sitzt neben Ihnen ein Vertreter der französischen Polizei.«

»Wir sind Kommissar Lebranc außerordentlich dankbar für die hervorragende Zusammenarbeit.«

* * *

»Herr Kommissar! Herr Kommissar!« Floire erhob sich hinter seinem Schreibtisch. Eilte auf Lebranc zu. Schüttelte ihm die Hand. Wusste nicht, wie er seine Freude ausdrücken sollte über die Wiederkehr des Helden. Die Bilder von der Pressekonferenz in Berlin waren in allen Kanälen, Zeitungen und Blogs zu sehen. Der Innenminister sprach vom unverzichtbaren Beitrag Frankreichs. Natürlich würde der Präsident den Kommissar empfangen und auszeichnen. Ehrenlegion. Kein Wort mehr von der Sonderkommission in Paris.

Am Tag vor dem Empfang im Élysée-Palast beantragte Lebranc die Pensionierung. Innenminister und Präsident warteten umsonst. Lebranc kaufte sicherheitshalber eine zweite Flasche Bordeaux, dazu einen Sancerre, ein frisches Filet von der Lotte, Eis zum Nachtisch. Abends trank er den Weißen mit dem Fisch. Mit der ersten Flasche vom Roten setzte er sich vor den Fernseher und begann zu zappen. Bis er einen Krimi mit Humphrey Bogart fand. *Die Spur des Falken.* In den Werbepausen schaltete er den Ton aus und trank. Morgen würde er nicht zum Dienst erscheinen. Vielleicht würde er die Pensionierung nicht abwarten. Sie konnten ihn nicht rausschmeißen. Jetzt nicht. Er hob sein Glas. Überlegte, wo Berlin liegen mochte. Entschied sich für eine Richtung. »Prost, Kollege!«

* * *

»Dr. Glass hatte das Investmentbanking an sich ... gezogen. Er ließ niemanden mitreden.«

»Sie haben gar nichts gemerkt? Dass ABC quasi eine inoffizielle Filiale der Deutschen Bank war, kam nie zur Sprache?«, fragte Salinger.

Niemeyer überlegte. Er wusste nicht, was Angermann verraten hatte. Er wusste genauso wenig, was die Polizei sonst ermittelt hatte. Er stand auf einer glitschigen Baumstammbrücke über dem Morast. Der ihn verschlingen würde, wenn er einen falschen Schritt tat.

Neben ihm im Vernehmungszimmer des LKA saß eine hagere Anwältin mit kurz geschorenen Haaren und einem Doppelehering am Finger.

»Sie sind Chief Risk Officer, Sie wissen doch alles. Sie müssen doch eingeweiht sein in die Geschäfte, wenn Sie deren Risiken bewerten wollen. Sie sind der Gänserich, der schnattert, wenn was im Busch raschelt.«

»Ich muss doch bitten«, sagte die Anwältin.

Niemeyer beugte sich zu ihr, betatschte ihren Unterarm und flüsterte.

De Bodt lehnte neben der Tür des Vernehmungszimmers und grinste in sich hinein. Solche metaphorische Höchstleistung hatte er nicht erwartet. »Vae victis«, sagte de Bodt.

Niemeyer blickte ihn an unter seiner Halbglatze mit spärlichen Resthaaren. Die Brille hatte er auf den Tisch gelegt, weil er immer wieder seine Nasenwurzel massierte. »Kommen Sie mir nicht mit den Römern«, sagte er.

Die Anwältin schwieg mit grimmigem Blick.

»Das war ein Kelte namens Brennus, jedenfalls nannten ihn die Römer so«, sagte de Bodt. »387 vor unser Zeitrechnung, die Gänse des Kapitols. Die kennen Sie doch als gebildeter Bankier. Oder heißen Leute Ihresgleichen nur noch *Banker*? Die Gänse jedenfalls halfen mit ihrem Geschnatter den Römern, einen Nachtangriff der Kelten gerade noch abzuwehren. Aber am Ende hat es ihnen nichts genutzt. Die Kelten verlangten tausend Pfund Gold für den Abzug, und die Römer mussten einwilligen. Und beklagten sich gleich, dass die keltische Waage gezinkt war. Die Antwort des Siegers: Wehe den Besiegten!«

Niemeyer blickte ihn an. Ratlos. Dann begriff er.

»Vae victis«, murmelte er. Nickte.

Yussuf tippte auf seinem Handy. Fand und grinste.

»Edson Mitchell«, sagte Niemeyer. »Ed war Chef unserer Investmentbanker. Häuptling der Indianer, wie sie sich in London nannten. Er vollbrachte Wunder. Er riskierte alles und gewann. So viel, dass die Bank ihre Privatkunden loswerden wollte. Erinnern Sie sich an *Deutsche Bank 24*?« Verachtung klang nach in seiner Stimme. Verachtung für die Kontobesitzer, Sparer, Geschäftskunden. Peanuts warfen sie ab, verglichen mit den irrwitzigen Summen, die Mitchell und seine Indianer in London, New York, Tokio verdienten. Mit Spekulationen. Darunter Immobilienkredite und Hypothekenbriefe, die sie den Leuten andrehten. Die dann platzten und die große Krise

475

auslösten. »Ed ist 2000 leider mit seinem Flugzeug abgestürzt. Hat er sich die Folgen erspart.«

»Aber er hat den Wahn in der Bank hinterlassen. Die Idee, das ganz große Rad zu drehen.«

Niemeyer nickte vorsichtig. Und schüttelte den Kopf.

»Als Ihre Bank vor dem Abgrund stand, hatte Glass die Idee, wieder richtig groß einzusteigen«, sagte Yussuf. »Die Bankenaufsicht in den USA gelockert dank Mr. Trump. Diesmal in die Vollen, aber ohne faule Immokredite. Da hatte man sich doch die Finger verbrannt.«

Niemeyer blickte Yussuf an. Erstaunt. Woher wusste das Bürschchen das?

»Wir haben Glass alles überlassen.«

»Sie wollten es nicht wissen«, sagte Salinger.

»Vielleicht...«

»Die Bank hatte zwei Milliarden an ABC überwiesen, damit die loslegen konnten. ABC hatte auch eine Bürgschaft, dass die Deutsche Bank haftete«, sagte Yussuf. »Die war für den großen Hebel.«

»Das habe ich erst später erfahren. Als Kermitt schon losgelegt hatte.« Niemeyer blickte Yussuf müde an.

»Sie sind nicht eingeschritten als Chief Risk Officer?«, fragte de Bodt. »Sie haben doch bestimmt gehört, dass Edson Mitchell auf die Frage eines Sicherheitsbeamten der Bank, wer er sei, geantwortet haben soll: I'm God. Und solche Größenwahnsinnigen haben Sie nicht beäugt?«

Niemeyers Augen flatterten. »Wenn man es so darstellt, kommt es einem vor, als wäre die ganze Bank seit Mitchell eine Verbrecherbande.«

»Und wenn es so ist?«, fragte Yussuf. »Klagt nicht alle Welt gegen die Bank? Laufen Ihre Manager nicht mit Feuerlöschern herum, um überall Brände zu löschen, die sie selbst gelegt haben? Nur dass in Ihrem Universum die Feuerlöscher keinen Schaum, sondern Millionen und Milliarden ausspucken, die Sie für Entschädigungen und Vergleiche vor Gerichten blechen müssen?«

Niemeyer zuckte die Achseln.

»Haben Sie an dem Plan mitgestrickt, uns auf die Wasserspur zu setzen?«, fragte Salinger.

Hochgezogene Brauen. »Ich verstehe nicht.«

»Sie verstehen erstaunlich viel nicht. Sie haben von den Badewannenmorden gelesen?«

»Natürlich, das war ja unvermeidlich.«

»Dass das Wasser kurz abgedreht wurde? In Berlin, Paris, London.«

Achselzucken.

»Dass dann Brücken gesprengt wurden?«

»Ja, natürlich.« Ärger in der Stimme. »Was hat das mit mir zu tun?«

»Ihr Dr. Glass hat nicht nur eine Verbrecherbande auf Europa losgelassen, um die Kurse pünktlich abstürzen zu lassen. Crash auf Raten. Er hat auch eine falsche Spur gelegt.«

»Ich verstehe immer noch nicht. Vor allem, noch einmal: Was hat das mit mir zu tun?« Tätschelte der Anwältin den Unterarm. Die öffnete den Mund. Sagte dann doch nichts.

»Er hat den Ermittlern ein Rätsel gestellt, dessen Lösung sie in die Irre führte. Ziemlich erfolgreich. Dass das Tausende von Tote kostete, war ihm egal. Wenn wir auch nur ein Fitzelchen eines Indizes finden, dass Sie davon wussten oder sogar daran beteiligt waren, kriegen Sie eine Mordanklage an den Hals. Mindestens Beihilfe«, sagte Salinger.

»Was hat das mit mir zu tun?«

»Sie gehen zu weit«, sagte die Anwältin mit Blick zu de Bodt.

De Bodt winkte dem Beamten neben der Tür, den Bankier in seine Zelle zu bringen.

Zurück im Büro, setzte sich Yussuf hinter de Bodts Schreibtisch.

»Wir kommen so nicht voran«, sagte de Bodt.

»Er hängt mit drin«, sagte Salinger. »Also schweigt er. Hofft, dass seine feinen Kollegen die Beweise vernichtet haben. Dass Kermitt und John nichts von einem Herrn Niemeyer wissen.«

»Genauso werden die anderen Damen und Herrn verfahren«, sagte Yussuf. »Wie bei der Mafia. Die Omertà ...«

* * *

Zehn Wochen nach ihrer Verhaftung landeten Pavlinsky und Wedenstein in Tegel. Die britische Regierung verzichtete auf juristische Spitzfindigkeiten. Handelte dafür Stillschweigen über Whites Verstrickung aus. Die Verbrecher würden in Deutschland vor Gericht gestellt. Leider könne man den Hauptschuldigen, den Chef der Deutschen Bank, nicht mehr zur Verantwortung ziehen. Der Assistent Angermann war voll geständig. Berief sich auf die Weisungen seines Chefs. Was ihm den Knast nicht ersparen würde. Angermann war es auch gewesen, der Benec auf de Bodt angesetzt hatte.

Weil auch der Tag der Auslieferung in der Presse landete, belauerten Hunderte von Journalisten und Schaulustigen den Flughafen.

Einer lauerte nicht dort. Er wartete vor dem LKA in der Keithstraße. Saß in einem Golf und hatte Geduld. Hatte lang genug gewartet.

Als die Kolonne sich näherte, stieg er aus. Einen Fotoapparat um den Hals. Die Hand in der Anoraktasche. Lehnte sich neben den Eingang. Sah, wie der Wagen hielt. Wie Polizisten die Straße hinter dem Transporter absperrten. Wie die Begleitfahrzeuge ein Stück weiterfuhren, um dann auf den Parkplatz einzubiegen.

Polizisten sperrten eine Gasse frei. Der Mann stellte sich hinter die Sperrkette. Sah, wie die beiden Männer aus dem Wagen stiegen. Zwei Beamte schützten sie von vorn, drei von hinten. Der Kriminalrat höchstpersönlich ließ sich den Triumph nicht nehmen, seine Beute vorzuführen. Krüger eskortierte sie. Nein, nicht durch den Hintereingang wurden die Täter zur Vernehmung geführt. Durch den Haupteingang.

Als die Eskorte auf seiner Höhe war, zog der Mann eine Walther P1, spannte den Hahn, zielte auf die Köpfe von Wedenstein und Pavlinsky und schoss das Magazin leer. Neun Patronen mal neun Millimeter.

Er warf die Pistole zu Boden und hob die Hände.

Krüger übernahm die Vernehmung. Der Mann hatte falsche Papiere. Er nannte sich Jan Schulte, wohnhaft in Hamburg. Die dortigen Behörden bestätigten Namen und Adresse. Die medizinische

Untersuchung zeigte Narben. Eine Schussverletzung, die stümperhaft versorgt worden war. Befragt, warum er auf die Männer geschossen hatte, antwortete er, diese hätten seine Freundin umgebracht.

Dank

dem Historikerkollegen Dr. Alexander Ruoff (Berlin), der seine überragenden Recherchekünste auf www.history-house.de besser — wenn auch zu bescheiden — vorstellt, als ich es könnte;

an Klaus Viehmann (Berlin), der sich glücklicherweise über jeden Fehler freut, den er mir unter die Nase reiben kann;

Elfriede Müller (Berlin) fürs Korrekturlesen, auch wenn Benec bleibt, wie sie nun mal ist;

meinem Lektor Christian Rohr (München), der mit Fleiß, aber vor allem Ideen beträchtlich zum Gelingen meiner Bücher beiträgt;

Claudia Alt (München) für ihre tolle Redaktionsarbeit;

meiner Süßstoffvollversorgerin Anne Hinkel, deren *Café Eliza* (Sorauer Straße 6, 10997 Berlin-Kreuzberg, www.elizaberlin.de) die fast tägliche Rettung vor dem Schreibtisch ist. Nur montags nicht;

meiner Pilatestante Ulli Zacherl, deren Folterstudio (Cuvry-str. 35, 10997 Berlin, www.breathe-berlin.de) die beste Adresse für Masochisten und Eliza-Opfer (s. o.) ist, mindestens weltweit.

Bitte lesen Sie weiter >>

LESEPROBE

Tatort Berlin:
brisant, hart, spannungsreich

Eine mysteriöse Mordserie gibt Kommissar Eugen de Bodt Rätsel auf: Denn die einzige Gemeinsamkeit, die die Opfer zunächst aufweisen, ist, dass sie einer Facebook-Gruppe angehörten, die sich mit Katzen beschäftigt. Doch bald findet de Bodt ein weiteres Merkmal: Sie alle haben für Rüstungskonzerne gearbeitet. Was könnten Katzenfotos mit der Rüstungsproduktion zu tun haben? Tarnung – also Spionage? Nur, wer spioniert? Und wer ist der Auftraggeber? De Bodt merkt schnell, dass es um Leute geht, die strategische Ziele verfolgen und vor nichts zurückschrecken, um diese zu erreichen. Dieser vierte Fall ist die bislang größte Herausforderung für den scharfsinnigen Einzelgänger.

Prolog

Sie saß am Computer und googelte eher wahllos *Schwangerschaft*, *Erziehung ohne Vater, alleinstehende Mütter* und so weiter. Was man suchte, wenn man schwanger wurde. Zum zweiten Mal. Vom Liebhaber, der verheiratet war. Und sich nie scheiden lassen würde. Abtreiben, hatte er gesagt. Als Erstes. Unbedingt. Sie wusste, warum. Das musste er nicht sagen. Wenn die Presse das rauskriegte. Das wäre übler als beim ersten Kind. Da war die Aufregung irgendwann abgeflaut. Der Herr gab den reuigen Sünder. Zeigte sich mit seiner Frau. Die ihm natürlich verzieh. Einem wie ihm musste man verzeihen. Der Mann war damals schon wichtig gewesen. Inzwischen aber war Regierungspolitik ohne ihn nicht mehr möglich. Er hatte alle Krisen überlebt. Sein letzter Absturz hatte ihn am Ende ins Ministeramt katapultiert.

Ihre Tochter hatte gerade ihren zehnten Geburtstag gefeiert. Die Kinnpartie hatte sie von ihm, die Hände von ihr. Sie war eine gute Schülerin. Nur dass sie ohne Vater aufwuchs, das machte sie oft traurig. Die Mutter hatte ihr immer wieder gesagt, dass sie ihren Papa nicht erwähnen solle. Aber die Schulkameraden hatten Eltern, die Zeitung lasen.

Sie blickte über dem Bildschirm zum Fenster hinaus. Baumblüten. Sie hörte das Klappern am Fahrradständer. Zwei Männer unterhielten sich lautstark im Hinterhof. Heute störte es sie nicht. Manchmal war sie wütend wegen der Rücksichtslosigkeit mancher Nachbarn. Geschrei in der Nacht. Partys bei offenem Fenster. Fernsehgedröhn, am schlimmsten, wenn Fußball lief.

Sie lag nachts wach und dachte an ihn. Wie er zurückgekommen war. Und wieder gegangen. Nachdem er ihr das Versprechen abgenommen hatte, es diesmal geheim zu halten. Für immer. Dass nicht wieder alles in der Zeitung stand. Sie hatten zehn Nächte gehabt. Und er hasste immer noch die *Gummis*.

Er war nervöser gewesen. Hatte getrunken. *Selbstbehauptung.* Es war viel geschehen in letzter Zeit. Sie bauten noch immer am neuen Kanzleramt. Der Flugzeuganschlag hatte es zerstört. Die Regierung saß in der Julius-Leber-Kaserne in Tegel. Er hatte Witze über das Chaos dort gerissen.

Sie waren im Streit auseinandergegangen. Nicht wegen seiner faulen Versprechen. Da hatte sie ihre Lektion beim letzten Mal gelernt.

Sie war nicht erstaunt, dass er sie wieder verlassen hatte. Sie wusste, er würde sein zweites Kind genauso vernachlässigen wie das erste. Mehr als ein Teddy fiel ihm nicht ein. An die Geburtstage musste sie ihn erinnern. Per SMS bat er sie, ein *passendes Geschenk* zu besorgen. *Ich überweise 50 Euro.* Kein Gruß. Und sonst sowieso nichts.

Sie wüsste gern, wie er es seiner Frau beigebogen hatte. Beim ersten Mal schien sie getobt zu haben. Das hatte er jedenfalls am Telefon angedeutet. Aber vielleicht hatte er übertrieben, um sich zum Opfer zu stilisieren. So kannte sie Männer. Sogar wenn sie Mist gebaut hatten, bettelten sie um Mitleid.

Sie würde ihr Kind nicht abtreiben. Sie war Katholikin wie der Vater. Sie trug ihren Glauben nicht vor sich her. Sie glaubte.

Gut, sie würde schweigen. Später würde man sehen. Das Kind würde fragen, aber sie hatte ein paar Jahre Zeit, sich eine Antwort zu überlegen. Sie würde nicht lügen. Aber dann wäre er längst im Ruhestand. Endgültig. Obwohl, bei ihm wusste man es nie.

Sie erhob sich. Ging in die Küche, um sich lustlos das Abendbrot zu bereiten.

Es klingelte an der Tür. Bestimmt der Typ von DHL. Sie hatte diese Körperlotion bestellt, die sie im Laden nicht fand. Wenigstens etwas Erfreuliches, obwohl der DHL-Typ unhöflich bis unverschämt war. Wenn er sich nicht darauf verlegte, Benachrichtigungszettel in Briefkästen zu werfen, ohne sich mit Klingeln zu belasten.

Sie beeilte sich, öffnete die Tür. Und erstarrte. Es war nicht der DHL-Typ.

1.

De Bodt lehnte an der Küchentür. Sah sich um. Er hatte alle rausgeschickt, Salinger, Yussuf, die Schutzpolizisten. Die KT war noch nicht da. Die Frau lag auf dem Rücken, der Oberkörper in einer Blutlache. Auf dem Läufer. Messer im Bauch. Etwa fünfundvierzig, schlank, kurze schwarze Haare. Die Augen starrten. An den Wänden Blutspritzer. Die Wohnungstür war angelehnt gewesen. Eine Nachbarin hatte es gesehen und hineingeblickt. In letzter Zeit trieben sich Einbrecherbanden in der Gegend herum. Man las es in der Zeitung, sah es in der *Abendschau*. Die Nachbarin hatte die Polizei gerufen.

De Bodt roch das Parfüm. Sah die Sauberkeit. Das Foto an der Wand. Luftaufnahme vom Reichstag. Sah die Kommode. Darauf die Basis eines tragbaren Telefons. Ein Telefonbuch. Tatsächlich. Sah die Wohnungstür. Keine Einbruchspuren, die KT würde genauer hinschauen. Das Opfer hatte dem Täter geöffnet. Vermutlich. Die Kollegen befragten gerade die Nachbarn, ob ihnen was aufgefallen war.

Die Zander blickte durch den Türschlitz. Verharrte einen Augenblick. »Ganz schöne Sauerei. Ich darf ...«

Er nickte.

Die Zander ging in die Hocke und betrachtete das Gesicht.

»Es sind viele Stiche«, sagte de Bodt.

Die Zander nickte.

»Wut, Hass, beides.«

Die Zander nickte wieder. »Oder ein Fall für die Psychiatrie.«

Er öffnete die Küchentür. Proper. Das war der erste Eindruck. Einbauküche, grau und weiß. Schlicht, elegant. Ein Induktionsherd, das Glas glänzte. Neben der Spüle ein Abtropfgestell aus Stahl. Ein Teller, eine Tasse, Messer, Gabel, Teelöffel. Geschirrspüler, neues Modell, halb gefüllt. Sie wusch ab, obwohl sie Teller und Besteck in die Maschine hätte stellen können. Er öffnete Schubladen und Schränke. Gut gefüllt, es hätte für eine Kleinfamilie gereicht.

Im Wohnzimmer eine Sitzgarnitur, grau bezogen. Ein Holztisch, darauf der *Tagesspiegel* und die *Zeit*. Unter dem Tisch lag der *Bayernkurier*. De Bodt überlegte. In Berlin war das Blatt so exotisch wie die *Peking-Rundschau*.

Im Bücherregal fand er Romane und Sachbücher. Kitschig und konservativ. Helmut Kohls Autobiografie. Roman Herzog. Rosamunde Pilcher und so weiter. Einige Bücher waren verdeckt vom Fernsehgerät, das auf einer Kommode stand. Auch ein paar CDs. Operette, Schlager. Drei DVDs. Liebesfilme.

Vor dem Fenster ein schmaler Schreibtisch, darauf ein Notebook. Er tippte auf die Leertaste, der Bildschirm wachte auf.

Sie hatte am Computer gesessen, als es klingelte. Vielleicht.

Er rief Yussuf. Der kam, öffnete den Browser, dann dessen Verlauf. »Sie hat gesucht. *Schwangerschaft, alleinstehende Mütter.*«

De Bodt nickte.

»Eine Kollegin hat die Tochter an der Haustür abgefangen. Die Mutter einer Freundin hat sie hergefahren. Und sie dann wieder mitgenommen. Ist das okay?«

De Bodt nickte wieder.

Yussuf verschwand. Er kannte die Macke seines Chefs. Der wollte eine Weile allein sein am Tatort. Ihn begreifen, mit den Augen, mit der Nase, mit dem Verstand.

Der kalte Schweiß ließ de Bodt frösteln. Ihm war übel.

Er öffnete eine Schreibtischschublade. Ein Adressbuch. Er blätterte. Die Frau war ordentlich gewesen.

Wo war ihr Handy? Oder hatte sie keines besessen? Er öffnete die zweite Schublade. Füller, Kugelschreiber, Lineal, Marker.

In der Kommode Stoffservietten, zwei Fotoalben. Er legte sie auf den Tisch.

Das Badezimmer roch nach Reinigungsmittel und Parfüm. Kein Handy.

Salinger stand in der Wohnungstür, als de Bodt das Badezimmer verließ. »Kann die KT rein?«

»Zehn Minuten, okay?«

Sie sah aus, als würde ihr ein Kriminaltechniker die Schrotflinte an den Kopf halten. Salinger machte kehrt.

Die Zander blickte auf und grinste de Bodt an. »Die Armen ...«

De Bodt kehrte ins Wohnzimmer zurück. Setzte sich auf den Sessel und klappte das erste Album auf. Die Tochter hieß Cheryl. Babybilder, Kinderbilder, Urlaubsbilder. Auf einem eine andere Frau mit dem Mädchen. Sie ähnelte der Toten. Wohl die Schwester. Vielleicht am Nordseestrand. Als Fotografin war die Tote nicht begabt gewesen. Stadtansichten. Husum, Flensburg, Schleswig, Eckernförde.

Im zweiten Album das Gleiche. Urlaubsbilder. Das Mädchen. Er klappte es zu und legte es auf den Tisch.

Irgendwas stimmte nicht.

Salinger streckte den Kopf rein. »Die KT ...«

De Bodt schloss die Augen, überlegte.

Er hob den *Bayernkurier* auf. Blätterte. Die Staatspartei und wie sie die Welt sah. Ein Bogen fiel aus der Zeitung. Er hob ihn auf. Außenpolitik, Anzeigen.

Und ein Foto. Eingelegt zwischen den letzten beiden Seiten. Es lag mit der Vorderseite auf dem Teppich. De Bodt nahm es auf und drehte es um.

Der Minister aus Bayern. Mit Autogramm.

2.

»Höchstens eins siebzig«, sagte Salinger. Sie blickte zu de Bodt. Der saß neben der Bürotür und war irgendwo. Gewöhnte sich vielleicht noch an die Vorhänge, die Yussuf am Fenster aufgehängt hatte. Falls wieder jemand ins Büro schießen wollte. Die Löcher an der Wand waren noch nicht gefüllt. Als hätte jemand wild mit einem Meißel gehämmert.

Yussuf saß an de Bodts Schreibtisch. Seine Füße trommelten. Taptap-tap. Er tippte auf seinem Smartphone.

»Linkshänderin«, sagte de Bodt. Er hatte den provisorischen Bericht der Zander schon gelesen. »Genaueres später«, hatte sie gesagt. »Wenn Sie wollen, besprechen wir es bei einem Espresso.« Die Zander war mit ihrer Kaffeemaschine verheiratet, das Glück frisch wie am ersten Tag. Da konnte es in ihren Augen nichts Verlockenderes geben als so eine Einladung. »Am Abend ermordet, am Vormittag gefunden.«

»Linkshänderin also? Sicher?«, fragte Salinger.

»Nein. Ich lese, dass der Mörder nicht viel Kraft hatte, dass er sechzehnmal zustieß. Wenn ein kräftiger Mensch in einem Wutanfall zusticht, dann gibt es tiefere Wunden. Vor allem sind die Marken in Knochen und Gelenken tiefer.«

»Und wenn ein Rechtshänder mit der Linken zugestochen hat, um uns zu täuschen?«, fragte Yussuf ohne aufzublicken.

»Nicht in einem Wutanfall.«

»Und wenn der Wutanfall vorgetäuscht ist?«

»Dann haben wir es mit einem ziemlich ausgebufften Mörder zu tun«, sagte de Bodt. »Aber wie wahrscheinlich ist das?«

Das Foto lag auf seinem Knie.

»Sie war wohl Fan von diesem … Herrn«, hatte Salinger gesagt.

Uhlenhorst betrat das Büro, lehnte sich an de Bodts Schreibtisch.

»Du verdunkelst meinen Blick auf den Meister«, sagte Yussuf.

Uhlenhorst tat so, als hätte er es nicht gehört. »Tür nicht aufgebrochen. Sie hat geöffnet. Es gibt Fingerabdrücke der Toten und ihrer Tochter …«

»Wie geht es der?«, fragte Yussuf.

»Frag mich nicht … ihre Fingerabdrücke haben wir. Dann gibt es noch welche einer dritten Person. Vermutlich ein Mann.«

»Sag ich doch.« Yussuf trommelte mit den Händen auf der Tischplatte. Der Hertha-Wimpel zitterte.

Uhlenhorst schüttelte den Kopf. »Kann sein, muss aber nicht. Der Täter hat geklingelt. Das Opfer hat geöffnet. Der Täter hat die Frau zurückgestoßen und zugestochen. So sehe ich das bisher. Könnte also sein, dass der Täter keine Fingerabdrücke hinterlassen hat. Wir haben Haare gefunden, die nicht vom Opfer und nicht von der Tochter stammen. Darauf kaut gerade das BKA rum.«

»Der Täter ist eine Frau«, sagte de Bodt.

»Frau Kehrer war Ihre Mitarbeiterin«, sagte Salinger. Sie saßen in einem Abgeordnetenbüro Unter den Linden.

Der Mann hinterm Schreibtisch nickte. Traurig. Alexander Kahn, Mitglied im Vorstand der CDU/CSU-Bundestagsfraktion, verkehrspolitischer Sprecher. Um die vierzig, Glatze, kantiges Brillengestell. Die Anzugjacke über der Stuhlkante.

»Jasmin war meine Büroleiterin. Unersetzlich... ermordet?« Als wäre das nicht klar.

»Hatte Sie einen Freund, Liebhaber?«, fragte Salinger.

De Bodt schaute aus dem Fenster. Der Sommer hatte den Leuten die Mäntel und Pullover ausgezogen. Helle Farben. Eine Radfahrerin schlängelte sich zwischen den Fußgängern durch. Ein alter Mann fluchte ihr hinterher, die Faust gereckt.

Kahn zuckte die Achseln. »Keine Ahnung.«

»Sie haben sich nie privat unterhalten? Immerhin haben Sie sich geduzt.«

»Kaum... die Hektik... sie hat... hatte eine Tochter, nicht wahr... mein Gott.« Er rieb sich die Augen. Blickte Salinger an. »Haben Sie eine Ahnung, wer es war?«

Salinger schüttelte den Kopf.

»Vielleicht eine Frau«, sagte Yussuf. Er hielt die Kaffeetasse in der Hand. Saß mit Salinger am Besuchertisch.

»Eine Frau?« Kahn legte den Kopf in den Nacken. Schloss die Augen, öffnete sie. Das Telefon auf dem Schreibtisch klingelte. Er ließ es klingeln. Schüttelte den Kopf. »Privat, wie gesagt...«

»Gab es Streit mit Kollegen?«, fragte Salinger.

Kahn schüttelte den Kopf. »Nicht, dass ich wüsste... die üblichen Konflikte. Aber sie hatte gute Nerven. Alles im Griff.« Blickte Salinger an. »Alles im Griff«, murmelte er.

Das Telefon klingelte. Diesmal hob er ab. »Bitte nicht stören. Danke!« Hielt den Hörer ein paar Sekunden fest. »Hier finden Sie den Täter nicht.«

Piepsstimmen, Gruselgelächter aus dem Flur. Wie in einem Zeichentrickfilm für Kinder. Die Frau am Küchentisch schob einen Stapel Werbebeilagen beiseite. Supermarkt, Billigklamotten, Getränkeversand. Sie drückte die Zigarette im halb vollen Aschenbecher aus.

»Kaffee?« Sie blickte ihre Besucher an, ohne sie zu sehen.

»Nein, danke«, sagte Salinger.

»Um Himmels willen«, sagte Elisabeth Bannert, als sie es erfuhr.

Sie arbeiteten die Adressen in Kehrers Kalender ab. Berufskontakte hatte sie im Handy gespeichert. Bannert wohnte nahe der Toten, in der Parallelstraße.

»Um Himmels willen«, wiederholte sie. Bleich, feuchte Augen. »Und wie?«

»Erstochen«, sagte Salinger.

»Vermutlich von einer Frau«, sagte Yussuf. Seine Finger trippelten auf dem Tisch.

»Um Himmels willen.« Erhob sich, fand in der Schublade Papiertaschentücher. Schnäuzte sich. Warf das Taschentuch in den Mülleimer unter der Spüle.

»Wo waren Sie gestern Abend?«, fragte Yussuf.

Erschrecken in den Augen. »Hier.« Es klang unsicher. Sie blickte zur Wand. »Ich kann mir keinen Babysitter leisten.«

»Was haben Sie getan?«

»Jonas ins Bett gebracht. Fernsehen geguckt, früh schlafen gegangen.«

»Wann haben Sie Frau Kehrer das letzte Mal gesehen?«, fragte Salinger.

Ihr Blick zuckte zu Salinger. Sie überlegte ein paar Sekunden. »Letzte Woche, am Sonntag. Werktags hatte sie nie Zeit ...«

»Sie waren bei ihr?«

Bannert nickte. »Sie ging ungern aus dem Haus, wenn sie frei hatte. Lag wohl am Stress im Büro.«

»Kennen Sie Freunde von Frau Kehrer?«

Bannert schüttelte den Kopf.

»Wie haben Sie Frau Kehrer kennengelernt?«

»Im Chinesischkurs ... also, ich hab inzwischen aufgehört.« Blick in Richtung Kinderzimmer.

»Wo?«

»Am Gendarmenmarkt, da sitzt eine kleine Sprachschule. Nur asiatische Sprachen ... nicht alle.«

»Frau Kehrer ist drangeblieben?«

»Natürlich. Obwohl sie im Büro wirklich genug zu tun hatte. Sie war die Kursbeste.«

»Hatte Sie einen Freund?«

Bannert überlegte. »Eigentlich müsste ich Nein sagen. Aber da war etwas ... jemand. Sie hat kein Wort darüber verloren.«

»Wie kommen Sie darauf?«

»Ich war ein paarmal bei ihr. Immer am Sonntagnachmittag ...«

»Wie lange dauerte so ein Besuch?«, fragte Yussuf.

De Bodt lehnte am Türrahmen, seit sie in der Küche waren. Er blickte Yussuf streng an. Der nickte, hob die Brauen.

»Nicht länger als zwei Stunden. So eineinhalb, vielleicht.«

»Und was bringt Sie darauf, dass da ... etwas war?«, fragte Yussuf. Kurzer Blick zu de Bodt. Aber dessen Augen inspizierten gerade die Decke.

»Sie erhielt zweimal Anrufe. Da ist sie ganz schnell mit dem Telefon in ein anderes Zimmer gegangen. Und wenn sie zurückkam, also ... also, da war sie aufgeregt, unruhig.«

»Wer ist der Vater des Kindes?«, fragte Salinger.

Große Augen. »Das wissen Sie nicht?«

5.

»Europas Einigung kriegt man nicht umsonst«, sagte Madeleine. So hatte sie sich vorgestellt, als ihre Zusammenarbeit begann. »Wenn man sie denn kriegt.«

»Solange ich nichts bezahlen muss«, sagte Jacques. So nannte er sich.

Madeleine lachte. »Was melden die Wachhunde?«

Jacques betrachtete sein Wasserglas, als gäbe es darin etwas zu entdecken. »Sie beißen.«

Jacques musterte sie. Sie war schlank, fast hager. Trug einen Hosenanzug. Kurze Haare. Große Augen. Noch attraktiver war ihre Intelligenz. Sie sprach leise, aber deutlich.

Er nippte an seinem Kaffee. Immer wenn er mit ihr sprach, fühlte er eine Anspannung. Leicht nur, aber sie war da. Ihr Büro war sachlich eingerichtet. Auf dem Schreibtisch lag nur ein Ordner, sein Fall. Er sah den Fernsehturm. Wenn er sie besuchte, stellte er sich zuerst ans Fenster.

6.

»Scheiße«, maulte Yussuf. »Du hättest das schon wissen können. Ich war damals noch ein hoffnungsloser Türkenbengel in Neukölln. Kannte nur die Ehre meiner Mutter ...«

Salinger lachte. »Jetzt hör auf.«

»Vielleicht sollte ich die Blätter lesen, in denen so was steht«, sagte de Bodt und grinste.

Yussuf hatte einen Artikel aus der *Bunten* gefunden, der in der Steinzeit erschienen war, also vor mehr als zwei Jahren. In diesem Fall waren es zehn.

»Dann wissen wir ja, was wir zu tun haben«, sagte de Bodt. »Kriegst du raus, wann der kann?«

»Der ist gern zu Hause im schönen Bayernland. Von dort lässt es sich am besten stänkern«, sagte Salinger.

7.

»Natürlich helfe ich der Polizei«, sagte der Mund. Die Augen sagten: Verpisst euch. »Ich habe es in der Zeitung gelesen ... furchtbar.«

Der Mann war selbst im Sitzen riesig. Sie waren in einem Büro in der bayerischen Landesvertretung. An der Wand Kitschmotive. Landschaften der Heimat. Hinterm Schreibtisch ein Bild von Franz Josef Strauß.

Als die Sekretärin sie ins Büro geführt hatte, zeigte Yussuf aufs Foto: »Das ist wie bei uns im Orient. Sobald ein Sultan nicht duckmäusert, sondern den starken Mann markiert, kann er anstellen, was er will. Für viele Leute bleibt er ein Held. Einer, der als Ministerpräsident oder Minister mehrfacher Millionär werden kann, der hätte es bei uns weit gebracht.«

Die Sekretärin warf ihm einen Blick zu. Wie eine Volksschullehrerin in den Fünfzigerjahren, bevor sie zum Rohrstock griff. »Der Herr Minister kommt gleich.«

»Woher kennst du so ein Wort wie *duckmäusern*?«, fragte Salinger.

»Ich habe die Vorzüge einer Eliteschule in Neukölln genossen. Beantwortet das deine Frage?«

Salinger grinste.

Die Sekretärin hatte auf die Sitzecke gewiesen. Unter dem Bild einer Berghütte. Was zu trinken hatte sie nicht angeboten.

Die Tür öffnete sich. Ein junger Mann mit poppiger Frisur. Hinter ihm der Minister. Er reichte seinen Besuchern die Hand. »Ich brauche Sie jetzt nicht.« Ein Wink, und Poppy war verschwunden.

Misstrauische Augen im eckigen Gesicht. »Aber Sie verstehen, meine Zeit ist begrenzt.«

De Bodt erhob sich und ging zum Fenster, blickte hinaus.

»Jasmin Kehrer und Sie haben ein Kind«, sagte Salinger.

Yussuf blickte auf sein Handy. Pfiff lautlos.

»Das ist allgemein bekannt.«

»Haben Sie Frau Kehrer seit Ihrer Trennung wiedergesehen?«, fragte Salinger.

Der Minister blickte zu de Bodt, aber der zeigte ihm den Rücken. Falten auf der Stirn. Er strich sich durch die Haare.

»Haben Sie?«, wiederholte Salinger.

Yussufs Augen schienen einer Fliege zu folgen. Aber natürlich versprühten die im Büro jeden Morgen Glyphosat, weil das Zeug so gesund war.

Der Minister blickte sie kurz an. Schüttelte kaum merklich den Kopf. »Im Reichstag ist sie mir begegnet. Kaum zu vermeiden. Sie arbeitet als Büroleiterin bei einem Kollegen.«

»Und da haben Sie sie freundlich gegrüßt?«, fragte Salinger.

»Was denn sonst?«

»Sie haben Alimente gezahlt?«

»Was denn sonst?«

»Sie haben also *Grüß Gott, Jasmin* gesagt, und das war's?«

»Was hat das mit dem Fall zu tun?«

»Wollen Sie es bitte uns überlassen, das zu beurteilen?«

Sein Blick sagte: Bei uns wär das jetzt deine Versetzung nach Bad Griesbach im Rottal.

»Frau Kehrer hat Sie nicht angesprochen? Etwa wegen ... eines Weihnachtsgeschenks. Um Ihnen zu sagen, wie sich die Kleine in der Schule macht?«

Er schwieg lange. »Sie hat SMS geschickt.«

»Und Sie haben geantwortet«, sagte Salinger.

Er nickte. Seine Miene zeigte, dass ihm die Befragung stank.

»Sie hat nichts von Ihnen gefordert?«

»Nein.«

»Und Frau Kehrers zweites Kind stammt nicht von Ihnen?«, fragte Yussuf.

8.

Das war ungewöhnlich. Sie hatte ihn am Abend nach seinem Besuch angerufen. Sie hatten sich zum Mittagessen im *Adlon* verabredet. Business Lunch im *Quarré*. Es musste was Wichtiges sein.

Es war was Wichtiges. Nach der Bestellung schob sie ihm die *Morgenpost* zu. *Die Geliebte des Ministers! Ermordet!*

»Ja, und?«

»Lesen Sie das darunter.«

Berlins bester Bulle ermittelt.

»Ja, und?«

»Der hat diese Attentatsserie aufgeklärt. Im Alleingang.«

»Das ist mir neu.«

»Ich hab meine Quellen.« Von ihrem Besuch im Gefängnis sagte sie nichts.

»Es gibt einen Mord, die Polizei ermittelt. Wo ist das Problem?«

»Der Typ ist das Problem.«

Jacques schüttelte den Kopf. »Da käme nicht mal Einstein in Bullengestalt drauf.« Und doch beunruhigte ihn ihre Nervosität. Alles lief wie geplant. Vielleicht hatte sie nicht erwartet, dass es so glatt ging. Es gibt Sorgen, die gibt's nicht. »Sie sind angespannt. Bin ich auch. Das ist normal. Es ist der erste Schritt.«

Madeleine musterte ihn. »Ich bin nicht nervös.« In ihrer Stimme lag: Du kannst dir nicht vorstellen, was für gute Nerven ich habe. Und du weißt nicht, was ich weiß. »Wir sollten diesen Bullen ausschalten.«

Bärlauchrisotto. Hatten sie beide bestellt. Er trank einen Chardonnay, sie Wasser. Als der Kellner gegangen war, sagte er: »Das wäre riskant.«

»Weniger riskant, als ihn ermitteln zu lassen.«

9.

Er hasste diese Stadt. Den Aufmarsch der Protzer auf der Kö. Die Damen, die noch im Sommer ihren Pelz ausführten. Die Herren mit Rolex-Uhren und Goldkettchen. Den Papageienschwarm, der alles vollschiss. Den Singsang der Sprache. Die Aufdringlichkeit der Leute. Die Dauerduzerei. Die Fröhlichkeit. Die Pinkel in den Restaurants und Bars. Er hasste Düsseldorf. Man musste in dieser Stadt geboren sein, um sie zu ertragen. Aber er war in Schleswig geboren und in Hamburg aufgewachsen. Das Geld hatte ihn nach Essen verschlagen. Aber in Essen wohnte einer wie er so wenig wie in Gelsenkirchen oder Bautzen.

Düsseldorf hatte nur einen Vorzug. Das Porsche-Zentrum in der Klaus-Bungert-Straße. Seit ein paar Wochen pikte die Idee im Hirn. Warum eigentlich nicht? 911 Carrera. Er konnte es sich leisten. Noch.

Sich belohnen. Für seinen Fleiß. Und seinen Mut. Vor allem für seinen Mut.

Er setzte sich auf eine Bank. Die Sonne wärmte. Kinder plärrten. Schräg gegenüber ein altes Paar. Er las die *Rheinische Post*, sie strickte. Zwischen ihnen eine Thermoskanne.

Heute stand der Wind ungünstig. Vom Flughafen her dröhnte es. Er grinste, wenn er an die Villen in Kaiserswerth dachte. Mit den schönen Gärten, die man nutzen konnte, wenn das Nachtflugverbot herrschte.

Er brauchte nur seine kleine Wohnung. Ruhig, modern ausgestattet. Und einen 911-er. Er kannte sich. Wenn Verwirrung drohte, suchte er einen Fixpunkt. Einen Wunsch, der ihn beschäftigte. Dessen Verwirklichung Glück versprach. Ablenkung von den Ängsten. Er verdiente doppelt, konnte sich doppelt so viel leisten wie vorher. Er nickte. Das war es. Ein Porsche.

Sein Opel Insignia stand am Straßenrand, fast direkt gegenüber vom Haupteingang des Parks. Er würde in die Klaus-Bungert-Straße fahren. Sich umsehen. Er spürte die Aufregung. Betrachtete seine Schuhe. Hatte gehört, die Verkäufer teurer Waren würden zuerst auf die Schuhe ihrer Klientel blicken. Billige Schuhe: einer, der sich die Karre nicht leisten konnte. Probefahrt als Angebertour. Er blickte hinab. Signature-Sneakers sollten reichen. Obwohl er sich zu alt fühlte für diese Schuhe.

Seine Schritte wurden schneller, als er zur Kaiserswerther Straße ging. *Nordpark/Aquazoo* zeigte die zur U-Bahn aufgemotzte Tram an. Er passierte die *Rossebändiger*. Riesenstatuen, denen man die Nazizeit auf den ersten Blick ansah. Schaute nach links. Ein 911-er fuhr vorbei, heiser röhrend. Sein Blick folgte ihm. Rot, die falsche Farbe. Dunkelblau würde seiner. Blickte wieder nach links. Autos auf beiden Spuren stadteinwärts. Ein Stück entfernt ein grüner Transporter. *Klempner Franke* mit einem Rohrsymbol auf der Seite. Er hatte den Wagen schon ein paarmal gesehen in den letzten Tagen. Oder waren es verschiedene Transporter desselben Handwerkers? Er erkannte die Lücke, der Transporter näherte sich langsam. Er betrat die Fahrbahn. Hörte einen Motor aufheulen. Dann gab es einen Schlag. Und dann gab es nichts mehr.